GRöLS Verlage

„BÜCHER SIND WIE FALLSCHIRME. SIE NÜTZEN UNS NICHTS, WENN WIR SIE NICHT ÖFFNEN."

Gröls Verlag

Redaktionelle Hinweise und Impressum

Das vorliegende Werk wurde zugunsten der Authentizität sehr zurückhaltend bearbeitet. So wurden etwa ursprüngliche Rechtschreibfehler *nicht* systematisch behoben, denn kleine Unvollkommenheiten machen das Buch – wie im Übrigen den Menschen – erst authentisch. Mitunter wurden jedoch zum Beispiel Absätze behutsam neu getrennt, um den Lesefluss zu erleichtern.

Um die Texte zu rekonstruieren, werden antiquarische Bücher von Lesegeräten gescannt und dann durch eine Software lesbar gemacht. Der so entstandene Text wird von Menschen gegengelesen und korrigiert – hierbei treten auch Fehler auf. Wenn Sie ebenfalls antiquarische Texte einreichen möchten, finden Sie weitere Informationen auf www.groels.de

Viel Freude bei der Lektüre wünscht Ihnen das Team des Gröls-Verlags.

Adressen

Verleger: Sophia Gröls, Im Borngrund 26, 61440 Oberursel

Externer Dienstleister für Distribution & Herstellung: BoD, In de Tarpen 42, 22848 Norderstedt

Unsere „Edition | Werke der Weltliteratur“ hat den Anspruch, eine der größten und vollständigsten Sammlungen klassischer Literatur in deutscher Sprache zu sein. Nach und nach versammeln wir hier nicht nur die „üblichen Verdächtigen“ von Goethe bis Schiller, sondern auch Kleinode der vergangenen Jahrhunderte, die – zu Unrecht – drohen, in Vergessenheit zu geraten. Wir kultivieren und kuratieren damit einen der wertvollsten Bereiche der abendländischen Kultur. Kleine Auswahl:

Francis Bacon • Neues Organon • **Balzac** • Glanz und Elend der Kurtisanen • **Joachim H. Campe** • Robinson der Jüngere • **Dante Alighieri** • Die Göttliche Komödie • **Daniel Defoe** • Robinson Crusoe • **Charles Dickens** • Oliver Twist • **Denis Diderot** • Jacques der Fatalist • **Fjodor Dostojewski** • Schuld und Sühne • **Arthur Conan Doyle** • Der Hund von Baskerville • **Marie von Ebner-Eschenbach** • Das Gemeindekind • **Elisabeth von Österreich** • Das Poetische Tagebuch • **Friedrich Engels** • Die Lage der arbeitenden Klasse • **Ludwig Feuerbach** • Das Wesen des Christentums • **Johann G. Fichte** • Reden an die deutsche Nation • **Fitzgerald** • Zärtlich ist die Nacht • **Flaubert** • Madame Bovary • **Gorch Fock** • Seefahrt ist not! • **Theodor Fontane** • Effi Briest • **Robert Musil** • Über die Dummheit • **Edgar Wallace** • Der Frosch mit der Maske • **Jakob Wassermann** • Der Fall Maurizius • **Oscar Wilde** • Das Bildnis des Dorian Grey • **Émile Zola** • Germinal • **Stefan Zweig** • Schachnovelle • **Hugo von Hofmannsthal** • Der Tor und der Tod • **Anton Tschechow** • Ein Heiratsantrag • **Arthur Schnitzler** • Reigen • **Friedrich Schiller** • Kabale und Liebe • **Nicolo Machiavelli** • Der Fürst • **Gotthold E. Lessing** • Nathan der Weise • **Augustinus** • Die Bekenntnisse des heiligen Augustinus • **Marcus Aurelius** • Selbstbetrachtungen • **Charles Baudelaire** • Die Blumen des Bösen • **Harriett Stowe** • Onkel Toms Hütte • **Walter Benjamin** • Deutsche Menschen • **Hugo Bettauer** • Die Stadt ohne Juden • **Lewis Caroll** • *und viele mehr….*

Heinrich Mann

Die kleine Stadt

Roman

Inhalt

I

Der Advokat Belotti trat schwänzelnd an den Tisch vor dem Café „Zum Fortschritt", wischte mit dem Taschentuch um seinen kurzen Hals und sagte erstickt:

„Die Post hat wieder Verspätung."

„Jawohl", machten Apotheker und Gemeindesekretär; und da nichts Tatsächliches mehr zu sagen blieb, schwiegen sie.

Der Reisende warf hin:

„Ihr wird doch nichts zugestoßen sein?"

Die andern stießen unwillig den Atem aus. Der Leutnant der Carabinieri legte mit Nachsicht, weil es sich um einen Fremden handelte, die große Sicherheit der Straßen dar. Zwei seiner Leute begleiteten stets zu Pferde die Post, und nur einmal hatten sie einzugreifen gehabt. Damals wollte ein Bauer seinen Platz nicht bezahlen und zog gegen den Kutscher das Messer.

„Solche Leute haben wenig Erziehung", erklärte der Leutnant.

„Ein langweiliges Handwerk, das eure", rief der Apotheker Acquistapace mit seiner braven Stimme.

„Betrunkene aus dem Graben ziehen und eine entlaufene Kuh zurückscheuchen. Als wir dabei waren, ging's anders zu. Wie, Gevatter Achille?"

Der Wirt rief von drinnen: „Zugegen."

Er stampfte heraus, stützte die Last seines Bauches auf eine Stuhllehne und wartete mit offenem Munde, worin die Zunge umherrollte.

„Wie, mein Alter?" und der Apotheker klopfte ihn auf den Bauch, „vor unseren Füßen ist manche Granate geplatzt. In Bezzecca war's, als gleich bei uns beiden der General Garibaldi selber stand. Die Granate platzt, wir springen zurück, versteht sich; der General aber rührt sich nicht; er sieht in den Dampf, als ob er sinnt. „Keine Furcht, Freunde", sagt er zu uns, und, Achille, wir hatten keine mehr."

„Das ist die reine Wahrheit", sagte der Wirt; und mit Wucht: „Der General war ein Löwe."

„Er war ein Löwe“, wiederholte der andere Alte, fuhr mit der Hand durch seinen riesenhaften Schnauzbart und sah alle von oben an. Plötzlich machte er sich klein und tat eine Gebärde, als streichelte er ein Kind.

„Aber auch ein Engel war er: ja, unwissend in manchem, wie ein Engel. Manches geschah, wie, Gevatter? was er nie erfahren hat. Alle wußten, daß jener Nino ein Weib war, nur der General nicht.“

Der Advokat Belotti fragte: „War er eigentlich ein schönes Weib, jener Nino?“

Der Apotheker zischte leise. „Solche Frauen gibt es nicht mehr! Und als ihr Geliebter gefallen war, da kam's heraus, daß sie eine war. Aber sie verließ uns darum nicht. Hatte sie nun ihn nicht mehr, um dessentwillen sie mitgezogen war, hatte sie doch uns alle. Und uns alle hat sie geliebt!“

Seine braunen Hundeaugen jubelten in der Erinnerung. Der Wirt lachte lautlos, daß sein Bauch den Stuhl umherwarf. Sein Sohn, der schöne Alfò, war herzugetreten, der junge Savezzo mit frisch gebrannten Locken vom Barbier her über den Platz gekommen; – und alle, alle hatten, wie der Alte endete, ein neidisches Gesicht.

Gleich darauf erinnerten sie sich, daß die Geschichte sehr alt war und daß sie alle, sogar der Reisende, sie kannten, wie sie die Hühnerlucia kannten. Ihre Stunde war da: schon klapperten ihre Holzschuhe in der Gasse neben dem Café. Mit ihrem Gegacker, das lauter war als das der Hennen, mit ihrer Nase, die schärfer war als die Hühnerschnäbel, flügelschlagend mit ihren langen Armen, scheuchte sie das Federvieh zum Brunnen und ließ es aus der Pfütze trinken. Die Kinder kreischten um sie her, stießen sie, zupften an ihr und sprangen vor Lust, wenn die Alte in ihren bunten Lappen wie ein großes mageres Huhn kopflos kreuz und quer flatterte. Ringsum gingen Fensterläden auf; an der Ecke schräg vor dem Café drängten über den Arkaden des Rathauses drei Beamte sich in eins der alten Pfeilerfenster; die dicke Mama Paradisi sah aus ihrem Hause herab; dahinten im Corso sogar streckte Rina, die kleine Magd des Tabakhändlers, den Kopf heraus, und dem Advokaten Belotti schien es, daß sie ein neues Halstuch trage. Er überlegte nicht ohne Unruhe, wer ihr nun das wieder geschenkt haben könne. Inzwischen schloß die Kleine ihr Fenster, Mama Paradisi das ihre; die Hühnerlucia und all ihr Lärm waren bis morgen dahin in die Gasse; und der Platz schlief weiter in seiner weißen Sonne, winklig beleckt von den Schatten. Der des Palazzo Torroni, am Eingang des Corso, lief spitz hinüber zum Dom, und vor der buckligen Kirchenfront malten die beiden säulentragenden Löwen ihr schwarzes

Abbild aufs Pflaster. Wildgezackt sprang der Schatten des Glockenturmes bis an den Brunnen vor. Neben dem Turm aber wich das Dunkel zurück, tief in den Winkel, worin man das Haus des Kaufmannes Mancafede wußte. Kaum daß die Umrisse seiner Fenster zu erkennen waren; – hinter einem stand aber sicher auch jetzt, wie sie immer dort stand, die Unsichtbare, das Rätsel der Stadt: Evangelina Mancafede, die niemals ausging und dennoch alles wußte, was geschah, es früher als alle wußte. In der Stadt tat jeder, was er tat, unter den Augen der Unsichtbaren. Durch alle Häuser am Platze schien sie, aus ihrem Schattenwinkel hervor, hindurchsehen zu können: nur eins verdeckte ihr der Turm, den Palazzo Torroni. Auch hieß es, daß sie von dort nichts wissen wollte, daß ihr Vater und ihre Magd – denn sonst erblickte niemand sie – den Namen des Barons vor ihr nicht nennen durften, seit er, den sie geliebt hatte, die andere geheiratet hatte. Seitdem ging sie nicht mehr aus! Sie war damals vierundzwanzig gewesen und war jetzt dreiunddreißig.

„Eine schöne Frau", wisperte der Advokat dem Reisenden ins Ohr. „Vom Stillsitzen soll sie junonische Formen bekommen haben."

Seine Hände, die diese Formen nachbilden wollten, ließ er rasch wieder sinken, denn zweifellos sah sie ihn. Der Reisende fragte:

„Ist sie, seit ich zuletzt hier war, noch immer nicht ausgegangen?"

„Was denken Sie!"

Alle bekamen gekränkte Mienen.

„Sie verspricht es, sooft der Alte es will, dann läßt er ihr schöne Kleider kommen, sogar von Rom her, denn schließlich ist sie das reichste Mädchen hier und hätte hunderttausend Lire mitbekommen; lädt ihre ehemaligen Freundinnen ein, bestellt den Wagen zur Ausfahrt ... Die Stunde ist da, der Wagen mit den Freundinnen steht vor dem Hause, Evangelina in ihren schönen Kleidern steigt die Treppe hinab. In der Mitte aber hält sie an, sagt „Nicht heute, ein anderes Mal" und geht zurück in ihr Zimmer."

Mehrere lugten aus den Augenwinkeln hinüber nach dem geheimnisvollen Hause. Unten, wie in schwarzer Höhle, glomm ein Licht, und vor seinem Laden ging der Kaufmann hin und her: langsam immer hin und her. Die Gäste des Cafés „Zum Fortschritt" konnten ihm zusehen und bei seiner Bewegung fühlen, daß die Zeit vergehe.

Der Apotheker erhob sich, denn ein Kunde war bei ihm eingetreten: der Junge des Gastwirtes Malandrini. Was konnte bei Malandrini vorgefallen sein? Gewiß handelte es sich um die Frau, die der Tabakhändler erst gestern mit dem Baron Torroni in ziemlich verdächtiger Unterhaltung gesehen hatte. Wer weiß, was sie jetzt aus der Apotheke brauchte.

„Nun –?" und alle Blicke sogen an dem alten Acquistapace, der, sein hölzernes Bein schwingend, zurückkam.

„Die Schwiegermutter hat Sodbrennen."

Alle Köpfe senkten sich.

„Wenig Bewegung ist hier am Ort", sagte der Leutnant der Carabinieri zu dem Reisenden und nickte hinüber, wo sich der Kaufmann Mancafede hin und her bewegte. Der Reisende wollte höflich den Ort entschuldigen, aber der Advokat Belotti sagte erstickt:

„Was kann man tun, wenn diese verdammte Post eine Stunde Verspätung hat! Sonst sähe hier vielleicht alles anders aus. Denn schließlich – sagen wir nur die Wahrheit! – können doch jeden Tag die größten Dinge geschehen. Die Stadt steht vor Ereignissen, die –"

„– nicht eintreten", schloß der Gemeindesekretär und lehnte sich zurück, um seine Taille zu zeigen.

„Wer sagt Ihnen das?" Der Advokat fuchtelte, bevor er sprechen konnte. „Bin nicht etwa ich der Vorsitzende des Komitees und muß ich nicht als erster wissen, ob etwas geschieht, ob etwas, sage ich, geschehen kann?"

„Bevor die Post da ist?"

„Die Post! Die Post, mein Herr, war schon öfter da. Die Post hat zum Beispiel mir: verstehen Sie wohl, mein Herr, mir, dem Vorsitzenden des Komitees, einen Brief Ihrer Exzellenz der Frau Fürstin Cipolla gebracht, mit der gütigen Erlaubnis der Frau Fürstin, das Schloßtheater zu benutzen für die Vorstellungen der Truppe, die wir, das Komitee, hieher zu verschreiben gedächten. Und das war bereits kein geringer Erfolg, wenn Sie bedenken –"

Der Advokat wendete sich zum Reisenden; einen seiner mürben Finger, die ihn älter machten als sein Gesicht, reckte er hinter sich, wo die Treppengasse zum Kastell hinaufbog.

„– daß das Theater seit fünfzig; seien wir genau, seit achtundvierzig und dreiviertel Jahren unbenutzt steht, nämlich seit der Vermählung des armen Fürsten –“

„War die Vorstellung gut, Advokat?“ fragte beißend der Gemeindesekretär. „Sie haben doch schon damals den Impresario gemacht? Denn wann waren Sie untätig? Gewiß nicht einmal in den Windeln.“

Und der Advokat, mit verächtlichem Achselzucken:

„– des armen Fürsten, um den Ihre Exzellenz noch trauert. Darum darf ich auch die Bewilligung unseres Gesuchs mir ganz persönlich zuschreiben und dem Umstande, daß ich der Sachwalter der Frau Fürstin bin.“

„Aber der Kapellmeister?“ fragte sein Gegner. „Sollte nicht auch er einiges Verdienst haben? Alfò, sage unserm Freunde, ob du und die andern alle in der „Armen Tonietta“ eure Instrumente spielen könntet, wenn nicht unser Maestro Dorlenghi wäre!“

„Wer leugnet seine Tüchtigkeit? Übrigens zahlt die Gemeinde ihm hundert Lire monatlich und die Kirche fünfzig. Aber scheint es den Herren nicht, daß wir auf die Künstler, die er uns verschaffen wollte, recht lange warten müssen?“

„Ich wette, daß sie heute in der Post sitzen werden!“ rief der Apotheker. Der Advokat bezweifelte es.

„Vielleicht werde ich als Vorsitzender des Komitees mich noch selbst nach ihnen umsehen müssen. Wer weiß, wohin ich fahren werde: bis nach Rom vielleicht.“

„Aber, Advokat“, sagte der Gemeindesekretär, „was verstehen Sie vom Theater?“

„Ich? Sie vergessen, Herr Camuzzi, daß ich in einer Stadt wie Perugia studiert habe. Dort hatten wir oft genug eine Truppe von Komödianten, und wir Studenten verkehrten mit ihnen, kann ich den Herren sagen, nicht anders, als ich mit Ihnen verkehre. Die Choristinnen: ah! ich sage nur dies Wort, die Choristinnen ... Natürlich hatte auch die Primadonna den ihren, aber man mußte reich sein, sehr reich; ich erinnere mich, ein Herr aus der Stadt gab ihr dreihundert Lire im Monat. Begreifen Sie das? Dreihundert Lire für eine Frau!“

Da der Advokat in lauter achtungsvolle Gesichter sah, blühte er auf. Er öffnete seinen schwarzen Rock, obwohl keine Weste darunter war. Die Arme in der Luft gerundet, mit rauhen gelben Manschetten, die bis über die Korallenknöpfe herausfielen, und mit einer Flüsterstimme, aus der manchmal ein heiseres Bellen brach:

„Aber so ist die große Welt: man muß sie kennen. Die Herren Künstler sind die Großartigsten von allen. Man hat keinen Begriff von dem Leben, das diese Schauspieler und Literaten führen. Jede Nacht Champagner, schöne Weiber, soviel sie mögen, und nie vor zwölf aus dem Bett."

„Als ich in Forli stand", sagte der Leutnant der Carabinieri, „zeigte man mir einen Maler, der zwei Fiaschi trinken konnte. Freilich war er ein Deutscher."

„Wozu auch", schloß der Advokat, „da sie spielend mehr Geld verdienen, als sie brauchen, und keine Sorgen haben. Für uns Bürger ist's anders eingerichtet auf der Welt. Aber es ist nicht übel, daß es auch Menschen gibt, die ein so leichtes Leben haben, nach Herzenslust über die Stränge schlagen dürfen und immer guter Laune sind. Haben wir erst einige der Art hier bei uns, wird es lustig werden."

„Das kann nicht schaden!" rief der Apotheker. Gleich darauf hielt er sich den Mund zu und schielte nach seinem Hause hinauf. Man lächelte. Er entschuldigte sich.

„Immer sind Leute in der Nähe, die es mit den Priestern halten."

Der Advokat behauptete: „Wenn wir uns die Komödianten nicht zu unserem Vergnügen kommen ließen, sollten wir es tun, um die Priester zu ärgern."

Der Gemeindesekretär hob die Schultern, der Wirt aber sagte dröhnend:

„Sind wir denn noch immer unter dem Papst?"

Man schrie: „Bravo, Achille!" – und dahinten sah man aus der Kathedrale über den Corso und in den Palazzo Torroni eine schwarze Gestalt huschen. Der Apotheker seufzte.

„Armer Baron! Auch ihn halten sie mittels der Frau. Da kann man sich dann nicht rühren, ohne daß es weh tut. Glaubt mir, ihr Jungen, nehmt nie eine Frau, die es mit den Priestern hat!"

Der Advokat stellte die Hand an den Mund.

„Und dennoch, ist Don Taddeo betrogen, und der Baron hat mir heimlich, Sie verstehen: unter einem Decknamen, seinen Beitrag geschickt für das Theater."

Funkelnd betrachtete er seine Wirkung, legte sich den Finger auf die Lippen und machte eine Pause. Dann:

„Der Beitrag ist sogar bedeutend genug, daß wir den des alten Nardini verschmerzen können."

„Eine schöne Familie, die Nardini", – und der Apotheker stieß den Stock aufs Pflaster.

„Ihre Mitbürger halten sie ihres Verkehrs nicht für würdig, nie wollten sie dem Klub beitreten, und die Enkelin stecken sie ins Kloster!"

„Noch ist sie nicht darin", sagte der junge Savezzo, mit plumper Eleganz an das Haus gelehnt. „Und als ich im Klub meinen Vortrag über die Freundschaft hielt, hat sie ihre Magd hingeschickt und sich darüber berichten lassen."

„Ah, Totò möchte sie draußen behalten."

Unter den spöttischen Blicken begann das linke Auge des jungen Menschen auf seine pockennarbige Nase zu schielen.

Der schöne Alfò, des Wirtes Sohn, sagte:

„Ist sie schön, die Alba!"

Dann sah er unbeirrt und eitel umher.

„Ihr beide werdet keinen Erfolg haben", – und der Gemeindesekretär lachte auf. „Hat doch nicht einmal der Severino Salvatori sie bekommen, obwohl er mit einem Korbwagen umherfährt. Vielleicht, wenn ihr keine Mitgift verlangt. Denn der Alte will sie billig los sein. Er ist noch geiziger als fromm."

„Auch fromm ist er", versicherte Savezzo. „Und wohltätig. Der alte Brabrà lebt ganz vom Nardini, seit dreißig Jahren bald. Jeden Sonntag nach der Messe wird dort unten in Villascura den Armen das Mehl ausgeteilt. Alba selbst tut es."

„Alba selbst", wiederholte Alfò.

„Aber als ich ihm die Liste brachte", sagte der Advokat mit steilem Finger, „wissen Sie wohl, was der Nardini mir geantwortet hat?"

Alle wußten es, ließen sich aber gern zum zehntenmal dadurch aufbringen.

„Er hat mir geantwortet: wenn er dafür zahlen solle, daß die Komödianten fortbleiben, dann wolle er zahlen."

Der Apotheker schlug auf den Tisch; das Schweigen der andern war stürmisch. Da sagte der schöne Alfò, und das einfältigste Lächeln legte seine weißen Zähne frei:

„Dennoch will ich Alba heiraten."

Niemand würdigte ihn einer Entgegnung.

„Auch seinen Wasserfall", erinnerte sich der Gevatter Achille, „hat er der Stadt ein wenig teuer verpachtet."

„Unsere Schuld", – und der Gemeindesekretär hob die Schultern; „ich war gegen die Elektrizitätsanlage und bin es noch. Aber man hört nicht auf mich", sagte er mit einem Blick auf den Advokaten, der die Arme in die Luft warf.

„Wollen wir, ja oder nein, den Fortschritt?" schrie der keuchend.

„Und wem verdanken wir ihn", antwortete der junge Savezzo, „als einzig dem Advokaten?"

„Ist es einer Stadt wie der unsrigen würdig", fragte der Advokat weiter, „die öffentlichen Plätze mit Petroleum zu erleuchten? Und wie sollen wir vor den Fremden dastehen, die uns besuchen werden, wenn unsere Theatersaison begonnen hat?"

„Versteht sich", machten die andern; nur der Sekretär schüttelte die zusammengelegten Hände.

„Da haben wir's. Weil wir eine Theatersaison haben, müssen wir elektrisches Licht anlegen, und weil wir wie Venedig oder Turin das Verfassungsfest feiern, mußten wir in einem Feuerwerk fünftausend Lire abbrennen. So zieht eine Tat des Größenwahns die andere nach sich, und das Ende, das ich voraussehe, ist der Bankrott. Ah, ihr Herren, unsern Bürgermeister, den würdigen Herrn Augusto Salvatori, der das Haus nicht mehr verläßt, trifft keine Schuld: sie trifft nur einen!"

Und er stieß mit dem Finger nach dem Advokaten, der sich auf dem Stuhl umherwarf.

„Wollen wir, ja oder nein, den Fortschritt?"

Da rundete der Leutnant die Hand am Ohr:

„Mir scheint, ich höre sie knarren."

Sogleich bekamen alle lauschende Mienen. Savezzo und Alfò stürzten an die Hausecke und spähten die Gasse hinab. Plötzlich schrien sie durch die gerundeten Hände:

„He! Masetti! Langsamer!"

Und unter wütendem Peitschenknallen hörte man die Post drunten auf der Landstraße vorbeirasseln. Indes sie den Bogen zum Tor machte, wurden Masettis phantastische Verspätungen aufgezählt; er habe keine Eile, zu seiner Frau zu kommen; – und nun er auf den Platz bog, begannen alle zu pfeifen. Die beiden Carabinieri ließen sich von ihren Pferden herab und hoben die Dreimaster, um sich die Köpfe zu trocknen. Die Diligenza fuhr mit Krachen beim Postamt vor: da zeigte sich, daß sie ganz gefüllt war. Drinnen saßen acht Personen, und eine kletterte soeben vom Bock: ein gedrungener Mann mit einem Cäsarenprofil, den der Handlungsreisende fast für einen Berufsgenossen gehalten hätte. Nur hatte er blaurasierte Wangen und Bewegungen von unbekannter Spannkraft und Form.

Kaum daß die Pferde stillstanden, stürzten über die Füße der andern hinweg zwei Nonnen aus dem Wagen und eilten, so daß die Kreuze der Rosenkränze von ihren Hüften aufflogen, nach dem Treppenweg zum Kloster. Dann stieg ein schöner bleicher junger Mensch heraus, der unbeteiligt umhersah.

„Nello!" rief eine Frauenstimme. „Hilf mir heraus!"

„Laß lieber mich", sagte ein hagerer Alter, weiß angezogen und rascher als ein Jüngling; – und er streckte eine faltige Hand aus, worauf ein großer Brillant blitzte.

Der Advokat bemerkte:

„Aber das sind sie! Das sind die Komödianten. Ich als Vorsitzender des Komitees muß sie begrüßen."

Er erhob sich und schwänzelte über den Platz. Die andern folgten im Abstand.

Aus der Post ward eine schwarze lachende Person gehoben, aber wer sie von hinten unter den Armen hielt – der Advokat mußte auf halbem Wege stehenbleiben –, das war, mit dem blonden Schnurrbart über dem roten Gesicht, der Baron Torroni! Er wandte sich um; aus seiner Jagdtasche sahen die Vogelschnäbel; und er setzte noch eine Frau aufs Pflaster: ein kleines unansehnliches Wesen in einem schmutzfarbenen Mantel wie ein Sack, und die

Haare voll Staub. Hinterher, mit einem ausgelassenen und dennoch bestürzten Gesicht, kam der Tabakhändler Polli.

„He! Polli! Was ist denn mit dir geschehen?“ rief der Apotheker.

Der Tabakhändler gesellte sich ihnen zu.

„Ach ja, das fragt nur! Die eine hätte mir fast einen Kuß gegeben: jene große Schwarze.“

„Ein prachtvolles Weib. Die wird eine Stimme haben!“ meinte der Advokat.

„Ich sage euch, sie kann schreien! Geschichten sind heute in dem alten Karren erzählt worden! Ich möchte wissen, ob die beiden Nonnen sie schon kannten. Immer lauter haben sie gebetet, – und seht nur, wie sie laufen!“

„Wozu müssen diese heiligen Unterröcke immer unterwegs sein?“ fragte der Advokat. „Auf allen Straßen sieht man nur sie.“

Polli raunte:

„Und seht euch den Alten an: er ist geschminkt!“

Die Gruppe der Bürger schielte zu den Komödianten hinüber. Der Advokat fand es schwerer als in seinen Studentenerinnerungen, mit ihnen anzuknüpfen. Der untersetzte Mann vom Bock, der ihm noch am meisten Vertrauen eingab, ließ den Kutscher das Gepäck herabheben. Den übrigen schüttelte der Baron Torroni die Hände. Er versprach, ihnen seine Vögel ins Gasthaus zu schicken, machte seine eckigen Kavalleristenverbeugungen und brach sich einen Weg durch die Kinder und Mägde, die herumstanden. Wie er in seinen Ledergamaschen auf sein Haus zuging, schlüpfte eine schwarze Gestalt heraus und in die Kirche.

Mehrere Geschäftsleute stellten sich ein, um nach ihren Paketen zu sehen. Der Kaufmann Mancafede bemühte sich längst um die seinen. Trotz aller Spätsommerhitze war er in seiner dicken braunen Jacke. Das gewölbte Auge in seinem alten Hasenprofil suchte ängstlich und zäh unter den Körben dort oben.

„Und das Petroleum?“ fragte er gelassen und richtete seinen trockenen Finger auf den Kutscher Masetti. Der tat droben einen erbosten Sprung. Er schrie hinab, für so viel Mühe sei er nicht bezahlt; diese Fremden hätten Gepäck für einen ganzen Eisenbahnzug; noch ein Wagen komme mit Leuten und Koffern: darauf werde, wenn Gott es wolle, auch das Petroleum sein. Und durch den abfälligen

Empfang, der ihm bereitet worden war, noch tiefer gefärbt als sonst, schwenkte er die ausgebreiteten Arme tobend über der Menge, vor dem blauen Himmel.

Der Kaufmann prüfte ihn blinzelnd und wandte sich an den Tabakhändler.

„Polli, deine Magd ist die letzte Nacht nicht zu Hause gewesen."

Der Tabakhändler rötete sich.

„Sagt die Evangelina es?"

„Ja", erklärte Mancafede mit Ruhe und Sicherheit.

„Und dann sagt meine Tochter auch, die Komödianten werden kommen ... Das sind sie wohl?" – und zum erstenmal schien er sich umzusehen.

„Meine Lina weiß, daß der berühmte Tenor Giordano dabei ist."

Plötzlich drehte der weiß angezogene Alte sich um. Leicht und doch groß sagte er: „Das bin ich: der Cavaliere Giordano."

Ein Augenblick, und der Advokat war über die Hand des alten Sängers hergefallen.

„Sie, Cavaliere! Welch Wiedersehen! Sie erinnern sich doch unserer Bekanntschaft in Perugia? Belotti, Advokat Belotti. Wir verkehrten beide im Café „Zur alten Treue". Wir spielten Domino, und ich besiegte Sie immer, Sie zahlten all meinen Punsch ... Wie, Sie wissen's nicht mehr? Ach ja, das sind wohl dreißig Jahre her, und was haben Sie seitdem erlebt! Der Ruhm, die Frauen, die großen Reisen! Das nenne ich Leben. Hier in der kleinen Stadt: – nun, Sie werden uns kennenlernen; auch wir können lustig sein, auch wir wissen die Kunst zu schätzen. Meine Freunde werden glücklich sein, Sie kennenzulernen."

Er winkte sie herbei.

„Herr Acquistapace, unser Apotheker; Herr Polli, mit dem Sie die Reise gemacht haben; Herr Cantinelli, der brave Anführer unserer bewaffneten Macht –"

Und um nicht seinen Gegner, den Gemeindesekretär, vorstellen zu müssen, griff er aus den Umstehenden einen anderen heraus.

„– Herr Chiaralunzi, höchst geschickter Schneider, der im Orchester das Tenorhorn blasen wird."

„Und wie!" meckerte das hämische Stimmchen des Barbiers Nonoggi.

Aber der lange starkknochige Schneider trat vor, sah sich langsam und ehrlich die Fremden an, – und dann verbeugte er sich mit Wucht, daß die Spitzen seines hängenden, rostroten Schnurrbartes schaukelten vor dem kleinen unansehnlichen Wesen im schmutzfarbenen Mantel. Sie stand, indes ihre Kameraden zusammen flüsterten und lachten, ganz allein; durch die Taschenwände sah man, daß sie Fäuste machte; und ihre weit voneinander entfernten Augen gingen kalt über die wachsende Menge, als prüfte eine Macht die andere. Beim Anblick des vor ihr gekrümmten Schneiders bekam sie unvermutet ein Kinderlächeln und gab ihm eine kleine graue Hand.

Darauf schüttelte er die Rechte des alten Tenors, der über die andern Sänger eine Gebärde beschrieb, ohne daß er dabei hinsah: wie ein Fürst, der sein Gefolge vorstellt.

„Herr Virginio Gaddi, Bariton."

Der untersetzte Mann mit dem Cäsarenprofil mischte sich, eine Hand in der Hosentasche, unter die Bürger.

„Fräulein Italia Molesin, Sopran."

Die derbe Schwarzhaarige lachte mit großen Zähnen allen zu und stieß dabei kokett mit den Schultern, um den Schal zurückzuwerfen; denn sie trug einen Schal, wie die Masse der Mädchen, und keinen Hut.

„Herr Nello Gennari, lyrischer Tenor."

Da sahen die Frauen das mattbleiche Gesicht des jüngsten Mannes sich ihnen zuwenden. Weil es einfach und stark gemeißelt war, erkannten die am weitesten Entfernten es, reckten sich und sagten laut:

„Oh! Ist er schön!"

Seine Augen dankten ihnen allen, ohne Überraschung und ohne Eifer, mit ein wenig schwermütigem Spott.

Nun aber wendete der Cavaliere Giordano sich nach dem Mädchen um, das für sich stand, beugte leicht vor ihr den Rumpf und sagte mit entzückter Stimme:

„Und dies ist unsere Primadonna assoluta, das Fräulein Flora Garlinda, eine Künstlerin von unermeßlicher Zukunft, die Hoffnung der lyrischen Bühne Italiens."

Dann sah er erwartungsvoll die Bürger an. Der Advokat, der ihr am nächsten stand, fuhr ein wenig zurück; und dann huldigte er der Primadonna um so ehrfurchtsvoller, je weniger er sie vorher beachtet hatte. Er fragte sie, ob sie schon in der Scala gesungen habe. Sie zuckte die Achseln und krümmte den Mund, als verachtete sie die Scala. Darauf machte er einen großen Kratzfuß.

„Ein Fräulein wie Sie muß wohl Liebhaber haben, so viele es nur will."

Sie lachte auf und ließ ihn stehen. Er schielte nach rechts und nach links, ob man es gesehen habe; – aber in diesem Augenblick schwankte die Menge: jemand teilte sie, mit den Armen stürmisch über ihren Schultern rudernd.

„Der Maestro!"

Er war angelangt; er keuchte. Seine helle Gesichtshaut war unter seinem leichten blonden Bart ganz rosig bewölkt, sein verlegen ehrgeiziges Lächeln zerging manchmal, und dann sah man, daß er zornig war. Er setzte an:

„Das ist aber ... Ich denke doch, ich bin hier der Kapellmeister ... Die von mir engagierten Künstler sind da, und niemand ruft mich? Herr Advokat, ich muß Sie ..."

Der Advokat klopfte ihm auf den Rücken.

„Mein lieber Dorlenghi, alles geht gut, ich habe mich als Vorsitzender des Komitees mit diesen Herren bereits ins Einvernehmen gesetzt."

„Aber ich begreife nicht, wie man ohne mich ... Dann führen doch Sie den Kapellmeisterstab!"

„Seien Sie gut, Dorlenghi!" sagte der Apotheker, und Polli, der Tabakhändler, meinte:

„Das alles ist doch nicht der Mühe wert."

Der Musiker warf die Arme noch höher.

„Nicht der Mühe wert! Ah! Cavaliere: denn ich irre mich nicht, Sie sind der Cavaliere Giordano, und ich heiße Enrico Dorlenghi und bin Dirigent einer Dorfkapelle, nichts weiter. Ich habe in meinem Zimmer gesessen, da hinten in einem Winkel der Stadt, wo man nichts hört noch sieht, und habe an einer Messe geschrieben, die ich noch diesen Herbst in der Kirche aufführen soll. Inzwischen ernten diese Herren die Frucht meiner Bemühungen; denn ich bin stolz, Sie, Cavaliere, unserer Bühne gewonnen zu haben, Sie und Ihre Kollegen. Nicht der

Mühe wert! Wenn Sie ahnten, welch ein Ereignis für einen Verbannten, Geopferten ..."

Er ging mit dem alten Sänger um den Postwagen herum; seine keuchende Stimme versank manchmal, denn das Volk schrie ihm zu. Viele schrien auf einmal: „Bravo, Maestro!" andere: „Seht, er ist verrückt geworden!" Und die meisten wußten nicht, wer gemeint war, und riefen: „He, Masetti!" nach dem Kutscher, der, stimmlos vom Schelten, an den Pferden zerrte. Er saß mit ihnen fest; Jungen krochen zwischen den Beinen der Menge hervor und kniffen ihn. Er schlug aus ... Inzwischen ward der Kapellmeister wieder sichtbar, noch immer fuchtelnd. Plötzlich stand er vor der Primadonna. Wie der Cavaliere sie nannte, sahen sie sich an. Der Musiker war auf einmal verstummt, die junge Sängerin sah aus, als gölte es: und die Hände, die sie sich hätten reichen sollen, noch in der Schwebe, traten beide ein wenig zurück. Dann begrüßten sie sich: er rosig von verlegenem Ehrgeiz, sie mit dem entschlossenen Blick von Macht zu Macht, den sie auch auf das Volk gerichtet hatte. Der Kapellmeister sagte:

„Ich würde mich an die „Arme Tonietta" nicht heranwagen, hätte ich für die Hauptrolle nicht Sie gewonnen, Fräulein Flora Garlinda."

Sie lächelte gnädig.

„Auch Ihr Name, Maestro, fängt an, sehr bekannt zu werden. Noch neulich in Sogliaco sagte der Direktor Cremonesi ..."

Er hatte ein Gesicht wie ein Hungernder. Aber ihre Worte gingen aus, wie er kaum anfing, sie zu verschlingen. Der Gastwirt Malandrini bot ihr eins seiner beiden Zimmer an. Der große beleibte Mann war lautlos, man wußte nicht wie, durch das Gedränge gelangt, lächelte breit und glatt und kannte schon jeden beim Namen.

„Ihnen, Cavaliere, meinen Ehrensalon! Gerade muß ich den Handlungsreisenden haben, der immer herkommt; und zudem ist ein Fremder da, der nichts tut: sonst würde ich alle diese Damen und Herren zu mir einladen. Sie aber, Fräulein Flora Garlinda ..."

Die Primadonna lehnte ab; sie sei zu arm, um ins Gasthaus zu gehen.

„Der Direktor Cremonesi", sagte angstvoll der Maestro, „gilt für geschickt."

Der Perückenmacher Nonoggi kam dazwischen, dienerte auf einem Bein und empfahl sich den Künstlern. Er hielt einen Haubenstock und rief zärtlich:

„Oh! welch schöne Perücke. Wie sollte einen Mißerfolg haben, wer solche Perücke trägt!"

„Was höre ich?" sagte der Wirt, „der Herr Cavaliere hat schon bei dem Herrn Gemeindesekretär gemietet? Aber das Fräulein Italia Molesin? Verständigen wir uns, Fräulein! Sie sind die Schönste von allen ..."

„Sein Urteil zählt", sagte der Kapellmeister; „ich glaube, daß er als Bühnenleiter heute ..."

„Und die Herren", kreischte der kleine Barbier, „bitte ich, mir nur einmal über die Wange zu streichen und dann zu sagen, ob man vermuten würde, daß dort je ein Bart gewachsen ist. So rasiere ich!"

„Ah! so ist's recht: auch Sie, Herr Nello Gennari. Das Fräulein Italia und der Herr Nello", rief der Wirt, „das sind die geehrten Gäste der Herberge „Zum Mond". Masetti, das Gepäck der Herrschaften! Ihr Leute, den Weg frei!"

Die derbe Schwarze hieb einem halb Betrunkenen, der sie betastete, den Fächer um den Kopf. Dazu lachte sie mit ihrer dicken Kehlstimme.

„Ei, seht, die Lustige!" schrie es. „Ist sie sympathisch!"

„Aber seht das böse Gesicht der andern! Kann man so böse sein! Sie wird die Hexen spielen"; – und die Frauen traten ganz dicht an die Primadonna hinan und starrten ihr tierisch feindselig in die Augen.

„Ich werde dich nicht heiraten", erklärte Alfò, der Sohn des Caféwirts, mit seinem törichten Lächeln. Sie betrachtete ihn ohne Spott, die Hände in den Manteltaschen.

„Und ich dich nicht, du Schöner!"

„Er ist nicht mehr schön", sagte eine Frau und schlug sich auf die Brust. „Der Schöne ist jetzt euer Tenor."

„Man würde sagen, ein junger Heiliger!"

„Wäre er mein Sohn! Mein Sohn ist häßlich und schlägt mich."

„Zeig uns dein Gesicht! Ich will dich küssen."

„O du Schamlose!"

Und tief aus der Menge schallte eine Ohrfeige.

„Bravo!" sagten Männerstimmen. „Sie sind verrückt, die Weiber."

„Aber auch ich würde mich verlieben!“ rief der biedere Baß des Apothekers Acquistapace; und viele helle Stimmen, auf allen Seiten und weithin, verstört, selig, im Ton des Träumens:

„Ah! seine Augen. Er sieht mich an!“

Er stand allein; seine Kameraden waren von ihm weggetreten wie auf der Bühne, wenn der Beifall nur ihm galt; und die Arme verschränkt, die Schultern hinaufgezogen, führte er sein leichtes und dennoch beschattetes Lächeln über die Gesichter der Menge. Sie antwortete:

„Es lebe der Gennari!“

Die Jungen kreischten:

„Er lebe!“ – und ein Händeklatschen, irgendwo ausgebrochen, griff um sich, sprang über den Platz.

Es ward zerrissen von einem schweren Glockenschlag; und wie vom Turm nun das Ave stieg, wendeten alle sich ab. Die Menge entfaltete, auseinanderrauschend, zwei weite Flügel; zwischen ihnen, am Ende einer stummen Gasse von Menschen, lag vor dem jungen Sänger die kahle Kirchenmauer. Nur auf ihr noch war ein Streif Sonne. Die einsamen Klänge der Höhe; unten das Staunen der Stille: und da ging dort hinten im Sonnenstreif, allein und rasch, eine Frau in Schwarz entlang. Sie war klein und schlank, ging vor Eile ein wenig geneigt; und in dem schwarzen Schleier, den die letzte Sonne durchleuchtete, sah Nello Gennari ein weißes, weißes Profil, dessen Lid gesenkt war und sich nicht hob. Sie langte beim Portal an, stieg zwischen den Löwen hinauf, und schon schwamm vor dem Dunkel, das sie aufnahm, nur noch, kupferrot und besonnt, ihr großer Haarknoten, – da wendete sie sich um, ganz um und sah von oben die Menschengasse hinab. Er dort am Ende hielt die Arme nicht mehr verschränkt, und sein wankendes Lächeln suchte in den Schleier einzudringen, zu jenem verschwimmenden Oval aus fernem Alabaster ...

Ein Augenblick, dann endete das Läuten, die Menge schloß sich wie ein Tor, und aufschreckend sah der Tenor all die Gesichter zurückgekehrt, die er vergessen hatte.

Sein Kamerad, der Bariton, stand vor ihm und sagte:

„Ich war im Ort umher, nach Wohnungen für uns. Wer sich begnügt, zahlt wenig.“

„Gaddi, wer war jene Frau?"

„Schon eine Frau? Immer Frauen! Ah, dieser Nello. Er verliert seine Zeit nicht."

„Wer war sie?"

„Ich habe nichts gesehen, mein armer Nello. Was willst du: ich bin ein Familienvater voller Sorgen. Gleich werden die Meinen hier sein, vier Köpfe, und es heißt ihnen Obdach schaffen. Ich suche einen gewissen Savezzo, der Zimmer haben soll."

„Nichts gesehen! Und du mußt – nein, bleibe! Dies ist wichtig: ganz nahe mußt du an ihr vorbeigekommen sein."

„An wie vielen Frauen bin ich vorbeigekommen! Auch du, Nello, wirst glücklich an dieser vorbeikommen, wie noch an jeder. Gehab dich wohl."

Und der Mann mit dem Cäsarenprofil nahm gesetzten Schrittes seinen Weg wieder auf. Der Tenor drang planlos in die Menge ein. „An ihr vorbeikommen", dachte er. „Niemals werde ich an ihr vorbeigelangen. Wenn ich sie wiederfinde, werde ich sie lieben: immer, immer." Da schlug ein riesiger Federfächer ihm eine parfümierte Luft ins Gesicht. Mama Paradisi, flankiert von ihren beiden Töchtern, versperrte dem jungen Manne den Weg.

„Das ist er!" flüsterten sie laut, alle drei; sahen ihn starr lockend an aus ihren breiten, weichen, gepuderten Gesichtern, ließen die Fächer ruhen und die durchsichtigen Blusen sich heben und quellen. Der junge Mann hatte, bevor er's wußte, entgegenkommend gelächelt. Mit Stimmen wie Federkissen versicherten sie ihm, daß sie um seinetwillen ins Theater zu gehen gedächten.

„Wir lieben so sehr die Kunst. Werden Sie, wenn wir recht laut klatschen, uns zu Gefallen eine Arie wiederholen?"

Er versprach es, hingerissen, die Hand auf dem Herzen, mit tiefen Blicken in alle drei Augenpaare.

Ein schreckhafter Ruck in der Menge trennte ihn von den Damen. Dahinten, wo ein Paar wachsblasser Hände durch die Luft schwangen, brach ein hohes, zorniges Jammern an.

„Ihr werdet's bereuen! Geht nach Hause, geht! Ah! ihr Gesindel, den Komödianten lauft ihr nach, als hieltet ihr euch am Schwanze Satans fest, um desto sicherer zur Hölle zu fahren."

„Don Taddeo ist heute nicht gut aufgelegt“, sagte jemand, und der Tenor sah in ein Gesicht voll künstlich verwirrter Locken, mit einer pockennarbigen Nase und einem linken Auge, das nicht stillhielt.

„Ich bin der Savezzo; Ihr Kollege Gaddi wird bei uns wohnen. Übrigens bin auch ich ein Künstler, wir werden uns schon verstehen.“

Nello Gennari gab ihm zerstreut die Hand. „Was wollten sie von mir, diese Weiber? Ach, immer dasselbe. Und immer gehe ich ihnen auf den Leim. Es fängt an, mich zu ekeln ... Aber sie? Wer war sie?“

„Hören Sie, Herr Savezzo, ich sah vorhin ...“

Aber die schwache wütende Stimme, die Stimme jener in der Luft stehenden, rückwärts gekrampften Hände fuhr dazwischen; sie klang, als rennte sie in einem hektischen Ansturm alles nieder.

„Fort mit ihnen, ehe es zu spät ist! Sonst frißt die Sünde um sich, ihr verbrennt darin! Wehe denen, die diese Leute gerufen haben! Und verdammt sei, wer sie bei sich aufnimmt!“

Mehrere Frauenstimmen antworteten:

„Recht hat er, wir wollen nicht verdammt werden.“

Der junge Savezzo hob die Schultern.

„Was will denn der? Warum sollte ein Biedermann wie der Herr Gaddi ...“

„Herr Savezzo, ich sah vorhin eine Frau in den Dom treten, wer war sie?“

„In den Dom? Es treten so viele in den Dom ...“

„Ein schwarzer Schleier, ein kupferroter Haarknoten.“

„Wir haben hier keinen kupferroten Haarknoten. Wie dieser Priester schreit! und immer dasselbe, man versteht einander nicht.“

„Sehr schlank, von sehr weißer Haut“, sagte flehend der Tenor. Die Miene des andern blieb verschlossen. Plötzlich wendete er sich ab und machte zwischen den Zähnen „oho!“

„Was steht ihr und reibt euch am Laster! Packt euch! Oh! möchte doch der Himmel euch ein Zeichen geben der Gefahr, ihr Blinden!“

Und die Hände dort über den Köpfen schienen mit dem Himmel zu ringen in letzter Not, wie heilige Jungfrauen beim Sterben.

„Solch ein Fanatismus wirkt abstoßend“, sagte der Advokat Belotti erstickt. „Die Damen zweifeln doch nicht, daß uns trotz diesem traurigen Herrn aus der Sakristei sehr wohl bekannt ist, was wir der Kunst schulden. Ich für meinen Teil werde mir jetzt erst recht die Freiheit nehmen, Ihnen, Fräulein Flora Garlinda, mein Haus zur Verfügung zu stellen.“

Die Primadonna erwiderte:

„Ich danke Ihnen. Aber es würde sich für mich nicht ziemen.“

Da wagte der Apotheker Acquistapace sich vor.

„Wenn das Fräulein denn zu einem Junggesellen nicht gehen will: ich bin verheiratet, wir sind eine sehr ehrbare Familie, und wir wissen wohl, daß die Kunst und das Laster zweierlei ist ...“

„Romolo!“ rief es sehr scharf hinter ihm.

„Meine Liebe?“ – und die Stimme des alten Kriegers versuchte tapfer zu bleiben.

Plötzlich kreischte alles auf; die Menge schwankte und bekam Risse; einige Jungen liefen heulend davon.

„Der Priester hat sie ins Gesäß getreten“, sagte der Advokat. „Er geht zu Gewalttaten über. Soll man seine Kinder von diesem Elenden mißhandeln lassen?“

Dabei zog er selbst sich ganz leise gegen den Laden des Barbiers Nonoggi zurück. Der Apotheker war fort, und viele der nächsten hatten sich unauffällig in das gelichtete Volk gemischt. Vor den Sängern lag ein freier Halbkreis. Der Schneider Chiaralunzi durchmaß ihn allein. Er trat vor die Primadonna hin; aber ohne den letzten Schritt zu beenden, halb schwebend, als wollte er ihr seine Gegenwart leicht machen, begann er zu sprechen. Er rieb seine großen weißen Hände mit den Ballen aneinander, und sein Landsknechtschnurrbart schaukelte.

„Weil nämlich doch das Fräulein, wie es heißt, die einzige unter den Herrschaften ist, die noch nicht gemietet hat, und obwohl ich natürlich nicht würdig bin, aber was meine Frau kocht, läßt sich essen, denn sie kocht auf Genueser Art, denn sie hatte eine Tante in Genua ...“

„Und ich soll bei Ihnen wohnen?“

„Ja, Fräulein, ja, das wollte ich sagen.“

„Das tue ich gern. So gehen wir! Hier ist alles, was ich bei mir habe."

Der Schneider hob den leichten Koffer auf seine Schultern, wie auf einen Turm, und ging vor der kleinen zerzausten und schnellen Person her über den Platz, von dem das Volk ablief.

„Freilich blase ich das Tenorhorn", sagte er. „Doch werde ich, um dem Fräulein nicht lästig zu fallen, damit auf die Akropolis steigen."

„Ihr spielt hier wohl jeder ein Instrument! Und der Maestro übt euch?"

„Oh! mich braucht er nicht zu üben. Denn ich selbst bin Chef einer kleinen Bande und spiele des Sonntags in den Dörfern. Man lebt, wie man kann. Wäre nur nicht die schlechte Konkurrenz! Denn das Fräulein hat wohl gehört, was der Barbier Nonoggi über mich sagte. Denn er ist mein Feind. Denn auch er hat solch eine kleine Bande ..."

„Aber der Maestro, wie ist's mit ihm?"

„Der Maestro, das ist etwas anderes. Er hat auf dem Konservatorium studiert."

„Ah, er hat studiert."

„Er ist ein sehr großer Musiker und ein guter Mann."

„Vielleicht ist er ein sehr großer Musiker, – aber ein guter Mann? Er hat mir nicht gefallen. Er sieht aus wie einer, der keinem andern etwas gönnt. Ich würde ihm nicht zu sehr trauen."

Überrascht wandte sich der Schneider um und spähte von seiner Höhe nach dem Gesicht, das solche ungeahnte Dinge sprach. Sie nickte ihm so fest und streng in die Augen, daß ihm ein Schauer über den Nacken lief.

„Wenn das Fräulein meint", sagte er gehorsam. „Man kennt die Menschen niemals ganz. Einst, beim Militär, hatte ich einen Freund ..."

Sie betraten die Gasse der Hühnerlucia. Der Platz blieb fast leer zurück. Eine letzte schwatzende Gruppe wurde von Frauen zerteilt: „Kommt essen!" und ringsum in die Dunkelheit getrieben. Ein Alter trippelte nach dem Rathaus, zündete zwei Öllampen an und machte sich quer über den Platz an die dritte beim Palazzo Torroni. Zur vierten am Dom gelangte er nicht: der Tenor Nello Gennari war plötzlich da und erschreckte den Alten.

„Hört! kennt Ihr nicht alle Leute hier? Ihr müßt mir sagen, wer jene schwarzgekleidete Frau war. Sie ging, wie es Ave läutete, in den Dom."

Da der Alte nur grinste –

„Wollt Ihr Geld? Ach, es ist umsonst. Mir geschieht etwas Unbegreifliches. Sie ging hinein, sie allein, vor allem Volk, und niemand hat sie gesehen. Gute Nacht, Alter, die ganze Welt ist stumm."

Mit einer weiten Geste enteilte er, hob die Matratze von der Domtür, glitt hinein.

„Wenn sie noch da wäre? Vielleicht erwartet sie mich! Vielleicht aber war sie ein Gesicht und nur ich hatte es?"

Die schattigen Räume mit dem Blick durchirrend:

„O Alba! Süßes Morgenlicht, gehe mir auf! Ich liebe dich. Wenn ich dich finde, will ich in dir verbrennen. Soll ich niemals lieben? Ich hasse die Weiber, die ich gehabt habe. Ich bin zwanzig Jahre, und ich will dich lieben, o Alba, immer, immer."

Er schwankte, im Rausch seines Herzens. Als er dann hinaustrat, ging beim Glockenturm, wo es am dunkelsten war, irgend etwas hin und her, langsam immer hin und her. Der Tenor machte sich rasch herzu.

„Heda, guter Mann, sagt doch ..."

„Wie?" fragte der Kaufmann Mancafede und blieb stehen.

„Verzeihen Sie, Herr –"

Der junge Mann erwachte verwirrt. Seit einer Stunde lebte er in einer Welt von Abenteuern, denen alles Volk beiwohnte und die doch nur ihm galten. Diese Stadt und das Wunder in ihr hatten ihn erwartet. Er flog von einem zum andern als einziger Fühlender zwischen verzauberten Steinen und fragte nach der wunderbaren Frau.

„– ich wollte nur ...", stammelte er. „Mein Herr, ich bin fremd hier."

„Man weiß", sagte der Kaufmann. „Der Herr ist einer der Komödianten."

„Sie werden auch begreifen, mein Herr, daß man in meinem Alter nicht immer ... daß man ... Oh, mein Herr, sie ging in den Dom."

„Ah! in den Dom ging sie."

„Sie kennen sie?“

„Das sage ich nicht. Aber um Ihnen gefällig zu sein, will ich mich bei meiner Tochter erkundigen.“

„Sie wollen ... Oh!“

Der Kaufmann ging ins Haus. Der junge Mann fragte nicht, wer diese Tochter sei, die das Erlebnis seines Herzens kannte. Er ließ geschehen, daß die Schleier der Verzauberung wieder heraufstiegen. Mit beiden Händen umfaßte er seine Schläfen, tat zwei stürzende Schritte und schüttelte sich ganz.

„O Alba! Süßes Morgenlicht!“

Der Kaufmann kehrte zurück.

„Meine Tochter weiß wohl, wen Sie meinen; aber sie sagt es Ihnen nicht.“

„Warum nicht?“

„Meine Tochter wird auch das wissen.“

„Aber die Frau hat mich angesehen! Sie wandte sich um, noch in der Domtür, und sah mich an, mich allein.“

„Sie hat Sie also angesehen.“

Der junge Mann stampfte auf.

„Wen geht das alles an, als nur mich! Was will Ihre Tochter! Aber sie weiß gar nichts, Ihre Tochter!“

„Oho!“

Der Kaufmann verlor seine Trockenheit.

„Wenn meine Tochter nichts weiß, dann haben Sie geträumt, junger Mann, und es ist nichts geschehen. Was geschehen ist, das weiß sie auch.“

„Warum sagt sie's also nicht?“

„Soll sie jener Unglücklichen einen Menschen schicken, der sie verführt? Meine Tochter ist nicht sehr eingenommen für dergleichen. Aber wissen: oh, sie weiß alles.“

„Mein Herr“ – und Nellos Stimme schmeichelte. „Hier habe ich einen schönen Ring. Sie sind Kaufmann. Sie werden den Wert dieses Rubins zu bestimmen verstehen. Wissen Sie, zu welchem Preise ich ihn Ihnen gebe? Für den Namen, mein Herr, für den Namen!"

„Lassen Sie doch sehen!"

Mancafede zog den jungen Mann am Ringfinger bis unter die Lampe vor dem Dom. Plötzlich sah er auf, mit schwarzen Runzeln über die Hornränder seines Klemmers hinweg.

„Von wem haben denn Sie einen solchen Ring, junger Mann?"

Nello errötete tief, zog den Finger zurück und machte sich mit einem Gemurmel davon.

„Ich bin ihrer unwürdig! Noch trage ich den Ring von der Frau des Juweliers!"

Und er suchte Dunkel auf.

Aber es blieb nicht dunkel. Aus dem Corso, über den Platz und zum Tor stürmte ein Haufen Jungen mit Kerzen in Papiertüten. Alle schrien:

„Sie kommen! Es kommen noch mehr!"

Sogleich klappten ringsum Fensterläden an die Mauern, und Licht fiel herab. Die Häuser begannen sich wieder zu leeren von Neugierigen, die noch die Münder wischten. Alle sammelten sich am Ausgange des Platzes, reckten die Arme nach dem Tor und lärmten mit. Denn immer lauter ward dort hinten das Gewirr von Lachen und Gekreisch, das Trommeln auf Holz, das Singen ... Und mit Rasseln, Knallen und Gebell und umtollt von den Windlichtern der Jungen, brach, voll weiblicher Schreistimmen, ein ganz bunter Wagen herein – niemand begriff etwas vor Buntheit –, fuhr mitten auf den Platz und war da. Schon standen, rückwärts gebogen, junge Leute darum her und breiteten Arme aus, lauter Arme, die sich wiegten; – und auf allen Seiten des hohen Stellwagens blähten bunte Röcke und Blusen sich auf, wie die Mädchen hinab in die Arme sprangen, mit geschlossenen Augen darauf los, als sei ringsum Wasser. Dann kletterten die Männer herab.

„Die Choristen sind gekommen!" rief man den Häusern hinan; und die noch droben waren, stiegen auf den Platz. Im Café ward es ganz hell. Der Konditor Serafini im Corso mußte seinen Laden wieder aufgemacht haben, denn der Karren mit dem Gefrorenen klingelte durchs Gedränge. Der Advokat Belotti wand sich hindurch, er keuchte.

„Wir haben Wohnungen, meine Damen, wir sind das Komitee."

„Wir sind das Komitee“, heulten die Jungen ihm nach.

Der Advokat schwenkte immer krampfhafter seine Liste über den Köpfen. Der Schneider Chiaralunzi und der junge Savezzo riefen ihren Freunden zu, die Musikinstrumente zu holen.

„Gott! Hilf noch dies eine Mal!“ schrie eine Alte, die erdrückt ward; und die Frau des Kirchendieners Pipistrelli:

„Die Welt geht unter: er hat recht, Don Taddeo. O wir Sünder!“

Im Café „Zum Fortschritt“ stand man Fuß an Fuß.

„Gevatter Achille! Einen schwarzen Punsch!“ riefen die Vordersten; aber der Wirt war hinter seinem Schenktisch eingesperrt und durfte nicht einmal seinen Bauch darüber wegstrecken. Die gefüllten Gläser, die er hinhielt, reichte einer dem andern. Er kam ins Feuer und verkündete dröhnend:

„Für drei Konsumationen eine umsonst!“

Draußen ließ sein Sohn, der schöne Alfò, sich vom Gewühl umherwerfen und konnte nicht mehr zurück. Er lächelte töricht, sooft ihm eine Frau begegnete; aber wie er der kleinen Rina, der Magd des Tabakhändlers Polli, einen Kuß zuwarf, ward er von hinten grob angelassen. Er hatte jemand getreten, den Tenor Nello Gennari, der an der Mauer lehnte, schon im Gäßchen der Hühnerlucia, und im Dunkeln auf seine Lippe biß. Der schöne Alfò entschuldigte sich freundlich.

„Das kommt von all den Mädchen, die hier sind, mein Herr. Man hat so viel zu tun, wenn man schön ist.“

Der Tenor sah ihn an.

„Es muß ein gutes Leben sein“, sagte er auflachend, „wenn man schön ist.“

„Nicht immer, mein Herr. Denn alle wollen einen heiraten, und ich werde doch nur die Schönste heiraten: Alba Nardini, die schöne Alba.“

„Wie heißt sie, die Schönste?“

Da brach die Musik los, als börsten alle Hörner.

„Sie heißt Alba? Reden Sie doch!“

Der schöne Alfò nickte nur noch. Eine Volkswelle trug ihn weiter. Alles stürzte vor. Um die Musik her begann ein Drehen: die Stadt tanzte. Sie lärmte in der

Nacht, war bunt und tanzte. Nello Gennari ging, den Kopf im Nacken, mit von sich gestreckten und gerungenen Händen, ganz langsam in die Gasse der Hühnerlucia hinein.

„Sie heißt Alba!"

Plötzlich fiel er mit Brust und Gesicht gegen die feuchte schwarze Mauer und weinte über das Wunder.

II

Um fünf, bevor es heiß ward, machte der Advokat Belotti, schon im schwarzen Rock, der hinten spitz abstand, seinen Morgenspaziergang. Wie gewöhnlich wollte er, um auf die Straße zu gelangen, durch den Garten des Palazzo Torroni hinabsteigen; hinter einer Säule im Flur kam aber Saverio hervor, der Hausmeister, Kammerdiener und Gärtner, und stellte die Hand an den Mund.

„Herr Advokat!"

„Was gibt es, Saverio?"

Da der Diener flüsternd sprach, tat auch der Advokat es.

„Der Herr Baron ist die Nacht draußen gewesen. Noch immer ist er draußen."

„Ah! diese Jäger. Die Jagd, mein Freund, ist eine Leidenschaft, die einen Mann ganz hinnimmt. Wenn ich Ihnen von mir selbst sprechen soll ..."

„Aber es handelt sich nicht um Jagd, Herr Advokat. Er ist ins Gasthaus „Zum Mond" gegangen und noch nicht wieder herausgekommen."

Der Advokat öffnete den Mund und erhob den Zeigefinger.

„Schau, schau", sagte er, – und er begann zu lachen, zuerst ein lautloses Lachen und dann wie ein heiser rasselndes, woraus Husten und Speien ward. Als er zur Ruhe kam, mit aufgerissenen Augen:

„Werden wir einen Skandal haben, Saverio?"

Und er bot dem Diener die Zigarettenbüchse.

„Die Frau Baronin schläft. Ich habe im Schlafzimmer des Herrn alles umhergeworfen, als sei er früh aufgebrochen, und ich habe die Nacht bei der Haustür verbracht."

„Wenn Sie nicht wären, Saverio! Möchte er's nicht zu weit treiben und heimkehren, bevor alle auf der Straße sind. Ich gehe, damit uns niemand beisammen sieht. Jetzt ist tiefes Schweigen geboten, Saverio."

Rückwärts machte der Advokat sich aus dem Hause. Den Morgenspaziergang hatte er vergessen; der Schauplatz des Außerordentlichen verlangte seine Gegenwart. Hinter ihm, im Corso, war ein eiliger Schritt: Don Taddeo. Der Advokat grüßte herzhaft.

„Ein schöner Morgen, wie, Reverendo?"

Der Priester sah ihn an mit ganz roten Augen, zog die Soutane enger um seinen mageren Körper, als fürchtete er eine Berührung, und – klapp, klapp – war er um die Ecke. Der Advokat starrte hinterher.

„Kaum, daß er an die Kappe gegriffen hat. Weiß er –? Und er steckt mit der Baronin zusammen. Wir werden einen Skandal haben."

Ungewöhnlich belebt, schwänzelte er den noch stillen Corso hin und drückte sich, dem letzten Domfenster gegenüber, plötzlich um die Ecke, wo es abwärts zum Gasthaus ging. Nun lag es da, noch halb schlafend, beim Rinnen des Brunnens, an seinem kleinen strohbesäten Platz, mit den Ställen links, der Weinlaube drüben, – und im zweiten Stock stand ein Fenster offen. „Sieh da", sagte sich der Advokat, „sie lieben die frische Luft. Aber jetzt wäre es Zeit, zu erwachen." Er bückte sich nach einem Steinchen und warf es, heftig keuchend, ins Fenster. „Sie scheinen recht sehr ermüdet und werden auch wissen, wovon." Wie er das zweite Steinchen auflas, erschien unter dem Haustor neben dem Wirt Malandrini der Baron Torroni selbst. Er war wie immer im braunkarierten Jagdanzug, mit der Flinte über der Schulter, und stürzte sich schon ein großes Glas Wein in den Schlund.

„Ah!" rief der Advokat sogleich. „Herr Baron, was für eine schöne und gesunde Beschäftigung ist die Ihre! Wäre ich nicht an meine Studierstube gefesselt –. Und wohin geht es an diesem glänzenden Morgen? Aufs Feld, nach Lerchen? Wohl gar ins Gebirge gegen den Eber?"

„Ich bin gekommen", erklärte der andere, „um den jungen Mann abzuholen, der hier wohnt: diesen Sänger –"

„– den Herrn Gennari", ergänzte der Wirt. „Ich werde Sorge tragen, daß er den Herrn Baron nicht warten läßt. Bemühen Sie sich nicht!"

„Er hat mir versprochen, sogleich fertig zu sein. Inzwischen gehe ich voran."

Er drückte dem Advokaten die weiche Hand und verschwand rasch.

Der Wirt räusperte sich vorsichtig.

„Sehen Sie das offene Fenster?“

Der Advokat zwinkerte.

„Er ist gar nicht zu Hause gewesen“, sagte der Wirt. „Er ist überhaupt nicht heimgekommen.“

„Ah! dann ist es also nicht dieses Zimmer?“

Malandrini zwinkerte.

„Das ist das andere, daneben. Das Fräulein schläft jetzt weiter.“

„Es scheint, sie hat es nötig. Ah! dieser Baron.“

„Ein richtiger Edelmann“, bemerkte der Wirt.

Sie sahen sich an, leise funkelnd.

„Und der andere?“ begann der Advokat wieder. „Der Komödiant? Auch er ist draußen? Da gibt es vielleicht etwas noch Stärkeres? Mein Freund, mir beginnt zu ahnen, daß wir Dinge erleben werden in der Stadt ...“

Der Wirt seufzte. Dann aber, mit Händereiben:

„Das Gute ist dabei, daß wir ein wenig Bewegung herbekommen ... Entschuldigen Sie mich, ich decke lieber gleich selbst in der Laube die Tische. Meine Frau wird erst spät herunterkommen. Sie schläft noch, denn ihr ist etwas Außerordentliches zugestoßen. Wie ich die Augen öffne und sie vergeblich an meiner Seite suche, tritt sie ins Zimmer, sieht verwacht aus und erklärt mir, daß die Seele ihres Vaters sie hinausgerufen habe. Die Seele habe verlangt, daß ich nicht geweckt werde. So viel Rücksicht!“

„Das ist der Aberglaube der Frauen“, sagte zornig der Advokat. „Wie lange noch werden wir ihre Erziehung den Nonnen überlassen! Sie glauben doch nicht an diese alberne Geschichte, Malandrini?“

„Wie werde ich. In den Frauen geht manches vor, was wir nicht kennen. Man muß Geduld haben.“

„Aber sagen Sie doch, dieses Mädchen! Gleich die erste Nacht! Hätten Sie das etwa geglaubt, Malandrini?“

„Warum nicht?“ – und der Wirt fuhr auf. „Ist das Gasthaus „Zum Mond“ denn ein Kloster? Und übrigens, was weiß man. Nur was Sie erzählen, Advokat.“

„Oh!“

Der Advokat legte die Hand aufs Herz.

„Dieser Priester scheint gewußt zu haben“, sagte er noch und drehte nachdenklich von dannen, „warum er die Komödianten nicht zu seinen Schäfchen hineinlassen wollte. Man muß zugeben, daß seinesgleichen sich auf Menschen versteht.“

„Wollen Sie auf die Straße?“ rief Malandrini ihm nach. „Dann benutzen Sie doch die Gartenpforte!“

„Sie haben recht“, – und der Advokat kehrte um. „Man muß bei seinen ruhigen Gewohnheiten bleiben. Seit siebenundzwanzig Jahren habe ich meinen Morgengang nicht sechsmal versäumt, und ich hoffe ihn noch weitere siebenundzwanzig Jahre zu machen.“

Hinter dem Hause ging er den Weinhügel hinab, erreichte drunten die Straße – noch übergitterten die Schatten der Platanen sie dicht – und nahm den Hut ab, um sich zu trocknen. „Ah, hier atmet man. Solche Luft haben sie nicht in den großen Städten, unsere braven Künstler ... Der Baron weiß diese Weiber zu nehmen, wie es scheint. Man sagt, daß er als Offizier –. In Rondone soll er ein Kind haben ... Aber schließlich, was ist dabei? Alles wohlbedacht, könnte es sein, daß auch ich –. Der Junge der Andreina, mag sie es mit der Treue auch niemals genau genommen haben, der Junge wird mir jedes Jahr ähnlicher ... soweit ein Bauer mir ähneln kann. Damals warf ich die Andreina einfach in das Korn. Mit der Komödiantin muß man es ebenso machen.“

Er hielt an, sah angstvoll umher, wie nach einem passenden Platz, und trocknete sich nochmals. Unter der Straße stiegen die Ölbäume, schwachsilbern, die Erdstufen hinab und setzten über den Fluß, der um ihre dunkeln Wurzeln glänzende Schleifen wand. Die letzten dahinten und die weißen Gehöfte zwischen ihnen schienen vom Meer bespült: so tief blaute schon die heiße Ebene. Über ihm blickte dem Advokaten die Stadt nach, aus blinkenden Scheiben, Mauern, die zwischen zwei Zypressen ein wenig klafften, und ganz schwarze Torbogen. „Wo dieser Tenor steckt! Denn sagen wir nur die Wahrheit: in einem Winkel der Stadt wird er wohl die Nacht verbracht haben. Zu denken, daß er bei der Frau eines meiner Freunde ist, – der einen sehr guten Schlaf haben muß. Sollte es nicht der Polli sein, mit seinem Schnarchen? Vergangenen Herbst hat er sogar beim Erdbeben weitergeschnarcht! Vielleicht läßt sich's ihm ansehen. Das müßte man einem Manne doch ansehen! Eh, eh, es hat sein Gutes, als Junggeselle zu leben. In jedem der Häuser dort oben kann jetzt der Komödiant seine Dinge treiben: nur in meinem treibt er sie sicher nicht ... Und beim Camuzzi? Wie steht es beim Camuzzi?" Das aufgeblühte Gesicht des Advokaten fiel ein, da er an seinen Feind, den Gemeindesekretär, dachte.

„Er verdient es wie kein zweiter, dieser Ignorant, dieser Unverschämte! Ah! setze noch einmal dein höhnisches Lächeln auf, Freund, – und aus deiner Stirne sieht man es indessen keimen!"

Der Advokat tat einen tiefen, glücklichen Atemzug.

„Das ist wirklich ein sehr schöner Morgen."

„Aber leider", bemerkte er dann, „scheint diese kleine Frau Camuzzi zufrieden. Dem Severino Salvatori, der sie in seinem Korbwagen umherfahren wollte, hat sie geantwortet: nicht einmal über den Platz bis vor die Domtür! Und doch sollte ihre Mutter dabeisein. Aber die Camuzzi ist bescheiden und stolz, sieht niemand an, geht immer nur zur Kirche. Nicht viel, und sie gehört zu der Garde des Don Taddeo ... Nein", mußte der Advokat erkennen, „von ihr läßt sich nur wenig hoffen."

Er richtete sich sogleich wieder auf.

„Aber auch andere wären nicht zu verachten, und ich meinesteils hätte nichts dagegen, wenn die Frau des Doktors –. Ah! die da ist eine Lasterhafte: das fühlt man. Denn erstens ist sie zu dick, um tugendhaft zu sein. Und hat sich's erst gezeigt, daß sie dem Komödianten Gefälligkeiten erweist: – denn was ist der Komödiant, und sind andere etwa weniger gut? Wenn ich's recht bedenke, hatte ich in betreff ihrer schon längst meine Vorsätze gefaßt. Ihr Gatte soll sehen, daß der Zucker, den er bei mir feststellen wollte, so etwas nicht verhindert. Zucker, wenn noch so wenig, bei einem Mann wie mir! Und ich soll etwas dagegen tun! Der Doktor wird sehen, was ich tue! Ah! Ah!"

Er rieb die Hände, schwenkte sich herum und lachte keuchend nach der Stadt hinauf. Dann fiel er in Nachdenken: sie sah ganz anders aus. Noch gestern hätte man manches nicht für möglich gehalten. Natürlich gab es in ihr die Dinge, die es überall gibt. Abgesehen von dem Hause in der Via Tripoli: auch die Wäscherinnen auf dem Bäckerberg kannte jeder; und der Advokat war persönlich besonders gut unterrichtet über die Witwe eines städtischen Zollbeamten, die vorgeblich Hüte aufputzte. Ferner bestanden die Gerüchte bezüglich der Mama Paradisi und des alten Mancafede; neuerdings und halblaut auch die über Frau Malandrini und den Baron Torroni, – die der Advokat seit heute früh für unwahrscheinlich hielt. Jetzt aber handelte es sich nicht mehr um die oder jene. Kaum eine blieb, nun der Komödiant umging, noch unerreichbar; und das Prickelndste wäre vielleicht dennoch gewesen, wenn im selben Augenblick, wo der Baron Torroni seine Frau mit jenem Mädchen hinterging, die Baronin es ihm mit dem Tenor vergolten hätte! Der Advokat ward erfinderisch, sein Geist schweifte aus und verwandelte die Stadt in ein freies Jagdgebiet. Dem Komödianten folgte er selbst auf dem Fuße, in jedes Schlafzimmer. Vor dem der Baronin hatte er eine alte Scheu zu überwinden; aber dann hüpfte er, mit einem Schnippchen, auch über diese Schwelle.

Von seiner Phantasie verjüngt, war er dahingeeilt, ohne zu merken, wie seine Arme ruderten und wie es unter seiner Perücke hervortroff. Auf einmal, schon hinter dem öffentlichen Waschhause und auf halbem Weg nach Villascura, sah er sich dem Komödianten gegenüber: ihm selbst. Jener grüßte und wollte langsam vorbei; aber der Advokat fuhr auf, nach Luft schnappend.

„Das ist doch ... da sind Sie: also, da sind Sie."

„Da bin ich, zu Ihrer Verfügung", bestätigte der Tenor.

„Das heißt", – und das lederfarbene Gesicht des Advokaten ging in ein zynisches Lächeln auseinander, „wer weiß, zu wessen Verfügung Sie hier sind."

„Was wollen Sie sagen?" fragte der junge Mann. Unvermittelt ward er drohend aussehend.

„Nichts, o nichts. Sie gehen spazieren, wie ich bemerke, Herr Gennari. Sie sind früh auf. Ich habe, müssen Sie wissen, die kleine Eitelkeit, jeden Morgen der erste draußen zu sein: aber was tut es einem Manne Ihres Alters, auch einmal um fünf das Bett zu verlassen, wo er eine glänzende Nacht verbracht hat."

„Meine Nacht", sagte der Tenor mit feindseliger Zurückhaltung, „war sehr wenig glänzend. Gestern abend empfand ich ein Bedürfnis spazierenzugehen und wich dabei von der Straße ab. Dann bedeckte sich, wie Sie wissen, der Himmel, ich fand nicht mehr zurück und habe irgendwo dort unten in den Weinfeldern mich schlafen gelegt. Sie sehen die Erde an meinen Kleidern."

Der Advokat wandte ihn um und musterte alles.

„Das ist erstaunlich."

Darauf machte er eine gleichgültige Miene.

„Sie haben also ausgeruht. Dann schlage ich Ihnen vor, mich zu begleiten. Ich zeige Ihnen unsere Gegend, mein Herr. An Villascura werden Sie vorbeigekommen sein, wie?"

„Ich weiß nicht, mein Herr, was Sie meinen. Ich sagte Ihnen schon, ich war dort unten."

Der Advokat sah ihn vorwurfsvoll an, zog schweigend einen Taschenspiegel heraus und hob ihn vor das Gesicht des andern.

„Was soll das?" fragte der Tenor, aber er sah hinein, – und er fand seine Augen darin noch finsterer, als er sie gewollt hätte, denn sie waren umrändert und das Gesicht sehr blaß. Aus seiner körnigen Marmorblässe war die Wärme gewichen, und die schwarze Haarwelle über der Stirn, die Barren der Brauen, der dickrote Mund sprangen gewaltsam hervor aus dem grellen Weiß.

„Ich sage nicht", erklärte der Advokat, „daß es Ihnen schlecht stehe, übernächtig auszusehen. Der Schönheit von euch Jungen schlagen die Strapazen eurer Nächte gut an. Wehe uns reifen Männern! Aber was ich andeuten wollte: ein ruhiger Schlaf auf der weichen Erde des Weinackers, in lauer Nachtluft, hätte Sie schwerlich so zugerichtet."

Er streckte, bevor der andere aufbrausen konnte, beide Handflächen hin.

„Mein Herr, Sie halten mich offenbar für Ihren Feind. Ich bin nicht Ihr Feind, mein Herr. Im Gegenteil, ich billige durchaus, daß die jungen Leute, noch dazu wenn sie Künstler sind, sich unterhalten. Was tut es übrigens mir, der ich Junggeselle bin. Meine verheirateten Freunde freilich werden in ihrer Anerkennung nicht so weit gehen" – und der Advokat wagte wieder ein Lächeln.

„Also ich bin Ihr Freund, mein Herr, und wenn Sie mir – als Gentleman werden Sie es natürlich nicht tun – verraten würden, in welchem Hause unserer Stadt Sie diese Nacht verbracht haben: Sie könnten sich verlassen auf den Advokaten Belotti."

Die Miene des Tenors rüstete plötzlich ab, er sah friedlich, sogar unbeteiligt aus.

„Ach so“, machte er. „In der Stadt, glauben Sie –. Warum auch nicht?“

Und er begann zu lachen, mit leichter, heller Glockenstimme. Der Advokat rieb sich die Hände.

„Sehen Sie wohl? Wir fangen an, uns zu verstehen. Wie sollten übrigens zwei Männer wie wir sich nicht verstehen, wenn es sich um die Frauen handelt.“

„Sie haben recht!“ und der Tenor lachte stärker. Der Advokat stieß ihm seinen Zeigefinger vor den Magen.

„Ah! Spaßvogel! Unsere Stadt gefällt Ihnen wohl? Sie ist klein, aber das hindert uns keineswegs an eleganten und heiteren Sitten. Unsere Frauen: nun, wir sind unter uns jungen Leuten, nicht wahr?“

„Freilich! Sprechen Sie!“

„Wenn ich dürfte! Nur das eine: die, bei der Sie diese Nacht waren, bin ich sicher, auch meinerseits zu kennen.“

„Ich bin davon überzeugt!“ rief der Tenor und lachte beinahe verzweifelt.

Der Advokat war ganz in Feuer, er schlug die Luft mit beiden Handrücken.

„Sie würden staunen, wollte ich Ihnen die volle Wahrheit sagen über mich und über die jüngeren Kinder unserer besten Familien.“

Er war stehengeblieben und zeigte dem jungen Manne seine aufgerissenen Augen, die nicht zuckten.

„Sie sind bewundernswert“, versetzte der Tenor mit Nachdruck, und sie gingen weiter. Als der Advokat verschnauft hatte: „Daß ich nicht vergesse, in Villascura Eier zu kaufen.“

„Was haben Sie mit Ihrer Villascura?“

„Oh! Sie werden schon wieder so düster, wie der Name der Villa. Er gefällt Ihnen nicht? Ich bringe von dort, um den Stadtzoll zu sparen, meiner Schwester zwei Dutzend Eier mit. Es ist eine Gewohnheit.“

„Aber diese Villascura ist nirgends zu sehen. Wie lange sollen wir denn gehen?“

„Warten Sie, bis die Straße sich um den Berg wendet! – und betrachten Sie inzwischen diese schönen Maispflanzungen, die Ölhaine bis weit ins Tal hinein: sie gehören zu der Villa, die Sie nicht leiden mögen, mein Herr. Der Herr Nardini ist unser größter Ölproduzent: dreihundert Hektoliter jährlich. Obwohl er mein politischer Gegner ist, werde ich niemals leugnen, daß er seine Geschäfte versteht und dadurch der Gegend nützt. Was seine Gesinnungen betrifft, so sind sie beklagenswert. Dieser verstockte Alte gibt sich als Stütze der hiesigen Priesterpartei her. Dabei hätte er, fünf Jahre sind's, Minister werden können! Die Bedingung war einzig, daß er seine Enkelin mit dem Neffen des ehrenwerten Macelli verheiratete, eines großen Tieres aus der Deputiertenkammer, – und daran scheiterte der Plan, denn der alte Nardini ist darauf versessen, die Alba ins Kloster zu sperren. Warum erschrecken Sie denn?"

„Ich erschrecke nicht. Ein Stein hat mir weh getan; diese Schuhe taugen nicht für das Land."

„Aber unsere Straßen sind gut! Es sind Distriktstraßen, – und nicht länger als sieben Jahre ist es her, daß die Regierung zu ihrer Erneuerung fast hunderttausend Lire ausgegeben hat."

Der Advokat ließ mit der großen Zahl seinen Mund losgehen wie eine Kanone.

„Dazu kommt, daß die Vizinalwege, auf meinen Antrag und gegen den Rat des Gemeindesekretärs, zu gleichen Teilen von der Stadtgemeinde und der Frau Fürstin Cipolla –"

„Gibt es denn ein Frauenkloster hier?" fragte der Tenor.

„Warum? Die Frau Fürstin, deren Besitzungen in dieser Gegend ich zu verwalten die Ehre habe, lebt in der großen Welt, in Rom, mein Herr, in Paris ... Aber natürlich, auch ein Frauenkloster haben wir, obwohl wir besser etwas anderes dafür hätten; und ich werde es Ihnen zeigen. Sie denken wohl Ihre Künste an jenen heiligen Unterröcken zu erproben? Ah! er schreckt vor nichts zurück. Aber das eine dürfen Sie immerhin verraten: die Dame der vergangenen Nacht wird dick gewesen sein, wie?"

„Wer weiß."

„Denn ich verstehe mich darauf: Sie sind ganz der Typus der Dicken, – die übrigens am wenigsten Widerstand leisten, wie allgemein bekannt. Aber hier stehen wir vor der Villa, die Ihnen unauffindbar schien. Und da Sie sich in der Gesellschaft des Advokaten Belotti aufhalten, ist es Ihnen erlaubt, mein Herr, die Pforte zurückzustoßen und zwischen diesen langen Hecken den Duft der Rosen zu atmen."

Der Advokat faßte Fuß und atmete geräuschvoll.

„Scheint es nicht ein Traum? Am Ende dieses Ganges von Rosen und Zypressen das stille Haus, mit seinen zwei weit vorgreifenden Flügeln und dem verschwiegenen Trakt in ihrer Mitte, tief dahinten in grünlicher Dämmerung, unter der Bergwand! Wenden Sie nicht ein, solche Lage nach Norden sei ungesund: ich weiß es zu gut; – aber wie poetisch ist dieser Schatten, feucht duftend, durchrauscht vom Wasserfall, über dem Sie dort oben unser neues Elektrizitätswerk erblicken, und erfüllt mit Blumen. Ah! mein Herr: Blumen, Musik und Frauen!"

Plötzlich begann er durch die Hände zu keuchen:

„He, Niccolo! Die Eier!"

Indes der Bursche näher kam, wickelte der Advokat hinter sich ein langes Netz hervor.

„Daß du mir frische gibst, Niccolo! Daß du richtig zählst: zwei Dutzend!"

Er rief hinterher:

„Die Frau Artemisia denkt noch immer an jenes fertige Kücken, das in einem deiner Eier auf den Tisch kam."

Dann faßte er den Tenor unter den Arm.

„Kommen Sie doch, mein Freund! Warum so schüchtern? In meiner Begleitung sind Sie hier zu Hause."

Nello Gennari strengte sich an, sein Zittern zu unterdrücken. Er erschrak vor den Farben der Rosen, die in der Nacht, als er hier gekniet hatte, erloschen gewesen waren. Das Haus war, dort innen zwischen seinen beiden Flügeln, so schwarz gewesen wie die Luft, und in jenem Winkel hatte, starr und weich, das fast erstickte Licht gezögert, zu dem er gebetet hatte.

Der Advokat führte ihn, seitwärts vom Hause, gegen die weiße Balustrade hinauf. Die Büsche an der Treppe spritzten Tropfen, da Nello sie streifte, und droben ließ der Geruch uralter, nie besonnter Zypressen ihn erschauern, wie vor dem Grabe. Die schweren Bäume erstiegen, eine Schar düsterer Pilger, in Paaren den Berg, und aufgehalten durch Klüfte, zerstreuten sie sich, um, seltener und schwächer, die Kuppe zu erreichen. Ein fast fensterloses Gemäuer starrte vom Rande des Felsens, dessen graue Ausbuchtung es verlängerte, senkrecht auf die Villa herab: wachend und drohend.

„Das Kloster“, erklärte der Advokat. „Die hier können es aus ihren Fenstern sehen und sich mit den heiligen Unterröcken guten Tag sagen. Sie tun es auch, sie gehören zur Familie, – und jede Frau dieses Hauses zieht schließlich in jenes hinauf.“

Er führte den jungen Mann eine Strecke fort und raunte:

„Schon die Frau des Alten ist dort oben gestorben. Oh, das sind Geschichten, die niemand mehr verbürgen kann. Sie soll ihm entflohen sein, mit einem Offizier; und als sie, krank und reuig, zurückkam, hat er sie da oben einquartiert. Auch seine Tochter ist, als ihr Mann tot war, hinaufgestiegen und hat droben schnell geendet. Warum sterben hier alle, sind traurig und halten es mit den Priestern? Es wird am Schatten liegen; denn kaum, daß den Rand des Gartens zur Mittagsstunde ein wenig Sonne berührt; – und man mag sagen, was man will, das Leben im ewigen Schatten verdirbt das Blut und verschlechtert den Charakter. Wollen Sie ein Beispiel? Gehen Sie nach Spello hinunter: es liegt in der Sonne. Alle Männer haben dort Tenorstimmen, alle Frauen sind dick und schön. Gegenüber, am Nordabhang, ist Lacise. Nun wohl, mein Herr: die Frauen von Lacise sind gelb und schmutzig und die Männer allesamt Räuber.“

„Jawohl, jawohl. Aber Sie sagten, daß aus diesem Hause jede Frau dort oben …“

„Jede kommt ins Kloster“, – und der Advokat schob mit gespreizter Hand alle Hoffnung fort.

„Aber, heutzutage –“

Nello mußte hinunterschlucken.

„– ist man aufgeklärt, nicht wahr?“

Da der Advokat nur die Luft ausstieß –

„Auch wird ein alter, alleingebliebener Mann sich nicht früher als nötig von seiner Tochter trennen.“

„Nötig? Sie wissen also nicht, was solch ein Fanatiker nötiger hat: die Liebe einer Tochter oder den Segen der Pfaffen? Oh! mein Herr, es ist nur allzu gewiß, daß unserer Gegend ein großer Schade bevorsteht und eine unserer reichsten Erbinnen in sträflicher Weise der Welt, der bürgerlichen Gesellschaft, dem Familienleben und dem gemeinen Nutzen entzogen werden wird!“

Die Miene des Fremden hatte auf einmal etwas Dunkles und Höhnisches.

„Gewiß wartete schon mancher auf sie? Und in der Stadt werden Sie einen Zirkel haben, wo Alba als junge Frau getanzt und Gedichte hergesagt hätte? Und den Armen hätte sie Suppe gekocht? Hätte auch Liebhaber gehabt? Vielleicht Sie selbst, Herr Advokat?"

„Eh! weiß man das jemals?" keuchte Belotti und riß Schultern und Arme zurück. Der junge Mann wendete sich umher. Aber auflachend:

„Auch die Klöster wollen leben; und dort oben wird sie wenigstens allein und frei sein!"

Ah! tausendmal lieber wollte er sie dort oben verschwunden, begraben wissen, als lebend unter Gemeinen, auf gemeinen Plätzen, in gemeinen Armen!

„Sie wird rein sein", dachte er, indes der Advokat ihn enttäuscht betrachtete, und wunder und bebender: „Nie werde ich sie wiedersehen. Aber auch kein anderer wird sie sehen."

Da sprang er zurück und griff nach dem Geländer.

„Was ist geschehen?" fragte der Advokat erschreckt. Der Tenor hielt die Hand aufs Herz gedrückt und antwortete nicht. Der Advokat folgte seinem verstörten Blick, der in die offene Terrassentür ging.

„He! Niccolo! Da sind wir", rief er, und der Bursche kam hervor mit dem gefüllten Netz.

„Ah, Sie sind schreckhaft, junger Mann", – und Belotti klopfte Nello auf die Schulter. „Sie haben Nerven: wie alle Künstler. Man weiß auch, wovon."

Er zwinkerte und klopfte. Nello entriß ihm die Schulter. Er beugte sich über die Balustrade und schloß die Augen. Sie hätte es sein können! Was sollte geschehen, wenn er sie wiedersah! Schon diese Nacht, verlebt in ihrem Bereich, unter Dingen, die ihre waren, hatte ihn entzückt und erschöpft.

Er stieg, unbeachtet von den beiden, die über den Preis der Eier stritten, in den Garten hinab. War nicht dies die Bank, auf der er geruht hatte und wo gewiß auch sie sich niedersetzte? Im Dunkeln hatte er auf dem Wege nach einer Spur ihres Fußes getastet, hatte seine Hand darin gekühlt und seine Lippen darauf gedrückt. Wo war nun die Spur?

„Habe ich sie mir denn vorgetäuscht? Ach, ich schmeichelte mir auch, der Nachtwind bringe mir den Duft ihres Zimmers: ihren Duft; und bloß das Beet hier war es, das ich roch. Ich bin ein Narr, bin lächerlich. Habe ich nicht auf diesen Brunnenstufen zu sterben gedacht – und von ihr gefunden zu werden, wenn sie am Morgen die Frische des Quells aufsuchte? Jetzt ist es schon heiß, mich dürstet, und ich fühle mich, noch unter ihren Fenstern, so fern von ihr und allein."

Er sah in der Schale, woraus er trank, seine schmerzerfüllten Augen, hörte auf den begrünten Quadern, die Zypressenreihe entlang, seinen dumpfen Schritten zu und fand die kleine Pforte wieder, die er schon hei tiefer Nacht in den Angeln gehoben hatte, damit sie nicht knarrte. Auf der Landstraße ging er rasch davon; und im Gehen breitete er die Arme aus, und nun wieder, und schüttelte dazu den Kopf.

Als der Advokat Belotti ihn einholte, sah Nello verwirrt umher: wo war er doch?

„Mein armer junger Freund, Sie müssen taub geworden sein; ich schreie und schreie: Sie laufen immer rascher ..."

Da der Tenor sich nicht entschuldigte, tat Belotti es. Er habe warten lassen; aber wenn man wüßte, wie genau seine Schwester es mit den Eiern nehme; – und er wog das Netz in der Hand.

„Die schlechten muß ich bezahlen. Ah, die Frauen! Aber beachten Sie das städtische Waschhaus! Ich bin es, der seine Errichtung beantragte und, wieder einmal dem Ignoranten Camuzzi zum Trotz, durchgesetzt hat. Es hat mir Genugtuung bereitet, zum Wohl der Frauen arbeiten zu können, und sie sind mir erkenntlich dafür, sie verbreiten meinen Ruf als Volksfreund. Guten Tag, Fania, guten Tag, Nanà!"

Der Barbier Nonoggi kam ihnen entgegen. Er ging wippend und ganz auf die linke Seite gelegt. Rechts trug er seine abgeschabte Ledertasche und schwenkte sie bei jedem Schritt, indes der linke Arm steif blieb. Bis auf den Boden zog er schon von weitem den Hut, grimassierte und krähte dazu: „Guten Morgen den Herren! Welch glänzender Tag. An solchem Tage stirbt man nicht!"

„Wir denken nicht daran, Nonoggi", erwiderte der Advokat. „Ihr geht wohl zum Nardini? Grüßt ihn von mir: ich sei heute bereits in Geschäften bei ihm gewesen."

„Sie sehen schlecht rasiert aus", sagte der Barbier zu Nello Gennari. „Das mißfällt den Frauen, mein Herr. Wenn Sie sich mit dem Sitz auf jenem Stein begnügen wollen – er ist im Schatten –, bediene ich Sie sogleich ... Sie wollen nicht? Sie haben unrecht. Wir sehen uns also ein andermal. Euer Diener, ihr Herren!“

Der Advokat rief ihn zurück. Er wartete, bis der Barbier nahe herangekommen war, sah sich um und sagte halblaut:

„Nonoggi, habt Ihr den Baron gesehen? ... Ich auch schon. Nonoggi, es ist etwas vorgefallen zwischen ihm und jener Fremden im „Mond“, der Komödiantin ...“

„Ah! Ah!“

Der kleine Mann riß seine unsauberen Augen auf und zu. Er zuckte; die roten Rinnsale in seiner Gesichtshaut führten blutige Tänze auf.

„Nonoggi“, fuhr der Advokat fort, „wir müssen in dieser Sache sehr vorsichtig sein: es ist eine so alte Familie. Ihr erfährt es doch, daher erbitte ich Euer Schweigen.“

Der Barbier hatte schon längst die Hand auf dem Herzen; er hüpfte, dienerte, machte den Mund rund und streckte den Arm mit der Tasche von sich.

„Wie es bedauerlich ist“, sagte er, „wenn selbst die Herren sich vergessen. Andererseits sieht man es gern. Genug, wir werden schweigen. Oh! der Herr Advokat kennt mich, wie ich ihn kenne.“

„Wir haben sonst nicht mehr und nicht weniger als einen Skandal, Nonoggi, – obwohl es eine verzeihliche Verirrung ist. Aber wir müssen mit Leuten wie jener Priester rechnen.“

„Ob wir damit rechnen, Herr Advokat! Was würde sonst aus uns selbst? Würde unsereiner der Schwäche seines Fleisches immer widerstehen? Denn was insbesondere die Perückenmacher angeht, so haben sie alle häßliche Frauen. Es ist sonderbar, es ist rätselhaft, aber es ist eine Tatsache.“

Er spreizte die Hand aus.

„Lachen Sie nicht, Herr Künstler! Denn ich sage die reine Wahrheit. Wenn wir unsere Frauen heiraten, scheinen sie uns schön, und nachher sind sie häßlich. Sehen Sie sich die Familien aller Barbiere der Stadt an: die Frau des Bonometti, des Druso, des Macola, oder meine eigene. Nein! die sehen Sie lieber nicht an. Ich selbst sehe sie gar nicht mehr an, aus Furcht, sie abzunutzen.“

Er riß den Mund bis ans linke Ohr hinauf, schwenkte Hut und Tasche und lief weiter.

Mitten im Gelächter gewahrte der Advokat das Stadttor, faßte sich und schlug einen seiner Rockflügel über das Netz mit Eiern. Er beeilte sich nicht sehr.

„Es ist immerhin besser, die Form zu wahren. Aber man kennt mich, und niemand würde wagen ..."

Der Beamte des Stadtzolls legte zwei Finger an seinen Federhut; der Advokat sagte gnädig:

„Guten Tag, Cigogna."

Und zu seinem Begleiter ein wenig von oben:

„Sehen Sie?"

Leise pfeifend zog er die Eier wieder hervor.

Aber in der Gasse wandten sich die Leute nach ihnen um, und zwischen den zusammengelehnten Fensterläden sah der Advokat mehrmals aus weißen Gesichtern begierige Augen auf seinen Gefährten herablugen, der nicht den Kopf hob. Da nahm der Advokat den Arm des schönen jungen Menschen, sprach und lachte über ihn gebeugt und ganz mit ihm verbrüdert. Wie sie, am Ausgang nach dem Platz, die halbrunden Rathausarkaden abschritten, trat auf den Balkon des zweiten Stockwerkes sanft singend die junge Frau Camuzzi, hinter einem großen Fell, das sie ausgebreitet hielt und schüttelte. Sie ließ es sogleich sinken.

„Oh! entschuldigen Sie, Herr Advokat. Ich hatte Sie nicht gesehen."

„Machen Sie nur! Es ist mir eine Ehre", rief der Advokat zurück und sprang umher, um dem fliegenden Schmutz zu entgehen. Frau Camuzzi blieb über das Fell gebeugt, das nun auf dem Gitter lag, war errötet und sah unverwandt dem Begleiter des Advokaten in die Augen. Der Tenor zog den Hut. Sie dankte langsam und sehr ernst. Der Advokat schnaubte nach dem Staube, durch den er gekommen war. Bevor sie das Café erreichten, blieb er nochmals stehen und flüsterte, Takt schlagend:

„Überlegen wir ein wenig: wäre es nicht eine wahre Schande, wenn ein Ignorant wie Camuzzi eine solche Frau hätte, ohne auf die Dauer von ihr betrogen zu werden? Aber so sind nun die Frauen: grade diese ist die treueste von allen."

In diesem Augenblick erschien hager, in Weiß wie gestern und mit noch dickeren Säcken unter den Augen als gestern, der alte Tenor Giordano im Tor des Rathauses und hob langsam, damit der Brillant Zeit zu funkeln habe, die Hand an den Hut.

„Ah! Cavaliere."

Der Advokat stürzte sich auf ihn. Er keuchte am Ohr des Alten:

„Sie haben das Glück, Cavaliere, bei einer unserer hübschesten Frauen zu wohnen. Von einem Manne wie Sie erwartet man, daß er solch Glück nicht ungenützt vorbeiläßt! Alle Augen sind auf Sie gerichtet!"

Der Alte winkte leichthin, als seien so viele Worte nicht nötig, – aber der Advokat legte, zurückweichend, den Kopf in den Nacken.

„Ist es möglich! Was ist das, was bedeutet das!"

„Wissen Sie das nicht?" fragte der Cavaliere Giordano. „Eine Bogenlampe."

„Ich sehe es zu gut", sagte der Advokat dumpf, „eine Bogenlampe. Aber eine Bogenlampe, mein Herr, die ohne mein Wissen hier aufgestellt ist. Es muß über Nacht geschehen sein, und ich erkenne in diesem Streich die Hand des Camuzzi. Er hat den Augenblick benutzt, wo ich mich der Kunst widmete. Ein öffentlicher Mann, mein Herr, ein Staatsmann kann nicht wachsam genug sein."

Aus der Gasse der Hühnerlucia kam, festen Schrittes und eine Hand in der Hosentasche, der Bariton Gaddi. Untersetzt pflanzte er sich bei den andern auf und sagte mit seiner ehernen Stimme:

„Wir sind doch wohl die ersten? Nello natürlich infolge eines Abenteuers, ich, weil mir meine Familie keine Ruhe läßt, – und im Alter des Cavaliere schläft man nicht mehr lange."

Der alte Giordano zog eine Grimasse. Gaddi erhob sein massiges Cäsarenprofil zu den Gebäuden ringsum und erklärte die Stadt für interessant. Der Advokat Belotti beschwor die Herren, sich von ihm umherführen zu lassen: sie würden es nicht bereuen, er sei Spezialist für die Geschichte der Stadt, und das Material zu einem ungeheuren Werke liege seit zwanzig Jahren in seinem Schreibtisch.

Zuerst las er den drei Komödianten die lateinischen Inschriften vor, die auf alten Marmorbecken in der Fassade des Rathauses staken. Um eine hoch angebrachte lesen zu können, mußten sie einem Burschen, den der Advokat herbeirief, auf die Schultern klettern. Auch von dem alten Giordano verlangte Belotti es und machte eine erstaunte Pause, als der Greis sich weigerte. Die Stadt hatte ältere Ursprünge als Rom! Jahrhundertelang hatte ein Venustempel ihren Platz eingenommen.

„Ihren ganzen Platz! Denn das unsere war eins der größten Heiligtümer der Göttin, aus ganz Italien strömten ihre Verehrer herbei."

Die drei horchten auf. Der Bariton bemerkte:

„Das muß ein glänzendes Geschäft gewesen sein."

„Ah!" machte der Advokat entzückt und klagend, als habe er den Verfall der Zeiten miterlebt. „Das war etwas anderes als jetzt, wo die Stadt eine kleine Einnahme –"

Mit der Hand am Munde:

„– nur aus dem Hause in der Via Tripoli bezieht."

Die drei nickten stumm.

„Oh, eine elende Kleinigkeit! Damals aber: stellen Sie sich, meine Herren, in den Gärten, die diese ganzen Hänge bedeckten, das Heer der Priesterinnen vor!"

Allen drei war anzusehen, daß sie sich die Priesterinnen vorstellten. Nello Gennari hatte erweiterte Augen und einen bitteren Mund.

„Bis nach Villascura dehnten ihre Wohnungen sich aus. Ja, wir haben Beweise dafür, daß gerade in Villascura die Häuser der vornehmsten von jenen Damen standen."

Er kicherte heiser, der Cavaliere Giordano meckerte ein wenig, Gaddi lachte ehern. Der junge Tenor biß sich auf die Lippe und sah zu Boden.

„Nun sind Sie also darüber unterrichtet", setzte der Advokat noch hinzu, „von welchen talentvollen Müttern unsere Frauen abstammen."

Darauf führte er seine angeregten Zuhörer in den Hof des Rathauses, zu der Madonna des Valvassore.

„Unser großer Cinquecentist hat sie seiner Heimatstadt geschenkt. Beachten Sie die Freiheit des Kolorits!"

Aber so viele Wachskerzchen der Advokat entzündete, die Fremden sahen hinter dem Drahtgitter nur etwas Schwarzes, Brüchiges. Bevor ihre Stimmung sinken konnte, drang er darauf, ihnen den hölzernen Eimer zu zeigen, den die Bürger der Stadt vor dreihundert Jahren denen von Adorna geraubt hatten. Ein mächtiger Krieg war deswegen zwischen den beiden Städten entbrannt. Beide hatten Blut und Wohlstand an diesen Eimer gesetzt. Die Götter, hieß es, hatten, unter die Heere der beiden Städte verteilt, um ihn mitgekämpft.

„Und wir, denen Pallas Athene half, haben ihn behalten, und er hängt in unserem Glockenturm", schloß der Advokat. „Sie werden sehen, Sie werden sehen!"

Er hastete ihnen voran über den Platz. Am Pfahl der Bogenlampe stieß er sich heftig und sah voll Zorn hinauf.

„Sie steht an einer falschen Stelle. Ich würde sie nicht dorthin gestellt haben!"

Als sie drüben waren, zögerte er, wandte sich halb um und wisperte:

„Im Winkel neben dem Turm das schwarze Haus: sehen Sie nicht hin, ich beschwöre Sie, wir werden beobachtet."

Er zog sie um die Ecke des Turms und sagte jedem einzeln ins Ohr:

„Dort hinten ist eine unserer größten Merkwürdigkeiten, das Geheimnis der Stadt, etwas Unerklärliches: ein Wunder, würden die Fanatiker sagen."

Und er berichtete von Evangelina Mancafede, die seit neun Jahren nicht ausgegangen war, aber alles in der Stadt sah und wußte.

„Erstaunlich", sagte der Bariton.

„Schlimm genug", sagte Nello hinter geschlossenen Zähnen.

„Noch mehr als das", setzte der Advokat hinzu, „sie hat vorhergewußt, Cavaliere, daß Sie kommen würden!"

Der alte Sänger machte ein bedenkliches Gesicht. Solche Dinge konnten Unglück bringen.

„Mir ist prophezeit worden, ich werde in einer Stadt von weniger als hunderttausend Einwohnern sterben, umgeben von Geheimnis. Also muß ich vorsichtig sein."

„Sie sehen aus, als könnten Sie gar nicht sterben", sagte Gaddi, mit einem Blick auf die geschminkten Wangen des Alten.

„Der Ruhm macht unsterblich", rief der Advokat und stieß die Turmtür zurück. Sie erstiegen, einer hinter dem anderen, eine schlüpfrige Treppe. Vor einer Tür mit eisernem Beschlag hielt der Advokat inne, streckte einen Arm über die Nachkommenden aus und prägte ihnen die Feierlichkeit der Stunde ein.

„In der Geschichte des Eimers finden Sie, meine Herren, die Sie dem Ruhm dienen, ein großes Vorbild. Um diesen Eimer starben viele Brave. Was ist ein Leben? Der Eimer dauert! Der Ruhm stirbt nicht!“

„Gut! gut!“ sagten alle drei. Der alte Giordane hatte feuchte Augen.

„Aber der Schlüssel fehlt uns noch“, bemerkte der Advokat, und rief in den Turm hinauf:

„He! Ermenegilda!“

Es hallte leer. Der Advokat erstieg noch drei Stufen, und auf jeder schrie er. Endlich beugte droben sich ein altes, finsteres Gesicht herüber.

„Was wollt ihr? Der Schlüssel ist nicht da. Für den Eimer gibt es keine Erlaubnis mehr.“

„Was denn? Bist du verrückt geworden, Ermenegilda? Kennst du mich nicht mehr? Ich bin der Advokat Belotti.“

„Das weiß ich. Aber den Schlüssel hat Don Taddeo.“

„Was sagst du? Don Taddeo hat –. Aber das ist ein offenbarer Übergriff! Das ist erklärter Raub! Meine Herren, Sie sind Zeugen einer Gewalttat. Sie werden dabeisein, wenn ich dem Munizipium das Vorgefallene berichte. Ah! kaum, daß ich es fasse.“

Der Advokat hatte die Hände über dem Kopf. Er stürzte – und fast warf er die drei Komödianten die Treppe hinab – mit fliegenden Schößen zum Turm hinaus, zwischen den unbewegten Löwen über die Stufen zum Dom und hinein. Die andern liefen ihm nach.

„Herr Advokat“, rief der Bariton, „bemühen Sie sich doch nicht! Wir erheben keinen ...“

Der Advokat war schon in der Sakristei verschwunden, er kam schon wieder heraus.

„Glauben Sie, daß dieser Priester sich blicken läßt? Er fürchtet sich und tut wohl daran. Wir wollen sehen, wer der Stärkere ist! So werden die Dinge nicht verlaufen. Dort innen –“

Er wies auf die Sakristei.

„– ist also nicht nur ein Herd von Lügen und Ränken, sondern auch eine wahre Räuberhöhle."

„Schließlich haben auch Sie den Eimer einmal geraubt", wendete der Bariton ein. Der alte Tenor vermutete:

„Es wird ein Irrtum sein."

„Liegt denn überhaupt so viel daran?" fragte Nello Gennari.

Und da der Advokat die Arme hob –

„Vielleicht hat übrigens der Priester recht. Der Eimer befindet sich in seinem Turm …"

„Oh! hat man je solchen Sophismus gehört. Der Eimer, das Wahrzeichen der Stadt! Von uns erobert! – und ein Priester sollte wagen dürfen –. Aber ich werde ihn zu finden wissen: in der Schule ist er. Freunde, auf, zur Schule! Er soll eine Niederlage erleben, die er nie vergessen wird."

Sie hielten ihn mit Mühe. Jungen sammelten sich um sie. Am Platz und in den Eingängen der Gassen hörte Hämmern und Singen auf, und Leute traten auf die Schwellen. Der Apotheker Acquistapace zeigte sich. Er meinte, Don Taddeo wolle sich rächen, weil – und er wies auf die drei Sänger – in der Stadt jetzt die Kunst blühe.

„Mir gilt es, der ich sie hergerufen habe", behauptete der Advokat. Dennoch ließ er sich bewegen, vor Beginn des Kampfes beim Gevatter Achille den Vermouth zu nehmen. Auch Polli und Camuzzi erschienen. Der Barbier Nonoggi, der sie aus seinem Laden hinausbegleitete, zog sich zurück, sobald er den Advokaten gewahrte, und gleichzeitig kam der Leutnant der Carabinieri vorüber. Der Advokat forderte den Soldaten auf, sofort auf dem Gewaltwege die Stadt in den Besitz des Schlüssels zu bringen. Der Gemeindesekretär hielt dies Verfahren für ungesetzlich.

„Also gehen Sie zu den Priestern über! Ich wußte wohl, Camuzzi, daß Sie den Fortschritt nicht lieben. Auch die Bogenlampe, an der sich jeder stößt, haben Sie, um mich zu verhöhnen, über Nacht an einen falschen Fleck setzen lassen. Aber nie hätte ich gedacht, Sie würden so tief sinken."

Der Sekretär erklärte sich für ganz unbefangen. Hier liege eine Kompetenzfrage vor, denn wenn der Eimer der Stadt gehöre, sei der Turm, in dem er hänge, doch Eigentum der Kirche.

„Sagte ich es nicht?“, bemerkte Nello Gennari. Der Streit dieser Leute, die Wichtigkeit, die sie ihren Angelegenheiten beilegten, erbitterten ihn eigentümlich. Es schien ihm, um sich und sein Gefühl dürfe er eine weite, ehrfurchtsvolle Stille verlangen. Mochten sie sich gegenseitig totschlagen!

„Der Priester hat recht!“ rief er mit böser, heller Stimme. „Überhaupt müssen wir Religion haben.“

Der Advokat beachtete ihn nicht. Er sah auf einmal siegesgewiß aus.

„Wollt ihr Logik? Ihr sollt sie haben. Ah! ihr sollt sie haben.“

Mit dem Finger an der Nase:

„Der Eimer hängt im Turm: gut, aber er hängt. Den Boden berührt er nicht, und das Seil, das ihn mit der Decke verbindet, ist städtisch: ich weiß es, denn ich selbst habe es beim Seiler Fierabelli gekauft, weil mir das alte nicht mehr sicher genug schien. Nun wohl! Weder oben, noch unten, noch ringsherum stößt der Eimer auf kirchliches Gebiet, und wer wollte behaupten, die Luft, in der er hängt, gehöre der Kirche?“

„Das bleibt unentschieden“, sagte Camuzzi, und Nello unterstützte ihn.

„Sie werden mich nicht beirren. Die Luft ist frei. Aus der Luft über Ihrem Weingarten darf ich so viele Vögel schießen wie ich will, vorausgesetzt, daß ich Ihren Acker nicht zerstampfe.“

Der Advokat führte seinen Vermouth an den Mund und betrachtete dabei, genußsüchtig blinzelnd, die geschlagene Miene seines Gegners. Sein Sieg hatte ihn beruhigt.

„Setzt die Füße auf die Leisten eurer Stühle, ihr Herren!“ sagte er jovial. „So entgeht ihr unseren Flöhen. Ah! an solch einem schönen Morgen hat man einen guten Kopf, und es ist eine wahre Lust, sich unter Männern über dies und das zu unterhalten. Die Weiber taugen dafür nicht.“

Indessen verbeugten sich alle vor Mama Paradisi, die eins ihrer Fenster ganz ausfüllte mit ihrem Wogen. Am nächsten stießen sich ihre beiden schönen Töchter.

„Sie sind schon angezogen", sagte der Apotheker, „ob das nicht Ihnen gilt, Herr Gennari? Ohne die andern Herren beleidigen zu wollen: aber auf mich selbst beziehe ich es nicht."

Der Tenor sah weg.

„Sie sind verwöhnt, junger Mann", und der alte Krieger legte ihm seine breite Hand auf. Nello brach aus:

„Sollte man den Weibern nicht verbieten, über Tag die Läden zu öffnen? Da liegen sie rings um den Platz und würden am liebsten gleich die Arme öffnen. Eine Frau ohne Zurückhaltung stößt mich ab: ich bin so."

„Aber, Nello!" sagte der Bariton. „Bisher konnte es dir nicht rasch genug gehen. Noch gestern, gleich in der ersten halben Stunde, warst du auf eine aus, die in den Dom ging."

„Wer ging in den Dom? Schweige doch! Vielleicht bist du dafür bezahlt, mir eine anzubieten?"

„Ich kenne dich nicht wieder, Nello! Dieser Rasende, ihr Herren, war sonst ein Cherubim, die Freude der Frauen, aller Frauen in den Städten, wo wir sangen. Noch keiner hat er etwas abgeschlagen. Und jetzt, was ist ihm begegnet?"

Der alte Giordano verging sich in Handküssen nach allen Seiten.

„Man behält keine Zeit zu sprechen", sagte er. „Es sind zu viele."

„Warum bleiben an jenen Häusern die Fensterläden geschlossen?" fragte er zwischendurch. Da man ihn ansah, gestand der Apotheker:

„Das hier ist meins. Aber auch die Frau des Perückenmachers Nonoggi handelt, wie Sie sehen, Cavaliere, indem sie ihre Läden schließt, im Sinne des Don Taddeo, der die Kunst verbieten möchte! Oh! nicht meine Frau allein: eine ganze Partei hält zu ihm. Sie werden sehen."

„Wir nehmen den Kampf auf!" verhieß der Advokat. „Den Schlüssel wird er herausgeben: und sollte ich für die Stadt Prozesse führen, die mich mein Leben lang auf den Beinen halten, er wird den Schlüssel herausgeben. Ich selbst, der Advokat Belotti, werde eure sämtlichen Choristinnen in den Turm führen, werde ihnen den Eimer zeigen, und nicht einmal der heilige Agapitus selbst soll mich hindern!"

„Sprechen Sie darüber mit Ihrem Bruder!“ riet Camuzzi „Er hat einen gesunden Kopf, und dort kommt er; es ist zehn Uhr.“

Der Pächter ritt auf seinem trippelnden Eselchen zwischen zwei großen Körben die Rathausgasse herauf. Beim Rathaus nahm er zuerst den blauen Klemmer, dann den glockenförmigen Strohhut ab und schwenkte beide. Vor dem Café stieg er ab.

„Guten Tag, die Gesellschaft“, sagte er.

„Der Advokat behauptet ...“, begann Camuzzi.

„Ich behaupte nichts“, sagte der Advokat rasch.

Der Pächter betrachtete ihn mitleidig.

„Ah! der Advokat. Was will er schon wieder? Pappappapp.“

Er ahmte in seiner gehässigen Tonart die Sprechweise seines bedeutenden Bruders nach. Der Advokat lehnte sich vornehm zurück.

„Das sind Dinge, die ein Mann wie du nicht beurteilen kann.“

„Nun gut, man schweigt“, erwiderte Galileo. „Aber wer sind denn die da?“ – und er rückte den Finger von einem der drei Fremden auf den andern. Bei der Vorstellung scharrte er umständlich mit den Füßen, stöhnte zwischen den Komplimenten und erleichterte sich, als er wieder auf dem Stuhl saß, durch gewaltiges Ausspeien. Er hielt die kurzen fetten Schenkel weit auseinander und ließ die kleinen goldbraunen Fäuste dazwischen herabhängen. Unter seinen weißen Brauen blinzelte er alle verächtlich prüfend an, verzog stumm den Mund zu dem, was sie sagten, und verlangte schließlich, herauspolternd, als sei seine Geduld erschöpft, sein Nachbar solle, da er schon ein Künstler sei, Zauberkünste zum besten geben oder einen Witz. Der alte Tenor stand auf und verwahrte sich. Er sei seit fünfzig Jahren Künstler, aber eine solche Zumutung –. Sein ganzes Gesicht, jede Runzel darin, zitterte, als sollte er in Tränen ausbrechen, und er hatte beim Bewegen seiner faltigen Hände den Brillanten sichtlich ganz vergessen.

„Was will denn der?“ fragte Galileo. „Was für ein Dummkopf! Pappappapp!“

Er machte dieselbe alberne Stimme, mit der er den Advokaten nachgeahmt hatte. Der Cavaliere Giordano traf Anstalten, sich zu entfernen. Der Advokat wendete ihn, mit zärtlichem Respekt, immer wieder zurück.

„Tun Sie uns das nicht an, Cavaliere! In keiner Stadt ist Ihr Ruhm größer als in unserer. Mißverstehen Sie meinen Bruder nicht, auch er verehrt Sie. Galileo, unsere Schwester hat nach dir gefragt, eine Ziege ist krank."

„Warum hast du's nicht gleich gesagt? Aber die Advokaten verstehen nichts."

Er wischte sich den Mund mit der Hand, nahm das Eselchen, das mit der Schnauze an seinem Nacken stand, und führte es in die Treppengasse. Der Advokat fuhr mit Beschwörungen fort.

„Cavaliere, ein Mann wie Sie ist über solche Miseren erhaben. Ein Bauer hat Sie nicht mit der schuldigen Achtung behandelt: was weiter? Denn mein Bruder ist nur ein Bauer. Um sieben legt er sich schlafen, um ein Uhr nachts reitet er aufs Feld, und um zehn, wenn die Hitze beginnt, kehrt er heim. In der Zwischenzeit spielt er Mora mit seinesgleichen. Unter dem Papst ging er zur Messe, jetzt freilich nicht mehr. Sein Geist ist trotzdem wenig kultiviert, und er läßt sich den Ausfall der Ernte von der Hühnerlucia, einer verrückten Alten, vorhersagen. Aber –"

Er ließ den Sänger los.

„– schweigen wir von diesen Kleinigkeiten. Der Augenblick, Cavaliere, ist ernst. Ihr Herren, ich sehe auf dem Corso den Priester erscheinen."

Er setzte sich, schwach, wie es schien, vor Erregung. Auch der alte Giordano nahm seinen Stuhl wieder ein. Das Erlittene überwältigte ihn nachträglich auf einmal ganz. Er sank zusammen und murmelte:

„Seit fünfzig Jahren Künstler ..."

„Er hat bei sich die Baronin Torroni", sagte Polli.

„Zu seiner Bedeckung", setzte der Apotheker hinzu.

„Was tut das", – und der Advokat sprang auf. „Ich werde der Baronin einfach erklären, daß ich mit diesem Priester ..."

„Er verabschiedet sich, sie betritt ihr Haus."

Der alte Tenor fuhr jäh auf:

„Ich, den Seine Exzellenz Cavour zum Ritter der Krone von Italien gemacht hat!"

Sie hörten ihn nicht. Der Advokat stand sprungbereit. Wie er ihn erblickte, verließ der Priester, zusammenzuckend, seine Linie. Der Advokat schoß los und schnitt ihm den Weg ab.

„Gefangen", bemerkte der Apotheker.

„Und ich habe ein Haus in Florenz!"

Dabei setzte der Cavaliere Giordano wütend sein Glas hin.

„Was kümmern mich alle diese Armseligkeiten? Mein Haus ist voll der Erinnerungen an eine ruhmreiche Laufbahn, der Geschenke von Fürsten und Damen ..."

„Don Taddeo, Ihr Diener", hörte man den Advokaten sagen. Er hob den Hut und schlug sogar mit dem Fuß aus. Der Priester grüßte ebenso höflich und sah ihn aus seinen roten Augen brennend an.

„Ein Wort, Don Taddeo, wenn es Ihnen nicht unangenehm ist! Ein unliebsamer Irrtum Ihrerseits ..."

„Es ist kein Irrtum, mein Herr ...", und es war zu merken, daß der Priester kaum sprechen konnte. „Der Schlüssel: denn von ihm wollen Sie gewiß reden ..."

„Freilich. Um Sie im Vertrauen auf Ihre Loyalität ..."

„Zweifellos. Aber es handelt sich einfach darum, mein Herr, daß der Schlüssel von Rost zerfressen und kaum noch brauchbar war. Ich habe ihn dem Schlosser Fantapiè gegeben und einen neuen bei ihm bestellt."

„Ah!"

Der Advokat brachte einen Laut hervor, der nicht heiser klang. Wie leicht mußte es ihm sein! Polli, Acquistapace und der Leutnant wiederholten: „Ah!" – und auch der Bariton Gaddi machte: „Ah!" Nello Gennari achtete nur auf den Cavaliere Giordano. Der berühmte Sänger war nach seinem verpufften Ausbruch ganz in sich zusammengefallen und sah alt aus: endlich unverhohlen alt, mit herabhängendem Kiefer, Augen, die greisenhaft stierten, und hilflosen Händen. Sein junger Gefährte dachte, und senkte finstere Blicke in die arme Gestalt:

„Ja, was tut er hier? Ein reicher, geehrter alter Mann – und läßt sich herbei, in einem schmutzigen Nest die Rüpel lustig zu machen! Aber er hat keine Stimme mehr; in den großen Städten wollen sie ihn nicht mehr; und da man, scheint es, in unserem Leben das Händeklatschen nie entbehren lernt, müssen es nun die

Fäuste der Bauern besorgen, – wie man vielleicht die Mägde noch blenden kann, wenn einen die Herrinnen nicht mehr ansehen ... So geht es zu bei uns. Wir treiben es weiter, wie auch ich es so lange trieb: immer kindisch weiter, armselig berauscht, ohne Anker, ohne den Mut, zu landen; – und eines Tages vor dem Café einer Landstadt, wo einem die Flöhe über die Füße springen, bemerkt man, wie weit man kam ... Ich aber: oh! niemals wird es mit mir dorthin kommen. Ich bin jung, und mein ganzes Leben soll Alba gehören. Ich werde sie von meiner Anbetung überzeugen, werde etwas tun, eine Handlung, ein Wagnis, das sie mir gewinnt ... Gefunden: aus dem Kloster; ich befreie sie aus dem Kloster! Wie sollte sie mich nicht lieben! Wir fliehen. Dann werfen wir uns dem Großvater zu Füßen ... Ich bin vielleicht töricht und romantisch? Aber nichts, wenn ich sie denn nie besitzen soll, nichts doch hindert mich, zu ihren Füßen zu leben: als Bauer, ihr unbekannt, unter den Mauern ihrer Zelle. Oder ob es hier ein Männerkloster gibt? An den Festtagen in der Kirche könnten wir uns sehen: in weißen Tüchern ihr schöner Kopf und ich unter der Kutte – könnten einander in die Augen sehen und singen ...“

„Junger Mann, Sie träumen“, sagte jemand, und der Cavaliere Giordano, der sich erholt hatte, betrachtete Nello mit hoch überlegenem Lächeln.

Der Advokat und Don Taddeo waren jetzt dabei, sich voneinander zu verabschieden. Ein Halbkreis von Zuschauern folgte ihren Bewegungen.

„Ich kann also auf Ihr Wort rechnen“, – und der Advokat trat dienernd einen Schritt zurück.

„Aber wie denn. Zu Ihren Diensten“, erwiderte der Priester, vorgeneigt und mit der Kappe in der Hand.

„Es ist immer gut, sich zu verständigen“, sagte der Advokat beim nächsten Schritt. Und Don Taddeo:

„Wir sollen niemand hassen.“

„So denke auch ich, Reverendo. Ihr Diener.“

Dabei schlug der Advokat ein letztes Mal aus.

Mit feuchter Stirn und Augen, die noch gar nichts sahen, kehrte er zurück. Unter den Zuschauern sagte der Barbier Bonometti:

„Er hat es ihm gegeben, der Advokat.“

Die Frau des Kirchendieners Pipistrelli stieß den Krückstock aufs Pflaster.

„Ihm hat es Don Taddeo gegeben, ihm!"

Die Jungen pfiffen auf den Fingern hinter dem Priester her. Als er sich umdrehte, spielten sie unschuldig am Boden.

„Dort drückt er sich, der Feigling", sagte der Apotheker nicht sehr leise. „Auf den Schlosser redet er sich hinaus."

„Wenn man sie anpacken will –", sagte Polli. „Das kennt man."

„Indessen, Advokat", sagte Camuzzi, „Sie waren höflich mit jenem Herrn, er kann sich nicht beklagen."

„Höflich, ich? Ich habe ihm vollauf Bescheid gesagt. Freilich verhandelt man in gesitteter Form ..."

„Du hättest ihn nicht Reverendo betiteln sollen", sagte der Tabakhändler, „wenn er dich nicht wenigstens Exzellenz nannte."

„Aber was habt ihr? Er seinerseits hat meine Ironie sehr wohl gefühlt, dessen bin ich sicher. Er weiß zu dieser Stunde, daß ich ihn für einen Schurken halte. Meint ihr, er würde so vor mir gekrochen sein, hätte er kein böses Gewissen gehabt? Er hat Angst geschwitzt! Am liebsten wäre er, sobald er mich sah, davongelaufen!"

„Das ist wahr", sagte der Bariton, und die andern gaben es zu.

„Der Sieg ist beim Advokaten", stellte der Leutnant fest.

Der Apotheker Acquistapace schlug auf den Tisch.

„Bravo, Advokat! An dem Tage, wo er den Schlüssel herausgibt, zahle ich zwei Flaschen A–

– Asti", sagte er zu Ende und hatte schon ganz leise die Hand vom Tisch gezogen. Aus der Apotheke war, ihr schwarzes Tuch über Scheitel und Schultern, seine Frau getreten; ihr Blick ließ sich so schwer auf den alten Krieger nieder, daß er darunter kleiner ward; und sie ging auf Don Taddeo zu. Der Priester stand noch beim Brunnen mit der Frau des Perückenmachers Nonoggi, die klagend die Arme erhob. Und während Frau Acquistapace ihm beide Hände drückte, erschien auf dem Platz Frau Camuzzi. Drei Schritte vom Tisch der Herren kam sie vorüber, ohne die Lider zu heben, und gesellte sich zu den anderen.

„Ah, die Frauen", seufzte der Advokat, schmerzlich getroffen durch die Mißbilligung der hübschen Frau Camuzzi. Ihr Mann sagte:

„Auch die Baronin Torroni wird sogleich zu der Partei des Priesters stoßen."

Der Advokat und seine Freunde sahen sich mit niedergeschlagenen Mienen nach dem Palazzo Torroni um. Statt der Baronin zeigte sich dort hinten an der Ecke zum Gasthaus Italia Molesin, die Komödiantin.

„Wie sie um ihn her schnattern und Flügel schlagen, die Gänse!" sagte der Tabakhändler Polli, voll Mut durch die Abwesenheit seiner Frau. „Warum sie ihm nicht die Fettflecken von der Soutane schlecken!"

Der Gemeindesekretär grub weiter in der Wunde.

„Sie müssen nicht glauben, Advokat, daß Sie mit Don Taddeo und den Seinen leicht fertig werden. Er weicht Ihnen aus: um so schlimmer. Er versteckt sich hinter dem Schlosser Fantapiè, der alle Arbeiten für die Kirche und das Kloster macht und den Schlüssel keinen Augenblick früher beendet haben wird, als es dem Priester recht ist ..."

Ein Schwarm Schulkinder brach aus dem Corso hervor, wickelte Italia ein, schnellte über sie hinaus und lärmte so sehr, daß nichts mehr zu verstehen war. Die Tauben flüchteten vom Pflaster in die Luft, zu den Vorsprüngen am Dom. Einige kehrten zurück und ließen sich auf den Rand der Brunnenschale nieder. Italia kam näher; das Tuch war ihr von den Schultern geglitten, Hüften und Augen drehte sie hin und her und kaute dabei. Wie sie die Tauben sah, machte sie sich heran und hielt ihnen, zärtlich kreischend, die Handfläche mit Brot hin. Zugleich hob sie den Kopf nach Beifall. Statt dessen sagte Frau Acquistapace:

„Ist es erlaubt, Reverendo, daß eine verlorene Frau die Kirchentauben füttert?"

Indes Don Taddeo seufzte, fügte die Nonoggi hinzu:

„Ich werde meinen Besen holen. In der ersten Nacht, wenn man denkt! Und mit einem Edelmann!"

Frau Camuzzi hielt immerfort die Lider gesenkt. Unversehens drückte sie ihren Spitzenschal gegen den Hals und spie aus, – was ihr gut stand. An ihrem schwarzen Kleid vorbei sah man es silbern niederfallen. Italia richtete sich fragend auf. Vor dem Café sagte niemand ein Wort. Endlich versuchte der Advokat:

„Diese Damen scheinen etwas zu wissen. Sollte denn Nonoggi ..."

Ohne ihn anzusehen, erwiderte der Apotheker:

„Auch ohne Nonoggi kommt schließlich alles heraus."

„Das ist abscheulich", rief der Advokat. „Ich wasche meine Hände in Unschuld, – obwohl ich, wie ich hinzusetzen muß, der erste gewesen bin, der die Sache erfahren hat."

Aber da Jole Capitani, die Frau des Doktors, denn inzwischen war sie angelangt, sich mit ihrer trägen Stimme bei dem Priester erkundigte, ob man die Komödiantin nicht einsperren könnte, damit sie niemanden mehr verführe, empörte sich der Advokat.

„Die nun nicht! Ah! die nicht. Eine Frau, die so dick ist, sollte nicht von andern Böses reden!"

Italia war da, hatte Tränen in den Augen und fragte:

„Was haben diese Damen?"

Das Schweigen der andern machte den Advokaten noch betretener.

„Nichts", brachte er hervor. „Wir sind in einer kleinen Stadt, was wollen Sie; man sieht hier nicht gern, daß eine Frau lange schläft."

„Aber das Fräulein hat sich den Schlaf verdient", meinte Polli bieder.

„Das glaube ich! Die Reise mit der Post, und in Sogliaco jeden Abend gespielt ..."

„Und vielleicht auch die Liebe?" schlug der Leutnant vor und rückte sich zurecht.

„Die Leidenschaft!" rief der Advokat eifersüchtig. „Denn die Künstlerinnen lieben mit Leidenschaft, und das reibt sie auf. Ich kenne es."

„Wie wahr!" – und Italia dankte ihm, indem sie ihn mit den Augen kitzelte. Der Advokat schnaufte.

„Diese hier", erklärte der Bariton Gaddi, „ist nicht leicht aufzureiben, sie ißt zu viele Makkaroni."

„Man sollte sich über die Frauen niemals lustig machen", erwiderte der alte Giordano süß. „Sie sind eine zu ernste Angelegenheit."

„Danke, Cavaliere", – und sie kitzelte auch ihn. „Ich liebe den galanten Mann."

„Man weiß, man weiß!" – mit einem Schlage zwischen die Gläser; und der Tabakhändler sah sich, krebsrot, nach dem Apotheker um. „Der Baron!" wisperten sie erstickt und platzten gleichzeitig aus.

„Was haben diese Herren?" fragte Italia. Um sie für sich zu gewinnen, kitzelte sie beide mit den Augen und zur Sicherheit auch noch den Leutnant.

Der Advokat drohte ihr mit dem Finger; sie lachte; und inzwischen kam Frau Camuzzi, vom Dom her, mit tief gesenkten Lidern vorüber. Italia sah ihr voll Spannung und Unterordnung nach.

„Ist das die Dame, die ausspie?" flüsterte sie. „Und warum spie sie vor mir aus?"

„Auch ich bin beleidigt", sagte der alte Giordano dumpf und grübelte, wieder ganz in Falten, vor sich hin.

Nello Gennari fuhr zusammen, als erwachte er, und starrte irgendeinen an.

„Hier ist jemand, der alles weiß. Alles, versteht ihr? Ist das nicht schrecklich?"

„Ich hatte es vergessen", sagte der alte Giordano schaurig. „Mein Gedächtnis! Aber jetzt erkenne ich, woher hier das Unglück kommt. Dort im Winkel hinter dem Turm –"

Er zwang Italia, in seine aufgerissenen Augen zu sehen, und wies mit dem Daumen rückwärts. Der Advokat machte leise „Sst". Polli raunte:

„Man sieht nicht hin."

„Das ist doch schrecklich, immer solche Augen einer Unsichtbaren auf sich zu haben", wiederholte Nello Gennari, den Blick gesenkt. Der Bariton nahm seine Uhrkette in die Hand.

„Ich sage nicht, daß es eine große Annehmlichkeit ist."

„Was gibt's? Oh, was habt ihr?" – und Italia hatte den Handrücken am Munde.

„Du hast Hornbreloques, Gaddi?" fragte der alte Tenor. „Man sollte sie nie ablegen."

Rasch und ohne sich umzuwenden, spreizte er zwei Finger gegen das Haus Mancafede.

„Was gibt's, mein Gott?" flehte Italia. „Ich will fort."

„Was denn", machte der Advokat. „Wir leben doch alle hier, und es tut uns nichts. Es ist ein Mädchen, das seit neun Jahren, ohne krank zu sein, das Haus nicht verläßt und dennoch alles weiß, was geschehen ist, und zuweilen auch, was noch nicht geschehen ist ..."

„Man muß zugeben", – und der Gemeindesekretär lächelte spöttisch, „daß es ein wenig unheimlich sein mag, wenn man es noch nicht gewohnt ist."

„Ich will fort."

Italia stieß ihren Stuhl zurück. Der Advokat packte sie an und drückte sie auf den Sitz.

„Sie, eine Künstlerin, wollten fliehen vor einer einfachen Erscheinung der menschlichen Natur?"

„Nun, einfach –", meinte der Sekretär. Italia sah, umklammert vom Advokaten, nach Hilfe umher.

„Darum bin ich beleidigt worden", begann wieder der alte Giordano. „Ich, der seit fünfzig Jahren –"

„Hat darum jene Dame vor mir ausgespien?" fragte Italia erleuchtet.

„Aber die Wissenschaft –", hob der Advokat an.

„Wer ist also noch sicher!" rief Nello Gennari, sprang auf und machte, die Arme verschränkt, eine stürmische Runde um den Tisch. „Sie weiß", dachte er in plötzlichem Erkennen, „wo ich die Nacht war und daß ich Alba liebe! Ich wollte eher tot sein, als ein menschliches Wesen im Besitz meines Geheimnisses sehen. Sie aber hat es: schon gestern wußte sie den Namen! – und kann mich verraten. Ich lebe von ihrer Gnade, wie ist das zu ertragen!" Er setzte sich wieder und nahm die Stirn in die Hände.

„Die Wissenschaft wird –", sagte der Advokat. Der alte Giordano hob plötzlich die Arme und riß die Luft in seinen offenen Mund hinein.

„Und meine Prophezeiung! Diese Stadt hat weniger als hunderttausend Einwohner, und ich bin umgeben von Geheimnis. Ich werde hier sterben."

„Ja, man muß vorsichtig sein", – und der Bariton drehte unerschüttert an seinen kleinen Hörnern. Der Alte schrumpfte zusammen. Der Advokat bekam unversehens eine Art Anfall. Er zuckte wild mit den Schultern, seine Handrücken taten kleine krampfige Schläge in die Luft, die Adern schwollen ihm, und seine Augen waren die eines Erstickenden.

Plötzlich stand der Kapellmeister Dorlenghi am Tisch und sagte, rasch atmend:

„Wenn es den Herren gefällt, zur Probe!"

Niemand antwortete ihm. Italia zerrte ihr Taschentuch durch die Zähne, der alte Giordano sah entrüstet weg. Dann nahm der Advokat das Wort.

„Guten Tag, Dorlenghi, setzen Sie sich!"

„Verlieren wir keine Zeit, ihr Herren! Diese elende Schule hat mich lange genug aufgehalten. Denn ich bin ein kleiner Dorfmusiker und muß die Kinder singen lehren. Kommen Sie!"

Da nichts sich regte, fragte er, stockend und erblaßt:

„Aber was ist geschehen? Ich verstehe nicht ..."

Der Advokat fuchtelte verzweifelt. Auf einmal klappte er die Arme herunter und sagte leichthin:

„Sie wollen nicht, Dorlenghi. Diese Herren haben den Plan gefaßt, abzureisen."

„Ach ja, abreisen!" – und Italia nickte fliegend und verzerrt, als sei sie von Schlangen umwickelt.

„Auch ich reise", sagte der alte Giordano. „Ich will hier nicht sterben."

Der Kapellmeister griff nach einem Stuhl und griff daneben. Der Advokat fing ihn auf und setzte ihn hin.

„Mut, Dorlenghi! Auch mir ist dieser Zwischenfall peinlich; aber was wollen Sie? Künstler sind Launen unterworfen, das wußten wir. Wer das Genie will, muß auch die Launen wollen."

„Immerhin", meinte der Bariton, der seine Anhängsel sorgfältig geprüft hatte, „es wird vielleicht besser sein, wir reisen."

Nello Gennari nahm die Stirn aus den Händen; er hatte einen wirren, ringenden Blick; – schüttelte, die Lider eindrückend, langsam und stark den Kopf und ließ die Stirn zurückfallen.

„Sie scherzen", brachte der Kapellmeister hervor und lächelte wie eine Puppe. „Ein gelungener Scherz. Aber sollten wir nicht gehen? Es wird spät, und zum Theater ist's weit."

„Es ist Ernst, mein armer Dorlenghi", – und der Advokat klopfte ihn. „Unsere Künstler fürchten sich vor der Unsichtbaren dort hinten. Sehen Sie nicht hin! Und schließlich, wer weiß; Gründe gibt es für alles; und selbst ich, Maestro, frage mich –. Denn, sagen wir die Wahrheit! die merkwürdigen Dinge häufen sich ein wenig. Warum mußte mir Don Taddeo just heute die Ungelegenheit mit dem Schlüssel bereiten? Überdies hatte ich vergessen, daß der Frau des Wirtes Malandrini, ja, der Ersilia Malandrini, letzte Nacht der Geist ihres Vaters erschienen ist."

Italia begann wild zu lachen. Alle sahen sie entsetzt an.

„Ein Geist?" fragte sie.

„Gewiß, ein Geist, Fräulein", bestätigte der Advokat ernst. „Denn ich gehöre nicht zu denen, die die Seele leugnen. Ich bin kein Feind der Religion, nur ein Gegner der Priester."

„Aber solch ein Geist, oh, solch ein Geist –" und Italia schüttelte sich.

„Eine Frau ohne Religion liebe ich nicht", bemerkte der Apotheker Acquistapace mit seiner biederen Stimme. Sie war unvermittelt still und sah ihm gesetzt und treu in die Augen.

„Das Fräulein lacht! Sehen Sie, daß sie lacht?" wiederholte der Kapellmeister noch immer. Er war auf den Beinen, in seiner zarten Haut sah man die Röte bis unter die blonden Kinnhaare fließen, und er sagte mit einer Stimme, die aus dem Tiefsten bebte:

„Ich habe es gewußt, Sie würden mich nicht im Stich lassen. Wo bleibt das Fräulein Flora Garlinda?"

„Oh", machte Gaddi, „auf die können Sie zählen, Maestro, die singt: auch allein, ohne uns, und kein Unglück, böser Blick oder Geist hält sie ab, denn sie glaubt an nichts."

„Also gehen wir voran! Das Klavier ist oben", – und er wies nach der Treppengasse; „ich habe große Mühe damit gehabt, bis es oben war ... Wie? Meine Herren, ich bitte Sie, ich bitte Sie."

„Es wäre vielleicht besser, an nichts zu glauben?" vermutete der Advokat.

„Wenn Sie nicht kommen: ja, was tue ich", sagte der Kapellmeister und griff sich fliegend an die Stirn.

„An gewisse Dinge nicht zu glauben, ist schwer“, bemerkte der Cavaliere Giordano. „Beim Theater besonders.“

„Meine Zukunft! Sie werden nicht wollen, daß alles umsonst war?“

„Ich habe sie erlebt“, – und der Bariton schlug sich auf die starke Brust. „In Pesaro verschwanden die Schminktöpfe, die man soeben noch in der Hand gehalten hatte, und in einer anderen Garderobe fand man sie wieder. Ich mußte die meinen mehrmals von der Primadonna zurückholen.“

„Das soll deine Frau erfahren“, sagte Italia.

„Werde ich denn niemals hier herauskommen?“ – und der Kapellmeister schlug hart auf seinen Stuhl auf und sah gebeugt seine Hände an, die in dürftigen, zu langen Ärmeln staken, geschwollene Adern hatten und schwitzten.

Man erwiderte ihm mit Entrüstung:

„Sie waren froh genug, herzukommen. Uns scheint, daß hundertfünfzig ...“

Der Cavaliere Giordano bewog die Bürger mit einer Handbewegung zum Schweigen.

„In Parma hat das Theater, wie viele selbst unter denen, die dort aufgetreten sind, nicht wissen, – aber es ist Tatsache, daß das Theater einen Geist hat. Ich habe ihn erblickt.“

Er nickte allen nacheinander in die Augen.

„Jener Geist war vor hundert Jahren eine Dame des Hofes und soll, obwohl ein religiöses Gelübde es ihr verbot, einen Tenor geliebt haben. Nun kommt sie, sooft ein junger, noch unbekannter Tenor singt, durch den Gang aus dem Schloß ins Theater. Immer in derselben Loge sitzt der Geist, die er bei Lebzeiten hatte, und wartet, ob der Fremde jenen Ton aushalten wird ...“

„Jenen Ton?“ wiederholte man.

Der Kapellmeister war schon wieder aufgesprungen. Er tat einige Schritte, schob wütend einen schreienden Haufen Jungen auseinander, ging dem Brunnen zu.

„Und meine Ouvertüre!“ sagte er immer wieder, nun dumpf, nun ausbrechend, nun knirschend. Er stützte die Hände auf die Brunnenschale und stöhnte laut.

„Sie soll im Theater aufgeführt werden! Die Garlinda soll meine Arie „Trauriges Geschick“ singen! Wozu ist sie da, wozu sind sie alle da! Ah! Sie wollen mir nicht ans Licht helfen, das ich verdiene? Sie wollen mich aufhalten?“

Er griff sich ins Haar, er ballte die Faust.

„Sie mögen sich hüten! Ich habe ihre Kontrakte, ich werde sie damit vernichten, ohne Gnade vernichten!“

Und er spie in den Brunnen. Dann kehrte er zurück, etwas einwärts auf seinen gekrümmten Beinen; und da er fühlte, daß beim Näherkommen sein Gesicht, er mochte wollen oder nicht, einen bescheidenen Ausdruck bekam, zwang er es zu drohen.

„Bei der Unmöglichkeit, dies genau zu wissen“, sagte der Cavaliere Giordano, „werden Sie verstehen, meine Herren, wie schwierig meine Lage war.“

„Teufel!“

„Denken Sie sich: ahnungslos trifft man in Parma ein, singt fröhlich drauflos, – um in der letzten Pause von irgendeinem guten Herzen zufällig zu erfahren, daß in der dritten Loge rechts eine geisterhafte Dame sitzt, die darauf wartet, ob man jenen Ton aushält, bei dem vor hundert Jahren ihr Liebhaber gestorben ist. Hält man ihn aus, stirbt man auch, das steht fest. Man erstickt an ihm.“

„Schönes Vergnügen!“

„Und man weiß nicht, welcher es ist! Die Überlieferungen stimmen nicht überein. Es konnte auch das hohe D sein, meine Herren: das hohe D meiner großen Arie „O bleiche Sterne“ im letzten Akt der „Galathea“. Aber soll ich auf mein hohes D verzichten? Mit ihm besiege ich jedes Publikum. Jetzt werde ich dafür vielleicht sterben, elend ersticken? Es handelt sich um die Wahl zwischen Leben und Ruhm ... Meine Herren, ich war jung, ich nahm den Ruhm.“

„Bravo! Bravo!“

Der Advokat lachte keuchend dazwischen, ohne sich seiner Ungebühr bewußt zu sein, nur aus Aufregung, weil er unter dem Tisch auf einen Fuß gestoßen war, der, wenn nicht alles täuschte, Italia Molesin gehörte. Der Cavaliere Giordano sah ihn strafend an, und er riß, ertappt, die Brauen in die Höhe.

„Freilich sagte ich mir auch: es wird nicht das D gewesen sein, an dem jener Scharlatan erstickt ist; denn das hält niemand zwei Minuten lang aus, als nur ich. Gleichviel: wie ich nun vor dem Souffleurkasten stehe, das ganze Haus den Atem zurückdrängt und nur ich ihn hinausschmettere, lange, lange, lange: – oh, ich sage die Wahrheit, mir war nicht wohl. Vielleicht war ich ein wenig feucht, vielleicht verschwamm es mir ein wenig vor den Augen. Es kann sogar sein, daß meine Kräfte nachließen. Da aber lenkt Gott meinen Blick, und ich sehe in der dritten Loge rechts eine Gestalt sich erheben und lautlos Beifall klatschen. Das Blut schießt mir zum Herzen, mit Macht breche ich ab, höre das Haus tausend Hände bewegen und fühle, daß ich gerettet bin. Ich verbeuge mich vor der dritten Loge rechts in dem Augenblick, da die Gestalt zurücktritt und verschwindet. Noch jetzt, scheint mir, habe ich sie vor Augen: sehr bleich ist sie und gekleidet wie eine Äbtissin."

„Wie eine –!"

Nello Gennari stand auf einmal lang aufgereckt da, die Hand am Herzen und verstört und blutlos. Allmählich erlangte er Atem.

„– wie eine Äbtissin: ja, das ist sie gewesen. Eine Nonne! – und jener Tenor starb für sie. Ihre Geschichte ist wahr, Cavaliere! Ich glaube an sie!"

Er setzte sich. Noch waren alle erschüttert.

„Cavaliere, ich muß Sie auffordern", begann der Kapellmeister, schwach und atemlos. Der Advokat gab seinem Stuhl einen Stoß und machte sich, die Hände ausgestreckt, eilig drehend über den Platz.

„Was hat er?" fragte Italia enttäuscht. Denn unter dem Tisch war inzwischen auch ihr Knie dem des Advokaten begegnet. „Mit wem ist er?"

„Das ist der Kaufmann Mancafede, der Vater jener Frau dort hinter dem Turm: nicht hinsehen, sie sieht uns."

„Er scheint nicht gefährlich."

„Meine Herren", begann wieder der Kapellmeister, „Sie haben wohl nicht bedacht, welche Folgen es haben würde ..."

Die beiden näherten sich. Der Advokat redete keuchend und die Luft schlagend am Ohr des andern. Plötzlich schob er ihn vor und ließ ihn los. Der Kaufmann dienerte und reichte seine trockene kühle Hand umher. Sein altes Hasenprofil mit dem gewölbten Auge wendete sich ruckweise.

„Wenn die Herren es erlauben ..."

Jeder einzelne mußte genickt haben, bevor Mancafede sich setzte. Man betrachtete ihn milde, wie er sich in seiner dicken braunen Jacke, die aussah wie sein Fell, rund und klein machte.

„Sie haben eine Tochter?“ fragte der Cavaliere herablassend. Mancafede schmunzelte bescheiden.

„Meine Tochter hat von Ihnen gesprochen, Cavaliere.“

„Es wäre nicht nötig gewesen.“

„Nach Ihrem Belieben. Indessen, da sie viel allein ist, beschäftigt sie gern ihren Geist, und so scheint es, daß sie, mehr als wir andern, von der Welt weiß und von gewissen Dingen, die“ – mit der Hand auf dem Herzen – „uns andern zu groß sind. Ihr Ruhm, Cavaliere, hat meine Evangelina nicht schlafen lassen. Sie schläft sonst nach dem Mittagessen; gestern aber stand sie, nach einigem Seufzen, wieder auf und sagte: „Papa, jetzt ist er unterwegs hierher!“ „Wer, Töchterchen?“ „Er, der Cavaliere Giordano.“ Und tatsächlich, bedenkt man es wohl, o meine Herren, soll man ihr dann nicht recht geben, und ist es nicht ein wahres Wunder, daß ein Mann, den sie in Paris und in London mit Angst erwarten, alles ausschlägt, um gerade uns zu erwählen? Kaum glaubt man es, daß er hier sitzt, mitten unter uns, wie einer von uns!“

„Tatsächlich“, sagten die Bürger nachdenklich. Der Advokat meinte:

„Dies wäre wirklich eine Gelegenheit, am Rathaus eine Gedenktafel anzubringen.“

Der Sekretär Camuzzi verzog zweiflerisch das Gesicht, aber er hatte die Mehrheit der Bürger gegen sich. Sie erklärten:

„Ein guter Gedanke! Eine patriotische Tat! Die Stadt schuldet es sich!“

Der Cavaliere Giordano verbeugte sich, groß und glücklich, nach allen Seiten. Dann wandte er sich vertraulich an den Kaufmann:

„Und, nicht wahr, mein Herr, irgendein Zufall wird es sein, der Ihrer Tochter meine bevorstehende Ankunft enthüllt hat? Sie hat diese Kenntnis nicht aus sich selbst und nicht auf geheimnisvolle Art? Das alles hat nichts zu bedeuten?“

Mancafede hörte die Bitten des Cavaliere schweigend an. Wenn er sich den alten Tenor zum Feind machte, drohte ein Ballen roten Flanells, den die Bauern nicht gekauft hatten und den er jetzt an die Komödianten hätte loswerden wollen, noch länger liegenzubleiben. Aber sein väterlicher Ehrgeiz siegte, und er hob die Schultern.

„Welch Zufall denn wohl, – da nur der Maestro darum wußte. Sagen Sie selbst, Maestro, ob Sie einer lebenden Seele einen Wink erteilt haben!"

„Um nicht beschämt zu sein, wenn der Cavaliere nicht kam. Aber was hat es mir genützt" – und die blauen Augen des Kapellmeisters waren feucht und zornig –, „da er nun fort will, ohne gesungen zu haben!"

Der Kaufmann schlug entsetzt die Hände zusammen; ein Murmeln der Trauer ging durch den Kreis der Bürger. Der Cavaliere beschwichtigte sie mit einer Geste von leichter Erhabenheit.

„Fürchten Sie nichts!" sagte er, machte eine Pause und stellte sich die Gedenktafel vor, „ich werde bleiben."

„Ah!"

„Ich habe bedacht, daß ich auch in Parma blieb, trotz der Gefahr, die Sie kennen. Möglich, daß dies die Stadt mit nicht hunderttausend Einwohnern ist, die mir verhängnisvoll werden soll: aber, nicht weniger entschlossen als in Parma, wähle ich statt des Lebens den Ruhm"; – und er senkte die Hand im Bogen auf den Tisch. Der Kapellmeister ergriff sie mit seinen beiden und schüttelte sie wild.

„Cavaliere, nie werde ich Ihnen danken können, was Sie für mich tun!"

Er stammelte mit feuchter Stimme:

„Dann darf ich also hoffen, daß auch die anderen Herren ..."

„Sie werden bleiben", ergänzte der Kaufmann. „Das wissen wir, ohne meine Tochter zu fragen."

Und er erinnerte den Familienvater Gaddi an die Erhöhung der Gagen, sobald das Theater ausverkauft wäre. Der Bariton lächelte schwelgerisch. Dem Fräulein Italia Molesin verhieß Mancafede einen reichen und mächtigen Freund. Sie und der Advokat sahen errötet aneinander vorbei.

„Was aber den Herrn Nello Gennari betrifft", sagte der Kaufmann, „sind wir sicher, daß alle seine Träume sich erfüllen werden."

Gaddi streckte schon die Hand aus, um seinen Freund zu halten, aber Nello brach nicht los; er schluckte hinunter und senkte zu aller Überraschung vor dem spöttisch blinzelnden Kaufmann die Lider.

„Halten wir uns doch mit diesen Nebensachen nicht länger auf!“ verlangte der Kapellmeister und trat von einem Fuß auf den andern. „Meine Herren, ich mache Sie dafür verantwortlich, wenn wir ...“

„Schließlich hat der Maestro recht“, sagte Italia, denn der Advokat trat sie zu stark, und sie stand auf. Auch die übrigen machten sich fertig. Nello Gennari allein blieb sitzen.

„Ich kann noch nicht singen“, behauptete er hartnäckig. „Ich muß vorher allein sein. Geht nur zu, erwartet mich in zehn Minuten! Ich muß allein sein.“

Er nahm den Kopf zwischen die Hände und war nicht mehr zu sprechen. Die Bürger fühlten sich zu angeregt, um heimzugehen. Da der Kapellmeister sie durchaus nicht mitnehmen wollte, beschlossen sie, ihr Zusammensein im Laden des Tabakhändlers Polli zu verlängern.

Der Kapellmeister stolperte in seiner Hast über Jungen, die am Boden mit Steinchen warfen. Er riß sie auseinander und verlangte, daß sie den Platz räumten. Er hielt sich nicht mehr; alles war ihm im Wege: die Hunde, die gaffenden Handwerker an den Mauern. Da schlug es zwölf, und sie verzogen sich im bunten Getöse des Mittagläutens.

Der Advokat begleitete Italia Molesin. Der Kapellmeister, der zwischen Gaddi und dem Cavaliere Giordano ging, wandte sich auf den ersten Stufen der Treppengasse um und rief: „Sie wissen wohl, Herr Advokat, wir können keinen Fremden bei der Probe gebrauchen.“

„Versteht sich“, rief der Advokat zurück. „Sie werden nicht kommen, ich bürge dafür, sie sind bei Polli.“

Und er bückte sich, um eine Ziege zu entfernen, die seiner Dame im Wege lag. Aber Italia hüpfte kreischend über sie hinweg.

„Mir gefällt die Unerschrockenheit schöner Frauen“, sagte der Advokat. Durch den Kot der Hühner, die gackernd flüchteten, stiegen sie zwischen den schwarzen Häusern fort, aus deren Türen Rauch schwankte.

„Gut, daß wir dableiben“, sagte Italia, und lachte; „ich hätte nicht gewußt, wie ich meine Reise bezahlen sollte, oder auch nur den Wirt.“

„Wie? Aber hat denn der Baron nicht ...?"

Er schlug sich auf den Mund.

„Wer?" fragte sie.

„Oh, niemand!"

Italia wandte einen raschen Seitenblick nach ihm um, schüttelte lachend die Schultern und sprang höher. Er keuchte, rechts und links winkend, hinterdrein.

„Bemerken Sie, wie alle auf die Schwellen treten? Jeder hat schon Rat und Beistand von mir verlangt. Mit Recht oder Unrecht hält man mich für einen mächtigen Mann ... Und auch für einen reichen, darf ich sagen. Denn sehen Sie den Palazzo? Das Eckhaus mit den beiden Säulen: es ist das größte und schönste; und da meine Schwester, die Witwe Pastecaldi, bei ihrer Heirat abgefunden wurde, gehört es meinem Bruder Galileo und mir, jedem zur Hälfte. Ich habe darin eine Wohnung von vier schönen Zimmern –"

Der Advokat blieb stehen und schmatzte.

„– und eine Sammlung von gewissen Bildern: ah! gewissen Bildern ... Man zeigt so etwas den Leuten nicht; Ihnen aber, Fräulein: wenn Sie mich besuchen wollen –, oh! keine Furcht, Sie betreten das Haus eines Ehrenmannes"; – und er stellte die Hand steil zwischen sie und sich. Italia lachte, aber voll Achtung. Einem Manne von solcher Ritterlichkeit begegnete man selten; und einem, der sogleich seine ganzen Verhältnisse darlegte, wie bei einem ernsthaften Antrag!

„Nach der Probe will ich Sie besuchen", sagte sie, „und mir Ihre schönen Bilder ansehen ... Auch Ihre schönen Zimmer", setzte sie hinzu und zögerte, ob sie ihm noch weiter entgegenkommen sollte. Statt dessen machte sie sich einen bescheiden lockenden Senkblick. Er lächelte galant und führte seine welke Hand ans Herz.

„Oh! Fräulein Italia, wir könnten uns verstehen."

Sie versuchte ein paar Stufen höher zu gelangen, aber er hielt immer wieder an.

„Ich war stets ein Verehrer der Schönheit; und bei Ihrem Anblick ..."

„Da ist er! Und die Eier?" rief es aus dem Hause herab; und eine große Frau mit einem rot verschnürten Sammetmieder und kurzen Hemdärmeln stand im Fenster und drohte mit dem Finger.

„Ah! der Advokat, so ist er. Seine Familie würde er Hungers sterben lassen: er aber, immer mit den Frauen.“

„Meine Liebe“, sagte der Advokat hinauf, „es gibt gewisse Dinge, die du nicht beurteilen kannst.“

„Immer derselbe, der Advokat!“ – und die Schwester breitete verzweifelt die Arme aus; aber ihr Kindergesicht, in das zwei graue Strähnen fielen, lächelte bewundernd.

„Welch schöner junger Mann, nicht wahr, Fräulein? Ah! geh, Taugenichts, unterhalte dich! Laß deine Familie ohne die Eier!“

„Ich habe sie mitgebracht, im Café kannst du sie abholen. Aber merke dir, meine Liebe, daß ich jetzt nicht immer Zeit haben werde für deine Angelegenheiten, da ich mit Wichtigerem sehr beschäftigt bin.“

„Man sieht es“, rief die Witwe Pastecaldi noch, indes sie sich zurückzog. Der Advokat bemerkte:

„Man muß Geduld haben. So ist das Leben in einer kleinen Stadt.“

Er hatte schon wieder die Hand auf der Brust, und Italia, die gekichert hatte, bekam sogleich ihre fromme Miene zurück.

„Bei Ihrem Anblick“, fuhr er fort, „fühle ich deutlicher als je, daß große Dinge in mir schlummern. Vielleicht war auch ich zum Künstler bestimmt? Ah! haben Sie je über das Schicksal nachgedacht?“

Aber sie zeigte bestürzt auf die Gestalt, die hinter dem Palazzo Belotti ganz allein auf dem breiten Treppenabsatz stand. Es war ein kleiner Uralter in abgetragener Herrenkleidung. Mit seinen trockenen Falten, seinen Greisenaugen schien er über die Menge hinzulächeln, die nicht da war, bewegte dabei die Lippen, schlug mit dem Fuß aus und schwenkte, die Linke am Herzen, im Bogen seinen randlosen Hut.

„Es ist nichts“, erklärte der Advokat. „Es ist der Brabrà: so nennen sie ihn nach dem Geräusch, das er verursacht, wenn er sprechen will. Ein armer Alter, etwas verrückt, aber wenig interessant. Sehen Sie mich an! Ein Mann von meinen Gaben! Ich hätte wohl Grund, dem Schicksal –. Aber nein: da ich Ihnen begegnet bin!“

Er bot ihr für die letzten, sehr steilen Stufen den Arm.

„Da haben wir auf dem Plateau den Palast Ihrer Exzellenz der Frau Fürstin Cipolla; ich hin in der Lage, ihn Ihnen zu zeigen wie mein eigenes Haus; – und dort rechts das Nonnenkloster mit der Kirche. Ein Langobardenkönig namens – Dingsda hat es gegründet, für seine Tochter, die einen Liebhaber hatte."

„So streng war er!" – und Italia sah ehrfürchtig an der wilden schwarzen Mauer hinauf.

„Nachdem wir gesiegt hatten, hat der Staat alles versteigert, aber die Nonnen haben es zurückgekauft. Man wird sie nicht los, die heiligen Unterröcke ... Versäumen Sie nicht, einen Blick auf die Landschaft zu werfen! Sie sehen von hier zweiunddreißig Ortschaften. Welch wollüstiges Blau: würde man nicht glauben, es sei das Meer, dem die Venus entsteigt? Wer die Einkünfte besäße aus allem, was Sie hier mit zwei Augen fassen, der hätte jährlich nicht weniger als drei Millionen zu verzehren."

„Himmel! Es wäre Sünde, soviel auszugeben!"

„Für eine Frau würde ich es ausgeben!" rief der Advokat, in Feuer, und kroch ihr voran durch einen halb eingestürzten Bogen neben dem fürstlichen Palast. „Meine Schwester hat vielleicht recht? Vielleicht wäre ich für eine Frau zu allem fähig."

Er richtete sich auf und streifte die Sohlen an den Stufen ab.

„Man hätte den Zugang zum Theater reinigen sollen. Gerade diesen Ort haben sich die Leute aus den nächsten Gassen seit langen Jahren ausersehen. Sie besitzen nämlich noch keinerlei Bequemlichkeit im Hause ..."

Da sprühten Kalk und Kies die Treppe herab, und oben stampfte und winkte der Kapellmeister.

„Wo bleiben Sie, Molesin? Geht das so weiter, werden wir die „Arme Tonietta" niemals herausbringen! Ein Jahr meines Lebens kostet ihr mich!"

„Sie haben recht, Dorlenghi", sagte der Advokat und beschwichtigte mit der Hand. „Wir kommen, gleich sind wir da."

„Ich sagte Ihnen schon, daß ich Sie nicht brauchen kann. Aber die Primadonna, nach der ich geschickt habe? Und der Gennari? Er sprach von zehn Minuten, und das ist eine halbe Stunde her!"

Der Kapellmeister überrannte den Advokaten, der sich auf den Schutt setzen mußte, und erwischte hinter dem Torbogen einen Buben.

„Lauf zum Gevatter Achille! Ein Herr sitzt dort. Wenn er nicht sogleich komme, koste es Strafe. Und lauf zum Schneider Chiaralunzi! Er soll mir seine Mieterin schicken. Bist du in zwei Minuten drunten, wirst du sehen, was ich dir schenke."

Der Junge rannte schon. Oberhalb des Hauses Belotti stieß er mit dem alten Brabrà zusammen, schlug hin und lief zerschunden weiter. Beim Gevatter Achille saß der Herr, aber er schüttelte nur die Schultern und schickte ihn fort. Sogar den Gevatter Achille, der mit ihm sprechen wollte, schickte er fort ...

Als es halb eins schlug, schrak Nello Gennari auf, reckte sich, tat ein paar widerwillige Schritte nach der Treppengasse und bog wieder ab. Diese Wege, die nicht zu ihr führten, diese Menschen, die sie nicht kannten oder noch bei ihrem Namen gemeine Gedanken hatten: sie beleidigten Nello. Alles, was nicht Alba war, beleidigte ihn. Voll Verachtung blinzelte er über den leeren Platz hin, mit seiner gewöhnlichen Sonne und seinem alltäglichen Schatten. Jetzt hatten sie alle Fensterläden geschlossen. Am Abend öffneten sie sie wieder. Was das für ein Leben war! Und in ein solches war Nello gebannt. Das edlere, nach dem ihn verlangte, ließ ihn nicht ein. Würde Alba je von ihm erfahren? Sie war erschreckend hoch und fern. Die Nacht unter ihren Fenstern lag schon weit dahinten, und kaum konnte man sich denken, daß sie wiederkehre ... Aber oben im Rathaus hatte etwas sich geregt. Eine Jalousietür im zweiten Stock hatte einen Spalt bekommen, darin betrachteten ihn ein Paar Augen, und das weiße Gesicht – hatte es nicht genickt? Er trat hinan: es senkte sich langsam.

Ein Zeichen! Frau Camuzzi, die Keuscheste von allen, gab ihm ein Zeichen! Nello verschränkte die Arme. Da hatte er, was ihm gehört: Vergnügen machen und lügen! Warum nicht? War es nicht eine Rache an Albas zu fremder Reinheit, wenn er sich beschmutzte? Und huldigte er nicht ihr, da er die betrügerische Scham und den falschen Stolz der anderen Frauen zu Boden warf, daß nur die eine aufrecht blieb? Das Gesicht droben neigte sich nochmals und verschwand. Nello betrat die Arkaden, er setzte den Fuß auf die Stufe. Ein Geräusch – er wandte sich hastig; und Flora Garlinda sah ihn an. Sie kam aus der Gasse beim Café und überquerte den Platz mit ihrem Eilschritt. Ohne ihn zu verzögern, hatte sie das Haus, den Spalt in der Balkontür und den jungen Mann auf der Treppe gemustert, hatte verächtlich gelächelt und war fort. Nello Gennari errötete tief. Dann warf er zornig die Schulter zurück und ging hinein. Die Absätze der Primadonna klappten schon in der Treppengasse.

So rasch, daß der Junge, der sie führen sollte, zurückblieb, lief sie in ihrem langen, entfärbten Regenmantel, der schlenkerte, weil sie aus Sparsamkeit nur den Unterrock darunter anhatte, und in ihrem schmutzigweißen Filzhut, den sie um des Haares willen trug: lief hinauf und davon, um die Ecken, über die engen Plätze zwischen zwei Stiegen, – und sooft durch eine Lücke der Häuser ihr Blick in Gärten hinabfiel, wo Kinder spielten und eine Familie unter der Laube beim Essen saß, richtete sie den Kopf noch höher. Droben sah sie nicht links noch rechts: unter dem Bogen beim Schloß war ein kleiner Volksauflauf, und irgendwo aus einer unentdeckbaren Öffnung kam die Kreischstimme der Italia Molesin. „Laßt mich durch!" – und auch über den Kot unter dem Bogen sah sie hin.

Sie riß eine Tür auf; dahinter fand sie, vom Mittagslicht noch blind, alles schwarz. An einer Wand entlang geriet ihre Hand auf etwas Menschliches.

„Entschuldigen Sie!" sagte jemand.

„Öffnen Sie mir doch die Tür zur Bühne! Ich sehe nichts. Wer sind Sie?"

„Ich bin der Advokat Belotti. Als Vorsitzender unseres Komitees wohne ich der Probe bei."

„Hier im Dunkeln? Kommen Sie doch fort! Kennen Sie den Weg nicht?"

„Ob ich den Weg kenne! Ich bin ja zu Hause im Palast!"

Da fiel er hin.

„Ja, hier waren Stufen. Ich wußte es, nur dachte ich nicht daran."

Es ward immer finsterer, und Klavier und Gesang hörten sich weiter entfernt an.

„Wir sind falsch gegangen", entschied Flora Garlinda. „Wir wollen umkehren, und ich will führen. Da es ein Theater ist, werde ich schon hinfinden ... Diesen Korridor hatten wir versäumt ... Und warum sind Sie nicht mit drinnen?"

„Konnte ich denn? Ließ man mich denn?" – und der Stimme des Advokaten hörte man an, daß er im Dunkeln die Arme schwenkte. „Dorlenghi ist verrückt geworden; er behauptet, daß Fremde nichts dabei zu tun haben. Ich ein Fremder! Der Vorsitzende des Komitees ein Fremder! Er vergißt, daß er selbst hier fremd ist und daß wir ihn fortschicken können."

„Das ist unnötig. Woher wollen Sie so rasch einen andern nehmen? Aber ich werde Ihnen helfen."

„Ah! Sie werden –. Fräulein Flora Garlinda, ich habe sofort erkannt, daß Sie eine große Künstlerin sein müssen. Ich sagte noch zu Polli, dem Tabakhändler"

„Nur gut, Advokat, daß Sie nicht fortgegangen sind."

„Ich wagte es nicht. Draußen, nicht wahr, steht das Volk. Vielleicht würde es erraten haben, daß ich nicht –, daß dieser Maestro mich –"

„Wir sind da", sagte Flora Garlinda.

Die Bühne lag vor ihnen. Im Halbdunkel schien sie endlos; der Schein der Blechlampe auf dem Klavier verlor sich, die vier menschlichen Schattenrisse sahen weithin verstreut aus. Der Kapellmeister stand in der Mitte des Lichtkreises und stieß die Faust in die Luft.

„Ich kann keinen Widerstand dulden, auch von Ihnen nicht, Cavaliere. Sie sind, der Sie sind. Aber ich bin hier der Maestro."

„Das ist immerhin etwas", bemerkte der Bariton Gaddi, rittlings auf einem Stuhl. Italia Molesin kam zur Tür.

„Was für ein schlecht erzogener Mann!" sagte sie. „Mich hat er bereits Idiotin genannt."

Flora Garlinda trat ins Helle. Ihre Augen funkelten, ihr höhnischer Triumph kniff ihr die Winkel der schmalen Lippen.

„Maestro" - ganz sanft –, „ich bitte Sie für meinen Freund, den Advokaten Belotti. Er möchte uns zuhören."

Der Kapellmeister fuhr auf.

„Noch immer er? Wenn ich ihn doch hinausgeworfen habe!"

„Man wirft einen Mann wie mich nicht hinaus", - und der Advokat trat mit Würde vor.

„Also, nochmals", schrie der junge Musiker zitternd, „der Herr bin hier ich. Wer nicht gehorchen will –"

„Nun?" - und Flora Garlinda sah ihm grausam lächelnd in die Augen.

„– kann gehen", ergänzte er viel leiser. Sie nickte.

„Sie haben zweifellos eine andere Primadonna."

„Erst gestern“, stieß er hervor, „hat mir die Fusinati geschrieben.“

„Weil sie nämlich in anderen Umständen ist. Da kommt man schwer unter. Sie aber, Maestro, der Sie kein Kind erwarten, Sie fänden natürlich sofort ein andres Engagement, wenn die Herren vom Komitee sich entschließen würden –“

„O bitte, Fräulein Garlinda, davon ist nicht die Rede“, – und der Advokat trat von einem Fuß auf den andern. „Sind wir nicht alle Freunde?“

„Das kommt darauf an. Ich bin die Primadonna, mir muß es erlaubt sein, zu singen, vor wem ich will.“

„Es liegt mir fern –. Wir haben uns mißverstanden –.“

Ihr grausames Lächeln war noch immer da: er schwieg, eingezogen und auf Schreckliches gefaßt.

„Überdies“, begann sie wieder, „bin ich gewohnt, nur mit dem Regisseur zu verhandeln.“

„Sehr richtig“, sagte der Cavaliere Giordano und schleuderte ein Heft auf das Klavier. „Von wem lasse ich mir hier sagen, daß meine Stimme nicht genüge? Dieser junge Mann hat an meinem Geronimo auszusetzen, und dabei singe ich ihn aus Gefälligkeit, denn jedermann in Italien und draußen weiß, daß meine Partie der Piero wäre!“

„Kurz: was will man von mir?“

Der Kapellmeister breitete die Arme aus und hatte rote Lider.

„Man will einen Regisseur, beim Bacchus“, sagte der Bariton.

„Der bin ich! Der bin ich!“

„Meine Herren“, stammelte der Advokat und beschwor sie mit den Händen, „ich möchte um nichts in der Welt, daß meinetwegen –“

„Maestro!“

Flora Garlinda legte den Kopf auf die Schulter.

„Sie waren noch bei keiner Bühne. Oh! Sie haben nicht nötig, es zu gestehen: diese ganze Szene beweist es. Tun Sie uns und sich einen Dienst und bescheiden sich! Wir machen unsern Gaddi zum Regisseur. Ohnedies ist er es, der die Ausstattung beschafft hat.“

Italia Molesin und der Cavaliere Giordano beglückwünschten schon den Bariton.

„Und ich“, klagte der Kapellmeister, „ich habe den Chor zusammengebracht und Sie selbst. Ich habe den Gedanken der Aufführung gehabt und die Bürger für ihn gewonnen, habe alles möglich gemacht, alles ins Werk gesetzt. Das ist nichts, das ist augenscheinlich nichts.“

Er ging, eine Hand vor der Stirn, wankend um das Klavier herum.

„Wer sagt das?“ – und Flora Garlinda folgte ihm. „Aber weil Sie ein Mann von Verdienst sind, sollten Sie das Nebensächliche fahrenlassen.“

„Aber ich verlange fünfzig Lire Zuschuß“, hörte man den Bariton sagen.

„Er verlangt fünfzig Lire“, wiederholte Flora Garlinda mit gesenkten Mundwinkeln. Und in einem plötzlichen Blick des Einverständnisses:

„Wer kommt denn hier in Betracht, Maestro? ... Sie haben eine Oper geschrieben, nicht? Wenn ich Ihre Heldin sänge?“

Da er den Atem einzog und anhielt –

„Mit mir oder ohne mich: vielleicht sieht schon das nächste Jahr Sie in Mailand. Wir –“

Sie knickste tief.

„– sind für Sie nur Staffeln.“

„Oh!“ machte er, aufgeblüht und gütig. „Sie nicht, Flora Garlinda: Sie nicht. Sie werden größer werden als ich.“

„Glauben Sie?“ fragte sie mit herabgelassenen Lidern und zog sich zurück.

„Aber solange ich Dirigent bin“, rief er den anderen zu, „darf ich vielleicht verlangen, daß wir wiederholen, bis ich mich für befriedigt erkläre?“

Man beeilte sich, es ihm zuzugeben. Der Advokat verwahrte sich.

„Nie, Maestro, habe ich an Ihrem großen Talent gezweifelt.“

„Dann also, Cavaliere“, rief der Kapellmeister, „noch einmal von vorn, bitte: „Seid fruchtbar, meine Kinder ...““

Der alte Tenor stellte sich wütend auf und begann hohle, zitternde Töne von sich zu geben.

„Seid fruchtbar, meine Kinder! Das Feld, das meine Väter bebaut haben, auch meine Enkel sollen es bebauen."

„Hören Sie ihn etwa?" – und der Kapellmeister warf sich, die Stirn trocknend, auf seinem Sitz umher. „Und dies ist nur ein Klavier! Was wird das Orchester von seiner Stimme übriglassen?"

Das Gesicht des Alten war von Entrüstung so sehr verzerrt, als sollte es weinen. Sein Kiefer arbeitete an Worten, die nicht kamen.

„Ich habe doch alles verstanden", versicherte Italia Molesin mitleidig und sah Flora Garlinda an, die schwieg und beobachtete. Der Bariton stellte fest:

„Ich als Regisseur finde den Cavaliere ganz auf seiner alten Höhe."

„Wie sollte nicht ein so berühmter Künstler –", sagte der Advokat mit Nachdruck. Der Kapellmeister hielt sich plötzlich mit beiden Händen den Kopf.

„Wenn man den Advokaten nicht zum Schweigen bringt, stehe ich für nichts! Ich stehe für nichts!"

Der Advokat wich zurück. Der Kapellmeister legte die Hände wieder auf die Tasten.

„Fräulein Flora Garlinda!"

„Hier bin ich."

„Sieh, Geliebter, unser umblühtes Haus ... Aber der Piero! O Gott! ich dachte nicht mehr an diesen Menschen, der nicht kommt. Begreift man eine solche Gewissenlosigkeit?"

„Nun ja", meinte Gaddi. „Nello wird jedem einen Vermouth zahlen müssen, und das wird ihm zu denken geben."

„Einen Vermouth!" – und der Kapellmeister stieß die Luft aus.

„Aber wir können ihn doch zwingen! Wir werden die Gendarmerie hinschicken! Wo ist er? Weiß niemand, wo er steckt? Fräulein Flora Garlinda, Sie, die Sie zuletzt gekommen sind!"

„Was habe mit diesen Dingen ich zu schaffen?" – und sie wandte sich ab.

„Steckt er bei einer Frau?" raunte Gaddi. Sie regte sich nicht. Der Kapellmeister präludierte wütend und überschrie seinen Lärm.

„Lassen wir uns nicht aufhalten! Fräulein Flora Garlinda!"

Sie fiel ein:

„Sieh, Geliebter, unser umblühtes Haus heißt uns blühen ..."

Nach ihren ersten Noten wurden die Hände des Kapellmeisters behutsam und weich, und er neigte das Ohr. Seine Miene versuchte, streng zu bleiben, aber ein kindliches Entzücken drang aus ihr hervor. Und plötzlich überzog Schmerz sie. Die Sängerin hatte abgebrochen.

„Es ist unnütz", sagte sie. „Ich höre mich nicht, wenn mir der Partner fehlt."

„Ich gebe seine Partie mit an. Dieser Elende! Ich singe sie mit! Alles, was Sie wollen!"

„Oh, lassen Sie, Maestro! Ich muß spielen können. Wenn ich ihn nicht neben mir fühle, ist es unnütz. Zu Hause nehme ich mir den Buben meines Wirtes. Geben Sie mir den Advokaten!"

„Herr Advokat!" – und der Kapellmeister streckte die Hand hin. „Wir bitten Sie. Ich hoffe, daß Sie mir nichts nachtragen?"

„Aber, wie denn, Maestro!"

Der Advokat schüttelte die Hand. Dann stellte Gaddi ihn zurecht, legte seinen Arm unter den ausgestreckten der Primadonna, seine Fingerspitzen auf ihre Schulter, und richtete ihm den Kopf.

„Der alte Geronimo hierher! Italia geht umher mit dem Fächer. Advokat, Sie starren in das Abendrot!"

Der Advokat riß die Augen auf. Er konnte nicht zur Ruhe kommen und scharrte mit den Füßen.

„Sind wir soweit?" fragte der Kapellmeister scharf; – und er nickte der Sängerin zu ... Wie die Melodie von ihr auf das Klavier überging und sie schwieg, glaubte der Advokat seine Partnerin unterhalten zu sollen.

„Ah! da ist nun endlich diese berühmte Arie, und ich bin der erste hier, der sie zu hören bekommt. Jahrelang hatten wir sie nur auf Pollis Phonographen."

„Schweigen Sie!" schrie der Kapellmeister, weiß im Gesicht.

„Aber er ist kaputt", sagte der Advokat noch und erschrak dabei.

Flora Garlinda sang schon wieder. Sie hatte jetzt die gefalteten Hände unter dem Kinn und das Gesicht nach oben gelegt.

„Verzeih mir, o Himmel, so viel Glück!“

„Knien Sie!“ befahl der Regisseur mit lauter Flüsterstimme dem Advokaten, aber der Advokat war nur darauf bedacht, mit den Fingerspitzen nicht die Schulter der Primadonna zu verlieren und den Sonnenuntergang im Auge zu behalten.

„Knien Sie doch hin!“ – und Gaddi drückte ihn zu Boden, daß es krachte.

„Au, au!“ machte der Advokat. Die Sängerin beendete gerade ihren himmlischen Schlußschrei und sank mit der Stirn auf seine.

„Und würde sterben für dich!“

„Sie sind zu gütig“, murmelte der Advokat, aus aller Fassung. Gaddi wandte sich um und drückte die Hände in die Seiten. Der Cavaliere Giordano ließ sich auf einen Stuhl fallen. Hinter Italias Fächer rang sich ein Kreischen los. Der Kapellmeister stand da, mit hängenden Armen, und was er endlich hervorbrachte, war ein Stöhnen. Als er nun stammeln konnte:

„Was ist denn das? Sind wir Buffonen? Ich finde die Worte nicht. Und das in diesem Augenblick, in diesem!“

Er kam hervor und verbeugte sich vor der Primadonna.

„Fräulein Flora Garlinda, ich bitte Sie um Verzeihung für diese Herren.“

„Warum denn“, sagte sie sehr kalt. Er errötete; er griff sich an die Stirn.

„Was ich sagen wollte: wir sind fertig für heute. Nachmittags habe ich den Chor und am Abend das Orchester. Auf morgen!“

Und er war fort. Man sah sich an.

„Nun also, gehen wir essen!“ meinte der Bariton. „Wollen Sie nicht aufstehen, Advokat?“

Als Gaddi und der Cavaliere Giordano drunten auf dem Platz sich von Flora Garlinda verabschiedeten, bemerkten sie, daß Italia und der Advokat verschwunden waren.

„Schon“, sagte der Bariton; und der alte Tenor:

„Italia hat recht. Das bringt der Beruf mit sich. In unserem Beruf ist es empfehlenswert, jung zu sein.“

„Spricht nicht aus Ihnen, Cavaliere, der leere Magen?“ fragte Flora Garlinda.

Die beiden Männer riefen einander noch nach:

„Um fünf im Café!"

Und um fünf saßen sie dort: noch allein auf dem Platz. Der schöne Alfò bediente sie, mit seinem von sich entzückten Lächeln. Drinnen ließ der Gevatter Achille die Arme über das Büfett hängen und schnarchte. Lange Zeit taten sie nichts, als hoffnungsvoll zusehen, wie der Schatten ihres Zeltdaches sich langsam vergrößerte. Der Gasse der Hühnerlucia entströmte eine übelriechende Frische. Der Cavaliere Giordano zog aus dem Handgelenk einen kleinen Papierfächer.

In der Rathausgasse ward Nello Gennari sichtbar; er ging gesenkten Kopfes, Schritt für Schritt, hatte nach seiner Gewohnheit die Schultern ein wenig in die Höhe gezogen und hielt die Arme steif.

„Du siehst aus wie ein trübsinniger Pierrot", rief Gaddi ihm entgegen. Der junge Mensch hob langsam einen wehrlos klagenden Blick. Der andere stand rasch auf, faßte seinen Arm, zog ihn um die Hausecke.

„Nello, sage mir, was dir seit gestern geschehen ist!"

Und er drückte sich den Arm des Jungen an die Brust.

„Nichts", brachte Nello hervor.

„Aber du hast eine Miene, als hättest du deine Mutter verloren, und gereizt bist du den ganzen Tag wie ein unglücklicher Spieler. Warum hast du die Probe versäumt?"

Nello begann plötzlich die Schultern zu heben und zu senken, sein Blick verlor den Halt, und er atmete ungeregelt. Mit einem Griff nach der Hand des andern:

„Virginio, du bist mein Freund: frage mich nicht!"

Er preßte, fiebrig bittend, die Hand.

„Ich bin ein verlorener Mensch! Du weißt nicht: mich ekelt's, wenn ich an deiner Hand die Wärme meiner eigenen fühle."

„Du bist krank."

„Nein, ich bin gesund: das ist schlimmer für einen, wie ich bin. Ich habe die Glückseligkeit verscherzt; nun heißt es weiterleben."

Er beugte sich über sich selbst, und der andre sah von seinem Gesicht die Tropfen fallen. Er streichelte ihm das Haar.

Sie richteten sich auf und taten gleichmütig, denn ein Schritt ward laut: der Kaufmann Mancafede kam über den Platz und sah sie. Nun galt es, sich hervorzuwagen und in sein schmunzelndes Gesicht zu sehen. Er wußte schon alles! Seine schreckliche Tochter wußte schon alles! Jetzt machte es die Runde in der Stadt, drang vors Tor und nach Villascura. Nello gab die Hand, halb gewendet, als sollte sie ihm abgehauen werden, und mit einem Blick von unten, der nicht standhielt. Aber der Kaufmann dienerte eifrig, als beteuerte er seine Harmlosigkeit. Er habe heute sein Lager revidiert, sagte er, und seine Tochter habe Tomaten eingekocht; man wisse gar nicht mehr, was vorgehe. Und Nello senkte die Stirn, errötet, weil er begnadigt war.

Da zeigte sich der Apotheker Acquistapace auf seiner Schwelle und hob den Daumen, als wisse er etwas. Durch Nello fuhr ein neuer Schreck. Aber nun er seinen Kaffee mit Rum bestellt, umständlich sein Holzbein unter dem Tisch zurechtgelegt und jeden bedeutsam aufs Knie geklopft hatte, stieß der Apotheker aus:

„Und der Advokat?“

Da die drei Sänger nur die Achseln zuckten, rieb er sich stürmisch die Hände.

„Sie werden es nicht glauben! Dieser Advokat! Aber ich habe Beweise. Er hat sich aus der Apotheke Kirschen in Aquavita holen lassen. Er feiert Orgien, der Advokat: Orgien, meine Herren, mit einer Frau, und Sie kennen sie.“

„Wir?“ fragte Gaddi.

„Ich weiß“, erklärte Mancafede; „meine Tochter hat es mir gesagt.“

Nello machte sich steif.

„So wiederholen Sie es doch!“

Aber der Kaufmann schmunzelte nur, und Nello sank zusammen.

„Wir haben keine Ahnung“, sagte der Cavaliere Giordano.

„Raten Sie nur!“ – und der Apotheker legte den Finger an die Nase.

„Sie haben eine schöne Kollegin: das Fräulein Italia!“

„Die“ behauptete der Bariton, „kann es nicht sein. Sie ist äußerst anständig.“

„Und doch, und doch –“

Die Hundeaugen des alten Kriegers leuchteten; er setzte sich den Finger auf die Brust.

„Ich habe es aus erster Quelle.“

Denn die Schwester des Advokaten, die Signora Artemisia selbst, hatte bei ihm die Kirschen geholt und ihm alles erzählt. Zwischen Tür und Angel hatte sie im Zimmer ihres Bruders einen Weiberhut entdeckt, der am Sofa hing; und auf dem Sofa saß die Frau.

„Ah! Ihr Herren, der Advokat!“

Der Tabakhändler und der Gemeindesekretär trafen ein.

„Ich kann es nicht glauben“, versicherte Gaddi und zwinkerte dem Cavaliere Giordano zu; „eine so anständige Person wie unsere Italia.“

„Eure Italia!“ rief Polli und schlug sich auf die Schenkel.

„Ah! reden wir ein wenig von ihr. Der Schlächter Cimabue weiß manches von ihr.“

„Hat er sie geschlachtet?“

„Er hat ihr so viel Filet geschickt, daß sie eine dreitägige Indigestion davon haben wird, – und wer hat es geholt? Niemand anders als die Schwester des Advokaten Belotti.“

Der Sekretär spreizte die Hände.

„Ich glaube nicht daran. Der Advokat ist ein Prahlhans, ein Kapitän Spavento. Nie ist's ihm gelungen, eine Frau zu verführen: alles bloß Erfindungen.“

Polli und der Apotheker hoben die Arme.

„Wenn doch die Andreina in Pozzo ein Kind von ihm hat!“

„Ein Kind vom Advokaten, das wird die Welt nie sehen“, – und Camuzzi strich mit einem Finger alle Hoffnung fort. „Ah, man stelle sich vor: ein Kind vom Advokaten.“

„Schon?“ fragte der Leutnant Cantinelli, der grüßte. „Bisher steht nur fest, daß der Junge vom Konditor Serafini ihnen Gefrorenes hingetragen hat. Der Advokat hat ihm selbst die Schüssel abgenommen, und der Junge konnte erkennen, daß er unter seinem Schlafrock nichts anhatte. Im Hintergrunde aber schlüpfte die Komödiantin vorbei, und sie hatte noch weniger an."

„Ah! der Advokat."

„Orgien: wie ich euch sagte!" – und der Apotheker schlug zwischen die Tassen. Der Kaufmann Mancafede ward auf seinem Stuhl immer unruhiger. Er erhob die Stimme.

„Ich weiß mehr als ihr alle. Meine Tochter hat mir gesagt, wie oft die beiden –; wie oft der Advokat sie –: ihr versteht mich."

Der Sekretär lehnte es mit der Hand ab, zu verstehen; Polli aber, der Leutnant und der Apotheker sahen sich an, röter und röter, – und auf einmal entließen sie mit Geknatter die Luft aus ihren aufgeblasenen Backen. Polli war auf den Beinen, er trampelte und erteilte sich Faustschläge ins Gesäß. Der Leutnant stieß ächzend seinen Säbel aufs Pflaster. Der Apotheker brach von Minute zu Minute in ein Gebrüll aus, das die Leute um den Tisch sammelte. Plötzlich rief eine schrille Stimme:

„Da sind sie!"

Und der Schwarm Buben, mit dem weißen Konditorjungen voran, stürzte sich nach der Treppengasse. Die am Brunnen schwatzten, kamen nach; schon traten der Perückenmacher Nonoggi und der Konditor Serafini über ihre Schwellen; zwei Reihen entstanden: und da sah man den Advokaten Belotti mit der Komödiantin auf den Stufen erscheinen. Bevor er die letzte verließ, entsandte er, in die Brust geworfen, ein Lächeln des Triumphes über die Menge, die ihm huldigte, nach dem Café, wo alle verstummt waren; – und dann bot er seiner Dame den galant zusammengerollten Arm, um sie durch das Spalier zu führen. Der junge Savezzo war da und applaudierte.

Die Herren, außer Camuzzi, der lächelnd den Kopf schüttelte, empfingen das Paar stehend und alle Hände hingestreckt. Italia, mit frischem Puder auf einer Wange, gab die ihre hin, indem sie sich in den Schultern ein wenig wand. Auch blinzelte sie dazwischen zum Advokaten auf, der strahlte und bei jedem Händedruck den andern eine kleine Ermutigung spendete:

„Ah, mein braver Acquistapace ... Immer munter, Polli!"

Er bestellte einen besonders starken Kaffee für seine Freundin, und sie mußte zugeben, daß sie ermüdet sei.

„Es gibt so vieles zu sehen beim Advokaten“, erklärte sie. „Die Bilder, die er hat! Sie würden nicht glauben –“

„Sst!“ machte er.

„Und das viele Essen! Man muß gestehen, daß im Hause des Advokaten gut gekocht wird. Er hatte nur Fleisch erster Qualität.“

„Darauf hat er sich immer verstanden!“ schrie Polli. „Er hat immer das zarte und volle Fleisch zu finden gewußt.“

Der Advokat fand die schmeichelhafteste Seite seiner Leistung nicht genügend beleuchtet.

„Und der Baron“, flüsterte er dem Tabakhändler zu. Auch der Apotheker hatte es gehört und flüsterte zurück:

„Du hast sie ihm aufgesetzt, Advokat Ah! wenn jemals einer sie ihm aufgesetzt hat, bist du es.“

„Du bist groß, Advokat!“ sagte Polli voll ehrlicher Bewunderung.

Die schneidende Stimme des Gemeindesekretärs störte den Advokaten im Genuß der Huldigungen.

„Da haben wir's!“ – und Camuzzi wies nach dem Dom. Auf der Treppe drängten die Jungen sich und folgten gierig den Vorführungen des Konditorlehrlings. Seine Hände sah man hier und dort aus dem Kreis steigen und hörte den Chor lachen.

„Es ist keine Kunst, zu erraten, wovon die Bande sich unterhält.“

„Was meinen Sie denn, Camuzzi?“ fragte der Advokat, immerhin betroffen. „Ich habe keine Ahnung.“

Ein Blick auf die tief errötete Italia machte, daß er die Hand ans Herz legte.

„Ich versichere auf meine Ehre, daß der Junge nichts gesehen hat.“

Der Sekretär nickte ingrimmig.

„Jetzt schlägt ihm das Gewissen, dem alternden Lüstling, da er sein Werk sieht. Denn er verdirbt uns die Kinder. Die Jugend, ihr Herren, ist in Gefahr!“

„Das ist doch wohl übertrieben“, meinte der Advokat; und da er in den Gesichtern Zustimmung erkannte, richtete er sich kühner auf.

„Diese Rangen sind ja schlimmer als wir. Der Coletto vom Konditor Serafini ist mit der Kleinen abgefaßt worden, die beim Malandrini die Teller abspült. Ich rufe den Leutnant als Zeugen auf ... Und im übrigen, ihr Herren, seht hier, seht den Priester!“

Don Taddeo hatte die Ledermatratze von der Domtür gehoben und belauschte, sprungbereit, die Buben. Unversehens war er über ihnen und zersprengte sie unter einem Hagel von Püffen. Die ersten, die sich gefaßt hatten, waren schon davon, im Corso verschwand schon die weiße Mütze des kleinen Konditors, aber Don Taddeo hieb noch immer, und seine Soutane flog, besinnungslos auf die Ungewandtesten und Schwächsten ein, die sich duckten und schrien. Die Bürger waren empört.

Der Gevatter Achille schob seinen Bauch ins Freie und murrte:

„Sieh doch, ei, sieh doch, welch häßliches Tier!“

„Wenn man ihn selbst einmal –“ schlug Polli vor, und sogar der Kaufmann Mancafede gestand, daß der Priester es stark treibe.

„Solche Verbündete“, stellte der Advokat fest, „hat der Herr Camuzzi. Solchen Leuten besorgt er das Geschäft.“

„Die moralischen Gesetze“, versuchte der Sekretär einzuwenden, „verlieren dadurch nicht an Wert, daß –“

„Ach was!“ – und der Advokat schob seine Tasse weit fort. „Lassen Sie doch die moralischen Gesetze in Ruhe! Die freie Menschlichkeit, der wir anderen huldigen –“

Er sah auf Italia.

„– ist sittlicher und sicher auch gottgefälliger, als eure düstere Verneinung!“

„Bravo, Advokat!“ sagte der Cavaliere Giordano.

„Er hat gut gesprochen“, bestätigte Gaddi. Der junge Savezzo setzte hinzu und schielte auf seine Nase:

„Aufklärung, Fortschritt und Blüte: wer würde sie uns herbeiführen, wenn nicht der Advokat es täte!“

Und der Advokat konnte, mit strenger Miene, die Glückwünsche der Bürger entgegennehmen. Auch Italia hatte ein Gesicht voll Würde bekommen und ließ den Blick, Anerkennung fordernd, um den Tisch gehen. Wie der letzte der Jungen, heulend und die Hand am wehen Körperteil, herbeihinkte, holte der Advokat ihn zum Tisch und tröstete ihn entrüstet, Italia steckte ihm Zucker in den Mund. Der Gemeindesekretär betastete seine elegante Krawatte, begann seinen Klemmer zu wischen und sah mit Fischaugen darein. Um nicht ganz vernichtet zu erscheinen, knüpfte er mit den Komödianten an.

„Nicht, daß ich ein Duckmäuser oder Obskurant wäre: aber ich liebe das Prahlen nicht. Denn dem Anschein zum Trotz, glaube ich nicht, daß der Advokat eine Frau erobert hat, weil ich an keinen seiner Erfolge glaube; weil ich nicht glaube, daß bei uns irgend etwas geschieht oder geschehen kann."

Der junge Savezzo murmelte und schielte gelb:

„Es könnte immerhin manches geschehen, aber man dürfte nicht auf den Advokaten warten. Man dürfte nicht erwarten, daß gewisse Familien, unter Ausschluß aller übrigen, das Genie hervorbringen."

Unter dem spöttischen Blick des Sekretärs vergaß er sich:

„Man schmeichelt hier Unfähigkeiten; auch ich muß ihnen schmeicheln; und Talente, die für das öffentliche Leben unschätzbar wären, gehen verloren in kleinen Geschäftskabinetten, in irgendeinem Hinterhaus."

„Zum Beispiel in dem Ihres Vaters?" fragte der Sekretär.

„Warum nicht in dem meines Vaters. Weiß man von den politischen Plänen, die ich im Kopfe wälze? Andere, bei Gott, als die Anlage von Waschhäusern und Vizinalwegen. Nichts fehlt mir, als größere Verhältnisse, Bewegung und freier Wettbewerb. Aber weil sie mir fehlen, muß ich mich ducken vor Mittelmäßigkeiten."

Er hatte dick gewulstete Brauen, und an seinen verschränkten Armen stiegen die Muskeln auf und nieder. Der Gemeindesekretär hob die Schultern.

„Sie werden vielleicht noch davon abkommen, in irgend jemand einen großen Mann zu sehen: sei es auch nur in sich selbst."

Nello Gennari bemerkte hinten in der Gasse der Hühnerlucia die kleine, einsame Gestalt der Primadonna. Er stürzte sich in die Gasse.

„Hier ist's kühl", sagte er aufatmend; und über sie geneigt:

„Du bist ein sehr anständiges Mädchen, daß du mich nicht verraten hast."

„Was hätte ich davon? Ich lasse dir deine Schmutzereien."

Er biß sich auf die Lippe.

„Du bist hart, Flora. Aber du hast wohl ein Recht dazu: der Schein ist gegen mich."

Da sie Luft durch die Nase stieß –

„Dich beneide ich! Wer, wie du, nur in der Kunst lebte! Einen einzigen Zweck, einen einzigen Ehrgeiz haben!"

Sie betrachtete ihn mit ihren kalten, raschen Augen.

„Das ist nicht deine Sache, mein Kleiner. Bleibe, wie du bist!"

„Aber auch ich –" und er schluchzte trocken auf, „– habe nun etwas Einziges, etwas Großes –"

Leise, und in den Worten weitete sich ein Herz:

„– für das ich leben will, – für das ich sterben will."

Ihre Miene ward unruhig.

„Willst du singen lernen? Sage, ob du singen lernen willst!"

„Ich werde wohl niemals viel mehr können als das, was ich von Natur kann."

„Und so paßt es für dich", sagte sie befriedigt.

Beim Café stand alles auf, um ihr Platz zu machen. Der Advokat legte die Rechte aufs Herz und begann zu singen.

„Sieh, Geliebter, unser um –"

Die versagenden Töne ersetzte er durch Augenaufschlag.

„Ah! Fräulein Flora Garlinda, wer das von Ihnen gehört hat, vergißt es nicht."

„Da Sie es singen, Fräulein", sagte Polli galant, „brauche ich meinen Phonographen nicht reparieren zu lassen; das ist immerhin eine Ersparnis."

„Könnten Sie es nicht meiner Frau beibringen?" fragte Camuzzi; und gerade wollte auch der Leutnant für die seine bitten, da führte der Apotheker die Hand ans Ohr. Man hörte es knarren, dann knallen; die Jungen rannten die Rathausgasse hinab; und endlich zeigte sich Masetti auf seinem Kutschbock.

„Es wird niemand darin sein", sagte der Kaufmann.

„Ich habe beobachtet", sagte Polli, „wenn der vorige Tag zu gut war, dann kommt gar nichts."

„Da wir das Fräulein schon unter uns haben", und der Advokat verbeugte sich vor der Primadonna. Italia stieß ihn vorwurfsvoll in die Seite, und er trat sie, um seinen Fehler gutzumachen, auf den Fuß.

Dem Postwagen entstiegen zwei Nonnen und verschwanden sofort in der Treppengasse. Der Apotheker fluchte.

„Es ist unbegreiflich", bemerkte der Advokat, „wo diese Mädchen sich umhertreiben. Was mögen sie –"

Er brach ab; aus der Post schwang sich, in seinen Ledergamaschen, der Baron Torroni.

„Oh", machte der Leutnant, „man weiß von sehr sonderbaren Fällen ..."

Der Sekretär lächelte unbekümmert.

„Ah! der Advokat sieht den Feind und zittert."

„Tatsache ist", sagte Polli, „daß der Advokat gewisse Rechte des Barons nicht ganz –"

Und er warf einen Blick voll Bedenken auf Italia. Sie fuhr auf:

„Aber, was haben Sie alle? Mir scheint gar, Sie glauben –. Oh! seid ihr schlecht! Wenig fehlt, und ich sage alles!"

Sie schluchzte. Der Advokat erhob sich.

„Das Fräulein ist unter meinem Schutz, und Herr Camuzzi hofft vergebens, daß ich zittere. Habe ich etwa vor Don Taddeo gezittert? Und niemand wird leugnen wollen, daß die Kirche ein gefährlicherer Feind ist als der Adel."

„Immerhin muß man wissen", sagte der Apotheker, „daß heute früh ein Bauer aus Borgo bei mir war, dem der Baron ein Loch in den Kopf geschlagen hat. Denn er läßt sich auf Prügeleien ein wie ein Bauer."

„Aber der Baron wird von der Baronin erwartet!" rief Polli; „und da du mit dem Fräulein Italia bist: was willst du noch von ihm?"

Auch der Advokat sah die Baronin bei den Löwen stehen, und das machte seinen Schritt noch tapferer. Italia holte ihn ein, sie legte die Hand auf seinen Arm.

„Keine Dummheiten, Advokat!"

Und etwas weiterhin:

„Du glaubst also noch immer, daß ich mit dem Baron –? Trotz allem glaubst du's, was ich dir gesagt und was ich für dich getan habe? Oh, ich Unglückliche!"

Die Zeit der galanten Beschönigungen schien dem Advokaten in dieser kritischen Lage vorbei.

„Versteht sich! Da ich es selbst gesehen habe!" sagte er.

Aber sein stärkster Beweis war, daß Italia sich ihm ergeben hatte. Er war überzeugt, daß er sie nicht bekommen haben würde, hätte sie nicht mit dem Baron den Anfang gemacht.

„Du lügst!" – und sie ward bleich, mit einer Art zorniger Begeisterung, weil man ihr, der schon so vieles vorzuwerfen war, endlich einmal etwas Falsches zuschob. „Was hast du gesehen?"

„Was Teufel! Er kam in aller Frühe aus dem Gasthaus, und der Wirt wußte, warum."

„Nein, er wußte es nicht; aber ich, ich will es dir sagen. Von der Frau des Wirtes kam der Baron! Denn der Geist ihres Vaters, der ihr erschienen ist, war der Baron Torroni: ich bin zu gütig, daß ich es nicht allen erzählt habe."

Der Advokat murmelte:

„Sprich wenigstens leiser! Wir sind nicht allein auf diesem Platz" – und nachdem er überlegt hatte:

„O Weiber! Und das soll ich dir glauben?"

Er hob die Schultern, hielt die Handflächen hin und sah umher, als sollten alle ihm bestätigen, daß dies zweifelhaft bleibe. Freilich, wenn sie die Wahrheit sprach, war der Konflikt mit dem Baron aus der Welt geschafft! Aber wo blieb der Stolz, ihn betrogen zu haben? Andererseits war es schmeichelhaft, der erste zu sein, – und sofort nahm er sich, kühn gemacht, vor, sie dafür zu verlassen.

„Ich liebe nur dich", sagte Italia versöhnlich.

„Eh!" machte er und kehrte um.

„Liebst du mich nicht mehr?" fragte sie. Er sagte herablassend:

„Du bist ein gutes Mädchen."

Als sie wieder am Tische saßen, raunte der Apotheker dem Advokaten zu:

„Glücklicher Mann, der du bist! Sie liebt dich mehr als den Baron. Man sah wohl, daß sie Furcht um dich hatte."

„Du glaubst?" – und der Advokat strich sich den Schnurrbart.

„Man weiß in betreff dieser reisenden Nonnen", begann der Leutnant wieder, „von sehr sonderbaren Fällen ..."

Nello Gennari sah sich plötzlich um. Wie? Die Post war da? „Mit ihr kam ich gestern: ist's möglich, erst gestern? Und dann stand ich dort drüben und sah Alba in den Dom gehen ... kann das geschehen sein? Habe ich nicht geträumt? Oh! nie wieder wird es geschehen. Ich sehe sie nie wieder!" Und er errötete bei der Erinnerung, daß er gegen Flora Garlinda sich großer Dinge gerühmt habe. „Ich bin klein, klein und komme nur vorüber und verwehe wie ein wenig Staub, den ihr Fuß aufhebt." Aber hundertmal hatte schon in seinem Herzen die Gewißheit geschlagen, er werde sie lieben und keine Zukunft mehr haben als diese! Und hundertmal schon war er verzweifelt! „Ich begreife mich nicht. Mein Geist hat das Fieber, und was ich denke, ist abwechselnd wie Feuer und wie der Tod."

„Wo bleibt der Maestro?" fragte der Cavaliere Giordano, der die ganze Zeit starre Augen gehabt hatte. „Die Chorprobe müßte aus sein."

„Wohl", sagte Gaddi. „Aber diese Anfänger haben einen solchen Eifer. Welche ungesunde Aufregung heute morgen! Ich möchte wissen: wenn einer seine Pflicht tut und seine Familie erhält, ist das nicht genug?"

Der alte Tenor prägte seiner Miene einen erhabenen Spott auf. Der Bariton bemerkte es nicht, weil er einen seiner Söhne von anderen Jungen bedroht sah und hineilte, um ihm beizustehen. Als er sich allein fand, zog über den Blick des Alten sogleich wieder, dicht wie ein Tuch, die Sorge, und er murmelte:

„Vielleicht kommt es wirklich auf dasselbe hinaus?"

Flora Garlinda betrachtete ihn, ohne daß er es merkte. Sie saß in schlechter Haltung an der Hausmauer, einen Arm auf dem Tisch und die Faust unter dem alten weißen Filzhut, so daß er hinüberrutschte, – trank nicht, rauchte nicht und riß manchmal, indes sie alles umher im Auge behielt, anzusehen wie ein böses Äffchen, mit den Zähnen ein Stück von ihrer Semmel ab.

Der Advokat streckte die Hand aus.

„Was Sie da von jenem Priester in Nodi erzählen, Herr Leutnant, das könnte auch unserem Don Taddeo zustoßen. Schon oft, wenn ich ihn zu den Nonnen hinaufsteigen sah –“

Der Apotheker Acquistapace schüttelte ehrlich den Kopf.

„Ich glaube nicht. Er ist ein hassenswerter Fanatiker, aber in betreff der guten Sitten läßt sich ihm nichts vorwerfen. Wir hatten sogar eine Magd, die mannstoll war, eine schöne Person –“

Italia unterbrach die Erzählung.

„Advokat“, sagte sie zitternden Tones, „der Blick des Priesters, als er uns begegnete!“

„Versteht sich, er war neidisch! Ich hatte es vergessen, ihr Herren: er kam die Gasse herab, wie wir aus meinem Hause traten. Vielleicht hatte er Unglück bei den Nonnen gehabt, denn ich, der Advokat Belotti, glaube nicht an seine Sittenstrenge; und genug, er sah das Fräulein Italia mit gewissen Augen an ...“

Sie schlug die Hände vors Gesicht.

„Ich will bei ihm beichten. Vielleicht stimmt es ihn milder, und er sieht mich nicht wieder so an. Ohnedies ist es gut, am Anfang einer Saison zu beichten.“

Der Advokat entsetzte sich über den Aberglauben, Camuzzi lobte Italia für ihre Religion, die den Frauen so gut stehe, und die anderen schwankten zwischen den beiden Auffassungen.

Flora Garlinda sagte unvermutet:

„Auch ich werde beichten.“

Man stutzte.

„Sie sind fromm?“

„Warum nicht“, erwiderte Gaddi. „Auch beim Theater sind wir anständige Leute.“

„Ich komme gern mit mir ins reine“, erklärte sie und bewegte die Augen hell vom einen zum andern. „Habe ich dort im Schatten gekniet und alles ausgesprochen, dann weiß ich ein wenig besser, wer ich bin und was mir bestimmt ist.“

Der Advokat hielt sich nicht mehr.

„Und eine so gebildete Frau sollte glauben, daß ein Priester ihr die Sünden vergeben kann?"

„Wenn er stark genug wäre?" sagte sie und sah über die Köpfe hinweg „Aber fast immer muß ich selbst sie mir vergeben können: er versteht mich nicht."

„Sie sind eine sonderbare Person", bemerkte der Tabakhändler.

„Denn meine Sünden lassen sich nicht greifen wie ein Stück Fleisch" – und sie erfaßte Italias weißen Arm. „Sie sind schwierig, – und die Priester sind grob. Da war in Sogliaco ein Pfarrer, ich ging an seinen Beichtstuhl und sagte: „Mein Vater, ich habe eine Frau unglücklich gemacht. Es ist die Zucchini, die, obwohl groß und fett, es sich einfallen läßt, ehrgeizig zu sein. Da sie die Geliebte des Direktors Cremonesi ist, wäre sie, die nichts kann, dennoch fast als Primadonna nach Parma gekommen. Ich habe es verhindert, mein Vater, indem ich sie die Lucia singen ließ, der sie noch längst nicht gewachsen ist. Ganz leise und aus dem Hinterhalt machte ich ihr Lust darauf, und dann stellte ich mich krank: da ließ sie sich die Rolle geben und sang sie. Welch Fiasko, mein Vater! Auf lange ist's aus mit ihr. Und die Arme: am Abend ihrer Niederlage kommt sie weinend zu mir und bittet mich um Verzeihung; sie habe verdiente Strafe erhalten für das Unrecht, das sie mir getan habe, als sie mir die Partie wegnahm!""

„Welch guter Witz!" rief der Apotheker, und alle schüttelten sich. Flora Garlinda lächelte in die Runde.

„Seht ihr? So lachte auch jener Pfarrer, der nichts begriff. Die Gardine des Beichtstuhls flog auf von seinem Schnauben."

„Die Chorprobe ist aus: jetzt muß der Maestro kommen", sagte der Cavaliere Giordano.

Aus der Treppengasse quoll eine bunte Masse, stob auseinander, – und alle die Farben der leichten Blusen, der gefärbten Haare und bemalten Gesichter flatterten über den Platz, setzten sich auf die graue Menge wie ein hergewehter Schwarm fremder Insekten.

Der Advokat flüsterte Nello Gennari ins Ohr:

„Diese Mädchen! Sind Sie glücklich, daß Sie immer so viele zur Verfügung haben!"

„Aber auch unsere Damen", fügte er hinzu, „sind nicht zu verachten, und nicht oft haben wir sie so zahlreich auf dem Platz beisammen wie heute. Kommen Sie doch, ich werde sie Ihnen zeigen!"

Sie gingen. Der Advokat blühte; er nahm mit einer Hand den Arm des schönen Tenors und steckte den Daumen der andern in das Ärmelloch seiner Weste. Lauter bewundernde Blicke fielen auf den Liebhaber der Komödiantin: er fühlte, wie sie seinen glücklichen Bauch und sein glänzendes Gesicht trafen.

„Die kleine Paradisi", raunte er, „hat es auf Sie abgesehen, mein Lieber. Nur Mut! Ah! wir beide: wir können sagen, daß wir begehrt sind."

„Ich glaube sie schon zu kennen", erwiderte Nello, und nachdem er gezögert hatte: „Gehen in einer Stadt wie dieser nicht täglich zur selben Stunde dieselben Personen über den Platz? Werde ich nicht alle die wiedersehen, die ich gestern gesehen habe?"

„Gewiß", sagte der Advokat, „und sogleich wird auch die Hühnerlucia da sein. Sie kennen sie noch nicht, denn gestern kam die Post mit Verspätung, und die Hühnerlucia verspätet sich nie. Ah! sie ist das Unterhaltendste, was wir haben. Das heißt, nun ihr Künstler da seid, hat sich alles geändert. Da steht die Post: gestern brachte sie euch. Mein Herr, ich teile Ihnen eine von mir gemachte Beobachtung mit: Man weiß nie, was alles aus einem Postwagen steigt mit den Personen, die daraus hervorkommen."

Er sah sich nach Beifall um.

„Dort steht Frau Jole Capitani, die Frau unseres gesuchtesten Arztes. Er ist fast immer abwesend, oft sogar nachts, Sie verstehen? Ich glaube, daß diese Frau sich in einer Krise befindet. Ich werde Sie mit ihr bekannt machen, unter der Bedingung, daß Sie mich jener großen Choristin vorstellen, der mit den gelben Haaren, die mit dem jungen Polli spricht. Was will der Dummkopf von ihr? Ah! und der Severino Salvatori mit zwei anderen Komödiantinnen auf seinem Korbwagen. Er will auch die große Gelbe hineinheben: umsonst, mein Lieber, sie bleibt bei ihrem Olindo. Welch Glück der kleine Polli hat! Sie müssen wissen, mein Herr, daß der Severino Salvatori unser elegantester junger Mann ist. Er bringt die Erbschaft seines Vaters durch. Immer hat er die schönsten Pferde. Ich liebe zu sagen, daß er das väterliche Geschäft vergrößert hat, denn sein Monokel ist größer als die Goldstücke des Alten."

Der Advokat verbeugte sich, vor denen, die lachten. Nello dachte: „Dies ist die Stelle, von der ich sie gestern sah. Die Menge drängte sich wie jetzt; und beim ersten Schlag des Aveläutens teilte sie sich. Oh! wird sie sich auch heute mit solcher Kunst zerteilen? Wird auch heute am Ende einer Gasse von Menschen Alba vor mir vorübergehen: unter den einsamen Klängen der Höhe und dem Staunen der Stille, allein und rasch, dort hinten in dem Sonnenstreif, der ihren Schleier durchleuchtet? Ich sehe sie! Ihr weißes Profil! Ihr Haarknoten, kupferrot und besonnt!"

„Die Hühnerlucia!" rief der Advokat und schüttelte ihn. „Da ist sie!"

Man sah sie stehn und Flügel schlagen mit ihren langen Armen. Von allen Seiten bedrängte sie Volk, das gackerte, und die Alte verrenkte umsonst ihr krummschnäbeliges, rotes kleines Gesicht, um lauter zu gackern als alle. Da durchdrang ein Schrei von ihr den Lärm; sie stürzte sich, die Arme voran, über den Brunnen nach einem Huhn, das aufgeflattert und hineingefallen war.

Die Jungen stießen sie mit dem Gesicht ins Wasser, sie spritzte es mit den Händen um sich, man kreischte, man floh ...

Als die Hühnerlucia schon wieder in ihrer Gasse verschwunden war, wand sich der Advokat noch immer erstickt vor Lachen.

„Heute war sie gut. Haben Sie gesehen? Ich sehe das nun seit dreißig Jahren, und es bleibt immer komisch."

„Da kommt der Maestro die Treppe herab. He! Maestro", rief er.

„Der andere ist der erste Chorist: oh! ich kenne alle vom Theater", erklärte der Advokat seiner Umgebung. „Alles in Ordnung, Maestro?" rief er durch die Hände.

Der Kapellmeister hörte nicht. Er winkte den Männern zu, die ihn begleitet hatten, und ging rasch durch die Menge nach dem Café „Zum Fortschritt".

„Es ist gut gegangen", sagte er und nahm die Hände, „ich bin zufrieden."

„Werden diese Chormädchen uns nicht blamieren?" fragte Italia.

„Sie werden besser sein als Sie, meine Teure. Das Volk ist immer das Beste in diesem Lande; ich halte es mit dem Volk."

Er setzte sich neben Flora Garlinda, ohne sie anzusehen, – lehnte den Kopf an die Mauer, verschränkte die Arme und ließ sich, rosig durch die heimlichen

Wallungen seines besonnten Ehrgeizes, von den Leuten bestaunen. Sie kannten ihn nur als den, der ihre Kinder das Singen lehrte und an patriotischen Festtagen mit den Musik machenden Handwerkern durch den Corso zog. Jetzt aber gehörte er zu diesen fremden und berühmten Künstlern, hatte eine Unzahl Menschen zu befehligen, eilte umher als die beschäftigteste Person der Stadt, und auf seinen Schultern lag die große, unerhörte und feenhafte Sache, derer sie harrte: die Oper! Er griff sich ans Herz: es sprang zu hoch.

„Noch das Orchester, und der Tag wird nicht umsonst gewesen sein“, sagte er und seufzte.

„Sie sind in der schönsten Zeit Ihres Lebens, junger Mann“, erwiderte der Cavaliere Giordano. Der Bariton Gaddi gab dagegen dem reiferen Alter den Vorzug, wenn man vom Mittagsschlaf erwachte und die Kinder zogen einen an den Beinen. Die Bürger traten auf Seiten des Cavaliere. Jung sein und lieben! Die Poesie, was Teufel! Darüber erhob sich ein bewegter Austausch von Idealen. Inzwischen wandte der Kapellmeister sich mit einem kleinen Ruck an Flora Garlinda.

„Niemand sang doch „Sieh, Geliebter, unser umblühtes Haus“ so gut wie Livia Damanti“, sagte er und schöpfte Atem.

Flora Garlinda lächelte.

„Sie finden?“

„Sie hatte so viel Gefühl.“

Flora Garlinda krümmte die Lippe.

„So drücken die Dilettanten sich aus, Maestro ... Und wann haben Sie die Livia gehört?“

„Letzten Winter“, sagte er rasch und errötete. „In Parma.“

„Sie ist seit einem Jahr in Amerika.“

Und immer mit ihrem reglosen Lächeln:

„Übrigens ist das „Sieh, Geliebter“ nicht ihr Fach, denn sie singt Contralto.“

Er hielt die Lider gesenkt und schwieg, plötzlich ganz blaß. Sie zuckte unmerklich die Achseln. Natürlich hatte es ihn gereut, daß er sich heute bei der Probe eine Blöße gegeben hatte, als er sie so fassungslos lobte. Daher diese Erfindung. Er war ertappt, und sein Schweigen genügte: sie sah weg.

„Ich werde mich geirrt haben“, sagte er und schluckte hinunter. „Auch zählt, seit ich Sie gehört habe, das Früher nicht mehr. Das ist die Wahrheit.“

„Wahrheit oder nicht“ – und sie lachte kameradschaftlich, „wir kennen uns schon ein wenig, nicht, Maestro? und wissen wohl, wem jeder von uns die größte Zukunft voraussagt. Denn was denken Sie über sich, Maestro?“

„Über mich? Über mich?“ – mit der Hand auf dem Herzen:

„Was kann ich denken? Ich bin ein Dorfkapellmeister, der –“

Der junge Savezzo reichte ihm elegant die Fingerspitzen.

„Maestro, Ihr Ruhm durchläuft die Stadt; bis in mein Studierzimmer ist er gedrungen.“

„Sie sind aber selbst ein berühmter Mann, Advokat“, sagte der Kaufmann Mancafede.

Der junge Savezzo schielte vor Freude auf seine pockennarbige Nase. Plötzlich schrak er auf und sah sich nach Belotti, dem wirklichen Advokaten, um. Da er ihn nicht fand, bewegte er, den Kopf im Nacken, anmutig die Hand.

„Was wollen Sie, o meine Herren und Damen? Man bemüht sich, soviel die Geschäfte es nur erlauben, um das geistige Leben der Stadt, in der man nun einmal wohnt. Ist das ein Verdienst? Ich weiß es nicht. Für mich ist es ein inneres Bedürfnis. Von Zeit zu Zeit kommt es über mich. Ich verschließe dann den Landleuten, die meinen Rat suchen, die Tür meines Geschäftskabinetts; und dort ganz hinten im Hause, wohin der Lärm der Welt nicht dringt, blicke ich empor nach den Eingebungen, die mich suchen.“

Er legte, eine Hand am Ohr, das Gesicht nach oben. Seine lauschende Haltung benutzte der Kapellmeister, um weiterzusprechen.

„Ich bin ein Dorfkapellmeister, der eine Oper schreibt. Wie viele mögen gleichzeitig mit mir an einer Oper schreiben! – und doch, ich fühle eine Musik in mir, nach der es ein ganzes Volk verlangt, und manchmal, inmitten des Fiebers der Arbeit, meine ich in der Ferne das dumpfe Geräusch dieses Volkes zu hören, das wartet.“

„Und Sie, Herr Savezzo?“ fragte Flora Garlinda.

„Ganz so!“ sagte er, fuhr sich durchs Haar und dachte, daß er wohl daran getan habe, in der Nacht das weiche Kopfkissen fortzulegen, denn nun waren die gestern gebrannten Locken noch unzerstört. „Ganz so! Als ich über die Freundschaft meine Abhandlung, nein, mein Gedicht in Prosa schrieb, sah ich fortwährend die Mitglieder unseres Klubs vor mir sitzen und vernahm das beifällige Gemurmel. Vorne saßen die Damen und gerade unter meinem Podium die schöne Alba Nardini: alles, wie es dann wirklich kam, nur daß Alba bloß ihr Dienstmädchen schickte. Aber sogar die Limonade hatte ich schon im Geist erblickt."

„Der Ehrgeiz!" sagte der Kapellmeister. „Der Ehrgeiz ist eins mit dem Drang zu beglücken, und Ruhm und Liebe sind das gleiche. Sie verstehen mich, Flora Garlinda! In die Welt hinausfahren, in die großen Städte, über das Meer; mein Werk dirigieren und, indes sie jubeln, fühlen, daß ich spende! Nirgends fremd, überall schon bekannt sein durch die Taten meiner Seele und, nun ich erscheine, tausend Geliebte vorfinden, die mir danken!"

„Tausend Geliebte!" – und der Savezzo stieß ein Freudengelächter aus. „Ich sage nicht nein, da ich mir in dieser Beziehung manches zutraue. Aber auch das ist schon etwas, wenn nach meinem Vortrage über die Freundschaft eine gewisse Dame, die Ehre verbietet mir, zu reden, aber eine unserer ersten Damen sich mir –"

Er schielte auf seine Nase und massierte seine klotzigen Finger, um sie weiß zu machen.

„Die Herren verstehen sich", sagte Flora Garlinda und sah, reglos lächelnd, geradeaus. Der Kapellmeister fuhr, die Hand gespreizt, vom Sitz; aber seine empörten Worte schienen ihm, noch bevor er sie aussprach, widerlegt durch dies Lächeln; schwer sank er zurück. Der Savezzo sagte:

„Sie wollten die Flasche, mein Herr? Ich bin der hiesige Vertreter für diesen Vermouth."

Er redete weiter; der Kapellmeister dachte: „Ist's möglich, daß sie mich mit diesem verwechselt? Aber sie hat recht; denn wem will ich beweisen, daß ich ihm nicht gleiche? Die sichtbare Tatsache ist, daß wir beide in einer kleinen Stadt sitzen und uns besser glauben als die übrigen. Ich bin's wohl gar nicht. Ich werde nichts können. Meine Trunkenheiten, die von schlechter Musik kommen, werden mir immer nur Übelkeit hinterlassen, wie der Rausch nach gefälschtem Wein. Ich will nicht mehr schreiben."

Er betrachtete ihr Lächeln.

„Das wollte sie! Sie wollte mich demütigen und zur Verzweiflung treiben! Sie ist böse, ich hasse sie! – und würde doch keinen Menschen so gern an mich glauben machen wie sie!“

Aus ratloser Pein sagte er:

„Aber Sie selbst, Fräulein Flora Garlinda?“

Sie hob die Schultern.

„Ich? Oh! ich bin bescheidener als die Herren, weniger überzeugt von meinem Genie und seinem siegreichen Fluge. Ich werde sehr viel arbeiten: das ist alles, was ich weiß. Vielleicht werde ich wieder nach Sogliaco zurückkehren, vielleicht verbringe ich noch Jahre an solchen Orten. Fünf, mag sein sieben muß ich darangeben, bis ich Mailand erreiche. Dann aber –“

Man sah ihre kleine Faust zittern, so fest ballte sie sie.

„– haben sie mich einmal gehört, werden sie mich nicht wieder vergessen. Ich werde nicht vom Glück abhängen und werde nicht sinken. Ich bin jung – und meine Stimme, mein Reichtum, mein Ruhm, alles, was ich mir erobere, wird dauern, bis ich alt bin, bis ich sterbe.“

Sie stand auf.

„Ich will meinen Spaziergang machen.“

„Es ist noch zu warm, Sie werden sich schaden“, sagten die Bürger.

Sie lachte und ging.

Der Kapellmeister sah vor sich nieder. „Ihr gehört die Zukunft; darum braucht sie die Träume nicht, die vorauseilen.“

Der Cavaliere Giordano wandte sich plötzlich um und sagte wie vorhin:

„Aber Sie sind in der schönsten Zeit Ihres Lebens, junger Mann.“

Der Kapellmeister erblaßte ... Nein, diese selbstgefällige Berühmtheit hatte wohl nicht Geist genug, um ihn zu verhöhnen.

Die Sonne war fort, der Himmel beschattete sich violett. Die Menge floß rascher in den Corso hinein und zurück auf den Platz. Um den Brunnen schwenkten sich lange Reihen von jungen Mädchen, wie Strahlen eines Feuerrades. Plötzlich stand es still, alles Geschrei brach ab, und durch die Schleier der Dämmerung schwang sich vom Turm das Ave.

Der Advokat Belotti suchte es zu überschreien; er stellte sich, am Arm des Tenors Nello Gennari, beim Café ein.

„Der Camuzzi ist früher fortgegangen als sonst!“ schrie er erzürnt. „Was fällt ihm ein!“ – denn der Advokat vermißte seinen Feind ungern und hielt auf die Gewohnheiten des andern wie auf seine eigenen.

„Im übrigen“, sagte er, „die Hühnerlucia, Don Taddeo mit seinem heiligen Lärm: Sie sehen, mein Lieber, wir führen ein regelmäßiges Leben.“

„Aber die Personen“, sagte Nello, „die zum Dom gingen, waren nicht dieselben. Ich weiß es gewiß, ich habe sie beobachtet.“

Der junge Savezzo lehnte an der Mauer und spähte unter seiner wulstig gesenkten Stirne hervor.

„Ach ja“, sagte er, „dieser Herr wünschte schon gestern eine der Personen kennenzulernen, die in den Dom gingen. Er möge sich merken, daß ihre Bekanntschaft nicht leicht zu machen ist und daß andere davorstehen.“

„Was meint dieser Herr?“ – und Nello tat einen raschen Schritt.

„Dieser Herr hat mich sehr gut verstanden.“

Darauf schlug der Savezzo einen leichten Ton an.

„Man hat das Fräulein Flora Garlinda allein gehen lassen. Sind wir denn keine Ritter? Ich werde ihr nacheilen und sie unterhalten, indem ich ihr meinen Vortrag über die Freundschaft hersage.“

„Was hat er?“ ward gefragt, als er fort war.

„Ich verstehe nicht –“, stammelte Nello. Der Advokat bewegte den Zeigefinger.

„Das gilt nicht Ihnen, mein Lieber; es gilt mir, dessen Freund Sie sind. Vor mir aber hat dieser Elende Furcht, weil er sich in gewissen, an die Bauern gerichteten Zirkularen, die mir zu Gesicht gekommen sind, schon wieder des Advokatentitels bedient hat. Sie müssen wissen, daß dieser Sohn eines Käseverkäufers, dem man seine Herkunft anriecht, auf der Tür seines sogenannten Geschäftskabinetts sich den Namen Advokat gegeben hatte, und daß ich ihm mit einer Anzeige drohen mußte, bevor er das Schild entfernte. Drum können mich seine Kriechereien nicht darüber täuschen, daß er mich beneidet und haßt.“

„Er ist ein junger Mann von großem Genie“, wandte Polli ein. Der Advokat versuchte es zu leugnen, aber man hielt ihm die Erfolge Savezzos im Klub vor. Darauf erwiderte er:

„Das schönste Genie kann durch gewisse Charakterfehler befleckt werden.“

„Meine Hochachtung der ganzen Gesellschaft“, sagte der Perückenmacher Nonoggi und schleifte, bei seinem Kratzfuß, den Hut über den Boden.

„Mein Kompliment insbesondere dem Herrn Advokaten!“

Er dienerte immerfort vor Italia und grimassierte dabei, daß die blutigen Rinnsel in seinem Gesicht umherflogen.

„Eh! eh!“ machte der Advokat, und alles an ihm dehnte sich.

„Wenn ich gewußt hätte“, versicherte der Barbier und drückte die Pickelflöte fester unter seinen Arm, „ich wäre gekommen und hätte den Herrschaften ein Ständchen gebracht.“

„Auch Sie sind ein Künstler, Nonoggi?“ fragte der Bariton Gaddi.

„Dem Herrn zu dienen. Hier üben alle die Kunst. Wären nur nicht Unwürdige darunter! Ich weiß wohl, wen ich meine.“

„Ihr meint den Chiaralunzi“, sagte der Apotheker. „Aber wir alle wissen, daß er ein sehr braver Mann ist.“

Der Barbier hüpfte auf.

„Der Schneider – ein braver Mann? Ach ja! Wenn es sich darum handelt, Rechnungen zu machen, ist er brav. Wenn es gilt, einen verschnittenen Rock dem Besteller anzuprobieren, ist er brav. Aber Tenorhorn blasen, das lernt sich nicht beim Wein.“

„Der Chiaralunzi ist der Nüchternste von allen.“

„Er? In Spaldine wollen sie ihn nicht mehr zum Aufspielen, weil er mit seiner Bande zu viel trinkt.“

„Da haben wir's“, bemerkte der Advokat. „Ihr neidet euch gegenseitig die Dörfer, in denen ihr aufspielt. Darum seid ihr Feinde. Das ist nicht schön, Nonoggi.“

Der Barbier breitete die Arme aus und krümmte sich zu Boden.

„Es wird nicht schön sein; aber der Schneider und ich, wir stehen so miteinander, wie der Herr Advokat mit dem Herrn Gemeindesekretär."

Der Advokat legte den Kopf zurück.

„Das ist etwas anderes, mein Freund. Bei uns ist es die Verschiedenheit der Ideen! ... Da kommt er, Euer Feind. Um euch zu versöhnen, werden wir euch beiden einen Vermouth anbieten."

„Ohne die Herren beleidigen zu wollen, aber dieser Vermouth wäre mir zu bitter. Meine Hochachtung der Gesellschaft! An der Ecke erwarten mich der Tapezierer und mein Schwager Coccola. Wir gehen schon hinauf, Maestro!"

„Wie?" fragte der Kapellmeister aufschreckend.

Der Schneider Chiaralunzi kam mit seinem Horn und einer Federboa. Auf seiner großen Hand, die er offen hielt, um das zarte Ding nicht zu drücken, und weit von sich streckte, damit es ihn nicht einmal streife, balancierte er sie Schritt für Schritt. Von der Anstrengung war er außer Atem.

„Das Fräulein Flora Garlinda ist fortgegangen?" fragte er und setzte das Horn auf das Pflaster, um den Hut zu ziehen. Die Boa ließ er nicht aus dem Auge.

„Die Herren mögen entschuldigen, aber wohin ist das Fräulein gegangen? Gewiß bleibt sie wieder lange aus; auch gestern tat sie es, und in der Nachtluft wird sie sich erkälten. Ich will ihr etwas bringen, um wenigstens den Hals zu schützen."

„Und die Probe?" fragten sie ihn. Er bedachte und sah die Boa an.

„Ja, die Probe."

„Sie muß schon ein gutes Stück Weg gemacht haben, Ihre Flora," sagte der Tabakhändler. Plötzlich stand der Kapellmeister auf. Er war rosig bewölkt und streckte die Hand hin.

„Geben Sie sie mir, Chiaralunzi! Ich bringe sie ihr. Es macht nichts. Ohnedies gehe ich ein wenig Luft schöpfen."

„Aber – die Probe? Sie sind der Maestro!"

Der Kapellmeister griff sich an die Stirn und setzte sich wieder.

„Ich vergaß ... Ich dachte an etwas anderes ... Es war nur ein Einfall."

Der Gevatter Achille erbot sich, die Boa in seinem Lokal aufzubewahren. Der Schneider sprang entsetzt zurück.

„Im Café! Was denkt Ihr denn?“

Alle mußten ihm zureden. Endlich ging er selbst hinein, hängte seinen Schatz an das Kleidergestell, trat davor von einem Fuß auf den anderen, zerrte abwechselnd am linken und am rechten Ende seines rostroten, baumelnden Schnurrbartes.

„Man wird sie anfassen. Hier kommen zu viele Leute“, entschied er endlich und nahm sie herab. „Das beste wird sein, ich trage sie wieder nach Haus. Entschuldigen die Herren!“

Sein Horn ließ er stehen, legte sich die Boa über beide Hände und trug sie Schritt für Schritt die Gasse zurück, die er gekommen war. Hinter ihm zuckten sie die Achseln.

„Verliebt, der Arme!“

„Die Orchesterpartitur“, sagte der Kapellmeister, „liegt noch in meiner Wohnung, ich muß eilen.“

Der Cavaliere Giordano stand rasch auf.

„Wir haben denselben Weg, Maestro. Denn Sie kommen wohl am Gasthaus vorbei?“

Aber schon, als sie den Corso erreichten, sagte er:

„Ich gehe noch nicht zum Essen. Ob jetzt oder später, ich werde dabei allein sein. Die Italia bleibt sicher mit ihrem Advokaten zusammen, Gaddi hat seine Familie, Flora Garlinda begnügt sich mit dem Diner der Schneidersfrau, und Nello, ich weiß nicht, wo der Junge immer steckt. Ich könnte zu meiner Hausfrau, der kleinen Camuzzi, gehen; aber, Maestro, es kommen Zeiten, die Sie noch nicht begreifen, wo die Nähe junger Frauen voll Bitternis ist. Wenn Sie wollen, werfe ich einen Blick in das Manuskript Ihrer Oper.“

„Cavaliere ... ich weiß nicht –“

Der Kapellmeister griff sich an den Hals.

„– Sie wären der erste, der es zu sehen bekäme ...“

Der alte Tenor lächelte mild.

„Ich habe schon andere zu sehen bekommen und, es ist lange her, sogar die von ihm selbst geschriebenen Noten des großen Maestro Rossini, – die er mir geschenkt hat."

Nach einem Schweigen murmelte der Kapellmeister:

„Sie sind ein berühmter Mann ... Ich fühle mich geehrt."

Vor der Unterpräfektur stand Rina, die kleine Magd des Tabakhändlers, und sah erschreckt und glücklich dem Kapellmeister entgegen. Da er vorbeikam, hob ihre kleine rote Hand sich wie von selbst ein wenig von der Schürze und blieb, von ihm unbemerkt, in der Luft stehen. Der Cavaliere Giordano wandte lange den Kopf nach ihr. Sie hatte die Zähne in die Lippe gedrückt und starre, feuchte Augen.

Am Ende des Corso bogen sie nach dem steilen Platz ein, mit dem Wirtshaus „Zu den Verlobten" und der Schmiede. Über dem Bruchstück der alten Stadtmauer, die zwischen den letzten Häusern stand wie ein großer Efeustock, sah rauh der braune Berg herein. Der Kapellmeister zeigte auf das Dach der Schmiede.

„Dort oben."

Der Gipfel des Daches trug einen kurzen, breiten Aufsatz mit einer geschwungenen Haube, Fenstern, beinahe so groß wie die Wände, und den heitersten Arabesken aus Gips. Als sie das dunkle Haus erklommen hatten:

„Hier werden Sie sogleich wieder Atem erlangen, Cavaliere. An Luft fehlt es hier nicht."

Der Alte bat im Gegenteil, vor der Zugluft zu schließen.

„Sie haben recht, es bläst zu allen Seiten herein. Im Winter werde ich es in meinem Bett ein wenig kalt haben. Aber das macht nichts. Tagsüber ist mir oft fast zu warm von meinen Gedanken. Ich laufe durchs Zimmer, wieviel tausendmal wohl; überall scheint der Himmel herein; mir ist, als laufe ich durch den Himmel; – und aus den Glockentönen, die mir darin entgegenschweben, aus dem Gehämmer der Schmiede, aus allem wird Musik. Aber vielleicht ist es schlechte?"

Er zog das Manuskript hervor, wog es in den Händen und, rosig bis unter die Barthaare, lieferte er es aus. Der andere blätterte und bewegte die Lippen. Der Kapellmeister hielt nicht stand.

„Ich spiele es Ihnen vor. Ich spiele Ihnen den zweiten Akt vor, wenigstens den Schluß, wenigstens das Duett. Sie müssen es anhören!“

Er setzte sich vor das Klavier und sprang wieder auf.

„Nur ein einziger Stuhl! Was tun? Oh! Cavaliere, Sie wollen wirklich –? Aufs Bett? ...“

Nach dem letzten Akkord sah er noch auf die Tasten und regte sich nicht.

Der berühmte Sänger klatschte leicht in die Hände und sagte:

„Bravo, Maestro!“

Darauf atmete der Kapellmeister wieder.

„Es gefällt mir, ich möchte versuchen, die Partie des Tenors zu improvisieren“, – und der Cavaliere stand schon da und schlug mit dem Zeigefinger den ersten Ton an.

„Machen Sie den Bariton, Maestro! Oh! Ohne Komplimente. Es wird dunkel, aber hier oben sieht man noch genug. Beginnen wir!“

Noch als es aus war, hatte der Kapellmeister die Miene des Lauschens. Endlich sah er, rosig lächelnd, auf.

„Cavaliere, ich danke Ihnen, Sie haben mich heute glücklich gemacht.“

Die Stimme des Alten war nicht mehr hohl gewesen. Sie war stark: „Wo habe ich heute morgen meine Ohren gehabt?“ Nie hatte sie tremoliert. Der Kapellmeister schüttelte noch immer die Hand seines Sängers.

„Niemand hat diese meine Musik gesungen wie Sie!“

Er hatte vergessen, daß überhaupt noch niemand sie gesungen hatte. Mit immer neuem Entzücken:

„Das Crescendo, das Sie eingeführt haben, tut die beste Wirkung!“

Der alte Tenor lächelte klug.

„Ganz dasselbe sagte mir auch der Maestro Verdi, als ich mir im „Don Carlos“ das Crescendo erlaubte, das seither alle singen.“

„Ihm selbst haben Sie vorgesungen?“

„Ich war bei ihm in Busseto, ich stand neben ihm, der sein Werk für mich spielte, wie nun Sie das Ihre, Maestro.“

„Ein Verdi!"

Der Kapellmeister sprang auf und lief durch das Zimmer. Der Cavaliere Giordano trat an das Fenster.

„Hier hat man einen weiten Horizont", bemerkte er. „Die vielen Dächer bergab, und in der Dämmerung drunten, weithin verstreut, die Lichter. Sie haben es gut, Maestro, Sie sind jung."

„Wenn es nicht dunkel wäre, würden Sie sogar zwischen jenen blauen Nebelwänden, die Berge sind, das Meer erkennen. Ich habe es bei meiner Arbeit immer vor mir, als das Zeichen und das Versprechen meiner Zukunft, eines weitreichenden Schicksals, der Unendlichkeit des Ruhmes!"

„Gewiß ist es Ihnen bestimmt, Maestro, über das Meer zu fahren und mit Säcken voll Dollars zurückzukehren."

„Sie waren drüben, Cavaliere?"

Der berühmte Tenor bewegte die Hand, als schöbe er dieses Erlebnis zu den geringeren.

„Meine besten Jahre hatte ich in Rußland. Um mich in Petersburg singen zu hören, bestellten die Leute telegrafisch Plätze von Moskau aus und von der Krim. Während der „Gioconda" kam der Kaiser zu mir auf die Bühne; und am Abend meiner letzten Vorstellung schickte er eine Militärkapelle vor mein Haus und eine an den Eingang des Theaters. Das alles aber ist nichts, wenn ich mich erinnere, wie es war, als ich Zwanzig war. Zusammen mit dem Mustafà und dem Rosati sang ich zu Rom in der Kirche Santa Maria in Vallicella den Sant' Eustachio, ein Oratorium des Maestro Salvatore Capocci: und wie ich fertig war, begannen die Gläubigen wütend zu klatschen und „bis" zu schreien. Die bewaffnete Macht mußte eingreifen und sie beruhigen."

„Als Sie Zwanzig waren", wiederholte der Kapellmeister.

„Ja", sagte der Alte; und als sei er allein:

„Es ist nun bald fünfzig Jahre her."

Der Blick des jungen Mannes streifte hinüber, wo er so lange das Meer und die große Ferne gewußt hatte. War es noch dort? Ihm schien auf einmal unnütz, es zu suchen. Dieser Alte hatte es befahren; er war zurückgekehrt, und was blieb ihm? Er sang hohl und zitternd, vorhin nicht anders als sonst. „Nur das Glück, meine eigene Musik gesungen zu hören, bestach mein Gehör – und vielleicht wollte er's bestechen?“ Dem Kapellmeister kam der Verdacht, der Cavaliere Giordano habe dieses Zusammensein in der Absicht herbeigeführt, ihn sich milder zu stimmen. „Es ist wahr, ich habe ihn auf der Probe bloßgestellt vor den andern. Welches Elend! Ich durfte das: ich, ein Anfänger – und seinen Namen kannte eine Welt.“ Er war froh der Dunkelheit, die diesen alten Mann nicht sehen ließ, wie tief er errötet war: über sich, über ihn, über den menschlichen Stolz.

„Ich muß eilen“, murmelte er. „Das Orchester wartet auf mich.“

Der Cavaliere Giordano stolperte auf der Treppe.

„Lassen Sie sich Zeit, Cavaliere, und entschuldigen Sie mich.“

Der Alte sputete sich, um mitzukommen, um noch einige Minuten lang nicht allein zu sein. Aber er blieb zurück.

An der Ecke beim Wirtshaus „Zu den Verlobten“ trat, als der Kapellmeister heranstürmte, die kleine Rina aus dem Schatten und rief etwas. Er war schon vorüber und rief zurück:

„Ein andermal. Ich bin aufs höchste beschäftigt.“

Er erreichte den Corso und zog im Laufen den Hut, denn in die Gasse drüben bogen der Advokat Belotti, der Tabakhändler Polli und der Apotheker Acquistapace ein. Sie drohten ihm mit dem Finger und stießen sich an.

„Ah! der Maestro. Wer weiß, von welchem Abenteuer er kommt.“

Sie selbst waren auf der Suche. Von Zeit zu Zeit blieben sie unter einem Hause stehen, und einer von ihnen flüsterte:

„Dort oben wohnt eine.“

„Auch hier habe ich eine einquartiert“, bemerkte der Advokat ein Stück weiter; und alle drei gaben ein angeregtes Glucksen von sich. Die Reihen der alten, schwarzen, von seltenen Lichtern geröteten Häuser mit ihren schweren und verzierten Portalen, aus denen es nach Gewürzen oder Handwerk roch, mit ihren Balkonen, eng wie Kanzeln, ihren vergitterten Fenstern und den weit vorstehenden Dächern, worunter in offenen Speichern Maiskolben und Reisig trockneten: diese schmalen Steinläufe und ihre winklig umschatteten Erweiterungen, die schon der Fuß der Bürger an den Schäden des Pflasters wiedererkannt hätte, sie schienen ihnen verwandelt. Das alles machte sie wieder neugierig, wie als Kinder. Sie haben sich auf die Fußspitzen, um über die rote

Gardine hinweg in ein Schenkenzimmer zu spähen, wo Choristinnen mit ihren Kameraden saßen, und sie berieten darüber, ob die Paare, die zusammenwohnten, wirklich verheiratet seien. Als der Tischler Vittorino Baccalà, im Arm ein ganz kleines, buntes Geschöpf, das Haus bei der nächsten Laterne betrat, seufzte der Tabakhändler und sagte dann:

„Er hat recht."

„Auch für andere ist noch etwas da", erklärte der Advokat und klopfte ihm auf die Schulter.

„Aber woher kommen sie alle?" setzte er hinzu, denn dort hinten schlüpfen schon wieder zwei durch einen Lichtstreif. „Man weiß doch, daß es nur dreizehn sind, und die ganze Stadt scheint voll von ihnen."

„Überall riecht es nach Puder", sagte der Apotheker mit seiner biederen Stimme. Die anderen beiden schnupperten.

„Sie verlieren ihn in der Luft", sagte der Advokat, „wie Insekten ihren Flügelstaub" – und er sah sich um, denn ihm war, als schlüge über ihm ein Flügel. Ja, wirklich, auf dem niederen Balkon des Hauses Filiberti fächelte sich eine: eine große – und jetzt roch man sie auch. Hinter ihr aber verschwand ins Dunkel ein Mann; wer war es? Der Tabakhändler hatte ihn erkannt.

„He! Olindo! Willst du hervorkommen!" – und er stieß mit dem Zeigefinger nach dem Pflaster.

„Soll ich dich holen, du frecher Bengel?"

Der junge Polli zeigte sich am Gitter.

„Papa", stotterte er, „das Fräulein wünschte Räucherkerzen gegen die Mücken, und weil der Laden zu war, habe ich sie ihr gebracht."

„Augenblicklich kommst du herunter!"

Der junge Mensch wand sich umher. Man sah seine roten Haare und das verstörte Liderklappen in seinem kalkigen Gesicht. Die Choristin stieß ihn, laut lachend, an.

„So gehen Sie doch zu Ihrem Papa!"

Darauf verließ er den Balkon. Der Tabakhändler erklärte:

„Das denn doch nicht! Wenn diese Damen anfangen wollen, uns die Söhne zu verführen, dann mag die Kunst zum Teufel gehen."

Der Advokat warnte vor Übertreibungen; man reize die Instinkte der Zwanzigjährigen, wenn man sie in die Kinderstube sperre. Da erschien Olindo, vorsichtig abgewendet, unter der Tür und schlich dicht an der bauchigen Rundung des Hauses hin.

„Ah! er will entwischen.“

Der Vater mußte aufhüpfen, um den Sohn an den Schultern zu packen. Aus Ehrfurcht machte Olindo es ihm leichter, indem er sich bückte – und nun schleppte Polli den Besiegten am Rockschoß herbei.

„Ein Hosenmatz, der den Frauen nachstellt! Ein neuer Typus! Jetzt kommen mir auch Vermutungen darüber, weshalb heute die zehn Trabukos verschwunden waren. Sie sind also doch verkauft, und das Geld war wohl für diese Dame bestimmt. Da hast du, da hast du! – und sage zu Hause deiner Mutter, ich ließe sie bitten, dir von derselben Sorte zu geben.“

Mit einem Fußtritt, für den er ihn vorher zurechtstellte, schickte Polli den Sohn von dannen. Erst beim Trocknen des vergossenen Schweißes bemerkte er das Gelächter, das ihn umgab. In das Gebrüll des Apothekers und das Keuchen des Advokaten stießen Kreischtöne vom Balkon. Dem Tabakhändler ward angst.

„Seid vernünftig“, bat er, „und weckt nicht alle Weiber auf. Sie liegen schon halbnackt in den Fenstern. Schickt solche Szene sich für Leute, wie wir sind? Kommt fort!“

„Aber es ist geradezu die Schönste“, sagte der Advokat und war nicht vom Fleck zu bringen. „Dein Sohn hat sich geradezu die Schönste ausgesucht: die mit den gelben Haaren. Schon heute nachmittag sah ich ihn mit ihr auf dem Platz. Du hast recht, Polli, daß das nichts für Hosenmätze ist. Aber mit uns“, flüsterte er durchdringend hinauf, „wird das Fräulein vielleicht im Gasthaus „Zum Mond“ ein kleines gutes Souper einnehmen wollen. Ich bin der Vorsitzende des Theaterkomitees und kann Ihnen nützlich sein.“

„Dann bin ich sofort bei Ihnen, meine Herren“, erwiderte sie. Man sah sie drinnen im Schein einer Kerze den Puderquast schwingen. Die Röcke raffend, die raschelten, erschien sie auf der Schwelle und streckte die Hand sogleich dem Tabakhändler hin.

„Ihr Sohn ist ein Kind“, sagte sie; „Sie aber, mein Herr, sind ein wirklicher Mann.“

„Wir wollen es hoffen“, erwiderte er mit grober Stimme und einem Lächeln, das sich unwiderstehlich entfaltete. Dann besann er sich darauf, ihr den Arm zu bieten. Der Advokat mußte mit dem Apotheker hinterhergehen. Er schnaufte.

„Dieser Polli hat mehr Glück, als ihm zukommt“ – und lauter:

„Fräulein, ich hatte schon von Ihnen gehört, denn Sie sind die Schönste, und ich habe Ihr Engagement durchgesetzt.“

Sie wandte sich über die Schulter ihres Begleiters nach ihm um.

„Ah! der Herr ist der berühmte Advokat Belotti. Ich bin glücklich, mein Herr, Ihre Bekanntschaft zu machen.“

Plötzlich streckte sie ihm die Zunge heraus – und rasch machte sie sich wieder an Polli, zu dem sie sich achtungsvoll bückte, wie Olindo getan hatte.

„Welch ein Weib!“

Der Advokat ward zu einer Geste hingerissen, für die kein Raum war; er schlug heftig gegen die Mauer. „Au, au! ... Ich fühle, daß ich Tollheiten für sie begehen könnte.“

Der Apotheker sagte vorwurfsvoll:

„Und dabei wirst du von einer Frau wie die Italia geliebt! Denn die Italia, ich scheue mich nicht, es zu sagen, hat etwas Göttliches, das dieser hier trotz ihren gelben Haaren fehlt.“

„Soll ich dir etwas sagen?“

Der Advokat drückte den Arm des alten Kriegers.

„Nimm dir die Italia! Ich lasse sie dir. Ich fühle, daß ich nicht werde treu sein können, weder ihr noch einer andern. Mich verlocken sie alle, ich schrecke vor dem Wort nicht zurück: alle. Die Beständigkeit des Bürgers hat mich im Grunde immer gelangweilt; ich war zur Lebensweise des Künstlers geboren, ich, und jetzt entdecke ich mein Temperament.“

Damit ließ er den Freund auf seinem Holzbein weiterstelzen, wie es ging, und eilte dem gelben Schopf nach und den breiten schaukelnden Hüften, die im Corso verschwinden wollten.

Als Polli und der Advokat, die Choristin zwischen sich, auf dem strohbesäten Platz vor dem Gasthause anlangten, begannen beide zu schreien. Polli schlug auf einen Tisch.

„Jemand soll kommen! Da sind Leute, die etwas trinken wollen."

Der Advokat stellte die Hände um den Mund.

„Ah! Malandrini, es wird Zeit, daß du dich zeigst, denn wir brauchen ein kleines feines Souper. Zuerst Salami und Schinken, dann eine gehörige Schüssel voll Makkaroni, eine von den Schüsseln, worin du die ganzen Ferkel aufträgst; dann Escaloppes in Madeira ..."

„Sie werden zufriedengestellt werden", sagte der Wirt und dienerte speckig. „Meine Frau wird für eine solche Gesellschaft sogar Hühner à la Villeroy machen, was eine schwierige, aber glänzende Sache ist."

„Und Leber in Öl will ich", erklärte das Mädchen.

„Leber in Öl, deine größte Pfanne, Malandrini!" empfahl der Advokat, als der Wirt schon ins Haus lief, und Polli schrie hinterher:

„Sorge für den Zabajone!"

Der Apotheker hörte es von draußen und rief über den Hof:

„Ich werde die Eier schlagen und den Marsala hineinmischen. Niemand gibt dem Zabajone die richtige Dicke als nur ich!"

„Was schreit er?" sagte hinten im Corso Italia Molesin zu Nello Gennari. Er zuckte die Achseln.

„Sie werden sich betrinken wollen."

„Und der Advokat schwänzelt um die gelbe Gina herum! Ist dieser Mann denn unermüdlich?"

„Unsere Ankunft", sagte Nello, „hat belebend gewirkt auf die Einwohner dieser Stadt. Auf einmal ist ihnen der Mut gekommen, ihre Laster in Freiheit zu setzen."

„Ob das nicht abscheulich ist! Da glaubt man für sechs Wochen Ruhe gefunden zu haben. Ich war entschlossen, ihm treu zu bleiben; und nun, am selben Tage noch –"

Italia hatte eine feuchte Stimme.

„Diese Leute zwingen uns, ein unmoralisches Leben zu führen."

„Wem sagst du es", erwiderte der junge Mann mit geschlossenen Zähnen.

„Aber dich hat doch niemand betrogen?" fragte sie. Er murmelte:

„Nur ich selbst mich. Ich nahm mir ein zu hohes Ziel. Zu Großes mutete ich mir zu. Ich hätte reiner sein müssen, als ich bin."

„Ich verstehe dich nicht."

„Ach, auch ich habe der Forderung einer dieser Bürgerfrauen nachkommen müssen."

„Als ob wir dafür engagiert wären!"

„Ja, wir sind da, sie lustig zu machen. Es ist ein Handwerk für Hunde."

III

„Ob mein Mann läuten kann! Wie? Sagt doch!" verlangte die Frau des Kirchendieners Pipistrelli, zog die schiefe Schulter noch höher und lugte unter ihrem grünen Augenschirm ringsum. „Und er wird droben bleiben und ihnen vor der Nase die Glocken der Klosterkirche schwingen, solange ihr verdammtes Theater währt. Wir werden sehen, ob es ihnen gelingt, dem Teufel eine Messe zu feiern."

„Don Taddeo ist ein wahrer Diener Gottes", sagte der Schlosser Fantapiè und bekreuzigte sich. Der Schlosser Scarpetta, der wie Fantapiè an die Arbeiten in der Sakristei dachte, bekreuzigte sich eilig mit. Frau Nonoggi verdrehte die Augen.

„Und dennoch wird bald die ganze Stadt droben sein. Nicht rasch genug können sie laufen. Da! falle nur über die Treppe und brich dir das Bein, bevor der Böse dir den Hals bricht!"

„Wie wir Guten wenige sind!" bemerkte Frau Acquistapace.

„Sollte man die Unglücklichen nicht zurückhalten?"

Die Pipistrelli schwenkte schon ihren Krückstock.

„He, ihr Männer! Bleibt unten! Droben ist nichts Gutes zu holen, außer der ewigen Verdammnis."

Galileo Belotti, der mit einem Haufen Bauern aus dem Café kam, brüllte durch den Lärm der Glocken zurück:

„Was willst du denn? Die Zeiten des Aberglaubens sind vorbei. Wenn übrigens eine Vogelscheuche wie du davor steht, wird niemand in den Himmel wollen."

Dabei stampften sie die Treppengasse hinan. Die kleine fromme Schar sah trostlos um den Platz, der leer lag.

„Zu denken, daß zur Zeit des Papstes der Galileo zur Messe ging!“ sagte der Schlosser. „Aber wie Monsignore bei seiner letzten Anwesenheit äußerte: die Hoffnung der Kirche wird täglich kleiner!“

„Ach was, man muß handeln!“ behauptete Frau Acquistapace.

„Beachtet Don Taddeo, er gibt ein Beispiel von Tapferkeit.“

Man sah ihn von Zeit zu Zeit hinter der Ledermatratze der Domtür hervorschlüpfen und auf ein paar Jungen losschießen, die um die Ecke des Corso kamen. Wild riß er sie fort und klappte hinter ihnen und sich die Matratze zu. Kaum aber verließ er sein Versteck, um auf die nächsten zu jagen, da drückten die vorigen sich unter der Matratze weg; und wie er den Lehrjungen des Konditors Serafini gefangen mitschleppte, kamen ein kleiner Chiaralunzi und der Michelino vom Barbier Druso wie Hasen daher und rannten über die Pipistrelli hin, daß sie sich aufs Pflaster setzte.

„Welche Schande für unseren Beruf!“ rief Frau Nonoggi dem jungen Druso nach, und der Schlosser Scarpetta holte aus. Aber wo waren sie hin?

Die Frau des Perückenmachers ließ die Arme sinken; denn sah es nicht aus, als wollte dort hinten ihr eigener Mann entwischen? Soeben noch hatte er sich einen Stuhl vor den Laden gestellt, wie um die Zeitung zu lesen; und nun strich er, die Klarinette fest unter dem Arm, ganz nahe an der Mauer hin, schlenkerte die Faust, als eile er einfach zu einem Kunden, und kniff doch in seinem zurückgewandten Gesicht ein Auge zu, wie immer, wenn er kein reines Gewissen hatte.

„He! Nonoggi“, – und als die Frau ihre Stimme wiederhatte, war sie ihm auch schon nach. Er murmelte und versuchte das Gesicht zu verrenken, aber das geschlossene Auge verhinderte es.

„Kein Aufheben, meine Freundin, wir müssen mitmachen, was wird sonst aus dem Geschäft? Die Kunden werden sagen: ah, Nonoggi, der Abend ist mißglückt, denn das Orchester war schlecht, und das kommt, weil deine Klarinette fehlte.“

Dabei klopfte er ihr mit dem Instrument die Wange.

„Man sagt anfangs wohl, was die Frau und der Priester wollen“, erklärte er den beiden Schlossern, die nachkamen, „aber ein Barbier hat noch andere Rücksichten zu nehmen.“

„Au!“ rief seine Frau, denn sein freundschaftliches Klopfen ward immer schärfer. Plötzlich riß er zum Zeichen, daß er sich wieder wohl fühle, auch das zweite Auge auf, tat einen Satz und war in der Treppengasse.

„Wir sind verraten, man muß das Schlimmste verhüten“ – und Frau Nonoggi machte sich, die Hände gerungen, hinterher. Die Zurückgebliebenen zählten einander stumm.

„Nun sind wir noch vier“, stellte Scarpetta fest; Frau Acquistapace wies, aus ihrem schwarzen Tuch hervor, unheilvoll nach der Apotheke.

„Mir soll es nicht so gehen. Er ist drinnen und macht Pillen, und ich bürge dafür, daß er weiter Pillen macht.“

Man nickte einander verbissen zu.

„Aber seht doch den tapfern, heiligen Don Taddeo!“ sagte die Pipistrelli. „Soll man ihm nicht zu trinken bringen?“

Denn er hing, vom Jagen erschöpft und in der Dämmerung dort hinten ganz allein, am Rücken eines der Löwen des Doms, und mit der Hand hielt er sich die Stirn. Da näherten sich Schritte in der Treppengasse; der Advokat Belotti erschien im Frack; und schon von weitem keuchte er:

„Don Taddeo, dies Läuten muß aufhören, ich erkläre Ihnen im Namen des Komitees und der Stadtgemeinde, daß der Lärm aufhören muß.“

Auf dem ganzen Wege über den Platz schrie er immer dasselbe, als übte er sich ein, bevor es ernst ward. Endlich bemerkte Don Taddeo ihn und richtete sich auf.

„Was wollen Sie von mir?“ schien er zu fragen: – und im Getöse des Himmels, das ihre Stimmen verschlang, sah man die beiden mit den Armen ausstoßen, die Fäuste schütteln und die Gesichter wie nach Zeugen blind umherrücken. Als die Frommen herangekommen waren, sagte Don Taddeo eben:

„Und ich erkläre Ihnen, daß es der Vorabend des Festes des heiligen Theophrastus ist, dem in der Klosterkirche eine Kapelle gehört.“

„Eine Kapelle!“ schrie der Advokat. „Das ist etwas Rechtes! Und wenn Sie nun jeden Ziegel auf dem Dach einem andern Heiligen weihen würden, wie, mein Herr, dann hätten wir den Lärm alle Tage?“

Der Priester erhob verzweifelt die hohle Stimme:

„Ich verbiete Ihnen, mein Herr, sich über die Religion lustig zu machen!“

Dabei hatte er rotglimmende Augen, und seine Arme zuckten in der Luft so wild, daß der Advokat sich aus ihrem Bereich zurückzog. Dennoch schlug er die Rechte auf das steife Hemd:

„Im Namen des Komitees, vielmehr im Namen des Volkes –“

„Wer ist das Volk?“ fragte der alte Fantapiè und trat breit an den Advokaten hin, der noch um zwei Schritte wich. Gleichzeitig aber holte er tief Atem.

„Das Volk bin ich!“ sagte er mit Überzeugung. „Und hütet euch, daß ich nicht die „Glocke des Volkes“ läute!“

„Auch wir haben Zeitungen“, sagte Don Taddeo.

„Auch wir sind das Volk“, behauptete drohend Frau Acquistapace.

„Und mein Mann“, kreischte die Pipistrelli, „wird wohl mit den heiligen Glocken Gott anrufen dürfen, wenn Ihre Komödianten dem Teufel Lieder singen.“

Der Schlosser Scarpetta verhielt sich hinter der Säule ganz still; nicht umsonst hatte er von gewissen Arbeiten erfahren, die im Rathaus zu vergeben waren. Don Taddeo und der Advokat Belotti konnten beide recht haben, denn Kirche wie Rathaus brauchten einen Schlosser.

Der Advokat griff, nun ein gemessener Abstand zwischen ihm und dem Priester lag, an seinen braunen Strohhut und zog ihn im Bogen.

„So erfahren Sie denn, mein Herr, unser letztes Wort! Falls Ihr Beauftragter mit der Störung einer öffentlichen Veranstaltung, wie eine Theatervorstellung es ist, nicht aufhört, sind wir entschlossen, die bewaffnete Macht gegen ihn zu Hilfe zu nehmen.“

Dabei entfernte er sich weiter rückwärts und eilig.

Die Frommen umdrängten den Priester. Sie hatten nur eine Stimme.

„Soll man's geschehen lassen, Reverendo?“

Er überblickte ihre Zahl und strich mit der Hand flach vor sich hin.

„Das Maß wird nun bald voll sein, meine Freunde; wir brauchen nur zu warten."

Frau Acquistapace begriff ihn.

„Wir sind leider wenige, Reverendo. Die ganze Stadt haben wir hinaufpilgern sehen. Welche Schande! Viele waren dabei, die versprochen hatten, zurückzubleiben. Was soll man von der Nonoggi sagen, die ihrem Manne nachgelaufen ist. Ob das nicht zwischen ihnen eine abgekartete Sache war?"

„Schien es doch auch mir", machten die andern.

„Und die Jole Capitani hat es trotz allen Ihren Ermahnungen, Reverendo, kaum erwarten können. Der Advokat Belotti hat sie abgeholt, was man bei der Frau eines Arztes eigentümlich gefunden hat ..."

Don Taddeo erklärte durch eine schmerzliche Geste, daß er's wisse.

„Von allen guten Familien", schrie die Frau des Kirchendieners, „haben nur die Nardini dem Übel widerstanden ... außer dem Hause Acquistapace", setzte sie hinzu, da die Frau des Apothekers sie furchtbar ansah.

„Auch die gute, heilige Frau Camuzzi", sagte der Schlosser Fantapiè, „bleibt der Sünde fern. Niemand wird sagen wollen, daß sie das Haus verlassen habe."

Alle bestätigten es; nur Don Taddeo schwieg und senkte den Kopf. Denn er hatte sein Beichtkind aus dem Häuschen der Wäscherin Grattalupi in die Treppengasse schlüpfen, mit gerafften Röcken hineingleiten und hurtig verschwinden sehen. Vom Hofe des Rathauses mußte sie zu dem Häuschen hinaufgeklettert sein, obwohl die alten Stufen nur Geröll waren, und heimlich war sie der Wollust nachgelaufen. Vielleicht enthielt dann auch Wahrheit, was die Evangelina Mancafede über Frau Camuzzi und den jüngsten der Komödianten wissen wollte?

Don Taddeo fuhr auf; ein Bild, das ihm wieder vor Augen kam, machte ihn heiß und wirr.

„Wir werden alle verderben", stammelte er, „und jene, die sie Italia nennen, ist von allem Unheil das ärgste!"

Die Pipistrelli und Frau Acquistapace nickten erbittert. Der alte Fantapiè rief aus:

„Sie ist das Weib von Babel.“

„Beim Bacchus“, bemerkte der Schlosser Scarpetta; „nachdem schon der Advokat, der Baron, der Herr Polli und, wie man sagt, auch der Knecht des Wirtes Malandrini bei der Italia daranwaren, weiß niemand, ob nicht an ihn selbst die Reihe kommt.“

Da die beiden Frauen sich wütend von ihm abkehrten, schielte er vor sich hin. Alle schwiegen, – und Don Taddeo erblickte sie, das Weib, wie er sie durch jenes Domfenster erblickt hatte, zu dem er hinaufgestiegen war, weil Pipistrelli mit der Stange eine Scheibe zerbrochen hatte. Er hatte nicht gewußt, daß sich von dort oben geradewegs in ein Fenster des Gasthauses „Zum Mond“ sehen ließ; und dies Fenster war ihres, und was er antraf, war eine Umarmung. Vor Zittern hatte Don Taddeo kaum die Leiter hinabgekonnt. Noch hier im Dunkeln zitterte er, da jenes Bild wiederkehrte ...

„Don Taddeo“, rief der Baron Torroni und kam rasch von seinem Hause her. „Wenn Sie Zeit haben, läßt die Baronin um Ihren Besuch bitten.“

Don Taddeo hob scheu die Stirn, grüßte, ohne den Baron anzusehen, und machte nach dem Palazzo Torroni hin Schritte, bei denen ihm die Soutane hörbar um die Beine schlug.

„Die Baronin hatten wir vergessen. Noch ein frommes Schaf zum Trost des Hirten“, sagte die Pipistrelli.

„Aber der Baron“ – und man spähte ihm nach – „geht ins Theater, das sieht man, denn er hat seine Ledergamaschen ausgezogen. Die arme Baronin! Welch einen Kampf sie hinter sich hat!“

„Und jetzt ist alles aus, da jenes verdammte Komitee Gewalt anwendet!“

„Läutet Pipistrelli nicht etwa schon schwächer?“ fragte seine Frau. „Ich bin sicher, daß sie ihn bedrohen!“

„Wir sind Männer“, sagten Fantapiè und Scarpetta; und Frau Acquistapace setzte hinzu:

„Bei dieser Gelegenheit sind auch wir es. Die droben sollen es erfahren!“

Sie setzte sich in Marsch. Hintereinander überquerten die vier den Platz.

„Don Taddeo hat noch Streiter", erklärte die Pipistrelli, humpelnd; und Scarpetta rief, um sich Mut zu machen, laut in den Schatten der Treppengasse hinauf:

„Wir werden sehen!"

Als sie fort waren, entstieg den dunkeln Bogen des Rathauses der Advokat Belotti und schwänzelte zur Apotheke hinüber. Er hob den Vorhang auf und flüsterte durchdringend:

„Komm! Wir sind befreit."

Ein rauher Freudenschrei – und der alte Acquistapace drang hervor, stelzend, daß der Platz davon hallte.

„Sst!" machte der Advokat. „Die Feinde der Kunst nicht aufwecken! Bin ich geschickt gewesen? Wie? Alles hat geklappt."

„Und ich", jubelte der Apotheker, „der ich unter meinem Arbeitskittel schon den schwarzen Rock anhatte!"

Sie hakten einander ein, schwenkten sich umher und tauschten Püffe aus.

„Ah! alter Esel, der du bist!"

Auf jeder zweiten Stufe blieben sie stehen und horchten nach den Schritten der andern. Der Advokat sah zurück.

„Ob auch die Hühnerlucia droben ist? Die Stadt scheint ausgestorben. Kein Mensch auf dem Platz! Doch: der gewohnte Brabrà."

Ein Lichtschein, der sich im Schatten des Glockenturmes verlor, streifte einmal den kleinen Uralten, wie er rings um den Platz, als umgebe ihn eine unsichtbare Gesellschaft, einen weiten Gruß beschrieb.

„Heute könntest du mir bei der Italia ein wenig helfen."

Acquistapace flehte wie ein Knabe.

„Ohnehin werde ich bald der letzte sein. Und wer so viele Frauen hat wie du – ; denn man sagt, daß auch die große Gelbe dir nicht länger widerstanden hat."

„Eh! man sagt vieles" – und der Advokat kicherte fett. „Und von Jole Capitani sagt man noch nichts?"

„Wie? du hättest –?"

„Ihr Gatte hat Zucker bei mir finden wollen: Zucker bei einem Mann wie mir! Er sieht nun, daß mich das nicht hindert –."

„Du bist noch größer, als ich gedacht habe, Advokat."

„Eh! ... Aber sprechen wir von etwas Ernstem. Wieviel Zeit gibst du dem Priester noch?"

„Nicht lange. Deine Artikel in der „Glocke des Volkes" werden gewirkt haben."

„Also du glaubst. Ich sage dir, ich –"

Der Advokat setzte sich den Finger auf die Hemdbrust.

„– daß Don Taddeo keine acht Tage mehr hat. Die Loge, mein Lieber, ist durch mich auf die Sache mit dem Schlüssel aufmerksam gemacht worden. Auch habe ich an den Bischof geschrieben über die Revolte in Borgo und habe ihn von der Beteiligung des Don Taddeo an jenem Aufstand des Aberglaubens unterrichtet."

„Aber er –"

Der alte Garibaldiner spreizte entsetzt die Hand.

„– er war's gerade, der den Bauern widersprach: nein, sie hat nicht die Augen bewegt, eure Madonna – und fast hätten sie ihn gesteinigt."

Der Advokat zuckte mit den Schultern und zog die Lippen von den Zähnen.

„Ist er der Feind, ja oder nein? ... Und wollen wir die „Arme Tonietta" sehen?"

„Das wollen wir: ah! das wollen wir."

Der Apotheker schwang sein Holzbein über die letzten Stufen.

„Sst!" machte der Advokat. „Die Beleuchtung ist nicht glänzend; was will man, unsere ganze Kraft mußten wir auf das Innere des Theaters verwenden; aber ich übersehe dennoch die Lage. Deine Frau befindet sich nicht unter dem Volk, das den Palast der Frau Fürstin belagert und auf die Ouvertüre wartet; sie ist in dem Haufen abergläubischer Aufrührer, dort hinten unter den Mauern des Klosters. Haben sie nicht alle die Köpfe im Nacken, als kämen statt des Lärmes vom Glockenstuhl Makkaroni geflogen? Eh! sie haben keine Zeit, uns zu erwischen, und sogleich werden wir dich in meine Loge gerettet haben, armer Freund ... He! ihr Leute, man muß die durchlassen, die bezahlt haben."

„Wir wollen auch hören", antwortete das Volk.

Unter dem Bogen neben dem Palast brannte eine elektrische Lampe.

„Um so besser“, – und der Advokat kletterte in seinem Frack, der von der Anstrengung in den Nähten krachte, das Geröll hinan; „da die Lampe gerade hier angebracht ist, sieht man doch, wohin man tritt. Es ist fast unbegreiflich, daß diese Leute auch jetzt noch fortfahren, den Eingang des Theaters für ihre Bequemlichkeit zu benutzen. Man muß wirklich wenig Erziehung haben ...“

„Die Gänge wenigstens habt ihr gut beleuchtet, Advokat, man müßte sonst fürchten, sich das letzte Bein zu brechen; – und welch stolzer rote Vorhang das Parterre verdeckt! Die goldenen Quasten!“

„Mancafede hat ihn uns geliehen. Er wollte ihn anfangs nur verkaufen; wir mußten drohen, seine Konzession für die Diligenza nach Cremosine zu hintertreiben. Welch alter Spitzbube!“

Sie betraten den engen Gang um die Logen.

„Guten Abend, Vater Corvi!“ – und da der Schließer die Hand hinhielt: „wir haben keine Eintrittskarten, aber Ihr wißt, daß die Loge mir gehört.“

„Unmöglich, Herr Advokat. Die Loge gehört Ihnen; aber damit ich Sie hineinlassen kann, müssen Sie den Eintritt bezahlen, und auch der Herr Acquistapace muß ihn bezahlen.“

Der Alte blinzelte aus seinem ungeheuren roten Gesicht die Herren zynisch an, und sein Bauch versperrte ihnen den Durchgang.

„Keine Dummheiten, Corvi“, sagte der Advokat. „Ihr wißt wohl, daß Ihr Euch um die Stelle bei der öffentlichen Waage bewerbt.“

„Mag sein, Herr Advokat, und ich rechne dabei auf Ihre Protektion; aber ich kann die zwei Lire für Ihren Eintritt nicht aus meiner Tasche bezahlen, denn ich habe sie nicht.“

„Wenn Ihr nicht dreimal Bankrott gemacht hättet“ – und der Advokat begann zu tanzen und die Luft zu klopfen, „dann brauchtet Ihr heute abend die Leute nicht um Karten zu belästigen.“

„Gott hat es so gewollt“, sagte der Alte, indes der Advokat enteilte.

„Treten Sie inzwischen nur ein, Herr Acquistapace, ich rechne auf Ihre Empfehlung für die öffentliche Waage.“

In der Loge traf der Apotheker die Witwe Pastecaldi mit der kleinen Amelia; aber er drückte die Hände nur stumm, denn vor Glanz und Menschenmenge fand er sich im Saal nicht zurecht. Einen solchen Saal hatte es doch in der Stadt gar nicht gegeben! Ein Feuerreif lief um die Ränge, und die Bogenlampe unter der Decke warf ein so wildes Licht umher, daß man nicht sah, wer dahinter saß.

„Ah! was für ein alter Narr jetzt dort unten hereingekommen ist!“ rief es ganz oben, und der Apotheker errötete, denn er hatte die Stimme der Magd Felicetta erkannt, auf die er, bevor seine Frau sie nach Don Taddeos Wunsch entließ, verstohlen ein Auge geworfen hatte. Es war ihr also doch nicht entgangen! Er mußte hinauf schielen: Felicetta lachte ihn fortwährend an, indes sie sich über das Ohr ihrer Nachbarin beugte. Und die Nachbarin war Pomponia, vom Kaufmann Mancafede, die ärgste Klatschbase!

Die beiden enthüllten der linken Galerie die Skandale der Stadt. Felicetta durfte nicht mehr wissen, als die Vertraute der Unsichtbaren, die alles wußte; und wenn Felicetta mit einer Geschichte kam, erwiderte Pomponia mit zwei. Die Frau des Schneiders Chiaralunzi saß ohne Scham auf einem Sessel, und doch hatte sie ihn nur bekommen, weil ihr Mann der Liebhaber der Komödiantin war, die bei ihnen wohnte. Der Baron Torroni tat wohl daran, seine Frau nicht mitzubringen, da seine Loge gleich neben der Bühne lag und er es sich gewiß nicht würde entgehen lassen, mit seiner Geliebten, jener anderen Komödiantin, Zeichen auszutauschen. Schräg über dem Baron wartete die Frau des Doktors Capitani (und der hatte bei dem Tischler in Via del Torchio, der dreimal Witwer war, eine schwarze Leber gefunden!) auf ihren Nello: den schönen Nello; und solange jener hinter dem Vorhang blieb, konnte sie mit den jungen Herren kokettieren, denn natürlich hatte sie es so eingerichtet, daß sie neben der Loge des Klubs saß. War es zu glauben, daß Mama Paradisi die ihre neben dem Mancafede hatte? Und immerfort steckte er den Kopf unter ihren Hut, der auf allen Seiten an die Logenwände anstieß, so groß war er. Wenn noch diese Alten Ärgernis erregten, waren armen jungen Leuten ihre Sünden zu verzeihen. Die Rina vom Tabakhändler hing in einem Drunter und Drüber von Schulkindern vom höchsten Geländer und starrte immer auf den leeren Platz des Maestro. Welche Dummheit, gerade diesen Künstler zu lieben, der sie mit all den Weibern vom Theater betrog!

„Rina! Nicht hinunterfallen!“ riefen alle.

„Sie hört nicht; hier ist ein Lärm –!“ Der Gevatter Achille schreit aus einer Loge wie ein Stier hinter seinem Kellner her: „He! Nonò, bist du es? Ich will zu trinken. Ist das eine Art, daß nur die Herrschaften bedient werden?“ Keine Möglichkeit.

Sie stimmen ihre Instrumente. „Dieser Nonoggi trillert wie eine Ziege; aber der Tapezierer Allebardi brüllt mit seinem Bombardon, daß die Toten sich rühren ... Ah! das Fräulein Zampieri: sie wird also wirklich die Harfe spielen. Man hätte nicht geglaubt, daß ein Mädchen es wagen würde. Soll man pfeifen?"

„Die Arme, wie sie hübsch ist!" sagte der Michele vom Schlosser Fantapiè. Der Bäckergeselle Carlino setzte hinzu:

„Es scheint, daß sie und die Mutter kein Geld haben, denn sie konnten meinen Herrn nicht bezahlen; und vom Harfenspiel sollen die Finger der Nina blutig sein."

„Ah, Nina, du Liebe!" riefen die Mädchen. „In ihrem weißen Kleid, wie sanft sie lächelt! Wer ist es, der mit ihr spricht? Der mit der Geige und den langen schwarzen Haaren? ... Der Mandolini von der Volksbank: er ist verliebt in sie, möge sie glücklich werden! ... Aber er ist tatsächlich verrückt geworden, der schöne Alfò, er haut auf Pauke und Becken ein, als wären alle nur gekommen, um ihn zu hören."

„Er versteht nichts, der Arm; er ist dort hingestellt statt des Vittorino Baccalà, des Tischlers, der nicht kommen durfte wegen des Don Taddeo."

„Meinem Onkel Coccola hat Don Taddeo gedroht, seine Gicht werde ihm ans Herz greifen, wenn er ins Theater gehe."

„Und damit wir andern nicht vom Teufel geholt werden, läßt er läuten. Sie werden nicht anfangen können, solange es läutet. Niccolo, schließe doch das Fenster hinter dir!"

„Die Fenster sind alle geschlossen; es ist übernatürlich, wie laut man die Glocken hört. Vielleicht hat er recht, Don Taddeo."

„Es ist Ostwind, das ist alles; und man muß eine Demonstration gegen den Priester machen. Nieder mit den Priestern!"

„Ruhig dort oben!" rief man aus dem Parterre zur Galerie hinauf. Die Buben um den weißen Konditorjungen antworteten mit Pfeifen. In der Loge des Klubs wurde geklatscht, und darauf lachten in anderen Logen die Frauen auf. Der kleine alte Giocondi beugte sich rückwärts aus seiner und rief, an der des Salvatori vorbei, zur Galerie hinauf:

„Hast du mitgeschrien, Klothilde?"

Seine Magd rief zurück:

„Wir haben geschrien: Es leben Don Taddeo und die Komödianten!“

„Brav, Klothilde! Und schreie auch: „Es lebe die Familie Salvatori!““

Die Logen waren belustigt.

„Ah, der Spaßvogel von Giocondi! Der Salvatori hat ihm seine Zementfabrik abgenommen, und so rächt er sich nun.“

Der Salvatori mußte sich wohl verbeugen, denn manche klatschten ihm lachend zu. Auch der Steuerpächter Vallesi, in seiner Loge ganz vorn über der des Advokaten Belotti, verneigte sich fortwährend vor allen guten Zahlern: zuerst geradeaus vor dem Baron Torroni, weiterhin vor Mancafede, dann um die Ecke, an der dritten leeren Loge vorbei, nach dem Wirt Malandrini hin – und plötzlich quer hinüber zum Doktor Ranucci, der sich rasch vor seine Frau stellte. Das Stehparterre lachte, und Galileo Belotti, der Bruder des Advokaten, sagte laut zu den Bauern um ihn her:

„Er ist glänzend, der Doktor, sich einzubilden, man hätte Lust, ihm sein häßliches Weib wegzunehmen. Mir fehlte nichts weiter! Kommt man mit einem Furunkel zum Ranucci: die Frau sitzt immer im Wartezimmer, denn sie scheint ihm am sichersten, wenn mehrere dabei sind. Jeden Augenblick streckt er den Kopf herein – und gibt ihr nur die Hand, da drängt er sie zurück und tanzt vor ihr herum: Pappappapp ...“

Galileo nahm die Stimme an, mit der nach seiner Meinung alle außer ihm sprachen.

„Sieht man sie noch ein wenig an, ist's sicher, daß er einem zwei Beine abschneidet statt eines. Man sollte etwas unternehmen, um ihm seine alberne Eifersucht abzugewöhnen.“

Derselben Meinung war der dicke Zecchini, der den Basar gehabt hatte und jetzt alle seine Habe in seinem Bauch umhertrug. Er versprach, sein Freund Corvi werde etwas ausfindig machen für den Chirurgen, und die Zechgenossen, die mit ihm waren, freuten sich schon: da wich das ganze Stehparterre auseinander.

„Ja, was denn ... Mir scheint, ich träume ... Das muß ein Scherz sein.“

Aber sie hielten ihren Einzug so zuversichtlich, als wäre es der Salon der Via Tripoli gewesen: Raffaella, Theo und Lauretta, gedeckt von Mama Farinaggi. In den Logen fuhr alles auf, einen Augenblick war es still, und man hörte nur Galileo Belotti, der sagte:

„Guten Abend, die Gesellschaft!"

Da brach oben und unten das Gelächter los. Die Musiker im Orchester standen auf und wollten die Damen kommen sehen. Sie kamen durch alle Leute bis zur ersten Sesselreihe, wo noch die drei Plätze frei waren. Der Serafini nahm aus Bestürzung nicht sofort seinen Hut von dem Stuhl der Raffaella; sie mußte ihm erst einen gemalten Blick zuwerfen, den er kannte und der ihn schon manchmal zu Handlungen bewogen hatte. Er verbeugte sich.

„Bravo, Serafini!" rief es von oben, und Coletto, sein Lehrling, pfiff auf den Finger.

Die Mama Farinaggi machte Versuche von mehreren Seiten, um ihre Formen auf ihren Sessel in der zweiten Reihe zu schaffen. Zuletzt traten der Stadtzolleinnehmer Loretani und die beiden Fräulein Pernici samt dem Leutnant Cantinelli in den Gang hinaus, um sie durchzulassen. Der Leutnant legte sogar die Hand an den Helm. Der Kellner des Gevatters Achille drängte hinzu, um seine Fruchtsäfte anzubieten, und alle diese Personen verstopften den Gang, so daß der Schuhmacher Malagodi mit seiner Frau ihre Plätze in der ersten numerierten Bank nicht erreichen konnten. Sie tauschten mit dem Bäcker Crepalini abfällige Bemerkungen aus – indes Mama Farinaggi kleine Kreischtöne von sich gab, weil ein Pächter von jenseits des Ganges sie kniff. Dazu schrie es von der Galerie:

„Lauretta hat den schönsten Hut!"

Und:

„Raffaella, du hast mich mit einem andern betrogen!"

Die dicke Lauretta sah nicht einmal auf, sie steckte sich etwas in den Mund; Theo zeigte den Herren vom Klub, die mit zwei Fingern applaudierten, die Zungenspitze; Raffaella aber musterte ringsum die Frauen, wie eine fremde Dame. Jede, die sie angesehen hatte, neigte sich zur nächsten, und ohne Raffaella aus dem Auge zu lassen, sagten sie sich ein Wort: „Skandal!" Es klapperte von Loge zu Loge: „Skandal!", sprang über den Rang: „Skandal! Skandal!" – und die Männer im Stehparterre riefen: „Skandal! Skandal!", und mit ihren Stöcken stießen sie den Takt. Mama Farinaggi drückte sich wieder, ganz einknickend auf ihrem Sessel, die Hand in den Busen und sandte beteuernde Blicke nach allen Richtungen. Trotzdem saßen die beiden Fräulein Pernici, aus Angst, sie zu berühren, aufeinander und drehten die Hälse umher, wie Hennen in Not, und

Frau Camuzzi in ihrer Loge gleich neben den drei Mädchen bog sich langsam zur Seite, um auszuspeien. Darauf rückte sie ihren Stuhl ganz nach rechts und sah unverwandt ins Orchester. Der Severino Salvatori, der sein Monokel im Parkett umherführte, kam und stellte sich zwischen sie und die drei.

„Danke, mein Herr", sagte Frau Camuzzi mit ihrer sanften Stimme, „danke für Ihre Aufmerksamkeit. Mein Mann verspätet sich, aber wer konnte denken, daß in diesem Theater eine anständige Frau nicht sicher vor Beleidigungen sein würde. Don Taddeo hat also recht, uns diese Vergnügung zu verbieten und die Glocken läuten zu lassen, wie zum Jüngsten Gericht."

„Es ist ein wirklicher Skandal, gnädige Frau, und die ganze Schuld trägt der alte Säufer Corvi, der diesen Damen die Billetts verkauft hat."

„Ah! – und mein Mann wollte ihn bei der öffentlichen Waage anstellen. Er wird nicht mehr angestellt werden."

„Sie sind streng, aber gerecht, gnädige Frau."

Auch sonst mußte man sich über die Zusammensetzung des Publikums beklagen. Die Familie eines der Komödianten saß auf den vordersten der numerierten Plätze. Dann freilich konnte man dem Bäcker Crepalini nicht verdenken, daß er für sich und die Seinen eine Loge beansprucht hatte.

„Wir haben Mühe genug gehabt", erklärte der junge Salvatori, „den Streich abzuwenden, den der Mittelstand uns zudachte. Zuerst haben wir die Leute glauben gemacht, jene berühmte dritte Loge rechts gehöre dem Hause Nardini; und als die Abneigung des alten Nardini gegen das Theater bekannt geworden war, hielten wir sie mit dem Präfekten hin, der vielleicht kommen würde. Auf diese Weise ist die Loge nun leer geblieben, und mehr war nicht zu erreichen. Die Filiberti und mehrere andere gute Familien haben auf eine Loge verzichten müssen, aber wenigstens hat auch dieser Bäcker keine." Von rechts und links beugten die Herren Torroni und Mancafede sich herzu.

„Aber dieses Läuten! Man versteht einander nicht mehr. Sollte man nicht etwas tun, um ein Ende zu machen?"

„Für nichts in der Welt", sagte Frau Camuzzi. „Ich würde sofort nach Hause gehen."

„Aber Sie sind doch gekommen, die Komödianten zu hören und nicht diese Glocken."

„Ich bin bereit, beide gleichzeitig anzuhören. Man muß die weltlichen Pflichten mit den religiösen in Einklang bringen."

Sie fächelte sich stärker: sie ward beleidigt durch das Benehmen dieser kleinen Zampieri, die sich hinter den goldenen Saiten ihrer Harfe weiß Gott welche Wichtigkeit gab und über den armen Mandolini hinweg, dessen sie ganz sicher schien, mit allen Männern kokettierte.

„Zu denken, daß der alte Mandolini in dem Augenblick starb, als er Präfekt werden sollte – und sein eigener Sohn opfert seine Zukunft einer kleinen Intrigantin!"

Die Herren gaben Frau Camuzzi recht; – aber man bemerkte, daß eine halbe Stille im Saal entstand und daß die Ursache der Advokat Belotti war, der in der Loge des Unterpräfekten heftig flüsterte. Auch der so maßvolle Herr Fiorio schien erregt. Schließlich breitete er die Arme aus, als könne er irgend etwas nicht länger verhindern, und da stürzte der Advokat aus der Tür ... Plötzlich wallte der Saal auf. Was ging vor? Das Theater sollte wieder geschlossen werden, weil Don Taddeo die Regierung für sich hatte? Welch ein Übergriff! „Wir sind recht sehr zurück in Italien!" Bekam man wenigstens sein Geld heraus? ... Alle die Stimmen sanken sogleich wieder in sich zusammen, denn nun sah man den Advokaten ins Parterre hasten. Der Leutnant Cantinelli war schon aufgestanden und ging sogleich, rasch und gemessen, hinter dem Advokaten her. „Fontana! Capaci!" rief er halblaut, und seine beiden Untergebenen verließen ihre Posten zu beiden Seiten des Einganges, um ihm zu folgen. An der Spitze der bewaffneten Macht, die ihre großen Federn trug, die Rockschöße breit in Rot gefaßt hatte und verhalten klirrte, zog durch die sich teilende Menge, in die Brust geworfen, daß das steife Hemd knackte, der Advokat Belotti: Er sah voll Entschlossenheit geradeaus, und niemand wagte ihn etwas zu fragen.

„Welch eine Persönlichkeit, der Advokat!" bemerkte der Kutscher Masetti, der von der Macht an die Wand des Ausganges gedrückt worden war; und der Barbier Bonometti setzte hinzu:

„Ich wußte wohl, er sei ein großer Mann."

Dabei drängte er mit den andern hinterdrein.

„Was denn", rief Galileo Belotti und stemmte sich gegen die Flut. „Was wollt ihr denn? Wißt ihr nicht, daß der Advokat ein Buffone ist? Pappappapp! Das fehlte noch, den Advokaten ernst zu nehmen!"

Aber seine eigenen Freunde, die Bauern, stießen ihn in den Rücken; er mußte Platz machen; und schon stürmte draußen über die Treppen hundertfaches Getrappel. Mama Paradisi hatte sich in ihrer Loge erhoben, rechts und links eine Tochter unter das weitläufige Dach ihres Hutes gezogen, und wartete, ob man sich flüchte. Der Kaufmann Mancafede versprach ihr – und in der allgemeinen Aufregung legte er die trockene Hand aufs Herz – im Falle der Gefahr seine Person als Deckung. Die Witwe Pastecaldi bat flehentlich ihren Nachbar, den Apotheker, er möge ins Orchester rufen und ihren Sohn warnen, der den Baß strich.

Acquistapace antwortete:

„Es ist nichts, Signora, der Advokat bringt nur den Don Taddeo zum Schweigen."

„Der Advokat bringt den Don Taddeo zum Schweigen", wiederholte die junge Amelia Pastecaldi, albern träumerisch und himmelte aus ihrem steifen Mullkleid hervor.

In der Loge der Frau Mandolini beugte sich der blinde Kopf des alten Literaten Ortensi.

„Beatrice", sagte er und kicherte, „man bringt den Priester zum Schweigen. Das erinnert an die guten Zeiten."

„Wir sind noch am Leben, Orlando", sagte die Alte, steif aufgerichtet, mit tiefer Stimme, und zwischen ihren weißen Haarrollen lachten in ihrem langen weißen Gesicht nur die schwarzen Augen.

„Nicht möglich!" rief nebenan der Tabakhändler Polli und lief hinaus. Die Haushälterin des alten Ortensi hängte sogleich ihre üppige Hand über die Logenwand, und als der junge Olindo Polli zitternd daran streifte, wendete sie ihm ein gebieterisch laszives Gesicht zu, vor dem ihm der Schweiß ausbrach. Die beiden Fräulein Giocondi sahen trotz der Wirrsal des Hauses alles, was vorging, und feindselig stießen sie einander an.

„Alle wie Papa", sagte Cesira und wendete sich um. Hinter ihnen hielt ihre Mutter das schmutziggraue Haupt gesenkt und schlief wohl schon wieder. „Mit solchen Weibern machen sie die Familien unglücklich, die Frau wird aussehen wie Mama, und wir verheiraten uns nicht."

„Ich habe es satt, mich zu verheiraten“, sagte die entlobte Rosina. Da ging die Logentüre, und der alte Giocondi schwenkte seinen lustigen kleinen Bauch herein. Die Augen funkelten ihm.

„Alles geht gut“, rief er und machte mit der Hand einen freigebigen Bogen. „Sie holen Pipistrelli vom Glockenturm herunter. Ihr sollt Gefrorenes haben, und wollt ihr einen Marsala? Ah, Mädels, küßt mich, erst seit gestern habt ihr euren Papa zurück.“

„Ich wußte, du würdest kommen: Blut ist dicker als Wasser“, jubelte Cesira und wiegte sich in seinem Arm. Die entlobte Rosina, die er in ihrer Schande unbeachtet ließ, sah weg und dachte: „Da läßt die Gans sich streicheln und schreit! Als ob man davon eine Mitgift bekäme! Was die Versicherungsgesellschaft dem Papa gibt, dient ihm auf den Geschäftsreisen zu seinem Vergnügen; Mama und wir müssen uns mit Pensionären durchbringen; und hat man endlich einen kleinen Beamten zum Heiraten, dann reißt er nach dreijährigem Warten wieder aus, weil Papa nie etwas für die Einrichtung zurücklegt ...“

„He, Zecchini, wie steht es?“ rief ihr Vater ins Parterre. „Er läutet also immer noch?“

„Der Advokat fordert ihn gerade zum letztenmal auf: dann dringt die Macht in den Turm!“ – und der alte Schenkenheld stieß mit seinem Bauch alle beiseite, um wieder hinauszugelangen. Andere kehrten mit Botschaften zurück, die sie in die Logen riefen. Die Frommen hielten den Glockenturm umringt, aber der Advokat hatte sie in die Flucht getrieben! Die Nonnen, deren weiße Flügelhauben aus den Fenstern des Klosters sahen, hatte er gezwungen, sich zurückzuziehen, weil ihr Anblick zum Aufruhr reize! Von draußen kam Siegesgeschrei, dann das stille hastige Geraschel einer Menge, die zurückweicht, und wieder Lärm triumphierenden Volkes. Da stieg vom Parterre zur Galerie rauschend ein „Ah!“

„Es hat aufgehört! Bravo! Nieder mit den Priestern!“

Jemand rief:

„Es lebe der Advokat!“

„Was denn? Welcher Advokat?“ – und Galileo Belotti arbeitete sich ab mit Schultern und Armen. Im selben Augenblick ging das Läuten wieder an.

„Da habt ihr's!“ schrie der Bruder. „Wenn ich euch doch sage, daß er ein Buffone ist, der Advokat! Pipistrelli wird ihm vom Turm herab etwas auf den Kopf –“

Er war nicht mehr zu hören, denn plötzlich brach draußen ein Geheul, Pfeifen und Gebrüll los, daß den Damen in den Logen der Atem stillstand. Frau Camuzzi bekreuzigte sich.

„Don Taddeo hatte recht. Wenn es noch einmal gut ginge!“ – und der Kaufmann Mancafede schielte, ganz weiß, hinter sich nach seinen beiden Kommis, die vor Müdigkeit an der Wand lagen.

„Das ist das Ende von allem. Man sollte das Volk nie entfesseln. Zuerst scheint es nur gegen die Priester zu gehen, und dann, gute Nacht, handelt sich's um unsere Logenplätze und unser Geld.“

„Mein Gott, wohin nun“, seufzte drüben die Witwe Pastecaldi, die vom Apotheker Acquistapace allein gelassen war; „wir Frauen sind hier geopfert.“

Die alte Mandolini sagte neben ihr, tief und ohne sich zu regen: „Keine Furcht vor dem Volk haben, meine Liebe! Das Volk ist hochherzig. Als mein Mann in Cesena erschossen werden sollte, drängte ein Stoß des Volkes die Soldaten des Papstes auseinander, und in der Verwirrung nahm ein Gerber namens Sciaccaluga die Stelle des Verurteilten ein. Aus Furcht, noch einmal gestört zu werden, erschossen sie ihn sogleich und ohne näher hinzusehen; Mario aber entkam. Jenes Volk liebte ihn, weil er es geliebt hatte.“

„Was wollen sie nur?“ fragte Rosina Giocondi und führte in ihrem Gesicht, das weich und durchsichtig wie Gelatine war, die blanken Kugelaugen über die Menge. Die Leute waren aufgesprungen, sie schrien durcheinander! Sie klatschten, zischten und brüllten die Zischer nieder! Was kam auf die Priester an, denen sie Tod wünschten? Wozu war der Advokat Belotti, den sie hochleben ließen, denn nütz? „Weder der Belotti noch Don Taddeo werden mich heiraten, und Amadeo hat sich versetzen lassen.“

Man konnte sich überzeugen, daß die Glocken schwiegen: der Lärm legte sich. Denn vorn links stand der Advokat Belotti hinter der Brüstung seiner Loge; sein steifes Hemd war in Falten gebrochen, die Perücke saß ihm schief, und mit seinem braunen Strohhut gab er Zeichen, er wolle reden. Zuerst ließ das Herz, das in den Hals schlug, nur heisere Ansätze hinaus. Dann kam ein Ausspruch.

„Endlich können wir sagen, daß wir frei sind.“

„Bravo!" – und der Advokat machte Kratzfüße vor Galerie, Parterre und Logen. Darauf fiel er dem alten Acquistapace in die Arme und keuchte:

„Ich bin glücklich, o Freund, aber es ist gleich, draußen ging es heiß zu. Deine Frau war eine der Gefährlichsten. Sie wollte hier eindringen, zum Glück hat Corvi die Logen verteidigt; ich werde ihm die Stelle bei der öffentlichen Waage verschaffen."

„Der Advokat bringt den Don Taddeo zum Schweigen", flüsterte die junge Amelia, mit ungleich geröteten Wangen.

„Es lebe der Advokat!" schrie die Galerie.

„Aber jenes Wort hat Garibaldi gesprochen", sagte der Gemeindesekretär Camuzzi; und über ihm, in der Klubloge, verlangte man ironisch die Hymne an Garibaldi. Darauf wollte der Apotheker Acquistapace sie im Ernst hören. In der Gewißheit, seine Frau werde nicht bis zu ihm vordringen, schrie er sich dunkelrot, und neben ihm klatschte die alte Mandolini.

Jemand im Parterre zischte: es war der Bäcker Crepalini.

„Zur Tür!" rief die Galerie.

„Wie?" antwortete er und hielt sein Bulldoggengesicht hin. „Ich habe sechs Plätze bezahlt, die kosten mehr als eine Loge, und ich sollte nicht meine Meinung sagen?"

„Er hat recht, der Bäcker", sagte droben der Schlosser Fantapiè zum Schlosser Scarpetta, und beide sahen sich drohend um.

„Ihr möchtet eine Tracht Prügel?" fragte ein Mann im Fuhrmannskittel sie und warf alle zur Seite, um heranzugelangen. Im Orchester schlug der Schneider Chiaralunzi mit seinem Horn gegen die Rampe.

„Die Hymne!"

„Sieh mal an!" sagte der Baron Torroni zu Frau Camuzzi. „Wir werden dem da nichts mehr zu tun geben."

„Die Galerie wird einbrechen von dem Getrampel", jammerte der Kaufmann Mancafede, „und uns auf die Köpfe fallen. Der Advokat war ein Narr mit seiner Hymne."

„Das alles ist nicht gut", – und Frau Camuzzi drückte sich in den Schatten. „Was wird Don Taddeo sagen?"

Auch Raffaella, Theo und Lauretta hatten die Tücher vor den Mund gedrückt und betrachteten mit Angst und Mißbilligung die Wellen, die dort oben und dort hinten das Volk schlug.

„Was denn! Was für eine Hymne? Pappappapp!“ machte Galileo Belotti immer wieder; und im Orchester ahmte der Barbier Nonoggi den Hahn nach. Plötzlich hatte ihn seine Frau am Kragen und schüttelte ihn.

„Auch du hast die Hymne verlangt, du Heide!“

Man lachte. Auf der Galerie klatschten Felicetta und Pomponia sich die Schenkel und kreischten. Frau Salvatori und Frau Malandrini streckten gleichzeitig den Fächer aus nach der Loge der Jole Capitani. Alle sahen hin, sogar die alte Mandolini nahm ihr Lorgnon.

„Der Advokat ist bei der Jole“, sagte man rundum. „Es ist also wahr ... Wie entzückt sie ihn betrachtet! Sie hat den Kopf verloren, die Arme.“

„Signora“, sagte der Advokat, „ich bin gekommen, um die Huldigung, die dieses Volk mir darbringt, Ihnen zu Füßen zu legen.“

Sie rückte weich den Hals und schielte hinaus, voll Furcht und Begier, daß man sie sehe.

„Hätte ich nur ein Pflaster da“, sagte sie girrend, „für Ihren Finger, der blutet.“

Der Advokat hatte sein Stichwort, er trat vor.

„Mitbürger!“ schrie er, und vor Anstrengung hob er sich auf die Fußspitzen; „der Kampf um die Freiheit hat auch bei uns wieder einmal Wunden gerissen: jetzt wird, wie ihr es verlangt, die Hymne erschallen, die den Helden der Freiheit begrüßte, sooft er –“

„Was denn! Welche Hymne?“ keifte Galileo Belotti.

„Ich brauche keine Hymne!“ rief der Bäcker Crepalini. „Ich brauche eine Loge, für sechs bezahlen und keine Loge!“

„Ihr habt gesprochen, ich kenne meine Pflicht“, schrie der Advokat.

„Nichts kennst du, Buffone!“

Der Advokat fuhr zusammen; auf einmal schien der ganze Saal der Meinung seines Bruders. Sie lachten, sie jubelten böse; da: ein Pfiff ... Fahl, mit lautlos plappernden Lippen und eiligen kleinen Dienern, zog der Advokat sich zurück.

Die Frau des Arztes sah ihm voll Grauen nach, bis er mit einem letzten Kratzfuß die Tür der Loge schloß.

„Was ist denn geschehen?“ fragte er draußen und wischte sich die Stirn. „Was haben sie plötzlich? Soeben huldigten sie mir doch? Wer steckt dahinter? ... Und die Jole, die ich schon zu haben meinte! O treuloses Glück!“

Er stieß, dahinschwankend, an die Wände des Ganges. Eine Tür konnte aufgehen, und man sah ihn in seiner Schwäche! Er hastete die Treppe hinab, wäre gern ins Freie geflüchtet – aber vor dem Theater wartete wieder nur übelwollende Neugier des Gefallenen! Auf den Zehen schlüpfte er in den linken Korridor, öffnete verstohlen seine Loge ... Seine Schwester sagte eben zum Apotheker:

„Immer mit den Frauen, der Advokat! Wenn er Minister wäre, er würde nur immer alles tun, was sie wollen, und das wäre sein Unglück ... Da ist er!“

Sie lächelte ihm mit schmollender Bewunderung entgegen.

„Da hast du's, Advokat! Natürlich haben sie sich geärgert, weil du bei einer schönen Frau warst. Ich habe dir's immer gesagt: die Frauen werden dir zum Verhängnis.“

Der Freund Acquistapace drückte ihm die Hand, aber der Advokat ließ sich ächzend auf das unbeleuchtete Ende der Bank nieder.

„Der Advokat bringt Don Taddeo zum Schweigen“, sagte es neben ihm verzückt, und seine Nichte Amelia himmelte ihn an. Er nickte ihr zu, wie man in schwerer Stunde auf ein sanftes Wasser hinabnickt, auf eine Blume, die zart duftet, auf irgendein harmloses Stück unbewußter Natur.

„Die Gunst des Volkes“, sagte er, „ist wechselnd. Noch jeder große Mann hat es erfahren.“

Über ihm gingen leise Schritte: der Unterpräfekt, Herr Fiorio, kehrte in seine Loge zurück. Die Bürger wiesen anerkennend darauf hin; er hatte als Staatsmann gehandelt, indem er dem Zwist der Parteien aus dem Wege gegangen war. Das Volk auf der Galerie fand ihn feige: mehrere zischten; aber da rief die launige Stimme des Herrn Giocondi:

„Und die „Arme Tonietta“?“

„Freilich, die „Arme Tonietta““, antwortete die Galerie, und im Stehparterre setzte Galileo Belotti hinzu:

„Genug mit den Buffonen!“

„Maestro! Maestro!“

Auf der Galerie stampfte es.

„Es ist halb zehn, wir warten eine Stunde“, stellte der Kaufmann Mancafede fest. Drüben sagte Frau Polli:

„Diese Komödianten machen sich über uns lustig.“

Um ihr gefällig zu sein, pfiff ihr Mann. Darauf pfiff es in allen Winkeln.

„Wir wollen die „Arme Tonietta“!“

„Was liegt mir an der „Armen Tonietta“„, dachten der Advokat Belotti und die entlobte Rosina Giocondi.

„Maestro! Maestro!“

Plötzlich erschien er in der kleinen Tür unter der Bühne.

Man klatschte ironisch, man machte „Ah!“

Er hielt die Hände ungeschickt vor sich hin, hastete gebückt und war äußerst bleich.

„Der arme junge Mensch!“ sagten die Damen.

„Die Kanaille!“ dachte er. „Sie weiß nicht, was für eine Stunde sie mir bereitet hat. Sie treiben ihren Unfug eine Stunde lang – indes ich hinter einer dunklen Kulisse stehe und leide wie ein Tier. Dann lassen sie mich kommen, indem sie pfeifen ...“

Er kletterte auf seinen Drehbock, klopfte mit dem Stock auf und sah, an den Spitzen seines Kinnbartes reißend, im Orchester von einem zum andern.

„Nonoggi, man spricht nicht mehr, wenn ich da bin! ... Herr Zampieri, geben Sie Obacht auf ihre Quinten!“

„Er wird sich vergreifen, wie gewöhnlich“, dachte der Kapellmeister. „Alle denken an etwas anderes, diese Aufführung ist unmöglich, warum lege ich den Stab nicht hin und gehe. Wenn man dieses Publikum ansieht –“

Er mußte sich nach ihm umwenden.

„– für wen hat dann der Maestro Viviani seine Oper geschrieben? Wir sind wenige, und wir sollten in der Einsamkeit leben. Kein Volk ist, das uns hört ...“

„Alfò!“ flüsterte er wild, „wenn du deine Pauke nicht ruhig hältst, weiß ich nicht, was ich tue!“

Ganz sanft fügte er hinzu:

„Lieber Mandolini, ich empfehle mich Ihnen.“

Er ließ seine Bartspitzen los und breitete die Hand aus. Sie lag in der Schwebe; auf der anderen Seite schwebte der Stab. Der Kapellmeister hielt den Atem an; und sein Drehbock schien ihm, inmitten einer ungeheuren Stille, in die Luft gehoben.

„Es wird nicht gutgehen, es wird noch etwas dazwischenkommen!“

„Die Hymne!“ schrie von der Galerie eine betrunkene Stimme. „Wir wollen die Hymne!“

„Zur Tür! Zur Tür!“

„Allebardi, Sie werden mich kennenlernen!“ – und der Kapellmeister fuhr so furchtbar verzerrt vom Sitz, daß der Tapezierer sich, die Augen niederschlagend, mit seinem Bombardon wieder zurechtsetzte.

... Und endlich konnte der Stab sich senken.

„Was denn, Präludium!“ murrte Galileo Belotti. „Wir sind gekommen, um zu sehen!“

Und als werde sein Befehl ausgeführt, ging schon nach zwei Takten der Vorhang auseinander.

Die Galerie hielt den Atem an. Allmählich wisperte sie.

„Was wollen sie? ... Sie wollen Wein. Jene beiden vor dem Hause haben gerade geheiratet, und die andern begleiten sie heim ... Sie singen, wie die Mädchen in Pozzo singen, bei der Weinlese. Brauchen wir dazu Komödianten? Aber sie verstehen es besser. Wie sie es verstehen! Höre, Felicetta, welche Stimmen! Ich dachte nicht, daß die große Gelbe zu etwas anderem gut sei, als sich mit den Herren umherzutreiben ... Was für einen Lärm die Instrumente gemacht haben! Der Allebardi war der Ärgste. Mir dröhnt der Kopf erst jetzt, da sie still sind und nur die Stimmen der Kinder übrigbleiben. Das ist, wie wenn ein großer Gewittersturm plötzlich aus ist, und du hörst ein Vögelchen zwitschern ... Sieh, mein Ninetto, der Vorderste ist der Carlino Chiaralunzi. Auch du könntest dort stehen und das Paar beglückwünschen. Laßt uns klatschen!“

„Bravo!“ und der dicke alte Zecchini stieß sich im Stehparterre mit seinen Zechbrüdern an. „Auch der da macht sich einen guten Tag. Fest stehen, Gevatter! ... Und er sagt die Dinge, wie sie sind, dieser Alte: Seid fruchtbar, meine Kinder, zeugt mir Enkel! Bravo!“

Die Pächter vorn erklärten einander:

„Er will, daß das Gut in der Familie bleibt. Man versteht ihn schlecht, aber es scheint, daß er ein vernünftiger Mann ist ... Natürlich muß eine Frau dazwischen sein! Was will sie von dem jungen Ehemann? Ach ja: er hätte lieber sie heiraten sollen. Und das Gut! Freilich ist sie ein schönes Mädchen, schöner als die andere.“

„Das sieht der Italia ähnlich“, bemerkte der Gastwirt Malandrini in seiner Loge. „Jetzt hetzt sie die Burschen gegen die Neuvermählten: die Tonietta habe ihn betrogen. Dabei hat sie selbst den Baron betrogen, mit dem Advokaten und den andern.“

„Schweig!“ sagte Frau Malandrini, drückte ihr Kinn auf dem Halskragen breit und bekam ein Gesicht wie ein roter Kegel. „Schweig doch! Du weißt nicht, was du sprichst. Ein Mann wie der Baron denkt gar nicht an solche –“

Sie biß sich auf die Lippen.

„Was wollte ich denn da sagen?“ dachte sie. „Diese Musik macht, daß man den Kopf verliert und plaudert.“

Auf der Galerie kicherte es.

„Sieh, die Mädchen! Sie sehen durchs Fenster in das Schlafzimmer der Neuvermählten. Aber es ist gewiß nicht wahr, daß die Tonietta getan hat, was ihr sagt. Ihr seid neidisch! Die kleine Blonde hat recht, die eine Blume auf das Bett wirft. Jetzt werfen auch die anderen Blumen. Warum ist das eine Sache, die traurig macht?“

Auch Mama Paradisi und ihre Tochter ließen Tränen fließen, und die Witwe Pastecaldi schluchzte kindlich.

„Es ist nichts. Es ist die Musik“, erklärte der Advokat.

„Aber nun muß das Bett aussehen wie ein Sarg, und sie sind so jung!“

„So jung!“

Cesira Giocondi neigte ihre lange Nase über ihre Schwester Rosina.

„Gewiß hat auch die Tonietta so viel von ihren Möbeln gesprochen, wie du von den deinen – und du sollst sehen, auch mit ihr geht es schief."

Lauretta und Theo aus der Via Tripoli nickten gerührt einander zu; nur die große Raffaella beunruhigte mit dem Augenwinkel den dicksten der Pächter links hinter ihr. Mama Farinaggi flüsterte ihr feucht in den Nacken:

„Hast du denn kein Herz?"

Frau Camuzzi wandte sich nach ihrem Gatten um, der eingetreten war und nach der Handlung fragte.

„Schweig! du hast kein Herz."

Und sie kehrte zurück zu dem Tenor.

Nur dies eine Mal hatte sie ihn aus dem Auge gelassen. Er hatte vor dem von Blumen bunten Landhause neben seiner Tonietta gestanden, und wenn er den Arm um die Geliebte legte, schloß Frau Camuzzi die Lider und senkte bitter die Mundwinkel. Von seinem halblangen und glatten schwarzen Haar schwankte eine Strähne auf seiner Stirn, über dem breiten kurzen Sattel der Nase. Er war bleich in seinem weißen Anzug; und seine Blässe und sein schwarzer, niemals lachender Blick machten, daß er in der Fülle seines Glückes, er allein unter den Fröhlichen, schon beschattet schien von dem Schicksal, das bevorstand.

Und er stürzte vor, weil er die Kameraden hörte, die von seiner Frau schlecht sprachen. Er hatte einen Wortwechsel; er biß sich in die Knöchel der Finger; er richtete sich auf, trat fort von den anderen, vor die Rampe; – und die Handlung, die gekeucht hatte, holte tief Atem: er sang seine Arie. „Ich bin betrogen", sang er, „nun soll ich lieben, die mich verriet. Ich werde glücklich sein mit meiner Feindin. Morgen spreche ich mit ihrem Liebhaber, und das Glück ist aus –"

„Aus", dachte Frau Camuzzi. „Warum ist er nicht wiedergekommen? Er sagte doch, ich sei schön und er liebe mich. Ich sagte ihm, wenn er sich nach dem Mittagessen in das dunkle Gelaß unter der Treppe einschleiche, werde ich zu ihm kommen. Nie hat er es getan; – und statt meiner soll er andere lieben: die Baronin, die Malandrini, bei der er wohnt, Mama Paradisi sogar. Seine Treue brauche ich nicht; aber ich habe kein Glück. Mein Mann könnte doch sterben; ich könnte hinausgelangen aus dieser Stadt, wo niemand mich versteht. Aber ich selbst werde hier sterben, ohne genossen zu haben; – und ich hasse alle: ihn, der mir nicht helfen will, und Camuzzi, der mich hindert!"

„– das Glück ist aus zugleich mit der Lüge. Es dauert eine Nacht. Die Nacht wollen wir genießen, sie kostet vielleicht das Leben, die kostbare Nacht!“

„Die kostbare Nacht!“ wiederholte der Chor. Er begleitete heiter die drohenden und schmerzvollen Töne des Piero. Der Hochzeitszug kehrte zwischen den Feldern ins Dorf zurück, wo es Abend läutete; und ihm voran ward, wenn die Glocken schwiegen, die Flöte der Pifferari laut, die unsichtbar in der Ferne, als sei es Traum und Neckerei, eben die Weise bliesen, in der, groß im Vordergrunde, die Leidenschaft des Liebenden tobte. Nun war er auf der Bühne allein, hielt eine letzte Note aus; – und indes drunten das Tenorhorn des Schneiders Chiaralunzi seinen Schrei wiederholte, umfaßte der Piero mit beiden Händen seine Schläfen, tat zwei stürzende Schritte und schüttelte sich ganz ... Er war fort. Im Saal blieb es noch still, daß das Schnarchen der Frau Giocondi hörbar ward; aber noch bevor ihr Mann sie gezwickt hatte, waren alle Hände in der Luft und klatschten. Sie klatschten, als jagten sie hinter den verklungenen Tönen her. Daß das Orchester weiterwollte, erbitterte sie.

„Noch einmal! Noch einmal!“

„Willst du still sein!“ zischte Frau Camuzzi über die Schulter ihrem Gatten zu.

„Aber er hat sehr gut gesungen, meine Liebe“, sagte der Gemeindesekretär. „Alle finden es.“

„Ich nicht“, und sie zerbiß sich die Lippe. „Er ist glücklich“, dachte sie; „aber ich werde mich rächen.“

Er zeigte sich, mit seinem dunkeln Lächeln, an der Kulisse.

„Noch einmal! Noch einmal!“

Frau Camuzzi wandte sich liebenswürdig nach ihrem Gatten um.

„Du bist zu gutmütig, mein Lieber. So glücklich dein Charakter eine Frau machen kann, im öffentlichen Leben solltest du vielleicht rücksichtsloser sein. Warum hast du dich gefügt, als der Advokat Belotti diese schlechten Komödianten herholen wollte? Wenn du es aber nicht verhindern konntest, dann mußtest du dich an die Spitze des Unternehmens stellen.“

„Du findest, meine Liebe? Die Wahrheit ist, daß ich an das Gelingen nicht glaubte. Ich war sicher, der Advokat würde sich blamieren ... Ist dein Fächer zersprungen? Ich hörte ihn krachen.“

„Nein. Jetzt bleibt dir eins, mein Freund. Du kannst die Sache des Don Taddeo stärken. Es ist die gute Sache; – und warum soll man den Advokaten so groß werden lassen? Sage es selbst! ... Du hast gehört, daß der Bäcker Crepalini sich auflehnt, weil er keine Loge bekommen hat. Es gibt, mehr Unzufriedene in seiner Klasse. Setze dich mit dem Mittelstand in Verbindung, mein Ghino!"

„Welch schöner Gedanke", sagte der Gemeindesekretär, schob die Hände in die Hosentaschen und brachte, aufrecht neben seiner viel bewunderten Frau, seine schlanke Büste zur Geltung. „Auf diese Weise würde man sehen, ob im Streit der Parteien das Unternehmen des Advokaten standhält. Ich glaube nicht, daß diese Theatersaison zu Ende gespielt werden wird. Schon habe ich berechnet, daß wir die elektrische Anlage aus Geldmangel werden außer Betrieb setzen müssen."

„Was wirst du also tun?"

„Tun? ... Ich kann mit dem Schlosser Fantapiè sprechen, der ein Anhänger des Don Taddeo ist und seine Freunde im Sinne des Priesters bearbeiten wird."

„Also geh, mein Freund!" – und kaum war er hinaus, ließ Frau Camuzzi ihren zerbrochenen Fächer fallen und trat darauf. „Das ist ein Mann!" Sie grüßte lächelnd mit zusammengebissenen Zähnen die Herren, die herübergrüßten.

„Noch einmal!" rief es unablässig.

Der Kapellmeister dirigierte mit Armen und Körper, als galoppierte er, als müßte er durch eine Meute dahin. Aber sie war ihm auf den Fersen, sie brachte ihn zum Stehen. Erschöpft ließ er den Stab sinken; das Orchester brach ab; die Tonietta zog sich rasch wieder in das Haus zurück; und der Piero erschien. Er verbeugte sich und wollte verschwinden. Aber die klatschenden Hände holten ihn von neuem hervor. Der Kapellmeister erhob Gesicht und Stab. Da gab der Tenor mit der Hand ihm ein Zeichen, man wußte nicht, ob gewährend oder bittend. Er nahm seinen früheren Platz ein. Der Chor kehrte zurück und ordnete sich. Der Kapellmeister klopfte auf. Die jungen Leute im Stehparterre, mit den großen Hüten und bunten Halstüchern, sahen beruhigt und glücklich zu, wie all diese Seligkeit sich dank der Kraft ihrer Hände, die die Zeit besiegt und zurückgestellt hatten, noch einmal vollzog.

Als der Piero fertig war, überschrie die Galerie das Tenorhorn.

„Bravo! Gut!"

Viele sahen sich um, stolz, als hätten sie selbst gesungen. Der Stadtzolleinnehmer Loretani in der zweiten Parkettreihe, hinter der dicken Lauretta, fing aus unerfahrener Begeisterung von neuem an:

„Noch einmal!“

Sofort ahmten die Familiensöhne in der Klubloge ironisch nach:

„Noch einmal!“

Und da ward gezischt. Der Piero verschwand. Die jungen Leute im Parterre klatschten, um ihn zu rächen. Die Logen entrüsteten sich. Ein Kampf der Zungen und der Hände durchwogte das Haus. Frau Camuzzi hielt das Tuch vor und zischte. Bei jedem Zischlaut richtete sie sich steil auf, und ihr kleines gedrücktes Gesicht hatte funkelnde Augen.

Der Kapellmeister dirigierte immer weiter, und er lächelte dabei voll tiefen Hohnes.

„Wir wollen die Tonietta hören!“ rief es von der Galerie; – und da merkten die meisten erst, daß sie sang. Sie kniete vor dem Madonnenbild am Hause, mit einer Schulter nach dem Saal.

„Das ist ja das Gebet!“ rief der alte Giocondi. „Still doch.“

Nun verstand man sie, und daß sie, indes ein Mondstrahl aus Bäumen hervor auf ihrem offenen Haar zerstäubte, den Himmel um Erhaltung ihres Glücks bat. Der Lärm sank von ihrer Stimme zurück wie die fleischliche Hülle von einer Seele, und sie stieg auf. Das Volk sah, die Münder halb offen, weich glänzenden Auges ihrem Fluge nach. „O Gott!“ seufzte da und dort eine Frau. Nachher hängten sie sich über die Galerie und langten mit den klatschenden Händen recht tief hinunter, damit sie näher dem kleinen Geschöpf wären, das sich dort unten verneigte. Auf den ersten Laut des Beifalls hatte sie sich von den Knien erhoben, lässig, wie ermüdet von ihrem Aufschwung und noch gleichgültig gegen das Irdische.

„Welche Stimme! Noch einmal!“

„Erst jetzt sieht man, daß sie schön ist! Ihr Haar glänzt wie ein goldenes Fell. Noch einmal!“

Mit jedem Schritt ward sie wacher und rascher. Jetzt war sie vorn und grüßte mit kalter Geschmeidigkeit, zuerst die Galerie, dann den Saal und dann die

Logen. Ihr Lächeln hatte etwas Ungreifbares; es gehörte allen und keinem. Manchmal setzte es aus, und ein strenger Blick fiel auf den Kapellmeister.

„Noch einmal! Noch einmal!"

Er schlug unbeirrt Takt. Diesmal sollten sie ihn nicht zu Fall bringen! Mochten sie lärmen!

„Und wenn von dem ganzen Akt niemand mehr einen Ton hört: ich lasse ihn zu Ende spielen."

Er sah die Primadonna überlegen an, er merkte nicht, wie sie, inmitten ihres Umherlächelns, aufstampfte. Plötzlich lief sie – und abgewendet stieß sie die Hand nach dem Platz des Dirigenten – zum Hause zurück und kniete hin.

„Bravo! Da seht ihr's, daß sie von vorn anfängt!"

Statt dessen erschien der Piero, sie erblickten einander und gingen sich, vom Mondschein getroffen, entgegen. Droben heulte es auf:

„Noch einmal! Noch einmal!"

„Morgen noch einmal!" rief Galileo Belotti, und das brachte sie vollends auf.

Die beiden standen, die Arme schwach erhoben, voreinander. Man sah ihre geöffneten Münder und hörte nichts.

„Von vorn! Die Tonietta!"

Die Primadonna führte ihren hellen Blick über das Publikum, senkte ihn verächtlich auf den Kapellmeister und hob, immer singend, die Schultern. Auch der Tenor hob sie, und er hielt der Menge beteuernd seine flache Hand hin. Dem Kapellmeister war es kalt geworden. Er sah nicht mehr vom Pult auf. Die Einsamkeit um ihn her ward tödlich. Einen Augenblick schien ihm, als habe ihn sogar sein Orchester verlassen und schweige. Auf der Flucht vor der Meute dahinten war er an den Rand eines Abgrundes gelangt. Ermüdeten sie und blieben zurück? ... Also gut! Er war im Begriff gewesen, die Hand fallen zu lassen, sich zu ergeben. Mit der Linken wischte er sich die Stirn.

„Man hört nichts! Buffonen! Auch wir haben bezahlt!"

„Ruhe! jetzt kommt ja das Schönste!" rief die joviale Stimme des Herrn Giocondi. Von droben kamen die der Mägde:

„Achtung auf die Harfe der Nina!"

Und um ihretwillen ward es still. Frau Zampieri in der ersten Parkettreihe beugte sich vor, um verklärten Gesichtes durch die Saiten der Harfe zu spähen. Dahinter saß, weiß wie eine Blüte, ihr Kind und machte, daß alle schwiegen. „Wir konnten keinen Puder kaufen, aber dennoch sind ihre Arme sehr weiß." Alle schwiegen; nur noch ganz leise Violinen umhauchten Ninas Töne, die wie Mondstrahlen dahinzogen und zergingen. Endete sie, dann war gewiß auch von der Bühne droben der Mondschein gelöscht, und Tonietta und Piero waren stumm. Frau Zampieri zog in ihrem grau gewordenen schwarzen Kleid die Schultern nach vorn, aus Furcht, diese Klänge möchten enden.

„Wenn Luciano endgültig die Hilfslehrerstelle bekommt, haben wir fast schon zu essen ... Wird der junge Mandolini Ernst machen? Er blickt über seine Geige hinweg immer auf Nina. Spiele weiter, Ninetta!"

„Siehst du", sagte nebenan Lauretta zu Theo, „ich wußte, daß diese Tonietta ein anständiges Mädchen sei und keine –. Jetzt glaubt auch er ihr's, wie es scheint, und sie zeigen sich durch das Fenster ihr Bett mit den Blumen. Wie das rührend ist!"

„Aber sie wollen sterben."

„Das sagt er; die Männer sagen das oft; und man glaubt es ihnen, solange man noch wenig Erfahrung hat."

Mama Paradisi neigte sich, von ihren Töchtern ungesehen, über die Wand der Nachbarloge, und sie seufzte.

„Die Tonietta hat recht: das beste ist, sich auch im Unglück lieben."

Der Kaufmann Mancafede nickte – in der Hoffnung, seine Kommis würden es nicht bemerken.

Rosina Giocondi wandte sich ab. „Wie viele Lügen! Und wenn sie nicht das Haus als Mitgift hätte? Sie tut wohl, ihn daran zu erinnern: Sieh, Geliebter, unser umblühtes Haus!"

Ein Flüstern ging um.

„Ah! Da ist es. Ich warte schon längst darauf ... Still doch, Elenuccia, etwas Schöneres wirst du niemals hören ... Eine Minute, Signora: dies Duett ist das berühmteste Stück in der ganzen Oper ... Ah! Ah! Was ist denn das? Sind dies noch Menschenstimmen? Singen nicht auch die Bäume? Singt nicht der Mond? ... Diese Musik ist aus Seide!"

Der alte Literat Ortensi sagte zu seiner Freundin, der alten Frau Mandolini:

„Dieses Stück ist gut, denn es macht, daß mir Ideen kommen. Ich sehe zu wenig, um die Bühne zu unterscheiden; aber in diesen Klängen erweitert sie sich mir zu einem Lande unendlicher Liebe. Ein ganzes Volk hält sich umschlungen und verbrüdert sich. Es hat gütigere, geistigere Gesichter, als sonst Menschen haben. Oh! nun öffnet es sich, und hervor tritt ein Engel ... Planten wir nicht solches, Beatrice, als wir jung waren?"

„Aber wir hatten es ja!" erwiderte die Alte. „Noch immer haben wir's, Orlando!"

„Kein Vergleich mit unserem Phonographen", sagte der Tabakhändler Polli zu seiner Frau. „Bei uns singen Tamagno und die Berlendi; was sind daneben diese armen jungen Leute?"

Ihr Sohn Olindo dachte ganz still unter seinem roten Schopf:

„So viel Liebe! Gibt es das? Wie muß man sein, was muß man tun?"

„O Rina!" flüsterte auf der Galerie der Geselle des Schlossers Fantapiè; „wenn du mich nicht liebst, werde ich mich töten."

„Woran hast du jetzt gedacht, Klothilde?" – und der Doktor Ranucci stellte sich mit ausgebreiteten Armen vor seine Gattin. „Ich sehe dir an, du denkst an den Tenor. Oh, wären wir nie hergekommen!"

Ihre blassen Augen glitten ab; sie hob schüchtern die Schultern.

„Bravi! Noch einmal!"

Das Parkett war auf den Füßen. Über die beiden Fräulein Pernici hinweg, die weinten, sagte der Leutnant Cantinelli, außer sich, zu Mama Farinaggi, der Hausfrau aus der Via Tripoli:

„Das ist geradezu göttlich!"

„Wie? Wir haben es gehört!" – und die jungen Leute hinten, mit den großen Hüten und den bunten Halstüchern, schüttelten die Hände der Bauern um Galileo Belotti. Er schalt:

„Was denn noch einmal? Morgen noch einmal!"

Aber niemand achtete auf den andern. Der Advokat Belotti keuchte vom Freund Acquistapace zur Schwester Artemisia.

„Habe ich euch nicht gesagt, dies sei das Schönste? Und ich bin der erste gewesen, der es gehört hat: schon auf der Probe! ... Signora", und er dienerte über die Scheidewand zur Frau Mandolini, „ich hätte Ihnen den Erfolg dieses Duettes vorhersagen können, denn ohne mich rühmen zu wollen –"

Sie hörte ihm nicht zu, und der Advokat sah sich sehnsüchtig nach seinem Feinde Camuzzi um. Die Loge, worin nun die alte Mandolini saß, hatte er doch den Camuzzi vorbehalten! Was war denn geschehen? Warum fand er nicht neben sich den Camuzzi, der gewiß alles für schlecht erklärte?

„Ein schöner Schwindel, der Komödiant mit seiner Liebe! Ich kenne sie!" dachte Frau Camuzzi. Und Frau Zampieri: „Das alles tut Nina, meine Ninetta!"

„Heraus! Noch einmal!"

Und die beiden traten, noch immer die Arme umeinander, wieder aus dem Hause. Der Kapellmeister hatte schon abgeklopft. „Wie sie wollen! Dann verbringen wir hier also die Nacht. Ich werde ganz sicher keinen Versuch mehr machen, es zu hindern." Er befragte die Sänger mit dem Blick und ließ sogleich wieder anfangen. Diesmal blieb der Saal ohne Laut. Nachher vergaßen viele zu klatschen; sie schüttelten die Köpfe.

„Es war noch schöner. Man würde es nicht glauben."

Die Primadonna und der Tenor verneigten sich, jeder nach seiner Seite, und in der Mitte gaben die Hände, an denen sie sich hielten, einander manchmal einen Ruck, als leitete einer auf den andern den ganzen Beifall ab. Dann verschwanden sie, umarmt, im Hause. In der Klubloge ward gelacht.

„Zur Tür!"

Die Bühne stand leer, und das Orchester spielte.

„Das einzige Mittel", erklärte der Unterpräfekt hinter der vorgehaltenen Hand dem Steuerpächter, „um anzudeuten, was jetzt drinnen vor sich geht."

In der Klubloge überlegte der junge Savezzo:

„Von der Harfe geht die Melodie auf das Cello über: da wirkt sie schon weniger platonisch, – und so weiter bis zur Pauke. Ich verstehe. Auch ich werde eine Oper schreiben."

„Sst!" machte der Advokat Belotti angstvoll, denn seine Schwester schluchzte so laut, daß es bald durch alle Musik zu hören sein mußte. Sie brachte hervor:

„Wenn Pastecaldi den Wein nur etwas weniger gern gehabt hätte, er lebte noch!“

Drüben sann Jole Capitani weich:

„Armer Advokat! Dennoch liebt er, scheint es, nur mich.“

Die junge Salvatori traf in der Klubloge die Augen des jungen Serafini und ließ die ihren rasch in den Schoß fallen; Rosina Giocondi begegnete nebenan denen des Olindo Polli, und plötzlich zuckte ihr etwas zum Herzen, erschreckend, wie Hoffnung, die den schon verlernten Weg wiederfindet; – indes der Schustergeselle Dante Marinelli den Arm um sein Mädchen wand, das den ihren auf die Galerie stützte, und ihr in das staubige Haar sprach.

„Ich kenne doch diese Musik, Cölestina! Hast du sie mir nicht vorgesungen?“

Die große Raffaella wendete ihre spöttische Miene langsam durch den erhitzten Saal.

Im Stehparterre schüttelten der Barbier Bonometti und der Schneider Coccola die Köpfe.

„Wie machen sie's nur? Der Nonoggi und der Chiaralunzi können nur wenig spielen, wie jeder weiß.“

„Was denn! Gar nichts können sie“, behauptete Galileo Belotti.

„Und dennoch klingt es gut. Man sollte glauben, daß auch wir, wenn wir statt ihrer –. Es ist eine Ehre für den Stand. Gut, Chiaralunzi! Gut, Nonoggi!“

Auf den vordersten Sitzplätzen sagte Frau Nonoggi zu Frau Chiaralunzi:

„Hört Ihr Nonoggi? Euren Mann sieht man von Zeit zu Zeit die Backen aufblasen, als ob etwas Besonderes los wäre, aber dann lärmen auch die andern; den meinen dagegen hört man immer heraus, und er schneidet lustige Gesichter dabei, als ob er einen rasierte. Er ist die wichtigste Person hier, könnt Ihr mir glauben.“

Die Frau des Schneiders sagte, still lächelnd:

„Wenn mein Mann einmal tüchtig loslegen wollte ...“

Die Frau des Baritons Gaddi, in der dritten Reihe, prüfte schon längst die Frau des Schuhmachers Malagodi von der Seite, sah weg, rückte umher und machte sich wieder heran. Endlich wagte sie:

„Jetzt kommt die Hauptsache: gleich tritt mein Mann auf. Er wird ein Graf sein, die höchste Person im Stück, und wenn er dazukommt, wird die Handlung tragisch. Er hat eine Stimme wie keiner."

Frau Malagodi blinzelte sie verständnislos an, aber die Gattin des Sängers vollendete:

„Daß jetzt die Musik so böse wird, das kommt, weil er hinter der Kulisse steht. Ich weiß es."

Mama Farinaggi wendete sich um, feuchte Rinnsel in ihrer Schminke.

„Soll er doch wieder fortgehen! Noch ist er nicht da, und schon sieht man den Mond nicht mehr, der so poetisch war. Gewiß werden seinetwegen die armen jungen Leute, die sich doch so sehr lieben, noch Unannehmlichkeiten haben. Das gefällt mir nicht."

Sie schrak zusammen, denn es ward heftig mit der Peitsche geknallt. Eine eherne Stimme rief nach Piero, gespornte Stiefel stampften auf, und ein strammer Bauch in einer roten Weste ward sichtbar.

„Bravo, Maestro!" riefen die jungen Leute dahinten. „Noch einmal das Orchester!"

„Was denn!" antwortete es. „Wir wollen sehen, was kommt."

„Wie der da schmutzig ist! Ist das ein Herr? Es wird ein Fuhrmann sein."

„Aber er hat ein Stück Glas im Auge und einen gelben Bart, also ist er ein Herr."

„Welche Fäuste! Welche Stimme! Was für ein Messer! Der arme Piero! Gerade kommt er aus den Armen seiner Tonietta, und jetzt hat er's mit jenem zu tun. Verdammt, der schlägt auf den Tisch, er will Wein."

„Er ist betrunken. Und dann spricht er davon, daß er in der Hauptstadt seine Käse verkauft hat. Ein schöner Herr!"

„Erkennt ihr ihn denn nicht? Geradeso sieht der Conte Fossoneri in Calto aus. Wenn man recht hinsieht, hat auch der Baron Torroni –"

„Aber die Stimme des Piero ist immer über seiner, er mag schreien, wie er will. Der Piero wird ihn besiegen. Fest, Piero!"

„Er sagte, er habe ein Recht auf unsere Weiber? Er sei der Herr? Ein Hund bist du! Pfeift! Pfeift doch!"

„Glaube ihm nicht, Piero! Er ist nichts als ein Prahlhans, wir Frauen merken das gleich, und nie hat er die Tonietta gehabt.“

„Nieder mit ihm!“

„Die Sachen gehen schlecht, du verlierst den Kopf, Piero. Ach! da rennt er ins Haus und wird ihr etwas antun. Wie die Männer dumm sind!“

„Und warum klatschen sie? Weil der da gut gesungen hat? Aber solche Sachen singt man nicht, zum Teufel!“

„Sollte man nicht ein Ende mit ihm machen, bevor es zu spät ist?“

„Ach! welch Unglück. Der Piero zerrt die Tonietta aus dem Hause. Er ist von Sinnen! Ja, natürlich bist du sein Weib, er dürfte das nicht tun! Knie nur vor die Madonna hin: auch sie ist eine Frau, und sie wird dir deine Unschuld bezeugen. Wir alle werden es ... Ach! es ist umsonst, schon reißt er sie den Hügel hinab, in der Dorfgasse laufen schon die Leute zusammen, und der alte Geronimo steht in seiner Tür. Lauf zu ihm, Tonietta, er ist dein Vater! ... Ist es möglich, er läßt dich nicht ein? Die Männer stecken alle zusammen, das ist es!“

„Wie sie ihn anfleht, wie sie sich bäumt! So sang man in unserer Jugend, Orlando. Ich habe Herzklopfen.“

„Bist du mir wirklich immer treu gewesen, Cölestina?“

„O Dante, schon wieder willst du mich quälen!“

„Welche Wirrnis! Seht ihr! Die Männer sind alle gegen sie, und die dummen Mädchen schwatzen es ihnen nach, die Tonietta habe es mit dem Grafen. Recht! da springt sie einer an die Kehle. Der großen Gelben! Recht, sie verdient es. Ach! die ist stärker; und nun die nächste. Tonietta, es nützt nichts, laß ab.“

„Sind die im Orchester verrückt geworden? Mich selbst macht es verrückt, ich muß schreien!“

„Ruhig dort oben! Zur Tür!“

„Endlich! Eine erbarmt sich ihrer, die Kleinste. Arme Tonietta: ja, du sprichst wahr, sie ist eine arme Tonietta. Sieh, nun steht sie und weint. Seht ihr nun, daß sie nicht schlecht ist?“

„Ich habe nie etwas Böses von ihr geglaubt, Pomponia.“

„Ich auch nicht, Felicetta. Ich glaube nicht gleich jeden Klatsch. Ach! wie sie weint. Man muß mitweinen.“

„Sie geht fort, durch alle Leute dahin, die schweigen. Den Rock schlägt sie über den Kopf wie zu einer weiten Reise, und geht doch auf bloßen Füßen, die arme Kleine."

„Komm her zu uns! Hier wollen alle dir wohl!"

„Wie? Der Vorhang fällt? Aber wohin geht sie denn? Das muß man doch wissen!"

„Wir werden es erfahren. He, Corvi, deine Bogenlampe summt wie ein Schwarm Heuschrecken und geht doch nicht an."

„Heraus! Alle heraus! Bravi! Bravo, Maestro!"

„Aber hast du nicht gesehen, Malandrini, wie der Piero bereut hat? Er hatte das Gesicht in den Händen."

„Wenn man einmal einen Verdacht hat, meine Liebe ..."

„Es ist unrecht, einen Verdacht zu haben. Du siehst, daß man ihn bereut."

„Eh!" machte der Tabakhändler Polli zu seinem Sohn Olindo, „solche Dinge kommen vor. Mit dem Leben ist nicht zu spaßen, merke dir das!"

Der alte Giocondi mischte sich ein.

„Ich weiß sogar, aus Rom, einen ganz ähnlichen Fall. Ein Bauer hatte –"

„Bravi! Bravo, Maestro!"

„Kaffee, Gefrorenes, Limonade! Frisches Wasser mit Anis!"

„Rauchen wir draußen eine Zigarette?"

„Bravi!"

„Als Vorsitzender des Komitees habe ich die Pflicht, die Darsteller zu beglückwünschen", sagte der Advokat Belotti. Der Apotheker zog rasch sein Holzbein hervor.

„Auch ich gehöre zum Komitee. Gehen wir! Denn es scheint, sie klatschen nicht mehr."

Soeben schloß sich die Gardine im Vorhang zum fünftenmal hinter dem Kapellmeister und seinen Sängern. Flora Garlinda riß sogleich ihre Hand aus seiner.

„Danke", – und sie fauchte ihn an.

„Wofür?“ fragte er, tief errötet und dennoch, aus Kopflosigkeit, noch immer mit dem Lächeln, das er den Zuschauern gezeigt hatte.

„Sie fragen?“

Die Primadonna setzte die Hände auf die Hüften und warf die Büste nach vorn. Über die entblößte Haut sah man rote Schauer laufen, das Gesicht war in die Länge gezogen von Haß und Wut. „Ich weiß freilich, daß Sie nichts gelernt haben. Von guten Freunden, die Ihre Vergangenheit kennen, erfahre ich, daß Sie überhaupt kein Konservatorium besucht haben. Nicht wahr, Maestro?“

Er wich erbleicht zurück.

„Aber das könnten Sie trotzdem wissen, daß man bei einem Beifall wie dem meinen die Arie wiederholen läßt!“

„Wir haben das Duett wiederholt“, sagte er und zog an seinen Fingern.

„Stellen Sie sich nicht kindisch! Was habe ich davon, wenn ich mit einem andern teilen muß? Dem Nello werfe ich nichts vor.“

„Wie? Was soll ich?“ fragte der junge Mann, ohne mit dem Auge das Loch im Vorhang loszulassen.

„Nichts ... Er muß Ihnen sehr unschädlich vorkommen, da Sie seine Arie wiederholen lassen und meine nicht.“

„Aber auch mein Intermezzo habe ich nicht zum zweitenmal gespielt.“

„Weil niemand es hören wollte. Nochmals: danke. Ich habe Sie kennengelernt, das ist viel wert. Jetzt ist es an Ihnen, mich kennenzulernen.“

Sie flog davon. Die Tür ihrer Garderobe schlug krachend zu. Gaddi und der Cavaliere Giordano gingen, die Schultern hebend, an dem Kapellmeister vorüber.

„Schließlich hat sie recht ... Man ist Künstler oder nicht ... Sie konnten das voraussehen, Maestro.“

„Auch ich würde es mir nicht gefallen lassen“, sagte Italia mit großen Fächerschlägen. Der Kapellmeister warf die Arme empor.

„Aber keiner der Herrschaften läuft Gefahr, etwas wiederholen zu müssen!“

„Wenn Sie solche Meinung von uns haben, was tun wir hier?“

„Dieser Ausspruch war ein Fehler, Maestro“, – und Italia lachte verächtlich. Der alte Tenor erklärte: „Ich habe mich noch geschont, das ist mein Recht, nicht wahr? Wer, wie ich, in jedem Akt eine andere Rolle zu singen hat –“

„Was ist dahinten für ein Lärm?“

Der Bariton eilte hin.

„Was sehe ich – Herr Advokat?“

„Ich habe dem Herrn gesagt“, rief der Inspizient, „man betrete die Bühne nicht.“

„Aber ich bin der Vorsitzende des Komitees“, ächzte der Advokat und hob sich vom Boden auf. Er las die Fetzen seines Blumenstraußes zusammen.

„Das Fräulein Flora Garlinda muß sich in der Person geirrt haben“, bemerkte er.

„Oder sie ist gerade bei schlechter Laune“, meinte Gaddi. Der Apotheker nahm dem Freunde die Blumen ab.

„Ich habe dir gleich gesagt, Advokat, man sollte sie dem Fräulein Italia bringen.“

„Ah, meine Herren“, – und der Unterpräfekt, Herr Fiorio, erschien mit dem Steuerpächter, „auch Sie bieten ohne Zweifel der Kunst Ihre Huldigung an. Kann man unsere Primadonna sehen?“

„Es wird ihr eine hohe Ehre sein“, erwiderte der Advokat mit einem Kratzfuß. „Nachdem sie soeben mich selbst so liebenswürdig –“

Da ging ihre Tür auf: die Sängerin streckte ein strahlendes Lächeln hervor.

„Herr Präfekt“, – und sie knickste tief, „Eure Exzellenz möge meine Frisierjacke verzeihen. Ich bin stolz, Sie bei mir zu begrüßen. Herr Advokat –“

Sie reichte auch ihm die Hand mit dem Rücken nach oben, und er drückte eifrig den verlangten Kuß darauf.

„– ein Mißverständnis hat zwischen uns gewaltet. Sie begreifen die Aufregung einer Anfängerin. Auch werden Sie mir glauben, daß ich Ihr Lob nicht vermissen möchte ... und auch Ihre Blumen nicht“, setzte sie mit einem schelmischen Blick hinzu.

Herr Fiorio war dabei, der Künstlerin seine volle Bewunderung auszudrücken.

„Aber sie haben ein wenig gelitten“, stotterte der Advokat.

Sie streckte die Hand aus.

„Das macht nichts, sie kommen von einem Freunde“, – und sie entriß dem Apotheker die Blumen.

„Wenn ich je Gelegenheit habe, der größten Sängerin zu nützen, deren Anfängen ich beiwohnen durfte –“, sagte der Unterpräfekt.

„Ich bin belohnt durch Ihre Worte, mein Herr ... Ich darf die Herren nicht bitten, es sich bequem zu machen: Sie sehen mich beim Umkleiden.“

Herr Fiorio verabschiedete sich. Der Advokat wollte gleich den anderen hinterdrein, aber beim Betreten der Bühne hielten zwei Arbeiter ihn auf; alles schrie, lief durcheinander und verwirrte ihn, und eine Kulisse, die hereingeschoben ward, wäre ihm fast gegen den Schädel gefahren. Flora Garlinda war plötzlich da und zog ihn rechtzeitig fort. Er hatte einen großen Schreck bekommen.

„Sie haben mir das Leben gerettet! Wie kann ich Ihnen danken!“

„Sie werden mich rächen, lieber Freund. Denn ich darf als sicher annehmen, daß Sie es sind, der den Bericht für die „Glocke des Volkes“ schreibt. Sie werden also den Versuch des Maestro, mich zu unterdrücken, als die feige Tat kennzeichnen, die er ist.“

„Mit Vergnügen“, erwiderte er, „das heißt, um Ihnen gefällig zu sein. Aber freilich auch die Verdienste des Maestro dürfen nicht –“

„Herr Advokat –“ Sie trat einen Schritt zurück.

„– ich mute Ihnen nicht zu, gegen Ihre Überzeugung zu schreiben. Wenn Sie ihn loben, weiß ich, daß Sie seinen Haß gegen mich teilen. Wir haben uns in diesem Falle nichts mehr zu sagen.“

Da er bestürzt abwehrte –

„Oder irre ich mich? Stehe ich dennoch endlich einem Manne gegenüber, der nicht wie die anderen ist und der für die Wahrheit ein Opfer bringen kann? Sie werden vielleicht angefeindet werden; der Maestro ist ein Intrigant; wie ich erfahren habe und beweisen kann, gibt er sich für etwas anderes aus, als er ist, und hat nie ein Konservatorium besucht; – und Sie sollten wirklich Ihren ganzen

Lohn in dem Bewußtsein finden, daß Sie einer Frau Gerechtigkeit verschafft haben?“

Der Advokat warf sich in die Brust und preßte die Hände darauf.

„Meine bisherigen Erfahrungen verbieten mir, es zu glauben“, sagte die Primadonna und bewegte langsam das Gesicht hin und her, dessen verschämte Weichheit ihn bezauberte. Die blauen, verschleierten Augen waren die eines Kindes.

„Ich habe nichts als meine Kunst“, sagte sie mit einer Stimme, in der ihr Stolz wankte. Der Advokat haschte erschüttert nach ihrer kleinen Hand.

„Niemand weiß besser als ich, Fräulein Flora Garlinda, wie einem Manne zumut ist, der, nur auf den eigenen Wert gestützt, für eine große Sache gekämpft hat, um endlich durch unfaßbare Intrigen und den Wankelmut eines Volkes sich verlassen und in einem Augenblick der Ohnmacht zu sehen. Aber wirkliche Größe zeigt sich erst in einer Niederlage! Unsere Geschicke machen uns zu Verbündeten. Zählen Sie auf mich, Fräulein Flora Garlinda!“

Er bückte sich tief und hatte, zurücktretend, noch immer ihre Fingerspitzen an den Lippen. Als er sie nicht weiter mitnehmen konnte, ließ er sie los, und die Sängerin verschwand, den Kopf gesenkt, in ihrer Garderobe. Noch bevor der Advokat sich aufgerichtet hatte, stieß ihn schon wieder etwas von hinten. Er eroberte sein Gleichgewicht zurück und dachte: „Die Frauen! Sie geben uns große Handlungen ein, die ihren Lohn in sich tragen! ... Aber, wer weiß –“

Und sein Gang ward schwänzelnd.

„– diese da wollte mir vielleicht noch etwas anderes anbieten?“

„He! Advokat!“ rief Polli ihm nach, aber vor Hämmern und Poltern hörte man nicht.

„Lassen Sie“, sagte der junge Savezzo, der mit ihm kam. „Ich weiß hier Bescheid.“

Der kleine alte Giocondi stapfte fröhlich nach dem Hintergrund.

„Die Garderoben kennen auch wir. Das lernt man auf Reisen.“

Munter pfeifend klopfte er an eine Tür, blinzelte den beiden andern zu und öffnete.

„Wer ist da?“ rief Flora Garlinda, und sie sprang vom Toilettentisch auf. „Noch jemand? Ah! genug. Jetzt ist's genug. Ich kenne Sie nicht und will allein sein. Verstehen Sie? Ich singe euch vor, was wollt ihr noch von mir?“

„Oh, gar nichts, entschuldigen Sie nur“, plapperte Giocondi noch immer, als die Tür schon dicht vor seiner Nase zugefallen war. Polli sagte:

„Aber das ist ja ein Dämon! Habt ihr gesehen: Sie hatte ein Gesicht wie eine alte Hexe. Nie wieder glaube ich, daß sie zweiundzwanzig Jahre alt ist. Sie hat uns getäuscht, indem sie sich anmalte.“

„Das ist eben die Kunst“, sagte der junge Savezzo. „Man sieht, daß die Herren keine Künstler sind.“

Wie die drei sich davonmachten, kam leise der Schneider Chiaralunzi hervor. Er klopfte und wartete dann in gebückter Haltung, mit baumelndem Schnurrbart und ehrfürchtiger Miene. Seinen ungeheuren Blumenstrauß streckte er sorgfältig von sich. Drinnen polterte es, die Primadonna fuhr heraus, dem Schneider an den Magen. Aber sie prallte zurück, ohne daß er wankte.

„Ach, Ihr“, sagte sie, und ihre Miene spannte sich plötzlich ab. „Sogar Blumen! Nun, gebt her! Und kommt nur herein, ich kann Euch gebrauchen; Ihr mögt mir die Kämme reichen. Die Frau habe ich fortgeschickt, sie verstand nichts, und ich hasse die, die nichts verstehen. Ihr habt Euer Solo gut geblasen. Wenn Ihr blast, hört man, daß Ihr ein ehrlicher Mann seid.“

„Wer ist denn bei ihr?“ fragte Polli. „Mir ist doch –“

„Wer wird's sein“, sagte Giocondi. „Ein Liebhaber. Daher hat sie uns so empfangen. Versteht sich, wir störten.“

„Sollte man nicht herausbekommen, wer es ist?“ versetzte der Savezzo mit düstrem Neid.

Sie schlichen hinter dem Prospekt um die Bühne. Drüben zwischen den Kulissen fanden sie den Advokaten umflattert von kleinen Choristinnen, die ihre mehlweiß und braun gescheckten Ärmchen vor ihm umherwendeten, süße Augen und schiefe Köpfe machten und ihm plötzlich ins Gesicht lachten.

„Sie, Advokat, der Sie der Freund der Frauen sind, sagen Sie, ob es gerecht ist, daß ich ein kaffeebraunes Kleid tragen muß!“

„Sie also sind es, der uns heute abend vom Tode errettet hat? Welch tapferer Mann!“

„Ein wohlerzogener Mann, der den Frauen keinen Vorschuß abschlägt“, – mit ihrem bunten Gesicht dicht unter seinem Munde. Aber als er zufuhr, war sie fort und streckte die Zunge heraus. Da zeigte der Inspizient seine drohende Miene. Alle kreischten auf, und nichts war mehr von ihnen da, als eine kleine Puderwolke.

Polli raunte dem Advokaten zu:

„Die Garlinda hat einen Liebhaber bei sich: wir haben sie mit einem Manne sprechen hören. Wer mag es sein?“

Der Advokat wehrte diskret ab.

„Wer weiß es.“

Er holte Atem.

„Übrigens komme auch ich von drüben. Ich bin quer über die Bühne gegangen und darum ein wenig früher angekommen als Ihr.“

Polli riß die Augen auf. Als er sich gefaßt hatte:

„Ah! Advokat!“

„Ich habe nichts gesagt“, – und der Advokat glänzte groß.

Gerade gingen der Apotheker und der Unterpräfekt vorüber, und Acquistapace trachtete auf seinem Holzbein mit Herrn Fiorio Schritt zu halten, denn von hinten kam, Fächer schlagend, Italia. Der Unterpräfekt verbeugte sich zuerst.

„Fräulein, Sie sind sicherlich die größte Sängerin, deren Anfängen ich beiwohnen durfte.“

Und er liebkoste seinen gepflegten Bart. Der Apotheker kniff den Advokaten in die Seite; er verdrehte die Augen.

„Aber –“

„Sie sind rascher umgekleidet als alle anderen“, sagte Herr Fiorio, „das ist erstaunlich. Und welch malerisches Kostüm! Sie stellen eine Romagnolin vor?“

„Ich bin die Frau des Wirtes, mein Herr: des Wirtes an Piazza Montanara, den ich inzwischen geheiratet habe, obwohl er alt ist, nur weil ich über meine Freundin Tonietta triumphieren wollte, die mir den Piero weggenommen hatte, die ich verleumdet habe und die nun auf Piazza Montanara die Dirne macht.“

„Das alles ist nicht recht von Ihnen, und ich glaube nicht, daß Sie in Wirklichkeit dazu fähig wären“, bemerkte der Unterpräfekt. Die Bürger lachten beifällig, am lautesten der Advokat.

„Nein! Wahrhaftig nicht! Sie ist ein viel zu gutes Mädchen: mir können Sie's glauben, mein Herr!“

Der Regierungsvertreter sah unzufrieden aus. Italia kitzelte ihn und den Advokaten abwechselnd mit den Augen. Auch lenkte sie das Gespräch ins Unpersönliche.

„Was wollen die Herren: in diesen neuen Opern ist nun einmal alles schlecht und traurig. Nicht einmal das schöne Kostüm dürfte ich anhaben, denn eine Wirtin in einer großen Stadt wie Rom geht natürlich angezogen wie alle andern. Aber soll man denn ganz auf die Schönheit verzichten?“

„Gewiß nicht“, sagte der Unterpräfekt ernst und warm; und nach kurzem Zögern: „Ich komme sogar ausdrücklich, um ihr zu huldigen. Denn Sie vereinigen wahrhaftig Schönheit und Kunst. Ihr Leben, Fräulein, muß voller Genugtuungen sein.“

„Ach, mein Herr, es ist nicht alles, wie es sein sollte. Man hat sich über manches zu beklagen. Würden Sie glauben, daß mir der Maestro noch soeben eine Arie gestrichen hat? Freilich habe ich im zweiten Akt zwei, dafür aber habe ich im ersten Akt keine. Er sagt, wir haben anderthalb Stunden Verspätung; bei der zweiten Aufführung solle ich meine Arie wiederhaben. Was nützt mir das? Dies ist die Premiere! Und warum bin ich's, der man die Arie streicht? Der Garlinda läßt der Maestro jede Note; und er wird sehen, wie sie es ihm dankt! Die ganze Oper besteht aus ihren Arien und ihren Duos mit dem Piero. Kaum sehen sie sich wieder, um unter dem antiken Bogen dort miteinander schlafen zu gehen, da verschwinden wir andern ...“

„Wie sehen sie sich wieder?“ fragte Polli.

„Versteht sich, auf der Straße“, erklärte Giocondi.

„Wie kann ich Ihnen helfen?“ fragte der Unterpräfekt.

Italia verzog den Mund.

„Was ist zu machen, da die Garlinda dahintersteckt und der Maestro in sie verliebt ist.“

„Er sucht sie“, fuhr Giocondi fort, „weil er sie nicht vergessen kann, der Unglückliche, und wird von ihr angesprochen, ganz wie irgendeiner. Es ist eine klägliche Geschichte.“

„Was denn!“ keuchte der Advokat. „Das ist unmöglich! Der Maestro verliebt in die Primadonna?“

„Warum nicht. Es nützt ihm ja nichts. Denn sie ist kalt ... oder –“

Italia machte ein angewidertes Gesicht.

„– sie hat unnatürliche Neigungen.“

„Oh, gar so unnatürlich werden sie nicht sein“, erwiderte der Advokat mit heiterer Stirn.

„Da sich mir Gelegenheit bietet, der größten Künstlerin zu nützen, deren Anfängen ich beiwohnen durfte –“, und der Unterpräfekt verbeugte sich gegen Italia, die vor ihm die Hüften hin und her drehte, „so spreche ich also wegen Ihrer Arie, Fräulein, mit dem Maestro, noch in dieser Pause. Auch auf mich wird der junge Mensch ein wenig hören.“

Er verbeugte sich endgültig. Italia eilte ihm nach. Der Bariton Gaddi war herzugekommen und sagte:

„Da sehen Sie, wie dieses Metier die Seelen verdirbt! Sogar Italia wird bösartig.“

Man hörte sie noch sagen:

„Sie wollten wirklich, mein Herr? Dann tun Sie es rasch, denn wir haben nur die eine Pause; der zweite und der dritte Akt sind durch ein Orchesterstück verbunden.“

Herr Fiorio bot ihr den Arm.

„Ich werde stolz sein, mein Fräulein, Ihnen das Ihre zurückzubringen.“

„Wie soll ich Ihnen danken, mein Herr!“

„Sie fragen: wie? Wollen Sie nicht lieber fragen: wo? Auf der Unterpräfektur, liebe Kleine.“

Und Herr Fiorio gab Italia zart ihren Arm zurück. Die Bürger sahen ihm bewundernd nach.

„Ah! er weiß genau, wie weit er gehen darf. Jetzt zeigt er sich wieder im Saal. Welche Geschicklichkeit!“

Der Apotheker Acquistapace hielt nicht länger an sich; er fluchte laut. Wie Italia zurückkehrte, stelzte er ihr polternd entgegen.

„Wissen Sie, Fräulein, daß jener Mann Sie belogen hat?“

„Aber, Romolo!“ sagten die Freunde.

„Was Romolo! Soll ich etwa die Wahrheit verschweigen? Hat er nicht der Primadonna wörtlich dieselben Komplimente gemacht wie dem Fräulein Italia?“

„Aber für mich wird er doch handeln?“ sagte Italia, eingeschüchtert durch seinen roten Kopf mit der zitternden Unterlippe.

„Ich bin ein alter Soldat Garibaldis“, rief er und ging, um zu atmen, ein Stück weiter. „Auf das Ränkeschmieden verstehe ich mich nicht!“

Da sie ihm bittend gefolgt war:

„Aber wenn ich jemand liebe, tue ich's ordentlich.“

„Herr Apotheker“, sagte sie schmeichlerisch, „glauben Sie, auch ich träume zuweilen von einer großen Leidenschaft ...“

„Kein Glück, der arme Romolo“, – und der Advokat feixte still und heftig.

Polli fragte:

„Sollte man nicht seine Frau holen?“

Der alte Giocondi bemerkte:

„Der Tenor scheint sehr aufgeregt. Ich sehe ihn schon die ganze Zeit vor dem Vorhang hin und her laufen. Jetzt sieht er wieder durch das Loch. Vorhin hatte er sich sogar in die Gardine gewagt; draußen müssen sie ihn wahrgenommen haben, denn sie begannen zu schreien.“

„He! Herr Nello!“ rief der Advokat.

„Lassen Sie ihn“, sagte Gaddi. „Es ist sein gewohnter Zustand am ersten Abend. Betrachten Sie lieber den Cavaliere: er hat eine gute Maske.“

Der Cavaliere Giordano nahm, um die Herren zu begrüßen, mit einer Verbeugung, großartig und dabei zitternd, den durchlöcherten Filz von seinem Kopf, der spitz und ganz kahl war. Frostig in seinen entfärbten Mantel gerollt, machte er kleine, schlürfende Schritte, die ihn nicht von der Stelle brachten. Auf der Hand am Rand des Mantels blitzte sein großer Brillant auf.

„Nun?“ fragte er, atemlos vor Anstrengung, „erkennen Sie, Gaddi, wie es sich herausarbeitet? Sie, der Sie etwas verstehen? Wie? Diesmal werde ich alle schlagen! Ich gebe zu, meine Herren –“

Er kam hastig herbei mit einem starren Lächeln von einem zum andern und kleinen bedrängten Handbewegungen.

„– im ersten Akt kam ich nicht voll zur Geltung.“

Nachdem er vergeblich auf Widerspruch gewartet hatte:

„Das liegt an der Rolle des alten Geronimo. Dieser Bettler aber, das ist ganz etwas anderes. Man sieht ihm an, nicht wahr, daß er eine gefallene Majestät ist.“

„Wie? Stellen Sie denn einen König vor?“

„Ich will sagen, daß er große Tage gesehen hat und sich eines ungewöhnlichen Geschickes bewußt ist. Als die Liebenden ihn unter seinem Bogen aufstören: ah! meine Herren, das ist der entscheidende Augenblick, in dem die Tragik des Stückes und auch des Lebens sich enthüllt. Ich darf sagen, daß ich die wichtigste Figur der Oper darstelle. Drum habe ich es auch abgelehnt, vorher und nachher noch den Schenkwirt zu spielen. Mag es ohne Schenkwirt gehen: ich werde dem Bettler all meine Kunst und die ganze Kraft meiner Empfindung geben. Sie werden mich bewundern! Was sage ich: weinen werden Sie!“

„Teufel!“

„Wozu rede ich! Ich will es Ihnen lieber vormachen.“

Der Cavaliere Giordano legte sich unter den Bogen, an den Fuß der Stufen, die hinabführten. Unsichtbar rief er:

„Gaddi, das Stichwort!“

„Unser Schlafgemach! Erkennst du es, Geliebter?“

Und der Alte, auffahrend wie aus einer Attrappe:

„Ich bin früher gekommen.“

„So werden wir weitersuchen“, sagte Gaddi ehern.

„Unnötig“, – und der Cavaliere Giordano stieg lang und klapprig aus der Dunkelheit. Mit Gespensterstimme trällerte er:

„– da ich sehe, daß ihr Liebende seid. Als ich jung war wie ihr, hatte ich's weicher, und Michelina, mein Weib, mit mir. Sie ist tot, mir blieb dieser Stein. Seid ihr glücklich, wird er euch weich sein."

Dabei hüpfte der alte Sänger aus dem Bogen hervor: hüpfte auf einem Fuß schief zur Seite, – und von den halb erhobenen Armen schwankten ihm die Hälften des Mantels wie gebrochene Flügel.

„Hahaha!" machte Polli. Der Advokat erstickte insgeheim, indes der kleine Herr Giocondi sich schallend die fetten Schenkelchen klatschte.

„Ist das komisch! Gut, daß etwas zum Lachen dazwischen kommt. Man will das."

Der Cavaliere Giordano war zurückgewichen; die Hand hatte er an der Stirn.

„Wie? Sie lachen? Aber das ist –!"

Er schluckte hinunter und kam näher.

„Wenn Sie denn lachen –. Ich werde sehen. Es wirkt also auf Sie?"

Er ging, den Kopf gesenkt, umher.

„Vielleicht kann man es auch so auffassen? ... Sollen Sie also lachen!"

„Daß der Tenor etwas hat", sagte der junge Savezzo, die Brauen zusammengezogen, „das werden Sie uns nicht ausreden."

„Was soll er haben?" erwiderte Gaddi; aber Nello beunruhigte ihn. In seinem Lauf den Vorhang entlang war er plötzlich stehengeblieben, das Ohr geneigt, als unternähme er, aus der Wirrnis von Stimmen dort draußen eine einzige zu erhorchen, und mit einem solchen Ausdruck der Entferntheit im Gesicht, daß der Bariton einen raschen Schritt machte, um ihn zu rütteln.

„Es war ihre Stimme!" dachte Nello. „Sie ist nicht in der Loge, und dennoch habe ich dorther, ja dorther ihre Stimme gehört. Ist sie denn tot? Spricht denn ihr Geist zu mir wie der Geist jener Äbtissin in Parma? Mein Gott, es ist die dritte Loge rechts: dieselbe Loge! ... Welcher Wahnsinn! Die Märchen des Cavaliere Giordano wiederholen sich nicht, und Alba ist mir ferner, als wäre sie vor hundert Jahren gestorben."

Er wandte den Kopf und sah, fieberhaft klagend, in das Gesicht des Freundes.

„Sieben Tage der Angst", murmelte er. „Wie man hoffen kann! Es ist lächerlich. Immer zitternd in ihrer Nähe, nie sie sehen, – und im Herzen wissen, daß der

Abend bevorsteht, an dem sie mir erscheint: mir, der ich ihr dort hinauf alles, alles –"

„Still, Nello!"

„Und nun ist's aus? Kann sie nicht noch kommen?"

„Schweig! Man hört uns ... Er fragte nach der dritten Loge im ersten Rang rechts", rief Gaddi den andern entgegen. „Warum steht sie leer im ausverkauften Haus? Ich muß sagen, daß auch mich –"

„Das ist ja die Loge der Familie Nardini", erklärte Polli.

„Aber –" machte der Advokat von fern.

Nello wandte sich, die Finger ineinandergeschlungen, dem Tabakhändler zu.

„Ist das wahr?" fragte er.

„Eh! Beim Bacchus!"

Da faßte, zwischen seinen gesträubten Brauen, der junge Savezzo den Tenor ins Auge. Seine pockennarbige Nase hüpfte frohlockend ein wenig auf, und er sagte:

„Ich glaube nicht. Der alte Nardini ist bei seiner Weigerung geblieben. Man hat jene Loge ihm zugeschrieben, dem Mittelstand gegenüber, der sie beanspruchte –"

„– und dem man sie hoffentlich nicht geben wird", setzte der Herr Giocondi hinzu.

„Ich habe für das Volk gearbeitet, aber wie dankt mir das Volk?" fragte der Advokat, indes Nello sich an die Stirn griff.

„So viel ist sicher, die Familie Nardini kommt nicht", sagte der Savezzo noch, – da sah man den jungen Sänger schwanken. Gaddi griff zu, aber Nello lag schon mit geschlossenen Augen am Boden. Alle waren zurückgesprungen, nur Gaddi beugte sich über ihn. Als sie dann herandrängten: „Was hat er?" – schnellte der Bariton wütend auf.

„Man darf wohl nervös sein, hoffe ich. Ich selbst bin abergläubisch, und jene einzige leere Loge gefällt mir nicht."

„Ja", sagte Savezzo und sah mit breitbeinigem Hohn auf Nello nieder, „sie sind zarter Natur, die Künstler."

„Man sollte einen Arzt holen", verlangte der Cavaliere Giordano.

„Aber es ist nichts", behauptete der Apotheker.

„Man weiß nicht", meinte der Advokat. „Auch ich habe einmal –"

„Einen Arzt!" rief Polli, umherfuchtelnd, unter die Arbeiter, die gafften. Laufend erschien der Kapellmeister.

„Was ist geschehen?" – und er war tief erbleicht.

„Gar nichts", sagte Gaddi und rüttelte Nello. „Bringen Sie Wasser, Dorlenghi!"

Der Kapellmeister griff sich in die Taschen. Plötzlich warf er sich neben dem Ohnmächtigen auf die Knie.

„Wird er singen können? Sagen Sie nur das eine!"

Er sprang wieder auf.

„Mein Gott, ich bin verloren!"

Der Herr Giocondi stieß den Apotheker in die Seite; dem Advokaten blinzelte er zu.

„Übrigens, Maestro", äußerte er, „hat auch die Primadonna sich geweigert, weiterzusingen. Sie schien sehr unzufrieden, wie, ihr Herren?"

Der Kapellmeister blieb stumm, und der Advokat fand es nötig, mit ausgebreiteten Armen hinter ihn zu treten. Aber der Kapellmeister fiel nicht um, er lachte laut auf und begann mit einer Stimme, die man an ihm nicht kannte, zu schreien.

„Wußte ich's nicht? Wußte ich's nicht?"

Gaddi richtete sich von Nellos Schläfen auf, die er rieb.

„Werden Sie nicht schweigen? Merken Sie nicht, daß man sich über Sie lustig macht? Auch dieser hier hat schon die Augen geöffnet!"

„Gleichviel", machte der Advokat. „Wer, wie ich, außergewöhnlichen Gemütsbewegungen unterworfen ist, wird ihre Folgen nicht leichtnehmen. Wie fühlen Sie sich, mein Freund?"

„Einen Arzt", rief der Tabakhändler hinter den Kulissen. Er war falsch gelaufen und stand unversehens vor seinem Sohn Olindo, der die große gelbhaarige Choristin unter den Achseln hielt und sie mit angstvollem Entzücken preßte.

Einen Augenblick blieb der Vater, sosehr er mit den Armen vorwärts ruderte, am selben Fleck, als seien ihm die Füße eingesunken. Dann tat er einen Satz.

„Wie? Du bemerkst mich und läßt sie nicht einmal los? Ich will doch sehen, ob ich noch dein Vater bin!"

Und seine Hand klatschte rechts und links in Olindos Gesicht, das maßlose Enttäuschung malte.

„Ich liebe sie so sehr", stieß er, wirr jammernd, aus. „Ich will sie heiraten."

„Und du wagst es mir zu sagen! Welch ein Typus!"

„Aber warum schlagen Sie ihn?" fragte das Mädchen. „Was ist Schlimmes dabei? Geben Sie mir lieber eine Zigarette!"

„Fort! Beine!" – und Polli hob sich auf den Zehen, um den jungen Menschen zu wenden und ihm den Fuß in das Gesäß zu setzen. Als er ihn abgeschnellt hatte:

„Ich verbiete Ihnen, mein Fräulein –"

„Du bist doch nur eifersüchtig, mein Alterchen", sagte sie und griff ihm unter das Kinn. „Aber ich liebe noch immer nur dich."

„Hoffen wir's! Du darfst übrigens nicht wieder in den Laden rufen. Wehe, wenn meine Frau drinnen gewesen wäre ... Auf morgen um drei! – aber wenn du mir den Jungen nicht in Ruhe läßt, sind wir keine Freunde mehr."

„Das wäre schrecklich", rief sie ihm nach. „Und die Zigarette?"

„Unglücklicher, was tust du noch hier?"

Denn Olindo saß auf einem Versatzstück und weinte.

„Anstatt ein Menschenleben zu retten, indem er einen Arzt holt, jammert dieser Unglückliche um eine Komödiantin! Eine Frau ohne einen Heller, die dir niemals treu sein würde!"

„O ja! das wäre sie!"

„Ah! Und der Advokat? Und der Baron? Frage sie einmal nach den beiden!"

„Das ist nicht wahr!" – und Olindo sprang auf, den Blick voll blinden Opfermutes. Der Vater lehnte sich zurück; er setzte sich, den Finger auf die fette Brust und lächelte breit.

„Dann frage sie also nach mir!"

Darauf ließ Olindo, rot bis in die roten Haare, die Lider sinken und knickte ein. Polli klopfte ihm auf die Schulter.

„Da du hier so gut Bescheid weißt, zeige mir, wo es hinausgeht!"

Durch die kleine Tür unter der Bühne gelangten sie ins Orchester, das leer war. Nur Nina Zampieri und der junge Mandolini saßen ineinander versunken bei der Harfe, und der alte kleine Beamte Dotti schnarchte mit seiner Klarinette unter dem Arm. Im Parterre erklärte der Tabakhändler jedem: „Wir brauchen einen Arzt, auf der Bühne ist einem etwas zugestoßen."

Aber niemand verstand ihn in dem allgemeinen Gelächter, das Galileo Belotti entfesselte. Er stand vor einem ganz kleinen Menschen, der beim Eingang unter der Loge der Familie Giocondi an der Wand lehnte.

„Sie sind ja bucklig", sagte Galileo mit erhobenen Brauen.

Der Kleine schrak auf.

„Was wollen Sie? Ich kenne Sie nicht."

„Ich aber habe sogleich erkannt, daß Sie bucklig sind" – und Galileo hielt unerbittlich den Finger auf ihn gerichtet.

„Wenn Sie mich nicht in Ruhe lassen, werfe ich Ihnen das Glas an den Kopf", schrie der Krüppel schrill, und seine Hand, die zitterte, verschüttete die Hälfte des Wassers.

„Vielleicht werden Sie mir das Glas an den Kopf werfen", antwortete Galileo, „darum sind Sie aber immer noch bucklig."

„Wieviel Witz er hat!" sagten die Pächter und drängten herzu.

„Aber ich rufe die Carabinieri herein!" kreischte der Verwachsene.

„Rufen Sie die Carabinieri! Das hilft Ihnen jedoch nichts: Sie bleiben bucklig" – und Galileo pflanzte sich fester auf. Der dicke Zecchini und seine Zechbrüder brüllten. Von draußen eilten die Leute herein, um mitzulachen.

„Ich werde Sie verklagen! Sie kommen ins Gefängnis! Was! Ich bringe Sie um!"

Das lange Gesicht des Zwerges war grün. Mit seinem Höcker schlug er taumelnd gegen die Wand; das Glas entfiel seinen Händen, die sich krampften, und auf die Lippen trat ihm Schaum.

„Wenn Sie auch alles tun, was Sie sagen“, erklärte ihm Galileo, „bucklig sind Sie, und bucklig bleiben Sie.“

Unerschüttert sah er ringsum, während sein Opfer sich am Boden wälzte. Der Barbier Bonometti und der Schneider Coccola waren mit dem Ausgang nicht zufrieden; sie nahmen den Menschen, der um sich schlug, und trugen ihn hinaus.

Vor der Tür standen große Gruppen. Am Rande der Terrasse, in der lauen dunklen Luft unter den Steineichen duckten Mädchen, die sich in Ketten umherschwenkten, den Nacken bei den Scherzen der Burschen. Mütter und Kinder umringten im Lampenschein am Palast den Eiskarren. Hier und da stieg eine Tenorstimme auf, mit zwei Takten aus dem Gebet der „Tonietta“, mit den ernst und selig schwebenden Tönen des Duetts: „Sieh, Geliebter, unser umblühtes Haus ...“ „Welche Musik!“ sagte einer der jungen Leute in großen Hüten und bunten Halstüchern. „Es geschieht viel Trauriges in dem Stück, und dennoch, wenn man die Musik hört, scheint es einem, daß es keine Unglücklichen mehr auf der Welt gibt.“

„Trotzdem bringen sie dort einen“, sagte ein anderer; und alle zusammen:

„Kennt niemand ihn? Was ist ihm passiert? ... Das ist ja der Schreiber des Notars in Spello. Ich war für meinen Herrn bei seinem ... Wie soll er in seinem Zustand die drei Stunden zurückgehen? Hat er Geld, um zu übernachten? Gleichwohl, Gevatter Felipe, müßt Ihr ihn bei Euch aufnehmen.“

Der Wirt „Zu den Verlobten“ weigerte sich. Bei so vielen Fremden, an einem solchen Tage! Jedes Bett sei drei Lire wert.

„So gebe ich eine!“ sagte der junge Mann. „Und ich bin ein, Arbeiter, der zwei Lire fünfundsiebzig am Tag verdient.“

Er schlug sich auf die Brust und sah umher.

„Auch ich gebe eine.“

„Auch ich.“

Sie luden sich den Kranken auf die Schultern und liefen mit ihm die Treppengasse hinunter. Aus dem Theater scholl noch immer Gelächter. Die Frauen in den Logen wollten sehen, was geschehen ist. Die beiden Fräulein Giocondi gackerten durchdringend; ihr Vater sagte ihnen:

„Dieser Galileo! Sein Bruder, der Advokat, ist eine Persönlichkeit, aber auch er hat großes Talent."

Galileo kugelte, die weißen Brauen emporgezogen, inmitten seines Erfolges umher und polterte.

„Pappappapp, man wird sich wohl einen Spaß machen dürfen! Und du, Polli", sagte er zu dem Tabakhändler, der sich die Seiten hielt, „du wolltest einen Arzt? Für den Tenor? Nun, da schickt man den Ranucci, und inzwischen macht man seiner Frau den Hof. Ihr werdet noch ganz anders lachen."

„Doktor!" rief er in die erste Parterreloge rechts, „auf der Bühne stirbt jemand. Rasch! Sie müssen hin."

„Ich kann nicht", rief der Doktor zurück und stellte sich vor seine Frau. „Sagen Sie es dem Kollegen Capitani!"

„Er ist nicht da. Wenn Sie nicht gehen, ist ein Mensch dahin, was Deixel!"

Galileo schrie so sehr, daß es ringsum still ward. Alle sahen in die Loge des Arztes, der die Arme ausbreitete und leise tanzte. Sein massiger Körper war ihm nicht groß und breit genug, um die kleine demütige Frau vor allen diesen Augen zu verdecken.

„Sie sollten gehen", sagte neben ihm Mama Paradisi, „es scheint ernst."

Drüben sah er Frau Salvatori einen mißbilligenden Blick mit Frau Malandrini wechseln. Die alte Frau Mandolini schlug mit dem Fächer hart auf die Brüstung ihrer Loge, und von der Galerie rief es:

„Laßt ihn! Er ist kein Arzt für die Lebenden, er ist einer für die Toten."

Unter dem Druck der öffentlichen Meinung griff Ranucci plötzlich nach seinem Hut und eilte hinaus. Sogleich setzte Galileo Belotti sich in Bewegung.

„Holt mir den schönen Alfò!" verlangte er. „Ich brauche ihn, denn ich selbst bin nicht schön genug."

Und als er ihn hatte: „Ich werde dich einer Frau vorstellen, die dir gefallen wird."

Gemeinsam sah man sie in der Loge erscheinen. Frau Ranucci zog sich hinter ihrem Fächer ganz zusammen, indes Galileo unter fetten Seufzern kleine kurzbeinige Kratzfüße machte und der schöne Alfò eitel in den Saal lächelte. Man erhob die Hände gegen ihn, als wollte man klatschen, man stieß sich an, halblaute Ermunterungen flogen hin. Der kleine alte Giocondi in seiner Loge gerade gegenüber platzte lärmend los:

„O Gott, ich kann nicht mehr. Wie das komisch ist! Und es ist meine Idee: ja, gewiß, ich bin es, der sie Galileo eingegeben hat."

Sogar die entlobte Rosina schüttelte sich; Cesira aber kniff den Vater in den Arm.

„Du bist ein unbezahlbarer Papa!"

Ihr Jauchzen weckte ihre Mutter, die das schmutziggraue Haupt erhob.

„Und die Miete, Ottone?" fragte sie blechern. „Wie soll ich sie bezahlen?"

„Wer denkt an die Miete? Hier gibt es zu lachen."

Aber die Töchter waren auf einmal still.

„Welch gute Erfindung", rief der Vater fröhlich, „daß dieser Tenor krank werden mußte! Der Bucklige krank, der Tenor krank, alle krank: nur ich nicht."

Die Töchter sahen sich, die Zähne auf der Lippe, aus den Augenwinkeln an. Beunruhigt schielte der Vater nach ihnen hin.

„Oder bin ich vielleicht jemals krank gewesen?"

Da sie weiter schwiegen –

„Denn daß ich mir auf der Treppe das Bein gebrochen habe, das kann man doch nicht Krankheit nennen."

Er ließ die Backen hängen und hatte einen bettelnden Ton.

„Habe ich nicht erst neulich in Adorna mit einem Handlungsreisenden gewettet, ich würde dreißig kleine Vögel essen, und habe die Wette gewonnen?"

Plötzlich schlug er sich wieder auf die Knie.

„Dieser Galileo streichelt ihr schon das Gesicht! Ah! das ist noch eine ganz andere Komödie, als die der Komödianten. Man müßte dabeisein. Was meint ihr, wenn ich hinginge?"

„Bleibe lieber da", sagte Frau Giocondi. „Wer weiß, was der Doktor tut, wenn er zurückkommt ... Da ist er schon."

Man hielt den Atem an, und man hörte den Doktor Ranucci sagen:

„Was tun Sie?"

Er griff sich an den Kopf.

„Sie schicken mich zu einem Kranken, der seit einer halben Stunde wieder auf den Beinen ist, und inzwischen –"

Unversehens rötete er sich heftig; er tat einen drohenden Schritt. Der schöne Alfò wich – und sein törichtes Lächeln verging ihm – bis an die Brüstung zurück. Wie der Doktor die Hand ausstreckte, war er schon hinüber und sprang in den Saal.

„Bravo, Alfò!" rief man, was den Doktor zu erbittern schien. Voll Wucht trat er zwischen seine Frau und Galileo Belotti, der mit hohen Augenbrauen unverfroren weiterpolterte.

„Pappappapp, krank oder gesund, aber die Bekanntschaft Ihrer Frau haben wir gemacht. Mein Kompliment, Doktor, ein schönes Stück Frau ..."

Er gurgelte; denn der Doktor hatte eine Faust in seinem Munde, und mit der andern griff er ihm ins Gebiß. Galileo brüllte dumpf: – da schwang der Doktor einen Zahn. Klatschen erhob sich; dann ward ein Sturm daraus, und Ranucci mußte sich verbeugen. Galileo war verschwunden.

„Siehst du, Ottone, wie es dir ergangen wäre?" sagte Frau Giocondi. Ihr Mann hatte die Hand an der Wange, als wäre der Eingriff bei ihm selbst vollzogen worden. Er suchte die Augen der Töchter. Rosina hielt die ihren im Schoß, Cesira hatte zwischen den gekniffenen Lidern ein dünnes, spitzes Lächeln. Der Vater stieß mit dem Fuß einen Schemel fort und schalt:

„Nun, eine Krankheit wäre auch das noch nicht!"

Das Lachen ging in Stößen durch den Saal; wenn es oben endete, begann es unten. Auf der Galerie, die sich wieder gefüllt hatte, rief man:

„Wie er tüchtig ist, der Doktor!"

Und die Väter hoben ihre Kinder auf die Schultern, damit sie ihn sehen konnten. Der Advokat Belotti wandte sich ironisch an seine Nachbarn in der Klubloge:

„Es scheint, daß der Doktor Ranucci den größten Erfolg des Abends hat."

Sein Bruder Galileo zeigte sich wieder im Parterre, lehnte alle Bemitleidungen ab und sagte:

„Unterhalten habe ich mich doch. Und der Zahn war nicht mehr gut."

„Wie man vom Lachen heiß wird!“ bemerkte Mama Paradisi. Wie Mancafede wegsah, nahm sie ihr Fläschchen und befeuchtete sich unter den Achseln.

Frau Polli schlug mit ihrem Fächer mächtige Luftwellen.

„Welche Hitze! Werden sie denn niemals wieder anfangen?“

„Und die Haushälterin des Herrn Ortensi“, flüsterte der Tabakhändler, „hat ein gewisses Parfüm an sich –! Ich weiß wohl, daß er blind ist, aber hat er denn auch den Geruch verloren? Keines von jenen Mädchen auf der Bühne roch so stark. Du weißt, als Mitglied des Komitees konnte ich es nicht vermeiden, dort einmal nachzusehen. Aber was man nicht glauben würde, ist, daß auch dein Olindo sich dort umhertrieb. Ah! Schlingel, daß du dich nicht aus deiner Ecke rührst!“

„Das Theater ist zu voll“, sagte Frau Camuzzi zu dem Halbkreis junger Leute unter ihrer Loge. „Die Düfte der Galerie gelangen bis zu uns. Man sollte nicht erlauben, daß hier Knoblauch gegessen wird. Aber was ist von einem Komitee zu verlangen, das vor mich hin, gerade vor mich gewisse Damen setzt.“

Sie deutete mit dem Kopf, ohne hinzusehen, ins Parkett. Die große Raffaella war des Pächters schräg hinter ihr sicher und bekümmerte sich nicht mehr um ihn. Sie machte Augen nach vorn ins Orchester, wo der Tapezierer Allebardi ihr zu Ehren in sein Bombardon stieß. Aber der Mechaniker Blandini stach ihn aus mit einem frei erfundenen Thema auf seiner Klarinette.

„Der Nonoggi hat es auf dich abgesehen“, sagte Lauretta zu Theo. „Er schneidet dir Gesichter.“

Sie antwortete:

„Ich will nicht. Ich bin wegen der Musik hier, und jener Tenor nimmt einem den Mut, auf andere zu hören. Ah! ihm würde ich nicht nein sagen. Die Madonna wird nicht erlauben, daß ihm ein Unglück zugestoßen ist.“

„Wieviel Mitleid ich mit dem lieben jungen Menschen habe!“ wimmerte Mama Farinaggi ganz süß und fromm; aber die beiden Fräulein Pernici fuhren dennoch zurück, gegen den Leutnant Cantinelli.

„Wie übrigens unsere heilige Religion es vorschreibt“, setzte die Eigentümerin des Hauses in der Via Tripoli hinzu und drehte die Büste allen Umsitzenden zu, während sie sich bekreuzte.

Über die Galerie ging plötzlich ein Raunen.

„Man sagt, Pomponia, daß er tot ist, der Tenor."

„Dann ist an seinem Tode die Primadonna schuld, Felicetta; denn der Arme, aus Liebe zu ihr ist Ihm so übel geworden."

„Hast du's von deiner Herrin?"

Die Magd des Kaufmanns Mancafede zuckte die Achseln und schloß sich mit dem Finger die Lippen.

„Also er liebt die Primadonna", sagte unter ihnen Frau Salvatori zu Frau Malandrini. „Die Evangelina weiß es. Übrigens sieht man an seinem ausdrucksvollen Spiel, daß er wie wahnsinnig ist. Sie aber ist kokett und behandelt ihn schlecht."

Die Frau des Steuerpächters neigte sich zu der Schwester des Unterpräfekten.

„Die Primadonna hat ein Kind, wie ich höre, von dem Tenor. Die guten Sitten finden sich nicht auf dem Theater."

„Im Gegenteil, meine Liebe. Die beiden sind verheiratet, aber sie sagen es nicht, weil es die Illusionen verhindern würde."

Frau Camuzzi erklärte:

„Dieser Tenor: wie heißt er noch –"

Sie sah auf dem Zettel nach.

„Er taugt noch weniger, als ich erwartete. Vor allem ist er völlig ohne Empfindung."

„Aber mir scheint", wandte der Gemeindesekretär ein, „daß er gerade infolge von allzuviel Empfindung in Ohnmacht gefallen ist."

„Ah! sprechen wir ein wenig von seiner Ohnmacht. Was glauben die Herren: hat das Komitee sie bei dem Künstler bestellt, oder hat er selbst gefühlt, daß es vielleicht besser sei, der Wirkung seiner Kunst ein wenig nachzuhelfen?"

„Wieviel Geist die gnädige Frau hat!" sagte der junge Salvatori. Der junge Savezzo kreuzte die Arme und beobachtete mit Senkblicken das gehässige Aufleuchten in den Augen der Dame.

Die alte Frau Mandolini berührte ihren blinden Freund mit dem Fächer. „Orlando, ich denke immer an jene Aufführung der "Celimena" im Pagliano zu

Florenz: sind es nicht fünfundvierzig Jahre? Diese kleine Garlinda ist die einzige, die mich je an die Branzilla erinnert hat: an die Branzilla, als sie jung war."

„Was sagst du, Beatrice! War es doch auch mir so. Ich hörte, während jenes junge Mädchen sang, eine alte, sehr geliebte Stimme zurückkehren, wie in einem Traum, den ich beim Erwachen vergessen hatte."

„Der Gennari ist sympathisch, ohne viel gelernt zu haben, denn es scheint, man lernt heute nichts mehr; und der arme Cavaliere Giordano hätte besser getan, sich nicht hören zu lassen."

„Denn es ist, als sänge er uns immerfort in die Ohren, wie alt wir selbst nun sind."

„Nur diese kleine Garlinda scheint noch von den großen Zeiten zu wissen."

„Aber sie ist nicht schön", sagte die Haushälterin des Blinden. Er rief:

„Nicht schön? Wunderbar schön ist sie!"

„Sie sehen sie doch nicht."

„Aber wie schön muß sie sein!"

„Heraus!" rief droben der Schustergeselle Dante Marinelli.

„Maestro!"

Und plötzlich trampelte und schrie die ganze Galerie.

„Macht man sich über uns lustig? Es ist eine Schande!"

Der Lehrling des Konditors Serafini pfiff gellend auf den Fingern. Der Advokat Belotti trat an den Rand der Klubloge und entblößte mit einer Verbeugung das Haupt vor ihm und vor dem Volk.

„Meine Herren, haben Sie Geduld ...!"

Es ward still, und da hörte man in der letzten Parkettreihe den Bäcker Crepalini:

„Auch noch in der Klubloge, der Advokat! Wie viele Logen hat er denn? Ich aber, der ich sechs Plätze –"

„Schweig!" – und droben wurden Fäuste geschüttelt. „Du hungerst uns aus. Er ist der einzige Bäcker, weil er die Herren bezahlt; und dafür darf er uns aushungern mit seinem teuren Brot. Rede, Advokat!"

„Denn“, keuchte der Advokat, „wir sind noch neu in diesen Dingen: es ist die erste Vorstellung in unserer Stadt seit achtundvierzig und dreiviertel Jahren. Dann der Unglücksfall, den die Herren verzeihen mögen, mit jenem jungen Künstler, der so viel Talent hat ...“

„Der Arme! Ja, wir werden Geduld haben“, riefen die Frauen.

„Aber wir werden alles tun, was möglich ist, und in fünf Minuten, o meine Herren, werden Sie befriedigt werden.“

„Bravo, Advokat!“ – und es ward geklatscht. Der Barbier Bonometti rief:

„Er ist ein großer Mann, der Advokat!“

„Da ist Brabrà! Bravo, Brabrà!“ – und plötzlich lachte alles. Die jungen Leute mit großen Hüten und bunten Halstüchern sagten:

„Er stand, als wir den Buckligen forttrugen, ganz allein auf dem Platz und machte dem Mond seine Komplimente: da haben wir ihn mitgebracht. Du sollst Musik hören, Brabrà!“

Und der Advokat mußte sehen, wie der kleine Uralte, als parodierte er ihn, das Volk grüßte. Er führte seinen Hut, der keinen Rand mehr hatte, im Bogen über die Ränge, er legte die Hand aufs Herz, schlug mit dem Fuß aus, – und unter dem Jubel der Galerie schienen die Gesichte, denen er in den leersten Gassen nachging, zur Wirklichkeit geworden, und die Menge war da, die ihn feierte.

„Aber der Mittelstand wird gefährlich!“ sagte Frau Camuzzi zum Baron Torroni.

Denn der Bäcker Crepalini fuhr fort zu agitieren. Man sah ihn mit seinen herausquellenden Augen und seinem furchtbaren Gebiß im Parterre sich abarbeiten, die Leute um sich her zusammenziehen und unter wütenden Schlägen in die Luft Aufruhr bei ihnen stiften.

„Warum steht Ihr hier unten und laßt Euch stoßen, Gevatter Felipe? Ihr wißt es nicht. Dann fragt also den Malandrini. Er ist der Wirt „Zum Mond“, Ihr seid der Wirt „Zu den Verlobten“; eine Loge aber ist nur für ihn da. Versteht sich, denn seine Frau ist eine Schwester der Frau Polli, und der Tabakhändler ist ein Onkel des Doktors Capitani, dessen Frau eine Großnichte des Bürgermeisters ist!“ „Die Herren halten zusammen“, sagte der Schlosser Fantapiè, der mit dem Schlosser Scarpetta von der Galerie herabgestiegen war; „und der einzige, der dem Volk helfen kann, ist Don Taddeo.“

Der Schuhmacher Malagodi bekam einen roten Kopf.

„Man kann sagen, daß wir im Nepotismus umkommen. Warum bin ich nicht Gemeinderat geworden? Weil die Elena, mein Lehrmädchen, sich geweigert hat, zu tun, was der Severino Salvatori von ihr verlangte. Die Herren machen Ansprüche ..."

„Die Herren!" schnaubte der Bäcker, und der dicke Nußknackerkopf wackelte vor Zorn auf seinen engen Schultern. „Wenn es noch Herren wären! Aber seht nur jenen Giocondi an, der nun die zweite Frau zugrunde gerichtet hat und als Versicherungsagent umherzieht: wer ist mehr Herr, er oder ich, der fünftgrößte Steuerzahler der Stadt? Aber weil seine erste Frau eine Pastecaldi und Schwägerin der Schwester des Advokaten Belotti war, hat die Loge der Giocondi, nicht ich. Und da eine übrig ist, läßt man sie lieber leerstehen, als daß man sie einem Manne wie mir gibt."

„Die Herausforderung gilt mir" – und der alte Schenkenheld Zecchini schob seinen Bauch in den Haufen. „Denn wenn man eine Loge bekommt, weil man Bankrott gemacht hat, muß auch ich eine bekommen."

„Was denn? Welche Loge?" polterte Galileo Belotti. „Wißt ihr denn nicht, daß jene leere Loge dem Advokaten gehört? Denn sonst hätte er nur die unserer Schwester, die der Jole Capitani und die Klubloge, und ihr begreift wohl, daß ein Mann von seiner Wichtigkeit eine vierte nötig hat."

Der junge Savezzo schien unabsichtlich in den Haufen geraten.

„Wir haben den Advokaten Belotti, wie Rom den Cäsar hatte", erklärte er. „Ist das nicht genug? Aus Bewunderung für unsern großen Mann verschmerze ich es leicht, daß meine Mutter und meine Schwestern zu Hause bleiben mußten, weil keine Loge für sie da war."

„Man müßte ein Lamm sein wie Ihr, Herr Savezzo", sagte der alte Seiler Fierabelli, „um nicht zu sehen, daß keine Gerechtigkeit in der Welt ist."

Der Barbier Druso bestätigte es; der Barbier Bonometti wandte ein:

„Der Advokat tut viel für das Volk. Es ist, wie der Herr Savezzo sagt: er ist ein großer Mann."

„Was, großer Mann!" – und Galileo hüpfte auf. „Wenn einer den Advokaten kennt, bin ich es, und ich sage dir, daß er noch nicht einmal der Dreck eines großen Mannes ist!"

Frau Malagodi mischte sich ein:

„Ich habe meinen Hut abnehmen müssen, der nicht weniger gekostet hat als das Ungeheuer, das die Paradisi auf dem Kopf trägt. Aber sie sitzt in einer Loge."

„Sitzen nicht auch die Kommis des Mancafede mit ihm in der Loge?" schrie ihr Gatte. „Damit erspart er ihre Gratifikationen, der alte Geizhals!"

„Gegen die Herren kann niemand helfen als Don Taddeo", wiederholte hartnäckig der Schlosser Fantapiè. Der Bäcker brach vor:

„Ich weiß noch einen, der mir hilft, und das bin ich."

Er holte seine Frau und seine vier Kinder von den Sitzplätzen und schob die ganze Herde vor sich her.

„Wohin, Crepalini?"

„Ich will ein wenig nachsehen, wem die leere Loge gehört. Komm mit, Malagodi!"

Auch der Schuhmacher trieb die Seinen zusammen.

„Wir alle sind dabei, wenn es lustig wird!" rief der dicke Zecchini und hieb mit seinem Bauch ein Loch in die Menge. Das ganze Parterre schlug Wogen, die aufbrüllten.

„Seid ihr dort unten etwa verrückt geworden?" rief die Galerie.

„Ruhe! Du willst wohl Prügel, Volksaushungerer? Keinen Ton hört man. Lauter, Maestro! Bring sie mit den Trompeten zum Schweigen!"

Die meisten bemerkten erst jetzt, daß der Kapellmeister da war und daß er dirigierte. Er sah sich nicht um nach dem Getöse und ließ, geneigten Kopfes, ganz sanft die Arme schweben, als sei er mit seinem Orchester allein. Der Bäcker Crepalini, der den Ausgang fast erreicht hatte, fuhr zurück, denn ein abgenagter Apfel war ihm heftig ans Ohr geflogen. Der Schuster Malagodi fühlte etwas Feuchtes auf seine Glatze klatschen, und droben jubelte eine Jungenstimme:

„Ins Zentrum!"

Auf einmal erstickte der ganze Lärm: es war dunkel, keine Lampe brannte mehr. Erschreckt suchte man einander ins Gesicht zu sehen. Im Saal war ein unterdrücktes, unbekanntes Hin und Her von Keuchen und Scharren. Etwas Drohendes wälzte sich heran! „Was gibt es?" In den Logen sprang man auf. Eine Frau rief:

„Himmel! man ermordet mich!“

Und Stimmen auf der Galerie:

„Feuer! Hinaus! Wir sind alle verloren.“

„Nicht doch!“ schrie eine Fistel, und man erkannte, aufhorchend, den Advokaten Belotti. „Es ist nichts, lassen Sie mich machen!“

Der Herr Giocondi brach plötzlich in tobendes Lachen aus; seine Töchter mußten ihn auf dem Stuhl halten; – und darauf begriff auch die Galerie:

„Das hat der Advokat getan! Ein Streich des Advokaten! Spaßvogel, geh! ... Genug! Wir wollen Licht. Wo ist Elenuccia hin? ... Bravo, Advokat!“

„Seht ihr jetzt, daß er ein großer Mann ist?“ rief der Barbier Bonometti, – indes der Advokat im Dunkeln sich verbeugte.

Da es schon wieder hell war:

„Ah! Aber wir wollen auch die Bogenlampe.“

„Ruhig! Man spielt!“

„Da ist der Piero, da ist er! Bravo! du bist schön.“

„Es lebe die Madonna, weil es ihm gut geht!“

„Ruhig die Weiber! ... Ein Platz in Rom, sagst du? Aber das ist unser Brunnen! Nur jenen Bogen haben wir nicht, aber die Stadt sollte ihn bauen.“

„So also steht es jetzt mit deiner Tonietta, o Piero. Warum hast du sie fortgejagt und nicht auf uns gehört, denn sie war unschuldig, sonst will ich blind werden!“

„Noch einmal! Noch einmal!“

„Wie er bleich ist, Dante!“

„Es kommt, weil es Nacht wird. Die Freunde sind fort, die ihm gesagt haben, was aus der Tonietta geworden ist. Er steht allein, das Gesicht im Mantel, und weint ... Er singt. O Cölestina, höre das, höre! Ich weiß nun wieder, wie es war, als ich glaubte, du betrögest mich!“

„Und an der Ecke? Das ist sie! Das ist die Tonietta!“

„Sprich nicht! Was wird geschehen?“

„... Lege mir deine Hand auf das Herz; ich bin außer Atem: sie hat ihn erkannt!“

„Rufini, was meinst du? Ich bin in die Stadt gekommen, um ein Kalb zu verkaufen, nicht, um über erfundene Dinge zu weinen. Auch weine ich nicht über sie, sondern über mein Haus, das mir vor drei Jahren abgebrannt ist, und mein Söhnchen, das darin umkam. Ist es die Musik, die sie machen? Mir ist, als steige ich wieder in den Trümmern umher. Und doch will ich nicht fort; denn dies ist der erste richtige Trost, den jemand mir gibt."

„Wird er ihr glauben? Wird er? ... Er glaubt ihr!"

„Es ist ein wenig spät. Ich würde sie nicht mehr nehmen."

„Du hast keine Poesie, Malandrini. Höre doch, was sie einander vorsingen. Ihnen scheint, daß sie vor ihrem Hause stehen wie in ihrer Hochzeitsnacht, unter den Ölbäumen, durch die der Mond scheint. Man hat solche Einbildungen, wenn man liebt."

„Woher weißt du das?"

„Da, Polli, wieder „Sieh, Geliebter, unser umblühtes Haus"."

„Aber es ist entschieden kein Vergleich möglich mit unserem Phonographen. Das ist übrigens gut: „Laß uns unser Bett aufsuchen." Ich sehe kein Bett: alles Stein, und der Himmel sieht nach Regen aus. Ah! sie meinen, daß sie sich unter jenen Bogen legen wollen. Einverstanden; aber ob sie sich so aufführen werden, daß wir Olindo hierlassen können? ... Was gibt's, Giocondi?"

„Der Bettler, da ist er. Oh! ist der Cavaliere komisch. Seht ihn euch an, Töchter! Ich kenne ihn schon. Er hat es mir vorgemacht, und ich habe ihm Ratschläge gegeben ... Bravo, Cavaliere!"

„Bravo! Noch einmal! Wie man lacht! Ich kann nicht mehr."

„Jetzt sind sie allein, kaum erkennt man sie im Schatten; und immer wieder hörst du es durchklingen: „Sieh, Geliebter, unser umblühtes Haus heißt uns blühen" ..."

„O Nina, deine Harfe!"

„Man würde nicht glauben, daß man noch auf Erden ist."

„Es würde sich lohnen, unglücklich zu sein, um dann so glücklich zu werden wie diese."

„Aus ... Was haben sie? Warum soll man nicht klatschen: der Vorhang ist zu."

„Aber das Orchester spielt weiter. Man sagt, daß sie spielen werden, bis die auf der Bühne sich ausgeruht haben und wieder singen."

„Pappappapp, ich gehe hinaus und rauche eine Zigarette. Es passiert doch nichts."

Die jungen Leute in großen Hüten und bunten Halstüchern nickten, die Arme verschränkt, einander in die Augen.

„Wie viele Dinge jetzt vorgehen! Ist es möglich? Solch Leben! So also wird es sein, wenn einmal das Volk sich Gerechtigkeit schafft."

„Dies aber", – und der alte Literat Ortensi breitete zitternd die Arme aus, „o dies geht hinaus über die glückliche Liebe jenes Volkes, das einen Engel gebar. Denn dies, o Beatrice, ist die Abdankung und die elende Herrlichkeit des Helden, der das Land verläßt, das er erkämpfte. Die Liebe der Sterbenden! Ist's nicht zuletzt dies, was wir haben?"

Die alte Frau schwieg, und sie streichelte seine Hand.

„Wie schade", sagte der Apotheker Acquistapace zu der Witwe Pastecaldi, „daß der General Garibaldi diese Musik nicht gekannt hat! Gewiß hätte er sie spielen lassen, wenn er uns das Ziel, die Freiheit, vor Augen rufen wollte. Welche Begeisterung! Ist mir doch, nun ich zuhöre, als sähe ich wieder dem Helden selbst ins Gesicht."

Der junge Savezzo schielte in der Klubloge auf seine Nase.

„Was schiert mich die Sache der andern und ob sie vor oder hinter dem Vorhang leben oder sterben. Nur mir gilt dies, denn nur ich habe Schicksal, werde triumphieren über die, die mich niederhalten, und werde mächtig und berühmt sein ... Diese Musik hätte ich machen können; auch sie hat man mir geraubt."

Hinten in der Loge der Frau Jole Capitani, der er einen heimlichen Besuch machte, wippte der Advokat Belotti mit den Absätzen, suchte unruhig auf dem Fußboden umher und dachte an die Niederwerfung des Don Taddeo, die Gründung einer Zeitung, die Belebung der Stadt und ihre Beglückung. „Niemals fühlte ich, wie sehr ich ihr gehöre!" Seine Augen, die sich verschleierten, irrten von unten über die Hüften der Doktorsfrau, als seien es die Plätze der Stadt, und bis auf das entblößte Stück ihres gepolsterten Nackens. Sie wandte sich um, und er sagte:

„Wer diese Musik geschrieben hat, der wußte, was ein großer Mann ist."

Unter ihnen schluchzte eine Frau heftig auf. Sie horchten; es blieb still.

„Frau Camuzzi? Unmöglich. Sie ist zu wohlerzogen; und dann, welchen Grund sollte sie haben, zu schluchzen?"

„Oh! jede Frau findet dazu Grund", erwiderte Jole Capitani, und der Advokat erkannte mit Genugtuung, daß ihr unsicherer Blick nur noch ein wehrloses Flehen war.

„Bravo, Maestro!"

Der Kapellmeister fuhr auf seinem Sessel herum und machte im Sitzen mehrere rasche Verbeugungen. Die Haare klebten ihm in der Stirn; den Stab führte er jedesmal, als nötigte ihn ein unberechtigtes Gesetz dazu, flüchtig und bedeutungslos über seine Mitarbeiter im Orchester hin.

„Zum Schluß klang es dennoch wieder tragisch", stellte Rosina Giocondi im stillen fest. „Es wird sich zeigen, wenn der Vorhang aufgeht ... Natürlich, vor dem Wirtshaus ist der erste, den man sieht, der Conte Tancredi, der damals die Tonietta verführt haben soll. Dem Piero dagegen, der nun Schuhe flicken muß, bringt jene Frau, die ihn haben wollte und die jetzt die Wirtin zu sein scheint, zu essen. Sie hält ihm ihren Fuß hin, sie verführt ihn. Die Tonietta drüben bemerkt es wohl, drum kokettiert sie auch von ihrer zerbrochenen Treppe herab mit dem Tancredi. Es ist schon wieder aus, meine Lieben, mit dem Glück. Das kennt man. Man hofft zu leicht; – aber auch mit Olindo Polli ist es nichts, sonst hätte er in der langen Pause der Mama einen Besuch gemacht."

„Paß doch auf, Piero!" rief jemand auf der Galerie. „Er nimmt sie dir weg!"

„Sei still! Er hat es schon bemerkt. Der Tancredi geht, alle Gäste gehen: jetzt bekommt sie das Ihre."

„Was, Dante! Wie kannst du so böse sein gegen die arme Tonietta. Ich, deine Cölestina, verstehe sie zu gut."

„Du verstehst, daß sie ihn, obwohl er Mitleid mit ihr gehabt hat, betrügt?"

„Ich verstehe, was sie sagt: „Du hast mir schon einmal unrecht getan, ich war unschuldig.""

„Auch er aber hat recht: „Seither warst du's um so weniger!" Denn sie war eine Dirne, wie?"

„Hat er's anders gewollt?"

„Gut! Er schließt sie ein und geht. Das verdient sie."

„Nicht fortgehen, Piero! Der andere wird kommen!" rief Cölestina so laut, daß Nello Gennari den Fuß anhielt und sich umwandte. In den Logen lachten mehrere. Eine Sekunde lang spähte er mit dem düsteren Blick seiner Rolle durch den Saal, dann stieß er beide Fäuste hinter sich und trat in die Kulissen. An ihrem Rande blieb er stehen. Flora Garlinda stützte sich dort vorn auf das Fenster und sang ihre Arie: „Welche Erlösung, nicht mehr von Liebe zu wissen." Es war ihre schönste, und sie sang sie wie ein Engel: ganz sicher mußte sie sie wiederholen ... Nein? Wenige klatschten, und sie wurden zum Schweigen gebracht.

„Die Leute sind neugierig. Sie fühlen eine Entscheidung kommen; wahrscheinlich klopft ihnen das Herz. Keine Stimme ist mehr im Saal, kein Geräusch. Ja, starrt her! Gaddi ist aufgetreten, mit seiner Peitsche und seinem strammen Bauch, den er schwenkt, indem er die Hose höher zieht. Ein furchtbarer Kerl! Er hilft meiner Tonietta aus dem Fenster, führt sie auf die Straße, will sie fortschleppen. Noch widersteht sie; aber seid überzeugt, sie wird mitgehen: ich habe Unglück."

„Mein Lieber", sagte hinter ihm der Cavaliere Giordano, der schon abgeschminkt war, „was halten Sie von meinem Bettler? Welch Erfolg! Sagen Sie nur!"

Der junge Mann war zu tief in seinen Gedanken.

„Gaddi ist großartig. „Ich bin nicht eifersüchtig wie er; mir gefallen die Dirnen": seine Glanznummer ... Und sie schweigen, keine Hand rührt sich. Armer Freund! er hatte schon die Linke auf der Brust, um sich zu verbeugen. Aber du vergißt, daß wir da sind, um sie aufzuregen. Sie wollen durch uns einen hohen Herzschlag bekommen: an unseres denkt keiner. Die dritte Loge ist leer geblieben ... Wie dort hinten die Augen glühen! Mir scheint, ich fühle die Hitze ihres Atems bis hierher. Sogleich werdet ihr befriedigt werden, meine Herren. Sogleich wird Italia, die Verräterin, mich rufen; ich werde vorstürzen, ich werde sie beide –. O Alba!'

Er zog die Schultern in die Höhe, schüttelte, mit geschlossenen Lidern, heftig den Kopf und stieß das Gesicht in die Hände.

„Ist es möglich? Von allem, was meine Seele schreit, kein Echo? Vor einer leeren Loge spielen? Und nachher? Was nachher?"

„Da bin ich!“ – und er fuhr hinaus. Das Zittern des Hasses, des gehässigen Elends, er fühlte, daß es von ihm auf eine unbekannte Menge übergehe, auf die in Dunkel versunkene Welt dahinten, deren Keuchen das seine war, deren Leiden er seine Stimme gab. Wie er mit dem Verführer und Herrn kämpfte, empfing er leise Zurufe der Angst. Nun streckte er ihn hin, – und da jauchzte es auf, und neben ihm fielen Blumen nieder.

„Warst du sein? Sage die Wahrheit! Die Wahrheit!“

„Gnade!“ rief eine Frau von oben, aber er stach zu.

„Ich habe nur dich geliebt, Piero“, hauchte die sterbende Tonietta; und auf der Galerie die Geliebte des Schusters: „Hörst du es, Dante?“

„Bravi! Alle heraus! Maestro!“

Der Kapellmeister lief schon. Die Kette der Darsteller zog ihn aus der Kulisse hervor. Erst als die Hand, nach der er gegriffen hatte, die seine drückte, merkte er, daß sie Flora Garlinda gehörte. Sie verbeugte sich, wie sie dem Publikum dankte, halb zu ihm gewendet, mit einem Lächeln zärtlicher Unterwürfigkeit. Der runde schwarze Mund des Baritons beteuerte seine Ergriffenheit; Italia kitzelte alle, die, bis unter die Bühne gedrängt, klatschten, mit den Augen; und Nello Gennari tat nichts, als daß er sich niederdrücken und wieder emporreißen ließ von dem Cavaliere Giordano, der abgeschminkt, aber noch im Kostüm des Bettlers, unermüdlich zusammenknickte. Mit seiner freien Hand winkte er in den Saal.

„Bravo, Cavaliere!“ rief Frau Camuzzi sehr laut; und der Unterpräfekt, Herr Fiorio, kehrte noch einmal in die Loge zurück, um den Beifall zu Ehren des berühmten Sängers zu verstärken.

Wie Frau Camuzzi ihrem Manne folgen wollte, stand der junge Savezzo vor der Tür ihrer Loge und versperrte sie ihr.

„Gnädige Frau“ – und er sah ihr in die Augen, „die Ohnmacht des Tenors war echt. Ihm wurde schlecht, weil jene Loge leer blieb.“

Da Frau Camuzzi erbleichte, schielte er, wie aus Diskretion, auf seine Nase. Frau Camuzzi trat zurück.

„Warum sagen Sie mir das?“ fragte sie halblaut. Er drückte die Hand auf die Brust.

„Ausschließlich, um Ihnen etwas Neues zu sagen. Ich hoffe, daß ich der erste bin!“

Ihr Blick irrte in den Saal und traf unter denen, die noch klatschten, den jungen Severino Salvatori. „Er wollte die Nardini heiraten“, dachte sie; „und er kann fechten. O Verräter! Ich werde dich töten lassen ...“

Ihr schwindelte vor Gedanken; sie setzte sich.

„Aber der Savatori ist eitel und wird prahlen. Übrigens ist ein Duell unmöglich. Der alte Nardini wird erfahren, wer seine Enkelin in einen Skandal verwickelt hat. Er ist einflußreich, und mein Mann verliert seinen Posten. O Elend, an das Interesse eines solchen Mannes gebunden zu sein!“

Sie klatschte; sie rief:

„Bravi! Bravo, der Gennari!“

„Ich brauche einen Menschen“, dachte sie, „der etwas Stärkeres hat als seine Eitelkeit: einen Haß wie ich, damit er verschwiegen ist. Und das Geld der Nardini muß ihm eine furchtbarere Begierde machen als dem Gecken Salvatori; er muß arm und ehrgeizig sein, damit er ohne Bedenken ist.“

Da überraschte sie den Blick, den der Mann neben ihr unter seinen gewulsteten Brauen auf den jungen Tenor warf. Der vom Neid gekrümmte Mund des Savezzo, die graue Blässe seiner pockennarbigen Haut schienen ihr Glück zu versprechen, die Muskeln seiner verschränkten Arme erquickten sie. In seinen Lackschuhen sah sie schwarz verschmierte Sprünge: da entschloß sie sich.

„Mein Mann wird mich draußen suchen. Jetzt müssen Sie mich begleiten, Herr Savezzo.“

„Es lebe der Advokat!“ rief es hinter ihnen her, und wie Frau Camuzzi sich umsah, machte auf der Bühne, als mittleres Glied der Kette von Gefeierten, der Advokat Belotti seine Kratzfüße. Ihr Mann stellte sich gerade ein; Frau Camuzzi lächelte ihm heiter zu.

„Sie vergessen zu rufen: „Es lebe der Gemeindesekretär!““

„Bravo, Advokat!“ – und auf der Galerie hing alles in einem Knäuel hoch über seinem Kopf. Er sah verklärt hinauf.

„O Volk!“ murmelte er.

„Weine nicht mehr, Cölestina", sagte droben der Schuster Dante Marinelli. „Sie konnten nicht länger leben; es ist besser, daß der Piero ein Ende gemacht hat."

„Aber ist nun etwa sie schuld?"

„Oder er? Es war ihr Schicksal."

„Und was wird unseres sein, Dante?"

Er umarmte ihre Schultern. Ein Strom Fortgehender ergriff sie. Aneinandergedrängt, verschwanden sie darin.

„Das Theater hat sich geleert", sagte die alte Frau Mandolini. „Wir können aufbrechen, Orlando, ohne Furcht, daß sie dich stoßen. Nimm meinen Arm: wir sind auf dem Korridor, hier kommt die Treppe."

„Der Schluß war wirklich aufregend", sagte die Haushälterin und erwiderte über die Schulter die Blicke der Herren Polli und Giocondi.

„Er war mehr als aufregend", sagte der Blinde. „Diese Vorgänge, nicht wahr, Beatrice, haben uns tiefer bewegt, als eine Liebestragödie in unserm Dorf, unter unserm Fenster. Warum? Was macht diese Dinge groß?"

„Daß ein Volk sie mitfühlt, Orlando: ein Volk, das wir lieben! Denn es ist noch dasselbe, dem wir unsere Jugend gegeben haben. Hast du gehört, wie sie jenen Unglücklichen anfeuerten, ihr Urteil zu vollstrecken an dem Herrn, dem gelbbärtigen Herrn?"

„Ein Zeichen also!" rief der alte Literat. „Ein Zeichen für das, was wir getan haben! Aber auch was wir taten, ist nur ein Zeichen, denn immer aufs neue wird die Menschheit Herren zu stürzen haben, wird der Geist sich messen müssen mit der Macht."

„Wir werden zur Stelle sein."

Der Alte warf den Kopf zurück.

„Aber dieser Piero tötet auch seine Tonietta. Heißt das, daß wir vergeblich gekämpft haben werden und daß das Ziel, die Freiheit, eins ist mit dem Tod?"

„Gleichviel", erwiderte seine Freundin, „wir werden kämpfen."

Sie gelangten ins Freie.

„Ich komme mit dir, Orlando; denn mein Enkel wird die Nina Zampieri nach Hause bringen. Gut so; mag er sie rasch heiraten, die liebe Kleine, damit sie ihrer armen Mutter nichts mehr kostet."

„Beginnen jetzt die Stufen, Beatrice?"

„Ja; und man hat die Treppengasse so schlecht beleuchtet, daß ich kaum mehr sehe als du. Stütze dich um so fester auf mich, Freund."

„Es wird besser sein, gnädige Frau, er nimmt meinen" – und die Haushälterin drängte ihren Arm zwischen die beiden Alten. „Nehmen Sie, Herr Ortensi!"

Und streng flüsternd:

„Du wirst kein Wort mehr mit ihr sprechen! Den ganzen Abend hast du dich nur um sie bekümmert."

Die alte Frau lächelte barmherzig.

„Nur voran, Orlando! Ich bleibe hinter dir."

Und sie stiegen langsam ins Dunkel.

Der Tabakhändler rief plötzlich:

„Wo ist Olindo?"

Er blieb stehen; die Familien Polli und Giocondi stauten sich in der Treppengasse.

„Wirst du denn niemals auf deinen Sohn achten, Klothilde?"

Der alte Giocondi machte, den Kopf zurückwerfend: „Eh!" – und seine Töchter sahen sich, die Münder herabgezogen, an: auch sie wußten wohl, was aus einem jungen Manne ward, der zu solcher Stunde abhanden kam.

„Wehe ihm, wenn er heimkommt!" schloß Polli.

Olindo hörte es hinter dem Vorsprung des Hauses Belotti, und er zitterte. Dennoch war er, kaum daß die Seinen um die Ecke bogen, in vier Sätzen wieder oben und drang ins Theater. Gerade hüpfte hinter der erloschenen Rampe der Barbier Nonoggi umher, verrenkte das Gesicht und knickte unvermittelt in zwei Teile.

„Wie der Cavaliere! Bravo, Nonoggi!" riefen die Freunde hinauf aus einem Winkel vorn im halbdunklen Saal und aus dem Dunst, den die Stadt hinterlassen hatte.

„Auch uns soll man beklatschen! Was wäre die „Arme Tonietta“ ohne uns, frage ich. Hinauf, Allebardi! Blandini, hinauf!“

Hinter ihnen schlüpfte Olindo Polli durch die Bühnentür.

„Was habt ihr da auf euren Notenbüchern für Bilder?“ fragten die Freunde. „Ah! der Allebardi stößt so stark ins Bombardon, daß ihm seine Tapeziererfedern herausfliegen und die Hühner der Hühnerlucia krepieren. Ah! die Klarinette des Artilleristen Blandini liegt auf der Lafette, und Nonoggi bläst seine Flöte vor dem Rasierspiegel. Welche Fratze er schneidet! Ihr seid große Künstler!“

Der Kapellmeister kam, um seinen Hut zu suchen. Er steckte den Kopf unter alle Stühle, und wenn er hervorkam, sah man ihn stehen und lächeln.

„Wie, Maestro? Wir haben ihnen gezeigt, was wir können!“ sagte der Tapezierer.

„Ja, ja, ihr seid sehr brave Leute“ – und der Kapellmeister streifte die Hände nur und sah niemand an.

„Ich habe alles aus euch herausgeholt, was möglich war.“

Dabei nahm er seinen Hut vom Rande des Souffleurkastens und lief hinaus.

„Wie?“ sagte der Tapezierer und sah den Schneider Chiaralunzi an, der die Faust auf ein Notenpult fallen ließ.

„Er wird verrückt geworden sein“, meinte Blandini. „Den ganzen Abend schien er mir seltsam.“

„Hat er nicht auch –?“ fragte Nonoggi und schien sich aus der hohlen Hand etwas in den Mund zu gießen.

Der Schneider fand Worte.

„Ein böser Mann ist er!“ sagte er schwer. „Ich irrte mich, als ich ihn für einen guten Mann hielt. Aber ich bin noch rechtzeitig gewarnt worden.“

„Hört den Schneider!“ rief Nonoggi. „Er versteht mehr als der Maestro und wir. Er wird mich die Pickelflöte blasen lehren.“

„Ein böser Mann“, wiederholte Chiaralunzi, „mein Tenorhornsolo fand er nicht gut, und sogar das Fräulein Flora Garlinda hat er beleidigt, indem er ihre Arie nicht noch einmal gespielt hat.“

„Sogar das Fräulein!“ höhnte der Barbier. „Ein Fräulein zum Lachen. Es heißt, daß sie in den Schenken gesungen hat. Nehmt sie doch mit, Chiaralunzi, wenn Ihr mit Eurer Bande den Bauern aufspielt!“

Dunkelrot und wortlos holte der Schneider zum Schlagen aus, aber Nonoggi war entwischt. Er fand den Kapellmeister draußen unter den Steineichen; er tänzelte mit ausgebreiteten Armen auf ihn zu.

„Welch Unglück, Maestro, daß ein friedliches Leben mit dem Schneider nicht möglich ist! Kein Tag, an dem er Euch nicht verleumdet. Ihr sollt getrunken haben, Ihr sollt niemandem etwas gönnen. Hört Ihr's, Maestro? Sich selbst hält der Schneider für einen größeren Künstler, als Ihr seid!“

Der Kapellmeister hatte den Hut im Nacken; er lehnte an einem Baum.

„Gut, mein Lieber“, sagte er und lachte sonderbar. „Alles ist gut gegangen; ich bin zufrieden.“

„Aber der Schneider –“

Der Kapellmeister machte eine Bewegung, die den andern wegschickte. Wie er den Rücken von dem Stamm hob, schwankte er deutlich.

„Er hat also doch getrunken“, bemerkte der Barbier. „Ich dachte es gar nicht.“

Erstaunt sah er den Kapellmeister die Treppe hinabspringen. Er nahm drei der breiten Stufen auf einmal und setzte ohne Not über die Prellsteine.

Auf dem schiefen kleinen Platz beim Hause Belotti schöpfte er Atem, aufgerichtet und das Gesicht zum Himmel gewendet. „Ich habe also ein Volk gesehen! Das Volk, für das der Maestro Viviani seine Oper geschrieben hat. Ich wußte es, wir seien nicht allein; ein Volk höre uns! Wir wecken seine Seele, wir ... Und es gibt sie uns! Ich weiß jetzt, welche Stimmen, wenn ich komponiere, mit dem blauen Wind durch mein Zimmer streichen. Es erfindet für uns, dies Volk, es fühlt und tönt in uns. In der Musik der „Armen Tonietta“ hat es seinen eigenen Tonfall wiedererkannt, seine Gesten, sein Tempo. Die ungeheure Wirklichkeit der Klänge und Gesichte übertraf vielleicht, was sie je erlebten. Nie hatten sie von ihrer Akropolis in ein so gründereiches Land gesehen und sahen es nie so voll Licht, noch so voll Schrecken. Ein verklärtes Erdengefühl weitete sie mitten im Drang der Leidenschaften; der Kampf, die Wonne und das Leiden gingen in die tönende Harmonie ihrer Erde ein. Die singenden Gestalten waren stärker und reiner als sie, und doch sie selbst. Da waren sie glücklich, Menschen zu sein. Sie liebten einander. Und wir – und wir –"

„Ein Betrunkener?" sagte auf dem nächsten Treppenabsatz Frau Camuzzi zu dem jungen Savezzo. Er zuckte die Achseln.

„Der Maestro: ein Mensch, der an nichts denkt."

„Aber geben Sie acht, daß mein Mann und der Advokat nichts hören; sie sind gleich vor uns, hinter der Ecke. Dies muß geheimbleiben, das Interesse einer unserer ersten Familien verlangt es. Und handelte es sich um Alba allein: ich bin ihre beste Freundin, – soweit man die Freundin einer armen Kleinen sein kann, die schon halb Nonne ist. Und nicht einmal vor ihr hat dieser Komödiant haltgemacht ... Denn – wir dürfen nicht hoffen, uns zu irren – er hat sie verführt. In diesem Augenblick und aufgeklärt durch Sie, Herr Savezzo, weiß ich zu gut, was es zu bedeuten hatte, wenn er in der ersten Frühe zu einer Stunde, wo noch niemand, und am wenigsten ein fauler Komödiant auf der Straße ist, vom Tor her in die Stadt zurückkehrte."

Da sie ihren Begleiter knirschen hörte, führte sie aus:

„Er war jedesmal bleich und sehr in Unordnung; man sah ihm eine Nacht an, die –, genug: eine Nacht."

„Was tut das mir", sagte er zwischen den Zähnen.

„Wie? Haben Sie denn kein Herz? Verstehen Sie nicht, daß Alba gerettet werden muß und daß Sie sie retten müssen?"

„Ich bin nicht Jesus Christus, den sie heiraten soll."

„Oh, mein Herr, Sie lästern ... Aber wir können es nicht verantworten, ihren Großvater aufzuklären: es wäre gefährlich für den armen Alten; und Alba zu warnen, ist unnütz, denn muß sie nicht wahnsinnig sein, wenn sie handelte, wie sie handelte? Kein Mittel bleibt, als den Komödianten zu beseitigen."

Sie fühlte, wie der Mann neben ihr mit dem Kopf zuckte, und sie flüsterte rasch:

„Oh! mit leichter Hand, ohne Gefahr für sein Leben."

Darauf schwiegen sie und verlangsamten den Schritt, denn unter ihnen war der Advokat stehengeblieben. Er wandte Brust und Handfläche seinem Gegner zu.

„Ich verstehe Sie nicht mehr, Camuzzi, – obwohl ich gewohnt bin, daß Sie unglaubliche Dinge sagen. Unsere Aufführung war also mittelmäßig und kleinstädtisch? Gut. Orchester und Chöre schlecht diszipliniert, die Sänger teils zu jung, teils zu alt? Gut. Und die „Arme Tonietta“ des Maestro Viviani, dieses Meisterwerk, das dem Genius unserer Rasse die Welt unterworfen hat, es soll wenig wert sein, Jahrmarktsmusik und Operette? Auch das sei wahr. Aber nun sagen Sie mir eins: wo bleibt, wenn wir uns nicht rühren, der Verkehr unserer Stadt, die geistige Wachheit, der Fortschritt?“

Mit erhobener Stirn und offenem Munde erwartete der Advokat die Antwort. Der andere feixte lautlos.

„Fragen Sie lieber: wo bleibt die Befriedigung des Ehrgeizes einzelner?“

Und der Advokat, nach Luft schnappend:

„Der Ehrgeiz einzelner, mein Herr, ist eine Forderung des öffentlichen Wohles. Sahen Sie schon je einen Staatsmann groß werden, ohne daß auch sein Land groß ward?“

Er schrie, daß sogar der Kapellmeister es hörte. Aber der Kapellmeister schob es mit der Hand fort, und er wiederholte stürmisch:

„Wir, die wir aus dem Reichtum eines Volkes schöpfen dürfen, wie müssen wir es lieben! Wird es mein Werk als das seine anerkennen? Von dort unten aus der dunklen Stadt steigen Stimmen: „Sieh, Geliebter, unser umblühtes Haus“ –. Wird auch meine Oper einst in allen Gassen, auf allen Lippen sein? Werden sie mich groß nennen, – weil ich sie geliebt habe? ... Gott, mir schwindelt. Entschuldigen Sie, mein Herr. O gnädige Frau, verzeihen Sie mir!“

„Wie denn, Maestro. Wir lassen Sie vorbei ... Er scheint nicht vom Wein berauscht, sondern von seiner Musik, der Arme. Sie aber, Herr Savezzo, haben weniger Mut, als ich dachte. Wie? Sie wollten nicht um eines guten Zweckes willen einige Rebstöcke zerbrechen und dem Bauern die Meinung beibringen, der Komödiant, der sich bei Villascura umhertreibt, sei der Täter? Wie leicht und wie dankbar für einen Mann von so viel Geist, solchem rohen Menschen den Arm zu lenken! Er selbst wird nachher nicht wissen, daß Sie es waren; – und inzwischen hat der Verführer eine Warnung erhalten: oh, nichts Ernsthaftes, unsere Bauern sind zu geschickt, – aber doch genug, um ihn im Augenblick unschädlich zu machen und ihm für später die Lust zu nehmen nach den

Töchtern unserer ersten Familien. Der Herr, dem Sie eine Magd erhalten, wird es Ihnen vergelten."

Er lachte hart.

„Für den Herrn wage ich nicht meine Freiheit; und die Belohnung verlange ich nicht von ihm, sondern, gnädige Frau, von Ihnen."

Frau Camuzzi seufzte.

„Ich habe es erwartet, denn ich wußte wohl, welch energischen Charakter Sie haben. Wenn Alba denn nicht dem himmlischen Gatten gehören soll, so ist es immer noch besser, sie wird die Ihre, als daß jener Landstreicher sie ins Elend führt. Ich verspreche Ihnen, daß ich für Sie handeln werde, wie Sie für mich. Ich habe Alba etwas zu sagen, das ihr gegen ihren Liebhaber Haß machen und sie in die Arme dessen treiben wird, der ihn getötet hat. Zählen Sie auf mich! ... Und bleiben wir nicht zu weit zurück! Dieser Narr von Maestro ist mit meinem Mann und dem Advokaten zusammengestoßen."

„Es tut nichts", schrie der Advokat. „Sie dürfen zuhören, Maestro. Wir haben keine Geheimnisse. Es ist nur eine kleine Abrechnung, die ich mit Freund Camuzzi halte. Denn, Herr Camuzzi, sehen wir nur genau zu, und wir werden finden, daß in dieser Stadt keine Neuerung, kein Fortschritt, kein dem Volke zu leistender Dienst je anders bewirkt worden ist, als gegen Sie und durch mich. Wer hat sich gegen die Wiederherstellung der Vizinalwege gesträubt und wer sie durchgesetzt? Wer hat den armen Frauen ihr wohlverdientes Waschhaus vorenthalten wollen, und wer hat es ihnen verschafft? An die kaum beendeten Kämpfe um das elektrische Licht und das Theater brauche ich Sie nicht zu erinnern. Sie waren nie dafür, daß irgend etwas geschähe. Man kann sagen, daß Sie, Herr Camuzzi, der Geist der Verneinung selbst sind, und ich, der Advokat Belotti, der Genius der Tat!"

„Aber mein Mann", sagte droben Frau Camuzzi, „trägt einen besser gemachten Frack. Finden Sie nicht, daß dieser Advokat etwas sehr Vulgäres hat?"

Savezzo erwiderte:

„Also, ich zähle auf Sie, gnädige Frau. Sollte ich aber falsch gezählt haben" – und er verschränkte die Arme; sie sah seine Muskeln anschwellen –, „dann würde ich freilich machen, daß der Komödiant alles ausplaudert, was er von den Damen der Stadt weiß."

Sie begegnete seinem drohenden Blick leise von unten, indes sie mit dem Fächer spielte.

„Und auch von den Männern?“ fragte sie sanft. Dann erhob sie mit einem offenen Lächeln den Kopf.

„Wir verstehen uns, Herr Savezzo, und wenn wir uns niemals mißverstehen, können wir sehr stark sein. Wer weiß, was aus uns geworden wäre, aus einem Manne von so großem Talent, aus einer vielleicht nicht ganz gewöhnlichen Frau, wenn wir anderswo hätten leben können, in einer großen Stadt –“

Er fiel ein:

„– unter Menschen ohne Vorurteile, in einem wütenden Spiel von Interessen und Leidenschaften. Wem sagen Sie es? Sie treiben vom Grunde meines Daseins mit einem Hebeldruck alle Bitterkeit herauf. Dort wäre man vielleicht ein Politiker, der eine Welt in Bewegung setzt, der Liebhaber mächtiger Damen, ein großer Dichter, durch den das nationale Gewissen spricht. Zu allem fühle ich mich berufen. Hier gehört man keiner der herrschenden Familien an, und damit ist man abgetan und zum Neide verdammt auf jeden, der hervorragt.“

„Hier hat man einen Mann, der Gemeindesekretär ist und bleibt. Hier muß man heucheln: heucheln um sein Vergnügen, heucheln um seinen Schmerz.“

„Ist es vielleicht die Falschheit des ganzen Jahres, die uns heute abend gegeneinander so offen macht?“

„Oder“, murmelte Frau Camuzzi, und sie drückte, sehr bleich, die Lider zu, damit die Träne nicht herausrinne, „ist nicht nur der Maestro durch jene Musik in Aufruhr gebracht?“

Schweigend stiegen sie die letzten Treppen hinab; drunten fuchtelte der Advokat.

„Wäre ich die Persönlichkeit geworden, für die alle mich halten, wenn ich nicht Sie gehabt hätte, Camuzzi? Vielleicht mußte Ihr Widerspruch meinen schöpferischen Drang anstacheln, damit Waschhaus und Theater, Vizinalwege und Licht entstehen konnten. Zuweilen denke ich mir: wenn einst der greise Vertreter unserer politischen Wählerschaft zurücktritt –. Sie verziehen das Gesicht, Camuzzi, aber der Cavaliere Lanzerotti wird dennoch zurücktreten, und kann sein, daß das Volk mir selbst die Ehre erweist, mich als seinen Deputierten in die Hauptstadt zu schicken –: dann, so denke ich mir, wäre es gut, wenn ich auch in der Kammer Sie, Camuzzi, wiederfände; denn Sie würden mich größer machen ... Ich sei groß in Worten, sagen Sie? Sie wissen nicht, Freund, was Begeisterung ist, sonst wären Sie heute abend begeistert!“

Er streckte den Ankommenden die Hände hin.

„Wie, gnädige Frau? Bewegung und Tätigkeit, das ist alles, und das lehrt uns die Musik des Maestro Viviani!“

„Eine Frau kann nicht handeln“, sagte sie; „und daß ich bei den Komödianten war, werde ich morgen dem Don Taddeo beichten müssen. Inzwischen werden die Gewissensbisse mich nicht schlafen lassen.“

„Ich wußte, meine Liebe, daß es so enden würde“, sagte Camuzzi.

„Und der Maestro?“ rief der Advokat die Gasse hinauf. „Wir haben ihn verloren?“

Der Kapellmeister winkte, bevor er sich von der Rampe losriß, noch einmal in das Dunkel der Höfe und Häuser hinab, das ihm voll lauschender Atemzüge schien.

„Ja, ich werde euch wohltun! Durch mich werdet ihr glücklicher werden und einander lieben. Ein Mädchen, das meine Arie aus dem Fenster singt! Ein Junge, der mit seinem Korb voll Gipsfiguren durch den Staub zieht und dem eine Melodie von mir die Straße weniger heiß macht! Werde ich nicht sein wie ein König, dessen Bild auf allen Münzen, in allen Händen ist? – und dessen Bild ein Sinnbild des ganzen Volkes ist!“

Er lief die Treppe zu Ende.

„Da wären wir alle beisammen“, bemerkte der Advokat; „und wenn unser Theater auch nicht sehr zentral liegt, – der Bau eines neuen städtischen Theaters hier im Mittelpunkt wird trotz Ihrem Händeringen, Camuzzi, eine unserer nächsten Aufgaben sein –: so verschafft uns das doch einen Spaziergang, der hoffentlich allerseits angenehm war.“

„Jeder genießt solchen Spaziergang auf seine Art“, erwiderte Frau Camuzzi.

Sie bestand darauf, nach Hause zu gehen. Vor ihrer Tür trennte man sich. Wie der Advokat mit Savezzo und dem Kapellmeister zu der bewegten Versammlung beim Café „Zum Fortschritt“ stoßen wollte, sah er aus der Treppengasse Flora

Garlinda biegen. Sofort entschuldigte er sich und eilte ihr durch das festliche Gedränge entgegen. Sie kam seinen Komplimenten zuvor.

„Ah! Advokat, Sie sind ein Mann, auf den man sich verlassen kann, Sie wollen mir Ihre Rezension vorlesen ... Wie? Sie haben sie noch nicht geschrieben? Sie haben die Zeit verschwatzt, gleich all dem Volk hier?"

Da er stammelte –

„Ach, Herr Advokat, ich habe Sie in meiner Einbildung so hochgestellt, daß Sie vielleicht Mühe haben werden, sich dort zu behaupten ... Treten wir unter die Rathausbogen: es ist schattig darin, und ich hasse das Girren dieser Geputzten, ihr nutzloses Umhertreiben ... Sagen Sie mir also, was Sie schreiben werden!"

Und obwohl er beteuerte, er müsse sich in der Muße seines Kabinetts darauf vorbereiten –

„Sie werden mit Recht das meiste über den Cavaliere sagen. Er ist berühmt; seine Kunst ist zweifellos die größte und seine Stimme die glänzendste. Vergessen Sie das nicht, Herr Advokat! Für Gaddi ist das Lob nicht zuviel, daß er sich seit zehn Jahren auf der Höhe seines Könnens befindet."

„Dieses Lob erregt nirgends Neugier", dachte sie und streifte mit einem feinen, hellen Blick den Advokaten, der leise keuchend die Lippen bewegte, als lernte er ihre Worte auswendig.

„Was Italia angeht, stellen Sie zu ihrem Ruhme fest, daß das Publikum, geblendet durch ihre Erscheinung, die Streichung ihrer beiden Arien nicht einmal bemerkt hat. Der arme Nello sodann bietet Ihnen Gelegenheit, Ihre Leser als Menschen zu rühren: ist er doch, weil er die Anstrengung des Singens nicht erträgt, in eine schwere Ohnmacht gefallen. Der Maestro –"

„Ich erwähne ihn gar nicht" – und der Advokat spreizte voll Eifer die Hand. Er dachte: „Sie wird mich nicht umsonst bis hierher geführt haben: ich wußte es" – und er trat ihr voran in den ganz dunkeln Hof des Rathauses.

Die Primadonna sagte:

„Das geht nicht. Sagen Sie, er sei trotz seinem Mangel an regelmäßiger Vorbildung, also sozusagen als Dilettant, überraschend gut gewesen, so daß das Publikum nicht nur aus Lokalpatriotismus der Freundlichkeit der Hauptdarsteller zustimmte, die bei Empfang des Beifalls auch den Maestro in ihrer Mitte sehen wollten."

„Aber das ist ja beinahe gerecht!“ rief der Advokat. „Ich bewundere Sie immer mehr. Und von Ihnen selbst –“

„Oh! nur wenig. Aber schließen Sie mit mir!“

„Ich werde sagen, daß Flora Garlinda ein Stern ist, der vorläufig nur erst über den Dächern unserer kleinen Stadt leuchtet. Bald aber geht er über denen der Hauptstadt auf, ja über denen von Paris, London und New York!“

„Sie haben Talent, Advokat.“

„Ich setze hinzu, daß ich lieber schweigen würde, um Sie nicht zu rasch zu verlieren. Aber die Wahrheit drängt ans Licht.“

Die Hand auf dem Herzen, tat er einen Schritt. Sie wich einen zurück.

„Und da Sie das im Ernst meinen, Herr Advokat, habe ich Ihnen nicht zu danken. Männer wie Sie wären beleidigt, wenn man täte, als erwiesen sie Gunst, wo sie nur gerecht sind.“

„Wie wir uns verstehen!“ – und heftig schnaufend trat er noch einmal vor. Sie bog sich weg, bis ihr Rücken die Mauer berührte. Links und rechts hatte sie seine gerundeten Arme. Ihre Hände staken in den Taschen ihres Staubmantels, die Schultern hielt sie hochgezogen, als ob sie fröre; – aber mit ruhiger, warmer Stimme sprach sie zu ihm:

„So habe ich auch keinen Augenblick den Verdacht gehegt, Sie seien wie die anderen Mächtigen, die sich von der Frau für das belohnen lassen, was sie für die Künstlerin tun. Wissen Sie doch selbst um den großen Ehrgeiz und die ungeheuren Pflichten, die das Talent uns auferlegt. Ich kenne Sie, Advokat: Sie würden durch die Demütigung einer Frau, die Ihresgleichen ist, auch sich gedemütigt fühlen.“

„Wie wahr!“ sagte er erstickt, „das ist meine Art zu denken; Sie lehren sie mich erst richtig kennen.“

„Man kann nicht oft so zu einem Menschen sprechen. Nehmen Sie diese Hand, mein Freund!“

Der Advokat entfernte die seine vom Augenwinkel, den er gedrückt hatte.

„Ich danke Ihnen für Ihre Worte, Fräulein Flora Garlinda, und ich darf behaupten, daß ich sie verdiene.“

Er hob ihre Hand zwischen den seinen auf und ließ sie nachdrücklich wieder hinunter.

„Sie tun mir weh, Herr Advokat."

„O Verzeihung!" – und er sank tief zusammen, um ihre Fingerspitzen zu küssen. Darauf trat er mit einer großen Gebärde beiseite. Sie ging vorüber, den Kopf schief, mit einem leisen, unbestimmbaren Lächeln aus dem Profil.

„Eine so große Künstlerin", murmelte er unter dem Schauer, womit seine eigene Ritterlichkeit ihn überzog.

„Sie, Herr Advokat, wären einer größeren würdig", sagte Flora Garlinda und gelangte mit einem letzten, rascheren Schritt über die Schwelle.

„Da sind sie", sagte Nello Gennari, „ich will sie holen."

Er verließ hastig den Tisch, tat, als trachtete er auf dem Umwege um mehrere Gruppen mit der Primadonna und ihrem Begleiter zusammenzutreffen, verfehlte sie aber und schlüpfte plötzlich selbst in den Rathaushof.

„Würde man glauben", – und der Apotheker Acquistapace lächelte, vor Bewunderung starr, in die Runde, „daß dort eine so große Künstlerin kommt?"

Der Herr Giocondi entgegnete und verzog diskret die Lippe:

„Tatsache ist, daß sie mit aufgestecktem Haar nach nichts aussieht."

„Sie hat eine schöne Hand", meinte der junge Savezzo und zeigte die eigene umher mit allen ihren abgerissenen Nägeln.

Italia erklärte rasch noch:

„Wenn man immer die vier Finger in der Mitte teilt, wird jede Hand schön."

Dabei lächelte sie schon für die Ankommende. Von der andern Seite traf Camuzzi ein, schlank und elegant in einem neuen Herbstmantel mit enger Taille. Savezzo musterte ihn mit düster leidender Miene und sagte dem Sekretär voraus, daß er schwitzen und sich erkälten werde. Der Advokat lobte vielmehr Camuzzi, weil er dem einheimischen Handwerk zu verdienen gebe. Polli stellte fest:

„Tatsache ist, daß wir alle – kurz, wir haben uns verändert. Entweder irre ich mich, oder sogar dein Bruder, Advokat –", und er nickte nach dem Nebentisch, wo Galileo Belotti und der Baron Torroni mit den Pächtern eine lärmende Unterhaltung führten: „ja doch, er hat eine andere als seine Arbeitshose an."

„Und was die Frauen betrifft", begann der Leutnant Cantinelli.

Der Advokat unterbrach ihn:

„Und warum haben wir uns verändert, meine Herren? Weil wir durch unser Theater endlich ein wenig Bewegung in die Stadt bekommen haben. Daher Ihr neuer Mantel, Herr Camuzzi, mit dem Sie selbst für meine Ansicht kämpfen; daher die neue Blüte unseres öffentlichen Lebens!"

Er rundete die Arme, als wollte er den weiß beleuchteten, vollen und schwatzenden Platz damit umfangen.

„Nie sah man so viele Frauen mit Hüten!" rief der Apotheker.

„Freilich sagen die beiden Fräulein Pernici", begann der Leutnant wieder, „daß einige Hüte nicht von ihnen bezogen und darum nicht schön seien."

Jeder nannte, ohne den andern zu hören, die Frau, die ihm am besten angezogen schien. Hinter den Bürgern, an der Mauer, fragte Flora Garlinda den Kapellmeister:

„Und Sie, Maestro? Denken Sie an Ihren Ruhm, den die „Glocke des Volkes" verbreiten wird? Denn Sie haben es so einzurichten gewußt, daß neben Ihnen wir andern heute abend ganz verschwanden."

Und er, mit weichem Lächeln:

„Ich bitte Sie um Verzeihung, wenn ich Ihnen gegen meinen Willen weh getan habe. Ich weiß nicht, was andere denken, was andere fühlen: für mich hat es heute nur eine gegeben, nur eine, bei der Schönheit und Größe waren. Flora Garlinda, die falsche Scham sollte uns nicht hindern, die Wahrheit zu sagen ..."

Seine blauen Augen glänzten feucht in seinem rosig bewölkten Gesicht. Sie musterte ihn kalt.

„Es war ein großer Abend", stammelte er. „Vielleicht waren wir alle nur dazu da, Sie noch größer zu machen. Aber auch ich habe gelebt heute abend, und ich danke allen dafür –"

Mit einer zitternden Geste:

„– allen."

Sie sah, die Mundwinkel gesenkt, düster weg.

„Auch noch danken“, murmelte sie. „Ich hasse alle, weil ich sie nicht einfach verachten kann. Ich hasse sie, und ich – liebe sie. Vielleicht möchte ich, daß sie mir zujubeln und daran ersticken. Danken? Bilden Sie sich ein, daß, was geschieht, um Ihren Dank geschieht? Fühlen Sie nicht, wie alles böse und gefährlich ist?“

Sie zuckte die Achseln und drehte ihm den Rücken.

„Den schönsten Hut“ – und der Advokat verbeugte sich mit Wucht nach dem Tisch zur Linken, „ah! nur Frau Aida Paradisi hat ihn.“

Die beiden Töchter lugten unter der weiten schwarzen Spitzenwolke hervor, die über dem Haupte der Mutter schwebte, und auch der Kaufmann Mancafede zeigte sich darunter. Er erhob ein Glas Punsch und schlug vor, die Tische zusammenzurücken. Es geschah; und sogleich fragten die Damen nach dem Tenor Nello Gennari. Man suchte ihn vergeblich.

„Aber ist es zu glauben“, sagte der Advokat, „daß dort hinten eine Nonne umherstreicht? Nach Mitternacht noch sind diese heiligen Unterröcke unterwegs! Sollte man nicht der kirchlichen Behörde einen Wink geben?“

„Er ist so zart, der arme junge Mensch?“ – Mama Paradisi wand sich nach allen Seiten, um ihrer Stimme den delikatesten Fall zu geben. „Sein Unwohlsein von vorhin wird er noch spüren; und vielleicht verträgt er auch die Nachtluft nicht.“

Der junge Savezzo verfolgte unter gewulsteten Brauen den Zipfel einer weißen Flügelhaube, der aus dem Schatten des Bogenganges hervorhuschte und wieder darin verschwand.

Wie der schöne Alfò mit Kaffeegeschirr vorüberlief, hielt Savezzo ihn an.

„Alfò“, raunte er, „man nimmt dir die Alba weg.“

Der Sohn des Caféwirtes lächelte glücklich.

„Die schöne Alba, ich werde sie heiraten.“

„Bist du so gewiß, daß sie dich liebt?“

„Warum kommt sie sonst täglich zur Messe? Nur um hier vorüberzugehen und mich anzusehen!“

„Aber seit einer Woche kommt sie nicht mehr.“

„Sie kommt nicht mehr“ – und die Augen des jungen Mannes strahlten vor Eitelkeit –, „weil sie mit mir schmollt; denn das letztemal habe ich versäumt, sie anzusehen, weil ich den Wein aufwischte, den der Schlächter Cimabue verschüttet hatte. Im Mai aber bin ich zwanzig Jahre alt und heirate sie, sie mag ruhig sein.“

„Alfò, man verführt dir die Alba. Es ist der jüngste der Komödianten, jener Tenor, der sie dir verführt.“

Alfò schüttelte glucksend den Kopf.

„Du glaubst mir nicht?“ sagte der Savezzo. „Ich habe es gesehen. Der Komödiant ist heute in Ohnmacht gefallen, weil er alle Nächte, verstehst du, dort draußen verbringt.“

Das Lächeln des schönen Alfò ward nachdenklich. Plötzlich fletschte er die Zähne.

„Wo ist der Komödiant?“ – und er griff unter schnarchenden Lauten in die Hosentasche. Der Savezzo zog ihm die Hand heraus.

„Wenn er da wäre, hätte ich nicht mit dir gesprochen; denn ich will nicht, daß ein Unglück geschieht. Auch kann ich mich irren. Vielleicht hat er sie noch nicht verführt, deine Alba. Nötigenfalls werde ich dich warnen, ja, ich werde dir die beiden zeigen. Aber du mußt versprechen, vernünftig zu sein.“

Der schöne Alfò lächelte wieder vollkommen glücklich.

„Wie sie mich liebt, die Alba!“

Ein Jubelgeschrei erhob sich. Über allen Häuptern erschien in den Händen des Gevatters Achille ein Tablett mit drei Flaschen Asti. Unbemerkt hatte der Apotheker sie bestellt. Der Herr Giocondi ließ sich von ihm einschenken und erklärte:

„Da deine Frau dich nicht mit Asti empfangen wird, ist es gut, wir trinken ihn jetzt.“

„Welch glänzendes Leben wir führen!“ rief der Advokat. „Wer das alles noch vor acht Tagen vorhergesagt hätte! Auf taghell erleuchtetem Platz stoßen wir mit schönen, prachtvoll geschmückten Frauen an, und um uns her bewegt sich eine Gesellschaft, auf die manche bedeutende Stadt stolz wäre. Unsere alten Monumente sehen sich mit Staunen verjüngt durch die Wogen des Verkehrs, die sie umfluten; das Blut pulst heftig in den Adern unserer Stadt; und wehe dem –“

Er stieß den Arm nach dem Dom aus.

„– der es wagen wollte, den Fortschritt aufzuhalten.“

Auch die andern waren in diesem festlichen Augenblick der Zuversicht, daß Don Taddeo den Eimer werde herausgeben müssen. Camuzzi allein äußerte Zweifel. Der Mittelstand sei unzufrieden, er drohe die Reihen der klerikalen Opposition zu verstärken. In all dem Glanz erweitere sich, setzte der Sekretär hinzu, ein dunkler Fleck. Niemand hörte auf ihn; der Apotheker schwenkte sein Glas vor der Primadonna.

„Es lebe die „Arme Tonietta“! Ich glaubte immer, solch einen Tag würde ich nicht wieder sehen; denn dies ist ein Tag wie zu Zeiten Garibaldis. Der Advokat hat recht: wir sind hier in einer kleinen Stadt, aber was für große Dinge erleben wir!“

Man trank einander zu; man trank den Pächtern nebenan zu. Galileo Belotti und der Baron Torroni kamen mit ihren Gläsern und forderten die Damen auf, auch ihnen und ihrer Gesellschaft die Ehre eines Besuches zu geben. Italia war eben dabei, dem Apotheker zu schwören, daß sie keinen Fuß in die Unterpräfektur setzen werde. Galileo zog sie, unter Kratzfüßen, am Arm. Sie folgte; aber bei jedem Schritt kitzelte sie mit den Augen den Apotheker, der sich rötete.

Der Kapellmeister bemerkte plötzlich, daß zu seiner Linken der Cavaliere Giordano mit hängender Lippe und Falten auf der Brust teilnahmslos hinausstarrte. Er mußte den Alten anstoßen, damit er aufhorchte.

„Ihre Leistung war schön, Cavaliere“, sagte er warm; „sie war ergreifend: ich danke Ihnen.“

Der alte Sänger bewegte mit einem müde spottenden Lächeln die Hand.

„Ich hätte es nicht tun sollen“, sagte er.

„Aber Sie sind ein großer Künstler!“ sagte der Kapellmeister erschreckend. „Wenn es Abende gibt, an denen Sie sich nicht ganz auf Ihrer gewohnten Höhe fühlen –“

Der berühmte Tenor legte ihm die Hand auf den Arm.

„Sie sind ein guter junger Mann, Dorlenghi; Sie haben Mitleid mit mir. Glauben Sie aber nicht, daß ich zu jeder Stunde in Unwissenheit darüber bin, wie es mit mir steht! Morgen werde ich zweifellos mich dieser Worte nicht mehr erinnern und wieder auftreten. Was kann man tun."

Der Kapellmeister sah auf seine Knie; er wagte nicht zu atmen. Der Cavaliere Giordano hob mehrmals die Schultern; dann griff er nach seinem Glas. Als es leer war, richtete er sich auf und lachte gewaltsam.

„Ich rede Dummheiten: Sie werden es bemerkt haben, Maestro, und sie hoffentlich vergessen. Wie Sie selbst wissen, hat man schlechte Abende, und ich hatte sie schon vor dreißig Jahren. Was beweist das? Und selbst wenn man sich eine Zeitlang zum Singen nicht disponiert fühlt, bleibt man darum etwa nicht Mann? Gewisse Frauenblicke geben mir zu verstehen, daß ich noch heute einem Jüngeren gefährlich werden könnte. Sie machen große Augen, Maestro: Sie haben Grund dazu."

„Was für eine Frechheit!" schrie der Apotheker mit einem mächtigen Schlag zwischen die Gläser. „Dieser Bauernlümmel untersteht sich, das Fräulein Italia auf den Hals zu küssen!"

„Was denn, Bauernlümmel!" keifte Galileo Belotti und trat ihm watschelnd entgegen. „Versteht sich, wir sind weder Gecken noch Schwätzer, aber wir haben Fäuste, wir!"

Seine ländlichen Freunde bestätigten dies.

„Wir werden sehen!" rief der Apotheker und stapfte auf seinem Holzbein der feindlichen Schlachtreihe entgegen ...

Der Cavaliere Giordano kicherte.

„Sie sollten sich hüten, Maestro. Ihre kleine Rina: ich bin ihr in diesen Tagen öfter begegnet, und es ist nicht sicher –. Sie hat mir gestanden, daß Sie sie vernachlässigen, und versteht sich, daß ich mich daran gemacht habe, sie zu trösten. Das Kind ist schüchtern; dennoch scheint es, daß die Liebe zu mir im Werden ist; und wenn nun Sie, Dorlenghi –"

Ein Krach: mehrere Stühle waren umgefallen, und Galileo Belotti kugelte sich, vom Apotheker hingestreckt, im Staube. Die Pächter drangen auf den alten Krieger ein. Er brüllte, während er um sich stieß, vor Wut, denn einer von ihnen lud dort hinten Italia, die kreischte, auf seinen Wagen! Der Baron Torroni kam, vom Wein brandrot, dazwischen: sie gehöre ihm, er sei ein Herr.

„Was denn Herr“, keifte Galileo Belotti zwischen den Beinen der Kämpfenden hervor.

„Seht ihr nicht? Das ist der Conte Tancredi mit der „Armen Tonietta“!“ keuchte der Advokat in den Lärm. Alle Bürger hatten die Arme in der Luft und feuerten den Apotheker an. Mama Paradisi flüchtete kreischend mit ihren Töchtern; der Gemeindesekretär brachte seinen neuen Mantel in Sicherheit; in weitem Umkreise zogen sich die nächtlichen Spaziergänger zurück; die streitenden Pächter benutzten die Gelegenheit, ohne Zahlung zu verschwinden; – da ging, festen Schrittes und eine Hand in der Hosentasche, der Bariton Gaddi auf die beiden Bewerber Italias los, stieß den Edelmann und den Bauern vor die Brust, daß sie hintenüber in den Wagen fielen, und hieb auf das Pferd ein. Dann führte er, ohne sich umzusehen, Italia, die in die Hände weinte, durch die Gasse der Hühnerlucia von dannen.

„Lassen Sie doch jene Leute!“ – und der Cavaliere Giordano stieß den Kapellmeister an. „Unsere Angelegenheit ist wichtiger. Die Kleine würde mich gewiß lieben, wenn Sie, Dorlenghi –“

Der Alte murmelte etwas dazwischen; durch das Pergament seiner Wangen drang ein wenig Rot, schön rund und kirschenfarben, wie frisch geschminkt.

„– wenn Sie ihr sagen wollten, daß sie – frei ist, daß sie sich ohne Furcht, die arme Kleine, ihrer Neigung zu mir hingeben darf.“

Er schielte angstvoll auf den jungen Mann hinunter, der die Lider nicht aufschlug und stumm schluckte. Plötzlich stand der Kapellmeister auf, drückte dem Sänger, immer ohne ihn anzusehen, die Hand und entfernte sich schnell.

„Welch häßlicher Zwischenfall“, sagte der Advokat Belotti; „wir werden uns hüten, der „Glocke des Volkes“ darüber zu berichten. Solche Dinge, sagen wir nur die Wahrheit! – können in jeder Stadt vorkommen. Überall gibt es immer noch schlecht erzogene Leute; um so schlimmer, wenn man in seiner eigenen Familie –“

„Ich habe so gut gelacht“, sagte Flora Garlinda; „es war so unterhaltend.“

„Wie? Aber man hat die Achtung vor Ihrem Geschlecht verletzt!“

Sie warf die Lippe auf.

„Ich freue mich, wenn ich es sehe. Ich selbst verlange nicht darum Achtung, weil ich eine Frau bin, und ich hasse die Weiber.“

„Aber es war gefährlich! Jene Bauern tragen Messer!"

„Warum haben sie sie nicht gezogen? Wie unterhaltend es gewesen wäre! Wozu nützen alle diese Leute! Was können sie? Sie hätten einander einmal stechen sollen, das wäre das beste gewesen, was sie je getan hätten."

Die Mienen des Advokaten, des Tabakhändlers und des Herrn Giocondi trugen entsetzte Mißbilligung. Gleichzeitig rafften alle drei sich zurecht, griffen nach den Gläsern und stießen sie auf dem Tisch zusammen.

„Auf die Gesundheit!" sagten sie kräftig.

Während sie tranken, erlosch die Bogenlampe; – und plötzlich, wie aus dem Schatten geboren, stand auf dem leeren Platz inmitten des seltsam scharfen Geplätschers vom Brunnen ein kleiner Uralter und zog mit einer klapprigen Verbeugung seinen randlosen Hut von fern vor dem Cavaliere Giordano – und dann noch einmal vor Flora Garlinda. In einem wankenden Tänzeln näherte er sich; sein winziges Gesicht lächelte aus allen Runzeln, die glanzlosen Augen versuchten eine stumpfe Schelmerei; – und wie er beim Tisch anlangte, legte er die Hand aufs Herz und öffnete, ohne daß ein Laut entstand, einen weiten, dunklen Mund, der das Gesicht zu verschlingen schien. Der Advokat bemerkte, wie die Primadonna zurückschrak, und wendete sich um.

„Ah! da ist Brabrà. Keine Furcht: es ist ein harmloser Verrückter, seit dreißig Jahren ernährt ihn der Herr Nardini in Villascura. Man hat nie erfahren, wie er zu uns geraten ist. Sage den Herrschaften deinen Namen, Brabrà! Denn Sie müssen wissen, daß dies der einzige Laut ist, den er je von sich gibt. Sage Brabrà!"

Statt dessen kam aus dem gereckten Hals, woran lange, schlaffe Sehnenstränge schaukelten, ein feiner Fistelton: ein Ton, wie von einem Kinde, das schwärmt und singen möchte.

„Was fällt ihm ein", sagte der Advokat. „So hat er noch nie getan. Was will er?"

„Auch ich –" sagte eine erloschene Stimme; und der kleine Greis tastete sich immerfort, mit Fingern aus lauter schwarzen Hautringen, über Brust und Hals. „Auch ich –"

Polli vermutete:

„Er war im Theater: das scheint ihm geschadet zu haben."

„Ah!“ machte der Advokat; und in der Erinnerung an das Benehmen des Verrückten, der die Huldigung der Menge von ihm abgelenkt und, als parodierte er ihn, das Volk gegrüßt hatte, ließ er ihn streng an:

„Was tatest du im Theater, Brabrà?

„Theater!“ – und der Greis zuckte auf. Mit den Fingern am Hals: „Auch ich ... Theater ...“

Der Cavaliere Giordano erkannte:

„Er will sagen, der arme Teufel, daß er früher einmal gespielt hat. Wie hießest du denn damals, mein Freund?“ fragte er mit Wohlwollen und großer Überlegenheit. Der Uralte schloß die Lider, erhob tastend die Hand; und alle seine Runzeln, die Faltensäcke, zwischen denen der Mund verschwand, sein ganzes eingeschrumpftes Gesicht stand angstvoll still. Auf einmal öffnete es sich, begann zu arbeiten, den Augen entstieg eine schwache Flamme, und der Mund kam herauf, um zu sagen:

„Der Montereali.“

Der Cavaliere Giordano lehnte sich zurück.

„Der Montereali – es ist lange, daß ich den Namen nicht mehr gehört habe. Der Montereali“, erklärte er dem Advokaten, „war, als ich anfing, nicht mehr auf der Höhe, aber man sagte, daß er große Zeiten gehabt habe. Seit mehr als dreißig Jahren ist er tot.“

„Der Montereali“, wiederholte der Uralte und deutete sich zitternd auf die Brust.

„Auf was für Dinge die Verrückten verfallen!“ bemerkte der Advokat. Der Herr Giocondi sagte:

„Er ist gut aufgelegt. Bravo, Brabrà!“

Der zahnlose Mund stand wieder schwarz offen. Der Cavaliere Giordano legte die Hand ans Ohr.

„Er singt etwas: ja, eine Melodie, die ich – vielleicht – gekannt habe. Welche Oper war doch das? Welche – Oper –“

Plötzlich hörte man Flora Garlinda laut auflachen. Alle fuhren herum: sie lag mit den Armen auf dem Tisch und schrie gellend. Ihr schmaler Körper ward geschüttelt, aus dem bläulichen Gesicht traten die Adern. Man versuchte umsonst, ihre Finger vom Rande des Tisches loszumachen: ihr Blick, voll der Verlassenheit einer nie gesehenen Angst, schreckte die Helfer zurück, und sie lachte ... Wie der Advokat sich die Stirn trocknete, erschien in der Gasse der Hühnerlucia der Schneider Chiaralunzi.

„Das Fräulein ist nicht nach Hause gekommen", sagte er. „Wo ist denn das Fräulein Flora Gar –"

Da stockte sein Schritt, die Farbe verließ sein Gesicht, seine großen Hände schlotterten.

„Ich habe ihre Stimme nicht erkannt", sagte er. „Wie ist das möglich?"

Kaum berührte er ihre Hände, und sie lösten sich. Sie ließ sich von ihm aufheben; er führte und trug sie, und dabei wiederholte er:

„Das Fräulein verzeihe die Freiheit, die ich mir nehme."

Polli, Giocondi und der Advokat sahen einander an.

„Teufel, man weiß nie, mit diesen Künstlern. Sie scheinen in bester Laune, und dann auf einmal machen sie solche Sachen ... Es wird vielleicht besser sein, nicht darüber zu reden? Wer weiß, was die Leute vermuten, wenn man dabei war ... Hoffen wir nur, daß sie niemand aufgeweckt hat ... Das ist sicher: die Unsichtbare hat einen guten Abend gehabt ... Freund Acquistapace ist längst bei seiner Frau: er wird seine schwere Stunde überstanden haben ... Gute Nacht, Cavaliere. Sie bleiben also sitzen? Es ist ein Uhr. Ah! wer wie diese Künstler am Morgen schlafen könnte."

Der Advokat kehrte nochmals um; er stellte sich dem kleinen Uralten gegenüber, der nun wieder allein inmitten des Platzes sein Grüßen und Lächeln übte, und sprach zu ihm mild, aber bestimmt:

„Das nächste Mal, Brabrà, wirst du dir eine Art Verrücktheit aussuchen, die den Leuten weniger auf die Nerven geht. Auch, die Verrücktheit, Brabrà, läßt sich regeln und organisieren. Du hast heute abend einen häßlichen Epilog an ein schönes bürgerliches Fest gehängt. Aber die Tatsache, daß du verrückt bist, bedenke dies wohl, Brabrà, gibt dir noch nicht das Recht, ein schlechter Bürger zu sein."

Da der Uralte, als sei nichts geschehen, weiterdienerte, verlor der Advokat die Geduld, nahm ihn beim Kragen und beförderte auch ihn in die Gasse der Hühnerlucia.

Der Gevatter Achille kam aus seiner Tür, um dem Cavaliere Giordano am vereinsamten Tisch gute Nacht zu wünschen und ihn um Verzeihung zu bitten, wenn er jetzt sein Lokal schließe. Der Platz lag dunkel und leer. In seinem tiefsten Schatten, am Hause des Kaufmannes Mancafede, regte ein halboffener Fensterladen sich, zitterte ein wenig und begann sich zu senken. Aber dahinten aus der Nacht des Rathaushofes kam ein Schritt: – und der Laden am Hause Mancafede blieb stehen.

Nello Gennari hielt, den Kopf gesenkt, unter dem Torbogen an: da flüsterte etwas Weißes, das fortflatterte:

„Ihr sollt sogleich ins Theater zurückkehren und –"

Er hörte nicht mehr. Eine kleine Nonne wendete sich nach ihm um, sie lief noch einmal ganz nahe vorüber.

„– und singen. Man wird Euch hören."

„Die Äbtissin?" fragte er und langte nach der Erscheinung. Aber sie flog schon die Treppengasse hinan. Er lief hinterdrein, die Arme erhoben. Die Füße schienen ihm in Erde einzusinken, und doch hieß es nun in den Himmel folgen! Er merkte nicht, daß er über lagernde Ziegen fiel. Die Zähne klapperten ihm, er dachte wirr: „Alba ist gekommen, sie wartet auf mich. Werde ich sterben müssen, wenn ich singe: „Die kostbare Nacht"? Sie kostet vielleicht das Leben, die kostbare Nacht. Die Äbtissin entscheidet nun. Wie immer du entscheidest: Alba, ich bin dein!"

Der Satz über die letzten Stufen fühlte sich an wie ein Flug. Er sah sich auf der weiten Terrasse vor dem Palast; die Nonne war fort. „Habe ich. geträumt? Wie sollte zu dieser Stunde Alba herkommen; was weiß sie von mir? Jemand verhöhnt mich." Da drückte er die Augen zu und stürzte hinein.

Die Gänge waren nicht ganz dunkel; und zwei Kerzen in Laternen an den Kulissen sandten eine schwachrote Bahn zwischen den getürmten Schatten von Saal und Bühne, die Rampe entlang. Nello Gennari betrat, die Hände um die Schläfen, in zwei stürzenden Schritten die Bühne und schüttelte sich ganz. Die Töne versagten ihm, sein Atem flog. Er zügelte ihn, um hervorzubringen:

„Die Nacht wollen wir genießen, sie kostet vielleicht das Leben, die kostbare Nacht!"

Er gelangte, stockenden Schrittes, bis in die Lichtbahn vor der Rampe und erhob, die Handflächen hingewendet wie ein zum Sterben Bereiteter, den Blick.

Das Dunkel droben war undurchdringlich. Zwischen ihren beiden schlanken Säulchen deuchte ihm jene Loge dort, die dritte rechts, schwärzer als alle: eine Galerie von Nächten, hindurchgeleitet durch Rätsel voll Grauen und voll Entzücken.

Er wiederholte, den Kopf in den Nacken gebogen: „Die kostbare Nacht"; und wie er die letzte Note aushielt, fühlte er eine Hand an der Kehle. Sie würgte ihn, weich und stark. „Die Äbtissin", dachte er und schloß die Augen. „Sie ist es, ich sterbe ... Und soll dich nicht sehen, Alba?" Als er aber die Lider voneinander löste, entschwebten droben der Finsternis zwei kleine weiße Hände, die lautlos applaudierten. „Das ist das Glück: jetzt weiß ich, daß es mir bestimmt ist!" – und Nello sank auf die Knie.

Kniend sang er: „Sieh, Geliebte, unser umblühtes Haus heißt uns blühen!" – und fühlte die Töne seiner Brust entströmen, wie die unerschöpflichen Fluten des Glücks. Das Ohr geneigt, erwartete er den Einsatz seiner Partnerin. „Ihre Stimme! Ihre Stimme!" Da fielen auf seine Hände Blumen. Gleich darauf ging eine Tür. Er sprang auf, stürzte hinaus und erreichte die Treppe früh genug, um sie zu versperren. Leichte Schritte liefen ganz oben ein paar Stufen herab, wieder zurück, und enteilten. Er war hinterher. Um eine Ecke flatterte eine Rockfalte. Unter der Tür eines Zimmers erkannte er die dunkel fliehende Gestalt. Dort hinten, wo eine lange Galerie in Schatten zusammenfiel, spreizte eine unsicher schimmernde Hand sich beschwörend rückwärts. Durch die himmelhohen Fenster eines Saales warf sich, zwischen zwei Wolken, die es überjagten, ein kleines angstvolles Sternenlicht auf einen eingesunkenen Thron, zersprungene Bilder und ein weißes Profil, das dahingleitend in einem Schrei ohne Laut den Mund aufriß. Den Augen des Verfolgers entstürzten Tränen; vor Tränen sah er die nicht, die dicht vor ihm laut atmete, strauchelte, ein Fenster aufriß. Er blieb stehen, er erhob langsam die gefalteten Hände. Seine Augen, die sich entschleierten, trafen den Schatten unter ihren Brauen. Einander gegenüber, schwiegen sie und blieben reglos. Sie hielt die Arme über die Gitterschranke des bis zum Boden offenen Fensters gebreitet. Der Umriß ihres Kopfes zerging in dunkler Luft. Ein Wasser rauschte, vom Felsen hinter ihr, in große Tiefe.

Aus einer jagenden Wolke glitt wieder jener Sternenschein, da sagte Alba:

„Du hast geweint."

„Denn ich mußte dich ängstigen", sagte Nello. „Aber wenn ich jetzt nicht bis zu dir drang, war's aus. Verstehst du, was das heißt?"

„Ich weiß alles."

„Alba!"

Sogleich riß er den Fuß wieder zurück: ihr Nacken lag weit draußen, sie rief:

„Rühre mich nicht an!"

Schaudernde Stille; – und dann, unmerklich zuerst, sank sie nach vorn, seinen Armen entgegen.

IV

Es schlug vier.

„Wir müssen fort", sagte Alba. „Zwei Stunden noch, und wir kommen nicht mehr ungesehen über den Platz."

„Zwei Stunden noch", sagte Nello. „Bleibe doch, bleibe! Du hast mich so lange warten lassen auf diese Stunde."

Und beim nächsten Glockenschlag, der sie aufschreckte:

„Fünf Uhr! O Nello, ich bin verloren."

„Laß mich in den Abgrund springen, und du bist gerettet!"

Er lehnte sich schon hinaus; sie hängte sich an ihn.

„O Nello, du liebst mich nicht!"

Sie schloß die Augen. Als sie sie öffnete:

„Ich bin bereit. Wir werden über den Platz gehen und uns zeigen."

„Alba! Verzeih mir. Warum nicht hierbleiben bis zur Nacht? Wir wären so glücklich! In der Nacht trage ich selbst dich fort, ich verspreche es dir."

„Es geht nicht, man würde mich vermissen. Jetzt müssen wir durch das Kloster und den Berg hinab nach Villascura. Komm, deine Hand, mein Geliebter!"

Am Tor des Klosters:

„Um halb sechs wird eine der Schwestern öffnen: wird es Amica sein? Amica ist die Tochter unseres Gärtners, sie war zu Hause meine Dienerin und sollte es nun hier sein."

Alba sah das Tor des Klosters an und schlug die Augen nieder.

„Als um Mitternacht alle in der Kirche beteten, hat Amica sich fortgeschlichen, um dir zu sagen, daß ich dich erwartete. Wird heute die Pförtnerin Amica sein?"

Sie war es. Wie sie ihr folgten, mit heimlichem Händedruck:

„Sind wir nicht zu glücklich? Wie groß muß einst das Mißgeschick sein, das unser Glück endet."

„Rasch durch den Garten!" flüsterte Alba. „Wenn man hier einen Mann sähe – und mit mir! ... Gottlob, der Baumgang schützt uns ... Jetzt hinab. Oh, fürchte nicht für mich! Es sieht steil aus wie eine Mauer, aber ich weiß Stufen, und vielleicht weiß nur ich sie. Dies ist ein vergessener Weg. Die Stufen sind zerfallen: gib acht! Hier unterbricht eine Schlucht sie, aber ich finde sie wieder. Deine Hand, mein Geliebter!"

„Alba, an deiner Hand ist Blut. Ich sehe es kaum im Zwielicht, aber meine Lippen schmecken es ... Wir sind in einer Höhle aus großen Steinen. Willst du nicht rasten? Dein Mund, meine Geliebte!"

„Wir müssen weiter. Werde ich das Haus offen finden? Wirst du entkommen? ... Gleich haben wir die Terrasse erreicht. Die Tür auf der Terrasse steht offen. Jetzt soll es also sein?"

„Jetzt soll es also sein? Noch einmal, bevor ich dich nicht mehr sehe, deine Augen, Alba!"

„Nein! ich kann's nicht. Wir steigen nicht weiter hinab. Jenes Gebüsch verdeckt einen Vorsprung des Felsens; es steht eine Bank dort."

Auf seiner Brust:

„Wie oft, o Nello, habe ich mich, als ich Kind war, an dieser Stelle vor den andern versteckt, vor Gespielinnen, die mich holen wollten. Ich fühlte mich von ihnen verschieden. Wenn sie später vom Heiraten sprachen, dachte ich: „Mein Gatte wird also größer sein, als die euren alle" ... Nun gehöre ich dir; und das scheint mir noch seltsamer, furchtbarer und süßer, als wenn ich Christus gehörte."

„Du machst mich beklommen, Alba. Denn ich, ach, ich bin wie alle. Wir sind so viele in Verona, die das Singen lernen und durch das Land ziehen. Ich bin arm. Glücklich war ich, wenn ich vier Monate im Jahr singen durfte für wenig

Geld. Die übrige Zeit sah ich den Himmel an und ließ das Leben vergehen. Was aber geschieht mir, seit ich dich liebe!“

Sie löste sich von ihm, richtete sich auf, sah geradeaus. Ihr bleiches Profil, die Nase zierlich und scharf gebogen, das Kinn in gerade Schatten gefaßt, erblickte er im düstern Glanz des Auges geschliffen wie einen Dolch.

„Wirst du mich immer lieben?“ fragte sie und sah ihn an. Er drückte die Lider zu, betastete das Herz, als schmerzte es, und schüttelte heftig den Kopf:

„Immer.“

„Sage mir, welche Frauen du vor mir geliebt hast!“

„Keine! keine! Ich schwöre es dir. Ich weiß von keiner andern Frau, ich werde von keiner wissen. Alba, wie ich dich liebe!“

„Nello, wie ich leide!“

„Auch du?“

„Und wie wir glücklich sind!“

Sie saßen sich zugewandt, die Knie verschränkt, die Hände eines jeden gespreizt auf dem Rücken des andern, und atmeten einander, aus tödlich gespannten Gesichtern, leise keuchend in die halboffenen Münder.

„Um Vergebung!“ wisperte es; und immer durchdringender:

„Um Vergebung!“

Aufseufzend ließen sie sich los. Drunten auf der Terrasse tanzte der Barbier Nonoggi, zwei Finger preßte er unter schwindelnden Grimassen ans Herz, auf die Lippen und wieder aufs Herz.

„Ich wollte, da ich gerade dem Herrn Nardini den Bart gemacht habe, die Herrschaften nur warnen, weil Gefahr droht. Meine Absichten sind die redlichsten, und niemand kann schweigen wie ich. Sogleich aber wird der Advokat Belotti hier sein, und Sie wissen wohl, daß er das böseste Klatschmaul der Stadt ist ... Nicht dorthin! Gehen Sie das Haus entlang, nach dem Wasserfall. Sie werden zufrieden sein mit meinem Rat, – und wenn ich Ihnen sonst mit etwas dienen kann: ich habe Parfümerien, Zöpfe, Fächer ...“

Sie klommen, und riefen einander leise Mut zu, ein Stück hinan, um den Abstieg nach dem dunkelsten Flügel des Hauses zu finden, wo der Wasserfall vorbeischnellte. Sie liefen hinab: unversehens war der Berg nach innen gekrümmt; Steine rollten in die Höhlung; unter ihren Füßen schwankte es. Sie wagten sich nicht mehr zu rühren. Der Staub des niederschießenden Wassers sprühte sie an. Da zischelte es von der ebenen Erde her:

„Vorsicht! Wir sind nicht allein."

Der Advokat Belotti machte drunten einen Kratzfuß; er rundete die Hände um den Mund.

„Auf mich können Sie sich verlassen, wie Sie wohl wissen; aber das Unglück will, daß der Barbier Nonoggi in der Nähe ist, der die böseste Zunge von allen hat. Fliehen Sie!"

Da sie regungslos hinuntersahen –

„Wie? Sie werden mir doch nicht mißtrauen? Ich bin, wie gewöhnlich, der Eier wegen da, und zum Beweise kann ich Ihnen sagen, daß sie heute um zwei Soldi teurer sind."

Dabei begann er, sich hinten ein langes Netz herauszuwickeln.

Plötzlich krachte der Boden und sprang ihnen fort. Der Busch vor ihnen ward von steiniger Erde hinuntergerissen.

„Halten Sie sich an jeder Pinie!" rief der Advokat. Aber sie griffen nicht um sich: sie faßten nur nach einander. Die Arme einer um des andern Schulter, stürzten sie.

Nello öffnete die Augen und tastete nach Alba. Sie glitt von ihm herab; dann richtete auch er sich auf; sie sahen sich um. Droben über dem Wasserfall, beim Elektrizitätswerk, standen Arbeiter und bogen sich vor Lachen auf ihre Knie. Unten lehnte der Advokat Belotti breitbeinig hintenüber und schmunzelte fett. Der Barbier Nonoggi lief, die Hand vor dem Munde, davon. Alba und Nello stiegen, und bei jedem Schritt betrachteten sie einander ernst, auf den Weg hinab.

„Der Herr Nardini kommt", zischelte der Advokat, – und sie flüchteten das Haus entlang, über die Terrasse, in die Tiefe des Gartens und das Dunkel des Zypressenganges. Auf einer begrünten Bank sanken sie einander an die Brust.

„Hat nicht vor langer Zeit eine Uhr geschlagen: viele Schläge?“ fragte Alba. „Ich hörte sie wohl, aber mir war, es sei nicht wirklich und es gelte nicht. Nun werde ich gehen müssen.“

„... O Himmel! Die Stunde des Essens ist versäumt, der Großvater wird mich suchen, was tun? ... Mein Geliebter, tritt in die große Brunnennische an der Bergwand. Der Knabe und das Mädchen auf dem Brunnenrand blasen einander nur einen schwachen Strahl ins Gesicht; sie werden dich nicht naß machen, wenn du hinter den hohen Pflanzen in der Nische stehst.“

„Ich kenne sie. Wie oft habe ich darin gestanden, wenn Schritte durch den Garten kamen. Aber nie, o Alba, waren es deine!“

„Hinter der Terrassentür stand ich und sah dich. Ich habe dich meine Fußspuren küssen sehen, Schöner, der du bist.“

Sie hielt an, um sein Gesicht mit ihren Händen zu umrahmen.

„Alba, dein Haar! Als ich es zuerst sah, glänzte es darin rot wie Kupfer. Jetzt ist es ganz schwarz.“

„Es war niemals wie Kupfer. Möchtest du, daß es schöner wäre?“

„Du bist eine Hexe! Ich fürchte mich vor dir.“

Da bemerkten sie, daß sie ganz nahe beim Hause standen. Sie riß sich los; er entwich in den Schatten.

Er hatte kaum das Versteck erreicht, da kehrte sie zurück. Er stürmte ihr entgegen; sie erwartete ihn mit einem flammenden Lächeln; und um ihn aufzufangen, knickte sie ein wenig ins Knie und schnellte wieder auf, wie beim Kommen und beim Sturz einer großen Welle.

„Der Großvater ist gleich nach dem Essen fortgegangen; wir sind allein und frei. Begreifst du es? Begreifst du es?“

„Ah! wir können uns also auf die Bank bei den Blumen setzen.“

„Die Hyazinthen duften so süß, daß man sterben möchte“, sagte Alba.

„Ich brauche mich nicht mehr hinter euch zu verstecken“, rief er den beiden Figuren auf dem Brunnenbecken zu. „Ihr könnt gehen!“

Er warf dem Knaben einen Stein in den Mund. Der Wasserstrahl brach ab. Ein Schrei.

„Er hat sich nach uns umgesehen! Sie hat geschrien! O Nello, was tust du, wir werden Unglück haben."

„Du, Alba, hast geschrien: du", – und er schloß ihre angsterfüllten Augen an seiner Brust. Ihre Hand erhob sich, weiß langend, nach seinem Kopf; er drückte den Mund in ihre Schulter; und durchtränkt mit dem beißenden, schmerzlich berauschenden Geruch ihres feuchten, halb wahnsinnigen Körpers, erschrak er, weil er hatte spielen können.

Sie begann zu sprechen.

„Sonst, wenn ich am Abend aus der Kirche kam und in unserem schwarzen Hause ein Fenster hell sah, dachte ich: wie lange wird mein Großvater sein Licht noch anzünden, dann brennt meins dort oben, in dem Hause auf der Bergkuppe. Es war mir befreundet, ich nickte ihm zu. Jetzt – sieh hinauf, ich kann es nicht – , hat es nicht eine furchtbare Gestalt? Will es mich nicht töten?"

Bauchig und grau in den Felsenrand gekrallt, mit krummschnabeligem Dach und zwei böse blinkenden Fenstern daran, hockte das Kloster in der Höhe wie ein Raubvogel, der den Fang abpaßt.

„Es will mich nur noch tot. Im Leben habe ich einzig dich. Was soll aus mir werden, wenn du mich verläßt? Noch niemals wußte ich, was es heißt, allein zu sein: jetzt ahnt mir's."

Er griff fester um sie, die der Schauder schüttelte.

„Nie, nie verlaß ich dich!"

Sie legte das Gesicht nach oben, bewegte es langsam und stark hin und her, und große Tränen stockten auf ihren Wangen.

„Es ist unmöglich, daß du mich liebst, wie ich dich."

Sie machte sich los, sie tat, die Hände vor den Augen, zwei wankende Schritte in den Schatten hinein.

„Wir sollten sterben", sagte sie. „Schon jetzt."

„Da sind Blumen", sagte er, „ein weicher Teppich. Wenn wir heute nacht darauf einschliefen?"

„Du willst? Du liebst mich also?"

„Wir würden tun, was die Tonietta und ihr Piero nicht taten", setzte er hinzu und lächelte stolz.

„Wer sind die?“

„Berühmte Liebende. Werden auch wir einst berühmt sein?“

„Ich will dich singen hören, ich will dich wieder singen hören!“ und sie hängte sich, zitternd, an seine Schulter. „Nello! das ganze Leben für deine Stimme. Meine ist schwach, ich kann nicht sagen, wie ich liebe. Du kannst es!“

„Die Probe!“ rief Nello. „Der Maestro war nicht zufrieden mit mir, und heute abend soll ich vor dir singen! Denn du wirst kommen: sage, daß du kommen wirst!“

„Da du es willst ... Ich werde über den Berg zurücksteigen. Vom Kloster führt ein Gang ins Schloß, Amica wird mich begleiten. Werde ich mich bis vor die Tür der Loge wagen, deren Schlüssel der alte Corvi mir heimlich verkauft hat, und die Lichter, die Menge, das Fest des Saales wie eine Glorie um dich her sehen, mein Geliebter?“

„Ich fühle, daß ich zum erstenmal gut singen werde. Komm mit mir, gleich jetzt! Solange ich dich habe, bin ich mir solcher Kraft bewußt, als wäre ich ein Held.“

„Ich gehe mit! Die Straße ist leer, es ist heiß, – und kämen auch Leute; was wissen sie? Was können sie gegen uns?“

„Was können sie gegen uns!“

Ein Ebereschenbaum flammte im blauen Himmel. Alba lief hin; – da schrie sie laut auf: eine große Schlange lag, quer über die Straße, schwarz im Staube. Nello hob einen Stein auf; und da Alba ihn zurückhielt:

„O laß! Was kann mir geschehen: mir, den du liebst.“

Er ging, und holte schon zum Schlage aus, rasch auf die Schlange los. Seine Hand zuckte schon: da sah er am Halse der Schlange Blut. Sie war tot! Im selben Augenblick flog der Stein. Alba lief herbei.

„Du hast mich geängstigt, Böser. Wie tapfer du bist! Ein Held, mein Geliebter ist ein Held!“

Sie küßte ihm die Hand. Er entzog sie ihr und stöhnte.

„Was hast du, mein Nello?“

„Dieses Tier ist widerwärtiger tot als lebend. Steige nicht darüber weg, Alba. Kehre um, ich sehe Leute. Kommst du ins Theater? O komm! Ich werde singen können heute abend, und vielleicht kann ich nur das?"

Er ging, den Kopf gesenkt zwischen den heraufgezogenen Schultern, allein weiter.

„Ich habe Alba belogen! ... Aber ich hielt die Schlange, als ich zuschlug, für lebend. Habe ich Alba also belogen? Ich bin nicht feige. Wie sie mich liebt! Wie wir uns lieben! Sterben wäre nichts ..."

Der Platz war noch unbelebt; vor dem Café las Gaddi eine Zeitung.

„Auch du kommst umsonst!" rief er ihm entgegen. „Die Probe ist abgesagt. Der Maestro hält lieber eine Probe für seine Messe ab. Versteht sich: der Maestro Viviani ist ihm weniger wichtig als der Maestro Dorlenghi."

„O Virginio!" – und Nello preßte die Hand des Freundes, als wollte er sie zermalmen: „Wie wir uns lieben!"

„Gemacht? Meinen Glückwunsch. Da es ein reiches Mädchen ist, wirst du dich nun nicht sträuben, sie zu heiraten. Ohnedies lese ich da gerade von dem Bankrott der dramatischen Gesellschaft Valle-Bonisardi, von der ich mich fast hätte engagieren lassen."

Nello lachte, klar wie Gold.

„Du weißt ja nicht: ich singe ihr vor, ihr ganz allein. Ah! du weißt nicht: ich habe eine Schlange getötet, die daran war, sie zu beißen."

Er strich sich das Haar zurück, seine Brust dehnte sich, ein kraftvolles Lächeln ging durch seine Züge. Gaddi betrachtete ihn.

„Ich leugne nicht, daß du aussiehst wie ein Gott. Aber man kann nicht alle Tage Schlangen töten; und auch das Singen ist eigentlich keine Beschäftigung für das ganze Leben."

Das Lächeln des Glücklichen erlosch auf einmal; er ließ ein bleiches, abgespanntes Gesicht auf die Brust sinken.

„Was ist fürs ganze Leben", murmelte er. „Wenn ich umkehrte und zurückginge, gleich jetzt, gleich jetzt: bin ich denn sicher, sie noch zu finden, noch die Liebende zu finden, die ich erst eben verließ? War nicht alles ein heftiger Traum?“

Da Gaddi ehern lachte –

„Ich bin verrückt, wie? Sage mir, daß ich einfach verrückt bin!“ – und er stimmte ein. In den Fenstern ihres Hauses keuchte Mama Paradisi: „Sieh, Geliebter, unser umblühtes Haus“; eine ihrer Töchter schrie blechern über den Platz das Gebet der Tonietta, indes die andere brummte: „Ich habe ein Recht auf eure Weiber, ich bin der Herr.“

„Und meine Frau!“ sagte der Barbier Nonoggi, der herbeihüpfte. „Sie singt schon, seit sie aufgewacht ist: „Welche Erlösung, nicht mehr von Liebe zu wissen“, und doch erinnere ich mich nur zu gut, daß sie noch diese Nacht davon gewußt hat.“

Nello schüttelte sich. Die Herren Polli und Giocondi trafen ein und klopften dringend auf den Tisch.

„Einen Vermouth, Gevatter Achille, der Tag wird heiß werden. Siehst du, wie hoch es bei der Konkurrenz hergeht?“

Der Wirt des Cafés „Zum Fortschritt“ hob seine schweren runden Schultern.

„Eine Konkurrenz nennt ihr das? Habt ihr, die ihr doch schon fünfzig Jahre in der Stadt seid, schon je gewußt, daß hinter dem Vorsprung des Hauses Mancafede noch ein Café steckt? Das Café „Zum heiligen Agapitus“: ich habe erst heute meinen Alfò hinübergeschickt, um zu sehen, wie es heißt.“

Und er spie aus. Trotz seiner Verachtung atmete er kürzer als sonst und hatte die Stuhllehne nötig, um seinen Bauch zu stützen.

„Das Café „Zum heiligen Agapitus“!“ rief Nello hell. „Bekommt man dort Weihwasser zu trinken?“

„Wieviel Geist der Herr hat!“ sagte der Gevatter Achille und kicherte. Nonoggi zog einen Zopf aus der Brust.

„Sie sind ein glücklicher Mann, Herr Nello Gennari. Da habe ich alles, was Sie wünschen. Auch Fächer sind da.“

Nello lachte, ohne zu hören.

„Das hindert nicht“, erklärte Polli, „daß sie schon jetzt dort drüben zu Haufen sitzen, und der Freund Giovaccone fängt erst an, seine Tische auf den Platz hinauszustellen. Der ganze Mittelstand ist in Aufruhr: man sollte es nicht glauben, wegen der leeren Loge!“

„Und es scheint, daß sie sich mit Don Taddeo verbünden“, setzte der Herr Giocondi hinzu.

„Für Sie!“ kreischte Nonoggi. „Alles für den Herrn Nello! Und wenn Sie meinen Laden beehren –“

Er zerrte den jungen Mann am Arm.

„– werden Sie ein hochelegantes Necessaire finden, wie es für einen Mann in Ihrer Lage paßt.“

Nello wehrte ab. Er sah sich leuchtend um. Wie alles belustigend war!

„Ah! Dieser Don Taddeo!“ – und Poli verschränkte die Arme. „Es scheint, er will den Entscheidungskampf.“

„Ein Demagoge“, rief Giocondi, „der heute früh bei der Predigt das Volk aufwiegelt gegen die Herren! Sie waren nicht in der Kirche, Herr Gaddi? Auch ich setze keinen Fuß mehr in die Bude. Ist es etwa erlaubt, dem Volke zu predigen, es solle das Theater demolieren?“

Der Barbier riß eine Hälfte seines Gesichtes schwindelnd hoch.

„Was höre ich, Herr Nello? Sie wollen nichts kaufen? Wissen Sie denn, was das heißt? Es heißt, daß Sie mich ruinieren! Denn habe ich nicht alle diese feinen Waren nur für Sie kommen lassen und auf Ihren ausdrücklichen Wunsch?“

„Das Theater demolieren!“ rief Nello und warf den Zopf in die Luft.

„Wir werden zuerst das Café „Zum heiligen Agapitus“ demolieren“, sagte der Gevatter Achille. „Es ist längst baufällig.“

„Ich bin ruiniert!“ kreischte Nonoggi und rannte einem Jungen nach, der mit dem Zopf davonlief.

Polli nickte ernst.

„In einem hat der Priester nicht unrecht: die guten Sitten sind bei uns sichtlich im Schwinden begriffen. Man weiß nicht, wen er mit der großen Babel gemeint hat, die er so viele Male verflucht hat ...“

„Die große gelbe Choristin wird er gemeint haben“, schlug Giocondi vor und stieß Polli vor den Magen.

„Man muß zugeben", erklärte der Gevatter Achille, „als ich heute früh meinen Laden aufmachte, fand ich auf dem Sofa ein Liebespaar, das bei mir die Nacht verbracht hatte."

„Auch ich habe eins überrascht", sagte der Tabakhändler, „auf meiner Treppe, wie ich heimkam."

Giocondi erhob die Handfläche gegen ihn.

„Fange nicht davon an! In meiner Gasse: – ich versichere euch, daß man darauf tritt. Und ich spreche noch nicht vom Hof des Rathauses, wo es so dunkel ist."

Sie platzten aus: sie mußten sich auf die Knie stützen.

In diesem Augenblick kam der kleine Uralte vorbei, vor sich hin lächelnd, mit einem dünnen Trällern.

„Brabrà!" schrie der Herr Giocondi. „Auch er war unterwegs heute nacht, und ich bürge euch dafür, daß er manches zu sehen bekommen hat. Noch immer amüsiert er sich darüber."

Der Barbier tanzte vor Nello umher; er verzog den Mund zum Weinen.

„Sie werden begreifen, mein Herr: ich habe eine Familie zu ernähren, und wenn der Herr darauf besteht, mich zu ruinieren, dann bleibt mir nur übrig, allen Leuten zu sagen, was ich weiß ..."

Dabei hielt er an und spähte dem jungen Mann von unten in die Augen. Die Frauen sahen aus den Fenstern: Nello stand, die Hände auf den Hüften, und lachte, daß es wie Gesang klang. Die andern lachten mit.

„Und der Advokat!" brachte Polli hervor. „Man weiß wohl, warum er an diesem wichtigen Tage noch nicht auf dem Platz ist. Er hat die ganze Zeit in seinem Studierzimmer zu tun. Er sitzt, weil es warm ist, in Unterhosen an seinem Schreibtisch und empfängt die kleinen Choristinnen, die um einen Vorschuß bitten ..."

„Ah! ihr Schweinigel, was singt ihr da?" rief donnernd der Gevatter Achille.

„Sie wird vielleicht das Leben kosten, die kostbare Nacht", sang die Rotte von Buben, aber mit veränderten Worten, und marschierte im Eilschritt vorbei. Nello Gennari folgte ihnen lachend um den Platz. Vor dem Hause des Kaufmannes Mancafede riß es ihn zurück: im ersten Stock hatte ein Fensterladen sich bewegt;

und Nello stand, sein letztes Lachen noch im Halse, blinzelte scheu und hatte eine lange, ermattete Miene.

„Die Unsichtbare! Ich hatte sie vergessen, sie aber hat mich immer im Auge behalten. Sie kennt meine Schritte, sie weiß auch, wohin ich den letzten tun werde. Wohin? Wohin?“ – und er richtete, einen leidenschaftlichen Blick auf die Dunkelheit zwischen den Brettern des Ladens. Gleich darauf, den Hals abgewendet, die Hand gespreizt:

„Nein! Nichts sagen! Lieber sterben, wenn es sein müßte: sterben, ohne zu wissen ... Aber sterben?“

Er verschränkte die Arme, senkte das Gesicht auf sie, und ein Schauder durchlief ihn heftig.

„Albas Hände nicht länger um meinen Kopf spüren, noch den Geruch ihrer feuchten Haut je wieder einatmen; ihr Lächeln, dies weiße Feuer, nie mehr brennen fühlen ... Ich hätte gestern sterben sollen: gestern war es zu ertragen ... Welche Angst, wie viele Gefahren! Und ich konnte lachen? Nonoggi hat mir gedroht; ich verstand es nicht; mir war, er triebe seine Späße dort ganz unten, irgendwo am Boden. Jetzt sehe ich die grausame List in seinen blutigen Augen. Ich muß zu ihm, ich kaufe alles, was er will!“

Aber wie er herumfuhr, stand in der Ladentür der Kaufmann und lächelte bedeutsam. Er wußte alles, – da seine Tochter alles wußte! Das Schicksal beschwichtigen! Sich Frist erkaufen!

„Hätten Sie nicht, mein Herr –“, stammelte Nello. „Hätten Sie nicht –“

Mancafede rieb sich die Hände.

„Ich hätte einen Posten rotes Flanell, sehr geeignet für dramatische Künstler. Auch Stoff für Herbstanzüge hätte ich. Aber überstürzen Sie nicht Ihre Wahl, Herr Nello Gennari. Wenn ich meinen Laden am Sonntag schlösse, würde ich ihn doch für einen Kunden wie Sie wieder öffnen.“

„Dieser Anzug gefällt mir; aber er wird für mich zu teuer sein.“

Der Kaufmann fiel ein:

„Ich schicke ihn Ihnen – und werde mich hüten, einen Kunden von Ihrer Bedeutung, mein Herr, wegen der Bezahlung zu drängen. Ich weiß zu gut, daß man an Ihnen nichts verliert. Auch diesen Anzug vielleicht, der Ihnen bezaubernd stehen würde, oder diesen, an dem die Liebe jeder Frau sich weiden muß?"

„Wie Sie wollen", murmelte Nello.

„Also beide. Gut, mein Herr, Sie werden bedient werden. Dafür bekommen Sie den roten Flanell zu einem Ausnahmepreis", – und auf den grauen Wangen des Kaufmannes zeigte sich etwas wie ein Widerschein seines roten Flanells.

„Zu welchem Preis also?" fragte Nello ergeben. Mancafede antwortete nicht; er dienerte in der Tür. Darauf entschuldigte er sich. Sein altes Hasenprofil lächelte zahm und schlau.

„Eine Kundin ging vorüber, mein Herr: nichts als eine Kundin."

Und indes Nello über die großkarierten Stoffe gebeugt stand, fiel die Matratze der Domtür hinter Alba zu.

Die Kirche war ganz leer. Alba strich den Schleier von den Augen, sah, leise keuchend, umher wie nach Verfolgern und sank in der nächsten Bank auf die Knie. Sie legte die Stirn in die Hände. Als die kalte Luft ihren heißen Nacken wollüstig erschauern machte, zog sie das Tuch darüber. Ihre Schultern zuckten, ihre Stirn preßte, als würde sie immer schwerer, die schmerzenden Hände gegen das harte Holz. Mit einem Ruck richtete sie sich auf, betrachtete diese Hände, betrachtete den See von Tränen, den ihre beiden Augen auf der Bank zurückgelassen hatten, und schüttelte langsam den Kopf ... Ein Geräusch in der Vorhalle: Alba flüchtete in den Schatten eines Beichtstuhles.

Sie glitt hervor, stahl sich bis hinter die Nonne, die vor der Kapelle des heiligen Agapitus kniete, und tastete leise nach ihrem Saum: tastete und stockte. Die Hand fuhr zurück, angstvoll um den Hals, woraus ein Schluchzen brechen wollte. Die Augen heiß auf der im Frieden Anbetenden, schlich Alba rückwärts davon in das Dunkel.

Die Nonne war fort. Weite Stille: – aber der lange gelbe Vorhang des letzten Fensters dort hinten bewegte sich; etwas Schwarzes raschelte herab; und unter der Türöffnung zur Seite des Hochaltars erschien Don Taddeo. Er beugte die Schultern, worauf Kalk lag; wie gebrochen ging er; sein entzündeter Blick irrte durch das Schiff. Wie unversehens Alba hervortrat, erschrak er, daß seine Soutane schlotterte. Bei ihrer bittenden Gebärde nach dem Beichtstuhl wich er jäh aus und zog, als sei ihm übel, das Gesicht zusammen. Sie legte die Finger aneinander und führte ihre Spitzen an die Lippen. So ging sie, die erweiterten

Augen geradeaus, vorüber. Auf der Schwelle zögerte sie, wandte sich um nach ihm: ihre Blicke fielen ineinander, unmerklich nickten ihre Lider sich zu. Der Priester schloß seine. Er strich mit der Linken über sie hinab; die Rechte stieß er unsicher in die Luft; mit großen, flatternden Schritten erreichte er die Sakristei.

Alba, auf der Schwelle, stand atemlos ... Endlich senkte sie die Schultern mit Kraft, ließ über die Augen den Schleier Und hob von der Tür die Matratze auf, die den Lärm des Platzes erstickt hatte.

Eine Frau mit dem Spitzentuch auf den Haaren, eine Fremde, streckte draußen soeben die Hand aus. Alba reichte ihr die Matratze – und Italia neigte sich, um mit großen, neugierigen Tieraugen hinter der verhüllt Fliehenden dreinzuschauen.

„Hier kommen Sie nicht durch, Fräulein", sagte die Magd Felicetta; denn den Dom entlang staute sich quer über den Platz ein Haufe Frauen, die Kinder hinaufhoben und durcheinander riefen.

„Obwohl ich bei keinem der Herren mehr diene, sondern beim Bäcker Crepalini, der mit den Herren Krieg führt, gebe ich Ihnen doch einen Rat, Fräulein, denn Sie haben Mitleid mit den armen Leuten. Steigen Sie also vom Corso die Gassen hinunter und kommen Sie beim Rathaus wieder herauf. So werden Sie keine Unannehmlichkeiten haben. Denn der Platz ist voll von Männern, die sich schlagen wollen. Sehen Sie meinen Herrn, den Bäcker, vor dem Café des Freundes Giovaccone sitzen? Die Seinen sind zahlreich, und er hat einen gewissen roten Kopf, den ich kenne. Wehe dem Advokaten Belotti! Er wird nicht mehr lange das Wort führen drüben beim Gevatter Achille."

Frau Nonoggi und die Frau des Schusters Malagodi schrien einstimmig:

„Seht die Gottlosen! Sie sind die Feinde des Don Taddeo, und sie wollen ihm den Eimer nehmen."

Das Gebell des Bäckers drang durch.

„Ah! die Herren wollen uns die Schlüssel zu den Logen nicht verkaufen, dafür werden sie den Schlüssel zum Eimer nie zu sehen bekommen."

Er begann sogleich von vorn:

„Ah! die Herren wollen uns –"

Der Advokat Belotti keuchte seinerseits etwas herüber, immer dasselbe, das niemand verstand; aber man sah die Herren drüben höhnisch lachen.

„Pappappapp“, machte sein Bruder Galileo am Tisch des Bäckers.

Plötzlich kreischte aus ihrem Fenster die Frau des Apothekers Acquistapace und schüttelte die Faust:

„Ah! Lügner, ah! Verräter, er sagt, Don Taddeo habe den Eimer verkauft, an einen Amerikaner habe er ihn verkauft.“

Vor dem Café „Zum heiligen Agapitus“ war sogleich alles auf den Beinen; alle Fäuste waren in der Luft. Die Frauen vor dem Dom zeterten.

„Der Advokat wird recht haben“, schrie vor dem Rathaus aus Leibeskräften der Barbier Bonometti, und er stieß in der Schar von Männern den alten kleinen Beamten Dotti an.

„Schreit mit! Der Advokat wird recht haben mit dem Eimer. Er enthüllt die Intrigen der Sakristei. Er ist ein großer Mann, der Advokat!“

Die Beamten schrien:

„Es lebe der Advokat!“

Der dicke alte Corvi setzte hinzu:

„Er ist ein großer Mann, der Advokat, denn er wird mir die Stelle bei der öffentlichen Waage geben.“

„Hat er uns nicht das Waschhaus erbaut?“ fragten die Mägde Fania und Nanà die Frau des Schusters. „Es lebe der Advokat!“

Die kleinen Choristinnen riefen im Gedränge der Weiber:

„Und er gibt Vorschüsse, soviel man will! Er lebe!“

Der Advokat winkte seinen Anhängern mit dem Hut; er sagte zu den Herren um ihn:

„Die braven Leute! Bei solcher Gesinnung eines Volkes ist es nicht zweifelhaft, wer recht behält: die Widersetzlichkeit, verbündet mit der Reaktion, oder die Ordnung, die eins ist mit der Freiheit.“

„Immer die großen Worte“, murmelte der Gemeindesekretär. „Wer weiß, auf welcher Seite hier die Freiheit ist. Freiheit ist nicht dasselbe wie Zügellosigkeit.“

„Beabsichtigen Sie eine persönliche Anspielung, Herr Camuzzi?“ fragte der Advokat. „Dann erfahren Sie, daß ich mich eines Lebens, das frei von Heuchelei ist, nicht schäme. Ich weiß mich einer ruhmreichen Tradition verbunden.

Offenbar ist Ihnen unbekannt, mein Herr, von welchen Müttern wir stammen. An der Stelle unserer Stadt hat ein Heiligtum der Venus gestanden, mein Herr."

„Nun, es ist abgebrochen", – und der Sekretär zuckte die Achseln.

„Freuen Sie sich darüber mit Ihrem Don Taddeo, diesem Demagogen im Priesterkleid. Hat er nicht heute früh in seiner Predigt dem Volk angeraten, wenn die Mächtigen sich der Wollust ergeben, solle es sie niederreißen? Ich weiß wohl, welche Mächtigen gemeint sind –"

Der Advokat wies sich auf die Brust.

„– und Ihr Don Taddeo soll bei dieser Gelegenheit erst merken, was Macht heißt!"

Er schwenkte eine Zeitung. Der Tabakhändler kratzte sich den Kopf.

„Sehr gut. Aber inzwischen sind wir wenige, – und der Mittelstand läßt ganze Regimenter aufmarschieren. Man muß unsere Freunde holen. Auch werde ich meinen Olindo suchen. Wenn er sonst nichts taugt, hat er doch Fäuste."

Der Stadtzolleinnehmer erklärte, ebenfalls werben zu wollen, und betrat die Apotheke. Der alte Acquistapace stapfte heraus; er stieß mit dem Stößel seines Mörsers um sich.

„Romolo!" rief er schrill von oben.

„Es gibt keinen Romolo!" brüllte er. „Es gibt nur einen Soldaten Garibaldis, der die Sache der Freiheit in Gefahr sieht."

Und immer tapferer:

„Wo sind die Feiglinge, die sich, aus Furcht vor ihren Weibern, in ihren Läden verstecken? Wo ist Mancafede?"

Er machte sich, seinen Stößel schwingend, auf den Platz hinaus, dem feindlichen Heer entgegen und mitten hindurch; niemand beim Café „Zum heiligen Agapitus" wagte, so sehr sie fuchtelten, den alten Krieger anzurühren; – und wie Mancafede gerade den Rolladen herabzog, ward er gepackt. Zitternd kam er mit.

„Wucherer!" schrie der Tapezierer Allebardi mit einer Stimme wie sein Bombardon dicht unter der Nase des Kaufmannes, der erbleicht zurückfuhr. Das Volk wiederholte:

„Wucherer!"

„Dieb!“ – und der alte Kneipenheld Zecchini war blau vor plötzlicher Wut; „Dieb, der allen Wein aufkauft, so daß niemand ihn bezahlen kann und wir verdursten müssen!“

„Wir wollen nicht verdursten!“ grölten seine Zechbrüder.

„Und wir hier wollen nicht verhungern“, rief vom Rathaus her ein riesiger Fuhrmann. „Nieder mit dem Bäcker!“

„Nieder mit dem Bäcker!“ wiederholte das Volk; und Crepalini verschwand rasch zwischen den Seinen.

„Und die Kuchen des Serafini!“ gellte hinter dem Rücken des Fuhrmanns der Konditorlehrling Coletto. „Wollt ihr wissen, was er statt Zimt hineingibt? Zerstoßene Wanzen! Wanzenkonditor! Wanzenkonditor!“

Ein Schrei des Abscheus; – und über allem jammerte eine Frauenstimme:

„Isidoro! Mein Isidoro!“

Mama Paradisi hing, alles vergessend, aus ihrem Fenster.

„Flieh, mein Isidoro, sie werden dir weh tun. Lauf, lauf!“

Mancafede sandte ihr einen trostlosen Blick hinauf; sein Häscher lieferte ihn schon beim Café „Zum Fortschritt“ ein.

Der Herr Giocondi führte den Baron Torroni herbei. Auch die Herren Salvatori, Onkel und Neffe, folgten ihm.

„Sie haben mir meine Fabrik wegeskamotiert“, sagte er zum Salvatori und klopfte ihn vor den Bauch; „aber hier handelt es sich um die Freiheit, das ist ein anderes Paar Ärmel.“

Der Apotheker war hinter dem Barbier Nonoggi her, der unter blutigen Grimassen wie ein Wiesel um den Platz lief. Beim Café des Freundes Giovaccone kreischte er, das Kreuz schlagend:

„Don Taddeo ist ein Heiliger.“

Und wenn er sich den Tischen des Gevatters Achille näherte:

„Es lebe der Advokat!“

Da der Apotheker ihn nicht fangen konnte, brachte er den Wirt Malandrini und den Lehrer Zampieri mit, die nur gekommen waren, um etwas zu sehen. Der Kapellmeister Dorlenghi stellte sich von selbst ein; er warf die Arme.

„Und meine Messe? Nicht ein einziger ist zur Probe in den Dom gekommen!"

Der Lehrer sagte:

„Es gibt Tage, mein Herr, an denen auch wir Männer des Geistes unsere Studien verlassen müssen, um, den größten Ideen zuliebe, auf den Platz hinabzusteigen."

„Aber jene dort vermehren sich", rief drüben der Mechaniker Blandini. „Es wird Zeit, daß auch wir uns sammeln."

Sogleich liefen die Barbiere Macola und Druso nach dem Corso, der Schlosser Fantapie zur Treppengasse, und sie schrien die Häuser hinan:

„Alle auf den Platz!"

Von den Herbergen „Zum Mond" und „Zu den Verlobten" kam ein Trupp Bauern.

„Hierher!" keifte Galileo Belotti, in der Mitte beim Brunnen. „Es geht gegen die Buffonen!"

Aber als der schöne Alfò, man wußte nicht warum, zähnefletschend gegen ihn losbrach, rollte Galileo auf seinen kurzen Beinen ganz schnell in das befreundete Lager zurück. Der schöne Alfò trug, eitel lächelnd, den blauen Klemmer des Pächters als Beute heim.

Dennoch schlugen sich die Bauern auf die Seite des heiligen Agapitus.

Wie der Schlosser Scarpetta vom Tor her zu der Partei des Mittelstandes stoßen wollte, trat der Advokat Belotti ihm in den Weg und versprach ihm den Teil der Arbeiten im Rathaus, der sonst Fantapiè zugefallen wäre; und darauf blieb Scarpetta. Auch den Schneider Chiaralunzi, der aus der Gasse der Hühnerlucia kam, wollte der Advokat durch Aufträge verlocken. Der Schneider antwortete:

„Der Herr Advokat möge mich entschuldigen, denn ich habe die größte Achtung vor dem Herrn Advokaten, aber der ist kein guter Mann, der es nicht mit seiner Klasse hält."

Und er ging hinüber.

Polli kehrte zurück. Er brachte niemand als nur seinen Sohn, den er vor sich herstieß. Beide waren gerötet und schienen erschöpft. Der Tabakhändler keuchte:

„Da ist mein Sohn Olindo, er soll für die Freiheit kämpfen. Glaubt ihr vielleicht, er wäre von selbst gekommen? Ah! mein Sohn ist ein Typus, dem an der Freiheit wenig gelegen ist. Statt dessen hat er, indes sein Vater um die öffentliche Sache bemüht ist, in meinem Hause, ja, in meinem eigenen Hause jenes Weibsbild, die große gelbe Choristin bei sich und tut mit ihr, was ihr euch denken könnt."

Olindo bekam einen Rippenstoß.

„Als seine Mutter dazukam, ist sie in Ohnmacht gefallen. Was mich betrifft: eine solche Verderbnis unserer Kinder macht mir geradezu Lust, jenem Priester recht zu geben."

Auch der Herr Salvatori äußerte Besorgnisse um seinen Neffen. Um nicht weitere Verwirrung in den Geistern aufkommen zu lassen, nahm der Advokat den Tabakhändler ernst beiseite.

„Wir sind Freunde, wie, Polli?"

„Freundschaft, soviel man will, aber –"

„Es gibt kein Aber. Denn, sagen wir nur die Wahrheit: den menschlichen Schwächen sind wir alle unterworfen. Dein Gewissen, Polli, wird dir sagen, ob du gegen deinen Sohn nur als Vater eingeschritten bist oder auch als Rivale. In jedem Fall, Polli, besinne dich auf deine Bürgerpflicht!"

Polli murrte nur noch leise, und der Advokat musterte stolz und zuversichtlich seine verstärkte Truppe. Der Gevatter Achille ging mit der Vermouthflasche umher, weil man Mut nötig habe.

„Hohoho!" schrien alle gleichzeitig. Vom Café des „Heiligen Agapitus" antwortete es:

„Huhuhu!"

Das Volk vor dem Dom und am Rathaus schrie mit, klatschte in die Hände und pfiff. In allen Fenstern schrien die Frauen. Da donnerte der alte Acquistapace:

„Ist es möglich! Die da drüben haben bei sich den Savezzo!"

„Er wird sich geirrt haben", meinte der Herr Giocondi. Der Gevatter Achille stieß in seine hohlen Hände:

„Schmeckt das Weihwasser, Herr Savezzo?"

Als der junge Savezzo sich entdeckt sah, trat er, die Arme verschränkt, auf den Platz hinaus. Eine Zeitlang sah er unter gewulsteten Brauen mit düsterer Genußsucht ringsum.

„Was willst du?“ rief das Volk. Darauf redete er mit unvermitteltem Augenrollen und großen, gezierten Gesten:

„Es ist aus, es soll aus sein in unserer Stadt mit der Protektionswirtschaft, mit der Diktatur einer Klasse!“

„Es ist aus!“ rief das Volk.

„Ah! Volk –“, und Savezzo breitete die Arme aus wie an einem Kreuz, „du wirst künftig das Opfer des Talentes empfangen können, auch wenn es nicht aus gewissen Familien kommt. Von den nächsten Listen für die Gemeindewahlen werden die Namen verschwunden sein, die Korruption und Volksausbeutung bedeuten. Denn ihre Träger –“

„Der Bäcker!“ schrien Bonometti und der Fuhrmann. Das Volk wiederholte:

„Den Bäcker meint er!“

„Den Konditor!“ kreischte Coletto. „Den Wanzenkonditor!“

„– werden erschrocken sein vor der Größe eurer Rache“, – und der Savezzo arbeitete sich ab.

„Willst du ein Glas Wasser?“ rief eine Frau.

„Er braucht es. Er hält seinen Vortrag über die Freundschaft“, sagte der Advokat Belotti, verächtlich lächelnd.

„– eurer Rache“, fuhr Savezzo fort und zeigte dem Volk sein Profil, „die fürchterlich zerstört haben wird den Sitz der Gottlosigkeit, des Lasters und der Tyrannei: das Theater!“

„Huhuhu!“ machte es beim Café „Zum Fortschritt“.

„Was für eine Sprache spricht er?“ fragte die Magd Felicetta ihre Nachbarn, die die Achseln zuckten.

„Genug! Wir wollen die „Arme Tonietta““, rief der Fuhrmann, und er stimmte an:

„Sieh, Geliebte –“

Man lachte. Der Savezzo griff sich noch einmal ins Haar, schnellte noch einmal die gespreizte Hand über das Volk hin, stieß sie geballt gegen das Café „Zum Fortschritt“ aus und zog sich zurück. Der Baron spie hinter ihm aus.

„Welch feiger Heuchler! Er hat sich also zu erkennen gegeben.“

„Mich hat er nie getäuscht“, behauptete der Advokat. „Ich habe aus seiner Demut wie aus seiner Düsterkeit immer den Neid dessen herausgefühlt, der nicht zu den Göttern gehört.“

„Die Komödiantin! Laßt sie nicht entwischen!“ heulte vor der Domtreppe die Frau des Kirchendieners Pipistrelli; – und verfolgt von den Weibern, rannte Italia mit kleinen behinderten Schritten und kreischend wie ein Pfau über den Platz. Der Apotheker Acquistapace stapfte ihr entgegen; obwohl es von droben mit entsetzlicher Stimme „Romolo“ rief, fing er sie auf. Die Weiber wichen nicht, sie blockierten das Café „Zum Fortschritt“. Der junge Severino Salvatori trat ihnen elegant gegenüber und lispelte Anzüglichkeiten.

„Da ist er!“ rief die Frau des Schuhmachers Malagodi. „Der da hat etwas Schlechtes von unserer Elena verlangt, und sie hat ihn vor die Tür gesetzt.“

„Ah! was für ein schöner junger Mann“, – und eine entriß ihm sein Monokel. Darauf machten alle sich davon, unter schreiendem Gelächter und Gesten, die nicht alle anständig waren.

„Habe ich denn verdient, daß man mich totschlägt?“ jammerte Italia auf der ledernen Bank im Innern des Cafés, wo der Herr Giocondi unter schelmischen Seitenblicken auf die Zuschauer ihr die Büste frei machte. Auch der Kaufmann Mancafede hatte sich in den Saal gerettet; er rang die dürren Hände.

„Der Bürgerkrieg ist etwas Häßliches; er schadet den Geschäften, und wenn Gott will, bekommt man sogar Schläge.“

„Glauben Sie?“ stammelte im dunkelsten Winkel der Cavaliere Giordano.

Der Herr Giocondi behauptete, auf Italias Nacken eine Quetschung gefunden zu haben, und rief nach Essig. Der Gevatter Achille brachte ihn und sagte:

„Wenn man bedenkt, daß ein einziger Priester so viel Unheil stiftet.“

„Es gibt gute Priester“, – und der Cavaliere Giordano streckte beschwörend die Hand aus. „Es gibt gute Priester, und es gibt schlechte Priester.“

Italia schluchzte.

„Don Taddeo ist kein schlechter Priester. Er mag nicht, daß man sündigt: darin hat er recht. Ach, über mich!"

„Nicht weinen", murmelte der Apotheker. Er stand, die Hände am Leib, neben ihr und weinte selbst.

„Als ich ihm das erstemal beichtete", sagte Italia feucht, „war er sehr streng; er wollte alles wissen, alles, alles."

„Versteht sich", bemerkte der Gevatter Achille. „Das ist ihre Unterhaltung."

„Und er stellte so schreckliche Fragen, daß es fast schien, er wisse schon alles. Ist er denn ein Heiliger?"

„Nein; aber er wird unter dem Bett gesteckt haben", schrie der Baron Torroni und lachte dröhnend.

„Und dann befahl er mir, zur Madonna von Loreto zu gehen. Ich werde gehen, sonst bringt es mir Unglück ... Aber als ich heute wiederkam –"

„Armes Mädchen, auch sie ist in den Händen der Priester!" seufzte der Apotheker.

„– da wollte er mich nicht anhören."

Der Herr Giocondi vermutete:

„Er fürchtet, daß Sie ihn zum besten halten."

„Er betete in der Sakristei, und seine Augen waren rot wie Kohlen."

„Der Schlaukopf!" rief der Wirt Malandrini. „Uns schickt er den Mittelstand auf den Hals, er aber stellt sich, als habe er es nur mit den Heiligen des Paradieses zu tun."

„Man würde ihn umsonst auf dem Platz suchen, den Heuchler!" sagte der Advokat, der herzukam.

„Ich störte ihn noch einmal; da –" und Italia schüttelte sich, „sprang er vom Betstuhl auf wie eine Katze. Welche Furcht. Ich lief, und er mir nach. Er rief, ich solle kommen und beichten. Beim ersten Wort sagte er: „Genug" und erließ mir alles. Ich glaubte, er irrte sich, und fing wieder an. Er aber stöhnte auf eine gewisse Art, daß mir nichts Gutes ahnte, und rasch machte ich mich davon."

Sie sah alle erschüttert an. Der Advokat erklärte:

„Er wird noch immer in seinem Beichtstuhl hocken, und wahrscheinlich unter der Bank. Ah! keine Gefahr, daß er das Kommando ergreift über das Café „Zum heiligen Agapitus“.“

Der Gemeindesekretär war dem Advokaten gefolgt.

„Man mag von Don Taddeo denken, was man will“, sagte er und wiegte den Kopf, „so ist er doch ein mutiger Mann. Wie wollen Sie das leugnen? Er hat uns nicht gefürchtet, sogar Sie nicht, Herr Advokat, und er war allein: sein Kaplan sammelt Pflanzen.“

„Wollte Gott, er täte dasselbe, mein Herr.“

„Er baut keine Waschhäuser, sondern vertritt das Interesse der Religion.“

„Und er hängt sie als Mantel um den Klassenhaß.“

„Hängen nicht wir ihm den der Freiheit um?“

„Ah!“ – und der Advokat warf sich umher; „ich habe in diesem Augenblick nicht Zeit, mit Ihnen zu philosophieren, Herr Camuzzi: die Stadt erwartet, daß ich handle!“

Er trieb alle aus dem Café.

„Halt! Wohin?“ – und er packte Nello Gennari, der durch eine Lücke in der Menge entwischen wollte; am Rande des Gäßchens gegenüber dem Rathaus hatte er Alba erblickt.

„Eine wichtige Angelegenheit“, sagte er fieberhaft und wand sich in den Armen des Advokaten.

Alba konnte nicht weiter; vom Balkon am zweiten Stock des Rathauses fiel ein Blick auf sie, der ihr den Mut, den Fuß zu heben, nahm, den Mut, zu atmen. „Nie habe ich in solche Augen gesehen! Nello!“ Sie rief den Geliebten an, sie nahm ihre ganze Liebe zusammen: umsonst; der Haß dort oben war ungeheurer als ihre Liebe; die Angst überwältigte sie, in seinem Dunstkreis zu erlahmen und unterzugehn; sie floh zurück in die Gasse.

„Es gibt keine wichtigen Angelegenheiten“, sagte der Advokat, „außer dem Kampf um die Freiheit; – und wer, mein junger Freund“, er lächelte verständnisvoll, „wäre mehr als wir beide interessiert an der Freiheit unter dem Schutze der Venus.“

Der Bariton Gaddi trat mit Wucht heran.

„Du mußt bleiben, Nello! Auch wir haben unsere Ehre, und man ruft mir nicht ungestraft ins Gesicht, daß die Komödianten die Wäsche stehlen."

Er ging, die Hand in der Hosentasche, das Cäsarenprofil erhoben, rüstig auf den Platz hinaus. Der Bäcker Crepalini hatte sich vorgewagt und schalt, weinrot, mit Nußknackergebiß und Kugelaugen, in den Lärm der Menge. Unversehens hing er in der Luft und zappelte mit den Ärmchen. Gaddi warf ihn den Seinen zu und zog sich ohne Eile zurück. Der Schlosser Fantapiè wollte, den andern vorauf, über ihn herfallen; von drüben aber holten Acquistapace und der Baron Torroni ihren Kameraden ein. Der Gevatter Achille rückte nach mit einem geschwungenen Stuhl. Als er vor dem Feind ankam, war er außer Atem und setzte den Stuhl hin, um seinen Bauch auf die Lehne zu stützen. Er rief:

„Ah! Freund Giovaccone, Schwein, das du bist, die Geschäfte gehen wohl gut, denn das Weihwasser kostet dich wenig!"

Der Lehrling Coletto hüpfte kauernd hinter ihm umher, und plötzlich warf er seinem Herrn, dem Konditor Serafini, sein Gebetbuch an den Kopf. Der Kaufmann Mancafede, den die Herren Giocondi und Polli vor sich herschoben, brach mit einem Aufschrei in die Knie, von einem Flaschenstöpsel getroffen.

„Hohoho!"

„Huhuhu!"

„Nieder die „Arme Tonietta"!"

„Nieder die Priester!"

„Was will denn euer Don Taddeo?" rief der Wirt Malandrini. „Als er heute früh meinen Jungen durchprügelte, hat er selbst die „Arme Tonietta" gepfiffen."

„Schweig!" brüllte der Tapezierer Allebardi. „Und möge dein Bauch verfaulen wie deine Beefsteaks!"

Der Schlosser Fantapiè faßte den Schlosser Scarpetta ins Auge und schrie durch die Hände:

„Gemeiner Sykophant!"

„Schlüsselfresser!" – und Scarpetta spie weithin. „Er hat den Schlüssel des Eimers gefressen und betet nun zum heiligen Agapitus, damit er keine Leibschmerzen bekommt."

Der Herr Giocondi hörte:

„Schwindler! Bankrotteur!“

Und er sprang auf.

„Ah! die Volksausbeuter, die Diebe. Da bin ich, Chiaralunzi, du hast mir von meinem Stoff zum Mantel die Hälfte gestohlen!“

„Huhuhu!“

„Hohoho!“

Ganz hinten, im breitesten Gedränge der Verteidiger des Cafés „Zum Fortschritt“, schwang der Kaufmann Mancafede sein Metermaß. Seine grauen Falten hatten sich gerötet.

„Wer es wagen will!“ heulte er. „Wer es wagen will!“

In den schmaleren Reihen sah der Kapellmeister Dorlenghi zerstreut umher; da rief es drüben:

„Die „Arme Tonietta“ ist keine Musik! Der Maestro weiß nicht, was Musik ist!“

„War das der Blandini?“ fragte der Kapellmeister und stürzte vor an die Spitze, wo der Apotheker zwischen Gaddi und Torroni den Feinden seinen Stößel zeigte.

„Sakristeiflöhe“, donnerte Acquistapace, „die ihr das Werk Garibaldis nicht respektiert!“

„Garibaldi war ein häßlicher Typus! Er hat den Heiligen Vater umgebracht“, keifte vom Dom her Frau Nonoggi, aber die Mägde Fania und Nanà verboten es ihr mit geschwungenen Fäusten.

„Fest, Cimabue!“ heulte die Pipistrelli, obwohl sie ihr die Kehle zuhielten. Denn der Schlächter drehte sich mit dem Lehrer Zampieri im Gemenge. „Drauf los, Allebardi! Drauf los, unsere Männer!“

Coletto wälzte sich unter dem ältesten Chiaralunzi, den der junge Gaddi von hinten zwickte. Ein kleiner Nonoggi rief: „Es lebe Don Taddeo!“ und rannte davon. Sogleich brach ein ganzer Haufe Buben über ihm zusammen, und die dicke Wirtin „Zu den Verlobten“ ward mit hineingerissen.

Der schöne Alfò schwenkte den blauen Klemmer des Galileo Belotti und der Schuster Malagodi das Monokel des jungen Salvatori, das er seiner Frau abgenommen hatte. Der Lehrer Zampieri rief noch:

„Wer an die großen Ideen rührt, ist tot!"

Da mußte er unter der Umarmung des Schlächters Cimabue das Pflaster küssen. Die beiden Kneipbrüder Zecchini und Corvi holten mit mächtigen Fäusten gegeneinander aus, im Augenblick aber, als sie sich berührten, ward ein kleiner freundschaftlicher Schlag auf den Bauch daraus.

„Laß es dir gut gehen", sagten sie.

Die Bauern schlugen, weil sie niemand kannten, auf alle ein. Hin und her gestoßen von den Ringenden, polterte Galileo Belotti unaufhörlich:

„Wo ist der Advokat? Wo ist der Buffone?"

Der Advokat eilte mit anfeuernden Armstößen vor dem Rathaus auf und nieder.

„He, Dotti! He, Cigogna! Es ist Zeit, die gute Sache braucht euch ... Ich kenne dich", – und er zog dem Fuhrmann die Bluse über der Brust zusammen, „du hast mir Holz gebracht und in meiner Küche ein Glas getrunken. Wir sind Freunde."

„Freunde!" brüllte der Fuhrmann und streckte mit einem Faustschlag den alten Seiler Fierabelli nieder, der eines Bedürfnisses wegen unter die Rathausbogen getreten war. Der Barbier Bonometti schlug sich auf die Brust.

„Sie sind ein großer Mann, Herr Advokat. Wenn der Schlächter Cimabue auch noch zehnmal stärker wäre, als er ist, der Advokat wäre dennoch ein großer Mann! ... Das Leben für den Advokaten Belotti!" rief er und durchbrach, mit der Mütze wehend, die Reihen, tödlich angezogen von dem Schlächter, der ihn mit einer Hand vom Boden hob. Schon verlor Bonometti Mütze und Krawatte ... Der Advokat wandte sich ab, grau im Gesicht. Er sagte heiser zu Polli:

„Der Ruhm will, daß man nicht rechts noch links sieht. Aber glaube mir, Polli, zuweilen stände man lieber mit den andern allen in Reih und Glied."

Polli kratzte sich den Kopf.

„Inzwischen scheint es, daß wir Prügel bekommen. Meinem Olindo werden sie guttun, aber was mich betrifft –"

Und er zog sich in das Café zurück.

Den alten Acquistapace dort vorn belästigten zehn Feinde und griffen nach seinem Stößel. Er wich ihnen schrittweise. Die vorderen Glieder traten, zurückdrängend, auf die Füße der hinteren; man beschimpfte einander in den eigenen Reihen; – und unter Jubel- und Wutgeschrei der Frauen ward die Pyramide der Freiheitskämpfer von den Scharen des heiligen Agapitus eingedrückt. Mühsam deckte der Gevatter Achille mit wildem Schwingen seines Stuhles den Rückzug.

„Nun, Advokat", sagte der Herr Giocondi erbost, „mir haben sie alle Knöpfe abgerissen bis auf diesen: scheint es dir jetzt Zeit, unsere Suppe zu essen?"

Der Advokat sah fliegend umher. In der Treppengasse entdeckte er seine Schwester Artemisia, die Damen Salvatori, Giocondi, – und hinter ihnen hielt Jole Capitani die gerungenen Hände vor sich hin. Der Advokat stöhnte auf; er legte aus, um allein sich dem siegreichen Feinde entgegenzuwerfen, – da traf in allem Lärm eine leise Musik sein Ohr: eine kleine rasche Musik, die ganz fern zuerst nur zirpte und nun schon nahe war und klirrte, wohllautend und unternehmend.

„Wir sind gerettet", rief der Advokat leise; und aus voller Lunge:

„Der Sieg ist unser! Mut, Freunde!"

Der Apotheker schwang seinen Stößel schon wieder zum Angriff; die nächsten rückten vor; unter der Drohung einer noch unbekannten Gefahr ging der Feind zögernd zurück: – und aus der Rathausgasse kam im Eilmarsch mit Mandolinen und Gitarren eine Kolonne junger Leute, zehn Arbeiter vom Elektrizitätswerk. Das Volk beim Rathaus machte ihnen Platz. Vor dem Café „Zum Fortschritt" trat der Advokat Belotti ihnen entgegen. Er nahm den Hut ab.

„Meine Herren!"

Sie hörten zu spielen auf und blieben stehen. Ringsum war es plötzlich still.

„Meine Herren, wir schlagen uns hier für Ihre Interessen; denn welches höhere Interesse hätten Sie, hätte das Volk, das wahre Volk, als die Freiheit."

„Buffone!" keifte drüben sein Bruder. „Seht ihr nicht, daß er euch zum besten hält?"

Die Weiber heulten auf; der Wirt „Zu den Verlobten" schrie: „Aber im Munizipium will er keinen Sozialisten."

„Hören Sie nicht auf die Verleumder!" rief der Advokat in der Fistel, und seine aufgereckten Arme bebten. „Ich bin der Freund des Volkes, der Advokat Belotti, der die Anlage des Elektrizitätswerkes bewirkt hat und die Aufführung der

„Armen Tonietta", die euch so sehr gefallen hat; denn ich kenne euch, wie ihr mich, wir sind Freunde. Ihr beiden –"

Er streckte seine Hände hin.

„– euch habe ich bei einer edlen Tat beobachtet, bei einer hochherzigen Tat. Jener arme Bucklige, ihr wißt, den Schändliche mißhandelt hatten –: ah! Freunde, wir verstehen uns im Namen der Menschlichkeit."

Der Advokat hatte die Augen voll Tränen. Die beiden jungen Leute mit großen Hüten und bunten Halstüchern schlugen in seine Hände. Er schüttelte die ihren.

„Sagt euren Genossen, daß ich sie überall verteidigen werde und daß eure Feinde die meinen sind. Seht jene dort: sie wollen das Theater schließen, wo ihr eure edelsten Genüsse sucht. Seht jene dort: sie werden euch, sobald sie zur Macht kommen, die Arbeit nehmen und die Stadt an die Priester ausliefern. Hat darum das Volk für die Freiheit geblutet? Nieder die Priester!"

Die Herren hinter ihm wiederholten:

„Nieder die Priester!"

Die Arbeiter zuckten auf, sie sahen sich an.

„Es lebe die Freiheit!" riefen mehrere auf einmal.

Durch das Café „Zum heiligen Agapitus" ging ein langes Gemurmel. Die Weiber drehten, nach vorn geworfen und durcheinanderschreiend, die Arme in der Luft. Das Volk und die Herren klatschten stürmisch. Zwei kleine Choristinnen wagten sich vor, in roten Blusen, zerzaust und zappelnd; sie riefen hell:

„Seht uns an, Jungen! Mut! Geht mit dem Advokaten!"

Frau Nonoggi und die Pipistrelli fielen über sie her und zerrten sie zurück. Der Advokat glänzte breit; er hatte weite, siegreiche Gesten um alle zehn Arbeiter her. Sie zauderten noch.

„Legt eure Instrumente nieder! Formiert euch! Ich bin an eurer Spitze. Was wir heute tun, tun wir für die Geschichte."

„Legen Sie uns nicht hinein?" fragte einer. „Bei den Wahlen nachher haben die Dinge sich wieder geändert."

Der Advokat drückte die verschränkten Hände gegen die Brust, er hob sich auf die Fußspitzen.

„Sehe ich aus wie ein Bürger? Bin ich ein Mensch, der die Soldi aufeinanderhäuft? Ich kenne Höheres als den höchsten Geldhaufen: das ist das Glück des Volkes; und auch ich will stürzen, was ihm entgegensteht!“

Er schüttelte Hände. Die Arbeiter lehnten ihre Mandolinen an die Mauer des Cafés „Zum Fortschritt“. Zu den Herren, die Meinungen austauschten, sagte der Gemeindesekretär:

„Also ein Feind der Bemittelten ist der Advokat. Er verbündet sich zur Befriedigung des Ehrgeizes mit dem Umsturz. Aus dem Herrschsüchtigen bricht der Anarchist.“

Der Advokat fuhr herum:

„Und Sie, Herr Camuzzi, haben sich zur Genüge verraten. Ihre Zweifelsucht, Ihre Kritik an der Tätigkeit des Menschen, Ihr Quietismus: alle diese schönen Dinge führen schließlich in den Schoß der Kirche. Begeben Sie sich doch dort hinüber! Tragen Sie doch gemeinsam mit Savezzo, dem Neidischen, das Banner des heiligen Agapitus! Bei uns aber –“

Mit der Rechten gen Himmel langend, setzte er sich an der Spitze der Arbeiterkolonne in Bewegung.

„– kämpfen wie einst, als wir denen von Adorna den Eimer abgewannen über unseren Köpfen schwebend Mars, Venus und Athene.“

Der Apotheker, Gaddi und der Baron Torroni schlössen sich an. Die Herren Giocondi und Polli sahen sich wild um; ein kriegerischer Wind strich schwindelnd um die Stirnen; auf einmal brachen mit mächtigem „Hohoho!“ alle los.

„Seht ihr, daß jene Furcht haben?“ sagte der Advokat zu den Arbeitern hinter ihm. „Sie rühren sich nicht. Und sie glauben, sie werden heute abend in den Logen sitzen? Ihr werdet darin sitzen, ihr. Dem Volk die Logen!“ rief er und warf im Zusammenprall den Schuster Malagodi um. Die zehn Arbeiter fanden vor ihrem Wege, wie eiserne Schranken, die nackten Arme des Schlächters Cimabue. Der Gevatter Achille wälzte seinen Bauch über den Freund Giovaccone; er brüllte:

„Seit zwanzig Jahren erwarte ich diesen Tag. Ich will sehen, ob du auch in den Adern Weihwasser hast!“

Der Fuhrmann war daran, über Galileo Belotti herzufallen, aber Galileo machte, und schnappte dabei mit den Zähnen, so furchtbar „Pappappapp“ und „Buffone“, daß der Fuhrmann bestürzt zurückschwankte.

Der Advokat sah sich dem Savezzo gegenüber. Inmitten des Kampfgewühles verschränkten beide die Arme.

„Jetzt würden Sie vielleicht wünschen“, sagte Savezzo, „meine Fähigkeiten früher erkannt zu haben. Dies ist mein Werk.“

Der Advokat musterte ihn langsam. Savezzo fragte:

„Bin ich noch ein Winkeladvokat?“

„Mehr als je“, sagte der Advokat und wandte sich ab. Savezzo erhob von hinten die Faust; Nello Gennari fiel ihm in den Arm.

„Ah, Sie!“ keuchte Savezzo. „Wagen Sie sich noch einmal nach Villascura, und ich werde Sorge tragen, daß Sie nie mehr dorther zurückkehren!“

„Ich warte nicht so lange!“ rief Nello und packte rascher zu als der andere.

„Fest, Cimabue, du, der du ein Löwe bist!“ kreischten die Nonoggi und Frau Malagodi. Der Schlächter schüttelte von seinen zehn Angreifern einen nach dem andern ab, nur die beiden jungen Leute in großen Hüten und bunten Halstüchern hielten, so sehr er sie umherschwenkte, mit Armen und Beinen seine Gliedmaßen umklammert. Die Pipistrelli schwang ihren Krückstock über dem Kapellmeister, der am Boden lag, aber die kleine Rina entriß ihr, bleich vor Zorn und Liebe, die Waffe und verscheuchte die Alte. Durch riesige Übermacht überwältigte der Mittelstand den Verräter Scarpetta. Drunten, in dem Gewirr von Beinen, kroch Coletto mit den Buben und entzog Freunden und Feinden der Freiheit den Fuß, auf den sie sich stützten.

Der Schlächter hatte sich losgerissen. Er hatte blutunterlaufene Augen und Schaum vor dem Munde. Alles, was sich schreiend umherdrehte, wich auseinander, der Schlächter überrannte Nello Gennari und den Savezzo, die weiterrangen, und er stürzte, dumpf brüllend, mit ungeheuren blutigen Fäusten auf den Advokaten Belotti los. Der Schneider Chiaralunzi war es, der sich dazwischen warf. Gleich darauf hatten die beiden jungen Leute den Schlächter eingeholt und rissen ihn im Ansturm nieder.

„Wer befreit mich von diesem Schwein?“ – und der Gevatter Achille hieb mit seinem Bauch von neuem auf seinen Konkurrenten los. Alles drehte sich wieder:

da heulte der Kaufmann Mancafede auf, und nie hatte man von ihm solche Stimme gehört.

„Ich bin ermordet!"

Er hatte im Nacken ein Huhn! Die Barbiere Macola und Druso schlugen mit ihren Streichriemen blind um sich, aber die Hühner flatterten nur noch wilder im Gedränge. Coletto und die Buben scheuchten sie immer wieder hinein. Man schrie, bedeckte sich die Gesichter, stob auseinander. Galileo Belotti drehte einem Hahn den Hals um; aber da fiel mit ihrem Gegacker, lauter als das der Hennen, mit ihrem Schnabel und ihren langen Armen, die wie Flügel schlugen, die Hühnerlucia über ihn her. Er rettete sich mit den andern ins Café „Zum heiligen Agapitus". Statt seiner erwischte sie den Advokaten und fuhr ihm mit den Krallen ins Gesicht. Er rief, die Augen geschlossen:

„Zu mir! Zu mir!"

Niemand kam; nach allen Seiten floh man; und von Panik ergriffen, warf der Advokat sich zu Boden.

Die Hühnerlucia ließ endlich ab von ihm; er hörte sie das Federvieh in ihre Gasse zurückscheuchen: – da berührte ein feuchtes Tuch, wie eine Liebkosung, sein Ohr, das blutete, und er fand das zärtlich gepolsterte Gesicht der Frau Jole Capitani über sich geneigt.

„Sie sind doch nicht schwer verwundet, Advokat?" sagte sie.

„Ihr Anblick, schöne Dame, heilt alles", erwiderte er und stand auf. Rasch überzeugte er sich, daß der Platz in der Mitte leer und an den Rändern voll Verwirrung war. Sie waren unbeobachtet.

Er streifte an ihren Arm und sagte:

„Haben Sie mir in diesem schlimmen Augenblick das Zeichen geben wollen, um das ich Sie so sehnsüchtig bitte?"

Sie schlug nur die Augen nieder.

„Man wird uns sehen", äußerte sie dann und zog sich zurück.

Der Advokat sah ihr nach, er vergaß sich abzustauben.

„Ah! die Frauen. Würde man große Dinge tun wollen, wenn nicht sie wären?"

Und er wandte sich nach dem Café „Zum Fortschritt". Dort umarmte alles einander und rief nach Getränken. Der Gevatter Achille war überall zugleich mit seinen gelben, roten und grünen Gläsern.

„Wir haben sie in die Flucht geschlagen!" verkündete er. „Der „Heilige Agapitus" wird künftig wieder leerstehen, und der Freund Giovaccone wird sein Weihwasser nicht sobald mehr los."

Aus dem Garten des Palazzo Torroni wurden Blumen gebracht: der Apotheker raffte mit zitternden Händen einen Strauß zusammen und übergab ihn Italia, die sich auf der Schwelle zeigte.

„Ihnen zu Ehren, Fräulein", stammelte er, „haben wir den Priester besiegt."

Dann warf er sich, mit überfließenden Augen, dem Advokaten an die Brust.

„O Freund! Welch ein Tag!"

„Wäre nicht Mancafede gewesen", – und der Herr Giocondi klopfte dem Kaufmann den Bauch, „wer weiß, wie es gekommen wäre. Er aber war der erste, der sie mit seinem Huhn in Schrecken setzte."

„Alle haben ihre Pflicht getan", hieß es. „Wo aber hat der Cavaliere gesteckt?"

Der Cavaliere Giordano kam entrüstet aus dem Café hervor. Er zeigte Schultern und Ärmel seines weißen Anzuges umher.

„Die Hühner ... Ich werde ihn waschen lassen müssen."

„Auch der Cavaliere ist ein Held", entschied Polli, und Italia drückte ihm und dem Advokaten einen Kranz auf.

Der Barbier Nonoggi stellte sich ein:

„Wir sind also siegreich! ... Wie? Die Herren haben mich nicht gesehen? Aber ich war es doch, der den Schlächter abgehalten hat, den Advokaten zu ermorden."

Mehrere erinnerten sich daran. Der Advokat selbst konnte nicht sagen, was in jener Minute geschehen war. Nonoggi ward bewirtet.

Der Gemeindesekretär rückte den Klemmer zurecht.

„Aber woraus schließen die Herren, daß wir die Sieger sind? Mir scheint, daß ich Sie am Boden gesehen habe, Herr Advokat?"

Da der Advokat ihn keiner Antwort würdigte –

„In jedem Fall halten unsere Gegner sich nicht für geschlagen. Daß sie sich ins Innere des Cafés „Zum heiligen Agapitus“ zurückgezogen haben, sollte uns nicht zuversichtlich stimmen. Vielleicht schon im nächsten Augenblick verlassen sie es, um, durch die Feier vermeintlicher Siege weniger erschlafft als wir, das Café „Zum Fortschritt“ im Sturm zu nehmen.“

Der Kaufmann Mancafede, Polli, der Cavaliere Giordano setzten, verstummt, ihre Gläser hin. Da bog aus dem Corso ein Zug auf den Platz. Der Konditorjunge Coletto war der erste; er blies quäkend durch die Hände. Die Jungen hinter ihm pfiffen den Marsch der Mandolinen und Gitarren mit; und in der Mitte der Arbeiter, geführt von den beiden jungen Leuten mit großen Hüten und bunten Halstüchern, stampfte der Schlächter Cimabue.

„Man sollte es nicht für möglich halten“, bemerkte der Stadtzolleinnehmer. „Warum schlägt er sie nicht nieder?“

Sie kamen vorüber, in ihrem unternehmenden Schritt, mit ihrer flinken Musik. Die beiden jungen Leute hatten die Hände fest im Gürtel des Schlächters.

„Und der Gürtel ist offen! Sobald er sich rührt, reißen sie ihm die Hose herunter!“

Der Advokat erhob sich und entblößte den Kopf. Die Herren klatschten.

Ein kleiner Haufe, der hinter dem Brunnen noch immer sich hin und her schob und Zurufe ausstieß, ging plötzlich auseinander; man sah in seinem Innern den Savezzo am Boden liegen; und das Haar zurückstreichend, richtete Nello Gennari sich auf. Wie er, die Schultern ein wenig emporgezogen, zögernd über den Platz ging, riefen mehrere Frauen, die zurückgekehrt waren:

„Es lebe der schöne Komödiant! Auch tapfer ist er!“

Die Herren beim Café kamen ihm schon mit Gläsern entgegen. Der Advokat sah sich über die Schulter nach dem Gemeindesekretär um; aber er war hinter den andern verschwunden. Der Kaufmann Mancafede beantragte:

„Dieser Savezzo muß aus dem Klub ausgestoßen werden. Wir sind es der Sache der Freiheit schuldig, unseren Sieg rücksichtslos auszunützen.“

Auch der Baron Torroni war der Meinung. Der Advokat widersprach.

„Wir müssen unsere Gegner durch Milde in Erstaunen setzen und versöhnen. Das verlangt die Klugheit des wahren Staatsmannes, der über den Parteien steht.“

Der Gevatter Achille unterstützte ihn.

„Wer wird von dem Streit der Bürger den Vorteil haben? Niemand als dieses Schwein von Freund Giovaccone. Der Schlächter Cimabue hat immer zu meinen besten Kunden gehört; diese Arbeiter, die niemals etwas verzehren, hatten nicht das Recht, ihn so zu behandeln.“

„Was denken die Herren darüber“, sagte der Lehrer Zampieri; er rückte blaß auf seinem Sitz umher, „– wenn man eine Abordnung zu Don Taddeo schickte?“

Der Tabakhändler klopfte ihm auf die Schulter.

„Keine Furcht, mein Lieber. Solange wir an der Macht sind, wird der Priester uns nicht hindern, Sie fest anzustellen.“

„Gleichviel“, sagte der Advokat. „Es wäre ein Akt hoher Diplomatie. Wir würden den Priester beschämen und entwaffnen, denn wir würden ihm beweisen, daß wir, die wir Gott in der Natur anbeten, bessere Christen sind als er.“

Die Meinungen teilten sich. Italia bat für Don Taddeo.

„Er ist kein schlechter Priester. Ihr solltet ihn nicht zu sehr kränken.“

Der Herr Giocondi kniff ein Auge zu und raunte Italia ins Ohr:

„Du selbst wirst ihn gewiß noch heute mit dem Apotheker kränken.“

„Ah!“ rief Polli. „Wenigstens wissen wir jetzt, wen er mit der großen Babel gemeint hat. Es ist die Hühnerlucia, – denn sie hat die Frommen in die Flucht geschlagen.“

Flora Garlinda traf ein.

„Ich hoffte, ein Schlachtfeld voll Leichen zu finden“, sagte sie. „In der „Bionda“, die ich studiere, werden so viele erschlagen, man müßte das einmal sehen. Statt dessen sind alle unversehrt“, – und sie lächelte verächtlich. „Der Priester riet, sie nicht zu schonen.“

„Er gefällt mir. Er ist ein böser Fanatiker und stärker als ihr alle. Wir beide könnten uns verständigen, – wenn er wollte. Die Prüfungen werden ihm guttun. Ah! seht doch, wie er sich quält.“

Man erkannte ihn erst jetzt: in den dunkelsten Winkel, zwischen dem Turm und dem Hause Mancafede, krümmte er sich mit dem Rücken schwarz über die

Mauer hin, schnellte auf, um zwei flatternde Schritte zu tun, und fiel zurück. Der Advokat nickte über die Köpfe der anderen nach ihm hin; er murmelte starr:

„Da sieht man, was es heißt, geschlagen zu sein."

Acquistapace und der Gevatter Achille erboten sich, hinzugehen.

„Wir werden ihm vorstellen, daß der Bürgerkrieg nur dem Freund Giovaccone nützt", sagte der Wirt.

„Und daß wir, alles in allem, keine Feinde der Religion sind", sagte der Apotheker. Der Advokat drückte ihnen die Hände.

„Ohne den Halt der Kirche wird der Mittelstand nur noch ein Haufe auseinanderstrebender Interessen sein. Geht, meine Freunde, geht!"

Sie machten sich auf.

Der Kapellmeister war schmerzlich in sich versunken. Plötzlich wandte er sich mit bebender Lippe an Flora Garlinda.

„Er gefällt Ihnen sehr?" fragte er.

„Wer?"

„Don Taddeo."

Sie hob die Schultern.

„Ich bin ein Narr", sagte er fast laut.

Die Stimme des Priesters brach unvermutet los: hoch, gewaltsam und angegriffen, als habe er schon stundenlang geschrien:

„Ihr haltet euch für Sieger? Wißt ihr nicht, daß Gott manchmal die siegen läßt, die er verderben will? Um so sicherer verharren sie bei ihrem Abfall. Ah! ihr Sieger. Du, der du deiner heiligen Gattin durch deine Verfolgungen ins Paradies hilfst, um selbst zur Hölle zu fahren! Du, der du jeden Tag durch deinen Bauch, der dein Gott ist, dahingerafft werden kannst! ..."

„Wie er sich abarbeitet!" raunte man einander beim Café zu.

„Er gleicht einem Dämon. Man kann sagen, daß Achille und Romolo sich opfern für das öffentliche Wohl."

„Friede?" – und die Stimme des Priesters überschlug sich. „Ich kenne keinen Frieden mit den Feinden Gottes und seiner heiligen Kirche. Wie? Ich soll den Eimer an einen Amerikaner verkauft haben! Mit den Nonnen habe ich Unzucht getrieben und den Bauern Blendwerk vorgemacht mit einer Madonna, die die Augen bewege! Das schreibt ihr, redet es umher, meldet es Monsignore, um mich in seinem Geist zu vernichten, – und ihr kommt und sprecht von Frieden? Nähme ich ihn an, Gott schlüge mich selbst. Nun aber wird er euch schlagen, euch. Gott; wenn denn ein Wunder nötig ist –"

Don Taddeo stieß beide Arme weit von sich und breitete die Brust hin. Die Abgesandten wichen zurück.

„– tue es!" schrillte der Priester gen Himmel.

Da entstand in der Rathausgasse Stampfen und Geschrei. Der Schlächter Cimabue raste, und raffte dabei seine Hose zusammen, den zehn Arbeitern voraus über den Platz. Die Herren beim Café „Zum Fortschritt" wichen seitwärts von ihren Stühlen. Der Schlächter war vorbei; er sprang ins Café „Zum heiligen Agapitus", daß die Scheiben der Glastür zu Boden klirrten. Gleich darauf quoll alles daraus hervor, fuchtelte, schlug auf die eisernen Tische, schrie Drohungen herüber. Hinter all dem Toben, worin die Stimme des Priesters zerging, sah man seine bleichen Hände, zum Dank heftig verschlungen, durch den Schatten stürzen.

Die Abgesandten kehrten eilig zurück.

„Nicht für eine Million würde ich noch einmal mit ihm sprechen", äußerte der Gevatter Achille und wischte sich die Stirn.

„Seid ihr feige!" sagte Flora Garlinda, das Kinn auf der Faust, mit funkelnden Augen. „Warum seid ihr nicht über den Priester hergefallen? Jene dort würden euch erschlagen haben. Es wäre schön gewesen."

Auch die Arbeiter hatten sich zurückgezogen.

„Hierher, Freunde!" rief der Advokat, und er ließ ihnen Wein geben.

„Wir werden nach Haus gehn, Genossen. Mögen jene allein weiterschreien! Das wird nicht ungeschehen machen, daß wir sie vom Platz vertrieben haben. Inzwischen rufen uns andere Aufgaben", – und ein Gedanke der Wonne dehnte sein Gesicht in die Breite.

„Tatsächlich fängt man an, genug hiervon zu haben", sagte der Baron Torroni.

„Und die Suppe wird kalt", ergänzte Polli. „Malandrini und Sie, Maestro, wir haben denselben Weg."

Der Advokat hielt den Kapellmeister zurück; er flüsterte ihm dicht ins Gesicht:

„Mut, junger Mann! Ihre Sache steht besser, als Sie glauben. Wer mehr Erfahrung als Sie in solchen Dingen hat, sieht ohne weiteres, daß das Mädchen Sie mit dem Priester eifersüchtig machen wollte."

„Sie glauben?"

„Er wird rot wie eine Jungfrau! So greifen Sie doch zu, was Deixel: man wartet darauf. Es gilt jetzt, zu genießen!"

Jole Capitani wartete! Der Advokat wünschte allen sein eigenes rosiges Geschick und traute es ihnen zu.

Dem Kapellmeister schlug das Herz in den Hals. Stumm wehrte er Polli ab, der ihn mitziehen wollte. Der Tabakhändler samt Malandrini und dem Baron Torroni entfernten sich mit Italia, die vergebens nach Nello rief, in der Richtung des Corso. Camuzzi, der Lehrer Zampieri und die beiden Herren Salvatori gingen nach der anderen Seite, gegen die Rathausgasse. Der Cavaliere Giordano wollte hinterher. Flora Garlinda folgte ihm zwei Schritte weit.

„Cavaliere, ich kenne eine Frau, die Sie liebt", sagte sie gedämpft; und da er sie aufflackernd ansah: „Oh, ich bin es nicht selbst; es ist die Frau des Schneiders Chiaralunzi. Sie schläft nicht mehr, sie ist krank durch Sie. Sie spricht nur noch davon, daß sie von Ihnen den Gesang lernen will ... Aber jene laufen Ihnen weg. Eilen Sie!"

Der alte Sänger machte sich davon. Da traf ihn etwas Hartes ans Bein, und von drüben rannte jemand mit eingezogenen Armen gegen ihn los.

„Wartet auf mich, um Gottes Liebe!" kreischte der Alte und hastete steif, ohne vom Fleck zu kommen. Der Tapezierer Allebardi warf noch einen Gardinenring nach ihm, dann stemmte er die Arme in die Hüften und bog sich. Drüben brüllten sie, und auch der Advokat und der Herr Giocondi lachten. Flora Garlinda sagte ernst, und ihre Augen funkelten wieder:

„Auch diese Leiche sollte ich nicht sehen."

„Es wird Zeit, daß ich dich nach Haus bringe", bemerkte Gaddi und nahm sie beim Arm. Der Kapellmeister wartete nicht, bis der Gevatter Achille ihm herausgegeben hatte; er stürzte ihnen nach in die Gasse der Hühnerlucia.

„Wann kann ich Sie sprechen, Flora? Ich habe Ihnen etwas so Wichtiges zu sagen."

„Brave junge Leute“, bemerkte der Advokat. „Sie werden glücklich werden. Gehen auch wir, Giocondi!“ – und er vertauschte seinen Siegerkranz mit dem Strohhut.

Die zehn Arbeiter griffen nach ihren Musikinstrumenten. Sie nahmen den Advokaten und seinen Begleiter in ihre Mitte und geleiteten ihn unter den Klängen der Arbeiterhymne zur Treppengasse. Vor dem Café „Zum heiligen Agapitus“ war alles auf den Beinen und schüttelte die Fäuste; aber niemand wagte sich heran. Der Advokat sagte:

„Wir gehen unter dem Schutze des Volkes, Giocondi. Welche große Sache!“

„Besonders für dich, Advokat, der du gewiß unter dem Schutze des Volkes in die Arme einer Choristin gehst.“

Der Advokat schmunzelte.

„Ich gehe zum Doktor Capitani, – da er ja behauptet, daß ich Zucker habe.“

„Verflucht, das ist kein Vergnügen.“

„Und dennoch gehe ich zu meinem Vergnügen hin.“

Den Finger hin und her bewegend, mit tief bedeutsamem Blick:

„Was er mir gibt, nehme ich nicht; die Ärzte wollen immer nur die Macht an sich reißen.“

Der Herr Giocondi rieb sich die Hände.

„Und statt dessen nimmst du dir etwas, das er freiwillig nicht hergeben würde. Wir haben verstanden. Ah! der Advokat ...“

Das Klirren, Zirpen und angeregte Lachen verschwand in der Treppengasse. Der Kaufmann Mancafede sagte zu Acquistapace und dem Gevatter Achille:

„Nun sind sie fort, alle zehn. Mag man vom Advokaten denken, was man will, er ist ein häßlicher Egoist, daß er sie alle zehn mitgenommen hat. Er hätte fünf dalassen sollen, damit auch ich einen Schutz habe, wenn ich nach Hause gehe.“

Der Kaufmann verzerrte knirschend das Gesicht und schlug schwach auf den Tisch.

„Wie soll ich nun hinüberkommen? Gleich vor meiner Tür warten jene Mörder auf mich.“

Er kroch ganz in seine braune, wollige Jacke zusammen.

„Mich werden sie noch schlechter behandeln als den Cavaliere, denn sie hassen mich."

„Du solltest nicht mit dem Wein spekulieren", rief der Gevatter Achille. „Lieber mit allem andern, aber nicht mit dem Wein."

Sie beschrieben ihm, ohne Schwung, die Art, wie er sich vielleicht ungesehen am Dom entlang drücken könne. Er murmelte nur:

„Ihr habt gut reden, ihr seid hier zu Hause."

Da stand drüben der Savezzo auf und kam herbei. Wie die Herren ihn stumm empfingen, lächelte er düster.

„Man hat sich hier wohl geärgert, weil das Volk seine Rechte zu fordern wagte und weil es Führer gefunden hat, die seinen Forderungen Worte gaben?" fragte er. Der Gevatter Achille erwiderte:

„Das Weihwasser des Freundes Giovaccone schmeckt Ihnen wohl nicht mehr, Herr Savezzo?"

„Da Sie gerade die Flasche in der Hand haben, geben Sie mir einen Vermouth!" – und Savezzo machte es sich bequem.

„Alle diese Scherze, meine Herren, galten nicht euch: ich habe sie veranlaßt, um dem Advokaten zu zeigen, daß es noch andere Leute gibt als ihn."

„Der Advokat ist eine Persönlichkeit", sagte der Apotheker; „Sie aber, Herr Savezzo, sind ein Schurke und ein Verräter."

Savezzo neigte mitleidig den Kopf.

„Sie, mein Herr, als alter Soldat, brauchen nicht zu wissen, wie man politische Erfolge erreicht. Wer ich bin, sagt Ihnen die Macht, die ich hinter mir habe."

Und er wies hinüber. Der Kaufmann zuckte; die beiden andern verschluckten ihren Widerspruch.

„Trotzdem bin ich nicht der Meinung", fuhr der Savezzo fort, „daß wir Feinde sein müssen. Um es Ihnen zu beweisen, werde ich auf den nächsten Abend des Klubs gehen."

„Man wird Sie hinauswerfen", rief der Apotheker. Der Kaufmann tastete zitternd nach seinem Arm.

„Um Gottes Liebe: Vorsicht!" – und zum Savezzo, mit der Hand auf dem Herzen:

„Mein Herr, ich bin der friedlichste der Menschen, ich hasse den Zwist der Bürger, habe immer die Versöhnung gewollt, und nie wäre ich, angesichts so bedauerlicher Ereignisse, auf den Platz hinabgestiegen, wenn man mich nicht gezwungen hätte. Sie sind ein Mitglied des Klubs, ich werde für Ihre Rechte eintreten, sogar gegen den Advokaten."

Der Kaufmann machte Fäuste.

„Er ist ein Egoist, mein Herr, der alles für sich nimmt. Keinen der zehn Arbeiter hat er mir gelassen, damit ich nach Hause gelange."

„Warum soll der Herr Savezzo seinen Vermouth drüben trinken, wo er schlecht ist", sagte der Gevatter Achille. „Könnten Sie nicht auch dem Schlächter Cimabue raten –?"

„Wir sind also Freunde."

Savezzo stand auf.

„Herr Mancafede, ich begleite Sie hinüber, verlassen Sie sich auf mich."

Der Kaufmann umklammerte, mit Tränen in den Augen, seine beiden Hände.

„Man hat Sie aus dem Klub ausstoßen wollen, Herr Savezzo; aber nicht ich war es. Wer Ihnen sagt, daß ich es war, der lügt."

„Ah, meine Herren, eine wichtige Sache, die wir nicht vergessen dürfen", – und der Savezzo begann auf seine Nase zu schielen. „Am nächsten Abend des Klubs sollen die Komödianten Musik machen: da muß ich aufgefordert werden, auf dem Bleistift zu blasen. Wie? Ein Künstler, den die ganze Stadt kennt, sollte zurückstehen hinter jenen schlechten Schreiern? Meine Ehre will, daß ich an jenem Abend meine Spezialität vorführe und auf dem Bleistift blase."

„Sie blasen göttlich auf dem Bleistift!" rief der Kaufmann.

Der Gevatter Achille sagte:

„Man muß zugeben –"

Der Savezzo schielte immer stärker.

Als er mit Mancafede fort war, schritt der Apotheker, gesenkten Kopfes, seiner Tür zu. Auf der Stufe wandte er sich um.

„Alles geht dahin“, sagte er traurig, „auch die Liebe zur Freiheit. Jetzt schließt man Pakte mit ihren Feinden. Alle werden schwach: du sogar bist es, Achille. Und ich selbst: – wer mir gesagt hätte, ich würde mit dem Priester verhandeln! Aber so ist es, und die Zeiten Garibaldis kommen nicht wieder.“

Er trat über die Schwelle und zog beschwerlich sein hölzernes Bein nach.

Das Café „Zum Fortschritt“ stand leer; die Gäste des Cafés „Zum heiligen Agapitus“ wurden einer nach dem andern von ihren Frauen zum Essen geholt. Als die letzten fort waren, erschien der Leutnant Cantinelli mit zwei seiner Untergebenen. Sie machten mit ihren gefiederten Dreimastern, ihren Säbeln und rotgesäumten Fräcken die Runde um den Platz, wobei sie die Spuren des Kampfes vom Boden auflasen. Vom Gevatter Achille, der ihnen etwas zu trinken anbot, ließ der Leutnant sich über den Verlauf berichten.

„Wir haben nicht eingreifen wollen“, erklärte er. „Ein Zwist der Bürger ist ohnedies nichts Schönes; durch die Dazwischenkunft der bewaffneten Macht wäre er vielleicht grausam geworden, und wir sind nicht grausam ... Fontana, Capaci, beim Brunnen sehe ich einen Halskragen und eine Krawatte.“

Der Gevatter Achille war der Meinung, sie gehörten dem Barbier Bonometti.

„Er hat sich schlimme Püffe geholt. Der Apotheker hat ihn einreiben müssen.“

„Was für eine häßliche Sache!“ sagte der Leutnant. „Fontana, du wirst ihm sein Zeug zurückbringen.“

Darauf stellte man Vermutungen an, ob die zweite Vorstellung der „Armen Tonietta“ heute abend stattfinden werde. Der Gevatter Achille äußerte Zweifel, aber Cantinelli beruhigte ihn. Der Mittelstand sei noch mehr interessiert an den Aufführungen als die Herren. Die Handwerker spielten im Orchester, und keiner von ihnen werde seine zwei Lire verlieren wollen, noch die halbe Lira für seinen Jungen oder sein Mädchen, die im Chor mitsängen.

„Bevor es acht schlägt, werden wir sie kommen sehen.“

Als es acht schlug, hallten schon Schritte aus allen Gassen. Von den Herbergen beim Tor und von den Gasthäusern „Zum Mond“ und „Zu den Verlobten“, am Corso, strömten Scharen von Fremden über den Platz. Die Bürger mischten sich unter die Bauern; sie verständigten sich mit Achselzucken.

„Eh! man muß doch Musik machen.“

Die Arbeiter erstiegen im Eilschritt die Treppengasse; die Mägde hinterließen den Nachklang ihres gellenden Lachens und einen Geruch von Grünzeug und von Rauch; die Buben überrannten alles; – und um halb neun kamen die Herren. Der Apotheker Acquistapace brauchte keine Vorsicht mehr; erhobenen Hauptes stapfte er in seinem besten Rock an seiner Frau vorbei.

Alle waren davon, da lief in ihrem schmutzfarbenen Regenmantel Flora Garlinda über den Platz. Der Kaufmann Mancafede zog rasch den Kopf wieder in seine Haustür, und erst nach langem Horchen wagte er sich, husch, husch, hinterdrein.

Schon um elf war er zurück, vor allen andern.

Als das Durcheinander all der Singenden und Pfeifenden vorbei war, lief Flora Garlinda dem Gäßchen der Hühnerlucia zu. Der Kapellmeister folgte ihr hinein, einen halben Schritt hinter ihr.

„Sind Sie denn auch diesmal nicht zufrieden mit mir? Ich habe Sie alles wiederholen lassen, was Sie wollten."

„Was das Publikum wollte. Und davon bin ich nun müde. Gute Nacht, Maestro!"

„Sie müssen mich anhören, Flora", – und er legte seine Hand, die zuckte, auf ihren Arm. Sie lief weiter.

„Sie halten mich für Ihren Feind: wie wären Sie sonst so böse gegen mich. Aber ich bin nicht Ihr Feind, Flora: ich liebe Sie. Seit ich zum erstenmal Ihre Stimme gehört habe, o Gott! wie liebe ich Sie seitdem."

„Ich glaube es nicht", sagte sie. „Und dann habe ich Ihre Liebe nicht nötig."

„Jeder hat Liebe nötig. Sind Sie kein menschliches Wesen? Ach, daß ich groß würde! Sie würden sehen, wozu ich es geworden bin: nur um Sie groß zu machen, Flora."

Sie hielt plötzlich an, sie sah ihm erbittert in die Augen.

„Sind Sie nun fertig mit Ihren Unverschämtheiten? Ich groß durch Sie: es ist zu lächerlich, ich will mich nicht ärgern."

Sie lief schon wieder, die Schultern hinaufgezogen. Er stammelte in ihren Nacken:

„Die Liebe macht mich unvernünftig, ich weiß es. Verzeihen Sie mir! Möchte man nicht wohltun, wenn man liebt? Darum weiß ich dennoch: Sie sind größer als ich; vielleicht, daß meine Musik berühmt wird, wenn Sie geruhen, sie zu singen."

Er keuchte. Sie schüttelte sich.

„Ein gutes Wort, Flora, sagen Sie ein gutes Wort!"

Da waren sie vor ihrer Tür. Flora Garlinda drehte sich um.

„Sie wollen mich also benutzen, um berühmt zu werden. Ich soll im Schatten Ihres Ruhmes leben. Das mag Liebe sein: ich erwarte nichts anderes von der Liebe. Aber ich sage Ihnen, daß Ihre Liebe mich beleidigt."

Und sie betrat das Haus. Er stürzte hinterher.

„Ah! ich erkenne Sie endlich. Nie will ich's wieder vergessen, wie Sie böse sind!"

Mit einer Stimme, die flog und sich überschlug:

„Ich wußte es, ich wußte es. Immer haben Sie mich nur demütigen wollen, nur zur Verzweiflung treiben, für alle meine Liebe, die Sie doch fühlten, für alle meine Liebe. Das ist aus, Sie sollen nicht triumphieren. Sie sind böse, ich hasse Sie!"

Auf dem ersten Flur blieb sie atemlos stehen. Seine Fäuste mit heftig geröteten Knöcheln hieben nach jedem Wort in die Luft, im verhärteten Gesicht hatte er Augen wie Stahl. Sie sah sich hastig um, sie wich gegen die Mauer zurück. Plötzlich lag er auf den Knien.

„Ich habe Ihnen Furcht gemacht! Nie, solange ich lebe, werde ich mir das verzeihen."

Er stöhnte wild auf:

„Nun muß ich freilich gehen."

Sie sah ihn noch aufstehen und, beide Hände vor den Augen, die Stirn auf die Wand senken. Schon war sie oben, riß die Tür ihres Zimmers zu, verriegelte sie und brach in Lachen aus. Wie sie im Spiegel ihr verzerrtes Gesicht sah, drückte sie das Tuch vor den Mund. Da hörte sie eine heftige Flüsterstimme. „Das darf Sie nicht wundern, Maestro, denn sie liebt einen anderen."

Flora Garlinda spähte durch den Fensterladen. Drunten zog der Barbier Nonoggi den Kapellmeister auf die andere Seite und stellte die Hand an den Mund.

„Den Schneider liebt sie, bei dem sie wohnt, und er betrügt seine Frau mit ihr, die arme Unglückliche. Wißt Ihr nicht mehr, wie Euch der Schneider verleumdet hat? Er hält sich für einen größeren Künstler, als Ihr seid, und am Sonntag macht er draußen in den Schenken seine elende Musik, die die Bauern nicht hören wollen, weil sie die meine kennen …"

Der Kapellmeister riß sich los.

„Ah! Verräterin", – und er warf sich ins Haustor. Flora Garlinda sprang vom Fenster zurück, sie drehte in allen Türen die Schlüssel um, stand und hielt den Atem an.

„Uff! Nein, er wagt nichts."

Und sie sah, die Mundwinkel herabgezogen, hinterdrein, wie der Barbier ihn, der schluchzte, durch die mondweiße Hälfte der Gasse von dannen schaffte.

Sie fühlte sich nicht schläfrig; sie löste das Haar auf, um es zu waschen; und sie sah über die Schultern zu, wie es im Spiegel ihren mageren Nacken in Gold hüllte, durch seinen Fluß ihr Profil weich machte. Dann brachte sie das Gesicht dem Glas ganz nahe und musterte ihre Zähne, die klein, weiß und wohlgeordnet in ihrem geräumigen Munde standen. „Meine Schönheiten!" – und sie lächelte sich spöttisch zu. „Es sind die dauerhaftesten und darum für mich die besten; denn sie sollen noch in dreißig, vierzig Jahren einer Menge Glück vorzaubern … Wo sind dann die, die jetzt zu mir sprechen? Ihre Stimme erreicht mich nicht mehr lange. Käme ich dann aus der großen Welt einmal wieder hierher: er – er zöge vielleicht noch immer mit seiner Kapelle von Schneidern und Barbieren zum Fest eines Heiligen."

Es klopfte; Frau Chiaralunzi stand draußen.

„Wir wollen nicht stören", sagte sie und zeigte ihre Zahnlücken.

„Sie sind noch auf, dann komme ich zu Ihnen"; – und die Primadonna ging im Unterrock in die Küche des Schneiders. Er saß über einer Zeitung, die den Tisch bedeckte: plötzlich stand er lang da, mit den Händen an den Nähten. Flora Garlinda setzte sich, bevor noch der Schneider herbeigestürzt war, um den Stuhl abzuwischen, neben den niedrigen Steinherd, woraus eine Flamme züngelte. Die

Frau zog den Kessel tiefer herab an seiner Kette; sie bot dem Fräulein eine Tasse Kaffee an.

„Aber das Haar! Sieh das Haar, Umberto! Solches wirst du nie wieder sehen."

Die Frau schob die Finger in das Haar der Primadonna.

„Und man fühlt es nicht, so weich ist es. Fühle auch du!"

„Das Fräulein wird vielleicht nicht wollen."

Er rührte sich nicht. Flora Garlinda legte selbst eine seidene Welle über seine Hand; und wie das Schwanken der großen, starkknochigen Hand das leichte, wehende Haar auf und nieder warf, lächelte sie glücklich. Der da vermaß sich nicht, an sie zu rühren. „Er liebt mich so, wie wenn ich fort wäre und in allen Hauptstädten berühmt wäre."

Der Schneider sagte:

„Es ist gut, daß nicht jede Frau solches Haar hat."

Die Frau stieß ihn an.

„Wenn die Rina, die Magd des Tabakhändlers, solches Haar hätte, würde er sie nicht verlassen."

Da der Schneider nicht antwortete, fragte Flora Garlinda:

„Wer?"

„Der Maestro", – und die Frau setzte sich sogleich zu ihren Füßen auf den Herd.

„Wie sie unglücklich ist, die arme Kleine! Man weiß nicht, was er hat; er sagt, er liebe keine andere, und dennoch will er sie nicht mehr. Sie aber: er könnte sie schlagen, und sie würde ihm die Hand küssen. Man sieht es wohl, denn den Cavaliere Giordano, der doch ein Herr ist, hat sie fortgeschickt."

„Den Cavaliere?"

„Ja, ihn, – obwohl er verspricht, der arme Alte, alles für ihren Maestro zu tun, was sie fordern will. Aber das ist es: was soll sie fordern?"

Der Schneider wendete sich hin und her.

„Das Fräulein will diese Dinge nicht hören", sagte er.

„Im Gegenteil, sie interessieren mich –"

Flora Garlinda lachte auf.

„– und ich will Euch sagen, was sie für ihren Maestro fordern soll."

Die Frau legte die Hände aneinander.

„Sie wollten die Güte haben? Die Rina wagte nicht, Sie selbst zu bitten."

„Sie soll von dem Cavaliere verlangen, daß er dem Maestro ein Engagement verschafft bei der Gesellschaft Mondi-Berlendi, die im Herbst nach Venedig geht und zum Winter nach Bologna. Das ist ein schöner Posten –"

Ihre Augen begannen zu funkeln.

„– vielleicht ein wenig zu schön für den Maestro Dorlenghi. Aber wenn er hört, daß er ihn bekommen soll, wird er der Rina danken wollen: so wird sie befriedigt sein, die arme Kleine; – und ob er ihn dann wirklich bekommt, was kümmerte das uns, wie, meine Freunde?"

„Tatsächlich", machte die Frau betroffen.

„Denn er verdient nicht, daß man ihm hilft: Euer Mann weiß es."

„Er ist ein böser Mann", sagte der Schneider. „Ich weiß es jetzt, – obwohl er, wenn man ihn ansieht, gut scheint. Aber er gönnt keinem andern etwas."

„Und er hat von Eurem Mann gesagt, daß er schlechter spiele als alle."

„Welche häßliche Lüge! Wenn mein Mann loslegt mit seinem Tenorhorn, ist er stärker als das ganze Orchester."

„Seht Ihr, daß der Maestro böse ist? Ich gebe Euch meinen Rat nur, um dem Cavaliere Vergnügen zu machen, der so sehr die Frauen liebt. Hört: wollt Ihr Euch nicht den Gesang von ihm lehren lassen, – da Ihr doch so gern die „Arme Tonietta" singen würdet? Er wird Euch den Hof machen, aber Euer Mann braucht nicht eifersüchtig zu sein."

Der Schneider lachte bieder.

„Und unter der Leitung des Cavaliere werdet Ihr die „Arme Tonietta" bald besser singen als ich."

Die Frau spreizte erschreckt die Hand; und dann lächelte sie albern. Flora Garlinda stand auf, um ihren Hohn nicht sehen zu lassen.

„Also, ich schicke Euch den Cavaliere."

Wie sie an ihrer Tür sich umdrehte, stand drüben noch der Schneider und blinzelte, als seien ihm die Augen müde vom langen Starren auf ihr goldenes Vlies.

Von neuem hielt sie es sich im Spiegel entgegen.

„Dieses Haar! Immer andere Menschen werden es also sehen, immer andere diese Stimme bewundern. Ich werde Geschlechter entzücken, Geschlechtern groß scheinen, die noch nicht geboren sind. Was aber werde ich selbst fühlen? Werde ich glücklich sein?“

Die endlose Flucht unbekannter, einsamer Jahre gähnte plötzlich im Dunkel hinter ihrem Spiegelbild. Ihr schauderte.

„Warum muß ich allein sein. Warum ertrage ich niemand neben mir. Sind denn wirklich alle meine Feinde? Ach, daß ich böse bin!“

Mit grübelndem Ekel sah sie sich in die Augen.

Sie besann sich. „Das alles ist erledigt, ich habe gewählt.“ Über den kleinen eisernen Dreifuß gebeugt, goß sie sich das Flakon ins Haar. Aber sie fühlte sich linkisch dabei.

„Ich bin armselig, sobald ich nicht singe. Dies Haar ist zu schön für mich, es ist nur entliehen von der, die singt. Ich hasse es, da es mir nicht gehört, da ich es pflegen muß für die fernsten, spätesten Blicke und nie die Küsse des nächsten darauf empfangen darf.“

Sie ließ die Arme hängen und das Haar triefen.

„Wie seine Augen sich ängstigten! Wie er bleich war von der Begierde, mich glücklich zu machen! ... Liebe ich ihn? ... Erlaube es mir!“

Welchen Geist flehte sie an? Sich selbst?

„Erlaube mir, ihn zu lieben! Welch gutes, leichtes Geschick es wäre!“

Da warf sie sich mit fliegenden Armen über das Bett. Unter ihrem weiten, nassen Haar zuckte sie; ihre Brust arbeitete wie zum Sterben; – und in dem ungeheuren Schluchzen, das ihr die Kehle sprengte, fühlte sie das größte Glück ihres Lebens hervorbrechen. Sie wußte: „Es wäre das leichte Geschick der andern, nicht meins. Meins ist hart, und ich bin stolz auf seine Härte.“ Dennoch weinte sie köstlich.

Unter ihrem Fenster sagte sich der Cavaliere Giordano:

„Die Frau des Schneiders liebt mich also wirklich. Sie allein hat noch Licht bei sich, und sie weint."

Er neigte den Kopf auf die Seite, und solange das Schluchzen währte, blieb er genußsüchtig lächelnd stehen. Das Licht erlosch; der Alte schlich zurück auf den Platz. Er setzte sich vor dem Café „Zum Fortschritt" an einen der mondbeschienenen Tische. Es schlug hallend ein Uhr.

„Alle schlafen. Da ich nicht schlafe: hätte ich nicht die Frau des Schneiders trösten sollen? Der Schneider freilich ist stark, und ich zweifle, ob ich noch jetzt aus dem Fenster springen könnte, wie damals in Rom. Die Contessa Riotti! Sie verliebte sich in mich, als ich den Herzog im „Rigoletto" kreierte. Sie war die schönste Frau von Rom, und sie nannte mich den schönsten Mann, den sie je gesehen habe. Viele Jahre später sagte mir die Bouboukoff dasselbe. Es war zur Zeit des Caino, der letzten Rolle, die ich kreierte. War nicht die Bouboukoff die letzte Frau, die mich wirklich liebte? Die letzte Rolle, die letzte Frau ..."

Er saß, die Schläfe in der Hand, ganz reglos.

„Still: da ist jemand", flüsterte Nello an Albas Ohr. Sie flüsterte:

„Setze mich auf den Boden, dann sind wir leichter."

Einander stützend, ließen sie langsam, langsam, den Fuß von der letzten Stufe der Treppengasse in das Dunkel unter dem Rathaus.

„Wer ist es?"

„Der Cavaliere Giordano. Aber er schläft."

„Sollen wir's wagen?" – und sie schlüpften durch den Mondstreif in den nächsten Bogen.

„O Himmel! Er hat sich gerührt."

„Warum die letzten?" dachte der Alte. „Noch manche Frau hat mir gehört. Viele Volksmengen haben mir zugejauchzt ... Oder gehörten und jauchzten sie meinem Ruhm? Denn ich bin berühmt ..."

Er sah ringsum an den Schatten hin, als erstaunte er. Alba und Nello hielten den Atem an.

„Alle schlafen dort hinten, unbekannt. Mich kannten Tausende, die schon starben. Frauen, die noch jung sind, haben von mir geträumt und Knaben sich an mir begeistert."

„Warum geht dieser Alte nicht zu Bett? Wie sollen wir vorüberkommen? Das Kloster droben ist geschlossen, und nicht Amica ist morgen früh die Pförtnerin."

„Auch hier, o Alba, lieben wir uns."

Der Alte wendete das Ohr dem dünnen Plätschern des Brunnens zu.

„Ja, das war das Beste: im Garten meines Meisters; ich hatte schwarze Hände von der Arbeit, und ich sang. Niemand achtete auf mich, – Giulietta aber ließ ihre Wäsche liegen und hörte mir zu. Vom Waschbrunnen rann es: ja, so rann es; und dies war meine Stimme ..."

„Wir wollen es wagen. Ganz sacht, mein Geliebter, durch den Mondschein. Um die Ecke ist's dunkel, und wir sind in Sicherheit."

„Oh, daß mehr Gefahren kämen, damit ich dich mir aus ihnen rette, meine Geliebte!"

„Giulietta war fünfzehn Jahre alt, ich siebzehn. Hatte sie wirklich an ihren bloßen Füßen diese rosigen Nägel? Wie sie auf meinen Händen welk sind! Weder die Frau des Schneiders noch Rina, die Magd, werden mich wollen, wenn sie meine Nägel sehen."

„Jener Alte mag nun weiterschlafen. Was weiß er, wie du küßt. Küsse mich, Alba!"

V

Der Gemeindesekretär trat an den Tisch vor dem Café „Zum Fortschritt".

„Die Herren wissen noch nicht die Neuigkeit? ... Ich sage sie Ihnen im Vertrauen. Wir haben Grund, sie dem Publikum so lange wie möglich vorzuenthalten, denn wir müssen Unruhen befürchten."

„Mancafede ist erbleicht", sagte der Herr Giocondi. „Welchen Schlag werden Sie uns versetzen?"

Camuzzi nahm umständlich Platz; er setzte an, lächelte skeptisch, – da kam aus dem Innern des Cafés mit hartem Schritt der junge Savezzo, pflanzte sich, die Arme verschränkt, vor den Tisch hin und sagte: „Der Advokat hat seinen Prozeß gegen Don Taddeo verloren."

„Nicht der Advokat; die Stadt hat ihn verloren", sagte der Sekretär.

„Gleichviel", – und der Savezzo zeigte seine schwarzen Zähne, „die Stadt: das ist der Advokat. Sie verliert, weil sie auf ihn gehört hat."

„Ich leugne es nicht", sagte der Sekretär. Polli und Giocondi sahen sich an.

„Ist das der Grund, weshalb der Advokat sich heute nicht sehen läßt?"

„Herr Savezzo –"

Der Kaufmann legte seine dürre Hand inständig auf den Arm des jungen Mannes.

„– welche Absichten hat Don Taddeo? Wird er das Volk gegen uns schicken?"

„Man hat ihn schwer beleidigt"; – und Savezzo hob unheilvoll die Schultern. Der Kaufmann bäumte sich wimmernd.

„Nur der Advokat hat ihn beleidigt. Mag er empfangen, was er verdient. Wie, ihr Herren? Wir werden uns, da das Wohl der Stadt es verlangt, lossagen von ihm, wir werden ihn ausliefern."

Der Apotheker Acquistapace schlug auf den Tisch.

„Wir alle haben den Prozeß geführt, und wenn die Gerichte uns unrecht geben, will es heißen, daß sie an die Priester verkauft sind."

„Tatsächlich", äußerte Polli, „weiß alle Welt, daß der Eimer der Stadt gehört, die ihn erobert hat."

„Noch dazu mit Hilfe der Götter", setzte der Herr Giocondi hinzu.

Der Gemeindesekretär betrachtete sie mit spöttischen Augen.

„Man sieht, daß die Herren das Gesetz nicht kennen. Das Gericht der ersten Instanz hat erwogen, daß die Kirche, die ihn Jahrhunderte hindurch verwaltet hat, durch die so lange getragene Verantwortung für das ruhmreiche Erinnerungsstück gewisse Rechte auf den Eimer erworben habe ..."

Der Apotheker fiel ein:

„Alles das beweist nur, daß heute die Priester wieder obenauf sind."

„Aber wir können appellieren", meinte der Tabakhändler.

Camuzzi erwiderte:

„Ich weiß nicht, ob die Gemeinde sich dazu entschließen wird. Der Advokat wird es verlangen, aber werden wir ihm folgen? Die Tatsache spricht nicht dafür, daß sein Antrag, am Rathaus eine Gedenktafel für den Cavaliere Giordano anzubringen, gestern abgelehnt worden ist."

„Es gibt Leute", erklärte Polli, „die von den Komödianten genug haben. Es scheint, daß sie morgen abziehen werden. Adieu, laßt es euch gut gehen."

Auch der Herr Giocondi winkte Abschied.

„Wir kennen jetzt ihre „Arme Tonietta". Ob wir sie kennen! Wenn ich mir den Mund ausspüle, klingt es wie „Sieh, Geliebte, unser umblühtes Haus". Niemand will mehr dafür bezahlen, versteht sich, und damit man noch hingeht, machen sie zwischen dem ersten und zweiten Akt ein Konzert, wobei die Garlinda im Ballkleid und der Gennari im Frack herauskommen und die Musik des Maestro Dorlenghi singen, der ein guter junger Mann ist."

„Sollen sie sie singen", sagte Polli. „Aber in den vier Wochen, die sie in unserer Mitte sind, geschieht ein Unglück nach dem andern. Man spricht besser nicht von den beiden Paradisi. Der Vittorino Baccalà war seinerseits immer ein ehrlicher Bursche, und dennoch hat er nun, weil solch ein kleines Weib ihm auf dem Buckel saß, seinen Meister bestohlen. Wären wenigstens in dieser Hinsicht die guten Familien verschont geblieben ..."

Der Tabakhändler sah mit Gramfalten zwischen seine Knie. Savezzo stellte brutal den Fuß vor.

„Und wem verdanken Sie das Unglück mit Ihrem Olindo? Denn man weiß, daß auch er, um seine gelbe Choristin zu bezahlen, in die väterliche Kasse gegriffen hat. Wer hat diese Bande von Abenteurerinnen auf die Stadt losgelassen?"

„Es sind Künstler!" rief der Apotheker. „Sie hinterlassen uns eine Erinnerung an die Ideale."

„Und Schulden", sagte der Gemeindesekretär, „– die ich übrigens vorausgesagt habe. Aber wer vor Verschwendung warnt, ist ein Gegner des Fortschritts, und wer die Entsittlichung nicht wünscht, ein Klerikaler."

„Ein Dieb ist der Tenor!" stieß plötzlich der schöne Alfò aus, der um den Tisch strich. „Will der Leutnant ihn nicht einsperren, dann bringe ich ihn um"; – und er knirschte mit entblößtem Gebiß. Savezzo legte einen schweren Blick auf ihn;

der schöne Alfò wich darunter ins Café zurück, und Savezzo folgte ihm. Im Gehen erklärte er:

„Der Gennari bezahlt niemals sein Frühstück, – da er ja alles zum Parfümeur und zum Schneider trägt."

„Welche Lebensweise!" sagte Mancafede. „Aber alle sind jetzt verrückt. An dem Fest, das der Severino Salvatori den Komödianten gegeben hat, verdient der Malandrini wenigstens zweihundertfünfzig Lire. Der Salvatori ist auf dem Wege, sich zu ruinieren."

„Und sein Dämon ist der Advokat", sagte Camuzzi. „Man würde glauben, daß dieser Mann nichts anderes sinnt, als wie er mit der eigenen Person, die Ausschweifungen aufreiben, zugleich die Stadt zerstören könne."

„Der Advokat?" rief Acquistapace. „Er ist tapfer und hat große Gedanken. Wenn wir einst das neue Theater, das öffentliche Schlachthaus, die Eisfabrik und das Militär in Sommergarnison haben werden, dann werden wir auf dem Platz, der nach seinem Plan schön viereckig reguliert und ringsum mit Arkaden versehen sein wird, ein Standbild des Ferruccio Belotti errichten – des größten Bürgers unserer Stadt!"

Polli kratzte sich den Kopf.

„Alle diese schönen Dinge wären noch schöner, wenn es nicht so viele wären."

„Um Fremde herzuziehen", bemerkte der Herr Giocondi, „hat der Advokat die Gemeinde vierhundert Lire ausgeben lassen. Man muß sagen, daß der einzige Engländer, der beim Malandrini wohnt, uns etwas zuviel kostet."

Der Gemeindesekretär bewegte elegant die Hand.

„Ihre Enttäuschung, meine Herren, wird von vielen geteilt. Der Advokat in seinem Schaffensdrang, der in Vernichtungstrieb ausartet, merkt nicht, wie er die Reste seines Ansehens verbraucht. Daß er die Komödianten hergeholt hat, bedaure ich nicht. Die Folgen ihrer Anwesenheit haben viele Augen geöffnet und viele Meinungen, die schwankten, befestigt. Man sieht sich plötzlich der Anarchie und dem Bankrott gegenüber und besinnt sich auf die Mäßigung und die Strenge, ohne die kein Gemeinwesen besteht."

„Tatsache ist", bemerkte der Tabakhändler, „daß heute früh in der Messe so viele Leute waren, wie seit zwanzig Jahren nicht mehr."

„Der Unterpräfekt soll dagewesen sein“, sagte Giocondi. „Man muß also vielleicht wieder hingehen?“

Der Apotheker schnob zornig.

„Das ist nicht nur bei uns so. Überall regt sich die Reaktion, und die Regierung in ihrer Furcht vor der Demokratie, der sie doch entstammt, unterstützt sie. Hat nicht bei der Festvorstellung, die der König dem Kaiser von Deutschland in Rom gab, den ganzen ersten Rang die päpstliche Aristokratie eingenommen? Das liberale Bürgertum war gut genug, die Monarchie zu errichten; ihre Ehren empfangen nicht wir, sondern ihre alten Feinde. Es gibt Augenblicke, wo man bereuen möchte. Denn, sagen wir nur die Wahrheit, mit Garibaldi wäre das nicht möglich gewesen; und vielleicht war der Held zu groß, als er abdankte und uns verließ.“

„Sie haben recht“; – Camuzzi feixte – „unter Garibaldi und der Republik gäbe es keinen Streit, weder um einen Eimer noch um sonst etwas.“

Der Alte breitete die Arme aus.

„Denken Sie, ich zweifelte daran? Dann muß ich Ihnen sagen, was ich glaube. Dies, mein Bein, das ich im Dienst der Republik verloren habe: – ah! die Republik bleibt jung, wie ich selbst damals war, und käme sie nun, sie ließe mir mein Bein wieder wachsen!“

Camuzzi erhob sich vornehm.

„Sie sind ein Dichter, Herr Acquistapace.“

Zu Giocondi, der ihn begleitete, sagte er:

„Was soll man diesen Radikalen antworten? Sie glauben die Wahrheit für sich zu haben. Aber erstens: gibt es eine Wahrheit? Und dann würde sie zu weit führen.“

„Wohin, Alfò?“ rief Polli; aber der Sohn des Gevatters Achille ballte nur, ohne sich umzusehen, die Fäuste und ging mit langen Schritten in die Rathausgasse.

„Was hat der schöne Alfò?“ fragten, wo er vorbeikam, die Frauen. „Anstatt uns zuzulächeln, zieht er sich den Hut auf die Nase, als dächte er an Übles.“

Ein großes Stück hinter dem Tor, schon jenseits des Waschhauses, trat hinter einem Busch der Savezzo hervor. Der schöne Alfò begann zu schlottern.

„Ich weiß alles, was du denkst", – und der Blick des Savezzo lastete dumpf auf ihm. „Wehe, wenn du je verrätst, du habest mit mir gesprochen. Du weißt nicht, was ich kann; an deinem eigenen Wort würdest du sterben."

„Aber wenn es wahr ist", sagte Alfò, scheu geduckt, „wenn er sie verführt hat, dann ermorde ich ihn."

„Ermorde ihn! Du kommst auf die Galeere."

Der Savezzo zog ihn in den Feldweg.

„Leute wie du gehen nicht auf der Landstraße", sagte er, düster lachend; und auf der Kreuzung der langen Buschgänge, vor einer Kapelle:

„Hier habe ich sie gestern belauscht. Sie sagte zu ihm: „Du sollst die Madonna nicht ansehen, ich bin eifersüchtig auf sie." Dann schwor er ihr Treue, und sie versprach ihm, daß sie zu ihm entfliehen wolle, gleich morgen, kaum daß die Komödianten fort seien ... Laß das Messer in der Tasche!" – und der Savezzo trat, die Arme verschränkt, einen Schritt vor.

Der schöne Alfò wich, leise winselnd, zurück.

„Da sind sie", flüsterte der Savezzo vor Villascura. „Sie verstecken sich nicht einmal mehr. Alle Bauern, die vorbeikommen, haben sie umarmt gesehen, und du, Dummkopf, willst noch zweifeln?"

Der schöne Alfò warf sich lang hin; er erstickte sein Gewimmer im Staub.

„Wenn du ihn ermordest, kommst du auf die Galeere" – und der Savezzo zog sich lautlos zurück, indes der schöne Alfò, flach am Boden, über die Straße und durch den Spalt im Gatter kroch. Er warf sich seitwärts auf die weiche Erde zwischen den Zypressen, wand sich von einer zur anderen, und dazwischen, die Zähne gefletscht, spähte er.

Nello ließ einen silbernen Spiegel in der Sonne glänzen.

„Welche feinen Dinge du mir schenkst! Oh! ich habe eine elegante Frau zur Geliebten, eine Dame der großen Welt."

„Ich?" sagte Alba und hob sich, schwach errötet, an seinen Schultern empor. „Ach, ich Arme! Du aber kennst die Frauen der großen Städte."

„Wie deine Hände duften!"

„Hast du mir nicht das Parfüm gegeben, das die Gräfinnen gebrauchen? Mein Nello, du weißt so vieles, was ich nicht weiß."

„Ein armer Gesangskünstler! Wie kommt es, daß du mich liebst?“

Sie ließ ihn plötzlich los. Die Augen dunkel und heiß in seinen, schüttelte sie schwer den Kopf. Er ging ihr nach in den Schatten.

„Was hast du? ... Hier ist es kühl, man atmet.“

„Findest du? Mir macht meine Liebe Fieber, sie erstickt mich. Sie ist schwer wie der Mond. Sie treibt mir Stacheln ins Fleisch, wie dieser Busch.“

„Alba, was tust du? Deine armen Hände!“

„Siehst du? Ich kann keinen anderen Schmerz mehr fühlen, als nur die Liebe zu dir.“

„Und ich?“ rief Nello. „Was geschieht mir, was nicht von dir käme? Ich sehe niemand, nichts bewegt mich; aber wenn ich allein zwischen den Feldern gehe, muß ich plötzlich anhalten und lechzend blinzeln, denn in der heißen Luft kommt dein blendendes Gesicht, o Alba, kühl hauchend auf meinen Mund zu.“

Sie sah ihn, einsam grübelnd, an.

„Ich glaube dir nicht.“

„Du glaubst mir nicht?“

„Die Ersilia und die Mina Paradisi haben sich auf offenem Platz geohrfeigt: deinetwegen, sagt man.“

Er schnellte auf.

„Aber ich kenne sie nicht! Und sie könnten einander vor meinen Augen töten, so würde ich über sie hinwegsteigen, um zu dir zu gelangen!“

„Ist das wahr?“ – und sie breitete ihm, schwelgerisch zurückgeneigt, Gesicht und Arme hin. Unter seinen Küssen begann sie zu zittern.

„Und wenn dies die letzten wären? Nello! Die letzten Küsse?“

„Du willst mich also im Stich lassen, du Böse! Hat nicht der Pächter uns den Wagen verschafft, und haben wir ihn nicht gesehen? Denselben Wagen, worin du mir morgen früh nachkommen wirst und in den ich einsteigen werde zu dir, morgen früh!“

„Als ich gestern zwischen Tür und Angel meiner Loge heimlich lauschte, wie du sangst, ward plötzlich das Herz mir schwach von der Angst, dies seien die letzten Töne, die ich von dir hören solle. Ich hängte mich an jeden, ich erschrak, wenn der nächste fiel; und ganz umschmiegt von deiner Stimme, sehnte ich mich nach dir."

„Meine Alba!"

„Du schwiegst; ich hatte nichts mehr zu hoffen; meine Knie verließ die Kraft. Aus den Kulissen kamen in weißen Perücken die Diener und brachten dir auf Samtkissen in offnen Schatullen die Geschenke. Von welchen Frauen kamen sie?"

„Du weißt doch, daß das Komitee sie jedem gibt und daß sie nichts wert sind."

„Mag sein. Aber wie viele Frauen warten, dahinten in der Welt, auf dich mit ihren Gaben? Wie vielen wirst du dafür singen? Ach Nello! vielleicht haben wir alles gehabt, was uns gegönnt war. Vielleicht wirst du nie zu mir in jenen Wagen steigen, und ich werde, allein und vergessen, darin zurückkehren."

„Alba! Was faßt dich an?"

Er schüttelte sie an den Armen. Sie sah über seinen Scheitel fort. Er erblickte unter dem düsteren Glanz ihres Auges ihr geschliffenes Profil, als stehe es drohend über ihm. Schaudernd bückte er sich. Sie sagte hinauf in die Luft:

„Nicht aber werde ich dich jenen zurücklassen. Höre! Du hörst die ernstesten Worte, die je dein Ohr treffen können. Jene werden ihn umsonst suchen, der Alba liebte und der keine mehr lieben soll. Du wirst verstummt sein. Das Echo deiner letzten Töne schließe ich in dies Herz, das versteinern wird."

Ein Schwindel ergriff ihn. Er schlug sich auf die Brust, er warf sich in die Knie.

„Wenn ich je dich betrügen kann, will ich nicht mehr leben: töte mich!"

Sie ließ sich nieder zu ihm, sie umarmte weich seinen Kopf. Sie weinten.

Alba richtete sich auf, lächelnd, mit nassem Gesicht.

„Du Böser siehst nichts. Ich habe Schuhe an, die aus Paris kommen. Küßt du nun meine Füße? Küsse sie! Ach! Es heißt schön sein ... Und du, Schöner, glaubst du, ich wüßte nicht, daß du schon wieder einen neuen Anzug trägst? Laß dich bewundern!"

Er ging mit glücklichem Schritt vor ihr her, die Terrasse entlang. Da schnellte neben ihm aus der Erde etwas Schwarzes, Fletschendes: ein Messer blitzte. Nello lief; er lief und schrie:

„Hilfe! Mörder!"

„Auf die Terrasse!“ rief Alba. „Ins Haus!“

Der Verfolger hatte schon den Weg zur Tür abgeschnitten, Nello hastete den Berg hinauf, hinter sich das Schnarchen einer Bestie. Er stolperte ohne Weg, er hatte keinen Atem mehr, ihm ward übel. Er blieb stehen, ihn verlangte nur noch, dem Mörder zugewendet, die Arme zu heben. Plötzlich, schon schloß er die Augen, lag vor ihm ein Stein: der Stein, auf den er sich mit Alba gestützt hatte, damals, als sie auf der Flucht vor Nonoggi und dem Advokaten die Einsenkung des Berges hinabgerutscht waren; er erkannte die Pinie, an der sie sich gehalten hatten. Das Vergangene, alles Vergangene, alles, was Leben gewesen war und doch nicht die Spitze eines Messers auf der Brust gehabt hatte, war auf einmal wieder da; Nello stieß einen langen Schrei aus, er tat einen Sprung und fühlte eine Stufe. Hoch oben sah er sich um: der schöne Alfò wälzte sich am Grunde der Grube, in die sie einst beide gestürzt waren, und Alba war da, die ihm das Messer entriß. Nello warf sich hinter den letzten Zypressen in die Schlucht. In einer Höhle aus großen Steinen sank er zu Boden, preßte sich das Herz und atmete. Er sah umher. Er atmete.

„Hier küßte ich ihr das Blut vom Finger! Unsere ersten Küsse schmeckten nach ihrem Blut, und für die letzten hätte ich bald all meins gelassen.“

Er bebte plötzlich; angstvoller Haß verzerrte ihn.

„Sie wollte mich immer nur verderben. Sie hat mich geliebt, aber ihre Liebe ist tödlich. Was geht sie mich an, ich will nicht sterben.“

Er erschrak, besann sich, – und dann schlug er mit der Faust auf den Boden.

„Ich war ein Narr! Seit vier Wochen will ich um ihretwillen bald Mönch werden, bald in einen Abgrund springen, töte Schlangen und setze mich allen Messern der Stadt aus. Aber ich bin, nun ich daran denke, nicht so groß, wie sie mich will, und ich werde abreisen. Sie mag ohne mich Tragik um sich her brauen: ich tauge nur zu den Dolchstößen, bei denen man singt!“

Er wagte sich hervor: drunten war niemand zu sehen; und senkrecht über ihm stand das Kloster. Er suchte die Treppe.

„Mich schwindelt. Daß mich das erstemal nicht geschwindelt hat!“

Über die letzten Stufen kroch er auf den Händen. Im Klostergarten war niemand; zwischen den Säulen des Hofes schlug einsame weiße Sonne das Pflaster; das Tor stand offen. Draußen sah Nello sich verwundert um; er hatte Lust, zu laufen und zu lachen. In der Treppengasse lächelte er jeder Frau zu.

Manchmal blieb er stehen und überzeugte sich, daß der Himmel weit und blau war.

Auf dem Platz bewegte sich wenig, vor dem Café saß nur der Leutnant Cantinelli. Der schöne Alfò ordnete die Stühle. Nello ging mit leichtsinnigem Lachen auf ihn zu, aber der schöne Alfò verschwand rasch.

Vom Balkon des Rathauses sah Frau Camuzzi unverwandt herab. Nello bog hastig den Kopf weg; dann wendete er ihn langsam zurück und erwiderte ihren Blick. Schließlich lächelten sie beide ein wenig.

„Ich grüße Sie, Signora", sagte Nello.

„Guten Abend, mein Herr", sagte Frau Camuzzi; und nach einer Minute des Blickens und Lächelns:

„Heute abend also werden wir Sie zum letztenmal hören?"

„Ich singe doch nicht mehr."

„Wie? Sie haben unser Fest im Klub vergessen?"

Sie lächelte schärfer.

„Was nimmt Ihnen denn alle Gedanken und macht Sie unsichtbar?"

„Es ist wahr, ich soll singen!"

„Frau Zampieri", sagte sie hinüber, wo die Witwe am Fenster erschienen war, „denkt vielleicht auch Ihre Nina nicht mehr an ihr Harfenspiel? Da sehen Sie den Künstler, der nichts davon weiß, daß alle ihn erwarten."

„Aber Sie brauchten mich nur daran zu erinnern, daß unter meinen Hörern –
"

Frau Camuzzi grüßte ihn hinter ihrem vorbeischwingenden Fächer mit einem raschen, tiefen Blick, – und ehe er beendet hatte, war sie fort. Nello knallte mit zwei Fingern, er schwenkte sich auf den Absätzen herum.

„Sieh doch!" dachte er, und: „Warum nicht ... Oder eine andere! Oder mehrere!"

Er grüßte zu den leeren Fenstern hinauf; vor dem verschlossenen der Unsichtbaren machte er eine kleine spöttische Verbeugung.

„Adieu, o Schicksalsgöttin. Ich habe kein Schicksal mehr; alles ist wieder Spiel und Abenteuer; – und morgen geht's in die Welt hinaus."

Er schlenderte leichtfüßig durch den Corso. Von der anderen Seite kam ungefüge flatternd der Pfarrer Don Taddeo. Wo es nach dem Gasthaus „Zum Mond“ hinabging, maßen sie sich, und der entzündete Blick des Priesters wich aus. „Wie er verstaubt, schweißig und elend aussieht!“ dachte Nello. „Ist das Retten von Seelen eine so schwere Arbeit? Dann ist er ein Narr, daß er die Seelen rettet.“

Don Taddeo stürzte sich in seine Haustür. Am Ende des schwarzen Ganges horchte er, und da alles still blieb, packte er den Knauf des Treppengeländers und bettete die Stirn auf den Stein.

Erst als droben eine Tür ging, fuhr er auf. Er gelangte ungesehen in sein Zimmer und lief darin umher: die Fliesen machten seinen Schritt laut klappern zwischen den kahlen Mauern. Immer wieder ertappte er sich, wie er, mit einer Miene aus Abscheu und Gier, über das Brevier hinweg in die Ecken spähte. Seine Wirtschafterin öffnete die Tür und setzte die Fäuste auf die Hüften.

„Wie, Reverendo? Ihr seid da, und inzwischen verbrennt mir das Essen? Was für Dinge treibt Ihr eigentlich jetzt?“

Vor diesem tauben, argwöhnischen Gesicht sich verstecken dürfen!

„Ich habe nichts, Ermenegilda, bring nur das Essen.“

Sie blieb murrend vor dem Tisch stehen, ob er auch esse. Er tat es mit verhaltenem Geschmack; wenn die Würze des Gerichtes durchdrang, hielt er erschrocken ein. „Der elende Kitzel!“

„Schmeckt es Euch nicht?“ fragte die Alte. „Ist Euch übel?“

Er nickte mehrmals, mit geschlossenen Augen, und flüchtete ins Schlafzimmer. Vor dem Bilde des heiligen Aloisius warf er sich nieder. Nach einer Weile hob er lauschend den Kopf; mit einem Lächeln der Erlösung reckte er die gefalteten Hände hinauf. Plötzlich zog er sie zurück, erstarrt. „O mein Gott! Ich glaubte, du ließest in meinem armen Kopf, um mich zu retten, den Gesang deiner Engel entstehen; nun aber war's das „Gebet der Tonietta“. Vor dem Schutzpatron der Reinheit liege ich in einer letzten Anstrengung, – und was ich finde, ist Lästerung! Ich bin verloren!“

Er schrie auf: „Ich bin verloren!“

„Ihr habt geklopft?“ fragte die Alte. „Madonna! was tut Ihr, Ihr habt den Waschtisch umgeworfen.“

Während sie den Boden trocknete:

„Wie Ihr ausseht, Reverendo! Seit einiger Zeit vernachlässigt Ihr Euch. Unversehens fällt es Euch ein, Euer bestes Kleid anzuziehen und es schmutzig zu machen. Was tun wir nun?" – und sie sah ihn plötzlich scharf an. Er wich bis an die Wand zurück und ließ den Kopf auf die Brust fallen.

„Ich weiß nichts mehr zu tun", sagte er und hörte seine Stimme metallisch und angestrengt nachzittern, wie das fieberhafte Schwingen des Sterbeglöckchens.

„Hier ist die Lampe", sagte die Alte. „Möge das Licht Eure Gedanken zerstreuen."

Als sie ihm gute Nacht gewünscht hatte, ging er gesenkten Kopfes durchs Zimmer. Dann wurden drunten Stimmen laut, – und hastig löschte er das Licht. Er lauschte. Mit geschlossenen Augen und lauschend rückte er dem Fenster immer näher: da kreischte, inmitten der Sprechenden, die vorbeikamen, ein Frauenlachen auf. „Sie! Ach sie!" – und Don Taddeo brach zusammen.

Er kam zu sich; tief dunkel war es; und ihm fiel wieder ein, daß er verloren sei.

„Vielleicht zeigte sie ihnen, indes sie lachte, das Fenster des verlorenen Priesters? Denn sie weiß es! Sie weiß, daß ich sie in der Beichte begehrt habe. Wie? Du wolltest behaupten, es sei nur Zufall gewesen, daß ich an ihr Kleid streifte? Gestehe! Ich gestehe ... Während ich dann voll Angst den Kopf gewendet hielt, durchlief mich's, als berührte auch sie mich. Wir haben uns berührt, wir haben einander Wollust mitgeteilt, und ich, der Priester, der die Handlung seines Amtes entweihte – oh! niemand als Gott weiß darum, und dennoch bin ich nun exkommuniziert."

Er betastete sich, – und er warf die Arme in die Luft.

„Es ist nicht möglich: ich träume. Was ist denn geschehen, daß ich verstoßen wäre aus der Gesellschaft der lebendigen Seelen, verstoßen und verdammt! Ach, über mich!"

Er brach sein Entsetzensgeschrei ab, lauschte und spähte hinaus.

„Niemand ... Was ich getan habe, ist meine Sache. Wer weiß denn, wie es kam? Ist es nicht ein außerordentliches Geschick, das mich getroffen hat? Der Papst hat leicht verdammen. Es soll nicht gelten! Ich will wieder werden, der ich war. Kennen mich nicht alle? Bin ich nicht unter ihnen ein Verteidiger des Heiligen Geistes? Mich selbst nennen sie einen Heiligen ..."

Plötzlich schlug er die Hände vor die Augen; er lachte stöhnend.

„Ein Heiliger! Ein Heiliger, der sich in den Kalk eines Kirchenfensters krallt, um einer Komödiantin zuzusehen, die Unzucht treibt! Ein Heiliger, dem es nichts nützt, auf dem nackten Stein zu schlafen, so sehr brennt ihn die Begierde nach ihr! In den Augen jeder Frau erspürt er die scheußliche Lockung der einen; denn auch die Hände der armen Baronin Torroni werden heiß in meinen, sie sieht mich an und weiß nicht, was von mir ausgeht. Was sage ich? Die Madonna! Ich darf der Madonna nicht mehr ins Gesicht sehen!"

Er krümmte sich, lautlos schluchzend, über sich selbst.

„Wohin, mein Gott? Ich bin verpestet, mein Hauch tötet Seelen. Mein Laster hat die Stadt ergriffen, daß sie sich mit den Komödianten zugrunde richteten, von Gott abfielen und meinem Feinde, dem Advokaten, zuliefen. Die Verderbnis der Stadt ist meine Strafe und das Abbild meiner eigenen Verderbnis. Denn das Namenlose ist geschehen, und ich, der Hüter des Geistes, bin dem Fleische erlegen. Der Geist, der heilig ist und mich erfüllte, konnte den Bildern des Fleisches weichen! Was spreche ich vom Papst und von den Strafen? Es könnte weder Papst noch Gott geben; keine Ewigkeit könnte der Menschen warten; und dennoch bliebe der Geist – oh! welche Erkenntnis und welche Niederlage –, er bliebe heilig, und ich, der ihm geweiht war und gleichwohl meine Gedanken in die gemeine Lust der Ungeweihten gemischt habe, ich bin nun schrecklicher verdammt, als je ein der Hölle Verfallener."

Er reckte die Arme hinauf.

„Vernichtung! Gott! Reinige mich und vernichte mich! Wir müssen brennen: sie, die mich zu Fall gebracht hat, ich selbst – und alle, die hier sündigten: die Stadt muß brennen! Du willst es, Herr!"

Er stand steif; droben zitterten die Spitzen seiner bleichen Hände wie Pfeile zum Himmel. Vom Himmel floß es heiß an ihnen herab. Don Taddeo fühlte sich verzehrt und gereinigt. Er schloß die Augen, umwogt von göttlichen Flammen. Sie hoben ihn auf. Die Stadt war unter ihm, und sie brannte, auch sie. Don Taddeo war vor dem Tode noch so mächtig gewesen, daß sein Gedanke sie in Brand gesteckt hatte. Nun starb er, erlöst ... Er seufzte und öffnete die Augen. Er lebte noch, drüben glomm das Licht vom Gasthaus „Zum Mond", nichts war geschehen. Don Taddeo taumelte auf sein Bett.

„Ich bin machtlos. Und ich werde wahnsinnig. Was wird kommen?"

Er horchte entsetzt. Ihre Stimme! Sie nahte, schwoll an, sie lachte wie der Dämon. Don Taddeo hielt sich die Ohren zu, aber er hörte. Er drückte die Lider aufeinander, und dennoch sah er das Weib mit dem Manne ihr Zimmer betreten, sah sie die Kleider lösen, erblickte den Glanz des Fleisches. Er krümmte sich unter den Bildern. Ein Schrei der Lust traf ihn so heftig, daß er aufsprang und sich umsah. Er hatte rote Wellen vor den Augen und in den Ohren Lärm.

„Sie muß brennen!"

Er suchte keuchend umher, setzte mit wirrem Flattern durch die Zimmer, über die Treppe, und draußen – niemand da? – huschte er auf die Schattenseite und die Gasse zum Gasthaus hinab. Es hatte nur ein helles Fenster. Don Taddeo starrte, zurückweichend, hinauf. Da ging ein Laden; der entblößte Arm glänzte auf, der ihn anzog. Don Taddeo warf sich, und die Zähne klapperten ihm, zu Boden; er schaufelte mit den Händen auf dem Pflaster das Stroh zusammen ...

Still! Welche Stimmen? Der Tenor, der im Gasthaus wohnte! Kam er?

„Weiß ich's?" sagte Nello Gennari.

„O nein", sagte Flora Garlinda, – und sie gingen weiter.

„Die Leute klatschen nicht immer ohne Grund. Ich will dir gestehen, Nello, daß ich mich in letzter Zeit vor dir gefürchtet habe. An deinem Ehrenabend warst du geradezu erstaunlich."

„Daher also wurde dir schlecht? Du tust mir leid, Flora."

„Kein Grund, mein armer Nello. Denn ich fürchte nichts mehr von dir. Seit heute abend bist du wieder so mittelmäßig wie je."

Sie betrachtete, die Lippen fest geschlossen, aus den Winkeln seine vor Enttäuschung einfältige Miene. Er stieß hervor:

„Aber sie klatschten auch heute abend."

„Natürlich gab es Frauen, die klatschten, da du ja schön bist", – und Flora Garlinda zuckte die Achseln. Er fuchtelte.

„Wenn du wüßtest ... Man hat wohl das Recht, einmal schlecht zu singen, wenn man –. O Flora, ich war der Glücklichste von allen, heute aber wäre ich fast ermordet worden."

Er fuhr zusammen und sah sich hastig um, aber die letzten Gäste des Klubs betraten dort hinten, jenseits des leeren Platzes, die Treppengasse. Flora Garlinda bog in die Gasse der Hühnerlucia.

„Fast ermordet: oh! was für Abenteuer."

Plötzlich verschwand ihr spöttisches Lächeln, ihr Ton war müde.

„Das ist es. Wer zuviel erlebt, kann niemals wissen, wie er am Abend singen wird ... Gute Nacht."

Von der Schwelle ihres Hauses rief sie ihm mit leichter Stimme nach:

„Träume von deiner großen Vergangenheit, Kleiner!"

Er ging, die Stirn gesenkt, dem Corso zu. Auf einmal warf er sich herum, stockte wieder, atmete heftig in die Nacht hinauf. Seine Hände hoben sich, langsam und zuckend: – da ließ er das Gesicht hineinfallen; im Nacken flog sein halblanges Haar, worin dunkel der Mond glitzerte, und Nello stöhnte:

„Alba!"

Seine Seufzer erstickten, in der weißen Stille rieselte der Brunnen. Jener Fensterladen hinter dem Glockenturm zitterte ein wenig.

... Mit einem Ruck richtete Nello sich auf, er ließ laut die Finger knallen und stürzte vor nach der Rathausgasse. Hinter der geschlossenen Tür des Cafés „Zum Fortschritt" entstand Geräusch: Nello schrak wild zurück. Gleich darauf streckte er der Tür die Zunge aus und lief ... Vorüber. Er warf die Schultern in die Höhe, lachte metallisch auf. Im zweiten Stock des Rathauses ward ein Vorhang weggezogen. Nello sah sich, schon nahe beim Tor, nach dem Lichtschein um. Er schüttelte lachend den Kopf; er drückte die Hände vor den Mund, woraus Jauchzen brach:

„Alba!"

Vor dem Tor hörten unvermittelt die Lichter auf; Nello sah sich um.

„Ich glaubte die Straße zu kennen wie sonst keine, aber wie viele Verstecke, die ich nie bemerkt habe, gibt es unter diesen Büschen!"

Plötzlich schauderte ihn; er hielt an, die Arme steif am Leibe ... Nein, ein Schatten. Aber es war dennoch kein Spiel gewesen, als heute morgen jener Verrückte mit dem Messer hinter ihm her war. „Ein Verrückter, ja, und vielleicht schläft er jetzt mit einem Besenstiel im Arm statt Alba, um die er mich beneidet;

– aber darum sticht dennoch sein Messer. Ich habe dennoch um Albas willen den Tod gesehen. Soll ich ihn wiedersehen? O Gott! Noch nicht! ... Gleichwohl war ich groß, auch ich! Sie haben es gefühlt, als sie klatschten; und ich selbst fühlte es. Alba war es, die mich groß machte: weil ich sie liebte. Ich liebe sie. Zu ihr!“ Er hatte den Weg nun sicher unter den Füßen. Die Stirn hoch, ging er zwischen den Mauerschatten hin, die ihm jäh entgegensprangen, zwischen schwarzen Hecken, worin manchmal ein Mondstrahl aufblitzte, als sei es ein Dolchstrahl. Ein Lufthauch wehte ihn an; Nello öffnete die Nasenflügel. „Ihr Duft! Er kommt aus ihrem Garten, aus ihrem Haar, von ihrem Körper, der leidenschaftlich auf meinen Kuß wartet!“ Aber dieser Duft durchdrang ihn bitterer glühend als sonst; nicht nur Liebe brachte er mit. „Ich werde sterben!“ Er schloß die Augen, bog den Kopf zurück. Das Gesicht der schwarzen Nachtwelle hingebreitet, und mit geöffneten Armen: „Alba!“

„Da bin ich, Nello!“ – und aus dem Schatten langten diese geliebten Hände.

„Du hast mich erwartet: ich wußte es, meine Alba!“

„Du kamst: ich wußte es, mein Nello!“

„Aber wenn ich nicht mehr bis zu dir gelangte? Denn ich habe vergessen, mich zu bewaffnen.“

Sie ließ eine Klinge funkeln.

„Das ist das Messer, das dich treffen sollte. Ich bin da: wehe den Feinden meines Geliebten!“

Und weich, die Hände gefaltet auf seiner Schulter:

„Du hast mich vor der Schlange errettet: jetzt lasse zu, daß ich dich verteidige. Ich werde es besser können als du. Denn dein Leben ist mir teurer als dir.“

Sie führte ihn rasch über den mondhellen Platz vor der Villa. Als sie hinter ihnen das Gitter verschlossen hatte:

„Hier sind wir allein. Kann man auf Erden so allein sein wie wir?“

Sie sanken sich Brust auf Brust, sie betasteten die Umrisse ihrer Gesichter.

„Die Nachtigall singt ganz leise: nur wir sollen sie hören. Die Rosen duften heute so schwach, als sei es im Schlaf. Es ist still, sogar unsere Herzen gehen ruhig vor Glück. Hörst du, mein Geliebter, um uns her das Meer sich wiegen?

Sanft spült es an unsere Insel, an unsere dunkle kleine Insel. Laß uns hinaussehen!“

Sie traten unter den silbern blitzenden Rand der Laube aus Steineichen. Ohne Ufer wogten Schleier des Mondlichtes vor ihnen dahin.

„Und morgen löst sich unsere Insel und treibt von dannen, o Glück! Wir stehen, und ich habe alles vergessen, was nicht du bist, und du hast alles vergessen, was nicht ich bin, o Glück!“

„Halte die Spitzen deiner Finger in das Licht hinaus: siehst du, nun haften Blüten aus Mond daran. Willst du mir nicht einen Kranz daraus machen?“

„Denn ich vergesse alles, was nicht du bist, Geliebter. Habe ich nicht die Armen weggeschickt, die um ihr Mehl kamen? Zum erstenmal tat ich das, und tat es, weil wir das Geld zur Reise brauchen, drum ist es keine Sünde. Denn die Religion will, daß wir zuerst unsere Pflichten erfüllen, dann Gott dienen. Meine Pflicht aber bist du, weil ich dich liebe.“

„Und ich dich, o Alba!“

„Nie habe ich es so sicher gewußt, daß du mich liebst, o mein Geliebter, und daß wir immer glücklich sein werden.“

„O Glück!“

„... Warum hat, während wir uns küßten, die Nachtigall geschwiegen?“

„Ich hörte sie nicht verstummen, unsere Küsse, du Lieber, waren zu tief; nun aber ist es mir, sie habe geschluchzt, immer süßer, immer schrecklicher, und dann aufgeschrien ... Da liegt sie.“

„Sie ist tot!“

„Wir wollen sie mit Blättern zudecken. Wir wollen sie beneiden: sie ist durch Liebe gestorben.“

„Auch ich werde sterben durch Liebe, Alba!“

„Was hülfe es dir? Meinst du, ich ließe von dir im Tode? ... Schon verließen wir wohl die gewohnte Erde, denn sieh, dort drüben geht, mitten über dem Mondlande, die rote Sonne auf.“

„Wie gewaltig der Himmel sich färbt! Eine unbekannte Stadt mit zauberhaften Palästen drückt ihre schwarzen Umrisse in das brennende Rot. Sehnst du dich nicht dahin, meine Geliebte?“

„Aber wenn es ein Brand wäre?“

„Ein Brand? Welcher? Wo?“

„In der Stadt. Horch, sie läuten schon, und da, der Rauch! ... Links vom Dom steigt er auf, am Corso ... Vielleicht unterhalb des Corso?“

„Alba! Es ist das Gasthaus!“

„Ich wollte es nicht sagen.“

„Das Gasthaus brennt, worin ich wohne! Jetzt vermissen sie mich. Wir sind verloren, was tun?“

„Du mußt hingehen, dich ihnen zeigen.“

„Laß uns fliehen, Alba, sogleich fliehen!“

„Man würde uns zurückholen. Wer weiß, was man denken würde.“

„Was denn! Ja, was denn!“

Und da sie schwieg:

„Nein. Ich eile hin. Leb wohl! Ich laufe am Fluß entlang und springe über die Gartenpforte.“

„Am Fluß werden sie Wasser holen und dich kommen sehen. Gehe lieber über den Corso. Er wird voll erregter Leute sein; vielleicht, daß sie dich nicht beachten ... Geh, Lieber, wenn wir uns wiedersehen, ist's für immer.“

„Für immer“, rief Nello zurück.

Schon beim Rathaus roch er den Rauch. Drüben im Corso drängte sich das Volk und quoll bis auf den Platz hinaus. Auf der Treppe vor dem Dom stand eine Gruppe: Nello suchte umsonst, voller Befürchtungen, die Gesichter zu erkennen. Auf dem Platz war kein Licht. Die schwarzen Formen der Menge wurden flackernd eingefaßt vom Schein der roten Säule über den Dächern, der alle Hälse sich nachreckten. Nello Gennari drückte sich an den Häusern hin. Vor dem ganz verstopften Eingang des Corso tat er plötzlich einen Sprung, riß zwei Männer an den Schultern auseinander und schrie:

„Platz! Platz für den Advokaten Belotti!“

„Was denn! Buffone!“ keifte die Stimme des Galileo Belotti von der Domtreppe herab. „Kommen etwa wir durch? Und ist der Advokat wichtiger als wir?“

„Der Advokat ist schon beim Gasthaus“, sagte jemand im Gedränge.

„Ich weiß es!“ rief Nello verzweifelt. „Ich habe einen Auftrag vom Advokaten und muß zurück zu ihm.“

„Der Advokat hat keine Aufträge mehr zu geben“, sagte grollend der Schlosser Fantapiè. „Hätte er statt euch Komödianten eine Dampfspritze angeschafft! Jetzt brennen wir auf.“

„Hilfe! Unsere Federboas! Unsere Hüte! Alles wird zerdrückt!“

Die beiden Fräulein Pernici jammerten durchdringend. Sie trugen den ganzen Inhalt ihres Ladens auf den Armen.

„Fertig ist der Advokat!“ brüllte der Schlächter Cimabue. „Er hat den Prozeß verloren, und Don Taddeo behält den Eimer. Komm her, Komödiant, ich will dich deinem Advokaten an den Kopf werfen.“

Da Nello bis unter die Domtreppe zurückwich, hörte er eine unheimlich sanfte Stimme.

„Sie glauben doch nicht, daß dieser Komödiant einen Auftrag vom Advokaten hat? Er ist nur davongelaufen, als es brannte: nein, seltsam, einen Augenblick vorher; denn ich habe ihn laufen gesehen.“

Entsetzt fuhr Nello herum: Frau Camuzzi sah ihm von oben gierig in die Augen. Ihm stockte der Atem vor der Glut dieses Hasses. „Ich bin verloren!“ dachte er, ganz starr.

„Glauben Sie denn wirklich“, fragte droben der Cavaliere Giordano, „daß die ganze Stadt aufbrennen wird?“

„Sprechen Sie doch nicht davon!“ flehte der Kaufmann Mancafede und rieb sich die Beine; denn er hatte nicht Zeit gefunden, die Unterhosen anzuziehen. „Mein unversichertes Lager! – und mein Haus wird das erste sein, das brennt.“

„Wie wollen Sie, daß das Feuer hinter den Turm dringt?“ meinte Frau Camuzzi mit Achselzucken; aber Mama Paradisi warf sich wogend gegen die Schulter des Kaufmannes.

„Mein Isidoro, wenn unsere Häuser in Flammen aufgehen, werden wir zusammen in die Welt hinauswandern und ein neues Leben anfangen.“

„Und Ihre Töchter?“ fragte Frau Camuzzi. Aber Mama Paradisi wehrte, fessellos, mit der Hand ab.

„Auch ihnen wird Gott helfen. Ach! Ach! ich fürchte, mein Isidoro, dies Feuer ist eine Strafe für uns beide, weil wir zusammen glücklich waren, ohne uns um die Religion zu kümmern."

Der Cavaliere Giordano rang seinerseits die Hände.

„Welch Unglück für mich, wenn das Rathaus zerstört würde! Das Rathaus, woran ich meine Gedenktafel haben sollte!"

„Ihre Gedenktafel!"

Das rote Nußknackergesicht des Bäckers Crepalini schalt herauf.

„Sie wissen also noch nicht, mein Herr, daß der Gemeinderat sie heute abgelehnt hat? Ah! die Zeiten des Advokaten sind vorüber, er hat den Prozeß verloren. Man errichtet nicht mehr, sobald es ihm paßt, Gedenktafeln für Landstreicher."

„Landstreicher? Ich? der ich ein Haus habe in Florenz, voll von Geschenken der Fürsten und der –"

Der Barbier Nonoggi stieß den Alten unehrerbietig beiseite, er machte sich an den Savezzo, der abseits, die Arme verschränkt, am Dom lehnte, und er wisperte:

„Masetti hat entdeckt, daß das Feuer gelegt worden ist: ja, an der Holztreppe zum Balkon ist es gelegt worden. Er hat es dem Allebardi gesagt, denn er und der Kutscher arbeiten an der Spitze, und der Allebardi –"

Nonoggi rang nach Atem und tanzte.

„Nun?" fragte Savezzo und nickte schwer.

„– hat mich zu Euch geschickt, im tiefsten Schweigen, damit ich Euch frage, was man tun soll, ob man sprechen soll; denn da Don Taddeo sich nicht sehen läßt, seid Ihr, Herr Savezzo, seit dem Unglück des Advokaten der größte Mann der Stadt!"

Und Nonoggi strich, tief gebückt, mit der Hand im Bogen über das Pflaster hin. Der Savezzo trennte die Brauen voneinander, unwiderstehlich öffnete sich sein Mund zu einem schwarzen Lächeln, und er schielte heftig auf seine Nase.

„Ich werde mich Eurer zu erinnern wissen, Nonoggi", sagte er mit einer großen Gebärde. Und leiser: „Es wird ein günstigerer Augenblick kommen, dem Volk die Wahrheit zu sagen. Wir müssen als Politiker handeln, die sich ihrer Verantwortung bewußt sind. Geht, Nonoggi, und schweigt! schweigt!"

„Und Ihre Tochter, Herr Mancafede?“ fragte Frau Camuzzi. „Wird sie, wenn Ihr Haus brennt, herauskommen?“

„Was denken Sie?“ antwortete er gekränkt. „Neun Jahre sind es, daß sie nicht ausgeht ... Wehe, wehe!“ – und er hielt sich, wieder ganz zusammengesunken, die Ohren zu. Eine Funkengarbe schoß dahinten aus dem Dunkel; es knatterte; das Volk schrie auf. Die Kleinen des Schusters Malagodi, droben in ihrem Fenster, klatschten; und auch auf der Straße durchbrach den Schrecken heller Jubel.

„Nun sage, Pomponia“, rief die Magd Felicetta, „ob das nicht schöner ist als das Feuerwerk am Verfassungsfest!“

„Ich werde dir ein Feuerwerk machen!“ – und der Bäcker kniff sie, daß sie schrie.

„Ihr Herr brennt ab, und sie unterhält sich. Aber die Gemeinde soll mir mein Pachtgeld zurückgeben, wenn sie mich abbrennen läßt. Der Advokat! Er ist mir verantwortlich, er, der gegen die Dampfspritze gestimmt hat!“

„Nieder der Advokat!“ rief man, „er hat den Eimer verloren! Don Taddeo gehört der Eimer!“

Der Barbier Bonometti widersprach allein:

„Es lebe der Advokat! Glaubt nicht den Verleumdern! Er ist ein großer Mann, der Advokat!“

Aber sobald er gerufen hatte, mußte er von seinem Platz weichen. Jeder stieß ihn weiter, und er wiederholte, einsam und verzweifelt:

„Es lebe der Advokat!“

„Nieder der Advokat!“ schrie man einander in den Nacken, immer tiefer in den Corso hinein, bis vor die Brandstätte; die Pipistrelli schrie es im Takt mit Frau Nonoggi und Frau Acquistapace:

„Nieder der Advokat!“

„Don Taddeo hat es vorausgesagt: das ist das Gericht Gottes, weil ihr die Komödianten hergerufen habt!“ – und die Pipistrelli schwang ihren Krückstock über der Menge. Es ward gemurmelt:

„Don Taddeo hat es vorausgesagt.“

Aber jemand rief:

„Da ist einer von ihnen!“

Und mit gellendem Geheul fiel die Frau des Kirchendieners den Tenor Gennari an, der fast schon bis zum Gasthaus hindurchgeschlüpft war. Sie griff ihm mit der Krücke unter den Rock, und sie ließ sich von ihm schleifen.

„Haltet ihn! Das Gericht Gottes! Haltet ihn!“

Schon faßten Hände zu.

„Laßt mich!“ rief Nello. „Ich wohne im Gasthaus!“

„So wollen wir dich hineinwerfen, damit du es warm hast, du schöner Kleiner!“ – und die Weiber, roten Feuerschein in den verzerrten Gesichtern, hoben ihn auf. Plötzlich flogen sie heulend auseinander; der Bariton Gaddi war da und verteilte Stöße. Rasch und sicher zog er den Freund ins Freie.

„Wir brauchen noch einen bei der Spritze“, erklärte er dem Leutnant Cantinelli, der mit seinen Untergebenen Fontana und Capaci die Menge von der Brandstätte abdämmte. Die Pipistrelli, Frau Nonoggi und Frau Acquistapace versuchten, die bewaffnete Macht zu überrennen, fanden sie aber unerschütterlich. Von weitem riefen sie den Wirt an, der, die Hände um den Kopf, durch den Hof seines brennenden Hauses irrte.

„He, Malandrini! Da habt Ihr's. Warum beherbergt Ihr die Feinde Gottes. Nun laßt Euch von den Komödianten Euer Haus bezahlen! Gewiß haben sie es angesteckt. Sind denn wenigstens Eure Gäste gerettet?“

„Das Vieh ist aus den Ställen gezogen“, antwortete er.

„Aber die Gäste!“

„Der Engländer ist mit der Komödiantin hinuntergelaufen.“

„Ah! hätte er sie doch brennen lassen. Aber natürlich brauchte er sich nur zu rühren, und sie war wach. Es wird nicht viel Platz gewesen sein zwischen den beiden.“

„Man hat sie gesehen“, sagte Frau Nonoggi. „Die Felicetta und die Pomponia haben sie gesehen. Sie werden jetzt anderswo weiterschlafen.“

Der Wirt griff mit beiden Händen aus, als machte er sich Platz.

„Meine Frau!“ rief er. „Findet mir meine Frau wieder!“

„Wie? Ihr habt Eure Frau verloren?“

„Ich habe das Haus durchsucht, sie ist fort. Ich wache auf, es brennt, sie ist fort.“

Die Frauen sahen sich gierig an. Frau Acquistapace sagte:

„Sie wird die Kinder gerettet haben und Euch in der Eile vergessen haben. Ich begreife das.“

„Die Kinder“, stöhnte der Wirt, „sind da, sie aber –“

„Au, au! Oh, über uns! Rettet euch! –“ und die Weiber rannten, die Hände im Nacken, zurück, – indes, in einem langen Aufschrei des Volkes, der hölzerne Balkon herunterkrachte und eine hohe Flamme vom Boden aufschoß.

„Der Schuppen!“ schrie donnernd der Apotheker Acquistapace und schwang die Faust. „He, Masetti, Allebardi! Eure Spritze auf den Schuppen!“

„Ihr Komödianten“, kommandierte der Apotheker, „und Ihr, Chiaralunzi, richtet Euren Schlauch auf das Dach, denn diese verdammten dürren Maiskolben, die darunter liegen, brennen schon ... Aber ihr anderen, rettet mir den Schuppen! Sonst wird er das Haus Polli in Brand setzen, und die Stadt ist zum Teufel ... Mit Macht! Öffnet ihn! Reißt ihn doch auf!“

Aber er selbst riß vergebens.

„Malandrini, den Schlüssel!“

„Gebt mir meine Frau wieder!“

„Das ist aber kein Spaß mehr!“ – und der Tabakhändler Polli brach sich Bahn. „Wie? Ich soll keine Erlaubnis haben? Aber jene haben wohl die Erlaubnis, mir mein Haus anzuzünden!“

Der Leutnant Cantinelli ließ ihn durch, so sehr schrie er.

Der Herr Giocondi drang mit ein.

„Ich habe ihn versichert! Malandrini, habe ich dich versichert oder nicht? Keine vier Wochen sind's, – und das ist nun dein Dank, daß du mir abbrennst!“

„Solange es sich nicht um mein Haus handelte“, schrie Polli, „sondern nur um deins, Malandrini, habe ich nichts gesagt. Ich habe geschlafen, bis meine Frau mich weckte. Habe ich nicht sogar beim Erdbeben geschlafen? Niemand schläft wie ich ...!“

„Wenn du auch nur eine einzige Prämie bezahlt hättest! Ein schönes Geschäft für die Gesellschaft! Sie wird mich vor die Tür setzen."

Und der Herr Giocondi stieß den Wirt wieder dem Tabakhändler zu.

„Aber es scheint, daß ich gerade noch rechtzeitig komme!" schrie Polli. „Einen Augenblick, und meine Zigarren fangen an, sich selbst zu rauchen. Es fehlte nichts weiter. Setzt den Schuppen unter Wasser! Schlagt die Tür ein! Ein Beil!"

Die Arbeiter aus der Zementfabrik des Herrn Salvatori, die jungen Leute vom Elektrizitätswerk, die in einer langen Kette vom Fluß her Wasser holten, ließen die Eimer in der Luft schweben: solchen Lärm machten die beiden kleinen Alten.

„Kaltes Blut, ihr Herren", sagte der Advokat Belotti und trat hinzu. „Freund Acquistapace sorgt schon dafür, daß der Schuppen nicht Feuer fängt. Seht ihr nicht, daß die Trümmer des Balkons schon gelöscht sind? Bravo, Acquistapace!" – und der Advokat klatschte leicht in die Hände. Giocondi und Polli betrachteten ihn, die Fäuste auf den Hüften, mit Gesichtern, die immer dunkler wurden, aber ohne einen Laut.

„Die Sachen gehen gut, ich verbürge mich dafür", sagte der Advokat und legte sich die Hand auf die Brust. Da brachen sie los:

„Er verbürgt sich! Der Advokat verbürgt sich! Sieh ihn dir an!"

Sie stießen sich, böse kichernd, mit den Schultern an.

„Und worin besteht die Bürgschaft, Advokat? Zahlst du mir einen schwarzen Punsch beim Gevatter Achille, wenn ich abbrenne?"

„Darum also", fiel der Herr Giocondi ein, „hat der Advokat die Dampfspritze abgelehnt, weil er für jeden Feuerschaden persönlich zu haften gedachte. So sehr liebt er die Stadt! Solch guter Bürger ist er!"

Die beiden drehten plötzlich um. Die Bäuche heraus und mit erhobenen Armen wackelten sie laut scheltend um den Hof.

„Der Advokat! Ein gefährlicher Narr: jetzt sieht man es."

„Der Advokat ist verurteilt, und der Eimer gehört dem Don Taddeo!" keifte es dahinten im Corso. Der Advokat griff, zusammenzuckend, an die rote, gestrickte Mütze, die sein Haupt bis zur Hälfte der Ohren überzog; es schien, er wollte grüßen. Rechtzeitig ließ er es; er näherte sich den Spritzen. Aber Allebardi schrie ihn an: „Achtung, Advokat!" und spritzte ihm über die Füße. Da kehrte der

Advokat, und er hielt den Rock zusammen, als fröre ihn, ganz allein auf die Mitte des Hofes zurück. Der Unterpräfekt, Herr Fiorio, der vorüberkam, nahm rasch den Arm seines Begleiters, des Steuerpächters, und machte einen Bogen. Der Advokat schnitt ihm den Weg ab.

„Die Sachen gehen gut, Herr Unterpräfekt. Man sollte meinen, daß es Ahnungen gibt, denn noch vor acht Tagen habe ich meinen Freund Acquistapace veranlaßt, eine Spritzenprobe abzuhalten. Drum arbeiten seine Braven auch glänzend. Das Feuer ist, kann man sagen, eingedämmt. Mag noch das Dach einstürzen: was kümmert uns das Dach, nicht wahr, Herr Unterpräfekt?“

Da man ihn allein reden ließ, wurden die Gesten des Advokaten immer größer.

„Und auch das Dach würde niemals brennen, wenn nicht dieser Esel von Malandrini in dem offenen Speicher gerade darunter seine Maiskolben zum Trocknen hingelegt hätte. Jetzt fehlt freilich wenig, und das Feuer dringt vom Speicher ins Haus. Welch Unglück, Herr Unterpräfekt!“

Er betastete seine rote Mütze. Der Unterpräfekt sah sich ungewiß um. Vom Dach rasselten Schindeln herunter. Das Volk antwortete:

„Nieder der Advokat!“ – und dahinten das Vieh brüllte unheilvoll.

Da entschloß sich der Beamte; seine Miene ward unverkennbar kühl, und er sagte:

„Die Nacht ist schon frisch in dieser Jahreszeit, finden Sie nicht, Herr Advokat? Möge der Morgenwind die Luft nicht noch mehr abkühlen.“

Bei dem Gedanken an den Wind ward der Advokat fahl. Die Stadt brannte! Der Himmel war ein Feuermeer, darin verkohlten auf immer seine Größe und sein Ruhm! Mit geschlossenen Füßen sprang er auf ein loderndes Stück Holz.

„Ihre Jagdstiefel eignen sich vorzüglich dafür“, sagte der Unterpräfekt. Der Advokat bemerkte erst jetzt, was er in der Eile angezogen hatte: nur einen Überzieher und keinen Kragen! Er begann zu plappern:

„Müssen mir diese Stiefel in die Hand geraten, die ich seit drei Jahren nicht angehabt habe. Oder wie lange ist es schon, daß das öffentliche Wohl mir keine Zeit mehr läßt, auf die Jagd zu gehen.“

Der Unterpräfekt sah wohlgefällig an seiner untadeligen Kleidung hinab. Er strich sich den Bart, warf dem Steuerpächter einen Blick zu und versetzte:

„Sie haben vielleicht heute nacht im Traum vorausgefühlt, daß das öffentliche Wohl Ihnen jetzt bald wieder Zeit lassen werde, diese Stiefel anzuziehen."

Sofort richtete der Advokat sich auf. Mit gefesteter Stimme:

„Dann, Herr Fiorio, werde ich stolz sein, dem öffentlichen Wohl diesen letzten Dienst zu erweisen. Wir alle, Herr Unterpräfekt, sind nur Beauftragte des Volkes, und wenn es uns fortschickt –"

„Nieder der Advokat!"

Eine Sekunde schloß er die Augen; dann:

„– werden wir unserer Würde am besten dienen, wenn wir ihm danken und gehen."

Der Advokat wandte sich und verließ den Beamten. Im selben Augenblick brach, um den Schornstein her, das Dach ein. Dicke Ballen Rauch wälzten sich aus den Fenstern des oberen Stockwerkes. Alles hielt den Atem an; – plötzlich eine gelle Stimme aus dem Haufen und gleich darauf ein Schreien durcheinander: „Jemand ist drinnen! Seht am Fenster! Seht am Fenster! Jemand brennt lebendig!"

Und jetzt erkannten alle im Rauch, der sich lichtete, etwas Weißes.

„Meine Frau, da ist sie!" – und Malandrini warf sich, die Arme erhoben, vorwärts, als wollte er hinauffliegen. Die Arbeiter fingen ihn ab.

„Die Treppe brennt. Man muß zuerst die Spritze hinaufführen."

„Ersilia! Komm herab, Ersilia!" schrie er, weinend und winkend.

„Es ist nicht Ersilia!" antwortete dahinten eine Stimme. „Es ist die Komödiantin!"

Eine Minute der Starrheit. Alle staunten zu dem Gesicht im Fenster hinauf, das blöde und unwissend über die Köpfe hinhing. Gleich danach zuckte es auf, ein Schrei zerriß es; und indes man es noch schreien hörte, verschloß schon wieder der schwarze Rauch es.

„Das Fräulein Italia!" rief der Apotheker. „Helft mir sie retten!" – und er stürzte umher. Vom Corso kam es schrill wie eine Pfeife.

„Romolo!"

Und der Alte griff sich an den Kopf, fand nicht mehr nach links, noch nach rechts. Chiaralunzi und die Komödianten waren dabei, die Spritze über die Treppe zu ziehen; die Arbeiter hasteten mit Wassereimern hinein; – da schnellte etwas Schwarzes an ihnen vorbei: rannte oder kroch, man wußte nicht, denn es war schon droben und fort im Rauch. Man sah nur, daß der Kutscher Masetti in einem Eimer saß, und er erklärte, Don Taddeo habe ihn hineingestoßen.

„Don Taddeo! Ah! Don Taddeo!" ein Aufschrei; und das ganze Volk reckte sich nach jenem Fenster im Rauch, von dem er die Komödiantin fortriß. Er lud sie sich auf, er stürzte davon, eine Flamme schoß ihm entgegen. Man sah einander eine stürmische Stille lang in die Augen.

„Beim Bacchus!" sagten die Männer.

„Er ist verloren, Don Taddeo", sagten die Frauen; und:

„Wenn aber die Komödiantin lebend herabkommt, bringe ich sie um."

„Man muß beten!" – und der Chor schwoll an. Plötzlich:

„Da ist er! Wunder! Wunder!"

In einem mächtigen Stoß brach das Volk über die bewaffnete Macht hinweg in den Hof. Don Taddeo war aufrecht gegen die Mauer gefallen, gleich neben der Tür, aus der er die Komödiantin getragen hatte. Als die klatschenden Hände auf ihn zustürmten, schloß er die Augen; Italia flatterte in ihrem Hemd, laut kreischend, um den Hof. Die Frauen hielten sie auf.

„Falle ihm zu Füßen! Wenn du ihm das Leben gekostet hättest, meinem Don Taddeo: weh dir!"

Sie schien auf einmal zu erschlaffen; gehorsam sank sie vor ihn hin. Er ward, ohne daß er die Augen öffnete, ganz weiß, sobald ihre Lippen seine Hand berührten. Seine lange Nase ward weiß und zitterte; unter der zerrissenen Soutane zitterten seine Schultern. Seine Hand flog so heftig, daß ihre Lippen sie verloren.

„Würde man nicht sagen: Jesus und die Magdalena?" fragten die Frauen, indes die Männer bis dicht vor das Gesicht des Priesters in die Hände klatschten.

„Aber er muß ruhen, er wird krank werden. Ein Heiliger, der sich opfert! Da seht ihn an, ihr Männer! Wo wart ihr, die ihr breite Schultern habt und so viel Wein trinkt? Cimabue, wo warst du? Ein Heiliger mußte kommen, sonst war diese Arme verloren ... Erlaube nur, daß ich deinen Ärmel küsse, und meine kleine Pina wird gesund werden!“

Sie schoben Italia fort, jede wollte ihn berühren; ihre Masse trug ihn; – und erst, als sie ihn fortziehen wollten: „Nach Haus, Reverendo, Ihr müßt ruhen“, da merkten sie, daß er ohne Bewußtsein war. Sie legten ihn nieder, rieben ihn, baten und schalten ihn.

„Steht auf, Reverendo, was tut Ihr da. Es wird Morgen, und Ihr sollt uns predigen.“

Sie horchten. Dann erinnerten sie ihn:

„Der Eimer ist Euch zugesprochen, er ist Euer. Der Advokat ist besiegt, niemand hört auf ihn. Euch aber lieben alle, denn Ihr habt die Komödiantin vom Feuer errettet und seid ein Heiliger.“

Eine Pause. Plötzlich griff die sanfte Frau Zampieri sich in die Haare. Da schrien sie auf und warfen sich hin.

„Er ist tot! Was soll aus uns werden!“

„Nein, er hat die Augen geöffnet“, sagte allein eine Stimme wie ein Engel; und man sah Flora Garlinda, die Primadonna, ihre Augen, die glänzten, unverwandt auf Don Taddeo halten. Don Taddeo seufzte, sah sich um und schloß, zusammenzuckend, noch einmal die Lider. Dann erhob er sich, wehrte denen, die mitwollten: „Ich habe zu beten, meine Töchter, ich habe so viel zu beten“, und ging durch die Bahn, die sie ihm ließen, aus dem Hof.

Vorn und allein stand der Advokat Belotti. Er bewegte, als der Priester vorbeikam, die Hände wie zum Klatschen. Dabei nickte er stark.

„So wird auch Judas Ischariot geklatscht haben“, sagte an der Spitze eines Haufens der Bäcker Crepalini. Der Advokat wandte ihm das Gesicht zu, worin eine Träne hing.

„Für einen redlichen Bürger bleibt eine schöne Tat eine schöne Tat, auch wenn ein politischer Gegner sie tut.“

„Ein redlicher Bürger?“ wiederholte der Bäcker, und sein dicker Kopf, auf dem es flackerte vom Schein des Feuers, wackelte höhnisch. „Wir alle sind redliche Bürger. Immerhin kennt man gewisse Geschichten von Waschhäusern, die auf Terrains gebaut sind, die den Verwandten gewisser Witwen gehörten.“

„Gewisser Witwen“, fuhr der Schuster Malagodi fort, „die die Schwestern gewisser Advokaten sind.“

„So daß“, ergänzte der Mechaniker Blandini, „jene Verwandten ihr Terrain aus öffentlichen Mitteln erstaunlich gut bezahlt bekamen.“

„Man erinnert sich auch“, sagte der Schlosser Fantapiè, „mancher Vorgänge bei den letzten Wahlen ...“

„Eh! wie viele Umstände mit einem Advokaten“, rief in der Nachbarschaft ganz laut Frau Malagodi. „Als ob es nicht so viele kleine Advokaten gäbe, – die er alle selbst gemacht hat, der Mädchenjäger, der Verführer! Die Andreina in Pozzo hat einen, aber bekümmert sich der Alte vielleicht um ihn? Man sieht, was ein gottloser Wüstling ist!“

Der Advokat hob die Schultern; aber wohin er sich wandte, sprang es ihn an, aus dem Dickicht des Volkes.

„Wo sind die Gelder für die Komödianten hergekommen? ... Ist nicht das Haus in der Via Tripoli eine Schande für die Stadt? Aber der Advokat verteidigt es.“

„Es werden seine Töchter sein“, wisperte hinter dem Rücken des Advokaten der Barbier Nonoggi den Weibern zu und verrenkte das Gesicht, daß sie lachten. Gleich darauf war er in einen anderen Haufen geschlüpft und wisperte etwas anderes. Plötzlich aber war auch er bei der Laube, wohin der Advokat sich zurückzog, und hielt die Hand an den Mund.

„Achtung, Herr Advokat! Die Leute denken nicht gut von Ihnen; ich sage es, weil es die Wahrheit ist. Ich selbst aber: Sie wissen zu wohl, Herr Advokat –“

„Ich kenne Euch, Nonoggi“, sagte der Advokat, drückte ihm die Hand und verschwand ins Dunkel. Der Barbier war schon drüben, am Schuppen, beim Savezzo, der ihm gewinkt hatte.

„Sollen wir beginnen? Sollen wir sagen, daß das Feuer –?“

Der Savezzo schnappte zu, daß es klappte. Er fuhr sich ins Haar; rauh brachte er hervor:

„Ich übersehe die Lage, dies ist der Augenblick: wir handeln!“

„Zurück!“ schrie vorn der Apotheker Acquistapace. „Ihr Herren, ihr Damen, zurück! Es ist uns unmöglich, zu manövrieren.“

Die Arbeiter versuchten, mit gefüllten Wassereimern, einen Ausfall gegen die Menge. Sie wurden mit Entrüstung zurückgeschlagen.

„Das Haus wird abbrennen, wenn ihr es wollt!“ schrie Acquistapace. „Sind wir denn in Anarchie? Advokat, herbei!“

„Es gibt keinen Advokaten mehr!“ antwortete die Menge.

Der Apotheker sah sich vergebens nach seinem großen Freunde um. Die Menge gab ihm Befehle.

„Steige aufs Dach und spritze von oben!“

„Als noch ein Dach da war, hätte er hinaufsteigen sollen. Alles macht ihr verkehrt. Warum habt ihr nicht zuerst die Maiskolben herabgeholt? Rettet nun wenigstens die Betten!“

Und sie drängten hinein. Der Schneider Chiaralunzi empfing sie mit einem Wasserstrahl. Der Rest des hölzernen Balkons brach, funkensprühend, herab. Alles warf sich mit Zetern im dichten Rauch durcheinander.

„Das Ende der Welt!“ ächzte flüchtend der Wirt Malandrini. „Wo ist meine Frau? Ich bin ruiniert!“

„Malandrini“, sagte der Advokat und zeigte sich in der Laube, „es heißt nun, ein Mann sein. Glauben Sie mir, es gibt noch größeres Ungemach als Ihres.“

„Ach, über mich!“ und er schlug sich mit den Fäusten auf den Bauch, er setzte die Nägel an seinen runden Kahlkopf.

„Auch die Mütze ist mir verbrannt! Ich werde betteln gehen!“

Der Advokat zog ihn in die Laube.

„Sehen Sie her, Malandrini: hier auf dem Tisch liegen Ihre Kinder und schlafen. Wenn sie denn wirklich keine Mutter mehr haben, was ich nicht glauben will, so trösten Sie sie! Das wird auch Sie trösten. Denn im Unglück ist es ein Trost, gütig zu sein.“

Der Wirt schluchzte am Tischrand.

„Das ist nicht alles ... Advokat, ich will Ihnen etwas Schreckliches sagen. Meine Frau – sie ist fort mit allem Gelde.“

„Wie? Was sagen Sie, Malandrini? Sie haben doch nicht –“

Der Advokat brach ab, denn draußen gingen Stimmen durcheinander.

„Der Brand ist gelegt, sage ich euch ... Der Wirt ist ein Schuft ... Unter der hölzernen Treppe zum Balkon ist das Feuer gelegt. Masetti hatte es schon längst bemerkt. Man hat ihm gedroht, damit er nichts sage. Man will schweigen, weil hochgestellte Personen kompromittiert sind ... Ah! Das Volk soll belogen werden!"

Malandrini schluchzte.

„Denn alle meine Wertpapiere waren in ihr wollenes Unterhemd genäht. Nirgends sonst wollte ich sie aufbewahren. Eine Frau, nicht wahr, ist das sicherste, was ein Mann hat: sicherer als ein eiserner Schrank. Was soll man noch glauben!"

Der Advokat setzte an, aber über allem Wirrsal von Lauten schrie draußen der Herr Giocondi:

„Ah! Malandrini, Brigant, der du bist, darum also hast du dich versichern lassen und noch keine Prämie gezahlt! Aber zeige dich nur, und du endest schlimm! Wo bist du? Malandrini! Er ist geflohen, der Brandstifter!"

Der Wirt richtete sich auf.

„Wie? Er spricht von mir?"

„Lassen wir sie schwatzen", sagte der Advokat bitter. „Es ist das Volk."

„Was denn, der Wirt!" sagte jemand. „Ganz andere Leute sind verdächtig."

Und die Stimme der Pipistrelli:

„Die Komödianten! Don Taddeo hat das Unglück vorausgesagt! Nun haben sie die Stadt angezündet!"

„Du bist eine böse Alte!"

„Hat sie denn nicht recht? Wer sonst konnte denn stehlen, indes das Haus brannte, wenn nicht der Komödiant, der darin wohnte."

„Wir wissen es längst; alle sagen es."

„Ganz andere Leute! Was wißt ihr von den hohen Geheimnissen. Es gibt Dinge ... Wer ist denn der Feind des Don Taddeo und will sich rächen? Wer hat denn den Ankauf der Dampfspritze verhindert?"

„Man muß den Stolz des Advokaten kennen. Don Taddeo hat seine Macht gebrochen, das macht ihn zu allem fähig. Lieber soll die Stadt untergehen, als seine Herrschaft!“

„Ah! Der Advokat ein Schurke? ... Wenn man es bedenkt ... Die Herren sind alle Schurken! Man muß sie alle auf die Galeere schicken!“

Das Geschrei der Weiber kam wieder obenauf.

„Der Komödiant! Es ist der schöne! Wir werden ihn mit einer dicken Kette um den Hals sehen!“

„Man merkt, daß er euch nicht angesehen hat! Der Advokat ist es, der Advokat!“

„Vielleicht, daß der Komödiant ihm geholfen hat?“

Der Advokat in der Laube warf die Schultern.

„Da haben Sie das Volk! Sie, den Gennari, mich, es weiß nicht, wen es noch beschuldigen soll.“

Aber der Wirt rückte, den Kopf schief, seitwärts Schritt für Schritt aus seiner Nähe. Der Advokat sah sich um: er war fort. Durch das einsame Dunkel der Laube zuckten Lichter wie rote Schlangen. Zwischen den Blättern erschien manchmal ein aufgerissenes, wild überflackertes Gesicht wie eine höllische Maske. Zum erstenmal heute nacht seufzte der Advokat. Er beugte sich über sich selbst und bedeckte die Augen.

Draußen geschah ein großer Stoß; eine Frau heulte auf, weil die anderen sie überrannten.

„Der Komödiant!“ schrien sie. „Was tun denn die Carabinieri? Soll er auch unsere Häuser anzünden?“

Nello Gennari war schon von der Spritze weggerissen, schon umringt und auf einen Tisch geworfen. Sie türmten um ihn her die Stühle, die er selbst aus dem Hause gerettet hatte. Gaddi, Chiaralunzi und der alte Acquistapace mußten die Barrikade stürmen, um Nello zurückzuholen. Bestürzt sah er die sanftesten Gesichter der Stadt, Haß fauchend, auf sich eindringen. Nina Zampieri klatschte mit diesen weich gebogenen Händen, die nur zum Tasten auf den Saiten der Harfe bestimmt schienen, klatschte, weil er fiel und sich verletzte. Ersilia und Mina Paradisi, die sich seinetwegen geohrfeigt hatten, schrien nun gemeinsam auf ihn ein.

„Er ist es! Man hat ihn gesehen. Er ist davongelaufen, einen Augenblick, bevor es brannte. Alle haben gesehen, daß er aus dem Tor lief!“

„Fontana! Capaci! Verhaftet ihn! Cantinelli, befiehl es ihnen!“

Die Soldaten wurden vorwärts gestoßen. Da trat ihnen der Advokat Belotti entgegen und griff an seine rote Mütze.

„Meine Herren, einen Moment! Meine Damen, Sie begehen einen Irrtum!“

Er stellte seine Hand beschwörend gegen alle diese heulenden und pfeifenden Köpfe, diese zum Sturm vorgeworfenen Leiber.

„Ich tue meine Pflicht, o meine Damen, und leiste Ihnen einen Dienst –“

„Schweige! Du und deine Partei auf die Galeere!“ – und dazu pfiff es.

„– da ich Sie davor bewahre, ein Unrecht zu begehen. Denn dieser junge Mann ist unschuldig: glauben Sie mir, unschuldig. Ich kenne sein Leben, und ich weiß, welches Geschäft er vor dem Tor hatte ... Soll ich es ihnen sagen?“ raunte er Nello zu.

„Nein.“

„Sie sind in ernster Gefahr. Sie haben sich dem Volk verdächtig gemacht.“

„Um Gottes willen, schweigen Sie!“

„Sie sind ein tapferer junger Mann ... Ich darf Ihnen nichts weiter sagen, meine Damen“, keuchte er angestrengt, „als daß dieser hier unschuldig ist. Denken Sie denn nicht mehr an die Stimme, mit der er Sie so oft gerührt hat? Solche Stimme lügt nicht. Ich, der Advokat Belotti –“

Er hob sich auf die Zehen, reckte die Hand hinauf und öffnete die Augen, so weit er konnte.

„– ich bürge euch für diesen hier!“

Auf einmal fuchtelten alle Arme nur noch gegen ihn. Das Pfeifen betäubte ihn. Er verstand nicht die Stimmen, die sich überschrien. Die Männer warfen sich durch die Frauen hindurch. An ihrer Spitze stand unversehens auf einem Stuhl der Savezzo, massig, mit einer stählernen Geste nach dem Advokaten und auf seinem Gesicht die drohende und dunkle Kraft der ganzen Menge.

„Ich bin da, um auszusprechen, was ihr alle denkt!“ rief er ehern. „Hier bürgt ein Verdächtiger für den anderen!“

„Du hast recht! So ist es!“

„Der Advokat verdient nicht mehr Glauben als der Komödiant! Auch er ist ein Komödiant!“

„Gut!“

„Zu lange schon betrügt er das Volk!“

„Zulange!“

Der Savezzo schlug mit der Linken dem Chor den Takt. Dann, die Faust gegen seine Brust schmetternd, die vorgetreten war wie ein Panzer: „Ich, Mitbürger, nenne euch den Namen des öffentlichen Feindes, und wenn er's nicht ist, dann richtet statt seiner mich selbst!“

„Nenne ihn!“

„Es ist der Advokat Belotti!“ – und damit sprang der Savezzo hinunter in das Wogen und Geheul, zeigte nach allen Seiten seinen schwarz aufgerissenen Mund und legte sich, allen voran, zum Sturm aus. Der Advokat war von Acquistapace, Gaddi und Chiaralunzi umringt. Sie hielten ihm die Arme, und er zeigte der Menge seine offenen Hände, wie um ihr zu beweisen, daß sie rein seien. Sie schrie trotzdem:

„Das Waschhaus! Die Dampfspritze! Die Wahlen! Auf die Galeere mit ihm! Werft ihn zu Boden! Ah! auch die Arbeiter hat er bestochen, daß sie den Schlauch gegen uns richten. Wehe, wenn wir dich erst haben!“ – und dazu brüllte das Vieh, und die Glocken läuteten immerfort Sturm.

„Welch häßlicher Narr“, schrien Weiberstimmen, „mit seiner roten Nachtmütze!“

Der Advokat bewegte heftig den Mund, ohne daß man ihn hörte. Aber die Adern schwollen ihm.

„Ich bin euer Freund“, hörten die, die seine Arme hielten, ihn keuchen. „Aber ihr sollt sehen, ob ich ein Mann bin und stark auch gegen euch. Ich werde zu kämpfen wissen.“

„Reize sie nicht, Advokat!“ flüsterte Acquistapace. „Tue es für mich! Lieber will ich allen feindlichen Heeren der Welt gegenüberstehen, als dem Volk!“

„Es sind gute Leute, Herr Advokat“, sagte der Schneider Chiaralunzi. „Teufel, in diesem Augenblick sind sie verrückt. Man muß Geduld haben.“

Wo der Savezzo sich abarbeitete, brachen übermächtige Rufe hervor.

„Was hat er mit dem Malandrini in der Laube gesprochen? Malandrini, rede! Er hat dir dein Grundstück abkaufen wollen, damit er das Doppelte fordern kann, wenn hier das städtische Schlachthaus gebaut wird. Denn das will er! Und darum hat er das Gasthaus in Brand gesteckt!“

„Auf die Galeere! Auf die Galeere!“

Der Advokat keuchte:

„Ich merke euch mir! Ihr werdet mich kennenlernen! Ah! sogar du, Scarpetta, den ich genährt habe? Wie? Giocondi, du hast das Herz, die Faust gegen mich zu erheben?“

Er schwieg; denn dahinter fuchtelte auch Polli. Die Hand des alten Acquistapace fühlte sich lockerer an um seinen Arm. Es gab keine Freunde mehr. Der Advokat betrachtete, in einer stolzen Marter, jedes einzelne dieser hundert vom Morgenlicht fahlen Gesichter, bis dahinten, wo im erlöschenden Widerschein des Brandes die letzten durcheinanderflossen. Und Jole Capitani, wo war sie? Liebe und Ruhm, wo waren sie? Alles verschlungen von der despotischen Laune des Volkes. Der Advokat bäumte sich. „Ihr hättet eine Schreckensherrschaft nötig!“

In der Nähe wiederholte sein Bruder Galileo den Schrei der Menge:

„Auf die Galeere! Pappappapp, versteht sich, auf die Galeere: wohin denn sonst mit dem Buffonen! Er wollte prahlen, er wollte den großen Mann machen, und das bringt ihn nun auf die Galeere.“

Von unten, zwischen den Beinen hervor, rang sich manchmal ersticktes Jammern.

„Alles nur Verleumdung! Der Advokat ist ein –“

„Wie? ein großer Mann sagst du? Ah! du sollst einen sehen!“ – und der Barbier Bonometti bekam neue Fußtritte. Er jammerte lauter, – indes im Haufen der Weiber, den die Menge gegen die verschlossene Tür des Schuppens drängte, die Witwe Pastecaldi ein Schluchzen erhob:

„Der Advokat auf die Galeere. So endet er nun: ich habe es immer gefürchtet.“

„Tröstet Euch“, sagte die Magd Felicetta. „Euer Bruder ist nicht der einzige. Auch der Komödiant geht auf die Galeere. Denn wir wissen jetzt, daß sie das Haus zusammen angesteckt haben.“

„Es ist wahr!“ schrien die Frauen. „Denn der Advokat und der Komödiant sind aneinandergeraten, wie sie beide zu der Italia wollten. In ihrer Eifersucht haben sie die Kerzen umgeworfen; und als es dann brannte, ist die Ersilia Malandrini darüber dazugekommen. Da haben sie sie, damit nichts herauskäme, gebunden und verschwinden lassen. Vielleicht haben sie sie umgebracht, die Arme.“

„Sie haben sie umgebracht! Denn für eine schlechte Frau wie jene Komödiantin sind die Männer zu allem fähig.“

„Auf die Galeere die beiden!“ – und ein letzter Stoß drängte die Verteidiger des Tenors und des Advokaten von ihrer Seite. Die Hände der Feinde packten sie an; – da kreischten auf einmal alle Weiber auf. Sie fielen in der Tür des Schuppens, die klaffte, durcheinander, kugelten eine über die andere fort in das Heu, und unter ihren umgeschlagenen Röcken kreischten sie ... Plötzlich schwiegen sie. Bewegung entstand im Dunkel des Schuppens, dumpfe Rufe, eine fassungslose Stille. Die Menge hielt an und spähte hin. Die ersten erstarrten Gesichter erschienen in der Tür, und zwischen ihnen, im Hemd, Frau Malandrini. Hinter ihr zeigte sich widerwillig der Baron Torroni.

Ein Gelächter brach aus; zuerst waren es mächtige Stöße, zwischen denen man anhielt und sich besann, dann Wellen, ununterbrochen hin und her über den Hof, durch den Corso, bis dahinten auf den Platz. Die letzten setzten sich vor Lachen auf das Pflaster: „Die Frau des Malandrini hat – ah! das ist ein wenig stark, sein Haus brennt, sie aber und der Baron zerstreuen sich“; – und sie lachten weiter, indes die Vordersten beim Schuppen dem Paar applaudierten. Frau Malandrini rief zornig ihrem Manne entgegen:

„Was machst du denn? Du läßt unser Haus abbrennen, und mich sperrst du in den Schuppen?“

„Meine Frau!“ – und mit einem rauhen Schrei hing der Wirt an ihren Schultern.

„Die Papiere? Du hast sie?“ keuchte er.

„Wie denn, wer soll sie sonst haben?“

Darauf wandte Malandrini ein jäh beseligtes Gesicht der Menge zu.

„Wir leben noch“, schluchzte er. „Wir sind noch da.“

„Auch der Baron“, antwortete man ihm.

„Er war zufällig da“, sagte die Frau. Der Baron erklärte barsch, er habe den Brand gerochen und im Schuppen nachgesehen.

„Du aber stößt mich, deine Frau, hinein und sperrst ab!“

„So ist es! Du hattest den Kopf verloren, armer Malandrini!“ schrie die Menge und schüttelte sich. Der Wirt griff sich an die Glatze. Die Frau schalt weiter, weil er sie all die Zeit im Hemd bei einem Herrn gelassen habe.

„Konnte ich etwa hervorkommen und der ganzen Stadt zeigen, was nur du sehen darfst? Gib mir deinen Rock, und fort ins Haus, daß wir Kleider suchen!“

Die Menge trat in Reihen auseinander wie bei Don Taddeo, dem Heiligen, und klatschte an ihrem Wege. Plötzlich riefen mehrere zugleich:

„Aber die Komödiantin! Dann war nicht sie es, die der Baron besuchte, sooft er ins Gasthaus kam!“

„Augenscheinlich, – und was den Baron betrifft, ist sie unschuldig.“

„Wie, nur den Baron? Und wird auch der Advokat nicht etwa nur mit ihr geprahlt haben?“

„Die Komödiantin ist ein ehrbares Mädchen!“

„Wie die Männer uns verleumden!“ rief Mama Paradisi.

„Wir Mädchen sind recht sehr zu beklagen“, bemerkten Felicetta und Pomponia. „Die Komödiantin, wir haben es immer gesagt, ist so ehrbar wie wir.“

„Wer will noch behaupten“, sagte mit sanftem Nachdruck Frau Zampieri, „daß sie ihm etwas gewährt habe, was nicht erlaubt ist?“

„Wer will es behaupten?“ wiederholte die Menge drohend.

Die Herren Polli, Giocondi und Cantinelli sahen einander nachdenklich an und schwiegen.

„Sie hat es verdient, von einem Heiligen aus dem Feuer gerettet zu werden!“ rief Frau Nonoggi.

„Wo hat sie sich versteckt? Wenn wir sie finden, wollen wir sie belohnen.“

„Da ist sie!“ – und die Mägde Fania und Nanà zogen sie aus der Laube, wo der junge Severino Salvatori sie mit seinem Mantel bedeckt hatte. Die Menge lobte ihn dafür. Italia, rot und wirr, wie sie war, ward von ihr geherzt.

„Sie hat eisige Füße, die Arme!"

Die Frauen rieben sie ihr.

„Wer hätte es gedacht, daß die Komödiantinnen ehrbar sind", sagte der alte Seiler Fierabelli zum Schlosser Fantapiè. „Wer einen Sohn hätte, könnte ihn ihr zum Manne geben."

Der Schneider Coccola rief:

„Und Polli, der sich weigert, seinem Sohn Olindo die gelbe Choristin zu geben!"

„Das ist nicht recht von Euch", sagten die Männer; und die Frauen:

„Ihr beleidigt uns alle."

Der Tabakhändler wollte entwischen, aber sie stellten ihn.

„Da sieh, wie sie sich lieben!" – und die Menge zog Olindo mit der Gelben hinter dem Schuppen hervor, sie führte die beiden dem Vater zu. Polli rötete sich; er drang auf seinen Sohn ein. Die Menge riß ihn zurück; er zappelte wütend.

„Ihr wollt wohl sagen, daß auch diese ehrbar ist?"

„Warum nicht?"

„Aber wenn doch ich selbst sie –"

Der Aufschrei der Frauen deckte seine Stimme zu.

„Ah! wir wissen wohl, weshalb er nicht will: sie ist arm."

Und von allen Seiten:

„Wir Armen sind Eurer Herrlichkeit nicht gut genug. Nieder die Reichen!"

„Man muß die Mädchen nicht nach dem Gelde fragen", riet der Herr Giocondi, im Gedanken an die eigenen Töchter. „Sieh nur auf das Herz!"

„Gib ihnen deinen Segen!" rief das Volk; – und da dort hinten schon ein unheilvolles Pfeifen ausbrach, entschloß sich Polli.

„Mir hätte statt dessen das Haus abbrennen können", brummte er. „Da die Nacht nicht ohne ein Unglück vorübergehen soll –"

Aber beim Zusammenlegen der Hände kniff er seinen Sohn so heftig in den Arm, daß Olindo aufhüpfte. Die große Gelbe fächelte sich erstaunt.

„Welche sympathische Familie!" rief das Volk und klatschte.

„Alle hinaus!“ befahl dahinten der Apotheker Acquistapace seinen Leuten. „Der Schornstein wird ins Haus fallen.“

Gaddi aber zog Nello hinter die Tür.

„Nello, du bist in Gefahr.“

„Ich weiß es, aber ich war heute schon in größerer, und man gewöhnt sich daran.“

„Du scherzest, Nello, ohne zu wissen, worüber. Ich bin den Verdächtigungen nachgegangen, die gegen dich ausgeschickt sind; ich habe ihre Quelle entdeckt ... Die meisten haben sie von einem Kommis des Kaufmanns Mancafede, und der Kommis hat sie von seinem Herrn. Der Kaufmann aber stand beim Dom mit Frau Camuzzi.“

Und da Nello aufzuckte –

„Es ist also wahr. Ich dachte es mir: der Haß einer Frau. Höre, Nello: flieh! Flieh sogleich!“

„Heute morgen, wenn ihr andern fort seid.“

„Das ist nicht früh genug. Bis zur Stunde, wo wir fortziehen, wird sie etwas Neues gegen dich erdacht haben. Was sie bisher schon gewagt hat, beweist dir das nicht, daß sie nicht eher einhalten wird, als bis sie dich vernichtet hat?“

Mit dem Arm um die Schulter des jungen Mannes:

„Ich sehe dich verloren, Freund.“

Nello senkte die Stirn.

„Vielleicht bin ich's. Trotzdem, Virginio“ – und er drückte die Hand des Freundes, „kann ich dir nicht folgen. Ich folge nur meinem Schicksal, und es heißt Alba. Oh! nie mehr wird es anders heißen ... Du weißt nicht –“

Mit heißeren Händedrücken, voll hastigen Glückes:

„Dies war die letzte Nacht ohne sie: in wenig Stunden sind wir vereint für immer. Wenn ihr anderen die Stadt verlassen habt, – ich verziehe noch, ich verstecke mich. Werden nicht viele euch begleiten, wird nicht die Stadt in Verwirrung sein? Dann enteile ich zu ihr, der Wagen steht bereit hinter der Hecke, sie wartet darin, sie winkt: ich komme, ich komme: und, o Virginio! wir leben trotz allem nicht umsonst: ich habe sie neben mir, sie ist bei mir, wohin immer das Leben uns führt ... Und wenn es –“

Er warf den Kopf zurück, breitete leicht die Hand hin und lächelte rein.

„– wenn es selbst zum Tod führt, mit ihr!"

Eine Pause; das Klatschen und Gelächter der Menge.

„So willst du nicht fliehen?" fragte Gaddi nochmals. Auch Nello lachte auf und schlug in die Hände.

„Du bist gut! Fliehen, – wenn ich doch im Schutz meiner Heiligen stehe. Frau Camuzzi mag die Ratschläge der Hölle selbst haben: was kann sie gegen Alba!"

Er drängte den Freund hinaus ans Frühlicht.

„Und sieh, ob irgend jemand hier Verderben sinnt. Die Menschen können nicht lange böse sein, das Leben ist zu gut. Den Advokaten wollten sie auf die Galeere schicken. Jetzt lachen sie, und er lacht mit ihnen!"

Denn der Advokat ging umher und zeigte, daß er lachte. Seiner Schwester Pastecaldi raunte er zu:

„Ich bitte dich, Artemisia, laß das Weinen! Es wird mich kompromittieren. Ein öffentlicher Mann muß heiter sein. Solange gelacht wird, ist nichts verloren."

„Der Advokat auf die Galeere?" – und seine Nichte Amelia starrte aus ihrem weißen Mullkleid entgeistert zum Himmel auf. Der Advokat machte „Schü! Schü!" Er erstickte das Schluchzen der Witwe Pastecaldi mit der Hand.

„Hast du wenigstens meine Perücke mitgebracht?" zischelte er. „Daß du sie mir auch gerade gestern abend wegnehmen mußtest, um sie zu kämmen ... Gottlob, da ist sie."

Er duckte sich hinter seine weiblichen Verwandten, um die rote Mütze abzuziehen.

„Das alles wäre mir vielleicht nicht zugestoßen, wenn ich nicht diese gesegnete Mütze aufgehabt hätte. Die Weltgeschichte ist reich an solchen folgenschweren Zufällen ... Es geht mir schon besser", – und er kam mit der Perücke auf dem Kopf wieder zum Vorschein. Die Schwester zog aus ihrer Schürze auch seinen braunen Strohhut; sofort schwenkte er ihn mit einem Kratzfuß gegen Flora Garlinda, die herzukam.

„Sie sind ein tapferes Mädchen, Sie haben sich frisiert!"

„Sie haben einen Mißerfolg gehabt, Advokat? Sie sind ausgezischt? Wie werden Sie sich rächen?"

„Indem ich meine Pflicht tue“, antwortete der Advokat und stieß die geöffnete Hand edel nach unten. Bei ihrem spöttischen Lächeln:

„Dies Volk scheint Ihnen ein wenig eigenwillig, ein wenig zügellos. Aber wenn es demütig wäre, möchte ich nicht sein Beauftragter sein, weil ich es verachten würde, – und nicht sein Herr, denn der Herr ist noch verächtlicher als der Knecht, aus dessen Erniedrigung er Nutzen zieht ... Nicht doch!“ rief er in einen Kreis von Bürgern hinein, worin die Herren Salvatori, Mancafede, Torroni dem Leutnant Cantinelli zustimmten, der eine Vermehrung der bewaffneten Macht verlangte.

„Nicht doch, ihr Herren! Je weniger Macht geübt wird in der Welt, desto besser ist es!“

„Ihre Sache“, sagte Flora Garlinda. „Ich war nur gekommen, um Ihnen zu Ihrer Rache zu verhelfen.“

„Wie?“

„Denn ich schulde Ihnen einen Gegendienst für Ihren Artikel in der „Glocke des Volkes“. Sie werden sehen, daß niemand zu kurz kommt, der meine Partei nimmt ... Lassen Sie uns beiseite treten ... Man hat Sie beschuldigt, dieses Haus angezündet zu haben. Was würden Sie sagen –“

Sie senkte schief den Kopf. In den Taschen ihres schmutzfarbenen Regenmantels öffnete und schloß sie die Hände.

„– wenn ich Ihnen den wirklichen Brandstifter nennen würde?“

Da er nur mit dem Mund klappte, sagte sie und ließ die Laute, jeden für sich, leicht und klar in die Luft gehen:

„Es ist Don Taddeo, der Heilige.“

Der Advokat prallte zurück. Er sah sie ruhig die Lippen schließen, als ob alles entschieden sei: – da begann er wild den Körper umherzuwerfen, den Hals nach allen Seiten hinauszustoßen; die Augäpfel quollen ihm hervor, und er stöhnte mehrmals schwer. Endlich wischte er sich den Schweiß; er atmete zischend aus.

„Es wäre unnötig. Wer würde mir glauben? ... Übrigens glaube ich selbst es nicht.“

Sie ließ ihn vollends zu sich kommen. Ihre Augen glitzerten.

„Er ist es, Don Taddeo", wiederholte sie mit einem Lächeln, das sie schön machte. Der Advokat brauste auf:

„Aber woher wissen Sie's? Haben Sie etwas gesehen?"

„Nicht mehr als Sie. Nicht mehr, als alle sehen konnten, hier auf dem Hof voll Menschen, als Don Taddeo die Italia rettete und als er in Ohnmacht lag."

„Und daraus, daß er ein Held ist; denn man muß die Wahrheit sagen: er ist ein Held, dieser Priester, und wäre er nicht ein Feind des Staates, würde ich ihn einen guten Bürger nennen: – daraus also ziehen Sie den Schluß, er habe ein gemeines Verbrechen begangen? Sie wollen scherzen, Fräulein."

„Ich habe meine Beweise. Aber den wichtigsten finde ich darin, daß es ihm gut stehen würde ... Entrüsten Sie sich nicht, Advokat! Es würde ihm soviel besser stehen, als Ihnen. Seit ich ihn, nach eurer Schlacht auf dem Platz, besiegt wie er war, hinter seinem Turm sich krümmen und quälen sah, kenne ich ihn; und wenn wir jetzt über den Brand, Italia und das übrige miteinander nur einige Worte wechselten, ich bin sicher, wir würden uns verständigen."

„Ah! Ah!"

Der Advokat legte sich breit zurück und stieß ein tief beruhigtes Lachen aus.

„Jetzt verstehe ich alles. Ich hatte wahrhaftig vergessen, daß Sie eine Künstlerin sind."

Er holte ihre Hand aus der Tasche, um sie zu küssen.

„Eine große Künstlerin!"

„Wie es Ihnen gefällt", schloß Flora Garlinda und hob die Schultern.

„Haltet ihn!" schrie alles, und mehrere setzten sich hart hin, weil der Brigadiere Capaci über sie hinweggerannt war. Man sah dahinten noch seine langen Beine schweben, aber Coletto, der Konditorjunge, war schon um die Ecke.

„Hast du den Salame?" rief Malandrini dem Gendarmen entgegen, der zurückkehrte. Seine Hände waren leer, die Buben jubelten, und der alte Zecchini schlug seinen Zechbrüdern vor, den Keller des Wirtes zu untersuchen.

„Wer weiß, ob das Feuer aus seinem Wein nicht Kognak gemacht hat."

„Nonoggi, deine Frau hat unten ein Bettuch und oben ein Handtuch an; es scheint, die Geschäfte gehen schlecht."

Die Menge entdeckte erst jetzt, wie sie aussah.

„Welche Furcht wir gehabt haben müssen!"

„Gina, was hättest du getan, wenn die Stadt gebrannt hätte?"

„Gib dein Ohr her: ich wäre zu Renzo gelaufen."

„Flüstere nur, ich habe es doch gehört; und wir wären uns auf halbem Wege begegnet, Gina."

„Der Doktor Ranucci! Der alte Narr hat seine Frau im Hause eingeschlossen, um nachzusehen, was es gibt. Galileo Belotti aber hat ihr ins Fenster gerufen, die Stadt brenne. Jetzt schreit sie. Wir wollen dem Alten sagen, ein Mann sei bei ihr!"

„Ah! sind unsere Männer tapfer gewesen. Masetti! Chiaralunzi! ihr habt uns alle gerettet. Dir aber haben sie das Haus erhalten, Malandrini. Warum jammerst du? Deine Betten sind ein wenig naß geworden, das ist alles; aber deine Frau hat nicht darin gelegen, sie lag im Schuppen."

„Sie lag im Schuppen!"

„Und du knauserst mit dem Wein? Du Glückspilz? Unsere Männer haben geschwitzt für dich!"

„Mein Mann schwitzt am meisten von allen", sagte die Frau des Baritons Gaddi und zeigte dem Volk seine Hemdärmel.

„Man muß sagen, daß auch die Komödianten tapfer waren; sogar der junge, der doch mit dem Advokaten das Feuer angelegt hat. Warum ist er noch nicht im Gefängnis?"

„Redet keinen Unsinn!" sagte der Schneider Chiaralunzi. „Als der Balkon herabfiel, wäre ich fast erschlagen: dieser aber hat mich fortgezogen."

„Nein, das war Virginio", sagte Nello.

„Die Post geht ab!" rief Masetti; aber er ward zur Ruhe verwiesen. Ob er die Komödianten denn nackt mitnehmen wolle, da ihnen alles verbrannt sei? Ob er so gottlos sei, daß er nicht zuerst die Messe hören wolle, zum Dank für die Rettung der Stadt?

„Aber nicht alle sind so gute Leute unter diesen Künstlern“, setzte der Schneider hinzu. „Unser Spritzenwagen steckte einmal im brennenden Holz, wir sind gerade nicht genug Leute: „Fasse einer mit an!“ rufe ich, und jener steht dabei, aber glaubt ihr, er rührt sich?“

Die Menge betrachtete mißbilligend den Kapellmeister, der, eine große Rolle fest unter dem Arm, von einem Fuß auf den andern trat. Der Schneider hatte sich dunkelrot gefärbt.

„Mag er ein Maestro sein und ich blase nur das Tenorhorn: hier aber sind wir, um die Stadt zu retten, und das ist kein guter Mann, wer nicht helfen will.“

Auch der Kapellmeister war rosig überzogen. Er stieß den freien Arm in die Höhe, legte ihn aber sogleich behutsam auf seine Rolle. Sich abwendend:

„Was wißt ihr?! Laßt mich gehen!“

Hinter ihm wisperte der Barbier Nonoggi:

„Seht Ihr, wie der Schneider das Volk gegen Euch hetzt? Er möchte Euch aus der Stadt verdrängen, denn am liebsten wäre er selbst der Maestro. Der Tenor, mit dem seine Frau eine Liebschaft hat, will ihm dazu helfen.“

„Was kann ich tun?“ sagte der Kapellmeister zu den Umstehenden. „Sollte ich, um einen Spritzenwagen herauszuziehen, meine Messe verbrennen lassen und meine Oper? Denn hier, das sind meine Kompositionen, und ich durfte sie nicht aus der Hand lassen. Schließlich, wie auch Sie wissen, war es möglich, daß die Stadt abbrannte.“

„Er ist ein böser Mann“, – und Chiaralunzi schnob, daß sein langer Schnurrbart aufflog. „Er denkt nur an sich und seine Musik. Wir sind gut genug, sie ihm aufzuführen, dann dürfen wir verbrennen, wenn es uns gefällt.“

Blandini und Allebardi erklärten, sie sähen es wohl und hätten keine Lust mehr, heute morgen in der Messe des Maestro mitzuspielen.

„Geben Sie mir recht, Herr Mancafede!“ rief der Kapellmeister und fuhr sich durchs Haar, daß der Hut hinabfiel. „Sie selbst waren in Sorge um Ihr Warenlager, das immer noch keine Opernpartitur ist. Sollte ich sie dem Untergange aussetzen? Ich weiß, wieviel ich der Stadt schulde, und diesem Volk, das dieselbe Musik gefühlt hat wie ich, das ich liebe, von dem ich das Beste empfange. Aber danke ich ihm nicht besser mit Werken, als indem ich ein Haus rette? Was bedeutet ein Haus, das abbrennt, gegen Italien, gegen die Menschheit, die auf meine Werke wartet!“

Der Kaufmann Mancafede lächelte von unten, indes die andern murrten.

„Immerhin“, äußerte Polli, „zahlt Ihnen nicht die Menschheit Ihre hundertfünfzig Lire, sondern wir.“

Der Kapellmeister drehte die Augen nach oben. Dann maß er schweigend den Schneider, der weiterschalt. Abseits bemerkte der Advokat:

„Was alles mit uns vorgeht! Wie kommt es, daß diese beiden braven Leute sich hassen?“

„Ich benachrichtige die Herren, daß der Kaffee fertig ist“, rief der Gevatter Achille und schob seinen Bauch durch die Menge. „Man hat nicht geschlafen heute nacht, da glaubte ich dem geehrten Publikum zu dienen, indem ich meinen Kaffee extrastark machte.“

Er stellte sich in die Mitte.

„Alle ins Café „Zum Fortschritt“!“

Aber wer noch da war, wollte den Schornstein einstürzen sehen; denn er ragte kahl und ungestützt aus dem offenen Dach und neigte sich schief und schiefer. Alles wartete gedrängt am Ausgang des Hofes; nur Coletto und die Seinen wagten sich vor und warfen mit Steinen nach dem Schlot. Der Wirt fiel über sie her, aber man rief ihm zu:

„Eh! Malandrini! Er wird umfallen, ob du sie prügelst oder nicht. Wir haben durch deine Schuld die ganze Nacht Angst gehabt, jetzt wollen wir uns unterhalten.“

„Auch deine Frau hat sich unterhalten.“

Und man feuerte einander an, vorzulaufen und Steine zu werfen. Plötzlich: „Er fällt! Hoho! Rettet euch!“

Unter dem Knall und Geprassel des Kamines, der ins Haus sank, stob alles mit Lachen und Gekreisch von dannen. Der Wirt nur irrte, die Hände um die Ohren, wehklagend durch seinen vereinsamten Hof. Der Advokat Belotti war da und spendete ihm Trost; – und obwohl es vergeblich war, ließ er auch den Freund Acquistapace samt seinen Leuten abziehen und blieb zurück.

„Armer Freund, man sieht es ihm an, daß er sich nicht gern an meiner Seite zeigen würde. Manchmal, sagen wir nur die Wahrheit, ist das Leben schwierig."

Gleich darauf zuckte er zusammen.

„Da ist Camuzzi!"

Er tat, als habe er ihn nicht gesehen, und stöberte in den Trümmern. Wie er sich ins Haus stehlen wollte, rief der Gemeindesekretär ihn an:

„Guten Morgen, Herr Advokat!"

Der Advokat kam zögernd hervor. Der Sekretär hatte seinen neuen Herbstmantel an, frisch glänzende Schuhe und duftete gut. Der Advokat klopfte an seinem beschmutzten Rock, auch versuchte er, ihn zu schließen, es fand sich aber kein Knopf mehr.

„Sie hier, Herr Camuzzi", brachte er hervor.

„Ja, ich bin ein wenig früher aufgestanden. Die Leute erzählen einem Fabeln; können nicht Sie, Herr Advokat, mir sagen, was eigentlich geschehen ist?"

„Sie haben geschlafen?" fragte der Advokat und behielt den Mund offen.

„Da hier, wie ich sehe, nur ein Dach eingestürzt ist, habe ich offenbar wohl daran getan, die Nacht nicht unter den Gaffern und Schwätzern zu verbringen. Sollte man jetzt nicht an das Frühstück denken?"

Er kehrte wieder um.

„Sie konnten schlafen!" wiederholte der Advokat ergriffen.

„Vielleicht hätte ich nicht geschlafen", erklärte der Sekretär, „wenn ich an den Brand geglaubt hätte."

„Wie? Sie haben nicht daran geglaubt? Aber die Glocken haben geläutet! Der Himmel war rot!"

„Meine Frau sagte es mir, als sie mich weckte. Aber gewöhnt, wie ich es bin, an die Übertreibungen dieses Volkes: – denn dies Volk, Sie wissen es wie ich, lebt von Übertreibungen, Dunst und Lärm, und es bereitet dem nüchternen, die Ordnung liebenden Menschen nur Plage. Noch jetzt ist es meine Überzeugung, daß der Eifer der guten Bürger dem Hause Malandrini größeren Schaden zugefügt hat als das Feuer!"

„Eh! Eh!“ – und der Advokat arbeitete, ohnmächtig krächzend, mit Schultern und Händen.

„Sie leugnen also die Sonne, Herr Camuzzi! Nach Ihrem Gefallen leugnen Sie sie! Ich antworte Ihnen nur, daß ein Brand wohl nicht jeder Wirklichkeit entbehren kann, wenn sogar jemand da ist, der ihn gelegt hat.“

Der Gemeindesekretär hob die Schultern.

„Man hat mir auch davon gesprochen. Man hat mir, unter mehreren anderen, sogar Sie als den Brandstifter genannt, Herr Advokat.“

Der Advokat begann mit künstlicher Wildheit zu kichern. Er schielte nach dem Gesicht seines Begleiters.

„Ich sehe, daß Sie mich für unschuldig halten, vielen Dank. Ich will Ihnen gestehen, daß ich soeben bei Ihrem Anblick nicht ohne Besorgnis war. Die Verschiedenheit unserer Temperamente, Herr Camuzzi, hat es mit sich gebracht, daß wir uns im öffentlichen Leben zuweilen gegenübergestanden haben. Freilich gibt mir das noch nicht das Recht, an der Klarheit Ihres Denkens zu zweifeln ... Wollen Sie das Absurdeste wissen, was eine erhitzte Phantasie heute nacht erfunden hat?“

„Die Nacht der Dichter“, sagte der Sekretär.

„Wenn ich selbst, der Advokat Belotti, der seit dreißig Jahren all seine Tätigkeit, sein Genie und seinen Ehrgeiz dem Wohl dieser Stadt widmet, sie eines schönen Nachts in Brand gesteckt haben soll, will ich es noch als reine und strenge Logik hinnehmen. Aber auch Don Taddeo soll sie angezündet haben. Sie haben richtig gehört: Don Taddeo!“

Er lachte so stürmisch, daß mehrere Bewohner des Corso auf ihre Schwellen traten. Der Sekretär begnügte sich mit verächtlichem Feixen.

„Man muß sich vor dem Landstreicher schämen“, bemerkte er, „der das Feuer vielleicht gelegt hat: – falls es gelegt worden ist und falls es ein Feuer war. Er wird uns alle für verrückt halten.“

„Wieviel Geist Sie haben, Herr Camuzzi!“

Aber der Advokat seufzte plötzlich tief.

„Das alles soll nicht heißen, daß ich mich den Verantwortlichkeiten zu entziehen denke, die auf mich fallen. Das Volk hat recht, oh, wie recht, wenn es Rechenschaft von mir fordert über die Ablehnung der Dampfspritze."

Er drückte beide Hände auf die Brust und nickte.

„Soll man nicht an das Fatum glauben und an den Neid der Götter? Hier sehen Sie einen Mann, der im Dienst des Volkes höher gestiegen war als die meisten, und den ein Fehltritt herabgestürzt hat. Das Volk aber, weit entfernt, ihn zu bemitleiden, setzt ihm den Fuß auf die Brust. Und doch bemitleidet es oft Unwürdige. Vielleicht haßt es mich nur, weil wir uns zu sehr geliebt haben und ich ihm einmal nicht groß genug war?"

Der Advokat blieb stehen. Da der Gemeindesekretär die Frage unentschieden ließ, ging er weiter.

„In jedem Fall hat es recht, das Volk. Ich beging ein unverzeihliches Versäumnis, als ich, sparsam aus Liebe zu Größerem, die Dampfspritze ablehnte. Nicht nur der Ruin des Hauses Malandrini fällt mir zur Last, sondern die Unsicherheit, in der ich die Stadt ließ, die Ungeschütztheit dieses Volkes, das mir vertraute!"

Der Sekretär wiegte den Kopf. Er stellte lächelnd die Hand gegen den Advokaten.

„Ihr Kopf geht durch. Woher wissen Sie, daß mit der Dampfspritze, die auch ich abgelehnt habe, der Schaden geringer gewesen wäre? Ich glaube es nicht, und das Geschrei des Volkes beweist es mir nicht. Übrigens halte ich es mit dem Satze, daß die Dinge ihr Maß in sich tragen: auch das Feuer. Wir sollen nicht zu viel handeln: nicht einmal gegen das Feuer."

Der Advokat schlug durch die Luft und sprach in die Rede des anderen hinein:

„Dies ist das Prinzip des Übels: daß ich zu stürmisch den Fortschritt wollte, um mich auf die Erhaltung dessen, was da war, noch besinnen zu können. Der Geist der meisten aber ist vor allem auf Erhaltung gerichtet. So teilte sich durch meine Schuld dies Volk, so kam, ach, über mich! der Bürgerkrieg."

„Da ist der Advokat! Er wagt sich zu zeigen. Nieder mit ihm!" – und beim Café „Zum heiligen Agapitus" war alles auf den Beinen. Der Advokat, am Rande des Platzes, nahm die Hand, mit der er sie beschattet hatte, von den Augen, und sein Begleiter sah Tränen rollen.

„Nicht das Unglück ist meine Strafe, sondern die Reue“, stöhnte der Advokat.

Dort hinten überschrien sie einander, – indes beim Café „Zum Fortschritt“ eine tödliche Stille lagerte. Die Herren wendeten sich nicht her; der alte Acquistapace hielt den Kopf gesenkt.

„Die Freunde, verführt und mitgerissen durch mich, leiden nun Furcht und hassen mich dafür. Bemerken Sie, Camuzzi, den seltsamen Fall, daß ich nur noch mit Ihnen sprechen kann, der Sie immer mein Gegner waren. Sie haben Mut!“

„Pöh!“ machte der Sekretär. „Da ich an das öffentliche Leben nicht glaube, wird es mir nicht schwer, zu tun, was mir beliebt. Indessen –“

Der Sekretär befestigte vor seinen halb geschlossenen Augen den Klemmer.

„– wäre dies nicht der Augenblick für Sie, sich zu fragen, wozu Sie soviel gewollt, sich abgearbeitet und gehandelt haben? Was bleibt davon, nun Sie im Dunkel des Privatlebens verschwinden sollen?“

Und er wollte, befriedigt durch seine Frage, weitergehen. Aber der Advokat verharrte noch auf der Mitte des Platzes; er nahm den Hut ab, und um den Platz, der tobte und schwieg, sandte er einen gefaßten Blick.

„Was bleibt?“ antwortete er. „Ich will nicht von den Werken sprechen, die vielleicht bleiben. Aber es bleibt die Liebe. Andere, die mich kannten, werden die Stadt lieben, wie ich sie geliebt habe. Und schließlich ist es für einen Mann wie für ein Volk ehrenvoller, das Gute zu wollen und auf halbem Wege unterzugehen, als immer weiterzuleben, ohne Schuld, weil ohne Tat.“

Sie umschritten den Brunnen; die Tauben flogen auf.

„Sie fliegen auf und setzen sich wieder“, sagte der Sekretär. „Das ist der menschliche Fortschritt. Die Stunde, als Sie mit mir zusammen die Dampfspritze ablehnten, jene Stunde, Advokat, war Ihre weiseste.“

„Ah! ich verwahre mich. Nicht aus denselben Gründen haben wir sie abgelehnt. Ihnen, Herr Camuzzi, kam schon eine Dampfspritze zu schnell und zu neu, ich aber war ihr voraus, voraus ...“

„Gleichviel.“

„Gleichviel“, wiederholte der Advokat und streckte die Hand hin. „Wir sind uns wenigstens einmal begegnet, – als wir denselben Fehler machten. Lassen Sie uns Freunde sein!“

Er stieg, schleppenden Schrittes, in die Treppengasse hinein. Der Gemeindesekretär wandte sich nach dem Café „Zum Fortschritt". Von der anderen Seite kam die alte Ermenegilda aus dem Pfarrhause. Eine Strecke vom Tisch der Herren blieb sie stehen.

„Ich grüße die Dame", rief der Gevatter Achille. „Wünscht Don Taddeo etwas Stärkendes? Und wie geht es dem heiligen Mann?"

„Ja, wie geht es ihm?" fragten die Herren. Ihr taubes Gesicht bewegte sich nicht unter der Haube; sie sagte:

„Ist der Herr Giocondi da?"

„Was gibt's?" fragte der Herr Giocondi. Sie sah ihn sich mit ihren still durchdringenden Augen an.

„Kommen Sie mit mir, Herr", sagte sie. „Der Reverendo will Sie sprechen."

„Wie?" – und der Herr Giocondi setzte sich die Finger auf die Brust. „Irrt Ihr Euch nicht? Ich bin der Herr Giocondi."

„Sie suche ich. Der Reverendo hat etwas für Sie. Das sind seine Sachen."

Der Herr Giocondi ließ die Backen hängen, als habe er etwas ausgefressen, und sah von einem zum andern. Sie zuckten stumm die Achseln. Darauf gab er sich einen Ruck.

„Nun also. Es ist nur, wenn man so viele Jahre nicht in der Beichte war ..."

„Meinen Respekt dem Reverendo, wissen Sie", sagte ihm der Gevatter Achille noch, und die andern riefen ihm nach:

„Auch den meinen, weißt du."

Darauf räusperten sie sich und rückten mit den Gläsern. Der Leutnant Cantinelli wagte zu sagen:

„Eine sonderbare Geschichte!" – und der Kaufmann Mancafede, wispernd:

„Was mag er wollen?"

„Eh!" machte Polli, aber er hustete rasch. Der Gemeindesekretär wischte seinen Klemmer ab, er vermutete gelassen:

„Er wird wissen wollen, wieviel der Malandrini von der Versicherungsgesellschaft bekommen wird. Die Priester sind neugierig, wie man weiß."

Die andern schwiegen vor Schrecken. Drüben hatte sich der Lärm gelegt; die Hände in den Taschen, kam der Savezzo herüber.

„Was gibt's?" fragte er, ohne an den Hut zu greifen. Die Herren Salvatori und Polli rückten sofort auseinander und zogen einen Stuhl zwischen sich.

„Auch wir fragen uns umsonst, Herr Savezzo. Was hat Don Taddeo mit dem Giocondi zu tun?"

„Ein Heiliger mit einem Versicherungsinspektor!"

„Die Sache ist einfach", erklärte der Savezzo, faßte den Stuhl und stieß ihn auf das Pflaster. „Don Taddeo will sein Leben versichern, denn er hat gesehen, wessen der Advokat fähig ist." Die Herren nickten starr; nur Camuzzi wiegte den Kopf, – indes der Apotheker nicht aufsah. Der Gevatter Achille rollte die Zunge im Munde.

„Dahin also wäre es mit dem Advokaten gekommen?"

„Der Advokat!" und der Herr Salvatori lachte bitter auf. „Wissen Sie, daß er meinen Arbeitern eine Lohnerhöhung versprochen hat, wenn sie für die Freiheit wären?"

„Bezahlen Sie also die Freiheit!" sagte der Savezzo. Der Kaufmann Mancafede wimmerte:

„Ihre Partei kauft nicht mehr bei mir, ich sehe keine Bauern kommen, ich bin ruiniert, und doch habe ich nie etwas mit dem Advokaten zu tun gehabt."

„So wenig wie ich", behauptete der Gevatter Achille. „Der Advokat hat uns alle ruiniert. Sie, Herr Savezzo, sind ein anderer Mann, Sie haben dem Freund Giovaccone zu einer Teufelskundschaft verholfen."

Der Leutnant Cantinelli sagte:

„Niemand sollte, wie der Advokat, die Parteien zum Bürgerkrieg antreiben. Uns Soldaten kann der Bürgerkrieg, so oder so, unsere Stellung kosten; in Mailand sind die Carabinieri ins Gefängnis gesetzt; – und ich habe eine Frau."

„Der Advokat wird sie trösten", sagte der Savezzo.

Polli schlug plötzlich zwischen die Gläser. Sein Hals schwoll an, und er schrie erstickt:

„Jetzt habe ich eine Schwiegertochter! Und was für eine!"

„Und Sie verdanken sie der Politik des Advokaten“, sagte der Savezzo.

„Die Komödianten packen ihre Koffer und hüten sich hervorzukommen; sie wissen wohl, daß ich ihnen die Köpfe einschlagen würde. Aber statt ihrer werde ich den Advokaten durchprügeln! Ich werde ihn zwingen, die große Gelbe selbst zu heiraten!“

Camuzzi bemerkte trocken:

„Es war einfacher für Sie, heute nacht in Ihrem Bett zu bleiben; dann würden Sie noch immer keine Schwiegertochter haben. Überhaupt, wenn die Herren ruhig geschlafen hätten wie ich –“

„Was denn!“ murrte der Herr Salvatori. „Man kann nicht schlafen, wenn in der Stadt ein Räuber umgeht, der den Arbeitern mehr Lohn verspricht. Als heute nacht die Feuerglocke zu läuten anfing, – fragen Sie nur meine Frau, ob nicht mein erstes Wort war: was wird der Advokat wieder angerichtet haben.“

„So ist es!“ und alle riefen durcheinander. „Wir sind in den Händen eines Räubers.“

„Wer rettet uns!“ wimmerte Mancafede.

„Wir sind schon gerettet“, sagte der Leutnant und verbeugte sich gegen den Savezzo. Der alte Acquistapace richtete sich unversehens auf, er holte unter dem Tisch die geballte Faust hervor. Aber als alle ihm auf den Mund sahen, schloß er ihn wieder und senkte den Kopf. Nur der Gemeindesekretär neben ihm verstand, was er murmelte.

„Zwei Söhne auf der Universität ... Die Zeiten sind vorbei ... Man muß leben ...“

„Es ist eine Tatsache, Herr Savezzo“, äußerte der Gevatter Achille, „daß Sie der einzige sind, der uns retten kann.“

Angstvolles Schweigen; – aber der Savezzo stemmte die Fäuste auf die Schenkel und ließ sich Zeit.

„Ihr habt den Zorn des Volkes verdient. Ihr habt dem Advokaten die Stange gehalten, dafür müßt ihr nun büßen, in der Politik und in den Geschäften. Adieu, ich gehe, dem Volk zu sagen, daß ihr euren Untergang vorauswißt und ihn fürchtet.“

Er stand auf, aber die Herren Salvatori und Polli legten sich auf seine Arme.

„Ein Wort, Savezzo! Verständigen wir uns! Was kostet es Sie, ein Wort anzuhören. Der Advokat hat uns betrogen, er hat uns gedroht, durch Schrecken hat er uns gezwungen, das Geld des Volkes zu verschwenden und mit Don Taddeo und dem Mittelstand in Krieg zu leben."

„Wie oft", – und der Leutnant legte die Hand aufs Herz, „haben wir untereinander dem Advokaten geflucht!"

„Wäre nicht der Advokat gewesen", rief der Gevatter Achille, „niemand hätte uns gehindert, die öffentliche Sache in Ihre Hand zu legen, Herr Savezzo."

Und alle durcheinander:

„Wer hat gegen Sie intrigiert? Wer hat Ihnen den Advokatentitel genommen und Sie bei den Gemeindewahlen von der Liste gestrichen? Etwa ich? Etwa ich? ... Aber ich bin es, der Sie auf die Liste setzen wird ... Ich vielmehr, ich, denn ich habe im stillen die Sympathien des Advokaten untergraben ... Hören Sie mich, ich habe mehr getan!" – und der Kaufmann Mancafede zeigte, über den Tisch gereckt, seine blanken, flehenden Augen. „Ich bin heimlich beim Bürgermeister gewesen. Ich habe ihn gebeten, er solle Sie in den Gemeinderat bringen, er solle, wenn denn sein Alter ihn zum Rücktritt nötige, nicht den Advokaten zu seinem Nachfolger machen, sondern den Herrn Savezzo, unsern großen Mann."

„Unsern Staatsmann, den Retter der Stadt!" rief der Herr Salvatori und schwang anfeuernd den Arm.

„Einen Künstler", setzte der Gevatter Achille hinzu, „der so gut auf dem Bleistift bläst!"

„Ah!" machten alle, – indes der Savezzo dastand und heftig auf seine Nase schielte.

„Was verlangen Sie?" fragte der Herr Salvatori. „Wir sind bereit, den Advokaten zu opfern"; – und Polli bestätigte es.

„Beim Bacchus, hat nicht etwa er auch uns geopfert?"

„Wir liefern ihn aus!" schrie Mancafede in der Fistel. „Ich bin der erste gewesen, der es verlangt hat. Wir schicken ihn, wie das Volk es will, auf die Galeere!"

„Das ist nur gerecht, wenn er das Haus des Malandrini angesteckt hat", meinte der Gevatter Achille. „Nur müssen wir Zeugen haben."

„Eure Sache, sie zu finden“, ließ der Savezzo vernehmen. „Beseitigt den Advokaten, und ich will an euch Gnade üben.“

„Wir haben Zeugen, so viele wir wollen“, riefen sie; der Kaufmann packte sich vorn an seiner wolligen Jacke und schüttelte sich.

„Ich! Ich habe es gesehen. Und meine Tochter: sie, die, wie die ganze Stadt weiß, alles sieht und hört, meine Tochter sagt, es ist der Advokat.“

Camuzzi drückte ihn an den Schultern auf seinen Stuhl.

„Ihnen wird es sogleich sehr schlecht werden, das ist leicht vorauszusehen. Auch Ihre Tochter sollte ihre Diät ändern, dann würde ihr vielleicht manches vergehen.“

Sogleich fuhren alle gegen ihn los.

„Wie? Sie, Camuzzi, wollen die Evangelina leugnen?“

„Noch niemand“, – und der Kaufmann schnellte den Finger gegen den Sekretär, „hat es je gewagt, auch Sie nicht; und es wird Ihnen Unglück bringen!“

Camuzzi hielt still und blinzelte nur; um ihn her stürmte es.

„Sie werden sehen, ob wir den Advokaten seinem Verderben preisgeben! Wer sein Freund ist und nicht der des Herrn Savezzo, muß fallen. Hüten Sie sich, Herr Camuzzi!“

Der Gemeindesekretär wehrte ab.

„Von alledem wird nichts geschehen. Geht, ich kenne die Stadt; und ich glaube nicht, daß irgend etwas geschieht.“

Da rief in den Lärm der Gevatter Achille:

„Der Herr Giocondi! Seht ihr nicht, daß er wieder da ist?“

Alle fuhren herum, jeder mit seiner halb hinausgeworfenen Geste. Da der Herr Giocondi mit umständlichem Ächzen Platz nahm –

„Nun, was sagt Don Taddeo?“

„Soll ich den Advokaten sogleich verhaften?“ fragte der Leutnant.

„Keine Scherze, Giocondi! Was gibt's?“

„Nichts“, sagte der Herr Giocondi, bewegte flüchtig eine Schulter und sah weg. „Nichts. Er ist verrückt geworden.“

„Wie? Von wem sprichst du?“

„Ich spreche von Don Taddeo. Er ist verrückt geworden, er will meiner Gesellschaft den Schaden des Malandrini bezahlen.“

Alle setzten sich, stumm, nur der Savezzo nicht. Nach einer Weile sagte Polli und zog die Stirn in Falten:

„Versteht sich, er ist ein Heiliger.“

Der Herr Giocondi fuhr fort:

„Er sagt, er sei an allem schuld ... Nun ja, was wollt ihr von mir, ich wiederhole, was ich gehört habe. Der Advokat sei unschuldig, sagt Don Taddeo, und er will zahlen.“

Ein wilder Schrei des Jubels: und der Apotheker Acquistapace tanzte auf seinem Holzbein um den Tisch.

„Er wird nicht zahlen“, meinte zögernd der Herr Salvatori.

„Wenn er mir doch die Papiere schon in die Hand schieben wollte. Ich hatte Mühe, ihm begreiflich zu machen, daß zuerst die Gesellschaft sich entscheiden müsse, ob und unter welcher Form sie seine zwanzigtausend Lire annehmen will. Denn das ist alles, was er hat.“

Der Savezzo tat, die Arme verschränkt, einen Schritt gegen den Herrn Giocondi:

„Was Sie sagen, ist nicht wahr! Sie wollen das Volk betrügen! Hierher!“ rief er über den Platz, „da ist ein Spion des Advokaten!“

Der Barbier Nonoggi lief schon herbei. Dahinten setzte das ganze Café „Zum heiligen Agapitus“ sich in Bewegung. Aber der Herr Giocondi polterte, rot vor Entrüstung:

„Ich ein Spion? Ein Inspektor der „Gegenseitigen“ bin ich, und wenn mir jemand anbietet, er wolle für die Gesellschaft zahlen, dann weiß ich, was ich zu tun habe.“

„Er weiß, was er zu tun hat!“ brüllte der Apotheker, „und der Advokat bleibt ein großer Mann!“

„Und warum will er zahlen?“ fragte der Barbier. Der Bäcker Crepalini, an der Spitze des murrenden Haufens, wiederholte gebieterisch:

„Und warum will er zahlen?"

„Ah, das –", und der Herr Giocondi zog Brauen, Schultern und Arme hoch, „das ist ein anderes Paar Ärmel. Er stand vom Betstuhl auf, wie ich kam, und kaum, daß er sich auf den Beinen hielt. Wird Besuch gehabt haben von den anderen Heiligen. Wie soll ich das wissen, ich bin ein Inspektor der „Gegenseitigen"."

„Er hat nicht gesagt, daß der Advokat unschuldig ist!"

Der Savezzo hielt dem kleinen Alten die beiden Fäuste vors Gesicht. Der Herr Giocondi schob sie weg.

„Er hat sogar gesagt, er selbst sei sündhafter als der Advokat. Die ganze Stadt sei sündhaft, er aber am meisten. Und er will keinen Bürgerkrieg mehr, sondern lieber zwanzigtausend Lire zahlen. Übrigens wird er euch sogleich in seiner Predigt alles selbst erklären, also laßt mich und geht zum Teufel! ... Zum Teufel!" schnob er den Männern zu, die ihn bedrängten.

„Don Taddeo soll bezahlen, und der Advokat soll die Macht behalten!" riefen sie einander über die Köpfe weg auf den Platz hinaus, der sich füllte.

„Wir sind verraten!" keifte der Bäcker; und ein Gemurmel des Schreckens griff um sich.

„Don Taddeo soll hunderttausend Lire bezahlen, weil wir den Advokaten nicht mehr wollten ... Was denn, Don Taddeo: wir alle sollen zahlen. Der Advokat wird uns aus Rache aushungern."

„Wo ist Don Taddeo?" kreischte in der Mitte des Gedränges eine Frau auf. „Sie halten ihn gefangen!"

„Das ist ein wenig stark", sagten die Männer, daß es an den Mauern hinrollte. Beim Turm stieg eine Stimme auf:

„Der Advokat ist in der Unterpräfektur; man hat ihn gesehen!"

Und drüben beim Rathaus eine andere:

„Die Regierung steckt mit ihm zusammen; sie haben telegrafiert, und sogleich wird ein Regiment Soldaten hier sein."

„Wir sind verloren!"

„Was, verloren! Auf, nach der Unterpräfektur!"

„Nein, zu Don Taddeo, ihn befreien!"

Die Menge stieß sich hin und her. Durch sie hindurch brach, die Stirn vorgestreckt, der Savezzo.

„Lügen!“ brüllte er rauh und unförmlich. „Alles Lügen! Ich hole euch den Don Taddeo, damit ihr die Wahrheit hört. Auf die Galeere der Advokat! Oder ich selbst auf die Galeere!“

Aber beim Dom prallte er zurück: Don Taddeo erschien im Corso. Schon umringten ihn Frauen, sie hängten sich an ihn: „Unser Heiliger! Wer ihn uns nehmen will, ist tot!“ Das Volk warf sich ihm, die Arme erhoben, entgegen: „Sprich, Don Taddeo!“ Er aber: mit einem gehetzten Lächeln, mit roten Lidern, die zuckten, wich er im Zickzack den Anstürmenden aus; seine bleich tastenden Hände, auf die so viele Hilfesuchende sich stürzten, schienen selbst zu flehen.

„Sprich, Don Taddeo!“

Er öffnete die Lippen, fuhr mit der Zunge darüber, man sah seinen Kehlkopf arbeiten, aber niemand hörte etwas ... Nun stand er oben auf der Domtreppe; alle sahen ihn nun; ein Klatschen erhob sich – und gleich fiel es wieder. Er war fort.

„Er hat etwas gesagt? Was ist es?“

„Er hat uns ein Geheimnis gesagt, denn es geschehen furchtbare Dinge.“

„Niemand hat es gehört. Niemand wird es je hören. Der heilige Mann wird sterben.“

„Er wird uns retten. Er wird predigen. Kommt alle in den Dom!“

„Alle in den Dom!“

Sie ergossen sich hinein, ihr Strom gurgelte durch die Tür. Ihr Getrappel, Gemurr, ihre Aufschreie waren schon verschlungen; die letzten Rinnsel Volkes waren hinweg; – und beim Café „Zum heiligen Agapitus“ stand, das Kinn über den gekreuzten Armen, der Savezzo auf dem leeren Pflaster ... Plötzlich griff er um sich, riß vom Tisch eine Flasche und schmetterte sie hin. Dann plumpste er auf einen Stuhl. Der Freund Giovaccone schlüpfte aus seinem dunkeln Spalt, dienerte schief, rieb sich die Schenkel und wollte das Geld für seinen Likör; aber der Savezzo nahm nicht die Faust von der Schläfe. Der Freund Giovaccone berührte sein Knie: da war der Savezzo mit einem Krach auf den Beinen; er grub in den Taschen, zog die Finger leer heraus, stieß den Freund Giovaccone um und sprang polternd in den Dom.

Beim Café „Zum Fortschritt“ sahen sie noch immer versteint einander an. Der Apotheker schlug ein neues Freudengebrüll auf und stampfte. Darauf schalt Polli:

„Es hat keinen Zweck, den Verrückten zu spielen. Es handelt sich darum, was man jetzt tut.“

„Deixel, man geht in die Predigt“, meinte der Herr Giocondi. „Vielleicht, daß Don Taddeo von der „Gegenseitigen“ spricht.“

Der Herr Salvatori äußerte starr:

„Der Advokat ist entschieden stärker, als man glauben konnte. Was hat er nur angezettelt.“

„Wenn man es wüßte!“ sagte der Leutnant. „Für die bewaffnete Macht ist es schwierig, zu handeln, bevor wir den Ausgang kennen.“

Der Kaufmann Mancafede wimmerte in sich hinein.

„Ich habe genug davon. Ich schließe mich ein und lasse sie die Stadt verbrennen oder beschießen, wie sie wollen.“

„Auf jeden Fall scheint es –“, und Polli kratzte sich den Kopf, „daß wir uns übereilt haben. Der Savezzo ist vielleicht nur ein Prahlhans.“

Der Gemeindesekretär betrachtete lächelnd seine Fingernägel.

„Habe ich euch nicht vorausgesagt, daß nichts geschehen werde? Jetzt schlage ich den Herren vor, in den Dom zu gehen. Denn das einzige Sichere ist schließlich die Religion.“

„Tatsächlich“, erklärte der Gevatter Achille, „wird es das Klügste sein, sich dort aufzuhalten, wo alle sind.“

Polli schlug vor:

„Wir werden uns nicht gerade so hinstellen, daß alle uns sehen, und wenn Don Taddeo siegt, sind wir dennoch dagewesen.“

„Auch verlangt der Sicherheitsdienst meine Gegenwart“, schloß der Leutnant, und man brach auf. Der Apotheker wollte sich davonmachen, um den Advokaten vom Umschwung der Dinge zu unterrichten; alle mußten ihn festhalten.

„Du bist ein Mann ohne Gewissen, daß du deine Freunde bloßstellen willst.“

Beim Dom fing man den Kaufmann ein, der fast entwischt wäre.

„Das ist nicht hübsch, Mancafede. In einem solchen Augenblick!“

Auf den Fußspitzen drückten sie sich durch den Schweif von Menschen im Vorraum. Drinnen war es still zum Erschrecken, und nur die Stimme vom Hochaltar:

„Feuer! Alles wird brennen!“

Sie fuhr durch die tausend, von ihrem Sturm gebeugten Köpfe hin. Ihr Echo fiel von den Pfeilern herab und schlug mit ein auf die demütige Menge.

„Nicht nur das Haus Malandrini wird brennen; auch das Haus Polli und alle Häuser am Corso! Der Platz wird brennen, und niemand weiß mehr, wohin flüchten!“

Die Menge zitterte. Die Ohren zuckten bei jedem neuen Schreckenswort. Polli drehte wirr den Hals umher.

„Vielleicht hat er recht, und es brennt bei mir?“

„Denn diese Stadt war's, über die Jesus weinte, als er über Jerusalem weinte! Kein Stein, sage ich euch, bleibt auf dem anderen. Wehe! schon stürzt das Rathaus ein, und ich sehe, wie es euch erschlägt: dich, Fierabelli, dich, Coccola euch Weiber da, – und haltet das Kind, haltet!“

Ein langer Schauder. In der Kapelle Torroni fiel vom Schenkel des Posaunenengels ein kleiner Druso herunter und winselte. Die Mutter überrannte jammernd die Leute.

„Die Sache wird ernst“, murmelte unter dem Chor der Gevatter Achille. „Hat er nicht auch mich genannt?“

„In den Dom!“ rief Don Taddeo, und seine Stimme überschlug sich. „Alle in den Dom! Kein anderes Dach mehr gegen den Feuerregen. Vielleicht, daß Gott ihn aufhält, wenn ihr betet. Nein, Gott zählt euch: ist ein Gerechter unter euch, einer? Dies ist die äußerste Minute ...“

Die Augen des Priesters gingen von Mensch zu Mensch; jedem brach die Hitze aus, niemand atmete mehr. Seine Lippen öffneten sich wieder; noch kam aus ihnen kein Hauch, aber eine Frau schrie schwach auf: Frau Zampieri war in Ohnmacht gefallen, – und da kreischten sie, eine hinter ihr, eine drüben, kreischten, die Augen verdreht, in ihre gepreßten Hände, kreuz und quer durch das Schiff bis vor die Füße des Priesters. Er ließ langsam den Kopf auf die Brust hinab und sagte halb erloschen: „Keiner. Es komme das Feuer."

Ein Fall: alle lagen auf den Knien. Die gebückten Nacken zitterten, als erwarteten sie einen Griff. Die Menge gab Laute von sich, wie der bewegte Halbschlaf eines Sterbenden.

„Nur ein Haus bleibt stehen!" befahl Don Taddeo schrill. „Von der ganzen Stadt nur eins: das Haus in der Via Tripoli!"

„Wie?" fragte man und richtete sich auf. Frauen kicherten. Junge Leute sahen sich nacheinander um. In der Kapelle Cipolla entstand ein Gewühl; der Konditor Serafini steckte den Kopf hinter das Grabmal der guten Prinzessin Ginevra und sagte:

„Da seid ihr. Heute abend komme ich und gehe gar nicht mehr fort, – da ihr die einzigen sein sollt, die übrigbleiben."

Theo und Lauretta widersprachen.

„Wir sind wie die anderen, und wenn Don Taddeo alle umkommen läßt, ist es nicht gerecht, daß wir allein übrigbleiben sollen."

Und sie schluchzten feucht ins Tuch, – indes Mama Farinaggi, unbekümmert um die Damen draußen in den Bänken, Kreuze schlug und die große Raffaella aus ihren gemalten Augen den Blick der Frau Camuzzi erwiderte, noch verächtlicher und fremder als sie.

Der Kaufmann Mancafede nahm die Hände vom Kopf, über den er sie als Dach gestellt hatte, und hob sich aus seiner hockenden Stellung.

„Wie? Ah! welch schlechter Scherz. Ich glaubte wirklich, mein Haus stände nicht mehr, meine Tochter sei tot, und nun ginge es an mich."

„Wer weiß, wie es jetzt draußen aussieht", entgegnete Camuzzi. „Es geschieht so wenig, daß wohl endlich Gott selbst eingreifen muß, damit etwas geschieht."

Don Taddeo schlug mit der Hand wie nach Fliegen; er bekam rote Flecken, und er schrie:

„Es bleibt stehen und eure verdammten Seelen wohnen darin!"

„Gute Unterhaltung!" sagten die Mägde Fania und Nanà, und obwohl sie immer fester an die Wand gedrückt wurden, glucksten sie laut. Hier und da pruschte jemand ins Tuch. Don Taddeo brach ab; sein Gesicht entfärbte sich ganz, – und dann, wie einzeln ausgesandte Glockentöne, und so sanft:

„Darüber am Himmel aber steht geschrieben: die Stadt ging unter durch ihre Laster. Jesus hat über sie geweint, aber sie hat nicht gehört."

Die Töne zitterten dahin, bis in die dunkeln Winkel; – und als alle die Lider gesenkt hatten, senkte Don Taddeo selbst sie. Leiser, in der gepreßten Stille:

„Denn alle Laster – und die Stadt hat sie alle – sind eins. Sie kommen alle daher, daß wir Gott nicht lieben. Das höchste Gebot heißt, wir sollen Gott lieben und unsern Nächsten. Aber wir liebten sie nicht: darum verdarben wir."

Und mild eindringlich, überallhin, wo ein Schluchzen sich löste: „Denn wir lieben auch Gott nicht, wenn wir unsern Nächsten nicht lieben. Es ist nicht wahr. Es genügt nicht, einen Geist zu lieben, der Gott heißt. Liebt die Menschen, dann liebt ihr Gott!"

Er sah Frau Acquistapace an, in der vordersten Bank.

„Sei gut und duldsam gegen deinen Mann, und du liebst Gott, auch wenn du nicht jede Woche beichtest."

Vor den Bänken der Bürgerfrauen, gleich zu seinen Füßen, hockten hinter ihren Strohstühlen die kleinen Leute. Er neigte die Augen zu ihnen.

„Hasse den Krämer Serafini nicht", sagte er zu der Frau des kleinen Zollbeamten Cigogna vom Tor; „wenn er schlecht gewogen hat, denke, daß er sechs Kinder hat ... Sprich Gutes von der Rina", sagte er zu Elena, der Arbeiterin des Schusters Malagodi, „obwohl sie dich verklatscht hat."

Und zu der Pipistrelli:

„Verfolge die Sünder nicht! Wir sollen weder die Komödianten noch den Advokaten verfolgen, denn was sind wir selbst. Wenn die Stadt brennt, wo ist dann der, der nicht mitschuldig wäre, weil seine Sünden das Feuer herabriefen."

Don Taddeo seufzte und schloß die Lider.

„Was sagt er? Was will er?" – und bei den Männern in dem Raum zwischen den Bänken und den Pfeilern ward es unruhig. „Man erstickt, und Don Taddeo spricht nur zu den Weibern."

„Er sagt, wir sollen den Advokaten lieben", erklärte der Schneider Coccola; und der Schlosser Fantapiè:

„Es fehlte nichts weiter.“

„Er sagt, wer den Advokaten haßt, ist mitschuldig an dem Brand beim Malandrini.“

„Man muß gestehen“, äußerte der Wirt von den „Verlobten“, „daß Malandrini bei der Partei des Advokaten ist. Sollte wirklich einer der Unseren –?“

„Du selbst, Gigoletti, wirst es getan haben, denn wer macht, nun der „Mond“ abgebrannt ist, so gute Geschäfte wie du?“

„Alle, wenn man näher nachdenkt, alle sind verdächtig.“

„Es ist schrecklich.“

„Man hört nichts“, sagte hinten, unter dem Chor, der Herr Giocondi. „Spricht er von der „Gegenseitigen“?“

„An meinem Platz“, – und Polli hißte sich auf die Fußspitzen, „sitzt die Frau des Schmiedes. Der Mittelstand nimmt uns die Kirchenbänke weg, dann soll er uns wenigstens die Logen lassen.“

„Ihr alle seid mitschuldig“, wiederholte Don Taddeo, wich gegen den Altar zurück und spreizte die Hände. Aber da traf er in ein Gesicht: mitten unter den kleinen Leuten zu seinen Füßen in ein Gesicht, das er kennen mußte und doch nicht kannte. Es hatte Augen, die forschten und forderten, still und fest. Umsonst versuchte er fortzusehen; diese Augen riefen ihn zurück, wie die einer vertrauten Heiligen, die viele Jahre lang über seinem Betstuhl gestanden hätte, alles von ihm wußte, ja so sehr mit seiner Seele vermengt war, daß sie seine Schwester schien und tiefe Rechte an ihn hatte. Ihn schauderte, er sagte rasch:

„Nein! Sie haben keine Schuld. Was wissen sie? Einer nur war wissend genug, um zu sündigen.“

Er atmete, ohne es zu wollen, tief auf zwischen den Worten. In seiner Brust quoll es, als sollte sie springen.

„Denn einer nur liebte nicht die Menschen, liebte Gott im Geist, und das heißt, daß er den Geist zu seinem Gott machte, und durch den Geist, seinen Gott, stolz und einsam ward. Seine Strafe aber war, daß noch immer eins ihn an die Menschen band: das Niedrigste. Er hatte die Liebe verleugnet, da mußte er die Brunst leiden; mußte sich hassen, der vom Geist abgefallen war, und die Welt, die ihn verführt hatte; mußte auf sie und auf sich das Feuer herabrufen; mußte mit eigener Hand es entzünden ...“

„Don Taddeo, man versteht ihn nicht, er muß sich sehr schlecht fühlen", – und Frau Salvatori beugte sich aus ihrer Bank zu Mama Paradisi hinüber. „Es ist kein Wunder, nachdem er sich für die Komödiantin geopfert hat."

„Man sagt, daß er vom Altar aus predigt, weil er voll Brandwunden ist und nicht die Kraft hat, auf die Kanzel zu steigen."

„Und dennoch will er die Komödianten, noch bevor sie fortziehen, zu Christen machen. Denn er spricht nur noch zu der Primadonna, – als habe er uns alle vergessen."

Die Blicke der Frauen hefteten sich, ergriffen, an den großen goldenen Haarknoten dort vorn, unter dem weißen, verbogenen Filzhut.

„Er spricht zu ihr! Wie er zu ihr spricht! Er hat die Tropfen auf der Stirn. Sie muß eine Frau von großem Verdienst sein. Ich werde niemals wieder glauben, daß eine Komödiantin keine anständige Frau sei. Welch Heiliger, Don Taddeo! Er lehrt uns die Menschen kennen und gerecht sein gegen sie. Wie er leidet um unserer Sünden willen! Seht seine Augen! Sie erlöschen ..."

„Wie?" fragte Don Taddeo, vorgebeugt, vorwärts gezogen von jenen hellen unbeugsamen Augen. „Muß ich noch mehr sagen? Alles denn?"

Die Zähne schlugen ihm zusammen, er keuchte. Die Pipistrelli plapperte laut aus ihrem Gebetbuch. Die Frauen ringsum raunten miteinander. Don Taddeo griff sich an die Brust; er riß daran, er riß es heraus:

„Ja, ich bin's, ich habe es getan!"

Da bewegten sich jene Lider, die nie gezuckt hatten. Jene schrecklichen und erlösenden Augen senkten sich. Don Taddeo griff um sich.

„Er schwankt! Er fällt! Wehe! Der Heilige stirbt."

Alles sprang auf, ein heißer Stoß warf alle nach vorn. Bevor sie ihn erreicht hatten, rang Don Taddeo sich vom Altar empor. Das Chorhemd fiel zurück.

„Seht die Brandlöcher in seiner Soutane!"

Weinende Gesichter, betende Hände strebten zu ihm herauf. Er streckte über sie hin die Arme.

„Friede!" rief er auf einmal mit läutender Stimme. „Das Opfer ist gebracht, wir sollen Frieden haben. Laßt euren Zwist! Fragt nicht länger nach dem Brandstifter! Er hat gebeichtet, und er ist fort. Ihr habt ihn nicht gekannt.

Beschuldigt niemand! Seine Tat gehört nicht ihm; wir selbst –", und Don Taddeo schlug sich, „haben sie begangen! Denn wir hatten nicht genug Liebe. Wir haßten uns, wir befeindeten uns; jeder hielt sich für den Gerechten, und dadurch wurden wir eine Stadt von Ungerechten, die brennen mußte. Ich klage mich an –"

Die Hand hinaufgereckt –

„– des Bürgerkrieges, in den ich die Stadt gestürzt habe, des geistigen Stolzes, der mich verdarb, – und ich will Buße tun. Holt den Advokaten, damit ich ihm den Schlüssel zum Eimer ausliefere. Er ist ein großer Bürger –"

Don Taddeo stockte, er schluckte hinunter, – aber er breitete die Arme aus.

„– den ich ungerecht habe leiden lassen."

Aus dem dichten Volk um den Altar stiegen Hände, Stimmen setzten an:

„Aber! Reverendo!"

„Den ich ungerecht habe leiden lassen!" rief Don Taddeo noch einmal, hoch und zitternd. „Niemand hat mehr für euch getan als er."

„Ihr! Ihr!" antwortete es ihm.

Er reckte den Hals noch höher, als entflöhe er den Stimmen dort unten.

„Liebt euch! seid gütig! gütig!"

Da geschah ein Krach, als stürzte das Gewölbe ein. Es polterte, inmitten eines großen Aufschreies, durch das Schiff. Man sah Weiber rennen und am Boden einen Knäuel. Alles stob fort vom Hochaltar; – und ein Kopf rollte herbei und blieb liegen vor Don Taddeo: der steinerne Kopf einer Frau.

Im weiten Halbkreis starrte das lautlose Gedränge. Da lag in seinen geflochtenen Weiberhaaren der Kopf und sah Don Taddeo an, der ihn ansah. Er war weiß wie der Kopf, und die Hände hielt er gespreizt. Plötzlich schlug er sie vors Gesicht und war fort. Kaum, daß im Vorhang hinter dem Altar noch eine Falte von ihm flatterte.

„Was ist geschehen? Das war der Teufel, rettet euch! ... Nein, nein! es kommt aus der Kapelle Cipolla. Es ist der Kopf der guten Fürstin Ginevra."

Man lief hin. Die Buben hatten auf dem Grabmal der Fürstin gehockt. Um Don Taddeo zu sehen, waren sie ihr auf den Kopf geklettert, – und welchen dünnen Hals die Ginevra hatte! Sie waren heruntergestürzt, als der Kopf abbrach, über Fania und Nanà, über die Mädchen aus der Via Tripoli, und mit ihnen allen gegen das Gitter der Kapelle, das zuschlug und einen Haufen Leute von den Stufen fegte. Da wälzten sich noch welche.

„Seht den Savezzo! Er hat den Schuh verloren und sucht ihn zwischen den Beinen der andern. Wie du komisch bist! Ja, dein Schuh hat ein Loch bekommen, es nützt nichts, daß du uns anbläst wie ein Kater."

Die Frauen lachten. Der Savezzo hatte seinen Schuh wieder am Fuß und stampfte auf.

„Seht ihr nicht, daß das wieder eine Intrige des Advokaten ist? Er wollte mich umbringen lassen, weil ich ihn gestürzt habe."

Die Männer sahen sich an. Der alte Seiler Fierabelli äußerte zögernd: „Eh! der Advokat wird kein Mörder sein."

„Man redet nicht mehr gegen den Advokaten", sagte Frau Zampieri entschlossen. „Don Taddeo will es nicht."

„Don Taddeo will es nicht", wiederholten die Frauen.

„Was, Don Taddeo! Er ist krank, und er schwatzt."

Sofort war der Savezzo umringt und hatte gekrümmte, scharfe Finger vor den Augen.

„Nichts gegen den Heiligen, oder du bist tot!"

„Frieden! Frieden!" rief der Seiler. „Da kommt Don Taddeo mit dem Kelch."

Die Frauen drängten eilig in die Mitte.

„Wie er doch schön ist in seinem Meßgewand!"

Aber sie sahen, daß ihm das Haar herabgefallen war und spitz bis über die Nase lief. Das linke Auge war ganz klein, sein Gesicht schien schief. Sie flüsterten:

„Wie er sich zerwühlt hat! Er hat geweint um uns."

Der Barbier Nonoggi bohrte sich drehend durch die Menge.

„Ich habe es euch von Anfang an gesagt, wie? daß der Advokat wieder obenauf kommen werde. Wer jetzt bei ihm in Gnade will", – und er schnitt dem Bäcker Crepalini eine Fratze, „der wende sich an mich, seinen Freund."

Da er des Schneiders Chiaralunzi habhaft ward –

„Rasch hinauf! Woran denkt Ihr denn? Der Maestro wartet nur noch auf Euch."

„So wird er umsonst warten", entgegnete der Schneider, „denn ich werde in seiner Messe nicht spielen."

Der Barbier entsetzte sich. Der alte Zecchini griff ein.

„Tut es für mich, Chiaralunzi! Ich liebe die Musik, sie ist die Schwester des Weines."

Alle redeten dem Schneider zu.

„Es handelt sich nicht um den Maestro, den Ihr haßt; es handelt sich um unser aller Erbauung, was Deixel."

Die Frauen sagten: „Es handelt sich um Don Taddeo. Wollt Ihr ihn beleidigen?"

Und sie schoben, indes vom Chor herab der Kapellmeister stumm und wild die Arme warf, den Schneider vor sich her in die Wendeltreppe. Sie hielten Wache, bis er droben war.

„Immer Ihr!"

Der Kapellmeister atmete regellos, er griff sich ans Herz.

„Ich sehe es voraus: Euretwegen wird meine Messe durchfallen. Aber dann –: ah! Wenn ich Euch vor mir habe, fühle ich, wessen ich fähig wäre."

Der Lehrer Zampieri vor der Orgel sah in seinem Spiegel das Gesicht des Maestro zerrissen, Lohe in den blauen Augen, und wandte sich erstaunt um. Die Musiker ließen die Instrumente sinken. Der kleine alte Beamte Dotti sagte:

„Seien wir vernünftig, Maestro. Wir spielen zur Ehre Gottes."

„Und meine Ehre?" fauchte der Kapellmeister. Die großen Schulmädchen im Chor stießen sich an und kicherten.

Der Schneider sagte kein Wort, aber er blies, wie er es probierte, so stark in sein Horn, daß alle auffuhren. Man lugte hinauf und lachte.

„Still doch, Don Taddeo betet, er bekennt seine Sünden ... als ob er welche hätte, der heilige Mann."

„Signora Eufemia, Eurem Kleinen ist das Chorhemd zu groß."

„Aber er schwingt den Weihrauchkessel geschickter als Eurer."

„Woran hast du während des Sündenbekenntnisses gedacht, Scarpetta? Ich habe mich daran erinnert, daß der Advokat meinem Bruder den Schreiberposten in der Unterpräfektur verschafft hat."

Der dicke alte Corvi brummte:

„Soll es die letzte gute Tat des Advokaten bleiben, daß er mir die Stelle bei der öffentlichen Waage gegeben hat?"

Der Schlosser Fantapiè schüttelte den Kopf.

„Man muß gestehen, daß wir seit vier Wochen nicht immer richtig gehandelt haben. Ich glaubte wahrhaftig, der Advokat habe das Feuer gelegt. Wußten es nicht alle, und war nicht der Advokat für die Freiheit und für die Komödianten? Aber wenn Don Taddeo sagt, daß es ein anderer ist und daß er ihn kennt –"

„Es wird der Engländer sein, denn er ist in aller Frühe abgereist."

„Du redest Unsinn, Coccola: ein Engländer! Aber ein Landstreicher hat bei Malandrini im Hof gelegen, sagt man; er ist verschwunden."

„Warum schickt nicht Cantinelli seine Leute auf die Suche! Was tut die Regierung! Bürgerkrieg und Feuer: ah! man kann sagen, daß wir in Not sind, dank unsern Sünden."

Und da vorn rief Don Taddeo die Hilfe Gottes an. Dreimal rief er um Hilfe gegen das Elend der Unwissenheit. „Ich habe dich nicht gekannt, o Herr, da ich die Liebe nicht kannte; und ach, wie jene, die seufzen, mich bei dir anklagen, weil ich dich ihnen nicht offenbarte!" ... Dreimal rief er um Hilfe gegen das Elend der Schuld. Dreimal rief er um Hilfe gegen das Elend der Strafe, – rief langgezogen, nasal und zitternd; und sein letzter Ton irrte noch, ein armer, suchender Mißklang, durch das Aufbrausen der Orgel hin, das wie der stöhnende Atem von Tausenden war. Chorgesang brach aus gleich einem großen Weinen, und alle Instrumente hoben leidenschaftlich zu klagen an.

„Das ist das Kyrie. Hört Ihr mich, Signora Eufemia? Ach, ach, ich will Euch nur bekennen, daß Euer Carluccio hübscher ist als mein Lino. Darum sagte ich, ihm sei das Chorhemd zu groß."

„Ach, ach", ging es durch die Bänke. Das Volk in den Kapellen erbebte.

Don Taddeo aber brachte alle Laute des menschlichen Elends zum Schweigen. Seine Stimme erhob sich, in einsamer Tapferkeit:

„Gloria in excelsis!"

Und es antwortete ihm der Chor:

„Gloria in excelsis!"

Der Strich der Violinen errichtete Staffeln nach oben, die Hörner stürmten feierlich. Wie der Wind schwang sich die Orgel auf.

Als es wieder still war, bekreuzigte sich der Schlosser Fantapiè.

„Mir scheint, daß Gott will, wir sollen den Advokaten zurückholen."

„Ich sage nicht nein", antwortete der Krämer Serafini, „aber wird Crepalini wollen?"

Denn der Bäcker wühlte umher.

„Eh! Coccola, eh! Malagodi, scheint es euch so leicht, den öffentlichen Feind zurückzurufen? Don Taddeo: ah! Don Taddeo mag reden; er ist nicht in den Geschäften. Wir aber; der Advokat wird sich an uns rächen! Dir, Scarpetta, entzieht er die Arbeiten im Rathaus, und mir, wer weiß, erneuert er nicht das Monopol."

„Welch Glück für alle!" riefen die jungen Leute mit bunten Halstüchern; – und der Bäcker, kirschrot bis in die Augen, kollerte vergeblich gegen das Volk an, das sich beglückwünschte. Der Herr Giocondi wagte sich hervor:

„Seitdem der Advokat nichts mehr zu sagen hat, ist Euer Brot noch viel kleiner geworden, Crepalini. Wenn Ihr an der Macht wäret, müßten wir alle verhungern! –", und der Herr Giocondi blinzelte dem Volk zu, das ihm recht gab. Er kehrte, den Bauch heraus, zu den Herren unter dem Chor zurück.

„Mut!" sagte er. „Ich haue euch alle heraus, und ich rette den Advokaten. Seit ich mit Don Taddeo gesprochen habe, geht alles gut. Die Tätigkeit eines Versicherungsinspektors ist die beste Schule für Diplomaten."

Der Savezzo war da und sagte zwischen den Zähnen:

„Und die Herren glauben, der Advokat werde nicht erfahren, daß Sie alle von ihm abgefallen waren? Er wird es erfahren, ich schwöre es Ihnen."

„Nicht antworten!“ raunte der Herr Giocondi dem Apotheker zu, der schon losfuhr. „Man muß vorsichtig sein in unserer verwickelten Lage.“

Und alle zogen sich zurück von dem Savezzo. Er hörte ein Hüsteln und fand sich neben der Bank, worin Frau Camuzzi kniete. Der Spitzenschleier stand weit um ihren Kopf; niemand konnte sie sprechen sehen.

„Unsere Sachen gehen schlecht, wie es scheint ... Blicken Sie auf Don Taddeo! Er betet um unsere Würdigung; beten auch wir.“

Sie neigte sich tiefer; sie fingerte sanft am Rosenkranz. Er knirschte.

„Man kann es nicht leugnen. Der Tenor ist mir entkommen, und der Advokat, den ich getötet habe, kehrt zurück, wie ein Gespenst.“

Sie blieb lange stumm; sie hob und neigte den Kopf, wie die Betenden. Dann, flüsternd:

„Knien Sie hin!“

Und als sein Ohr ganz nahe war:

„Um den Tenor bekümmere ich mich: er mag ruhig sein. Er glaubt, er solle heute abend eine große Sünde begehen und ein Mädchen entführen, das dem Herrn bestimmt ist. Ich aber werde ihn hindern, zu sündigen, und werde Alba retten. Lassen Sie mich beten!“

Nach einer Weile, mit Aufseufzen:

„Ich fühle, daß der heilige Agapitus mich hört. Wissen Sie nicht, daß er schon einmal eine Jungfrau, die einem Verführer in die Hände gefallen war, rettete, indem er durch sein Gebet dem Verführer jede Fähigkeit nahm, einer Frau gefährlich zu werden?“

Da sie den Savezzo schnauben hörte:

„Hätten Sie doch den Glauben! Dann hätten Sie auch den Erfolg ... Den Advokaten lasse ich Ihnen. Sie haben nicht versucht, Don Taddeo umzustimmen? Es wäre auch unnötig. Er ist krank, – und die Leute verehren ihn als Heiligen, das macht ihn noch schwächer. Sie müssen ihn aufgeben und sich an den Advokaten halten.“

„An wen?“

„An den Advokaten. Sogleich müssen Sie zu ihm gehen, denn sonst kommen andere Ihnen zuvor, – und sich ihm anbieten. Sie sagen ihm, jetzt, da er Ihre

Kraft kennt, wollen Sie sie nicht mehr gegen ihn gebrauchen. Sie machen sich anheischig, ihm Ihre Partei zuzuführen und gemeinsam mit ihm zu herrschen."

„Niemals", sagte der Savezzo ganz laut. Sie ließ Zeit verstreichen. Dann:

„Er wird zu glücklich sein, sich an Ihrer Hand halten zu können; und da Sie den Frieden zurückbringen, werden alle Sie gut empfangen. Dann ist Zeit gewonnen, etwas Neues anzuzetteln, das uns endgültig von dem Advokaten befreit."

Sie neigte sich tiefer.

„Libera nos a malo!"

„Niemals!" wiederholte er. „Ich hasse ihn zu sehr. Zu lange mußte ich heucheln. Für einen von uns hat die Stadt nur Raum. Kehrt er zurück, dann habe ich verspielt ... Aber er wird nicht zurückkehren. Ich werde dem Volk verbieten, ihn zurückzurufen. Ich werde Gewalt brauchen, ich werde –"

„Still da!" – und Frau Camuzzi wandte sich zur Frau Acquistapace. „Finden Sie nicht, man sollte nicht sprechen, während Don Taddeo betet?"

Don Taddeo verneigte sich und faltete die Hände, ergeben wie der, für den er handelte, dessen irdisches Leben seine Gesten zurückbannten. Er ging von der linken Seite des Altars auf die rechte. „Sein Wandel war noch schwerer", dachte er; und wie aus den Kesseln der kleinen Nonoggi und Coccola der Weihrauch um ihn her dampfte: „Aber seine Werke duften. Seine duften."

„Es ist höchste Zeit", – und der Savezzo packte den Schlosser Fantapiè und den Schuster Malagodi am Arm. „Don Taddeo liest die Epistel, jetzt heißt es wählen. Wollt ihr die Macht nehmen oder den Tyrannen zurückrufen?"

„Eh! auch das kleine Volk ist noch da", sagte der Schuster.

„Und Don Taddeo", setzte Fantapiè hinzu. Druso, Scarpetta, die beiden Serafini, alle sagten dasselbe.

„Ohne Don Taddeo gibt es keine Partei des Mittelstandes, denn wie bekommen wir ohne ihn das Volk?"

Der Unterpräfekt, Herr Fiorio, stand in der Nähe, der Savezzo tat einen Schritt auf ihn zu. Sofort verschwand er hinter dem Pfeiler, – und der Savezzo spürte eine Kälte auf dem Scheitel: geradeso hatte der Unterpräfekt – wie viele Stunden war's her? – den Advokaten fallengelassen!

Jeder, nach dessen Hand er griff, steckte sie in die Tasche. Sie zuckten die Achseln.

„Fragt das Volk, ob es Euch will, statt des Advokaten. Fragt das Volk."

Der Savezzo stieß, die Stirn nach vorn, in die Kapelle Torroni, über deren Stufen es, mit starkem Zwiebelatem, herausquoll. Es stand in Pyramiden bis auf den Altar; es kniete, die Beine durcheinander; es trug Kinder auf den Schultern; und in den verschränkten Händen eines jungen Mannes stand ein Mädchen, für das am Boden kein Platz mehr war.

„Da bin ich! Da ist der, der euch befreit hat!" – und der Savezzo wollte die Arme schwingen; die aber, die er damit getroffen hatte, schlugen sie ihm herunter. Statt der Arme rollte er die Augen.

„Der Advokat ist gestürzt! Jetzt sollt ihr die Freiheit kennenlernen!"

„Laß uns in Ruhe! Siehst du nicht, daß du uns trittst?"

„Ich bin kein Herr, ich bin einer von euch: da seht!" – und er hüpfte auf einem Fuß, um den andern aus der Enge herauszuziehen. „Meine Schuhe sind durchlöchert. Und hier!"

Er hielt ihnen seine plumpen Finger hin mit den abgerissenen Nägeln. Sie antworteten:

„Schon recht, die Schuhe und die Hände. Aber dein Gesicht gefällt uns nicht."

Der Mann, der das Mädchen trug, sagte:

„Du denkst zuviel an dich selbst, um die Freiheit zu lieben."

„Don Taddeo will dich nicht, er will den Advokaten", rief eine Frau; und eine andere:

„Der Advokat ist lustiger als du, er liebt die Frauen und das Volk."

Auf dem Altar hielt ein junger Mann in buntem Halstuch die Arme gekreuzt, um Raum zu sparen für seine Nachbarn. Von dort oben sah er dem Savezzo in die Augen.

„Der Advokat liebt die Freiheit, das fühlt man. Ihr, Herr Savezzo, wollt bewundert werden; und wenn Ihr den Advokaten damit besiegen könntet, würdet Ihr vom Gipfel des Glockenturmes bis hinüber zum Rathaus auf einem Seil gehen."

Alle murmelten Beifall. Aus einem großen Zahntuch sagte jemand:

„Der Advokat ist ein großer Mann."

Dort in der Ecke versuchte sogar einer zu klatschen. Der Kapellmeister, droben im Chor, hörte es.

„Ach ja, ich weiß wohl, daß das schön ist", – und er dirigierte ganz leise, den Kopf auf die Schulter gelegt, mit einem verkniffenen Lächeln.

„Und es ist so schön, dieses Graduale, weil ich es in jener Nacht erfunden habe, als Flora Garlinda so böse war und mich so unglücklich machte. Wie gut, daß ich jene schlimme Nacht gehabt habe! Damals zeigte sich, daß alles, was ich um sie gelitten hatte, in diesen „Fortschritt des geistlichen Lebens" paßte; und als er fertig war, da war ich sicher, ich hätte sie gewonnen, und vor Freude machte ich sogleich mein Halleluja."

Den Taktstock in der Schwebe, sah er nach Don Taddeo aus. Das Herz ging ihm auf einmal heftig. „Mein Halleluja! Jetzt kommt es! Nur diese Minute noch leben!" Und der Stock zitterte.

„Halleluja!" sang Don Taddeo.

Der Kapellmeister sah fliegend noch einmal alle an. Wie er langsam die Hand senkte, ergriff ein Lächeln fiebriger Seligkeit ihn unwiderstehlich ... Da zuckte er auf. „Das Tenorhorn! Ich wußte es." Er war plötzlich weiß wie der Pfeiler hinter ihm, hatte wirre Augen und streckte den Hals lang aus.

„Falsch eingesetzt, Chiaralunzi! Versteht sich, Ihr müßt falsch einsetzen."

„Er tut es mit Absicht, um Euch den Erfolg zu verderben", zischelte der Barbier Nonoggi über seine Klarinette hinweg, während der Schneider, dunkelrot, das Horn von sich stieß.

„Wie? Ihr wagt mittendrin aufzuhören? Ich tue Euch unrecht? Dann also" – und der Kapellmeister sprang, die Arme erhoben, vom Podium, „nehmt doch Ihr den Stock, Ihr werdet es besser machen, Ihr kennt meine Musik besser als ich."

Einer nach dem andern senkte sein Instrument, der Chorgesang versiegte. Die Orgel allein führte das Halleluja zu Ende, und nur noch Nina Zampieri ließ ein paar Harfentöne hineinfallen wie Tropfen in ein Gewitter. Der Schneider hatte seinen Stuhl umgeworfen; sie standen sich gegenüber. Dem Kapellmeister quollen die Augen hervor, sein Gesicht lief blau an. Er griff sich an den Hals. Ganz heiser:

„Ihr glaubt, Ihr versteht etwas von Musik, weil Eure Frau mit einem Tenor schläft."

Schon waren alle auf den Beinen. Blandini, Allebardi und der junge Mandolini waren noch nicht genug, um den Schneider zu halten. Der schöne Alfò hängte sich um seine Schenkel, – indes Nonoggi und der kleine alte Beamte Dotti in die Wendeltreppe flüchteten. Der Chor drängte gegen die Wände. Jemand rief: „Hilfe!"

„Was trampelt ihr dort oben?" fragte man hinauf. „Was gibt's?"

Der Lehrer Zampieri lehnte sich hinüber.

„Dem Maestro ist nicht wohl. Es ist ein so schwieriges Werk, und er hat es selbst geschrieben."

„Man muß jetzt still sein; Pipistrelli ist schon dabei, die Kerzen anzuzünden."

Don Taddeo ging zurück auf die linke Seite des Hochaltars.

„Wie er gebückt geht!" bemerkte Mama Paradisi; Frau Zampieri setzte hinzu:

„Man würde glauben, er steige einen Berg hinauf."

Und auf den Stufen der Kapelle Cipolla, hingekniet im Gewühl, mit Augen übergroß und voll Kerzenschein, drückten die Mägde Fania und Nanà die kleinen schwarzen Hände vor die Brust.

„Siehst du das Kreuz? Er trägt das Kreuz. Er trägt für uns das Kreuz."

Nun brannten alle Kerzen und vermischten auf dem goldenen Grund der Apsis ihre Flammen zum Geflirr. Die Kessel der kleinen Druso und Coccola schwangen höher, dichter ballte sich der Weihrauch, woraus die Stimme des Evangeliums erklang.

Blandini, Allebardi und der junge Mandolini schoben den Schneider hinunter. Er keuchte nach seiner Frau; aber sie saß dahinten im Haufen, er mußte in der Vorhalle bleiben. Man hörte noch seine ungleichen Schritte hin und her, man riet, was er habe, – da stieg eine Melodie wie aus einer einzigen befreiten Brust, schwungvoll und voll Zuversicht.

„Das Kredo! Aber das ist glänzend!"

„Es ist aus der „Armen Tonietta"", behauptete Polli.

„Sieh nur den jungen Mann, ich hätte es ihm nicht zugetraut."

Und da das Stück aus war, unterdrückt, mit Hälserecken:

„Bravo, Maestro!“ – indes Don Taddeo sich, schillernd und funkelnd in seinem bestickten Gewand, demütiger über den Altar neigte und seine Hände höher hinauftasteten.

„Komm, Heiliger Geist!“

Er wusch sich murmelnd die Hände. Sein Ruf:

„Orate, fratres!“

Ein jähes Aufschwellen des Chores:

„Sanctus! Sanctus! Sanctus!“

Und die bewegte Stille der Erwartung. Schnell flüsterten die Frauen noch miteinander, durch die Männer ging eine letzte Unruhe ... Das Klingeln.

In einem großen Rauschen rutschte alles von Bänken, Mauerwerk und Stufen. Man hörte die Krücken der alten Nonoggi klappern, wie sie hinkniete. Frau Giocondi, die schnarchte, bekam von ihren Töchtern einen Stoß und tauchte eilig nieder. Alle Stirnen senkten sich tief, nun Don Taddeo das strahlende Gefäß erhob. Das kleine weiße Rund darin sah über alles Volk hin, wie des Gottes gebrochenes Auge, – und ihm zur Seite erloschen, in einer langen Stille, vor Müdigkeit und Gram die Augen des Priesters.

„Auch uns Sündern“, sagte er schwach; mit Anstrengung, die Arme wie am Kreuz, weit offen gegen das Volk: „Pax Domini!“ – und indes alles sich räusperte, Stühle umherstieß und hinausdrängte, antwortete seinem Gebet der Chor:

„Sondern erlöse uns von dem Übel.“

Der Apotheker Acquistapace ward unter den ersten aus der Tür geschoben.

„Was hast du? Was gibt's denn zu weinen?“ fragte Polli ihn.

„Ah! wie sie schön das Agnus Dei spielen! Wie die Messe rührend und erbauend war! Ich bin so lange nicht in der Bude gewesen.“

Und da in einem Schub seine Frau erschien, umfaßte er sie und drückte ihr, links und rechts, zwei dicke Küsse auf. Sie hielt ganz still.

„Es handelt sich nicht darum“, sagte Polli. „Es handelt sich um den Advokaten. Wir müssen ihn holen.“

Er trat an Malagodi, den Seiler und Scarpetta heran.

„Habe ich nicht recht, ihr Herren? Dies ist die Stunde, Frieden zu schließen. Er ist besser für die Geschäfte, – und schließlich sind wir Menschen.“

„Eh! ich sage nicht nein“, erwiderten sie. „Denn wegen des Bürgerkrieges bleiben die Bauern aus, heute am Sonntag. Das trifft euch: gut; aber es trifft auch uns.“

Der Gevatter Achille sammelte auch den Bäcker Crepalini und seine Freunde vor dem Dom.

„Ah! ihr glaubt, der Advokat werde sich an euch rächen? Ihr kennt ihn nicht. Der Advokat ist ein Gentleman mit dem edelsten Herzen.“

„Ich verbürge mich für meinen Freund“, sagte der Apotheker, „daß er Euch das Monopol erneuert.“

Dennoch kratzte der Bäcker sich den Kopf und verkroch sich sacht in den Haufen, der den Kapellmeister beglückwünschte. Er lehnte am Dom, drückte die heißen Handflächen gegen die Mauer und lächelte verstört. „Ich habe sie also erbaut“, dachte er. „Ich habe ihre Leidenschaften verklärt; sie fühlen Frieden. Ich aber mußte leiden, als ich meine Messe erfand, leiden für Flora Garlinda.“

Da er nichts sagte, schwand der Haufe. Der Kapellmeister lehnte noch immer und lächelte. Auf einmal streckte ihm, mit einem Gesicht voll glänzender Gnade, der Cavaliere Giordano die beringte Hand hin.

„Maestro, ich habe eine gute Nachricht für Sie: – gestern abend schon ist sie mir mit der Post gekommen; aber ich wollte den Erfolg Ihrer Messe abwarten, um Ihr Glück verdoppeln zu können, Maestro –“

Mit einer Geste, leicht und glücklich, als bewegte sie einen Zauberstab:

„– Sie sind zweiter Orchesterdirigent bei der Gesellschaft Mondi-Berlendi und werden zur Herbstsaison nach Venedig gehen.“

Das Lächeln des Kapellmeisters erstarrte. Der Cavaliere Giordano winkte die nächsten zu Zeugen herbei.

„Wie? das ist eine wohlverdiente Auszeichnung. Denn unser Maestro Dorlenghi ist nicht nur ein Talent, er ist ein sympathisches Talent.“

Man stimmte bei. Frau Camuzzi stieß Frau Paradisi an.

„Ah! Signora Aida, noch soeben stellten wir fest, daß uns nie so fromme Gedanken gekommen sind wie in der Messe des Maestro, und jetzt verläßt er uns."

„Das ist zu natürlich", sagte Flora Garlinda. Sie hatte auf einmal große blasse Halbkreise unter ihren Augen, die todernst blieben, obwohl sie die Lippen, wie zum Lächeln, von den Zähnen zog. Sie hob die schlaffe Hand des Kapellmeisters auf und schüttelte sie hart.

„Es war leicht vorauszusehen, daß er uns andere überholen werde. Ich, die Sie hinter sich lassen, empfehle mich Ihnen, Maestro. Sie müssen wissen, daß ich Ihnen geholfen habe. Denn ich habe von der Gesellschaft Mondi-Berlendi der kleinen Rina gesprochen: Sie erinnern sich, Maestro, Ihrer Geliebten, der Dienstmagd Rina, die Sie dem Cavaliere Giordano abgetreten haben."

Man kicherte. Der alte Zecchini pruschte aus. Der Kapellmeister warf sich plötzlich herum; man sah seinen Nacken heftig zucken, während er sich auf der Mauer um die Ecke drückte. Der Cavaliere Giordano ging ihm mit ausgestreckten Händen nach.

„Mein lieber Dorlenghi, wie kann der Irrtum dieser braven Leute –. Ich versichere Sie, daß nur Ihr ungewöhnliches Talent –."

„Lassen Sie, Cavaliere, es ist das unverdiente Glück, dem meine Nerven nicht widerstehen. Und bei alledem –"

Unvermittelt stieß er nach allen Seiten, er hielt sich die Stirn, er stöhnte wund.

„– habe ich Sie kompromittiert und in Gefahr gebracht: Sie, meinen Wohltäter!"

Der Cavaliere begann zu schnuppern.

„Wie denn, mein Lieber? Erklären Sie sich."

Der Kapellmeister machte, die Fäuste an den Schläfen, fortwährend:

„Oh! Oh!"

Vom Platz kam ein Durcheinander von Rufen:

„Wir wollen Frieden! Wir wollen den Advokaten!" – und immer wieder das Gebrüll des Savezzo:

„Wenn ihr ihn ruft, werde ich machen, daß ihr die ersten seid, die seine Rache spüren!"

Der Cavaliere Giordano sah sich unruhig um.

„Was habe ich zu fürchten? Sie müssen nun sprechen."

„Der Schneider ..."

Der Kapellmeister legte die Hand um den Mund und preßte die Worte zwischen den Fingern hervor:

„Ich war von Sinnen, ich wußte seine Beleidigungen nicht mehr zu erwidern ... Da habe ich ihm gesagt, Sie betrögen ihn mit seiner Frau."

Der alte Tenor lachte meckernd.

„Eh! und wenn es wahr wäre?"

„Aber der Schneider tobt, er wird Sie vielleicht umbringen." Die Miene des Alten fiel zusammen; er spreizte die Hand.

„Es ist nicht wahr! Ich schwöre, daß es nicht wahr ist. Möglich, daß ich es versucht habe. Ich leugne nicht, daß ich –"

„Wir wollen den Advokaten! Die Herren sollen ihn holen! Schweige, Intrigant!"

Der Kapellmeister und der Cavaliere Giordano irrten, die Hände gerungen, im Kreise umeinander her.

„Ah! diese jungen Leute!" jammerte der Alte. „Immer gleich ist der Kopf dahin. Die Leidenschaften! Das heiße Blut! Schöne Sache!"

„Was habe ich getan!" stöhnte der Kapellmeister. Der Alte blieb stehen, sein Kopf wackelte vor Zorn.

„Aber Sie schuldeten mir Rücksicht für meine Wohltaten! Was Sie getan haben, ist niedrig und gemein!"

Gleich darauf, einknickend, zum Weinen verzogen:

„Er bringt mich um. Wohin verkrieche ich mich jetzt. Ah! ich wußte wohl, daß ich hier enden würde: in einer Stadt mit weniger als hunderttausend Einwohnern und umgeben von Geheimnis. Es ist jene verdammte Unsichtbare, die mich umbringen wird durch die Hand des Schneiders!"

Plötzlich lief er auf krummen Knien davon, in den Corso hinein, lief und kam nicht von der Stelle. Frau Camuzzi erschien an der Ecke.

„Cavaliere!"

Sie holte ihn ein; sie flüsterte:

„Nicht dorthin. Der Schneider ist auf dieser Seite."

Da er stöhnend herumfuhr –

„Der Platz ist voller Leute: dort werden Sie am sichersten sein. Gut, daß Sie noch heute die Stadt verlassen."

„Ich werde sie nie mehr verlassen."

„Man muß Vorkehrungen treffen. Ich könnte Sie bei mir verstecken; aber da der Schneider Ihre Wohnung kennt –."

„Retten Sie mich!"

Der Alte klammerte sich an ihren Arm. Sie wiegte nur den Kopf. Dem weiten, stürmischen Haufen, den, aus seinem Innern heraus, die Leidenschaften hin und her über den Platz schoben, entrangen sich Polli und Acquistapace.

„Alle sind einig; wir gehen zum Advokaten."

Aber der Savezzo brach hervor:

„Umsonst! Er ist verhaftet, er geht auf die Galeere."

Der Savezzo riß sich aus der Brust einen Packen schmutziger Papiere, machte den Finger naß:

„Das ist sein Geständnis! Er hat gestanden, daß er das Feuer gelegt hat."

Die Menge wich zurück – und plötzlich stürzte sie vor.

„Laß sehen! Wo!"

„Es ist falsch!" rief donnernd der Apotheker und griff mächtig zu. Er hielt das Papier in die Höhe. „Der Schurke hat es gefälscht. Da habt ihr den Schurken. Jetzt wißt ihr, wen ihr auf die Galeere schicken sollt."

Er stellte die Hand gegen das Geheul des Volkes, stampfte mit dem Holzbein und schrie, daß ihm die Adern schwollen:

„Laßt ihn! Vergreift euch nicht! Ah! bewundert die Milde des Advokaten. Er verzeiht allen, die etwas gegen ihn unternommen haben: er verzeiht sogar diesem und gibt ihm sein Papier zurück."

Und der Alte reichte es mit großer Geste dem Savezzo, der auf seine Nase schielte. Das Volk klatschte.

„Bravo! Hole den Advokaten!"

„Der Schneider", sagte Frau Camuzzi, „hat vom Maestro nicht Ihren Namen gehört, wie, Cavaliere? Nur, daß ein Tenor bei seiner Frau ist, weiß er. Aber ihr seid zwei Tenöre hier. Schicken Sie den andern hin!"

Da er sie ansah –

„Ja, schicken Sie ihn, damit er Sie bei der Frau des Schneiders entschuldige. Er soll ihr eine Stunde geben statt Ihrer, er soll tun, was ihm gut scheint; – wir aber geben dem Schneider einen Wink. Ah! er wird nicht lange fragen, wie die Sachen liegen; er wird die Überlegung verlieren ..."

„Aber das wäre ein Mord", sagte der Cavaliere Giordano und zog sich einen Schritt zurück. Frau Camuzzi hob die Schultern. „Ich rate Ihnen, weil Sie es wünschen. Scheint es Ihnen nicht, daß hinter allen diesen Leuten, bei der Gasse der Hühnerlucia, der Schneider steht und herübersieht? Was er für Augen hat!"

„Hilfe! Ich will tun, wie Sie sagen."

„Mut, Cavaliere! Ich gehe und versuche ihn zu besänftigen. Ah! er ist fort. Wo war er denn? Aber Sie sind nun gewarnt."

Der Kaufmann Mancafede stürzte hinter Acquistapace und Polli drein.

„Ihr werdet nicht ohne mich gehen! Bin ich nicht der treueste Parteigänger des Advokaten, der keinen Augenblick an ihm gezweifelt hat?"

Auch, der Herr Giocondi wackelte herbei.

„Und ich? Denn, man muß gerecht sein, ohne meine Verhandlungen mit Don Taddeo wäre der Advokat niemals wieder an die Oberfläche gelangt."

Sie erklärten ihm, seine diplomatischen Talente seien im Augenblick nötiger auf dem Platz, um das Volk in seiner guten Gesinnung zu erhalten.

Vor der Treppengasse warf sich ihnen noch einmal der Savezzo in den Weg. Er schlug blindlings sich selbst mit den Fäusten, und wie er sprechen wollte, spritzte es.

„Feiglinge! Elende Feiglinge!" heulte er. „Doppelte Verräter, die abfallen in der Gefahr und, wenn sich's wendet, wieder herbeikriechen. Ich: ah! ich gehe unter. Aber ich gehe unter, indem ich euch verachte."

Mit einem Schlag auf seine Brust, daß sie dröhnte, machte er kehrt.

Sie stiegen schweigend ... Der Kaufmann wandte sich zum Apotheker:

„Du hättest ihm antworten sollen. Warum hast du ihn nicht niedergeschlagen?“ Nach einer Weile seufzte Polli:

„Es scheint, daß wir den Kopf verloren und manches geredet haben, was wir trotzdem niemals getan haben würden. Ich wenigstens darf von mir sagen, daß ich auch in der Not zum Advokaten gehalten hätte.“

Der Apotheker blieb stumm und ließ den Kopf gesenkt.

„... Im Zimmer des Advokaten steht seine Nichte am Fenster“, bemerkte Mancafede. Der Tabakhändler meinte:

„Er wird Trost gesucht haben im Schoß der Familie. Sogleich aber soll er sehen, daß es auch noch Freunde gibt.“

Und schon von weitem begann er hinaufzupfeifen. Die junge Amelia wandte sich ins Zimmer zurück.

„Advokat, da kommen drei Herren!“

Der Advokat zuckte im Bett mit den Schultern. Er behielt die Augen geschlossen. Die Witwe Pastecaldi sah hinaus.

„Gottlob, es sind Freunde.“

„Was denn, Freunde“, – und Galileo Belotti zog die Brauen bis unter die Haare hinauf. „Es gibt keine Freunde mehr. Sie werden dem Advokaten sagen wollen, daß er auf die Galeere kommt.“

„Du bist gottlos. Siehst du nicht, daß der Advokat krank ist? Du würdest besser tun, auf den Platz zu gehen zu den anderen häßlichen Leuten. Würde er nicht besser tun, Doktor?“

Der Doktor Capitani, der das Nachtgeschirr des Advokaten untersuchte, stimmte zu.

„Du würdest besser tun, du würdest besser tun, pappappapp. Aber wenn der Platz langweilig ist ohne den Advokaten?“ Und Galileo kugelte polternd durchs Zimmer.

„Galileo!“ rief, gleich unter dem Hause, die Stimme des Tabakhändlers. „Sage dem Advokaten, daß wir gekommen sind, um ihn zu verhaften.“

Die Witwe Pastecaldi stieß, die Faust an der Wange, einen Schrei aus wie ein kleines Mädchen.

„Was habe ich gesagt", – und Galileo streckte die Brust heraus. Der Advokat tat einen Ruck; rasch stützte der Doktor ihn.

„Auch das härteste Geschick wird mich stark finden", sagte der Advokat und beschrieb mit der Hand einen Bogen, der zitterte. „Aber ich fühle mich nicht verloren; denn –"

Er fand Stimme:

„– ich glaube an die Gerechtigkeit des Volkes."

Da flog die Tür auf. Polli rief herein:

„Guten Tag die Gesellschaft. Ist der große Mann zu Hause?"

Aber sogleich verstummte er und machte einen Schritt rückwärts.

„Signora Artemisia", flüsterte der Apotheker, „was gibt's? Der Advokat sieht uns nicht an, geht es ihm sehr schlecht?"

Da sie nur die gefalteten Hände erhob –

„Dann müssen wir dem Volk wohl sagen, daß es ihn nicht haben kann. Denn das Volk will ihn wiederhaben."

„Wie? Wollt ihr ihn nicht verhaften?" fragte Galileo.

„Was denn! Versteht Ihr nicht, daß das ein Scherz war?" sagte Polli. „Das Volk ruft dich, Advokat."

„Da bin ich", sagte der Advokat und zog die Beine unter der Decke hervor. Er schob den Doktor fort, – aber dann saß er in seinen Unterhosen auf dem Bettrand und konnte nicht weiter. Seine Schwester stürzte herbei.

„Du wirst dich ruinieren, Advokat. Der Ruhm bringt dich um."

„Was, Ruhm!" – und Galileo erklärte den Herren:

„Er hat zu viele warme Bäder genommen, der Advokat. Immer gerade, wenn man essen will, braucht er die ganze Küche für sein heißes Wasser. Und dann, versteht sich, sieht man in seinem Büro seit vier Wochen nichts anderes mehr als Unterröcke ..."

Die Schwester jammerte auf.

„Ich habe es dir immer gesagt, Advokat, wenn du an der Macht wärest, könntest du den Frauen nichts abschlagen, und sie würden dich ruinieren. Jetzt ist es geschehen."

„Denn der Advokat", schloß Galileo, „hat heute morgen in der Badewanne einen Schlaganfall gehabt."

Der Advokat war plötzlich auf den Füßen, er klopfte die Luft mit dem Handrücken.

„Was für Albernheiten! Einen Schlaganfall, ein Mann wie ich! Sagen Sie den Herren, Doktor, daß ich ganz gesund bin!"

„Es war nur ein wenig Schwäche", entschied der Doktor; „denn, Advokat, es sieht ganz so aus, als hätten Sie wieder mehr Zucker verloren!"

Der Apotheker kam, schwer stelzend, herbei; er nahm die Hand des Advokaten.

„Mein armer Freund, du hast gelitten. Wir, das Volk, haben dir Leiden verursacht. Jetzt aber wollen wir dich wiederhaben und dir danken. Komm!"

„Ich komme, es geht schon besser. Meine Kleider! Ah! das Volk ruft mich. Sie, Doktor, wollen mich krank; aber das Volk will mich, gesund, und es ist stärker als Sie, ich hin gesund."

Er umarmte den Freund, die Schwester und den Arzt.

„Ihr Gesicht ist schon weniger grau", sagte der Doktor Capitani, „Ihre Augen haben schon Glanz. Ich lasse Sie also dem Volk, – wenn Sie mir versprechen, daß Sie in Zukunft nehmen wollen, was ich Ihnen gebe."

„Mehr als das! Ich nehme auch, was Sie mir nicht geben!" – und der Advokat tätschelte ihm den Bauch, er küßte ihn schallend auf die breiten blonden Backen.

„Wie Sie sympathisch sind, Doktor! Ah! wie wir alle glücklich sind. Ich habe wohl gewußt, es werde so kommen. Nie habe ich den Glauben verloren an die Gerechtigkeit des Volkes."

„Nicht diese Hose!" rief Polli. „Es ist ein großer Tag; der Advokat muß gekleidet sein wie zu seiner Hochzeit."

„Wo hast du die neue?" fragte die Witwe Pastecaldi. „Sieh doch Galileo: er hat sie gefunden."

Galileo polterte:

„Wenn einer die Sachen des Advokaten kennt, bin ich es."

Die Schwester band dem Advokaten die Krawatte. Mancafede äußerte:

„Als ich sie dir verkauft habe, wer uns da gesagt hätte, du würdest sie auf einem solchen Feste tragen. Denn wir haben alle besiegt. Don Taddeo hat uns um Gnade gebeten."

„Es ist nicht wahr", sagte der Apotheker. „Er hat uns alle zum Frieden ermahnt. Gott hat ihn vernünftig gemacht: so hat er nun eingesehen, Advokat, daß du ein Mann von großem Verdienst bist."

„Und daß auch er einer ist", sagte der Advokat, „das weiß ich seit heute nacht."

Er ließ sich vom Doktor den Rock anziehen und griff nach dem Hut.

„Gehen wir! Artemisia, komm!"

Sie betastete ihr ländliches Mieder.

„Wie kann ich. Das Volk wird dich auslachen, wenn es mich bei dir sieht."

Er antwortete: „Sei ruhig, das Volk wird nicht verlangen, daß ich etwas anderes sei als es selbst."

„Der Advokat auf die Galeere?" sagte am Fenster aus ihrem weißen Mullkleid die junge Amelia, die Augen weit verdreht. Man mußte ihr einen Stoß geben.

Wie sie aus dem Hause traten, ging gerade ein Schuß los, und drunten schrie das Volk auf.

„Beim Bacchus", sagte Polli. „Sie haben auch die Kanone aus dem Rathaus geholt."

„Wenn sie nur kein Unglück anrichten", sagte der Advokat. „Ich werde nachsehen müssen."

„Eh!" machte der Apotheker, „glaubst du, es sei nichts Wichtigeres zu tun? Don Taddeo will dir den Schlüssel zum Eimer geben."

Da der Advokat mit offenem Munde stehenblieb, äußerte Mancafede:

„Du siehst, daß er Furcht vor uns hat."

Der Advokat erlangte Worte:

„Wie? Das Gericht hat ihm den Eimer zugesprochen, und er will –. Das ist ja ein Dummkopf!"

Sein Lachen brach ab, er ging weiter.

„Ich wollte sagen, daß ich das nicht getan haben würde. Man sieht, daß Don Taddeo eine erlesene Seele hat."

Bis zur Ecke sprach er nicht mehr, – und da öffnete drunten sich der Platz, summend und schwarz, und schon stürmten ausgestreckte Hände herauf, und Schreie knatterten:

„Da ist er! Da ist der Advokat! Es lebe der Advokat!"

Er hielt an auf dem letzten Absatz der Treppe; die Seinen zogen sich einige Stufen zurück; und in weitem Bogen senkte er den Hut vor dem Volk, das ihn begrüßte. Der Schatten des Rathauses fiel über ihn, über sein Gesicht, das er zurücklehnte, – und dennoch sah man breite Sonne darauf. Ja, sie dehnte die Muskeln im Gesicht des Advokaten, verklärte die gegerbte Haut, machte alle Runzeln hüpfen und sandte weithin einen Schein aus.

„Nie hat man den Advokaten so gesehen", riefen die Frauen. „Er ist schön!"

Die Männer sagten einander:

„Wir sollten den Advokaten wirklich ins Parlament schicken, damit sie in der Hauptstadt sehen, welch einen großen Mann wir haben."

„Meine lieben Freunde", sagte der Advokat erstickt und schüttelte Hände. Der Apotheker drang vor. „Platz, ihr Herren!" und vom Dom her bahnte der Leutnant Cantinelli die Gasse. Wie der Advokat hineinging, sah er drüben einen andern sie betreten: Don Taddeo! Und über den Dom herab hing die päpstliche Fahne! Da fing auf dem Turm die Glocke an zu läuten, und sogleich dröhnte auf der andern Seite ein Schuß. Der Advokat fuhr herum: vom Rathaus flatterte die Trikolore.

„Es lebe der Advokat!"

Sie ließen ihn nicht weiter, bevor nicht jede Hand geschüttelt war; und er, bleich vor Glück, erkannte kaum noch die Gesichter. Plötzlich:

„Camuzzi! Ah!"

Mit einem Blick auf die Trikolore:

„Mein lieber Freund Camuzzi!"

„Den Hymnus an Garibaldi!“ schrie der Apotheker. Denn vor seinem Hause, hinter dem Wogen des Volkes, blitzten die Musikinstrumente. Darüber schwenkte, auf einem Stuhl, der Gevatter Achille seine Fahne.

„Den Hymnus an Garibaldi!“ wiederholte das Volk. Der Unterpräfekt, Herr Fiorio, konnte gerade noch dem Maestro in den Arm fallen. Er beschwor ihn um den Königsmarsch.

Der Marsch sprengte daher, man klatschte; der Advokat entriß sich dem Volk; er sah auf sich zu den großen rostigen Schlüssel kommen, den Don Taddeo mit beiden Händen vor sich hinhielt. Don Taddeo war bleich, als sei er tot; seine scharfroten Augen wichen nie von dem Advokaten. Wenn eine Frau sich nach seiner Soutane bückte, um sie zu küssen, tat er eine rasche Wendung, sonst aber hielt er, obwohl alle von ihm die Hände ließen, seine Schritte lange zurück, als wollte er diesen Gang verlängern, immer noch verlängern ... Der Advokat streckte plötzlich beide Hände aus und begann zu eilen. Er hatte eine achtungsvolle Miene, und fast lief er. So trafen sie sich, noch ehe Don Taddeo beim Brunnen war. Er hielt den Schlüssel weiter von sich, der Advokat nahm ihn mit einem Kratzfuß. Dann zogen sie sich leise voneinander zurück. Das Volk wartete, verstummt. Der Advokat hüstelte, und Don Taddeo sah zu Boden. Auf einmal hatte er mit einem Lächeln die Augen aufgeschlagen und der Advokat die Arme ausgebreitet. Der Beifall des Volkes umstürmte sie, wie sie einander an der Brust lagen. Am Dom klatschte die Fahne des Papstes, gelb und rot gleißend, in ihre schweren Falten. Der Gevatter Achille warf über dem Gewimmel sein weißrotgrünes Tuch rasend hin und her durch die blaue Luft. Pipistrelli zog nun beide Glocken, er ließ sie tanzen. Die Musik setzte sich in Bewegung, im Eilschritt blies sie ihr Stück, wie einen berauschenden Wind, um den Platz; – und da ging zum drittenmal die Kanone los. Don Taddeo und der Advokat hielten sich an den Händen.

„Es lebe der Advokat! Es lebe Don Taddeo!“ – und indes jeder sich nach seiner Seite verneigte, gaben in der Mitte ihre Hände sich manchmal einen Ruck, als leitete einer auf den andern den ganzen Beifall ab: gerade wie man es in der „Armen Tonietta“ an der Primadonna und dem Tenor gesehen hatte.

„Es lebe Don Taddeo!“

Die Frauen brachen die Scheu, sie warfen sich über ihn, er bekam schallende Küsse auf die Wangen, stand da mit einem Fleck Röte unter den Augen und einem flüchtenden Lächeln.

„Es lebe der Advokat!"

„Meine lieben Freunde! Da ist der Schlüssel zum Eimer!" – und er reckte sich hinauf. „Wir haben ihn zurück; jetzt werden wir den Komödianten den Eimer zeigen!"

„Wir werden den Komödianten den Eimer zeigen!" rief das Volk. Der Advokat drückte den Finger auf den Mund, er schielte nach Don Taddeo. Aber Don Taddeo erklärte hastig, mit Spreizen und Einziehen der Hand, die Komödianten sollten nur kommen, er wolle mitgehen.

„Wie, Reverendo?" – und der Advokat lüftete mehrmals nacheinander den Hut.

„Welch Heiliger!" sagte das Volk, indes Gaddi und der Cavaliere Giordano herbeigeschoben wurden. Der Advokat stellte sie dem Priester vor.

„Der Cavaliere ist ein über den Erdkreis hin berühmter Mann, dem die Menschheit für hohe Dinge verpflichtet ist. Der Herr Gaddi aber hat heute nacht an der Spritze gearbeitet wie einer von uns. Sie freilich, Reverendo, der Sie mehr getan haben als alle –"

„Große Sünden", sagte Don Taddeo rasch und preßte die Hand auf die Brust, „verlangen große Tugenden; und was ich erkannt habe, ist, daß unsere Verdienste eins sind mit unserer Schuld."

„Ich bin Ihrer Meinung", sagte der Advokat. „Wir werden immer nur tun können, was wir schulden, und das wenige Gute, das mir zu vollbringen erlaubt ist –"

Mit einem Bogen des Armes:

„– das kommt mir vom Volk."

Es ward geklatscht, – und ein langer Schub beförderte die beiden samt ihren getragenen Mienen bis vor die Tür des Turmes. Keiner wollte vorangehen; sie drehten einander rundum, und wurden drehend hineingestoßen. Die Menge quoll nach. Über die Stufen zum Dom schwemmte eine Welle Volkes. Ihr entstieg der Savezzo und drückte sich unbemerkt unter die Matratze. Er schlich durch die Vorhalle. Aus all den leeren Bänken dahinten erhob sich ein einziges, dämmerweißes Gesicht.

„Sie hier, Herr Savezzo?" fragte Frau Camuzzi.

„Da Sie mir ein Zeichen gegeben haben –."

„Ich, ein Zeichen?"

Die Stimmen klappten von den Pfeilern zurück; Frau Camuzzi flüsterte:

„Sie irren sich ... Aber Sie sind im Mantel, und Sie tragen ein Bündel?"

„Ja. Denn ich gehe; ich verlasse den Schauplatz meiner Niederlage. Lieber in der Fremde einen neuen Kampf beginnen, als hier den frechen Triumph des alten Feindes erleiden."

Gedämpfter Jubel drang in die Stille.

„Hören Sie?" – und er knirschte. Er warf seinen Hut auf den Boden.

„Heben Sie ihn auf", sagte Frau Camuzzi, „wir sind in der Kirche. Da Gott selbst für den Advokaten ist, werden Sie die Dinge nicht ändern."

„Ich werde sie ändern, – nachdem ich draußen gesiegt habe und groß geworden bin."

„Ich", sagte Frau Camuzzi und seufzte still, „habe einen Mann, der Gemeindesekretär ist und bleibt. So muß ich wohl in der Stadt mein Leben enden und warten, ob es den Heiligen gefällt, mich zu erhören."

„Ich stürze mich in die große Welt! Welch andere Interessen und Leidenschaften!"

„Glauben Sie?" – ganz sanft den Kopf geneigt.

„Man wird von mir hören. Nachdem ich in der Hauptstadt ein großer Journalist geworden bin, den alle fürchten, kehre ich zurück, und der Advokat wird dann sehen, wen man ins Parlament schickt. Ah! wie ich aufräumen will in der Stadt. Zu welchem Brei ich die herrschenden Familien zerstampfe! Ich sehe den Platz mit bankrotten Leichen bedeckt."

Er schielte schwarz, und das Knirschen verrenkte seinen Mund. Draußen heulte es auf:

„Zurück! Um Gottes Liebe! Man erstickt!"

Die beiden sahen sich an.

„Es scheint", sagte langsam Frau Camuzzi, „daß der Turm, der ein wenig eng ist für solch großes Fest der allgemeinen Versöhnung, Ihnen die Mühe abnimmt, Herr Savezzo, und alle umbringt."

Ihre Mundwinkel zitterten; durch ihre Augen strich ein Blitz, aber sie deckte sogleich die Lider darüber. Nach einer Weile:

„Sie fahren also mit den Komödianten in der Post?“

Er breitete die Flügel seines Mantels aus.

„Ich gehe zu Fuß, wie es sich für einen harten und armen Eroberer schickt, und in denselben Schuhen, die eine feindliche Menge mir zerrissen hat.“

„Dann wird es Ihnen um so leichter sein, unterwegs jemandem ein Wort zu sagen ... Der Alba Nardini in Villascura: Sie sagen ihr, der Tenor werde sie warten lassen, er sei aufgehalten bei der Frau des Schneiders Chiaralunzi.“

Er schloß seinen Mantel über den Armen, die er kreuzte. Forschend von unten:

„Wie haben Sie das gemacht?“

„Die Heiligen! Das taten die Heiligen ... Vielleicht war es mein Gebet, das sie bewog? Gleichviel, es handelt sich um die Interessen des Himmels, dessen Braut die arme Alba ist, – und sollen nicht, nun alle zur Eintracht bekehrt sind, auch wir ein wenig Gutes tun?“

„So hat dieser eine Tenor Sie tiefer gekränkt als mich die ganze Stadt?“

Da er einen schwarzen Blick bekam –

„Oh, lassen Sie! Ich weiß nichts, und ich tue, wie Sie wollen. Was daraus entsteht, kümmert es mich? Ich bin ein Fremder, der vorübergeht und ein Wort fallen läßt. Könnte davon die Stadt zusammenstürzen!“

Er warf den Zipfel seines Mantels um sich her, daß er über die andere Schulter wieder zurückflog.

„Auf Wiedersehen, wenn ich Sieger bin!“

Und er ging davon, mit Schritten, die wüst hallten. Wie hinter ihm die Matratze fiel, hob Frau Camuzzi leise die Schultern.

Draußen brach Geschrei aus:

„Der Savezzo!“

Der Überschuß von Volk, den der Turm zurückspie, umdrängte die Stufen zum Dom.

„Seht den häßlichen Affen! Es scheint, daß er es ist, der uns in den Bürgerkrieg gehetzt hat. Sollte er nicht auch das Gasthaus angezündet haben? Ergreift ihn doch!"

Der Savezzo grub das Kinn in den Mantel. Den Hut über den Augen, die Schultern nach vorn geworfen, sprang er polternd hinab, brach hindurch, stampfte von dannen.

„Hohoho!" machten die Fortgeschleuderten und rieben sich. Der Savezzo verschwand in der Rathausgasse. Eine Frau sagte:

„Auch er will leben, der Arme; und wer weiß, auf welche harte Reise er geht."

„Da kommt das Fräulein Italia. Beeilen Sie sich, Fräulein, der Advokat zeigt euch Komödianten den Eimer. Warum sind Sie nicht früher gekommen?"

Italia hatte ihr Kleid ausbessern müssen; alle anderen waren ihr durch Feuer und Wasser verdorben.

„Wie?" riefen Frau Druso und die Magd Pomponia, „so werden Sie die Stadt ärmer verlassen, als Sie gekommen sind? Kann man es dulden, Signora Aida?"

„Platz für das Fräulein Italia!" – und der dicke alte Corvi nahm sie bei der Hand, er zwängte sich mit ihr in den Turm. Sein Bauch schob links und rechts die Leute an die Wand; und auf jeder Stufe hieß es:

„Ah! das Fräulein Italia. Sie ist gerade noch entwischt, dank Don Taddeo ... Es freut mich so sehr, Sie gesund zu sehen, Fräulein ... Er ist droben, Don Taddeo, im Zimmer des Eimers. Der Advokat hat schon nach Ihnen gefragt."

Man hörte ihn sprechen. Wie Italia auf der Schwelle erschien, brach er ab.

„Treten Sie ein, Fräulein! Der Eimer erwartet Sie, er hat dreihundert Jahre auf diese Stunde gewartet. Sehen Sie ihn an, Fräulein, sehen Sie ihn gut an!"

Italia sah hinauf, wo er hing; es waren morsche kleine Bretter, die auseinanderklafften und durch eiserne Ringe vor dem Herabfallen behütet wurden; – und dann suchte sie, zweifelnd, die Gesichter der andern. Don Taddeo blickte, die Hände zusammengelegt, durch das Fenster starr ins Leere. Flora Garlinda verzog den Mund, und der Cavaliere Giordano hatte einen Taschenspiegel hervorgeholt. Hinter der Menge sah sie Nello Gennari sich heimlich wälzen wie ein Junge; Gaddi mußte ihn halten; da wagte Italia es.

„Mit dem Eimer könnte man kein Wasser schöpfen", sagte sie.

„Aber eine Lehre läßt sich damit schöpfen", erwiderte der Advokat pünktlich. „Dieser Eimer, ein so armes, verbrauchtes Ding er scheinen mag, lehrt uns dennoch", – und der Advokat erhob die Stimme, „den Glauben an den menschlichen Fortschritt!"

Er bewegte die gerundeten Arme, als zöge er alle herein, die über die Schwelle des vollgestopften Gelasses die Hälse reckten.

„Denn als wir ihn zum erstenmal eroberten, da war es ein großer, grausamer Krieg, in dem die von Adorna so viel Blut lassen mußten, daß man den Eimer damit füllen konnte. Jetzt aber: niemand ist unterlegen. Wir alle bleiben Sieger, da jeder sich selbst besiegt hat und jeder entschlossen ist, nur noch im Wettstreit des Guten mit dem andern zu kämpfen!"

Er ließ, mit glänzendem Lächeln, den Beifall verrauschen.

„Sie aber, Fräulein Italia, umarmen Sie Ihren Retter, wie wir alle ihn umarmen; denn er rettete nicht nur Sie."

„Wo ist Don Taddeo?"

Vergebens durchwühlte sich die Menge.

Auf der Treppe rief jemand:

„Er ist drunten auf dem Platz!"

Gerade zog er, ganz oben, den Riegel von der Tür zur Plattform. Er huschte hinaus, er hielt mit beiden Händen die Tür zu, er zitterte vor jäher Auflehnung: „Geht! Warum quält ihr mich noch! Ist's nicht genug, was ich euch geopfert habe?"

Niemand hörte ihn. Der Advokat gelangte, von einer Welle Volkes hinabgeschwemmt, auf den Platz. Er verlor, sooft er auch stolperte, sein seliges Lächeln nie, und den Schlüssel zum Eimer reckte er immer hoch aus dem Schwall.

„Der Advokat soll ihn um den Hals hängen!" verlangte das Volk; und man suchte nach einer Schnur.

„Das Band, das du im Haar hast, würde passen", sagte der Doktor Capitani zu seiner Frau. Sie nahm es, mit hochroten Wangen, vom Kopf und zog es durch den Schlüssel. Als sie es ihm um den Hals knüpfte, sagte der Advokat:

„Man weiß, wie ich denke: all unser Ruhm wäre umsonst, ohne den Lohn der Frauen!“

Die Frauen klatschten. Der Advokat küßte der Jole Capitani die Hand; im Lärm flüsterte er ihr zu:

„Deine Liebe hat mich aufrechterhalten.“

Und er glaubte es, – so gut er auch wußte, daß heute nacht, als alle ihn verleugnet hatten, die Geliebte nicht stärker gewesen war als alle. Er drückte die Hände, wie sie kamen; und wo er sie zaudern sah, als hielte ein befangenes Gewissen sie auf, da zog er sie an sich.

„Eh! Scarpetta, die Lieferungen für das Rathaus sind heute nacht nicht mit verbrannt ... Wie denn, Malagodi! das sind menschliche Irrungen, und im Grunde haben wir nie vergessen, daß wir zueinander gehören ... Man sagt mir, Crepalini, Ihr fürchtet für Euren Vertrag? Welch seltsame Einbildung. Dagegen bitte ich Euch, wenn die Komödianten wiederkommen, um einen bescheidenen Platz in Eurer Loge, denn die mein war, wird dann Euer sein.“

Da er an den Apotheker geriet –

„Und du, Freund Romolo? Diese Freudentränen, man darf es sagen, haben wir uns verdient.“

Sie umarmten sich. Der alte Krieger stammelte am Hals des Freundes:

„Ich kann in die Hölle kommen; aber das eine weiß ich: aufhängen werde ich mich niemals mehr, – da ich es heute früh nicht getan habe.“

Der Advokat drückte ihn fester; – wie er aber dann das Schnupftuch zog, hatte er plötzlich ein Paar andere Arme um den Hals, und noch eins und noch eins. Billiger Puder stäubte ihm in die Nase, Federn kitzelten ihn; grelle kleine Stimmen, mehlweiße Stumpfnasen und bunte Fähnchen, alles wirbelte um ihn her.

„Du bist der schönste Mann der Stadt, Advokat, mit deinem Schlüssel am blauen Band ... Wie glücklich ich bin, daß Sie wieder gesund sind ... Nie werden wir unsern Direktor vergessen ... Keiner mehr gibt uns solche Vorschüsse ...“

Der Advokat sträubte sich, er lugte nach Jole Capitani umher.

„Seid gut, Kinder“, murmelte er. Die kleinen Choristinnen lachten auf, alle auf einmal, und entflatterten. Die jungen Leute in großen Hüten und bunten Halstüchern fingen sie ein.

„Alle hierher!“ rief es vom Café „Zum Fortschritt“. „Die Herren zahlen.“

„Auch hier wird bezahlt!“ schrie beim Café „Zum heiligen Agapitus“ der Bäcker. Er setzte hinzu:

„Aber nur ein Glas, und du warst schon einmal hier.“

Es strömte rascher über den Platz. Alle Gesichter waren heller, alle Stimmen lauter. Mama Paradisi und ihre Töchter, Frau Camuzzi, die Damen Giocondi kehrten frisch gepudert aus ihren Häusern zurück. Man sagte: „Niemand würde glauben, daß wir die ganze Nacht auf den Beinen waren.“

„Welch schöne Sache: die Eintracht und die Freigebigkeit!“ verkündete der Herr Giocondi. „Sogar der Herr Salvatori hat seinen Arbeitern den Lohn erhöht.“

„Ich denke nicht daran!“ rief der Herr Salvatori. „Der Herr Giocondi will mich hineinlegen, weil seine Fabrik jetzt mir gehört.“

Aber es nützte ihm nichts; schon war er umringt, seine Arbeiter waren herbeigeholt, und er ward beglückwünscht und gerühmt, bis er vor Stolz weinte und den Arbeitern auch noch Wein gab.

„Und seit zwanzig Jahren nennt man ihn einen Geizhals“, sagte Frau Camuzzi, sanft zischelnd. „Wie viele Vorurteile müssen wir ablegen, arme Unwissende, die wir sind. Ich meinesteils halte eine Komödiantin für meinesgleichen.“

Sie umarmte Italia, und man klatschte. Die Mägde Fania und Nanà riefen umher, daß der armen Komödiantin alle Kleider verbrannt seien. Ringsum wallte es auf vor Mitleid; Frau Nonoggi war sogleich mit einer Winterjacke da, Frau Acquistapace mit einem Rock: „Möge er Euch Glück bringen, ich habe ihn öfter in der Kirche getragen als im Theater“; – und Mama Paradisi zog schon die Nadeln aus ihrem neuen Riesenhut. Ihre Hände zitterten dabei, aber obwohl man Einspruch erhob, er sei der Stolz der Stadt, beharrte sie bei ihrem Opfer: Italia mußte ihr erst weinend in den Arm fallen.

„Wie wir alle gut sind!“ sagte Frau Camuzzi.

„He! Freund Giovaccone!“ – und der Gevatter Achille wühlte sich hindurch. „Ich habe wohl gesehen, daß der Dummkopf von Savezzo dir einen Strega-Likör ausgeschüttet hat, und kann mir denken, daß es deine einzige Flasche war. In einem Geschäft wie meinem gibt es mehr davon; da hast du eine, ich helfe dir aus. Man muß vernünftig sein, die Stadt wird uns beide nähren."

„Alle glücklich!" – und der Herr Giocondi kniff seine Frau in die Wange, so daß sie müde lächelte. „Unsere Töchter werden Männer bekommen, denn in meiner denkwürdigen Unterredung mit Don Taddeo hat er mir versprochen, euch welche zu verschaffen. He, was sagt ihr zu eurem Vater, der an nichts denkt als nur an euch?"

Er machte den Mund spitz, und Cesira warf sich unter erstickten Jubelschreien mit den Lippen darauf. Die Augen der entlobten Rosina wurden blank und weich; sie dachte:

„Sollte es dennoch ein Glück geben?"

„Das alles ist so schön, weil wir glücklich sind, Alba und ich", sagte Nello sich und ging, allein und unermüdlich, hin und her durch das besonnte Volk. Wie alles schwebte, wie alles traumhaft leicht war! Man wünschte, und es war da. „Ich wußte nicht, wo ich mich verstecken sollte, wenn die andern fortziehen: da spricht mir der Cavaliere von dem Schneider! Es ist, als habe Gott ihn geschickt, oder als komme er von Alba selbst. Aber ich wußte wohl, die Menschen könnten nicht böse bleiben, wie sie heute nacht waren; sie müßten glücklich werden wie wir. Nun wollen alle mir wohl ..."

Und er schickte dankbare Blicke zu den beiden Fräulein Paradisi, die sich früher seinetwegen geschlagen, in dieser Nacht aber tobend auf ihn eingeschrien hatten und die jetzt für ihn ihre Fächer spielen ließen. Nina Zampieri hängte sich, wenn sie an Nello vorbeikam, fester in den Arm ihres Verlobten, des jungen Mandolini, und sie schlug die Augen nieder, als erinnerte sie sich an den Beifall, den sie in der Nacht dem Sturz des jungen Sängers geklatscht hatte, wie an eine unkeusche Handlung.

Überall aber war der Barbier Bonometti, starrte aus seinem großen Zahntuch jeden stolz an und rief:

„Der Advokat ist ein großer Mann!"

Dann sahen viele weg oder verschwanden. Nello Gennari hielt ihn an.

„Ihr habt recht behalten, Herr Bonometti, und die Euch mißhandelt haben, fürchten Euch jetzt. Aber da alle sich versöhnen, solltet nicht auch Ihr sie lieber schonen?"

Nello lächelte zärtlich, er dachte: „Welch schöner Gedanke! Habe ich selbst ihn gefunden? Es ist Alba, die durch mich denkt: es ist Alba!" Er setzte noch hinzu:

„Auch werdet Ihr dem Advokaten damit nützen."

„Wer recht hat, sind Sie!" – und Bonometti riß sich das Tuch ab, er warf es in die Luft.

„Es lebe der Advokat!"

Da riefen alle mit, und der Advokat machte Kratzfüße. Plötzlich stürzte er sich auf die beiden Fräulein Pernici, die nicht mitriefen und die lange Mienen hatten.

„Wie? Es gibt noch Mitbürgerinnen, die nicht zufrieden sind? Ich weiß, meine Damen, Sie haben Schaden erlitten. Ich könnte Ihnen erwidern, daß Sie nicht nötig hatten, mit Ihren Federhüten auf dem Arm sich ins Gedränge zu begeben; aber ich werde es nicht erwidern. Die Furcht verdunkelte in Ihren, wie in unser aller Köpfen das Bild der Tatsachen. Auch war keine Dampfspritze da. Das ist die Wahrheit, die ich niemals leugnen werde: es war keine Dampfspritze da. Und darum, o meine Damen –"

Er bewegte den Arm über den Kreis der Zuhörer.

„– da Don Taddeo dem Malandrini sein Haus bezahlt: die Frauen nennen mich ihren Freund, sie sollen sich nicht geirrt haben: ich bezahle Ihnen Ihren Putz."

Alle Hände rasten, – und der Advokat, die Brust gewölbt unter dem großen rostigen Schlüssel, suchte weiter.

„Gaddi!" – mit weit ausgestreckten Händen. „Sie, der Sie heute nacht an Bürgertugend uns alle übertroffen haben, wollen Sie uns denn wirklich verlassen? Wir verlieren Sie, Freund, mit Schmerz."

Es sei nun so, erwiderte der Bariton, was soll man machen.

„Eh! und wenn wir Sie dabehielten? Ich will mit unserm Gemeindesekretär sprechen; er ist mein lieber Freund, ich bin sicher, daß er Ihnen in einem unserer Büros einen Posten als Vorstand gibt. Sie sind ein Familienvater, Gaddi, ein tüchtiger Mann. Wie? Kein Umherziehen mehr, keine Sorgen!"

Gaddi sagte:

„Die Sache verdient, überlegt zu werden ... Und doch, nein. Ich danke Ihnen, Herr Advokat. Man stiege nicht länger in Lokalzüge, und die Zukunft wäre sicher, wohl wahr. Aber hätte man noch solche Freunde? – und würde man noch wie jetzt, so mittelmäßig man immer singen mag, zuweilen die großen Dinge fühlen, die das Leben hat?"

„Eh! auch andere fühlen sie ... Sie wollen nicht? Es ist schade, denn Sie wären wert, einer der Unseren zu sein."

Und da er den Cavaliere Giordano gewahrte –

„Sie wenigstens, Cavaliere, werden uns bleiben, auf marmorner Tafel. Ihr großer Name verläßt nie wieder die Stadt!"

Der alte Tenor geriet in Bewegung.

„Meine Gedenktafel ist also nicht abgelehnt?"

„Abgelehnt oder nicht: der Gemeinderat wird glücklich sein, seinen Irrtum berichtigt zu sehen. Beim Bacchus, ich werde ihm keine Tafel am Rathaus mehr zumuten. Man muß als Politiker handeln, der mit den menschlichen Schwächen rechnet: ein Mann wie Sie, Cavaliere, versteht mich. Aber – he, Malandrini!"

Er holte den Wirt herbei.

„Sie, Malandrini, dem Don Taddeo sein Haus neu aufbaut, werden sich nicht weigern, auf Ihre Kosten eine Gedenktafel für Ihren berühmtesten Gast daran zu befestigen."

„Aber es war nicht mein Gast"; sagte Malandrini.

„Ich war nicht sein Gast", sagte der Cavaliere Giordano. Der Advokat fuchtelte.

„Wenn schon! Soll an solcher Kleinigkeit ein großer Plan scheitern? Die Nachwelt, Cavaliere, wird Ihren Ruhm bewundern, wo immer sie ihn findet."

„Ich sage nicht nein", erklärte der Wirt. „Vielleicht, daß die Engländer kommen, um die Inschrift zu lesen."

„Welch schönes Genie ist das Ihre!" – und der alte Sänger fiel dem Advokaten um den Hals.

Aber die Menge tat einen Stoß gegen die Treppengasse. Dort in der Ecke stand schimpfend auf seinem Postwagen das rote Gesicht des Kutschers Masetti.

„Man fährt nicht ab! Die Komödianten sollen hierbleiben!" befahl das Volk.

Der Advokat eilte hinüber; er stellte den Antrag, vor der Abreise der Komödianten sollten alle auf dem Platz frühstücken. Masetti schrie umsonst, es sei zehn Uhr; wenn man schon das Ende der Messe abgewartet habe –

„Herunter!" schrie das Volk und holte ihn vom Bock. Schon hatte es die Tische des Gevatters Achille und des Freundes Giovaccone schräg über den Platz geschoben, daß sie unter den Rathausbogen zusammenstießen. Man deckte sie, die Frauen schleppten ihr Geschirr herbei. Mama Paradisi trug selbst ihre riesige Suppenschüssel auf, der Krämer Serafini brachte Würste, und im Nu war die Witwe Pastecaldi mit ihren berühmten Ölkuchen zurück. Der alte Zecchini und seine Zechbrüder verfolgten den Kaufmann Mancafede, bis er von seinem Wein hergab. Polli hatte seine Frau, Olindo und die gelbhaarige Schwiegertochter mit Zigarren beladen.

„Eh! an einem Tage wie diesem muß man wohl die Frau aus dem Laden holen und ihn zumachen."

Die Armen tränkten, in den Schatten der Häuser gelagert, ihr Brot mit Öl. Coletto klingelte an seinem Karren mit Kuchen; er machte dabei Pipistrelli nach, wenn er betete; und die Mädchen gingen fächelnd um den Karren herum, blinzelten und warteten, daß jemand ihnen etwas anbiete.

„Komm her, Corvi! Es gibt zu essen auch für die, die nichts haben."

Frau Zampieri, Nina und der junge Mandolini aßen nicht, sie verteilten ihre Vorräte unter eine große Runde von Kindern, – indes Gesellen und Mägde die Hühnerlucia aus ihrer Gasse zogen.

„Sie soll neben dem Advokaten sitzen! Die Hühnerlucia neben dem Advokaten!"

Der Advokat empfing sie mit einer Verbeugung.

„Was denn! Es war Scherz. Neben dem Advokaten ist der Platz des Don Taddeo. Wo ist er?"

„Wie?" rief Galileo Belotti und versperrte dem kleinen buckligen Schreiber aus Spello die Rathausgasse, in die er entwischen wollte. „Habe ich vielleicht nicht recht? Sie sind buck–"

Er verschluckte das Wort.

„Aber darum sind wir doch alle gleich."

Und er ging Arm in Arm mit ihm zu Tisch.

„Don Taddeo ist nicht zu finden! In der ganzen Stadt nicht!“

Teufel, ihm war etwas zugestoßen. Was denn! Gewiß schlief er, und man sollte ihn lassen, denn er hatte sich mehr ermüdet als alle andern. Auf die Gesundheit des Heiligen!

Der Advokat führte statt der Hühnerlucia, strahlend und schwänzelnd, Frau Jole Capitani auf den Ehrenplatz unter den Bogen, und an seine andere Seite nahm er den Cavaliere Giordano. Aber man ließ ihn sich nicht setzen.

„Der Chiaralunzi will weggehen, weil in seiner Nähe der Maestro sitzt!“

Der Advokat griff ein.

„Zwei Männer wie ihr! Niemand hätte euch zugetraut, daß ihr dies bürgerliche Fest stören würdet. Da Ihr Euch mit Eurer Frau versöhnt habt, Chiaralunzi –“

Denn die Frau lächelte, wenn auch mit geschwollenen Augen.

Der Maestro habe sie verleumdet, wiederholte der Schneider störrisch, er sei nun einmal sein Feind. Der Advokat behauptete, der Maestro habe das nur gesagt, um etwas Witziges zu sagen.

„Ihr wißt wohl, Chiaralunzi, daß es komisch ist, wenn die Frau den Mann betrügt.“

Der Kapellmeister spreizte die Hand.

„Haltet mich für einen Intriganten, obwohl ich nur zornig war, – aber glaubt nie wieder, oh, glaubt nie wieder, daß ich die Wahrheit gesprochen habe! Wie könnte ich's ertragen, Euch unglücklich gemacht zu haben, ich, der ich jetzt so glücklich bin.“

Er schluchzte; kaum verstand man ihn. Der Advokat sagte mit erschütterter Stimme:

„Könnt Ihr zweifeln?“

Der Schneider ward langsam rot, schnaufte unruhig, – und plötzlich griff er nach der Hand des andern. Der Advokat klatschte Beifall.

„So haßt ihr euch denn nicht mehr.“

„Haßten, wir uns wirklich?“ sagte der Kapellmeister. „Es war wie der Haß eines andern, durch Zufall aufgelesen. Man wirft ihn nicht weg, weil man ihn hat. Es scheint, daß der menschliche Haß in unserem Stolze wächst; weil man ungerecht war, wird man noch ungerechter. Aber das größte Unrecht tut man sich selbst. Wie hätte ich noch meine Oper schreiben können!"

Zum Advokaten:

„Denn Sie glauben nicht, wie gut man sein muß, um zu schaffen."

„Eh! wem sagen Sie das", erwiderte der Advokat.

Dahinten, im Winkel bei der Treppengasse, lehnte Flora Garlinda sich zurück, betrachtete das Schmausen, unbedachte Schwatzen, das vertrauensvolle Gelächter, die Verbrüderungen ... „Welch ärmlicher Betrug! Als ob man etwas hätte außer sich. Güte? Alles Große ist ohne Güte. Don Taddeo hat sich geirrt, als er herabstieg, und er wird es merken. Uns gebührt keine Gemeinschaft ... Dennoch wird dem Unschuldigen dort der Weg geebnet, er geht zur Gesellschaft Mondi-Berlendi, indes ich weiter vor Bauern singe. Es ist anders gekommen, als ich dachte. Ich werde es wohl schwerer haben als er? Trotz meiner Bereitschaft, und obwohl ich ein so hartes Leben führe?"

„Hört doch, Fräulein!" riefen Zecchini und die Trinker, „Ihr sollt etwas singen. Da ist Wein, um Euch zu stärken. Kommt her!"

„Flora!" sagte, ihr gegenüber, Italia und wendete sich um, soweit die Aufmerksamkeit auf den jungen Severino Salvatori es ihr erlaubte, denn er wollte sie küssen. „Flora, man ruft dich! ... Ah, sie hört nicht. Sie ist ein Mädchen, das zuviel denkt; drum hat sie auch schon Falten wie eine Alte."

Die Primadonna sah hin, mit seltsam tiefen und starren Augen, die das Gesehene sogleich wieder verloren hatten.

„Er ist also sympathisch. Und er ist ihnen sympathisch, weil er sich ihnen gleichmacht; weil er ihnen gefällig ist, weil er mit ihnen das Herz tauscht. Aber es gilt, um groß zu werden, sein Herz ganz fest zu halten ... Heute tritt er jenem Alten seine Geliebte ab und nimmt dafür den Lohn. Morgen wird er den Leuten seine Musik verkaufen. Nein! Er hat mich nicht überholt; und es könnte sein, daß dies der Tag ist, an dem sein Untergang begann. Möge er noch eine Weile die lustige Sympathie der Gassen haben, – bevor die große Kunst meiner Leidenschaft darüber hinfährt."

Ihr Stuhl bekam einen Stoß. Jungen, die auf allen vieren unter den Tischen krochen, schnappten nach Bissen wie Hunde. Der weiße Koch von den „Verlobten" traf mit einem riesigen Kessel ein, und alles stürzte sich darauf. Der

Cavaliere Giordano rief umher nach Nello Gennari. Frau Camuzzi hielt ihn zurück.

„Ich errate, Cavaliere, daß Sie im Begriff sind, eine Dummheit zu machen. Sie wollen dem jungen Manne sagen, er solle nicht mehr zum Schneider gehen."

„Sie haben sich versöhnt! Ich bin gerettet, verstehen Sie? gerettet", – und der Alte hüpfte auf. „Die Unsichtbare hat das Nachsehen, ich sterbe noch lange nicht!"

„Ich werde für Sie beten", sagte Frau Camuzzi. „Aber darum trägt dennoch der Schneider Hörner. Wie? Ein Mann von Ihrer Erfahrung merkt nicht den Zusammenhang? Die Frau des Schneiders und der Gennari kennen sich schon längst."

Da der Alte zurückwich –

„Machen sie sich doch sogar Zeichen! Man hat die beiden Tenöre verwechselt und den Verdacht auf Sie geworfen, Cavaliere. Ist es zu verwundern, daß man den Besieger der Frauen in Ihnen sieht?"

Frau Camuzzi seufzte. Der Alte wendete angstvoll den Kopf umher.

„Er darf nicht mehr zu der Frau des Schneiders gehen", jammerte er. „Wenn der Schneider aufs neue Mißtrauen faßt, schlägt er, ohne hinzusehen, mich tot! Ah! was für verwickelte Dinge. Nello!"

Frau Camuzzi packte hart seine Hände.

„Schweigen Sie! Schweigen Sie doch!" zischelte sie, und ihr Mund stand verzerrt offen in ihrem kleinen, bleichen Kopf. Er hielt auf einmal still, er musterte sie aus gekniffenen Lidern. Sie ließ ihn sofort los und schlug die Augen nieder.

„Wie Sie mich quälen", murmelte sie. „Schon so lange, ach, verrate ich Ihnen meine Eifersucht auf die Frau des Schneiders, aber Sie, Böser, wollen nichts sehen."

Mit einem Ruck bekam der Alte eine Miene voll gnädiger Zärtlichkeit.

„Beruhigen Sie sich, nur meine allzu große Liebe zu Ihnen war schuld, daß ich nichts sah."

Sie schickte vom Rande des Lides einen raschen Blick umher. Ihr Mann fuchtelte zusammen mit dem Advokaten. Polli, der Bäcker Crepalini, Malagodi, der Apotheker, Herren und Mittelstand lagen sich ringsum geräuschvoll in den Armen.

„Jetzt wissen Sie es, Grausamer. Sie werden geliebt."

„Teure Frau! Welches Feuer ich fühle!"

Da sah sie auf. Der Alte erbebte.

„Wenn Sie nicht mehr an die andern denken wollen, nur noch an mich –. Gehen Sie nach Hause, ich folge Ihnen."

In dem rauhen Gesang der Trinker schwebte, dünn und durchdringend, die Stimme des Kaufmannes Mancafede.

„Trinkt nur! Es ist mein Wein, und er kostet euch nichts. Wenn es nichts kostet, würde sich auch die Madonna betrinken. Dies Glas aber bekommt sie nicht."

Und er goß es hinunter. Die Höhlen in seinen Wangen waren rosig, und seine gewölbten Hasenaugen glänzten wie Glas. Der alte Zecchini schlug ihn auf den Rücken; ob seine Tochter es vorausgewußt habe, daß er heute am hellen Tage betrunken sein werde.

„Eh!" machte der Kaufmann. „Wenn sie es nicht gewußt hat, sieht sie es auch jetzt noch früh genug."

„Aber das Unglück?" fragte der Bariton Gaddi. „Ihre Tochter hat doch prophezeit, daß ein Unglück geschehen solle, während wir Künstler da seien. Heute reisen wir ab: wo ist nun das Unglück? Vielleicht kommt es noch?"

„Warum soll es noch kommen? Ist es nicht schon Unglück genug, daß ich euch meinen Wein geben muß?"

Und der Kaufmann begann zu kichern. Er krümmte sich über seinen Magen und ward blau. Man wich mit den Stühlen zurück.

„Ob man dich jemals so gesehen hat, Mancafede!"

„Gebt acht! Ich sage euch etwas."

Und als er genug Luft hatte –

„Meine Tochter ist – ist eine –."

Der Schluckauf fuhr dazwischen. Mit unsicherer Hand machte der Kaufmann nach dem verschlossenen Fensterladen seines Hauses eine lange Nase. Entsetztes Murren erhob sich. Die Trinker brüllten.

„Still da!“ rief man. „Der Tenor singt.“

Denn Nello stand auf einem Tisch, hatte den Kopf in den Nacken gelehnt und sang in den blauen Himmel hinein:

„Sieh, Geliebte, unser umblühtes Haus –“

Alle drängten sich zusammen unter den Rathausbogen, im schmalen Schatten der Leinendächer: nur er hatte das weiße Gesicht mit den scharfen kleinen Spitzen der Wimpern nach der Sonne gebreitet, und wenn die Leidenschaft der Töne seinen Kopf schüttelte, schwankte ihm das Haar, düster glänzend, in die Stirn.

„Immer die „Arme Tonietta““, sagte der Herr Giocondi. „Diese jungen Leute wissen entschieden nichts weiter.“

„Tut nichts“, – und Polli tätschelte seine Schwiegertochter. „Da nun einmal diese in die Familie eintritt, soll sie manchmal des Abends mit dem Phonographen zusammen die „Arme Tonietta“ singen, und man lädt die Freunde ein.“

„Wir wissen nicht von Schatten, noch Tod. Unser Himmel ist rein und ewig unser Glück“, schloß Nello, und sein hoher Ton dauerte, dauerte ... Zuletzt hielten alle den Atem an und starrten, dem Schrecken nah: als schnitte durch den Himmel der unvergängliche Ruf eines Unsterblichen, eines Marmors, glühend von ungeheurem Leben.

Plötzlich sprang er herab.

„Welch tüchtiger Junge! Wir werden ihn nie vergessen.“

Alle griffen nach ihm. Mama Paradisi wogte fassungslos; sie küßte ihn laut auf beide Wangen. Wie er schwindlig unter der schwarzen Wolke ihres Hutes hervortauchte, zog Gaddi ihn in das Tor der Post.

„Auch ich, mein Nello, nehme nun von dir Abschied. Ich will dich nicht mehr warnen ...“

Da Nello die Hand bewegte –

„Ich weiß, es wäre umsonst. Auch kenne ich keinen vernünftigen Grund, weshalb ich Furcht habe um dich. Aber ich habe Furcht. Ich ahne dich hier in einem Netz. Durchbrich es! Komm mit uns! Nein: ich weiß, daß du nicht kannst, und ich sollte schweigen. Aber ich sehe Blicke, die dich treffen, ich bin seltsam hellhörig; ich erscheine mir wie eine Frau und lächerlich."

„Du bist nicht lächerlich, Virginio, du bist mein Freund So wohl wie du will keiner mir von den Menschen. Alba: ah! das ist mehr als menschlich."

„Die Sache ist", sagte Gaddi, „daß du der späteste Freund meiner Jugend bist. Solange ich dich jung sehe –. Als wir Freundschaft schlossen, war auch ich es fast noch. Erinnerst du dich an jenen Abend am Meer in Sinigaglia? Wir hatten nichts zu essen und brachen Muscheln von den Pfählen. Für die Nacht gingen wir in eine Sandgrube und fanden dort ein Mädchen, in das wir uns teilten. Die Zeiten sind vorbei."

Nello lachte hell auf.

„Ja, sie sind vorbei. Aber es kommen immer schönere."

„So grüße ich dich denn", – und Gaddi umarmte ihn lange. „Adieu, mein Bruder!"

Gerade keifte der Bäcker Crepalini gegen den dicken Corvi, der noch immer aß. So sei es nicht gemeint, und er solle nicht die ganze Stadt bankrott essen, weil er selbst es sei. Der dicke Alte blinzelte gelassen; er erklärte:

„Ich esse, weil der Advokat ein großer Mann ist. Lange genug hat man nicht gewußt, was man glauben, zu wem man halten sollte. Jetzt, Gott sei Dank, habe ich wieder Appetit. Es lebe der Advokat, und es lebe die Freiheit!"

„Denn der Advokat", sagte der Apotheker Acquistapace, „ist, und das findet Ihr nicht wieder, ein großer Mann, der die Freiheit liebt."

Der Bäcker bellte:

„Er liebt die Freiheit, er liebt die Freiheit. Aber wir haben es ihn erst lehren müssen, sie zu lieben, indem wir ihm die Zähne zeigten. Die Freiheit ist eine gute Sache; darum soll man genau achtgeben, daß niemand zuviel davon nimmt."

„Bravo, Advokat!" riefen alle, denn der Advokat erkletterte den Tisch in der Sonne. Er stellte die Hand vor sich hin und hielt die Brauen ganz hoch, bis es still wurde.

„Mitbürger! Unsre Künstler ziehen ab!“ keuchte er, und schon ward geklatscht. Er wiederholte und bewegte den steilen Finger hin und her:

„Sie ziehen ab; aber sie verlassen uns anders, als sie uns gefunden haben. Durch große Dinge –“ und er hob sich auf die Zehen, „durch große Dinge sind wir hindurchgegangen ... Aber so warte doch, Masetti!“

Denn der Kutscher war nicht länger zu halten. Er klapperte mit seinem Gefährt aus dem Tor der Post und drohte alles umzuwerfen, wenn man ihn nicht durchlasse.

„Auch du, Masetti“, rief der Advokat, den Arm hingestoßen, „hast noch zu lernen, daß der Wille aller ehrwürdiger ist als ein einzelner, mag er sich selbst auf Regeln und Gesetze berufen!“

Er kehrte zum Volk zurück.

„Und mehr Schlimmes, mehr Gutes hat in wenigen Wochen unsere Herzen und Gassen erregt, als sonst durch Jahre.“

„Es ist wahr!“

„Was sind wir? Eine kleine Stadt. Was haben jene uns gebracht? Ein wenig Musik. Und dennoch –“

Der Advokat machte die Arme weit.

„– wir haben uns begeistert, wir haben gekämpft, und wir sind ein Stück vorwärtsgekommen in der Schule der Menschlichkeit!“

Er zog die Hände vor die Brust und sah beglänzt in den Beifall. Dann, mit einem großen Schwung und die Hände schwenkend droben in der Luft:

„Darum leben die Komödianten und lebe die Stadt!“

Alle wollten ihm herunterhelfen, und alle schrien: „Sie leben!“ – indes schon die Tische fortgetragen wurden und die Hausfrauen ihr Geschirr retteten, bevor Masetti hineinfuhr.

„Warum weinst du denn?“ fragte Galileo Belotti seine Schwester Pastecaldi und stieß ihr die Knöchel in die Seite. „Kann etwa eine andere Familie sich rühmen, daß sie solch einen Buffonen in ihrer Mitte hat wie wir? Kein Grund zu weinen.“

Aber er selbst riß die Augen auf, damit sie nicht überschwemmt wurden.

Masetti knallte mit der Peitsche, und aus den Gassen eilten die Komödianten. Der Wirt Malandrini drückte die Hände seiner Gäste, des Fräuleins Italia und des Herrn Nello Gennari, und er bat sie um Entschuldigung wegen der Störung ihrer letzten Nachtruhe. Die Primadonna Flora Garlinda kam, die Hände in den Taschen ihres Mantels, aus der Gasse der Hühnerlucia, und vor ihr her trug der Schneider Chiaralunzi wie bei ihrer Ankunft ihren kleinen Koffer turmhoch auf seinen Schultern. Der Cavaliere Giordano verabschiedete sich gnädig von allen, er ließ ringsum den Brillanten blitzen. Und wie in einem Windstoß flatterte aus allen Spalten der Stadt, mit den leichten Farben der Blusen, der gefärbten Haare und bemalten Gesichter der Schwarm der kleinen Choristinnen, fremde Insekten, aufgestört, man weiß nicht wovon, die noch einmal die alten Häuser entlang schillern und stäuben und sogleich verweht sein werden, man weiß nicht wohin.

Sie sollten auf den Gepäckwagen klettern; der Bariton Gaddi beaufsichtigte, in fester Haltung, das Laden, er hob seine Familie hinauf; – und inzwischen mußten sie den jungen Leuten, die ihnen die Bündel trugen, ewige Treue schwören. Renzo, der Gehilfe des Barbiers Bonometti, ließ seine kleine Bunte nicht aus den Armen, er wollte bei ihr bleiben und Sänger werden; er versuchte seinen Tenor zu zeigen und brachte vor Aufregung keinen Ton fertig. Die Freunde trösteten ihn; er solle ein Stück mitfahren, auch sie kämen; und sie holten ihre Räder.

„Wir alle kommen mit!“ – und das Volk nötigte Masetti, der durchgehen wollte, im Schritt zu fahren. Kaum in der Rathausgasse, mußte er halten: der Tenor Nello Gennari rief nach seinem Freund Gaddi, auch er wolle im Leiterwagen nachkommen, und er stieg aus.

Masetti schrie auf die Pferde ein, da lief noch der Baron Torroni, zur Jagd gerüstet, hinterher. Auch Polli, Acquistapace, der Kaufmann Mancafede und der Herr Giocondi wollten mit hinein. Italia schluchzte immerfort.

„Und der Advokat?“ fragte sie, wehte mit dem Tuch und schluchzte.

Die Primadonna Flora Garlinda reichte noch einmal die Hand aus dem Fenster nach dem Schneider Chiaralunzi, der reglos dastand und sie ansah. Er stürzte vor mit plötzlich verstörtem Gesicht; aber der Wagen rollte schon wieder, der Schneider verfehlte die Hand, er stolperte. Alle lachten; aber Flora Garlinda nahm ernst von ihrer Brust eine kleine staubige Rose aus Leinen und warf sie an die Brust des Schneiders.

Der Kapellmeister Dorlenghi stand abgewendet und sah zu Boden. Man verlangte, daß er mit der ganzen Musik ausziehe, aber da begann er die Arme zu werfen: „Ich soll hinter diesen armseligen Komödianten hermarschieren? Ich, der ich in Venedig die großen Opern dirigieren werde?" – und auf einmal brach er in Tränen aus. Das Volk schwieg, es ließ ihm eine Gasse; er entkam.

„Abfahrt! Alle hinterher!" – und als die Diligenza durch das Tor fuhr, wimmelte schon die ganze Rathausgasse. Die jungen Leute mit großen Hüten und bunten Halstüchern überholten im Eilschritt die Post, sie ließen die flinke, klirrende Musik ihrer Mandolinen dem Zuge voranspringen. Mitten darin tänzelte das Pferd des jungen Severino Salvatori, der leichte Korb wippte zwischen seinen zwei großen Rädern, und, ah! er hatte sie aufsteigen lassen, der schöne Herr – bunt schwirrend quoll es heraus von kleinen Choristinnen. Sie saßen übereinander, sie hingen dem jungen Salvatori um den Hals, nahmen ihm, indes er auf seinem niedrigen Kutschbock die Beine bis unter das Kinn hinaufzog, das Monokel aus dem Auge und setzten es, ohne daß er die elegante Miene verzog, wieder ein. Vor ihnen auf bliesen der Chiaralunzi und seine Freunde aus vollen Backen in ihre Instrumente, und, versteht sich, hinten lärmte um so mehr der Barbier Nonoggi mit seiner Bande.

Was die Damen in dem weiten Landauer des Wirtes „Zu den Verlobten" für betäubte Gesichter machten! – und dennoch erklärten alle, sie wollten bis Spello mitfahren. Eh! sie hatten es bequem, aber ringsum das Volk mußte sich wehren, weil der Schlächter Cimabue mit seinem Fleischwagen, worauf er seine Freunde hatte, durchaus allen voraus wollte. Der Krämer Serafini sagte zu seiner Frau:

„Du glaubst doch nicht, daß er sie zum Vergnügen hinauskutschiert? Bei der Rückkehr wird er ein Kalb mit einschmuggeln. Denn auch die vom Stadtzoll sind ausgezogen."

Sie antwortete:

„Dann könnten auch wir vom Rufini die Weintrauben holen." Und sie liefen zurück, um den Karren zu nehmen. Noch immer kamen Leute. Die Männer trugen die Kinder, die Frauen fächelten sich, ihre hohen Absätze klappten, und: „Guten Tag, Sora Anna, so begleitet man denn die Komödianten nach Spello. Welch schöne Sonne!" – da schlug schon Staub hinter ihnen auf. Die letzten eilten nach.

„In der Stadt ist keine lebende Seele mehr! Die nicht gehen konnten, haben sich wieder Beine gemacht. Seht nur! Die Frau Nonoggi fährt ihre Schwiegermutter auf einem Schubkarren. Man muß ihr helfen."

Sie waren beim Waschhaus, da kam von rückwärts Getrappel. „Es scheint, daß es der große Schimmel des Schmiedes ist; aber wer sitzt darauf? ... Beim Bacchus, der Advokat! Gruß Ihnen, Herr Advokat!"

Der Advokat grüßte zurück mit dem Strohhut und wippte dabei auf seinem, breiten Roß.

„Ist's erlaubt?" fragte er das Volk. Es antwortete:

„Ob es erlaubt ist! Das ist nicht wie mit dem Schlächter. Nur vorwärts, Advokat, Sie gehören an die Spitze."

„Der Advokat an die Spitze!" – und alles wich aus nach beiden Seiten. Den Mund ein wenig offen von der Anstrengung, aber glorreich lächelnd, ritt der Advokat hindurch.

„Da ist auch Galileo! Es lebe der Esel des Galileo!"

„Versteht sich, daß er lebt!" polterte Galileo unter seinem glockenförmigen Strohhut; und streng hinausspähend über den blauen Klemmer, durchmaß er, im eiligen Getrippel seines kleinen braunen Tieres, die Spuren des Advokaten.

„Der Advokat ist ein großer Mann", erklärte er. „Aber auch wir sind nicht von Pappe."

Den Damen im Landauer machte der Advokat, schief im Sattel, eine Verbeugung.

„Welch schöner Tag! Welch Bild der bürgerlichen Eintracht, Fruchtbarkeit und Größe!" – und er führte die Rechte weithin über Stadt, Felder und Volk. Dann aber fragte er nach dem Tenor Gennari. Sein Freund auf dem Gepäckwagen wisse nichts von ihm. Aus der Post sei er ausgestiegen.

„Aber er ist wieder eingestiegen", erklärte Frau Camuzzi.

„Sie haben es gesehen?"

„Alle haben es gesehen, nicht wahr, ihr Damen?"

Der Advokat warf sich anmutig in die Brust für Jole Capitani, bevor er seinen Schimmel wieder in Trab setzte. Alles strahlte, wo er hindurchritt; und die Kinder klatschten, nun Galileo auf dem Esel kam.

„Aber – der Gennari?" rief der Advokat, sobald er bei der Diligenza anlangte. „Du hast ihn also nicht mit, Masetti? Weißt du wohl, daß wir für unsere Gäste verantwortlich sind?"

„Beruhigen Sie sich, Advokat", – und der Cavaliere Giordano winkte ihn ans Fenster, „es ist ein Zwischenfall von eher heiterer Art."

Er flüsterte, und der Advokat schmunzelte.

„Ah! ihr Künstler. Ich hätte es mir denken können. Galante Abenteuer bis zum letzten Augenblick! Aber die Schönste von allen – das ist die Rache von uns Bürgern – die Schönste hat keiner von euch zu sehen bekommen. Denn sie tritt selten aus ihrem Schatten hervor ..."

Und er wies auf den schwarzen Garten, dessen Kühle soeben die Vorbeiziehenden ergriff. Sie legte sich einem auf die Schultern, sie hatte den toten Duft uralter Zypressen; man wendete, zusammenschauernd, den Kopf, und bis man aus dem Knie der Straße heraus und wieder in der Sonne war, schwieg man. Dann sagte der Advokat:

„Dort wohnen die einzigen, die sich um euch nicht bekümmert haben. Bekümmern sie sich doch auch um uns nicht. Es ist erstaunlich, aber es gibt Menschen, denen die Stadt nichts gilt; Fanatiker, die den großen Dingen der Menschheit fremd bleiben. Ein enger Garten, und dann der Tod: das ist alles."

Und eine Strecke weiterhin:

„Aber es ist ein Ort mit schwerer Luft. Am selben Fleck, wo man jetzt im Banne des Klosters lebt, haben einst die Häuser jener Hetären gestanden, die der Venus als Priesterinnen dienten und zuweilen sogar ihr Blut über den Altar der Göttin gossen."

Er schrie in die Musik hinein, denn jenseits des Gartens fing Chiaralunzi mit den Seinen aus ganzer Kraft ein neues Stück an, und die Bande des Barbiers ließ sich nichts nehmen. Es war der Hochzeitsmarsch aus der „Armen Tonietta"; alle sangen ihn mit: ein wenig leiser und unsicherer, solange sie in dem düsteren Winkel gingen, und um so herzhafter, wenn sie draußen waren.

Und als die Räder und die Mandolinen, die Diligenza, der Advokat, Galileo und das Volk, die beiden Banden, der Korb voll Choristinnen und das Volk, die Damen im Landauer, das Gefährt des Schlächters, der Gepäckwagen mit Gaddi und dem männlichen Chor, das Volk ringsum und das Volk dahinter, bis zu den Kleinen, die die noch Kleineren im Staub nachschleppten, bis zu einem Paar, das sich versäumte, bis zu der alten Nonoggi auf ihrem Schubkarren: als sie alle einige leisere Atemzüge lang den Schatten von Villascura auf sich getragen hatten und ihm entronnen waren ins Licht, da bewegte er sich; ein Gesicht schimmerte hervor.

Alba hielt hinter sich die Hand am Gitter, zog den Schleier enger um den Kopf, späte vorgeneigt ... Noch hing der Staub der Menge in der Luft. Ein Zucken – sie lief. Sie lief der Stadt zu, ungeschickt als sei's in einem Gedränge, mit ungeregeltem Atem, angstvoll geöffnetem Munde, – und immer krampfte ihre Hand sich auf der Brust, zwischen den dichten Knoten des Schleiers.

Plötzlich, ein Ebereschenbusch stand blutrot im Graben, riß sie den Schritt zurück, sah entsetzten Blicks in den leeren Staub der Straße, als läge irgend etwas Grauenhaftes quer darin, – und dann taumelte sie, die Hände vor das Gesicht geschlagen, auf einen Stein.

Sie hob die Stirn; die Reste der Musik klangen herüber, klein, ineinandergezogen, schwankend, und dazu ging das Glöckchen einer Kapelle in den Feldern. Ihr war es, alle jene Stimmen sängen ihr nach; sie wiederholten, als sei es Traum und Neckerei, ihren eigenen Schmerz. So hatte Piero, als er die Tonietta verlor, im Hochzeitszuge weit dahinten die Flöte der Pifferari gehört! Und das machte, daß Alba aufstand und, den Kopf gesenkt, auf den Heimweg trat. War ihr Schmerz nicht auch seiner? Gingen unser aller Schmerzen nicht ein in die große Harmonie der Welt?

Schwindelnd warf sie sich wieder herum und lief weiter: in Stürzen, mit Pausen der Atemlosigkeit, des Wankens. Einmal blieb sie stehen und sah, langsam den Kopf schüttelnd, umher. Der Wind roch noch immer nach dem Rauch auf den Feldern, sanft wie je glänzte das Öllaub, der Himmel war blau, – und Alba rang zu den kühlen Bäumen hinan die Hände.

Vor dem Stadttor blieb sie, das Taschentuch in den Mund gewühlt, daß niemand sie atmen höre, hinter der schwarzen Säule und horchte. Keine Stimme in der Zollwache, auf dem Pflaster kein Fuß. Sie griff sich an die Stirn; war's nicht vielleicht Lüge und Wahnsinn? Wenn sie bis zwanzig zählte und es blieb still, wollte sie umkehren ... Ein Hahn krähte, sie trat ein.

Sie schlich auf den Zehen, sie tastete an den Häusern hin. Von einem Blinken in einer schwarzen Tür fuhr ihr Herz auf. Endlich: der Platz; sie lugte hinaus, er lag grell und leer. Eine Katze, die in der Sonne ihren Buckel machte, entfloh. Der Brunnen rann schwach. Welche zitternde Müdigkeit! Wie schwer die Füße!

Kaum daß sie noch bis zur Gasse der Hühnerlucia gelangte, und sie fiel auf die Mauer und schloß die Augen.

Die Stille fing an; zu schwingen und zu dröhnen, als gingen alle Glocken der Stadt; und durch den Lärm ihres Fiebers hindurch neigte sie das Ohr nach der Ecke der Gasse. Die Sonne brannte ihr auf den Lidern, den klaffenden Lippen; ihr Rücken glitt kraftlos von der Wand ab, in dem Knoten des Schleiers krampfte sich ihre Hand; – Alba wartete und lauschte.

In der leeren, verstummten Stadt, stumm, als wartete sie mit Alba, geschah eine unmerkliche Regung: jener Fensterladen hinter dem Glockenturm zitterte, ganz sacht zitterte er und hob sich ein wenig.

Und am Ende der Stadt; hinter dem Corso, in seinem luftigen Zimmer oben auf der Schmiede setzte der Kapellmeister Dorlenghi über die Stühle weg, hielt sich keuchend das Herz, jagte weiter. Nur einmal stockte er jäh, wie vor etwas Unüberschreitbarem, ließ die Lippe hängen und die Hände sinken ... Ein trotziger Satz: er hieb im Triumph auf das Klavier ein, und bei jedem Takt schnellte er mit kühnem Kopfrücken vom Sessel auf, als ritte er und hätte unter den Hufen die Welt.

Vom Glockenturm aber blickte Don Taddeo. Er stand in der engen Krone des Turmes, er sah unter sich nur den Ring der Zinnen. Von unsichtbaren Dächern stießen braune Falken zu ihm empor; um ihn wehte die Bläue; – und sein inständiger Blick folgte jenseits der Stadt, im weiten Land einem kleinen Gedränge, einem Häuflein Staub, das dahinschlich. Ein Korn dieses Staubes war die Welt gewesen! Es war Sehnsucht und Haß, Brunst und Erkenntnis, Sünde und Abdankung gewesen. Wo war es nun? Wer fand es heraus? Sie ging dahin, dahin. Welche Angst! „Noch einmal! O Gott, zeige sie mir noch einmal! Tue ein Wunder, zeige sie mir!“ ... Da ward feierlich sein Herz berührt. Don Taddeo kniete hin; Gott war vorbeigegangen, seine Worte klangen nach. „Da sie ein Korn Staubes ist, nimm allen Staub an dein Herz! Da du einen Menschen nicht lieben darfst, liebe alle Menschen!“

Ein Geräusch in der Gasse: Alba schlug die Zähne in die Lippe. Ein Schritt: der Kopf fiel ihr in den Nacken, sie griff um sich ... Nein, noch nicht sterben, nicht ungerächt sterben! Sein unsichtbarer Schritt, näher und näher: wie er dumpf und schrecklich war! Er ging ihr auf dem Herzen, es spritzte Blut. Sie riß, verzerrt, am Schleier, sie würgte sich, schnitt sich, – bis endlich, endlich ihre Hand aufblitzte gegen diese verhaßte Brust.

Er brach in die Knie, gleich an der Ecke, mit einem erschreckten und unwissenden Blick. Dann sah er sie, seine Lippen bildeten, indes er vor ihr kniete, ohne Laut ihren Namen; und dann fiel er um. Er wälzte sich auf die Seite, wollte sich aufstützen ...

Sie war taumelnd davongegangen, wenige Schritte, da drehte sie sich um sich selbst, wendete den Hals umher. „Allein? Allein? Ich wußte nicht, daß ich allein sein würde." Und sie stürzte dahin, wo er lag, sie rüttelte ihn.

„Nello! Auf!" – den Atem angehalten.

„Böser, warum rührst du dich nicht?"

Und zusammensinkend, mit einem Blick in die leere Runde: „Habe ich es denn getan?"

Sie warf das Gesicht auf seine Brust, sie wimmerte, wimmerte ...

Dahinten der Fensterladen zitterte heftig.

Alba trocknete sich das Gesicht an seinem Haar, sie küßte ihn auf den Mund und legte sich zu ihm, Leib an Leib. Indes ihre Hand am Boden suchte, sprach sie zu ihm:

„Die Sonne wärmt nun uns beide nie wieder. Wie es schon dunkel ist! Ich sehe mich nicht mehr in deinen Augen."

Sie hatte das Messer gefunden; sie sagte:

„Wir Armen, die wir das Leben lassen mußten"; – und drückte es sich ins Herz.

Der Fensterladen hinter dem Turm klappte zu. Von den beiden dort am Rande des stillen, grellen Platzes zog sich, Strich um Strich, der Schatten zurück. Dann löste sich ein Glockenschlag, langsam und vergessen hallend ... Als aber die zwölf gleichen Klänge vergangen waren, kam den Corso herauf ein dünnes Singen, eine Gespensterstimme mit einer Melodie, die kein Lebender kannte; – und der kleine Uralte trippelte geziert auf den Platz hinaus. Er zog den Hut, und er dienerte ringsum vor einer unsichtbaren Gesellschaft. Wie er jene beiden umarmt am Boden sah, wich er weit aus und legte, schelmisch lächelnd, den Finger auf die Lippen.